libretto

IGNACIO DEL VALLE

LES DÉMONS DE BERLIN

roman

Traduit de l'espagnol par
KARINE LOUESDON
et
JOSÉ MARÍA RUIZ-FUNES TORRES

libretto

Titre original :
Los Demonios de Berlín

© Ignacio del Valle, 2009.

© Libella, Paris, 2012, pour la traduction française.

ISBN : 978-2-7529-0878-0

Ignacio del Valle est né le 26 mai 1971 à Oviedo. Il vit actuellement à Madrid et écrit régulièrement pour *El País* et *El Comercio*. Auteur de sept romans loués par la critique, il a reçu plus d'une quarantaine de prix nationaux pour ses nouvelles et a également obtenu le prix de la Critique des Asturies, une mention spéciale du jury du prix Dashiell Hammett, le prix Libros con Huella et le prix Violeta Negra à Toulouse en 2011 pour *Empereurs des ténèbres*. Traduit en plusieurs langues, le roman a été adapté au cinéma par Gerardo Herrero, par ailleurs producteur du film noir argentin *Dans ses yeux*, réalisé par Juan José Campanella.

À Otti, qui m'a donné mon équilibre

Élam, Ninive, Babylone étaient de beaux noms vagues, et la ruine totale de ces mondes avait aussi peu de signification pour nous que leur existence même. Mais France, Angleterre, Russie… ce seraient aussi de beaux noms. […] Et nous voyons maintenant que l'abîme de l'Histoire est assez grand pour tout le monde.

PAUL VALÉRY

1

Le premier démon

– Tu as remarqué ? On dirait que son âme est encore dans la pièce.

Arturo, conscient que deux des trois hommes qui l'accompagnaient ne devaient pas comprendre un traître mot de ce qu'il disait, répéta sa phrase, en allemand cette fois-ci. Les deux SS exprimèrent leur perplexité dans leur langue aux accents rêches et, avec le camarade espagnol qui se tenait à leurs côtés, scrutèrent la mort horrible, pâle et objective qui se dressait devant eux. La blanche et colossale maquette de Germania, la métropole que Hitler projetait de construire sur le vieux Berlin pour en faire la capitale du futur Reich, s'étalait sur une plate-forme qui occupait toute la salle. Des avenues de sept kilomètres destinées aux défilés, des arcs de triomphe de plus de cent mètres de hauteur, des gares aux façades longues de quatre cents mètres, des ministères, des Opéras, des places, des musées, des prisons… le tout conçu à la mesure de la mégalomanie du Führer, et, au fond, la *Volkshalle*, la halle du Peuple, avec une capacité de cent quatre-vingt mille personnes et un dôme seize fois plus grand que celui de Saint-Pierre de Rome, couronné d'un immense aigle. Là, devant l'entrée principale, légèrement décalé sur la droite, tel un macabre Gulliver, gisait le cadavre d'un homme. Il reposait sur le ventre, avait le bras gauche étiré, la main agrippée à l'un des immeubles en plâtre ; son sang maculait la blancheur des bâtiments qui l'encerclaient, formant une composition abstraite. Arturo n'eut pas besoin de voir son visage pour savoir de qui il s'agissait : cela faisait une heure qu'ils le recherchaient dans toute la chancellerie. Il examina la pointe de ses propres bottes, comme s'il n'avait rien de mieux à faire, et leva à nouveau les yeux sur la maquette éclairée par des projecteurs mus par un mécanisme automatique, qui simulaient la trajectoire quotidienne du soleil. Puis il posa son fusil-mitrailleur, enleva ses bottes et, sous le regard interloqué des trois autres, monta sur la plate-forme et pénétra dans la maquette. Juste avant de grimper, d'étranges scrupules lui avaient dicté de ne pas souiller l'endroit. Il ne distinguait même plus l'odeur de ses chaussettes portées depuis trois semaines. Prenant garde à ne rien écraser, il emprunta l'artère principale en évitant l'arc de triomphe et les voitures miniatures disposées de-ci de-là sur l'avenue, et atteignit le cadavre. Il s'abaissa au niveau du torse de l'homme et retourna le corps. Il avait été liquidé depuis peu : le sang frais dégage une odeur de cuivre très particulière. Arturo l'observa attentivement ; l'homme avait le visage crispé, comme ceux que l'on peut voir dans certains martyrologes. Le coup de couteau qu'on lui avait proprement administré au cœur justifiait une telle apparence. Arturo chercha dans ses vêtements civils des papiers, quelque chose qui indiquât son identité. Dans la poche du pantalon il trouva un portefeuille, et à l'intérieur un *Ausweis* ; il compara la mine défaite du cadavre avec les traits fins et bien dessinés de la photographie, et vérifia que le nom correspondait à celui que leur avait donné l'officier en chef : Ewald von Kleist, né à Munich, 1897. *Mort à Berlin, 1945*, compléta mentalement Arturo. Comme pour corroborer cette épitaphe, les secousses provoquées par les bombardements au-dessus de leurs têtes confirmaient que l'on était bel et bien à Berlin, un Berlin sur le point de se faire engloutir par une guerre atroce et dévastatrice. Il s'apprêtait à poursuivre l'examen lorsqu'il entendit derrière lui un craquement. C'était son compatriote qui le rejoignait ; non content d'avoir envoyé valdinguer un Opéra, deux Volkswagen, un *Wanderer*, il fonçait maintenant tout droit sur l'arc de triomphe. Arturo lui décocha un regard furieux qui le foudroya sur place et le laissa bouche bée.

– Merde, Manolete, pourquoi crois-tu que j'ai enlevé mes bottes ? grogna Arturo à la vue des dégâts causés par cette tornade humaine.

– Désolé, mon lieutenant, je pensais que vous aviez besoin de moi...

– Oui, l'interrompit-il sans ménagement, pour faire le planton jusqu'à ce que les poules aient des dents...

Arturo dévisagea le soldat Francisco Ramírez, alias Manolete ; ses bras qui flottaient dans un uniforme trop large faisaient peine à voir, et dire qu'il était laid eût été le flatter, mais à en juger par ces quelques mois de débâcle partagée, il était indéniable que le troufion Ramírez, à l'instar du torero Manolete, se plaçait toujours au bon endroit. Résigné, Arturo secoua la tête.

– Tu n'es qu'une brute épaisse. Allez, amène-toi, et arrête de fouler le raisin.

Manolete s'avança comme s'il marchait sous l'eau, s'agenouilla près d'Arturo et jeta un coup d'œil au cadavre.

– Lui, on lui a donné son passeport pour l'au-delà, observa-t-il. Et comme il faut... Un coup de couteau du bas vers le haut.

– Apparemment.

– C'est le tas de viande qu'on cherche ?

Arturo le fixa d'un air las ; la description était certes crue, mais exacte. Il lui montra les papiers. Manolete lut avec difficulté, détachant chacune des syllabes.

– C'est bien le *Doïche*, confirma-t-il. Qui peut avoir fait une telle casse ?

– Va savoir... Dans cette ville, n'importe qui peut faire

n'importe quoi. Ce qui est sûr, c'est qu'il n'est pas là par hasard.

– Parole de sage, mon lieutenant. Et alors, on fait quoi?
– Pour l'instant, on continue de fouiner.

En toute logique, la mission d'Arturo aurait dû s'achever avec cette découverte, mais une curiosité polyédrique le pressa d'explorer le corps avec méthode et minutie. Tandis qu'il passait à l'action, il songea à l'ordre donné par le poste de commandement, à peine une heure plus tôt, à tous ceux qui assuraient la protection de la nouvelle chancellerie du Reich, qu'ils fussent de la *Dienststelle*, du *Begleitkommando* ou de la *Kripo*: passer au peigne fin le bâtiment afin de débusquer le dénommé Ewald von Kleist, quarante-huit ans, un mètre quatre-vingt-dix environ, corpulent, brun, sans plus de détails. En sa qualité de courroie de transmission des ordres, l'officier qui les avait dépêchés s'était efforcé de ne laisser transparaître aucune émotion, mais à la pâleur de son visage, on devinait que cette mission était de celles dont l'échec entraînerait une rétrogradation, voire un conseil de guerre. Malgré le secret qui avait entouré l'identité de la victime, Arturo put présumer de la qualité de l'homme, l'ayant vu arriver la nuit précédente avec quatre autres individus dans une énorme Opel Admiral, entièrement peinte en noir – y compris les phares, dont seule une fente projetait une écharde de lumière d'un jaune trouble – et sans signe distinctif, escortée par un détachement de la *Waffen*-SS. Au fil de ces réflexions, Arturo sortait des poches du cadavre des Reichsmark et des pfennigs, désormais inutiles, un coupe-ongles, un canif, un mince étui à cigarettes en argent cannelé et un carton dont les deux faces étaient couvertes de notes et de ratures… Arturo prit tout son temps pour l'examiner; il s'agissait d'un faire-part de mariage sur lequel on avait griffonné des mots, des équations, des schémas, des croquis, des abréviations… le tout jeté pêle-mêle. Il buta deux fois sur ce qui aurait pu être l'élément ordonnateur, un étrange mot entouré : *WuWa*. Il n'était accompagné d'aucune annotation ou commentaire, mais avait été soigneusement calligraphié, ce qui pouvait révéler son importance au milieu de la précipitation chaotique de ce galimatias. Arturo soupesait ces informations lorsqu'un officier fit irruption dans la salle ; si Arturo avait oublié les deux SS qui l'accompagnaient, eux, en revanche, n'avaient pas oublié la chaîne de commandement. Il eut le réflexe de cacher prestement le faire-part. Au même instant, l'*Untersturmführer*[1] Franz Schälde, chef de la garde de la chancellerie, se posta au bord de la maquette et tâcha de surmonter sa surprise à la vue des deux bottes, l'une debout, l'autre renversée. Le gonflement des tendons de sa gorge laissait penser qu'il s'y trouvait un baril de poudre.

– Que faites-vous, soldat ? aboya Franz Schälde.

Arturo se redressa et fit le salut allemand en prenant bien soin de n'allumer aucune mèche.

– Je vérifiais l'identité du mort, *mein Untersturmführer*.

– C'est notre homme ?

– Oui, *mein Untersturmführer*.

– Très bien, votre mission est terminée. Retirez-vous.

Manolete et Arturo s'exécutèrent aussitôt et descendirent de la plate-forme. Arturo enfila rapidement ses bottes avant de livrer un bref rapport de la battue menée dans le bâtiment et d'aborder des aspects plus secondaires tels que l'état du cadavre, l'inspection de ses vêtements et de ses objets personnels… omettant, sans raison précise, le faire-part. Quand il eut achevé, l'officier ordonna aux membres de la *Waffen*-SS de procéder à l'enlèvement du corps, ce qu'ils firent au mépris de toute méthode, écrasant des bâtiments sans le moindre égard, comme s'il eût été plus important de cacher la victime

---

1. Pour l'équivalence des grades militaires allemands, une note explicative est donnée en fin d'ouvrage.

que de découvrir le bourreau. Ensuite, il enjoignit à Arturo et Manolete de lever le camp et de reprendre leurs rondes mécaniques, non sans leur avoir ordonné d'user de la principale faculté de la mémoire : l'oubli. Après avoir effectué le salut nazi, ils quittèrent le rez-de-chaussée de la chancellerie pour entrer dans les vastes salles recouvertes de marbre, que séparaient des portes montant jusqu'au plafond. Ce monument à la gloire du pouvoir, érigé pour intimider et impressionner les visiteurs, avait désormais une allure fantomatique ; on avait retiré les tableaux, les tapis et les meubles, les plafonds présentaient d'énormes fissures et des planches avaient été clouées aux fenêtres... Leurs bottes résonnaient dans les larges corridors.

– Il y a du pain sur la planche, hein, mon lieutenant ? glissa Manolete.

– Cela ne nous concerne pas.

– Mais ne me dites pas que c'est pas bizarre...

– Je te répète que ce ne sont pas nos oignons.

– Bien sûr... Marchand d'oignons se connaît en ciboule ! Enfin... soupira Manolete. En tout cas, moi je sais ce qu'on peut faire.

– Terminer notre ronde.

– Non, autre chose. On pourrait aller s'en griller une dans les jardins, non ?

– Tu es fou ? On va se peler le jonc, là-bas.

– Pour ce qu'on s'en sert... Allez, mon lieutenant, cette maison porte la guigne, je le sens.

Arturo, abîmé dans ses pensées, ne prit pas la peine de répondre ; en dépit de l'indifférence qu'il avait affichée quelques instants plus tôt, il ne parvenait pas à s'ôter de l'esprit le cadavre qu'ils avaient laissé en bas. Il songea alors que, nécessairement, les officiers auraient à en référer au *Führerbunker* de la chancellerie, et que l'une des entrées les plus proches se situait dans les jardins. Ce n'était pas seulement de la curiosité : tout ce qui survenait dans ce lieu était de sa compétence, surtout si cette compétence travaillait du couteau. Il haussa les épaules.

– Un peu d'air frais ne nous fera pas de mal.

Manolete sourit comme un enfant devant un gâteau d'anniversaire et ils se dirigèrent vers les jardins. Dehors, les mâchoires du froid se refermèrent sur leurs chairs, ils remontèrent le col de leurs capotes grises ; ils soufflaient de la buée à chaque respiration. Les fontaines, le pavillon de thé, les statues, la serre... il ne restait de tout cela que des blocs de béton armé, des arbres arrachés et de larges cratères. Au loin, *die Amis*, les avions américains, s'acharnaient à détruire Berlin – la nuit, c'était le tour des Anglais, *die Tommys* – et dans les jardins venait se briser, comme sur une plage sinistre, le grondement des bombardements. L'odeur de roussi qui flottait dans l'air parlait de toute cette hystérie et cette désintégration. Ils saluèrent les gardes postés devant la casemate de l'issue de secours du *Führerbunker* ; Manolete sortit une cigarette, Arturo lui en demanda une.

– Mais, mon lieutenant, vous ne fumez pas !
– Aujourd'hui si, je fume.

Arturo posa le fusil-mitrailleur, prit la cigarette et laissa Manolete la lui allumer. Dans ce monde de nécessités, il avait eu envie d'accomplir un geste dépourvu de finalité pratique, d'un reliquat de la vie normale. À la troisième bouffée, il se mit à tousser.

– C'est bien ce que je disais. C'est pas votre truc, la sèche.

– Tu as raison, acquiesça Arturo qui écrasa la cigarette et la lui rendit. Quel jour sommes-nous ?

– Aujourd'hui ? – Manolete cracha la fumée de manière désordonnée. Le 14 avril.

– Il y a du nouveau ? demanda Arturo en pointant le menton vers le ciel.

– Les Américains sont du côté de l'Elbe et il paraît que les Russkofs sont déjà à Seelow, et que ça cogne sévère.

– En gros, les uns ne sont pas loin et les autres tout proches.

– Ils vont pas tarder à frapper à notre porte.

Arturo regarda le bloc de béton par lequel on sortait du bunker ; là, à douze mètres de profondeur, se cachait l'ancien seigneur de l'Europe, Adolf Hitler.

– Et lui ? On n'en entend plus beaucoup parler...

– Depuis deux mois, mon lieutenant, mais je crois qu'il est plus bon à grand-chose... C'est bientôt la fin des haricots.

– Allez, Manolete, il faut faire bonne figure.

– Vous me croirez si vous voulez, mon lieutenant, mais j'en ai pas de meilleure.

Arturo observa la grimace de résignation ironique qui se dessina sur le visage disgracieux de Manolete et sourit tristement. Puis il reporta son attention sur le bunker. Il savait que ce bloc n'impressionnait pas Manolete, voire qu'il le méprisait, car, contrairement à lui-même, Manolete était incapable de comprendre son importance historique. Le monde avait fait de Berlin une énorme cible et cet endroit en était le centre. L'intronisation du mal, l'abrogation de l'humanisme, l'extinction de l'humanité, le vertige, ces deux dernières années, de la déroute allemande : tout convergeait vers ce point, vers cette masse fortifiée. Et au bord de cet abîme insondable et fumant, *der Führer*, dans l'ultime station de sa fuite de la réalité, continuait de rêver de sa Germania, la cité babylonienne appelée à être la capitale d'un Empire germain qui durerait mille ans, érigée pour qu'à l'avenir l'ampleur de ses ruines témoigne de sa grandeur, alors qu'au-dessus de sa tête l'avenir l'avait déjà rattrapé ; un avenir fait d'incendies, de décombres et de milliers de tonnes de bombes. Arturo cracha de côté et regarda Manolete.

– Tu peux me dire ce qu'on fout ici ? lui demanda-t-il d'une voix fatiguée.

Sa question était purement rhétorique, mais c'était compter sans la naïveté de Manolete et sa logique implacable.

– Nous n'avons pas d'autre endroit où aller, mon lieutenant.

Au même instant, un flot d'uniformes noirs se déversa de la porte du bunker : des prétoriens de la SS qui escortaient quatre civils portant des chapeaux foncés et des gabardines grises. Arturo reconnut les hommes qui, la nuit précédente, étaient arrivés avec la future victime ; le visage de l'un d'entre eux, aux traits flous, très pâle et sans sourcils, était de ceux que l'on n'oublie pas. Une fraction de seconde, ses yeux croisèrent ceux d'Arturo. C'étaient des yeux noirs, bridés par le froid, derrière lesquels on devinait un gouffre. Le groupe disparut rapidement à l'intérieur de la chancellerie.

– Il va y avoir une petite fête, mon lieutenant, murmura Manolete d'un ton pessimiste.

Arturo resta silencieux, attentif à son sixième sens qui, à fleur de peau, faisait scintiller dans sa mémoire le mot *WuWa*. Il retira son casque, le remit, ajusta la courroie de son fusil-mitrailleur et leva les yeux vers le ciel.

– Oui, finit-il par répondre mollement, l'air distrait. Et j'ai bien peur que ça ne finisse mal...

Une brise parfumée, qui semblait avoir traversé des kilomètres de champs de lilas, masqua pendant quelques instants l'odeur de brûlé de Berlin. Il acheva sa phrase :

– ... mais connais-tu quelque chose qui ne finisse pas mal, Manolete ?

2

Trois millions d'âmes

Assis dans sa cage, l'énorme gorille, amaigri par le manque de nourriture, observait les cinq soldats avec une extrême concentration. Ceux-ci, affalés les uns contre les autres, lui rendaient le même regard curieux. À deux pas, la haute tour antiaérienne du bunker du zoo surplombait cette matinée légèrement voilée. Et au fond, dans un coin du Tiergarten, on distinguait la ruine la plus spectaculaire de Berlin : le gigantesque Reichstag, siège du Parlement.

– Il est agressif ? demanda Arturo à la personne qui s'occupait des singes, et qui tenait plus de l'antiquité que du vieil homme.

– Non, pas trop, mais il peut envoyer de sacrés rugissements. Sûr qu'Ivan est plus agressif.

Ivan était le surnom des soldats russes.

– Qu'est-ce qu'il dit ? s'informa Manolete.

– Qu'il ne faut pas que tu t'approches de la bestiole, parce qu'elle a déjà avalé quelques Berlinois, le taquina Arturo.

– Comme vous y allez, répondit-il en bombant le torse.

Au même instant, le gorille ébaucha un bâillement qui se transforma en mugissement. Tous sursautèrent et lâchèrent une bordée de blasphèmes et de jurons. L'animal leur lança un regard contrarié.

– Merde, vous aviez raison, concéda Manolete.

– Allez, on n'est pas des gonzesses, tout de même, protesta le caporal Hermógenes Guardiola, auquel un teint hâlé, hérité de ses années de service au Maroc, avait valu le surnom de Saladino.

– Saladino, tu n'es qu'un rustre… se moqua le soldat Gonzalo Cremada qui, lui, devait son surnom de Ninfo à sa belle gueule.

– Eh, Ninfito, t'as vu ta tête ? T'as la frousse, hein ? le nargua Manolete.

– Tu parles d'une bande, soupira Arturo avec une résignation feinte. C'est à vous qu'on devrait jeter des cacahuètes…

Ils continuèrent de se chamailler, sans toutefois se départir de cette bonne entente, mêlant camaraderie, subordination et une certaine démocratie, comme il convenait aux derniers Espagnols encore empêtrés dans le bourbier berlinois. On était le 15 avril, c'était un dimanche froid et lumineux, et Arturo, même s'il savait qu'il s'agissait d'une notion de la vie civile sans grande signification ces temps-ci car la guerre ne connaît pas de dimanche, fut surpris de voir que le zoo de Tiergarten – un parc immense et luxuriant devenu un terrain vague semé de ruines – avait conservé un semblant de normalité, avec des Berlinois circulant entre les cages des babouins, des oiseaux tropicaux, des kangourous, des ours… Comme toutes les villes assiégées, Berlin s'efforçait de maintenir la distribution des journaux et du courrier, le ramassage des ordures, l'activité des cinémas et des théâtres, le bon fonctionnement des transports publics, les heures de bureau. Eux-mêmes, dès qu'ils en avaient l'occasion, laissaient de côté leurs obligations et se retrouvaient pour sceller leur amitié à l'aide de rasades de cognac, parties de cartes, café, rata ou putes. Arturo était à Berlin depuis près d'un mois, à la faveur d'une erreur administrative qui l'avait affecté à la défense de la capitale et qui, étant donné les événements en cours, lui avait sauvé la vie. Manolete avait lui aussi tiré le bon numéro.

Quant à Ramiro, Ninfo et Saladino, Arturo avait fait leur connaissance lors d'une réception à l'ambassade espagnole ; tous trois étaient rattachés à diverses délégations officielles. Leur complicité était de celles qui se forgent lors de situations extrêmes et qui sont, de ce fait, plus durables – et qu'Arturo bénissait parce que cela faisait bien longtemps qu'il n'avait pas éprouvé ce sentiment de solitude si familier, cette sensation de se trouver dans la nacelle d'un ballon et de flotter à des centaines de mètres au-dessus de l'humanité. Conscient que sa tendance à l'introspection l'avait isolé toute sa vie et, dans le pire des cas, le rendait irascible, il s'étonnait que les démons eussent cessé de le hanter, des démons qui, accaparés pour l'heure par la ville de Berlin, accordaient une trêve à son autodafé personnel. Il avait même une maîtresse, Silke, une Berlinoise douce et chaleureuse – son mari, conducteur de panzer, avait été déclaré disparu à Koursk – avec laquelle il partageait un amour tiède, jalonné de barrières ne laissant passer que la compréhension, une certaine confiance et une compagnie stable. Était-il heureux ? À bien y réfléchir, il se sentait surtout coupable d'être heureux.

– Au fait, Arturo, tu as des affaires à régler à l'ambassade ? demanda le discret Ramiro, maigre comme un clou.

– Non, pourquoi ?

– Parce que ton nom était inscrit dans l'agenda du secrétaire à la date d'aujourd'hui. Ne me demande pas comment je le sais, je ne suis pas censé le savoir.

Arturo bondit comme s'il venait de se brûler.

– Euh, non, je ne crois pas. Tu n'en sais pas plus ?

– Seulement que tu étais sur la liste.

– Ah bon.

Manolete, qui avait tout entendu, ouvrit la bouche tel un poisson hors de l'eau : la même pensée l'avait traversé. Il s'approcha discrètement d'Arturo.

– Y aurait pas un gratte-papier qui se serait aperçu de la

combine, par hasard? chuchota-t-il. Si c'est le cas, on peut dire adieu aux vacances...

— Non, ça c'est l'affaire des Fritz. Si on ne s'est pas déjà fait pincer, c'est qu'ils ne s'en sont toujours pas rendu compte.

Il prit une profonde inspiration, essayant de se convaincre de ses propres paroles.

— Du chef et du mulet, plus on est loin et mieux on est, mon lieutenant, insista Manolete.

Arturo eut un rire forcé.

— Alors, vous allez boire un coup avec Chita? demanda-t-il aux autres.

— Je ne le vois pas taper le carton, répondit Ninfo.

— Je suis sûr qu'il joue mieux que toi, le railla Saladino.

— Possible, mais moi au moins, je respecte les règles, Arabe de mes deux. Pas comme d'autres.

— Les règles? s'exclama Saladino, comme si jouer sans tricher était une offense à ses ancêtres. Qu'est-ce que tu crois, qu'on est à *Güinbledón*?

Sa franchise et son ingénuité déclenchèrent l'hilarité du groupe. Tous savaient pertinemment qu'ils frayaient avec la tragédie, aussi accueillaient-ils avec gratitude le moindre sourire.

— Où est-ce qu'on pourrait manger? demanda Ramiro d'un air grave.

— Y a qu'à suivre celui-là, dit Manolete en désignant Saladino. Il te trouverait un ragoût en pleine nuit, et sans balise de détresse.

— Tu parles, se défendit Saladino, avec le régime soi-disant bien calculé, enfin plutôt mesquin, qu'on nous impose... J'ai repéré une gargote dans la *jesaispasquoistrasse* où ils proposent autre chose que de la saucisse.

— D'accord, alors j'invite et tu paies, conclut Ninfo. On s'organise comment?

Tous, mus par un même réflexe, regardèrent Arturo qui,

en principe, détenait le grade le plus élevé. Mais celui-ci ne répondit pas ; il avait un regard de somnambule, le regard de celui qui écoute une voix intérieure.

— Mon lieutenant… ? le pressa doucement Ninfo.

— Oui, excusez-moi…

Il esquissa un sourire de politesse et chercha rapidement dans son sac à mensonges :

— J'ai bien peur de ne pas pouvoir vous accompagner, je viens de me souvenir que j'ai des affaires urgentes à régler à l'ambassade. Un autre jour, peut-être.

Un tel manquement à la discipline collective déclencha des huées frôlant l'insubordination, mais Arturo, qui ne se formalisait pas de ces fluctuations dans les rapports entre officiers et soldats, par ailleurs si courantes dans les situations difficiles, coupa court :

— Si vous continuez, je vous mets à la corvée.

Ce fut sacrément efficace. Ramiro, le seul à avoir conservé la distance hiérarchique, s'approcha furtivement pour lui rappeler tout en finesse qu'il ne faisait ni ne défaisait des rois, qu'il aidait son seigneur. Arturo lui assura qu'il serait muet comme une tombe ; il dut aussi tranquilliser Manolete, pour qui la détermination dont il venait de faire preuve n'était qu'un faux-semblant.

— Je vais voir, au cas où, abrégea-t-il à court d'arguments.

— Allez, au trot, les gars ! ordonna Saladino.

— D'abord, il faut dire au revoir à Chita, les retint Ninfo.

Manolete chercha le soigneur dont le visage, chiffonné comme une verrue, paraissait n'avoir jamais connu la jeunesse.

— Demandez-lui comment s'appelle la bestiole, dit-il à Arturo.

Arturo s'exécuta.

— Alors ? demanda Manolete.

– Il dit qu'il n'a pas de nom.

– Ah bon, c'est bizarre, non ?

Tous gardèrent un étrange silence tandis qu'ils observaient l'énorme primate. Son corps et son regard évoquaient la végétation luxuriante d'une jungle violente, prodigue, étouffante, sans égard, sans pitié ni justice, dont le lot quotidien était un fascinant carnage. Pareil animal vidait de son sens l'expression « Mère Nature », niait les hommes et leur civilisation.

– Non, ce n'est pas bizarre... dit enfin Arturo. Pourquoi ce serait bizarre ?...

Arturo se dirigea d'un bon pas vers l'ambassade espagnole, dans le quartier diplomatique du Tiergarten. En l'absence d'un ambassadeur évacué pour raisons de santé, le comte de Bailén, premier secrétaire, avait officiellement fermé le bâtiment deux semaines plus tôt et rejoint lui aussi la Suisse avec ses fonctionnaires, codes et documents, laissant sur place un détachement semi-clandestin, cinq hommes chargés d'expédier les dernières affaires avec la diplomatie allemande et de rapatrier les ressortissants espagnols. La Lichtensteinallee n'était pas très loin, suffisamment cependant pour qu'Arturo vérifiât *ad nauseam* à quel point la guerre avait pris une mauvaise tournure pour l'Allemagne. Des immeubles décapités ou éventrés ; des rues et des avenues parsemées de trous et de décombres, des pâtés de maisons volatilisés... Le grondement sourd et continu en provenance de l'est était si intense que, dans les districts orientaux de la capitale, situés pourtant à soixante kilomètres du front, les maisons tremblaient et les tableaux se décrochaient des murs. Toutefois, Arturo put constater à chaque coin de rue que la préoccupation principale des Berlinois, affaiblis par la tension et le manque de vivres, n'était pas d'assurer la défense de leur ville mais de remplir leur garde-manger avant que celle-ci fût assiégée, supportant les interminables files d'attente du rationnement devant les boulangeries et les magasins d'alimentation. Arrivé sur la Lichtensteinallee, Arturo franchit une chicane au milieu de la chaussée et se retrouva devant l'énorme bâtiment familier en forme de *v*, dont la façade, partiellement enfoncée par une bombe, arborait l'aigle de saint Jean et le blason de la Phalange – le joug et les flèches. Il frappa à la porte, aussitôt ouverte par Matías, un dactylographe blond et élancé, auquel il prétexta le besoin de vérifier si, en tant que volontaire de la *División Azul*, il lui restait un solde à encaisser de l'armée allemande. Matías le conduisit à l'escalier d'honneur et le guida à travers un bâtiment désert jusqu'au bureau du secrétaire de l'ambassade. Il lui demanda de patienter devant la porte, le temps de l'annoncer. Au bout de quelques instants, il l'informa – il parlait très bas, si bien qu'Arturo dut faire un effort pour le comprendre – que le secrétaire l'attendait et lui pria de déposer le casque et les armes. Arturo ne manifesta aucune objection et lui remit aussi le Tokarev qu'il avait rapporté de Russie en souvenir. Il entra dans le bureau ; c'était une petite pièce, froide et nue, qui suscitait une certaine gêne autant qu'elle imposait le respect. Francisco Maciá, alors le plus haut représentant de la diplomatie espagnole auprès du Reich, était assis derrière une table, sous un portrait du Caudillo. Il était vêtu d'un costume à la coupe impeccable et dégageait la même impression sobre et aseptisée que son bureau. Arturo s'avança et fit le salut militaire ; Maciá se redressa en lissant son costume, contourna la table et lui tendit la main, lui souhaitant la bienvenue avec un imperceptible sourire de politesse bien rodé. Le secrétaire n'excédait en rien, se dit Arturo : il était grand mais pas trop, fort sans être robuste, présentait bien sans être particulièrement beau. L'homme lui approcha une chaise, l'invita à s'asseoir et se réinstalla à son bureau.

– Quelle heureuse coïncidence que vous soyez venu à l'ambassade précisément aujourd'hui, commença-t-il avec une lenteur étudiée. On m'a informé de votre problème de solde, mais j'allais vous appeler pour une autre affaire.

Arturo se cala sur son siège, défit les premiers boutons de sa capote de laine et de rayonne et se composa une expression docile.

– Je vous écoute.

– Puis-je commencer par vous offrir un café ? C'est du vrai café, soyez sans inquiétude.

– Cela fait bien longtemps que je n'en ai pas senti l'arôme. Avec plaisir.

Maciá passa un bref appel sur une ligne interne puis reprit la discussion.

– Bien, tout d'abord, j'aimerais éclairer deux ou trois points avec vous.

Il se racla la gorge.

– Les regrettables incidents survenus à Leningrad vous ont valu une réputation méritée au sein de feu la *División Azul*. Néanmoins, quelle ne fut pas ma surprise quand, en Espagne, on m'a chargé de cette petite affaire et sommé de la confier au lieutenant Arturo Andrade Malvido. Il est évident qu'au palais de Santa Cruz, on sait qui vous êtes. Ce qui le semblait moins, c'était de mettre la main sur vous, d'autant que la *División* a été rapatriée. Je peux vous assurer que ma surprise s'est muée en stupéfaction lorsqu'on m'a informé que vous étiez à Berlin, et que, si vous étiez encore en vie, je devais me mettre en contact avec vous le plus tôt possible.

Il marqua une pause.

– Voici donc ma première question : pourquoi êtes-vous encore ici ?

C'était en effet une bonne question. Arturo récapitula mentalement les deux dernières années de sa vie. Après avoir élucidé de sombres crimes au sein de la *División*, ce qui lui avait permis d'être réhabilité au grade de lieutenant, il avait miraculeusement survécu au massacre perpétré par les Soviétiques à Krasny Bor – plus de deux mille Espagnols étaient tombés pendant les premières vingt-quatre heures, et le combat au couteau qu'il avait livré contre un Russe lui donnait encore des cauchemars –, et plus tard, à la bataille sanglante qui s'était déroulée sur la rive occidentale de la rivière Ishora. À ce moment-là de la guerre, fin 1943, le régime espagnol, ayant renié toute idéologie affichée antérieurement, n'avait d'autre but que de s'affermir afin de conserver le pouvoir qu'il avait si insatiablement recherché et conquis. Ainsi, l'autel richement décoré de la lutte contre le communisme et de la fraternité germano-espagnole se voyait démantelé par la menace de l'écrasante supériorité militaire soviétique, la pression britannique et américaine et la faiblesse alarmante de l'Axe. Le vol désormais constant des Furies sur l'Allemagne incitait les rats à quitter le navire, et durant le repli de la Wehrmacht, depuis les confins de son avancée orientale et occidentale jusqu'au cœur même du Reich, l'Espagne était passée de la non-belligérance à la neutralité et avait fini par s'en laver tout bonnement les mains. La première victime fut la *División Azul*, rapatriée à l'exception de deux petits contingents de volontaires, la *Legión Azul* et l'*Escuadrilla Azul*, laissés sur place pour sauver les apparences avant d'être dissous en à peine deux mois, devenus eux aussi trop dangereux pour la patrie, les seuls autorisés à rester étant les soldats voulant s'engager de leur propre chef dans la Wehrmacht ou dans la SS, et dont l'État espagnol n'avait plus cure. À ce stade, Arturo ne savait plus vraiment pourquoi il se tenait encore au bord de ce gouffre. Il n'avait aucun motif idéologique ni aucune pression hiérarchique et aurait pu monter dans ce train, à Nikolajevska, pour regagner un confortable immobilisme militaire à Madrid. Au lieu de cela, il avait préféré intégrer la *Legión*, et plus tard la brigade belge de la SS de Léon Degrelle, la Wallonie, en tant que simple grenadier, et se battre désespérément contre les avant-gardes soviétiques en Poméranie. Transféré à Potsdam, il y avait rencontré l'*Unidad Ezquerra*, un groupe de combat constitué par le capitaine Miguel Ezquerra à la demande des Allemands, et qui, encadré par la *Waffen*-SS, serait affecté à la défense de Berlin. Ensuite, grâce à un quelconque sortilège bureaucratique, il avait atterri au service de la chancellerie. Pourquoi? se demandait-il. Pourquoi continuer à tourner en rond comme une mule attachée à une noria? Il n'était plus sûr de rien; peut-être la guerre était-elle devenue un état de conscience, un état primitif et hypnotique qui le maintenait lié à son mystère, à son danger, à sa beauté. Peut-être.

– Nous devons empêcher les hordes mongoles d'envahir l'Europe, lutter jusqu'à la dernière seconde contre le bolchevisme, mentit-il.

Maciá le regarda comme quelqu'un qui cherche à se reconnaître dans un miroir brisé. S'il en tira une conclusion, il la garda pour lui.

– En ces temps si critiques et si difficiles, heureusement qu'il existe des hommes comme vous. La patrie connaît votre hauteur d'esprit et elle en est fière, lieutenant. Cette bataille est peut-être perdue, mais nous allons poursuivre notre combat dans cette croisade contre les ennemis de l'Espagne. En tout lieu, à tout moment et aussi longtemps que cela sera nécessaire. Et c'est là que vous entrez à nouveau en scène.

– En quoi puis-je être utile?

Maciá ne perdit pas de temps. Il baissa le drapeau neutre et hissa un autre drapeau, noir celui-ci, orné de deux tibias et d'une tête de mort.

– J'irai droit au but, dit-il en posant ses mains sur le bureau. L'Allemagne a perdu la guerre, et l'Espagne se trouve dans une situation pour le moins délicate. D'un côté, le pays dépend du pétrole des États-Unis; de l'autre, certains des Alliés, qui ne nous portent pas dans leur cœur, ont mal interprété notre acharnement à lutter contre le communisme, *y compris* aux côtés des Allemands, et s'entêtent à user de représailles. Il faut ajouter à cela qu'en Espagne, il y a quelques… – Arturo devina le mot laissé en suspens : *phalangistes* – … arrivistes et opportunistes qui continuent d'intriguer contre le Caudillo. Étant donné la situation, la patrie doit se méfier de tout ce qui pourrait la compromettre ; même votre présence ici, à la défense du Reich, la compromet. De fait, vous n'existez pas.

Maciá, l'air grave, guettait l'effet de ses paroles.

– J'en suis conscient, concéda Arturo.

– Croyez-moi, cela ne fait qu'accroître votre valeur. Mais même les bons nageurs finissent par se noyer : j'entends par là qu'il convient d'être prévoyant. Vous êtes au courant des rumeurs…

– Quelles rumeurs ?

– *WuWa*, répondit Maciá sur un ton presque solennel.

Arturo soutint son regard une fraction de seconde de plus qu'il n'eût convenu. Il porta la main devant la bouche et toussota.

– À quoi faites-vous allusion ?

Maciá allait répondre lorsqu'on frappa à la porte. Après en avoir reçu l'autorisation, Matías pénétra dans la pièce avec un plateau et deux tasses d'un café encore fumant qu'il déposa sur la table avec un sucrier et deux petites cuillères. Arturo sentit, mêlée à l'odeur savoureuse de café, une odeur de graisse provenant des mains de Matías qui venait certainement de bricoler son Underwood. Celui-ci demanda la permission de se retirer et ferma doucement la porte.

– *WuWa*, répéta Maciá en approchant la tasse de ses lèvres. Les *Wunderwaffen*, les armes merveilleuses.

Arturo, qui s'apprêtait à sucrer son café, suspendit son geste. Il se reprocha de ne pas avoir fait le lien entre le mot écrit sur le faire-part qu'il conservait dans sa poche et ce mythe créé par un nazisme aux abois.

— Mais ça, ce sont des histoires à dormir debout, répondit-il en reprenant le rituel du sucrage.

— On dirait bien. Cela fait des mois que Goebbels parle de nouvelles armes extraordinaires qui changeront le cours de la guerre. D'après lui, la Wehrmacht attend que les Russes se rapprochent pour les prendre au piège, mais à part les fusées V1 et V2 et les chasseurs à réaction Me-262, on n'a rien vu de merveilleux et, bien évidemment, leur utilisation n'a pas retourné la situation.

— Ce n'est rien d'autre qu'une invention de M. Goebbels pour remonter le moral de la population.

— C'est fort probable. Même lorsque Mussolini est venu voir le Führer en avril dernier au château de Klessheim et que Ciano en personne nous a rapporté ce que Hitler, là-bas, avait prétendu…

Il ouvrit un tiroir et sortit un feuillet qu'il disposa au centre de son sous-main en cuir.

— Je cite : « Nous avons des avions à réaction, des sous-marins furtifs, de l'artillerie et des chars colossaux, des systèmes de vision nocturne, des fusées d'une puissance exceptionnelle et une bombe dont les effets étonneront la terre entière. »

Il marqua une hésitation.

— « Tout cela s'accumule dans nos ateliers souterrains à une vitesse étonnante. L'ennemi le sait, il nous frappe, il nous détruit, mais nous riposterons et notre réponse aura la force de l'ouragan, et nous n'aurons aucunement besoin d'employer les armes bactériologiques, domaine dans lequel nous sommes également au point. Pas un seul de ces mots ne s'écarte de la vérité… » Je le répète, même lorsque nous avons été informés de cette rencontre, nous n'avons pas apporté grand crédit à ces propos.

Il s'ensuivit un silence semblable à celui qui entoure la consécration de l'hostie. Arturo tournait la cuillère dans son café dans le sens des aiguilles d'une montre. Il avala une petite gorgée.

– Excellent, le café. Et donc ?

– Comme je vous le disais, on en serait restés là si nos services de renseignements, en Italie, ne nous avaient pas transmis il y a peu un rapport concernant un dénommé Luigi Romersa.

– Je suis censé le connaître ?

– Pas forcément. C'est un journaliste que le Duce a envoyé ici en octobre avec une mission spéciale : l'informer de la part de vérité que contiennent les propos de Hitler.

– Et quelle est cette part ?

Maciá se gratta le menton avec une moue songeuse.

– C'est bien là le problème : tout le monde y va de son avis, mais nous manquons d'éléments probants. Les données sont imprécises, générales... D'après nos agents, ce Luigi est rentré fort impressionné, évoquant des usines souterraines de la taille d'une ville, pleines d'engins extraordinaires. Il a également assisté à l'essai d'une mystérieuse bombe dite «bombe de la désagrégation», susceptible de tout détruire à des kilomètres à la ronde.

– Oui, acquiesça Arturo, sceptique.

Il but une autre gorgée.

– Encore des fadaises, je suppose, ajouta-t-il.

Maciá rangea le feuillet dans le tiroir et secoua la tête, geste qu'il semblait ne pas avoir fait depuis longtemps.

– Nous devons tenir compte des faits, et il se trouve qu'en Normandie le SHAEF[1] a signalé la destruction de vingt-cinq chars de combat britanniques par un seul Tiger, un étrange modèle. Les Me-262 ont fait sauter le pont de Remagen, sur le Rhin, avec des bombes qui paraissaient chercher la cible. L'infanterie américaine a découvert un tireur embusqué qui

---

1. SHAEF : *Supreme Headquarters Allied Expeditionary Force*. Quartier général des forces alliées en Europe de fin 1943 à la fin de la Seconde Guerre mondiale.

opérait de nuit, et avec succès puisque des pertes ont été déplorées, ce qui signifie qu'il pouvait voir dans l'obscurité. Ce sont des cas isolés, exceptionnels, mais avérés. Des faits, en somme.

Il se lissa les sourcils et poursuivit :

– À la lumière de ces données, l'étrange assurance dont Mussolini a fait preuve en affirmant en décembre à Milan, lors de sa dernière allocution publique, que les Allemands lâcheraient bientôt sur les villes des Alliés des bombes capables de les raser entièrement, prendrait tout son sens. Et en février de cette année, également lors de son dernier discours radiophonique, Hitler a demandé à Dieu de lui pardonner l'usage d'une arme dévastatrice et définitive.

– Et pourquoi ne l'a-t-il pas encore utilisée ? demanda Arturo d'un ton cassant.

Maciá soupesa cette interrogation. Il répondit par une autre question :

– Vous êtes-vous demandé pourquoi le peuple allemand résistait de cette manière si peu rationnelle, si féroce ?

– La discipline, et la peur des Russes, j'imagine.

– Peut-être. Et pourquoi les Alliés ont-ils multiplié leurs opérations de bombardement alors que la fin approche ? Pourquoi ont-ils ordonné à leurs généraux de prendre Berlin au plus vite ?

– L'envie de finir la guerre.

– Il se peut aussi que la Wehrmacht ait besoin de temps pour achever ce qu'elle a à achever. Ou alors, tout est déjà prêt et elle attend simplement que les Russes soient à portée de tir. Les Alliés ont dû le pressentir, et c'est pour cette raison qu'ils sont nerveux et agissent en conséquence…

Il observa un de ces silences qui renvoient à un non-dit capital, en l'occurrence la bombe de la désagrégation. Arturo termina son café corsé, tandis que celui de Maciá, encore intact, refroidissait dans sa tasse.

– Pourquoi vouliez-vous me faire venir, monsieur le secrétaire ?

– C'est très simple, lieutenant : pour pouvoir émettre un vrai jugement et non pas un simple avis. Notre devoir est de protéger l'intégrité de l'Espagne. Et s'il y a une possibilité, si infime soit-elle, que le nouvel ordre dans lequel devra évoluer la patrie ne soit pas celui qui est prévu, nous devons la considérer. Dieu est toujours du côté de l'armée la plus forte, et l'Espagne est toujours du côté de Dieu, nous sommes bien d'accord ?

Arturo trouva cela d'un cynisme hautement sophistiqué.

– Tout à fait, répondit-il insidieusement.

– Vous êtes actuellement affecté à la chancellerie. Et vous êtes de ceux qui savent regarder, mais aussi de ceux qui n'ont pas peur de voir. Pendant que la délégation restera à Berlin, vous serez nos yeux et nos oreilles, et vous nous tiendrez informés de tout ce qui aura trait à l'affaire qui nous concerne. Si vous rentrez en Espagne, tout cela sera pris en compte le moment venu, ça va de soi.

– Entendu. Je suis à vos ordres.

Maciá quitta alors son costume de diplomate ; à l'évidence, il était doté d'une intelligence tout en nuances, du moins en donnait-il l'impression, et Arturo devina que le secrétaire n'aurait aucun mal à adopter un ton plus chaleureux, dépourvu de pathétiques signes de connivence ou de marques d'une camaraderie feinte.

– Très bien, lieutenant. Avez-vous besoin de quelque chose ?

– Je présume que, si c'est le cas, je peux faire appel à vous ?

Maciá réfléchit à la question d'Arturo avec le soin qu'il eût mis à manipuler un stylo à plume qui fuit.

– Vous le pouvez, dans la mesure de nos possibilités et de manière non officielle, dit-il enfin avant d'ouvrir un autre tiroir et d'en sortir une épaisse enveloppe marron. Ce sont des dollars, ils vous seront sans doute utiles en cas de difficultés. Matías vous confiera également une radio pour que vous puissiez nous contacter si la situation devenait intenable ; je vous suggère de la mettre en lieu sûr. À ce propos, lieutenant, je ne serai pas tranquille tant que je ne vous aurai pas dit une dernière chose.

– Je vous écoute.

La franchise de Maciá le surprit.

– Vous savez, cette ville va devenir un enfer. Ici, il y a trois millions d'âmes condamnées. Et à moins d'un miracle, les Russes vont se venger de ce que les nazis leur ont fait subir durant l'occupation. Et ils ont déjà montré toutes les abominations dont ils sont capables en Prusse, en Silésie et en Poméranie. Vous étiez en Poméranie, n'est-ce pas ?

Arturo se rappela les caravanes sans fin, le flot homérique de femmes et d'enfants faméliques, terrorisés, fuyant les *frontoviki*[1] soviétiques ; ce climat sans pitié, les atrocités commises, les saccages perpétrés, les flammes, les torrents de sang que faisait couler une lutte acharnée, sans répit ; et toujours, cette retraite à travers des forêts enneigées.

Il acquiesça en silence, ce que Maciá interpréta comme une invitation à poursuivre.

– En outre, il y a en ville trois cent mille travailleurs étrangers, des esclaves, des chevaux de Troie, et parmi eux beaucoup de rouges espagnols qui n'attendent qu'une chose : se venger de la guerre qu'ils ont perdue. Bien que Hitler soit fini, croyez-moi, la seule chose qui les retient, c'est leur habitude de réagir au claquement du fouet. Lorsqu'ils auront rassemblé tout leur courage et pris conscience qu'il n'y a personne pour manier le fouet, ils vont saccager, voler, tuer, violer... Ils le feront, et comme il faut, cela ne fait aucun doute. La légation ne va pas

1. Troupes de choc de l'armée soviétique.

rester longtemps, cinq ou six jours tout au plus. À Tempelhof, il y a un avion prêt à nous évacuer vers le Danemark quand tout ça tournera au vinaigre. Je veux dire par là que si, au bout du compte, vous estimez que la loyauté envers les Allemands est une question de dates, et eu égard à votre statut, il y aura toujours une place pour vous dans cet avion.

Arturo eut un petit sourire. En définitive, songea-t-il, il ne s'agissait pas tant chez Maciá de cynisme raffiné que d'une capacité à anticiper les faits.

– Merci beaucoup, monsieur le secrétaire. J'en tiendrai compte. Même si, pour l'instant, il me semble que Berlin est un lieu comme un autre pour disperser ses cendres.

– C'est votre choix. Bon, eh bien, je crois qu'il ne reste plus qu'à traiter votre affaire...

La perplexité d'Arturo fut le troisième invité de la réunion.

– Oui, enchaîna Maciá, votre solde...

– Ah oui, bien sûr...

– Si vous souhaitez toujours vous en informer – Arturo n'aurait su dire si ce « toujours » était à prendre au second degré –, voyez ça avec Matías. Avez-vous besoin d'autre chose ? Qu'aurais-je pu oublier ?

Arturo savait pertinemment que la franchise n'est une vertu que lorsqu'elle se manifeste envers les supérieurs hiérarchiques.

– De la nourriture, dit-il sans ciller. Si vous pouvez me procurer un peu de nourriture, je tiendrai le coup.

– Bien sûr.

Maciá accompagna sa réponse d'un geste indiquant qu'il lui importait peu qu'on lui mît les points sur les *i*. Il se leva avec une certaine désinvolture qui laissait transparaître son statut sans pour autant le souligner. Il lissa son costume d'une main et tendit l'autre. Arturo se mit au garde-à-vous avant de lui tendre la sienne.

– Eh bien, *vista, suerte y al toro*[1], lieutenant.

D'entendre Maciá citer la devise de García Morato, célèbre as de l'aviation franquiste pendant la guerre civile, ne rassura pas vraiment Arturo qui n'ignorait pas la fin calamiteuse qu'avait connue cet homme. Il rangea l'enveloppe et avec elle, il le sut à cet instant, tout espoir de salut.

Sans qu'il eût besoin d'ajouter quoi que ce soit, Matías lui remit son attirail militaire ainsi qu'une lourde radio qu'Arturo installa sur son dos comme un sac, et – après avoir fait confirmer l'ordre de Maciá – un colis de victuailles. Pour sauver les apparences, Arturo se sentit obligé de jeter un œil aux émoluments qu'aurait pu lui devoir l'armée allemande, puis se fit raccompagner à la porte. Dehors, il dut à nouveau affronter le froid qui l'embrocha comme une pique et ce mal-être quasi physique qui flottait dans l'air. Il passa la sangle du Schmeisser autour de son cou, vérifia son Tokarev et laissa son imagination contempler les Furies aux ailes de déesses noires, perchées sur les corniches de Berlin. Les Grecs de l'Antiquité craignaient tellement ces divinités féroces qu'ils n'osaient pas les nommer, préférant les appeler, non sans ironie, les Euménides, les Bienveillantes. Mais Arturo, lui, n'avait pas peur de les appeler chacune par son nom tandis qu'elles le surveillaient de leurs yeux énormes, telles des billes noires et brillantes : Tisiphone, Alecto, Mégère...

Il fallait d'abord mettre la radio en lieu sûr. Outre le risque qu'Arturo faisait encourir à l'appareil en le promenant dans une ville que l'on bombardait avec l'intention de faire passer ses restes par les trous d'une raquette, l'obsession de Goebbels pour la cinquième colonne et les défaitistes avait empli la capitale de patrouilles SS qui n'hésitaient pas à prononcer

---

1. Littéralement : « Bonne vue, bonne chance et au-devant du taureau. »

et exécuter la sentence capitale, et qui, si elles étaient mal lunées, pouvaient suspecter ce petit Espagnol – tout soldat qu'il était – d'utiliser son transmetteur radio pour donner des renseignements à Ivan sur la défense de Berlin. C'est à cela qu'il songeait lorsqu'il atteignit Potsdamer Platz et vit une Kübelwagen décapotée, la robuste jeep allemande, s'arrêter d'une manière pas tout à fait fortuite quelques mètres plus loin et se garer sur le trottoir. À côté, on pouvait lire au mur un avertissement aussi rassurant qu'un chat noir : TOD UND STRAFE FÜR PFLICHTVERGESSENHEIT, « Mort et châtiment à ceux qui oublient leur devoir », et à l'intérieur du véhicule, deux SS portant des manteaux noirs, pour que chacun sache bien de qui il s'agissait et quelles étaient leurs intentions. Arturo flaira clairement le piège, mais hésita à y mettre le pied. Il ne faisait aucun doute que ces deux-là étaient venus pour lui ; le doute se portait plutôt sur leurs raisons. La seule qui lui vint à l'esprit était le faire-part rangé dans la poche de sa vareuse, et si tel était le cas, cela signifiait qu'il n'allait pas tarder à voir les pieds du Christ sur sa croix. S'il était gelé, il n'en ressentit pas moins de la sueur s'écouler dans son dos ; toutefois, il n'envisagea pas de déguerpir, et, avec l'air de celui qui n'a rien de mieux à faire, il continua d'actionner ses jambes comme des pistons dans leur direction. Quand il arriva à leur hauteur, l'un des deux SS, un *Scharführer* aux traits si grossiers que l'on eût dit que l'évolution l'avait ignoré, se redressa en s'appuyant sur le pare-brise et lui ordonna de s'arrêter. Arturo obtempéra et fit le salut nazi.

– Identifiez-vous ! aboya le SS.

Arturo remarqua que l'Allemand en rajoutait, mais il joua le jeu et déclina son identité. Il eut également à répondre à deux questions, l'une conventionnelle et l'autre impertinente, portant sur le lieu d'où il venait et sa destination, et sa loyauté envers le Führer. Passé cette rafale d'interrogations, le deuxième – qui, une fois descendu du véhicule, et malgré sa haute taille, paraissait plus large que haut – ouvrit la portière arrière et lui fit clairement comprendre qu'ils avaient passé la matinée à le chercher, sa photographie fixée sur le pare-brise, et qu'ils avaient pour ordre de le ramener avec eux : quelqu'un voulait lui parler. Ce *quelqu'un*, inquiétant et sombre, laissait entrevoir un rendez-vous aussi froid que la surface d'une table en marbre.

– Où faut-il aller ? s'enquit Arturo.
– Prinz-Albrecht-Strasse.

À la seule mention de ces trois mots, Arturo craignit que les SS ne détectent, mêlée à l'odeur aigre de transpiration de sa capote, l'odeur de la peur qui le saisit soudain. Il acquiesça et songea avec un certain cynisme qu'il semblait être ce jour-là le gars le plus populaire de Berlin. Il grimpa sans broncher dans la Kübel qui, après un claquement de portière, se mit à zigzaguer entre les nids-de-poule qui jalonnaient les rues berlinoises. Pendant le bref trajet à travers le district gouvernemental, Arturo, le visage tenaillé par le froid et la main sur le casque en acier, se dit que la peur avait été créée pour aider à survivre. C'était quelque chose de naturel, il fallait simplement savoir la manier, surtout si l'on se faisait emmener au numéro 8, Prinz-Albrecht-Strasse, siège de la *Reichssicherheitshauptamt* (la RSHA), l'Office central de la sécurité du Reich. Cet ancien palais abritait les bureaux du *Sicherheitsdienst* (le SD), le service de sécurité de la SS, et de la *Sicherheitspolizei* (la *Sipo*), la police de sécurité, qui comprenait la *Kripo*, la police criminelle, et la redoutable Gestapo, la police politique. C'est dans ce lieu que l'on avait organisé avec efficacité et méthode la terreur qui avait brûlé des hommes et consumé des frontières pendant six longues années. Ils laissèrent derrière eux des enfilades de façades XIXe siècle et la Kübel se gara à la hauteur de la porte principale, dont la symétrie avait été mise à mal par les bombes, tout comme le reste du bâtiment. Arturo descendit du véhicule et fut conduit à l'intérieur, encadré par les deux *Schutzstaffel*. Ils franchirent les contrôles et gravirent un immense escalier menant à un vestibule transformé en salle d'attente, au plafond voûté et avec trois grandes fenêtres en forme d'arc, flanquées des bustes de Hitler et Göring. C'était la première fois qu'Arturo mettait les pieds à la RSHA, ou la Maison des Horreurs, comme l'avaient baptisée les Berlinois. Au lieu de l'obscure énergie, des noirs battements de cœur qu'il avait imaginé rencontrer, il fut naïvement surpris par l'efficacité industrielle que renfermaient ses couloirs, faite de documents en trois exemplaires minutieusement archivés, et qui, infusant dans une cruauté primitive, avait eu des effets dévastateurs en Europe. Seuls une légère fébrilité, un empressement dans les mouvements des SS laissaient entrevoir qu'une tragédie fondait sur eux ; ces hommes, pleinement conscients qu'un chapitre entier leur était réservé dans le livre où les Russes avaient couché les noms de ceux avec qui ils avaient des comptes à régler, détruisaient tous les documents sans exception, ce qui expliquait pareille agitation. Des portes soudainement ouvertes et fermées trahissaient les scènes qui se répétaient alors dans les bureaux et services de l'*Allgemeine-SS* partout dans le Reich : l'élimination systématique de milliers de fiches couleur brique concernant les personnes, de dossiers, d'autorisations signées, d'ordres... autant de traces d'une responsabilité plus lourde au fur et à mesure que l'on s'éloignait des hommes portant les armes. Mais surtout, on se débarrassait de piles entières de *Dienstalterliste*, un registre secret établi plusieurs fois par an où était consignée toute la hiérarchie des officiers SS, leurs noms, affectations, charges, médailles... En définitive, un vrai régal pour les couteaux bien aiguisés du SMERSH[1] soviétique. La

---

1. Transcription anglaise d'un acronyme russe signifiant : « Mort aux espions ». Désigne les différentes sections du contre-espionnage soviétique pendant la Seconde Guerre mondiale.

bête était blessée et traquée, mais elle respirait toujours, et Arturo aurait la tête entre ses mâchoires pendant un certain temps encore. Quand il se rendit compte que ses escortes avaient fait halte dans un bureau, ils se dirigeaient déjà vers les sous-sols du complexe.

– C'est ici, lui indiqua celui des deux SS qui jouait le rôle du gentil flic.

Ils frappèrent à une porte métallique tout oxydée, et un autre membre de cet ordre noir, un type aux traits peu marqués, dont la vareuse était à moitié déboutonnée et maculée de grosses taches sombres, leur ouvrit. Arturo fut aussitôt assailli par une odeur de panique : un air saturé de merde, de sang, d'urine et de sueur, auquel venait s'ajouter l'arôme douceâtre caractéristique des salles d'interrogatoire où l'on essaie continuellement d'effacer ce qui vient de s'y produire. Ses accompagnateurs, estimant leur mission accomplie, firent demi-tour sans un mot ; Arturo pénétra alors dans l'une de ces pièces sans fenêtres que l'on rencontre dans les cauchemars et dont on ne parvient à sortir qu'à l'aube, au milieu des cris et trempé de sueur. Au centre, faiblement éclairé par une lumière jaunâtre, un homme nu était assis sur une chaise noire fixée au sol. Des lanières et des anneaux lui entravaient les chevilles, les poignets, le torse et la tête. Un jeu de câbles, derrière lui, filait jusqu'à une sorte de comptoir où un autre SS, avec une tête de bulldog et de très longs bras, contrôlait le voltage. Debout à ses côtés, un *Hauptsturmführer*, qui avait les jambes arquées comme s'il avait servi dans la cavalerie, arborait un visage fuyant qui hésitait entre ennui et paresse. Le directeur de cette inquisition, certainement. Et dans un coin, une présence, dans la pénombre, qu'Arturo ne parvenait pas à distinguer : le genre de présence qu'il avait appris à craindre par-dessus tout. Il se mit au garde-à-vous dans un claquement de bottes sonore, le bras levé.

– Avez-vous vu ce qui arrive aux ennemis du Reich ? lui

demanda le capitaine, le regard vide, sans lui rendre son salut.

Arturo se borna à afficher l'expression que la gravité de la situation requérait.

– Posez votre sac et votre arme et mettez-vous à l'aise. Le spectacle le vaut bien.

Arturo obéit et laissa le havresac, le casque et le fusil-mitrailleur contre le mur. Il observa le malheureux. Et ce n'était pas beau à voir : il ressemblait à un cadavre sur le point de subir une séance de dissection, n'était le fait qu'il respirait encore. C'était un homme fort, très poilu, et son visage tuméfié empêchait toute identification. Son corps était couvert d'hématomes violets perlés de sang. Le capitaine fit un signe de la tête et l'homme fut projeté en avant, les yeux exorbités, par une force dévastatrice qui broya chacun de ses nerfs. Des milliers d'aiguilles électriques fouillaient les pores de sa peau et transformaient ses yeux en boules de feu. Puis il s'écrasa contre le siège, tel un pantin dont on aurait soudainement relâché les ficelles. Il n'avait pas crié, seulement essayé de protéger son orgueil avec des grognements ; ce qui, outre qu'il ne demandait pas grâce, indiquait qu'il avait subi des heures et des heures de calvaire, d'évanouissements, de vomissements, de raclées... Un concentré de barbarie obscène dont le point culminant était un détail qu'Arturo venait seulement de remarquer. Un miroir de pied avait été installé devant le martyr afin qu'il pût constater sa misère, vérifier à chaque seconde qu'il se métamorphosait en dépouille.

– Je suis le *Hauptsturmführer* Friedrich Möbius, déclara le capitaine, et je vous présente notre invité, le sergent de rangers Philip Stratton, un commando américain parachuté près d'une ferme des environs de Berlin. Il a été capturé par les fermiers. Il a eu de la chance, ils ne l'ont pas tué.

Arturo observa le corps écorché de l'Américain : en effet, l'homme avait eu de la chance, une terrible chance.

— Il a d'abord été pris en charge par la Gestapo. Ils ont trouvé sur lui une carte de Berlin où étaient signalés plusieurs endroits dont la chancellerie. Après le crime commis hier, ils ont pensé qu'il pouvait nous intéresser.

— Je comprends, *mein Hauptsturmführer*, coupa Arturo avec aplomb, en dissimulant sa queue entre ses jambes. Ce que je ne saisis pas, c'est pourquoi vous m'avez fait venir.

— Ne soyez pas impatient, laissez-moi vous expliquer – Arturo hocha la tête. Cela fait plusieurs semaines que *Herr* Stratton profite de notre hospitalité et il va rester encore un petit moment, je le crains. S'il était un peu moins têtu, il nous aurait fait gagner beaucoup de temps, n'est-ce pas, *Herr* Stratton ?

Cette question fut suivie d'un imperceptible signe du menton que le subordonné transforma en une explosion d'électricité. Le commando se cabra de manière invraisemblable et une odeur fétide envahit aussitôt la pièce. Les muscles de Stratton s'étaient relâchés sans qu'il eût pu retenir ses excréments. Le SS qui leur avait ouvert la porte se moqua en se pinçant les narines avant d'aller chercher un vaporisateur de désodorisant.

— C'est très grossier, *Herr* Stratton, lui reprocha le capitaine sans la moindre ironie. Bien, continua-t-il, nous savons maintenant que votre visite n'est pas sans rapport avec les tentatives d'entraver l'effort de guerre allemand. Nous avons déjà vu ce que les Anglais ont fait dans les usines d'eau lourde de Norvège et dans celles de fusées à Peenemünde. Il est évident qu'ici, il n'y a ni eau lourde ni fusées. Qu'êtes-vous venu chercher, *Herr* Stratton ? Dites-le à *Herr* Andrade.

Le commando secoua la tête de façon infinitésimale, mais ne répondit rien.

— Allez, vous nous l'avez déjà dit, ne soyez pas timide. Vous ne voulez pas que l'on appuie à nouveau sur l'interrupteur.

— *Haus...* prononça le fantôme de sa voix.

– Qu'avez-vous dit ?

– *Virus Haus*… finit-il par articuler au prix d'un effort inouï.

Arturo ne parvenait pas à comprendre pourquoi un commando risquait sa peau pour aller fouiner à la *Virus Haus*, ainsi que l'on appelait communément l'Institut de physique Kaiser Wilhelm.

– Merci beaucoup, *Herr* Stratton – et à Arturo : À l'heure actuelle, il n'est pas très présentable, mais tel que vous le voyez, notre hôte fait partie d'une manœuvre à grande échelle orchestrée par l'OSS, dont le but est d'espionner notre programme d'armement, voire de le neutraliser. Cette phase de l'opération a pour nom Alsos et a commencé lors du débarquement de Normandie. Son objectif est de capturer nos scientifiques les plus importants. Ceux-ci sont traqués et arrêtés par des hommes qui suivent de très près l'avancée des troupes alliées ; à Heidelberg, nous avons appris qu'ils avaient mis la main sur Hans Bethe et Wolfgang Gentner. Comme je vous le disais, nous avions déjà entendu parler d'eux, mais nous ne pensions pas qu'il nous faudrait dératiser la maison si tôt. À propos, vous vous rendez bien compte qu'à partir de maintenant, il s'agit d'informations confidentielles. Si celles-ci venaient à sortir d'ici, vous et votre famille le paieriez de vos vies.

– J'en suis conscient, *mein Hauptsturmführer*, mais j'ignore pourquoi vous me racontez tout cela, pourquoi je suis ici, et pourquoi…

– Parce que vous m'avez été recommandé.

Ces mots furent accueillis par un silence impressionnant. La voix rauque, métallique, avait surgi de la pénombre. On entendit alors une chaise tirée sur le sol. Quelqu'un se mettait debout. Deux claquements de talons, comme lorsqu'on ajuste ses bottes. Le propriétaire de la voix quitta progressivement l'obscurité. Arturo le distingua enfin et songea qu'en Allemagne, l'alliance du pouvoir et de la grâce était si peu courante qu'il n'existait aucun mot pour la désigner. Ce *Sturmbannführer* était en tout point conforme aux canons de l'Antiquité classique ; son uniforme semblait posé sur une statue, et son visage était géométrique, inexpressif ; c'était l'un des poulains du IIIe Reich, que le mélange d'enthousiasme juvénile et d'endoctrinement idéologique avait transformés en soldats politiques, en parfaits assassins aux ordres de Hitler. Arturo se mit de nouveau au garde-à-vous.

– *Heil Hitler*, répondit le commandant en levant légèrement sa main droite. En effet, vous avez été recommandé par le *Hauptsturmführer* Wolfram Kehren, vous souvenez-vous de lui ?

On ne sait jamais à quel tournant de notre futur nous guette le passé. Évidemment qu'Arturo se rappelait le capitaine Wolfram Kehren : comment oublier l'incarnation de Belzébuth ?

– Bien sûr, je l'ai connu à Leningrad. C'était il y a deux ans déjà. Qu'est-il devenu ?

– Il a été blessé en Prusse, il a fallu l'évacuer. Il est en ce moment même en convalescence dans un sanatorium. En bref, il sera prêt pour faire son travail. Nous avons besoin d'hommes comme lui.

Arturo médita un instant sur la faculté des mots à dissimuler l'œuvre sanglante et brutale que cet officier avait accomplie en Russie. Inévitablement, à ce souvenir se superposait celui de Hilde, de son visage, un visage pour lequel mille bateaux auraient pris la mer.

– Le capitaine avait une assistante, *mein Sturmbannführer*, dit Arturo, gêné mais d'une voix ferme. Elle se prénommait Hilde. Je ne sais pas si vous la connaissez.

Les yeux du commandant se contractèrent comme pour regarder à travers un judas, et pendant quelques instants, Arturo se sentit aussi coupable que s'il avait été surpris allumant sept bougies dans une synagogue.

– Oui, la *Sturmscharführer* Hilde Wünster. Vous étiez proches ?

– Disons que nous avons partagé beaucoup de choses en peu de temps.

– Malheureusement, la brigadière a été abattue par un tireur d'élite.

Si Arturo laissa transparaître sa stupéfaction, il ne montra rien de sa tristesse.

– C'est vraiment dommage, se résigna-t-il.

– Certes. Bien, je me présente : commandant Eckhart Bauer, dit-il en ajustant ses gants de cuir. On m'a chargé de dératiser la maison, comme l'a si bien dit le capitaine Möbius. Quant au capitaine Kehren, sa convalescence ne l'empêche pas de travailler pour le SD, vous vous en doutez bien. Pour des raisons diverses, nous disposons de peu d'hommes pour régler le problème à notre façon. Au cours d'une conversation téléphonique que j'ai eue avec lui, plusieurs noms ont émergé, dont le vôtre comme une lointaine possibilité. Le capitaine a été particulièrement impressionné par l'efficacité avec laquelle vous avez mené l'enquête sur ces assassinats commis au sein de votre division.

– C'est un honneur.

– Pour tout vous dire, je n'avais pas pris en considération sa suggestion avant de lire votre nom dans le rapport sur le meurtre perpétré dans la chancellerie, et d'apprendre que c'était vous qui aviez découvert le cadavre. Comme vous devez le savoir, la victime s'appelait Ewald von Kleist, mais ce que vous ignorez, c'est que c'était l'un des scientifiques les plus importants du programme d'armement du Reich. Si nous prenons au sérieux les révélations de *Herr* Stratton, trois autres commandos ont été parachutés avec lui sur l'Allemagne, dont la mission est d'entraver et, si possible, de stopper l'effort de guerre en capturant ou en exécutant les principaux chercheurs. Vous pouvez en tirer vos propres conclusions…

– L'Histoire n'est rien d'autre qu'une succession de hasards, dit Arturo en espagnol, impassible.

– Vous dites ?

– Que cette journée est bien étrange, *mein Sturmbannführer*, expliqua-t-il dans un allemand rocailleux en pensant au faire-part de Kleist et à Maciá.

– C'est une époque étrange pour tout le monde, admit-il, sans verser dans le pathétique mais avec des yeux sombres et pénétrants, une époque où les mots ont autant de valeur que les faits, où notre devoir est de résister, de gagner du temps pour que le Führer puisse nous apporter la *Endsieg*, la victoire finale. En tant qu'hommes, nous ne sommes rien, mais lorsque nous nous mettons au service d'une grande cause, et c'est votre cas, nous sommes invincibles.

Arturo frissonna. Il venait de percer à jour celui avec qui il allait engager la partie et qui, définitivement, se révélait être ce qu'il y a de pire en de pareilles circonstances : un idéaliste. Ce n'était pas seulement un homme qui croyait en une idée ou qui n'accepterait pas de se faire acheter, mais quelqu'un qui vivait pour son idée, qui sacrifierait tout sur l'autel de cette idée, tout et tout le monde. Et il allait être sous ses ordres sans disposer de la moindre marge de manœuvre. Une époque étrange, certes. Et quelle majesté sacrée pouvait-on attribuer au hasard pour qu'en à peine une heure autant de fils épars se nouent ainsi en un seul destin ? *WuWa*. Maciá. Alsos. *Virus Haus* ? Arturo imagina qu'aux vents exterminateurs balayant la ville s'étaient ajoutés d'autres vents, païens, qui l'avaient emplie d'un agrégat de dieux et de démons de tous les rites et de tous les temps, et qui, éprouvant une attirance morbide pour l'apocalypse cyclothymique de Berlin, distordaient la réalité. Autant de réflexions qui s'évanouirent lorsque, dessinant un élégant arc de cercle avec sa main droite, le commandant se coiffa de sa casquette rigide qu'il ajusta ensuite par-derrière avec la main gauche avant d'en caresser la visière. La grise *Totenkopf*, la tête de mort souriante qui l'ornait, capta la médiocre lumière de la pièce, conférant ainsi un pouvoir infini à son motif inquiétant.

– À partir de maintenant, dit-il en conclusion, vous faites partie d'un groupe dont la mission est de neutraliser ces commandos quel qu'en soit le prix. Vous êtes donc relevé de toute autre fonction et sous mon commandement direct. Je vous attends demain à sept heures au PC de la chancellerie pour vous donner d'autres instructions.

Arturo se mit aux ordres puis Bauer distribua quelques brèves consignes. Il boutonna ensuite son lourd manteau de cuir noir et sortit de la cellule, accompagné par les *Sieg Heil* et les claquements de bottes. Arturo, qui n'avait plus aucune raison de rester dans ce lieu, demanda l'autorisation de se retirer. Il ramassa son havresac, l'arme, enfila son casque et respira profondément : cette odeur, cette satanée odeur... Pendant ce temps, le capitaine reprenait l'interrogatoire de manière impersonnelle, comme si Stratton n'existait pas : c'est ainsi qu'il le réduisait à néant. Alors qu'il faisait demi-tour, Arturo croisa son propre reflet dans le miroir. Cela ne lui était pas arrivé depuis des jours. Un visage presque bleu, à cause de la barbe, des cernes et de l'épuisement qui s'y lisait. À quoi t'attendais-tu, Arturo ? se dit-il, ironique. Sincèrement, à quoi t'attendais-tu ? Quand un singe se met devant un miroir, on ne peut pas espérer y trouver le reflet d'un apôtre.

3

Utopie

– Un café, mon chéri?
Nul besoin de paradis imaginaires ni de révolutions inéluctables pour atteindre le bonheur parfait, il suffisait d'une phrase simple, ordinaire, voire banale. Un havre de paix dans un monde malade. Arturo répondit depuis le lit:
– Oui, merci.
La veille, après avoir quitté cette horrible salle des machines, il avait préféré tout oublier et se rendre à Schöneberg, chez Silke. Pour diverses raisons, ils ne s'étaient pas vus depuis trois semaines, mais tous deux avaient signé un pacte silencieux: un certain degré de non-bonheur en échange d'un peu de tranquillité et de stabilité. Elle l'avait accueilli sans poser de questions, l'avait embrassé puis lui avait fait couler un bain. Il lui avait remis le colis de victuailles et les dollars afin qu'elle puisse s'approvisionner au marché noir et avoir de quoi survivre à l'incertitude des semaines à venir, et il lui avait demandé de garder le transmetteur radio. Au cours de la demi-heure suivante, ce ne fut que savon et eau chaude. Il s'était consciencieusement lavé, jusqu'au tréfonds de son âme. Ensuite, il s'était glissé dans le lit et avait enlacé Silke qui avait disposé à ses pieds une brique chauffée à la minuscule flamme du gaz. Il n'avait pas la force de faire l'amour, il voulait juste rester serré contre le corps de Silke comme pour s'enfuir du sien, et sombrer dans le sommeil. Il s'était

réveillé au bout de quelques heures, seul, accueilli par l'odeur savoureuse du café chaud. Il s'étira et sortit du lit; il avait le nez glacé. Il était près de minuit et, bien qu'il y eût encore du courant en ville, l'humble mansarde était éclairée par quelques bougies du fait des interdictions liées aux bombardements. Il avait dormi habillé d'un vieux pull de laine tricoté pour le torse d'un géant et d'un pantalon de deux tailles au-dessus de la sienne. Des vêtements qui avaient appartenu à Ernst, le mari disparu de Silke. Ce dernier l'observait en souriant depuis une petite table, où une photographie dans un cadre en maillechort le montrait émergeant de la tourelle de son panzer et vêtu de l'uniforme noir des SS, quelque part en Ukraine. En fidélité à la pulsion amoureuse du souvenir, Silke n'avait jamais voulu retirer cette photographie; c'était une forme de tendresse presque ridicule, comme la rose que l'on presse entre les pages d'un livre. Presque morbide aussi, songeait Arturo, puisqu'il y aurait toujours entre cette photographie et lui un silence hostile, chacun devinant les pensées de l'autre. Silke l'attendait dans le séjour exigu, enveloppée comme lui dans un épais chandail; elle avait préparé un repas avec ce que contenait le colis généreux qu'Arturo avait reçu à l'ambassade: de la viande danoise en boîte, du lard, du pain beurré, des petits pois... et elle achevait de dresser la table, esquivant de ses mouvements graciles les gouttes qui tombaient avec une précision métronomique dans deux casseroles. Contre les murs de la pièce – aussi froide qu'une glacière et dont les fenêtres aux carreaux cassés étaient bouchées par des cartons et des chutes de tapis –, Silke avait empilé tout ce qu'elle avait accumulé au cours de ses voyages en tant que traductrice pour l'*Auswärtiges Amt*: des tentures, des étoiles de mer, de curieux instruments de musique, des sphères armillaires, des bouteilles remplies de liqueurs indéfinissables... le tout regroupé au gré d'étranges impulsions, sans ordre ni méthode.

– Tu es déjà levé ? dit-elle en l'accueillant avec un sourire.

– Oui, j'étais épuisé. Ça sent bon. Je peux t'aider ?

– Non, assieds-toi.

Elle accompagna l'invitation d'un tendre baiser et lui mit entre les mains une tasse de café fumante à l'effigie de Frédéric le Grand. Il se brûla les paumes. Cela lui plut de se brûler les paumes. Le café, aussi bouillant que bienfaisant, coula dans sa gorge tandis que son regard suivait les mouvements de Silke. Originaire de Hambourg, elle avait vingt-cinq ans, la taille fine, les cheveux blonds et un teint de lait crémeux avec des reflets bleutés là où la peau affleurait les os. Elle n'était pas vraiment belle, peut-être des lèvres trop épaisses ou un nez trop fin n'avaient-ils pas permis à la grâce préadolescente qui serpentait encore entre ses traits d'éclore, mais en revanche, elle possédait quelque chose qui apaisait Arturo : ce calme profond, lorsqu'elle lui tendait une assiette ou remplissait sa tasse, qui empêchait ses démons de sortir de l'obscurité où ils se terraient, faisant de l'avenir autre chose qu'une fenêtre murée. Ils achevèrent leur dîner tardif ; ils bavardèrent de tout et de rien, simplement pour écouter et être écoutés. Dehors, la nuit était claire et froide. La flamme des bougies trembla sous l'effet d'un imperceptible courant d'air.

– Aujourd'hui, ils ont fermé nos bureaux, je n'irai plus travailler.

Arturo perçut dans sa voix une certaine pointe de détresse.

– Ils m'ont donné ma dernière paie, ajouta-t-elle.

– Ne t'inquiète pas, la consola-t-il, nous avons de l'argent.

– Les gens courent à la banque retirer leurs économies, Arturo, dit-elle, inquiète. Ils ne se rendent pas compte que, si tout le monde fait la même chose, les marks vont perdre de leur valeur. Et avec quoi ferons-nous les courses ? Il faut qu'ils gardent leur calme.

— Tu as des dollars, Silke, il ne t'arrivera rien. Et je suis avec toi.

— Hier... hier, dans l'abri antiaérien, une fille de Königsberg nous a raconté ce que les Russes font aux femmes.

Elle se leva et prit une coupure de journal dont la forme évoquait un pays inexistant : une édition du *Völkischer Beobachter*.

— Écoute. « Une vieille femme de soixante-dix ans déshonorée, lut-elle, une religieuse violée vingt-quatre fois. »

Arturo attrapa le morceau de papier et jeta un œil. Il joua la stupéfaction.

— Et qui a compté ?

Silke comprit le trait d'humour, son intention. Elle ne put s'empêcher de rire. Et ce son était ce qu'il y avait de plus beau au monde. Arturo l'imita. Il lui saisit la main, ôta un cil de son œil.

— Je suis là pour te protéger. Je ne les laisserai pas te faire du mal. Ça ne va pas durer, Silke : la terre entière subit une coupure de courant, il faut juste attendre que la lumière revienne.

Silke rit de nouveau.

— Et puis, je vais te dire un secret, poursuivit-il. Il y a un truc pour échapper aux Russes. J'ai appris ça en Poméranie. Quand ils arriveront, fais des réserves et remplis la baignoire d'eau. Ensuite, bloque la porte et ne bouge pas d'ici. Sous aucun prétexte. Les Russes détestent monter les escaliers. Ils les craignent, car pour la plupart, ce sont des paysans qui vivent dans des maisons de plain-pied, collées à la terre, et ils ne se sentent pas en sécurité loin du sol.

Il continua d'égrener des paroles lénitives. Il lui parla de vacances à venir, ils visiteraient l'Espagne ; un pays imaginaire où se mêlaient le Madrid des vestibules en marbre, le

Madrid des ascenseurs en palissandre avec boutons en cuivre brillant et miroirs ornés de putti, le Madrid des voitures italiennes, des fusils anglais, des parties de tennis et des avions atterrissant doucement à Barajas, et les recoins protégés de sa mémoire : une Estrémadure aux airs agrestes et aux tons dorés, piquetée de maisons blanches ressemblant à des petits dés, de chênes verts, de chênes-lièges, de rochers de granite, et peuplée de taureaux couleur rouille et d'enfants à moitié nus. Son courage grandissait à mesure qu'il parlait, tout devenait plus clair. Silke acquiesçait, riait, se caressait les joues, suçotait une mèche de cheveux portée à ses lèvres. La tension que ressentait Arturo depuis des mois s'évanouissait, et des idées absurdes lui traversaient l'esprit, des idées telles que cette envie d'une dose raisonnable de bonheur, un souhait légitime, universel. Et ce qu'il dit ensuite, il le dit doucement, comme s'il s'agissait d'une révélation étonnante, au point qu'il en fut le premier surpris :

– Silke, commença-t-il. L'héroïsme, c'est pour ceux qui n'ont pas d'avenir. Je veux dire... Moi, ça fait longtemps que j'ai enterré mes rêves, si longtemps que je ne me rappelais plus où, et que j'avais presque renoncé à les retrouver. Voilà pourquoi je voulais être un héros, mais maintenant... maintenant je peux avoir un avenir... Nous pouvons, ajouta-t-il timidement. Depuis que je suis avec toi, ma vie connaît un nouveau commencement, et c'était inespéré. Aujourd'hui tu es seule, moi je n'ai personne... si tu veux bien, nous pourrions continuer ensemble. Dans quelques jours, la guerre sera finie, il faudra simplement faire attention, rester en vie jusqu'au bout, et alors je pourrai rentrer en Espagne... Et toi, avec moi. Je ne te parle pas de vacances... je veux dire...

Silke pressa la main d'Arturo et posa un index sur ses lèvres. Elle était si près de lui qu'une pomme eût pu tenir entre leurs fronts.

– Ne serais-tu pas en train de me demander en mariage ? dit-elle gravement.

Les bougies projetaient leur profil déformé sur les murs. Le vent siffla à travers une fissure, on entendit les poutres craquer.

– Oui, répondit Arturo avec douceur, sûr de lui.

Silke. Silke. Quand elle lui dit oui, qu'elle voulait l'épouser et avoir beaucoup d'enfants, autant qu'il y a d'étoiles dans le ciel et de grains de sable sur les plages, ils se sentirent aussi étroitement liés que le mot et la chose qu'il désigne. Le jeu timide des doigts d'Arturo dans les cheveux de Silke laissa place à des baisers de plus en plus ardents, un flot de tendresse et de violence qui les entraîna jusqu'au lit. Arturo tirait les verrous de sa mémoire, renonçait à errer dans un labyrinthe aux parois transparentes, et voulut croire qu'il pouvait retrouver l'innocence et vivre dans un royaume de lait et de miel. Si l'amour avait été un lac, il aurait retenu sa respiration et s'y serait laissé couler, une pierre entre les mains. Les minutes suivantes, il y eut, au-delà du sexe, un besoin impérieux de s'échapper de soi-même et d'une vie incompréhensible autant qu'indésirable. Leur orgasme se confondit avec le cri strident des alarmes, la lumière de dizaines de faisceaux s'entrecroisant dans le ciel et les premiers tirs de la *Flak*, la DCA allemande. Les Furies, jusqu'alors perchées sur les chapiteaux de la chancellerie, se mirent à gronder et à battre de leurs ailes de cuir, se gorgeant de la bouillante colère de la guerre. Berlin s'aplanissait, Berlin brûlait, mais ni Silke ni Arturo ne songèrent à descendre aux abris ; ils restèrent allongés l'un contre l'autre, regardant à travers les petites fenêtres de la mansarde, envoûtés par l'insupportable beauté que dégage l'imminence de la destruction.

Sous les bottes d'Arturo et du *Rottenführer* qui l'accompagnait, l'interminable galerie de marbre de la nouvelle chancellerie résonnait lugubrement. Les sols polis n'avaient pas entièrement perdu leur fonction première : faire glisser les diplomates étrangers et souligner ainsi la fragilité de leur position. De temps à autre, un énorme rat la traversait de part en part. Les deux hommes se rendaient à la réunion qui allait se tenir à sept heures du matin dans un bureau des services administratifs, après un changement de dernière minute. Deux heures plus tôt, dirigée par le maréchal Joukov, l'ultime offensive contre Berlin avait commencé sous le feu terrifiant de milliers de canons, de mortiers et de Katioucha postés au large du fleuve Oder, dans ce qui allait être la plus grande démonstration d'artillerie de toute l'Histoire. Et la 9e armée des États-Unis, dernier espoir des Berlinois, avait reçu l'ordre d'interrompre son avancée vers la capitale pour prendre position sur la ligne de l'Elbe. Quand bien même Arturo eût été informé de ces mauvaises nouvelles, il n'aurait pensé qu'à une seule chose : le printemps était là et, amoureux de Silke, il en aurait presque conçu des espoirs sur le monde et l'humanité. Désormais, le plus important était de rester en vie, vaille que vaille, parce que le bonheur avait cessé d'être un mot cruel pour devenir une perspective, une éventualité, même s'il était aussi lourd et menaçant que le vent qui annonce la tempête. Ils s'arrêtèrent devant une porte, le caporal frappa ; après avoir reçu l'ordre d'entrer, ils pénétrèrent dans un bureau spartiate, se découvrirent et se mirent au garde-à-vous avec force coups de talons et bras levés. Autour d'une table encombrée de téléphones en bakélite noire, de cartes pliées en deux glissées dans des pochettes transparentes, et d'une carte de Berlin, dépliée celle-ci, se tenaient le commandant Bauer et deux autres individus, un civil en gabardine et Friedrich Möbius, le capitaine responsable de l'interrogatoire dans les souterrains de la Prinz-Albrecht-Strasse, qui ne s'était pas départi de son air de mortelle lassitude. Bauer leva quelques instants les yeux de la carte sur laquelle il s'appuyait et, voyant Arturo, se montra aussi peu expressif que si on lui avait demandé de passer le sel; il se retourna, prit une craie et, sur la surface verdâtre d'un tableau posé sur deux chaises, aligna trois cercles, inscrivant à l'intérieur de chacun les chiffres 1, 2 et 3. Au dernier cercle, la craie crissa si fort que tous frissonnèrent. Il la reposa, frappa dans ses mains pour se débarrasser de la poussière âpre, et regarda Arturo comme pour évaluer sa taille.

– Vous êtes le numéro 3, *Herr* Andrade. Le numéro 1 est le *Hauptsturmführer* Friedrich Möbius.

Le capitaine tourna la tête, un rocher rasé de frais, et pointa le menton en guise de salutation.

– Le numéro 2 est le *Kommissar* Hans Krappe, de la *Kriminalpolizei*.

Arturo salua le gros bonhomme à l'épaisse moustache et aux cheveux poivre et sel luisants de brillantine et divisés par une raie tirée au cordeau, qui lui répondit d'une manière un peu sèche mais extrêmement courtoise.

– Voici la chaîne de commandement en cas de conflit, poursuivit Bauer. En dernière instance, c'est à moi que vous devrez en rendre compte. C'est compris, *Herr* Andrade?

– Parfaitement.

– Bien.

Bauer serra les mâchoires.

– Je veux des solutions à l'intérieur de ces trois cercles, mais avant cela, il nous faut éclaircir deux ou trois points. Approchez-vous.

Arturo se plaça tout près de la table, les mains dans le dos et le front barré d'une ride d'expectative.

– Capitaine, qu'avez-vous à nous proposer?

Möbius fit un geste de la main, lent et vague, traçant une sorte de *z* dans les airs.

– Comme nous le savons déjà, notre hôte américain a été parachuté sur l'Allemagne avec trois autres commandos. Le sergent Philip Stratton avait sur lui l'adresse d'un immeuble boulevard Kurfürstendamm. Nous l'avons déjà fouillé et nous y avons trouvé des uniformes, des papiers, des armes... de quoi rentabiliser son excursion. Il nous a également révélé que leur taupe leur a indiqué les points stratégiques liés à notre programme de guerre, et plus particulièrement la *Virus Haus*.

– Nous croyons que cet espion, en plus de les orienter, l'interrompit Bauer d'une voix déformée par l'inquiétude, leur fournit la logistique. Et il est très efficace, si nous partons du principe que le meurtre d'Ewald von Kleist est l'œuvre d'un de ces commandos. Son nom de code serait Pippermint : à vous de le débusquer et de neutraliser par la même occasion ces trois loups qui rôdent dans la forêt. J'imagine que vous avez quelque chose à ajouter, *Herr Kommissar* ?

Hans Krappe esquissa un sourire et dévoila des dents couleur sable qui en disaient long sur son hygiène buccale. Il prit son temps ; Arturo ressentit alors la présence de ce lien ténu qui unit deux inconnus sans raison apparente. Puis le visage de Krappe afficha cette expression de supériorité qui émane d'une pensée puissante.

– C'est notre tâche, bien sûr, un seul traître vaut plus que cent valeureux, c'est évident, évident...

Perdu dans ses pensées, il grimaça.

– C'est bien pour cela que notre métier, le deuxième plus vieux métier du monde, existe, *Herr* Andrade. Et savez-vous en quoi il consiste ?

Arturo, qui l'ignorait, eut une petite moue désolée.

– Deviner l'avenir, *Herr* Andrade, deviner l'avenir. Et vous, comment le voyez-vous ?

Arturo prit cela comme une mise à l'épreuve et choisit d'attaquer par le flanc : il ne faisait aucun doute que l'autre lui offrait de gagner son respect. Une chaîne de montage étudiée et rationnelle se mit rapidement en place dans son cerveau.

– Pour voir l'avenir, il faut d'abord étudier le passé, répondit-il avec aplomb. Qui était la victime, exactement ?

– Un membre du programme scientifique militaire.

– Quel était son travail, au juste ?

Le *Kommissar* Krappe fit une grimace qui pouvait se traduire par : «Et maintenant qu'est-ce que je lui raconte ?» Il consulta Bauer du regard.

– Il n'est pas nécessaire que vous ayez connaissance de tous les détails, lieutenant, trancha Bauer.

– Peut-être pourriez-vous me dire quelle était son importance au sein du programme.

– Très grande.

– Et que faisait-il à la chancellerie ?

– Il était venu informer le Führer de leurs avancées.

– Et qui d'autre ?

– Il était accompagné du professeur Manfred von Ardenne, d'Otto Hahn et de Carl Friedrich von Weizsäcker.

Arturo se rappela le visage émacié et imberbe entrevu à la sortie du bunker.

– Lequel n'a pas de sourcils ?

Bauer hésita, puis mit un tel poids dans ses mots que cela ne fit que souligner son indécision.

– Tous ont des sourcils.

– Non, je les ai vus arriver : ils étaient cinq et l'un d'eux n'en avait pas, sa peau était très blanche.

Möbius s'approcha de Bauer pour lui chuchoter quelques mots à l'oreille. Ce dernier répondit sur un ton à la fois ferme et posé :

– Cet homme se charge de leur sécurité.

Quand on doit exorciser des démons, on ne demande pas l'aide de Satan, conclut Arturo pour lui-même. À l'instar d'un joueur d'échecs, il lui faudrait déduire mentalement la position des pièces non pas par leur emplacement physique, mais en fonction de leurs relations au moment d'attaquer ou de défendre.

– Chacun d'eux étant un objectif potentiel, je dois me faire une idée de leur profil. Pouvez-vous me procurer leurs photographies et quelques éléments biographiques?

– Le capitaine Möbius s'en chargera.

– Où se trouvent-ils, maintenant?

– En lieu sûr.

– À Berlin?

– Ils sont sous haute protection.

Le ton définitif de cette réponse n'invitait pas à poser d'autres questions. Arturo continua d'analyser froidement les faits.

– Que savait Stratton de l'opération qui se déroulait à la chancellerie?

– Uniquement le nombre de commandos, car tous ont sauté du même avion, répondit l'autre mollement. Il n'avait aucune information sur la chancellerie, on peut donc en conclure que chacun d'eux opère de manière indépendante et qu'il doit y avoir en ville trois autres planques.

– Vous avez évoqué la *Virus Haus*, l'objectif de Stratton, semble-t-il. Que cherchait-il là-bas?

Möbius lâcha un soupir contrarié, ou résigné. Puis il observa Bauer qui se raidit comme s'il allait passer la revue.

– *Streng geheim*, c'est top secret. Pour l'instant, vous pouvez ignorer ce fait.

– D'accord…

Le regard d'Arturo buta contre l'aigle épinglé sur l'uniforme de Bauer, le vieil oiseau de combat que les armées arboraient depuis des siècles pour aller à la guerre. Timide et défiant, il mit le sien en avant.

– *Mein Sturmbannführer*, pour débusquer ces loups, il nous faut penser comme des loups. Je dois savoir ce qu'ils cherchent pour connaître leurs plans, m'approcher d'eux, leur ressembler, les comprendre, être des leurs – il tut la suite logique de son raisonnement: *devenir un loup*. Et pour cela, il n'y a qu'un moyen: connaître la vérité, toute la vérité.

– La vérité... marmonna le *Kommissar* Krappe avec une pointe d'ironie. Vous êtes très ambitieux, *Herr* Andrade.

Ses mots restèrent un instant suspendus dans l'air, au milieu du silence du commandant Bauer.

– Très bien, conclut Bauer, on vous donnera d'autres renseignements le moment venu. Disons que la *Virus Haus* est essentielle pour l'effort de guerre allemand.

– Je vous remercie, *mein Sturmbannführer*, cela me simplifiera la tâche, dit Arturo en songeant à Maciá.

– Intéressant, intervint de nouveau Krappe. Ainsi donc, selon vous, pour trouver les coupables, tout ce que nous avons à faire, c'est nous regarder dans un miroir.

– On peut l'interpréter ainsi, *Kommissar*.

– Fort bien, et que voyez-vous dans le miroir, *Herr* Andrade?

Arturo comprit que la mise à l'épreuve n'était pas encore terminée. Tous l'observaient.

– Puis-je? demanda-t-il à Bauer en désignant le tableau.

– Allez-y.

Arturo s'avança et prit un morceau de craie.

– D'après moi, nous devrions suivre trois axes de recherche. Premier axe: essayer de capturer les loups dans leur tanière. C'est-à-dire, tenter de localiser les trois autres planques. Logiquement, ils ont dû préparer l'opération il y a quelque temps déjà, raison pour laquelle les repaires – et nous pourrions, par exemple, commencer par les appartements loués depuis un an et demi – devraient se trouver dans un secteur n'ayant pas subi trop de bombardements, mais qui est bien desservi. Organisez une battue à la périphérie du district gouvernemental, vérifiez les secteurs les moins atteints. Il se peut aussi que l'opération ait été coordonnée avec leur aviation et que certaines zones soient volontairement épargnées. À force, les voisins auront remarqué une présence étrangère dans l'immeuble.

– La SS et la Gestapo ont déjà commencé à ratisser Berlin, confirma Friedrich Möbius. Mais restreindre la zone est une bonne idée.

– C'est aussi mon avis.

Arturo traça avec application une ligne droite entre le cercle numéro 1 et un autre cercle dans lequel il écrivit le mot *planque*.

– Deuxième axe, ajouta-t-il : déterminer leurs objectifs et imaginer comment ils feraient pour les atteindre. Je veux dire par là que ce sont des hommes, et donc nous pouvons déchiffrer leurs intentions. En fin de compte, tout est une question de symétrie. Nous devons juste trouver la moitié du cercle pour pouvoir le compléter.

Il traça une autre ligne entre le cercle numéro 2 et un autre cercle dans lequel il écrivit *loups*.

– Non seulement ambitieux, mais optimiste, murmura Krappe. Et le troisième axe ?

– Troisième axe : débusquer Pippermint, reprit-il. Il y a forcément des informations qui filtrent, des fuites, à nous de déterminer leur origine. Combien d'hommes peuvent être au courant des déplacements des scientifiques ou de ce qui se trame dans un endroit comme la *Virus Haus* ?

– Peu, répondit Bauer. Ils sont interrogés en ce moment même.

– Tant que l'on fouillera les immeubles, je vous conseille de relâcher la pression sur ces hommes, car si l'un d'eux est Pippermint, ou œuvre pour lui, et qu'il n'en ait rien laissé transparaître, ce ne sont pas quelques cris qui lui feront peur. Ce qu'il faut, c'est les faire travailler pour nous en les laissant croire qu'ils travaillent pour l'ennemi. Qu'on les lâche et qu'ils reprennent leur commandement, on leur fournira ensuite des informations sur un objectif quelconque, qui, tôt ou tard, parviendront à Pippermint. Lequel enverra ses loups. Et nous serons là pour leur faire la peau.

Krappe restait circonspect, considérant cette idée comme une matière malléable à modeler avec patience.

– Prenez-vous ce Pippermint pour un idiot? Ça fait longtemps qu'il fait déjà ce que vous envisagez de faire: penser comme nous. Pippermint ne joue pas contre nous, mais contre lui-même. En cet instant, il est dans ma tête, dans la vôtre, dans la nôtre, et quand il gagne, c'est contre lui.

Le visage mou de Hans Krappe devint subitement menaçant; c'était le visage d'un homme qui en a vu beaucoup.

– C'est bien pour cela que nous allons l'attirer avec une petite vérité, *Herr Kommissar*, pour qu'il avale ensuite le mensonge, contre-attaqua Arturo avec assurance.

Les pupilles de Krappe se dilatèrent sous l'effet de l'attente. Arturo, pour la première fois, éprouva la sensation agréable et voluptueuse d'être admiré.

– Oui, poursuivit-il. On va lui donner de vraies informations sur un objectif dont on pourrait assumer la perte. Que Pippermint réagisse ou pas, il pourra ainsi vérifier que ses sources sont fiables. Il suffira alors de disposer l'appât, et il se jettera dessus comme un sauvage.

Arturo serra le poing pour donner de l'emphase à son plan et compléta son schéma avec un ultime cercle et un dernier mot qui fit sourire le *Kommissar*. Puis Krappe haussa les épaules et fit remarquer qu'un tel mélange d'arrogance et de naïveté était vraiment fascinant. Tous les regards convergèrent vers Bauer. Ce dernier saisit à son tour un morceau de craie, dessina un cercle englobant les autres, dans lequel il écrivit, en faisant trembler le tableau, le mot ALLEMAGNE.

– Très bien, il me semble que le *Kommissar* Krappe et vous-même pourriez vous mettre à la recherche de Pippermint et des commandos. Vous trouverez des véhicules et du carburant à votre disposition au garage de la chancellerie. Le capitaine Möbius, lui, passera Berlin au peigne fin et s'occupera des suspects. Vous, capitaine, arrangez une visite à la *Virus Haus* pour le *Kommissar* et *Herr* Andrade cet après-midi. Je vous donne également l'autorisation de leur remettre un dossier sur les membres du programme scientifique. Je veux un rapport sur ce bureau chaque jour, et je ne tolérerai aucun échec, parce que la patrie – il insista sur ce dernier mot – ne tolère aucun échec.

Il ouvrit un tiroir et remit à chacun un sauf-conduit déjà signé et tamponné qui leur permettrait de circuler dans tout le Reich.

– C'est tout, conclut-il un peu abruptement.

Arturo, aussi à l'aise qu'une botte de paille posée près d'un feu, se racla la gorge. Eckhart Bauer perçut son embarras.

– Autre chose, lieutenant ?

– Euh… oui, *mein Sturmbannfürher*. C'est-à-dire que je ne sais pas conduire.

Sur le visage de Bauer se dessina un sourire pincé qui eût réduit n'importe qui à l'équivalent d'un ver de terre.

– Le commissaire vous accompagnera, répondit-il en refermant le tiroir d'un coup sec.

Les trois joueurs comprirent que les cartes étaient distribuées et que c'était à eux de jouer. Comme un seul homme, ils firent une démonstration de patriotisme avec moult coups de talons et de *Heil Hitler*. Arturo observa une dernière fois la prestance *Übermensch* d'Eckhart Bauer, l'arrogance avec laquelle il leva le menton pour les congédier, et lui rendit mentalement l'estocade avec l'élégance des maîtres d'armes qui, sans humilier leur rival, mettent en avant leur propre supériorité : celui qui a de l'eau jusqu'au cou ne peut baisser la tête.

Ils quittèrent le bureau, abandonnant Eckhart Bauer au beau milieu d'un subit concert de téléphones. Le capitaine Möbius les guida à travers l'étendue marmoréenne de la nouvelle chancellerie jusqu'à l'entrée du bureau cyclopéen de Hitler, où trônait ce grand globe terrestre en métal que Chaplin caricatura dans une célèbre scène. Il se planta devant l'énorme porte entrouverte et la contempla avec son éternelle expression de torpeur et de paresse, non sans une certaine insistance qui dénotait peut-être la nostalgie d'un temps révolu comme des temps à venir – ce qui fut et ce qui aurait pu être –, tous deux convergeant vers ce qui surviendrait désormais. Après quoi il se tourna vers eux et humecta ses lèvres avant de parler. Arturo ne put s'empêcher de penser que, ces derniers temps, même les officiers ne parvenaient pas à se débarrasser de la couche de crasse et de graisse qui recouvrait leurs uniformes.

– Présentez-vous à quatre heures à la *Virus Haus*. En cas d'urgence, faites-moi demander à la Prinz-Albrecht-Strasse...

Il allait ajouter quelque chose lorsque la porte grinça en s'ouvrant de quelques centimètres, et soudain, ce fut comme si la réalité obéissait à des lois différentes, incongrues. Des rires joyeux, immaculés, précédèrent l'apparition de deux jeunes femmes richement habillées qui semblaient se poursuivre dans un jeu défiant le sérieux de la situation. Elles ignorèrent leur présence ; leurs voix et le claquement de leurs talons aiguilles s'évanouirent dans les couloirs.

– Qui est-ce ? demanda Arturo, au comble de l'étonnement.

Comme Möbius prit un temps avant de répondre, le regard d'Arturo se fit insistant.

– Eva Braun.

– Et qui est Eva Braun ?

– La maîtresse du Führer, dit-il en souriant devant la stupeur d'Arturo. Avec l'une de ses secrétaires.

Le *Kommissar* Krappe lâcha un petit rire proche de la quinte de toux. Devant le silence de Möbius, le *Kommissar*, qui, lui, n'avait pas été pris au dépourvu, daigna expliquer à Arturo qu'il s'agissait là d'un secret d'État au point que même le haut commandement des armées ignorait son existence. Il était établi que le Führer du peuple allemand souhaitait créer le mythe de l'homme mystique et célibataire au service exclusif de la *Heimat*, la patrie, en plus de susciter dans le cœur de millions d'Allemandes l'espoir que l'une d'entre elles pourrait un jour être à ses côtés.

– Cela étant dit… conclut-il, je crois qu'il va falloir trouver les premières solutions par nos propres moyens. Capitaine Möbius, *Herr* Andrade et moi-même allons faire un petit tour. Nous vous reverrons plus tard.

– D'accord.

Le capitaine Friedrich Möbius les salua mollement et pivota dans un crissement de sable pour se diriger vers la cour d'honneur. Son souffle resta suspendu en fines traînées qui s'effilochèrent peu à peu dans l'air glacé. Arturo était maintenant seul avec Hans Krappe ; le volumineux *Kommissar* s'employa à examiner ses ongles, propres et bien coupés, par ailleurs aussi soignés que ses cheveux, sa moustache et ses chaussures, ces dernières brillant d'un éclat incroyable qui contrastait avec le sol poussiéreux.

– Ma mère me disait toujours qu'un homme comme il faut doit porter des chaussures propres, précisa-t-il en remarquant les yeux d'Arturo rivés sur le cuir resplendissant.

– La mienne était déjà bien contente qu'on ait des chaussures, répondit Arturo en se rappelant les privations qu'il avait subies en Estrémadure.

Krappe l'observa avec un intérêt non dissimulé, mais s'abstint de tout commentaire.

– C'est vous qui avez découvert le cadavre, si je ne m'abuse, *Herr* Andrade ? Si vous me montriez la scène du crime, je vous ferai part de deux ou trois choses. Qu'en dites-vous ? Nous pourrons ainsi mettre à l'épreuve vos théories sur la symétrie et la recherche de la vérité.

– Cela me semble une bonne idée, mais vous n'avez pas l'air très convaincu.

– À quel sujet, la symétrie, ou la vérité ?

– Les deux.

– J'exerce ce métier depuis suffisamment longtemps pour savoir que les solutions élégantes n'existent pas, pour la simple raison que le comportement de l'être humain ne l'est pas. Les gens sont absurdes, voyez-vous ? Et les solutions sont moches, très moches. Ce qui est sûr, c'est que le fait que la vérité ait plus de valeur que les apparences n'est qu'un simple préjugé moral ; le plus important, ce sont les conséquences.

– Ce que vous dites là est presque monstrueux, *Herr Kommissar*.

– Ça l'est, *Herr* Andrade, ça l'est, mais le temps nous manque pour approfondir cette discussion. Un autre jour, peut-être… Nous y allons ?

Arturo, perplexe, tenta de se frayer un chemin entre le pessimisme de la raison et l'optimisme de la volonté pour suivre le *Kommissar* Hans Krappe. Sous ses dehors de parfait fonctionnaire prussien, méthodique, aux tournures idiomatiques impeccables, produit de la fermentation de générations de petits-bourgeois, il pouvait sentir, à sa grande surprise, l'influence de l'une de ces magnifiques bibliothèques acquises pour orner les salons, mais qui, de temps à autre, étaient explorées. Ils parcoururent les couloirs de la chancellerie ; le bâtiment entier semblait ensorcelé, chaque perspective, chaque contour était comme noyé dans la brume, estompé, et dans les recoins, les ombres alimentaient de leur riche et inépuisable matière tous les fantasmes. Mal à l'aise, ils atteignirent l'escalier qui rejoignait, au rez-de-chaussée, la salle de la maquette, dont l'éclairage artificiel simulait la lumière du matin. Germania était toujours là, dans toute sa splendeur. Cette accumulation d'immeubles et d'avenues aux dimensions inconcevables eut pour seul effet sur Arturo de lui rappeler la terrible erreur des Allemands qui avaient confondu démesure et grandeur, alors que le plus important, en vérité, tient aux proportions et non à la taille.

– Le corps a été découvert à cet endroit, dit Arturo en désignant la tache sombre devant l'énorme coupole de la *Volkshalle*, au milieu du séisme provoqué par les bottes des SS.

– Je vois, acquiesça Krappe.

Le *Kommissar* balaya du regard la salle avant de sortir un calepin et un crayon. Il contourna ensuite l'immense maquette dans le sens des aiguilles d'une montre, vérifia quelques distances en faisant de grandes enjambées, griffonna deux ou trois notes et revint au point de départ.

– Ainsi donc, vous l'avez découvert là où il y a du sang.

– Allongé sur le ventre, avec une main agrippée à ce bâtiment. Un vrai coup de couteau de professionnel, du bas vers le haut. Quand je suis arrivé, ça ne faisait pas longtemps qu'il était mort. Avant l'irruption du corps de garde, j'ai pu fouiller ses poches, il n'y avait rien de particulier…

Une fois de plus, Arturo omit de mentionner le faire-part qu'il avait en sa possession.

– Ils ont enlevé le corps sans que je puisse aller plus loin. Mais ce qui est bizarre…

– Qu'est-ce qui vous semble bizarre ?

– Eh bien, leur façon de retirer le cadavre… logiquement, ils auraient dû attendre les médecins ou quelqu'un d'autre.

Krappe eut une moue qui souleva sa grosse moustache prussienne.

– Écoutez-moi bien, *Herr* Andrade, n'allez pas chercher des raisons là où il n'y en a pas. C'est du travail bâclé, un point c'est tout. La SS tient à s'occuper elle-même de ses affaires, c'est toujours comme ça.

Comme Arturo ne sut que dire, il se tut. Néanmoins, il garda en tête ce point d'interrogation. Krappe nota quelque chose et reprit :

– Apparemment, ils l'ont tué ici même.

Il fit quelques mètres pour se placer à côté d'une tache de sang plus dense sur le sol.

– Puis il a reculé, soit parce qu'il était sonné, soit pour échapper à son agresseur, ou pour une autre raison encore. Allez savoir ce qui passe par la tête d'un homme juste avant de mourir… Sans l'intervention des gardes, les empreintes des bottes laissées sur toute cette poussière tombée du plafond nous auraient facilité la tâche.

– Ne trouvez-vous pas étrange qu'avec une blessure pareille il soit monté sur la maquette et qu'il ait parcouru toute cette distance ?

– Il aura voulu se défendre. Il a grimpé comme il a pu sur la maquette avant de s'effondrer devant la *Volkshalle*.

– C'est fort possible…

– Bien, dit Krappe avant d'émettre un grognement de satisfaction. Alors, c'est déjà un début…

Arturo prit un air pensif et approbateur.

– *Herr Kommissar*, il me serait utile d'en savoir davantage sur Ewald von Kleist…

– Oui, pardonnez-moi.

Il consulta son calepin.

– Ewald von Kleist, aristocrate célibataire, propriétaire d'un château et de vignobles, apparenté à la maison royale de Bavière. Il avait des inclinations scientifiques et a fait des études de physique à Munich et Göttingen avec Arnold Sommerfeld et Max Born. Il a obtenu son diplôme avec les félicitations du jury et a exercé à l'université de Würtzbourg. Il a même figuré sur les listes du Nobel pour ses travaux sur le magnétisme. Il s'est retrouvé ensuite à l'Institut impérial de physique technique, où il a été engagé par Speer pour travailler sur le programme d'armement. Comme donnée significative, il comptait parmi les suspects lors des purges déclenchées après le complot de Stauffenberg. Il a d'ailleurs été emprisonné, mais en l'absence de preuves incriminantes, on l'a relâché. En revanche, sa famille a été persécutée, et ce qu'il en reste – s'il en reste quelque chose – s'est envolé depuis belle lurette pour Stockholm, bien que je craigne que son frère ne fasse partie de ceux qui ont été arrêtés et déclarés coupables. Il doit être enfermé quelque part, s'il n'a pas été déjà pendu.

– J'ai entendu parler de l'attentat, en Russie, mais pas dans les détails.

– Je résume : le colonel et comte Klaus Schenk von Stauffenberg, héros de guerre comme Rommel, a dirigé un attentat dans le quartier général du Führer en Prusse-Orientale, le 20 juillet de l'année dernière. Cela dans le cadre d'une conjuration nommée Walkyrie, qui visait à renverser le régime. Or, comme vous le savez, ça s'est mal terminé. La bombe n'a pas touché Hitler, la prise des différents quartiers généraux a échoué et les représailles ont été terribles. Les mois suivants, la SS a travaillé d'arrache-pied en appliquant le principe du *Sippenhaft*, c'est-à-dire en emprisonnant, torturant et exécutant les suspects, mais aussi leurs familles et amis. Des milliers de personnes ont disparu ou ont subi des vexations devant les tribunaux populaires, une véritable pantomime légale. Ça a été terrible, je vous l'assure – il avait l'air profondément attristé. Hitler a profité des circonstances pour lancer une chasse aux sorcières au sein de l'armée et neutraliser le seul contre-pouvoir qui pouvait encore s'opposer à lui. Depuis le mois de juillet, la SS est seul maître.

Arturo considéra un instant la bureaucratie liée aux affaires criminelles, ses étapes classiques : la consignation des traces du crime, les indices indirects, l'enquête sur les proches, les aspects secondaires, la recherche de témoins... mais dans le cas qui les intéressait, il était un peu perdu quand il s'agissait de déterminer les choix qui s'offraient à lui. Il chercha de l'inspiration dans le sang qui maculait les bâtiments, les avenues, les statues païennes d'Arno Breker...

– A-t-on interrogé ses collègues au sein du programme ? Y a-t-il un témoin ?

– Comme vous le savez, la Gestapo et la *Kripo* mènent une enquête, mais les scientifiques sont dans un lieu tenu secret, et pour le moment, la SS ne nous permet pas de les approcher. Cependant, un des gardes nous a raconté que Kleist avait souffert d'une légère crise de claustrophobie dans le bunker et qu'il avait demandé la permission de sortir pour fumer une cigarette.

– Et ils l'ont laissé sortir tout seul ?

– Il avait assuré qu'il resterait dans le jardin, où il y avait aussi des gardes, mais il semblerait qu'il ait préféré fumer sa cigarette dans la chancellerie.

– Trop de cuisiniers gâte la sauce.

Arturo regarda autour de lui comme s'il venait d'atterrir dans un étrange paysage :

– Moi, je ne vois aucun mégot.

– Il a peut-être fumé sur le chemin.

– Et que serait-il allé faire dans la salle de la maquette ?

– Curiosité... ou peut-être s'est-il perdu.

– Bon... si je comprends bien, récapitula Arturo, Kleist sort fumer, il se perd dans la chancellerie, un des commandos tombe sur lui dans cette salle, le liquide et disparaît.

– C'est une hypothèse.

– Les accès sont contrôlés.

– Dans l'appartement de *Herr* Stratton, il y avait des papiers et ce qu'il faut d'uniformes pour ne pas démériter dans un carnaval, et dans la confusion des bombardements...

L'intonation finale de Krappe obligea Arturo à chercher un autre angle d'attaque. Il revint à la charge :

— Comment est-il possible que le loup ait su où et quand le trouver ?

Le visage de Krappe devint grave.

— Il ne le savait pas. C'est un peu comme si ces hommes lançaient des paris. Pippermint a pu avoir une idée de l'heure à laquelle se déroulerait la réunion dans le bunker, poster un informateur aux abords de la chancellerie et attendre. Ensuite, il a la confirmation de son arrivée et il lâche le loup.

— Risqué.

— On les entraîne à prendre des risques.

Arturo recherchait encore le centre de gravité de son adversaire dialectique.

— Et pourquoi les tuer ? Pourquoi maintenant ? La guerre est sur le point de...

Il s'arrêta net, conscient qu'il s'apprêtait à lâcher une remarque compromettante, et l'inquiétude que dénotait son silence le mit mal à l'aise. Son faux pas n'avait pas échappé à Krappe ; ses prochains mots pouvaient aussi bien faire échouer une éventuelle relation de confiance que jeter les bases d'une bonne entente. Le cœur d'Arturo résonna comme le battement sous-marin des hélices d'un immense navire.

— Sûrement au cas où Berlin tomberait entre les mains des Russes, dit Krappe d'un air goguenard mais néanmoins prudent, glissant le calepin dans la poche gauche de son manteau. Si les Américains ne parviennent pas à les attraper, ça ne les arrange pas non plus qu'Ivan le fasse. Je ne sais pas si vous vous en êtes rendu compte, mais la Troisième Guerre mondiale a déjà commencé, et l'Allemagne se trouve en plein milieu, gênant les uns comme les autres.

Arturo fut surpris par la nouvelle démonstration du *Kommissar*, dont la vision des choses était redoutablement large ; assez, en tout cas, pour atteindre un degré salutaire d'incertitude, le seul terreau dans lequel, selon Arturo, la moralité pouvait prendre racine. Ils soutinrent leurs regards, Arturo fut le premier à baisser le sien.

– Maintenant, il faut juste que la pratique soit en accord avec la théorie... Vous me reprochiez mes théories sur la symétrie, *Herr Kommissar*, mais les formes que vous cherchez ne sont pas moins idéales, le tança-t-il avec un sourire, cherchant à prolonger leur complicité.

Le silence songeur de Krappe indiquait que la connivence n'était pas de mise. Il sembla empoigner ses mots pour mieux les assener.

– Je ne les cherche pas au début... j'ai bien dit : au début.

Arturo recula pour regagner une position défensive plus adaptée, porta tout son poids sur son pied droit et boutonna sa capote jusqu'au col comme pour se protéger du vent d'éternité qui soufflait depuis la maquette. La réponse inattendue de Hans Krappe confirma qu'il y avait entre eux quelques affinités cachées, une concordance d'efforts et de points de vue, ce qui l'amena à changer d'attitude. Arturo envisagea alors de partager la découverte du faire-part, non pas tant pour en donner une interprétation la plus exacte possible que pour invoquer ce que la guerre avait détruit de plus beau : la confiance entre les êtres humains.

– Si je vous confie un secret, me promettez-vous de le garder ?

Krappe ne le regardait pas, tout occupé qu'il était à rétablir, avec des gestes méthodiques et précautionneux, la file de petites voitures DKW qui avait été déplacée par les secousses.

– Allez-y, répondit-il.

Arturo sortit le faire-part de sa poche et l'ouvrit avec l'application d'un maître en origamis. Il le remit à Krappe qui en étudia les deux faces.

– Qu'est-ce donc ?
– Je l'ai trouvé dans une poche de Kleist.

L'expression qu'adopta Krappe laissa libre cours à toutes sortes de spéculations sur ses réflexions, mais n'en confirma aucune. Il se borna à relire les chiffres secs et bureaucratiques des formules, mélangés aux dessins et aux annotations : une véritable mosaïque où dominait, au recto, le mot *WuWa* entouré d'autres gribouillis. Au verso, il y avait un dessin d'un autre genre, une sorte de péninsule sur laquelle on avait tracé, telle une grille, une série de cercles concentriques entre lesquels s'intercalaient différents chiffres.

– Vous avez une idée de ce que cela peut être ? demanda Krappe.
– Non.

Le *Kommissar* pinça les lèvres et retourna le carton. Il le frottait entre l'index et le pouce de sa main gauche. Un instant, son regard s'illumina avant de s'assombrir de nouveau. Il avait l'air accablé.

– Quoi qu'il en soit, mieux vaut que personne ne sache que ceci est entre nos mains, conclut-il.
– Pourquoi dites-vous cela ?
– C'est un pressentiment. Vous voyez, ici ?

Son index pointa le dessin d'une rune similaire au svastika, mais aux extrémités courbes, comme si la figure voulait former un cercle ou tourner à toute vitesse.

– Une *Hakenkreuz*, avança Arturo.
– Pas exactement. C'est un autre type de rune, une *Sonnenrad*, une roue solaire. L'ancienne représentation nordique du soleil. En réalité, c'est l'emblème de la *Thule Bund*, la Société Thulé.
– C'est quoi, cette Société Thulé, nom d'un chien ?

Krappe sembla ne pas avoir entendu Arturo.

– Pour le moment, ne dites rien à personne. Et quand je dis personne, c'est personne. J'aurai quelques questions à poser ici ou là. Je crois qu'il vaudrait mieux chercher la signification de ces dessins par nos propres moyens. Pas un mot à la *Virus Haus*. Puis-je conserver le faire-part?

Arturo songea à Maciá. Il tendit la main.

– Je vous en fais une copie.

La raideur qui s'empara du *Kommissar* Krappe dénotait davantage l'incompréhension que la colère; Arturo craignit quelques instants qu'il ne fît usage de ses prérogatives de commandement et lui enlevât le faire-part, mais peut-être son éducation prit-elle le pas sur la hiérarchie. Cependant, sa réponse fut empreinte d'une indifférence un peu trop marquée, comme s'il s'efforçait de cacher sa rancœur.

– Très bien. Prenez-le.

Il lui rendit le faire-part qu'Arturo plia soigneusement avant de le ranger dans sa poche. Puis il contempla la maquette de la *Welthauptstadt* Germania, cette soif d'éternité emprisonnée dans un morceau d'ambre. Le stade Maerzfeld, conçu pour accueillir quatre cent mille personnes, le Musée national qui aurait été deux fois plus grand que le Louvre, l'avenue centrale de sept kilomètres, la gare du Sud, plus vaste que la Grand Central Station de New York... Plus de vingt ans auparavant, Hitler avait déjà couché sur papier, dans son *Mein Kampf*, qu'il ne voulait pas une ville, mais le symbole d'une époque. Ce désir de pureté et de perfection n'était, en fin de compte, qu'une erreur d'appréciation de la réalité et, en tant que telle, provoquait un calme trompeur, comme celui qui règne dans l'œil du cyclone.

– Allons manger un morceau, je n'ai pas encore pris mon petit déjeuner – ces mots firent sursauter Arturo, soudain tiré de ses pensées. Je vous raconterai ce à quoi nous allons nous frotter...

– Vous voulez dire la Société Thulé?

– Je veux dire que vous avez intérêt à oublier vos histoires de symétrie.

4

Cercles vertueux

Sur l'avenue Unter den Linden, accrochés aux quelques arbres encore debout, des centaines de rubans en étain que les bombardiers alliés lâchaient afin de brouiller les radars de la défense antiaérienne vibrionnaient, semblables à des décorations de Noël. Les banques, les magasins chic, les librairies qui bordaient l'avenue étaient couverts de suie et parés d'un brocart alternant trous et résilles métalliques soumis à l'action du feu. Hans Krappe et Arturo faisaient route vers le sud-ouest, traversant un Berlin fébrile et lépreux dans une BMW tigrée au capot cabossé dont le plancher était tapissé de petits sacs de sable en prévision des mines et des attentats à la bombe. Le *Kommissar* conduisait avec une précision d'horloger au milieu d'un paysage cyclothymique et violent, avec en toile de fond le vacarme des bombardiers et, toujours, ce relent intense qui saturait l'air, non pas celui de la poudre mais celui, incontestable, de la guerre : un relent de merde. Les échanges affolés entre le quartier général de la défense de Berlin, à Hohenzollerndamm, le quartier général souterrain de Zossen, le bunker de la chancellerie et les postes de commandement de la ligne défensive de l'Oder confirmaient que la ville avait une corde autour du cou et attendait simplement celui qui retirerait la chaise. Néanmoins, Arturo continuait de s'étonner de l'importance sociale de certains gestes, y compris au cœur de l'enfer ; cette obstination dans les mécaniques vides du quotidien, faire la queue pour le rationnement, aller travailler, remplir des seaux d'eau... autant d'habitudes qui génèrent un sentiment de sécurité et un goût pour l'immuable face à l'imprévu et la terreur. En définitive, ce n'était pas la mort qui le surprenait mais l'acharnement de la vie. Mais rien de tout cela ne le perturbait autant que les informations que Krappe lui avait livrées pendant le petit déjeuner – une invraisemblable ration militaire composée de viande, chocolat et biscuits de guerre, simplement de quoi éviter que l'homme mince qu'il hébergeait ne parte en courant –, concernant la mystérieuse Société Thulé. En 1912, une poignée de nationalistes munichois, exaltés par les œuvres de Wagner et les écrits de Nietzsche annonçant l'avènement d'un grand leader qui érigerait un nouvel ordre dans les relations entre maîtres et esclaves, le *Herrenvolk*, fondèrent à Berlin la *Thule Bund*, la Société Thulé – du nom de la légendaire *ultima Thule*, la terre du bout du monde, lieu mythique d'où provenait la race aryenne. Si son premier objectif était d'étudier l'histoire et les traditions allemandes, elle devint, à partir de 1918, fanatiquement antibolchevique et antisémite, proposant l'unification de l'Europe sous un grand Reich germain. Himmler, Rudolf Hess, Röhm, Alfred Rosenberg, Hans Frank, Dietrich Eckart, Wilhelm Frick... avaient été quelques-uns de ses membres les plus illustres qui comprenaient aussi le gratin de la magistrature, de l'industrie, de la noblesse et de l'armée... La Thulé posséda son propre journal, établit un service de renseignements, finança des *Freikorps* qui s'opposèrent aux gouvernements communistes de Bavière durant la République de Weimar, et fonda le parti qui fut à l'origine du futur NSDAP de Hitler. Ce n'était que la partie visible de l'iceberg, avant que la Société se dilue dans la SS et commence une seconde vie, secrète et obscure, ourlée de rumeurs et de murmures où il était à la fois question de pangermanisme, d'antimatérialisme, de pensée médiévale et alchimique, d'occultisme... le tout avec un Camelot particulier situé dans le bastion que la SS possédait au château de Wewelsbourg, en Westphalie. Avec de tels antécédents, on pouvait aisément deviner l'ascendant que la Société avait eu sur l'ordre noir de Himmler lorsque ce dernier créa l'*Ahnenerbe Forschungs und Lehrgemeinschaft*, la Société pour la recherche et l'enseignement de l'héritage ancestral, composée de plus de cinquante départements traitant de sujets aussi disparates que l'astronomie, le contrôle des phénomènes météorologiques, la recherche de pétrole ou la création d'une race de chevaux capable de résister au climat russe, jusqu'à une section spéciale chargée d'investiguer sur le surnaturel et des missions aussi farfelues que la quête du marteau de Thor, de la lance de Longinus, ou du Saint-Graal. La question qui était aussitôt venue aux lèvres d'Arturo, dès lors qu'il avait tenté d'interpréter toutes ces informations, concernait le lien entre l'*Ahnenerbe*, prolongement naturel de la Thulé, et le secteur de recherches scientifiques et militaires, ou, ce qui revenait au même, les *WuWa*, les armes secrètes. Krappe s'était léché les doigts après avoir avalé le dernier morceau de chocolat, et avait arqué ses sourcils comme pour démontrer à quel point il se sentait autant accablé de ne pas connaître la réponse qu'heureux d'être dans l'ignorance.

– Ça, il faudra le demander à Möbius, répondit-il. Je m'en charge.

Arturo acquiesça, un brin étonné par le niveau d'information dont disposait un simple membre de la *Kripo*, tout *Kommissar* qu'il était. Hans Krappe sembla lire dans ses pensées.

– Avez-vous entendu parler du putsch de Munich ?

Arturo se rappela la tentative de coup d'État de Hitler et de ses acolytes en 1923 en Bavière, et l'échec retentissant de cet épisode qui s'était soldé par une riposte fulminante de la police.

– Plus ou moins.
– J'étais de ceux qui ont réprimé le coup d'État, répondit-il avec ironie et orgueil, mais aussi une pointe de mélancolie.

Arturo avait assimilé cette révélation en affichant l'expression de celui qui comprend qu'on ne l'invitera pas à aller plus loin. Le *Kommissar* donna un dernier coup de volant pour garer la BMW devant l'Institut de physique Kaiser Wilhelm, la *Virus Haus*, dans le district de Dahlem. Le bâtiment se détachait sur l'arrière-fond sonore que composaient les sempiternels grondements et tremblements provoqués par le passage des avions alliés. Son trait le plus frappant était la tour érigée sur son côté, telle une excroissance sans rapport apparent avec le reste : la *Blitzsturm*, la tour de l'Éclair, qui abritait un gigantesque cyclotron pouvant générer un million et demi de volts. Le capitaine Möbius les attendait devant l'entrée, nonchalant comme à son habitude, une main dans la poche de son manteau, tenant une cigarette entre l'annulaire et le petit doigt de l'autre. La présence, dans son dos, de deux gardes SS bâtis comme des armoires faisait douter de la candeur des lieux. Après les saluts de rigueur, le capitaine leur fit franchir l'entrée et les nombreux contrôles jusqu'à de lourdes portes en acier et un ascenseur souterrain qui les déposa cinq étages au-dessous du niveau de la rue. Krappe et Arturo s'étonnèrent tous deux que les murs des pièces qu'ils venaient de traverser fussent couverts d'une sorte de métal ; du plomb, leur expliqua Möbius, à cause des radiations. Ce dernier les invita à entrer dans une salle de réunion, et ils en déduisirent qu'il n'avait aucune intention de leur montrer les installations. Il annonça qu'il leur faudrait attendre un peu la personne susceptible d'effacer leurs doutes. Au bout de quelques minutes, la porte s'ouvrit sur un individu vêtu d'une blouse blanche.

– Enfin, murmura Möbius en se frottant les mains comme s'il venait de signer un document important. Je vous présente le professeur Karl Wiehl, il se chargera de répondre à vos questions.

Karl Wiehl semblait avoir la quarantaine, sans que l'on sache exactement quelle distance le séparait de la cinquantaine. Il était mince, mais sa minceur ne dénotait pas de la délicatesse, plutôt de la mesquinerie et une sorte de névrose chronique, et son visage avait quelque chose de monstrueux – non pas qu'il fût laid, mais certains de ses traits, beaux, n'étaient pas placés au bon endroit. C'est pour cette raison que le professeur, conscient du peu de confiance qu'inspirait sa personne, s'efforçait de rétablir l'équilibre en adoptant des manières on ne peut plus aimables.

– Puis-je vous offrir un café ? Désirez-vous boire quelque chose ? leur demanda-t-il.

– Non merci, s'empressa de répondre le *Kommissar* Krappe qui ôta son chapeau et le posa sur une table. Nous avons peu de temps. Voyons, voyons...

Arturo songea que, pour quelqu'un qui disposait de peu de temps, Krappe faisait traîner les choses en longueur.

– Nous avons certains doutes, reprit Krappe. Oui, c'est cela, certains doutes... On a dû vous expliquer la raison de notre visite. Donc, ce que nous voudrions tout d'abord savoir, c'est : que recherche l'ennemi à la *Virus Haus* ?

Karl Wiehl guetta l'approbation de Möbius, lequel l'encouragea d'un regard éloquent, tandis qu'Arturo, songeant à son entrevue avec Maciá, retenait sa respiration : les paroles qui seraient prononcées ouvriraient ou fermeraient certaines portes, restait à savoir lesquelles.

– Nous avons développé une nouvelle arme, commença Karl Wiehl, une arme qui changera le cours de cette guerre, et au-delà, celui du monde.

Il y eut un silence plus assourdissant que le bruit d'un moteur.

– C'est une bombe qui utilise la fission de l'atome,

continua-t-il. Nous nous servons d'isotopes radioactifs qui, en explosant, libèrent leur énergie, ce qui produit des dégâts inimaginables.

– J'ai beaucoup d'imagination, fit remarquer Krappe, invitant ainsi Wiehl à la faire fonctionner.

– Nous avons effectué un test durant la bataille du saillant de Koursk avec un prototype mixte composé d'explosifs conventionnels et d'une petite quantité d'uranium, très inférieure à celle dont nous disposons maintenant. Tout un régiment d'Ivan a été anéanti en quelques secondes.

Arturo se rappela la photographie dans la chambre de Silke, l'expression olympienne avec laquelle Ernst, le mari disparu à Koursk, l'observait depuis la tourelle de son tank. Avait-il été témoin de cette tempête biblique ? Quelle expression s'était alors dessinée sur son visage ? Appréhension ? Orgueil ? Incrédulité ? Arturo opta pour la troisième.

– Et que devons-nous savoir d'autre ? insista Krappe en se balançant sur la pointe de ses pieds, les mains croisées derrière le dos. Euh… quel est le mécanisme de cette bombe… les composants… hum… comment fonctionne-t-elle ?

– Avec de l'uranium, expliqua enfin le professeur Wiehl : on fissionne de l'uranium. Le problème, c'est que l'uranium que l'on trouve à l'état naturel est composé de 99 % d'uranium 238, non fissible, et de seulement 1 % d'uranium 235, fissible celui-là. Une partie de notre travail consiste à l'isoler, un processus très complexe et franchement laborieux.

– Vous voulez dire que, sans uranium, il n'y a pas de bombe ?

– En effet.

– Bien. Pouvons-nous en voir une ?

– Non, vous ne pouvez pas, s'interposa Möbius sans daigner justifier son refus.

– Dans ce cas, nous souhaiterions savoir qui sont les scientifiques et les techniciens impliqués dans ce programme.

– L'ensemble du programme atomique est sous la direction du *Gruppenführer* Hans Kammler, déclara Möbius. Il n'y a que lui qui puisse répondre à votre question de manière précise. Malheureusement, il n'est pas à Berlin en ce moment.

– Mais le programme n'est-il pas sous l'autorité de la Wehrmacht?

Sa question était très claire, mais seul Arturo en avait saisi le véritable sens.

– Jusqu'à l'année dernière, l'armée était impliquée, mais depuis l'attentat contre le Führer, la SS contrôle tout.

Krappe caressa presque voluptueusement sa moustache de morse et regarda Arturo. Le mot *Ahnenerbe* commença de se dessiner dans leur esprit, ou son équivalent : la Société Thulé.

– Néanmoins, argua Krappe en fouillant dans ses poches avant d'en extirper un bout de papier, nous avons une liste de scientifiques qui font l'objet de toutes les attentions. Peut-être pourrez-vous nous confirmer qui, parmi eux, se trouve ici...

Sans attendre la réponse, Krappe lut la liste à haute voix, avec la mine sévère d'un commissaire-priseur.

– Otto Hahn, Manfred von Ardenne, et Carl Friedrich von Weizsäcker.

– Aucun d'eux n'est ici, le devança encore Möbius.

– Et où sont-ils?

– Pour l'instant, cela ne vous regarde pas.

– Je vois.

Krappe maquilla de courtoisie ce qui n'était rien d'autre que de l'impatience teintée d'exaspération. Arturo pouvait quasiment voir ses pensées se déplacer de seconde en seconde, telle la trotteuse en or de sa montre. À chaque petit tic-tac, il prenait davantage conscience que les choses, dans cette histoire, se définiraient moins par ce qu'elles étaient que par ce qu'elles n'étaient pas. Le *Kommissar* ouvrait la bouche pour poser une question quand un *Untersturmführer* s'engouffra dans la pièce. Après avoir repéré Möbius, il entrechoqua deux fois les talons de ses bottes cloutées et salua avec véhémence. Ensuite, dans un langage officiel creux, il exprima l'urgence d'un entretien privé avec le capitaine, que ce dernier lui accorda en s'excusant d'une voix indolente auprès des autres. Les deux hommes sortirent dans le couloir en laissant la porte ouverte, si bien que Krappe et Arturo purent être témoins d'une conversation grave, tendue, au cours de laquelle – et pour la première fois –, ils virent le dos du capitaine Friedrich Möbius se raidir. Entre-temps, le professeur Karl Wiehl leur posa une série de questions avec une telle amabilité que l'on aurait été tenté de croire que les réponses l'intéressaient sincèrement. À peine avaient-ils répondu à la première question que Möbius sollicita sa présence avec une courtoisie toute particulière qui sonna comme un ordre. Krappe porta deux doigts à un invisible chapeau et attendit que le professeur se joigne aux autres pour lisser de nouveau sa grosse moustache gris-jaune.

– Croyez-vous à tout cela ? demanda-t-il à Arturo.

– Ces derniers temps, je crois à des choses plus étranges encore, *Herr Kommissar*.

– Savez-vous ce que je pense ?

– Dites-moi.

– Eh bien… vous savez…

– Eh bien non, je ne sais pas…

– Voilà, nous sommes dans un cercle vicieux, et le plus drôle, c'est que je ne suis pas sûr qu'ils nous mentent tant que cela. J'ai plutôt l'impression que l'information est fragmentée, divisée. Ça a toujours été l'un des vices du régime : la Wehrmacht, la *Luftwaffe*, la *Kriegsmarine*, la SS, la Gestapo, la *Kripo*, l'*Orpo*… depuis le début de la guerre, tous ont été en conflit les uns avec les autres. Je ne doute pas que cette concurrence ait été fertile, mais elle a également été la source de pas mal de gabegie.

– L'information, c'est le pouvoir.

– C'est évident, et je crains que le Führer ne soit le seul à connaître véritablement tous ces compartiments hermétiques. Le Führer, et peut-être, pour ce qui nous intéresse, le général Kammler.

Arturo remarqua que, durant toute leur conversation, Krappe n'avait cessé d'observer le cénacle mené par Möbius. Ils restèrent silencieux le temps d'une cigarette.

– Dommage qu'on ne puisse pas entendre ce qu'ils disent.

Arturo avait exprimé ce regret au-delà de toute expectative.

– En ce moment même, il dit qu'il n'en peut plus de faire la nounou pour une boule de suif. La boule de suif, c'est moi, ajouta Krappe, imperturbable. Voulez-vous savoir comment il vous surnomme ?

Arturo, qui commençait à s'habituer aux excentricités de Krappe, éclata de rire à ce qu'il tenait pour une bonne blague. Le *Kommissar* le dévisagea comme un chef aurait regardé un sous-fifre venant de commettre une bourde.

– J'ai un frère sourd-muet, révéla-t-il avec détachement. Je peux lire sur les lèvres.

Arturo resta de marbre, s'efforçant de ne pas laisser transparaître son embarras.

– Voulez-vous savoir comment il vous surnomme ? répéta Krappe avec, cette fois-ci, une pointe de vacherie dans la voix.

Après un obscur combat interne, la curiosité d'Arturo l'emporta sur sa pudeur.

– Allez-y.

– Le gitan espagnol.

Arturo refoula une réponse, grinça des dents et concentra toute son attention sur Möbius et sa clique, tandis que dans un recoin de son cerveau défilaient des scènes à faire se dresser les cheveux sur la tête. De son côté, Möbius, comme doté de ce sens que possèdent certains dont les blessures mal cicatrisées permettent de prévoir le temps qu'il fera, les observa d'un air impassible. Krappe lui adressa une petite révérence, Arturo ébaucha un sourire. Le capitaine ordonna immédiatement au professeur de fermer la porte, laissant leurs gestes respectifs se perdre dans le néant.

– Avez-vous pu en apprendre davantage ? demanda alors Arturo.

– Seulement quand il était dans le bon angle. C'était entre-coupé, ils bougeaient trop. Ce qu'il y a de sûr, c'est qu'ils ont eu des soucis dans un lieu appelé Jonastal.

– Jonastal, répéta Arturo.

– Oui, et quelque chose en rapport avec une certaine masse critique. Ils allaient en dire plus mais Möbius a eu la puce à l'oreille. S'il a perdu son calme, c'est que ça doit être sérieux.

– Allez savoir, il y a peut-être un lien avec tout ce bazar.

– Peut-être. De toute façon, j'espère que votre agenda des prochains jours n'est pas trop chargé, parce qu'il va falloir que l'on se débrouille tout seuls.

Arturo sentit grincer sa colonne vertébrale.

– Dans ce cas, *Herr Kommissar*, résuma-t-il, peut-être pourriez-vous vous renseigner sur la Thulé et Kleist. Entre-temps, je vous ferai une copie du faire-part et je mènerai ma propre enquête. Il se peut que j'aille jeter un œil à l'appartement de Stratton.

– Cela me semble bien. De mon côté, j'effectuerai les démarches nécessaires pour obtenir un entretien avec le général Kammler. Avec un peu de chance, on pourra s'épargner le chemin le plus long. Cela dépendra de la SS ou de la Gestapo.

La porte s'ouvrit, laissant passer un lieutenant SS qui, sans aucun préambule, déversa une flopée d'excuses confuses pour justifier autant le départ précipité de Möbius que la fin de l'entretien, et leur remit des classeurs contenant les rapports promis sur les scientifiques du projet. Hans Krappe, puisant dans sa réserve de diplomatie déjà bien entamée, balança entre résignation et suffisance et consentit au nom des deux à quitter les lieux. Alors qu'ils étaient sur le point de sortir de l'Institut, le *Kommissar* s'arrêta net et s'exprima au bout d'une longue minute :

– Alors, vous vous en êtes rendu compte ?

Il leva brièvement les yeux au plafond en caressant les replis de son double menton, blancs comme de la porcelaine.

– De quoi ? demanda Arturo.

– Que nous sommes déjà dans un cercle vertueux.

Un facteur distribuait le courrier à l'entrée d'un immeuble. Maciá mettait la dernière main à ses dossiers. Un chien aboyait sans relâche à un angle de la Belle-Alliance Platz. Eckhart Bauer regardait par une fenêtre de la chancellerie. Les files d'attente de rationnement n'avaient pas bougé depuis deux heures. L'énorme gorille du zoo mastiquait une racine. Ninfo et Saladino montaient la garde dans leurs ministères respectifs. Et au même instant, les sirènes se mirent à hurler en boucles sinueuses, de quoi rendre fou le plus sensé des hommes. Dès lors, chacun disposait de dix minutes pour se mettre à l'abri. La *Flak* commença de traquer les B-24 qui se détachaient de la ligne d'horizon et, peu à peu, ceux-ci furent encerclés par de violentes fleurs de poudre. Les équipages – dont l'âge moyen était de vingt et un ans – transpiraient malgré les basses températures dans lesquelles ils évoluaient, conscients que leurs avions étaient comme des aimants pour l'artillerie allemande. Mais cela, ils évitaient d'y penser, initiant une séquence de mouvements synchronisés, longuement répétée, alors que Berlin apparaissait dans leur ligne de mire. Ils affinèrent leurs calculs ; ils ne tarderaient pas à croiser la verticale de la ville et avaient peu de marge pour larguer leurs bombes qui, en décrivant une parabole, n'atteindraient leur cible que bien plus tard, quand eux-mêmes seraient déjà à des kilomètres de Berlin. La première vague largua méthodiquement des bombes à fragmentation qui arrachaient portes et fenêtres dans un bruit de cascade. La deuxième vague lâcha des bombes incendiaires légères qui embrasaient les toits, et des bombes à charge pénétrante conçues pour traverser les étages et exploser aux niveaux les plus bas. L'une d'elles, tel un tronc d'arbre s'effondrant sur un grain de raisin, heurta la terrasse d'un immeuble de Charlottenburg avant de traverser chacun des étages comme si elle transperçait, couche après couche, une pâte feuilletée. Puis, durant un quart de seconde, il ne se passa rien, n'était un coup sec, effroyable, auquel succéda une formidable explosion qui souffla les murs, souleva le toit, projeta dans les airs briques, grilles et portes de l'immeuble, dont les trous béants continuèrent de cracher des bouffées de fumée pendant un long moment.

Les yeux bleus d'Arturo brillaient intensément au milieu du linceul de poussière ocre qui avait enseveli les rues. Il se leva péniblement, les oreilles sifflant et le front barré d'une estafilade, encore étourdi par la puissance de l'onde expansive. La scène était indescriptible. Tout autour de lui, la mitraille avait dépecé les hommes et composé avec leurs corps un puzzle grotesque. Quelques pas de plus et Arturo eût été anéanti par la même faux. Jamais il n'avait été aussi convaincu que la survie n'est qu'une question de chance, et que celui qui soutient le contraire n'en a fichtrement aucune idée. Les cloches des voitures de pompiers ne parvenaient pas à couvrir les hurlements des victimes et les cris, aigus et dévastateurs, des Furies qui survolaient la scène, attrapées dans son champ de force. Arturo s'approcha des premières pierres en boitant légèrement. Il ne ressentait aucune compassion ; la Russie lui avait inoculé, en quelque sorte, l'acceptation de la dureté de la vie, une acceptation implacable, stoïque et tenace, d'autant plus incroyable si l'on tenait compte que sous ces décombres gisait peut-être le cadavre de Manolete. Son camarade assurait la garde d'un centre de transmissions à Charlottenburg. Juste après avoir quitté le *Kommissar*, Arturo était venu à sa rencontre pour lui demander de le seconder dans son enquête, mais la mort, qui est sans mémoire, l'avait devancé. Il se tenait là, près du cercle de Berlinois qui observaient les pompiers pointer les paraboles liquides de leurs lances à incendie vers le tas de gravats noir et fumant tandis que les équipes de secours réglaient leurs appareils d'écoute pour détecter le moindre coup ou grattement, et commençaient à injecter de l'air à l'intérieur afin de maintenir en vie ceux qui seraient enterrés dans les sous-sols. Comme par miracle, deux étranges zombies surgirent des ruines, les cheveux dressés sur la tête, un masque gris et écarlate sur le visage, perdus, tremblants, et furent immédiatement pris en charge par les pompiers. D'autres occupants de cet immeuble arrivaient sur les lieux et, bien qu'abattus par le désastre, commencèrent à écrire à la craie sur les murs noircis des maisons voisines des messages destinés à leurs amis ou leurs proches : *Liebste Frau B. wo sind sie ? Mein Engelein, wo bleibst du ? Ich bin in grosser Sorge. Dein Fritz*[1]... Plus tard, seuls les chanceux trouveraient une réponse en dessous. Mais le plus dramatique était cette fille d'environ seize ans, debout sur une montagne de gravats, qui ramassait les briques une par une, les époussetait pour les jeter à nouveau. Toute sa famille venait d'être enfouie, elle avait sombré dans la folie.

---

1. « Chère *Frau* B., où êtes-vous ? », « Mon petit ange, que deviens-tu ? », « J'ai de gros ennuis. Ton Fritz... ».

– Si j'avais pas toujours la guigne, mon lieutenant, je dirais que j'ai pas de chance et...

Arturo sursauta, aussi surpris d'entendre une phrase en espagnol, déformée par l'émotion, que par l'irruption à ses côtés du soldat Francisco Ramírez, alias Manolete, qui à cette heure aurait dû être étendu de tout son long sous une poutre.

– Mais après ça... poursuivit-il.

– Merde, Manolete, lâcha Arturo en se demandant s'il ne s'agissait pas d'une apparition. Qu'est-ce que tu fais là ?

– On m'a demandé de faire la liaison avec ceux de la propagande, j'avais un pli à leur transmettre. J'en ai profité pour aller voir une *Froïlan* plutôt gironde...

Il sortit nerveusement une cigarette qu'il n'alluma pas, semblant ne savoir qu'en faire.

– Eh bien, on peut dire que ta partie de jambes en l'air vient de te sauver la vie.

– Amen, mon lieutenant, amen...

Une épaisse fumée chargée de cendres et d'étincelles les entoura, leur agaçant le visage comme autant d'aiguilles brûlantes. Arturo proposa de quitter les lieux et tous deux s'engouffrèrent dans l'une des rues adjacentes avant de faire halte devant l'entrée d'un immeuble. Manolete sortit un briquet gainé d'écaille de tortue et alluma sa cigarette, le regard dans le vague, perdu dans le néant de la fumée.

– Ce qui est sûr, Manolete, c'est que je ne suis pas ici par hasard. Je venais te demander quelque chose.

Son compagnon mit encore un certain temps à réagir, partageant son attention entre la cigarette et ses pensées. Arturo savait ce que cachait ce visage rude d'homme des cavernes : la peur est une émotion, et en tant que telle, elle ne peut être soumise aux lois de la raison. Manolete avait parcouru la Russie à ses côtés sans flancher, et voilà qu'il tremblait de peur devant un immeuble effondré.

– Excusez, mon lieutenant, dit-il en se ressaisissant, mais il y a des choses qui flanqueraient par terre le plus hardi d'entre nous. Je suis à vos ordres.

– Pas de souci. Dis-moi, te souviens-tu du cadavre de la chancellerie ?

– Un peu, que je m'en souviens !

– Eh bien, on m'a chargé d'une mission…

– Je savais bien qu'il y aurait une suite.

– Écoute…

Arturo lui fournit des explications détaillées mais non exhaustives sur la situation, occultant le volet atomique et lui épargnant sa méfiance vis-à-vis d'une réalité où rien n'était ce qu'il semblait être, pour se concentrer sur cette guerre sans batailles ni lignes défensives qu'ils menaient contre les commandos alliés. S'il avait décidé de cacher certaines informations, ce n'était aucunement par mépris, mais parce qu'il savait que Manolete serait plus efficace s'il était motivé par des réponses rassurantes et simples.

– … En bref, conclut Arturo, j'ai besoin de quelqu'un qui ne lâche pas le morceau. J'ignore ce que je vais trouver, mais quand je le trouverai, je ne veux pas que celui qui m'accompagne ait du sang de navet.

Manolete déboutonna sa capote dans un geste de bravoure.

– Merde, mon lieutenant, je suis payé pour ça. Y a qu'en prison que la bouffe est gratis.

– Voilà pourquoi je suis venu te voir.

Il omit aussi de dire qu'il pensait sans cesse à Silke et qu'il aurait fait tout ce qui était en son pouvoir pour assister à la fin de la guerre.

– Eh ben maintenant, vous m'avez vu, dit Manolete sentencieusement tout en savourant l'ultime et odorante bouffée de sa cigarette.

C'est alors que le sol se remit à trembler sous leurs pieds

avec un bruit continu, abrasif, comme si quelque chose s'effondrait. Ils levèrent leurs armes, défiantes. Tout autour d'eux, l'air se voila sous l'effet d'un tourbillon de fumée et s'emplit d'une odeur de caoutchouc fondu et de chair brûlée, mais Arturo ne lui laissa pas le temps d'ouvrir dans leurs esprits les portes de la peur.

— Demain, j'irai faire un tour en ville, tu viendras avec moi. Rendez-vous à la porte de Brandebourg vers huit heures.

— J'y serai à huit heures pétantes.

Sur quoi Manolete mit son fusil en bandoulière, fourra la main dans sa poche, et en sortit un bout de ficelle qu'il noua savamment et serra avec rage.

— Qu'est-ce que tu fais ? demanda Arturo, perplexe.

— Je demande de l'aide à un saint.

— Quel saint ?

— Eh ben, saint Cucufa. Ça ne rate jamais.

— Et le nœud ?

— Pour qu'il se souvienne qu'on lui a demandé de l'aide.

— Je ne comprends pas.

Manolete regarda d'un air renfrogné la ficelle qu'il saisit par les deux bouts. Il se mit à prier.

— Saint Cucufa, avec cette ficelle les couilles je t'attache. Tant qu'on n'a pas trouvé ces types, pas question que je te les détache.

Arturo lâcha un rire tonitruant : à coup sûr, le saint s'était déjà mis au travail.

5

Ce qui n'est pas

Maciá écoutait attentivement les explications d'Arturo avec l'aplomb de la personne qui est du bon côté du téléphone : celui d'où sont donnés les ordres. Si Arturo n'évoqua pas l'armement conventionnel, il confirma que certains indices laissaient croire à l'existence d'une arme fabuleuse : lorsque quelqu'un vous propose de partager les miettes qu'on lui a données, c'est qu'il y a une baguette de pain cachée quelque part. À mesure qu'il égrenait les événements, les conclusions, les pensées, les ratés, ponctuant son discours de silences et de gorgées d'un succédané de café, Arturo ne faisait rien d'autre que distiller la nuit qu'il venait de passer dans le bunker de la garde de la chancellerie. Le sentiment de solitude qui l'avait envahi, d'autant plus fort en l'absence du rempart contre lui-même que constituait Silke, l'avait néanmoins doté d'une conscience accrue de sa propre individualité, condition et source de toute connaissance. Cette retraite lui avait été indispensable pour se lancer à la recherche de cette symétrie que le *Kommissar* Krappe méprisait, et qu'Arturo lui-même tenait davantage pour un but que pour une réalité, mais sans l'illusion de laquelle il était impossible de progresser ou, du moins, de ne pas sombrer tout bonnement dans la folie. Cette nuit, il avait commencé par disposer sur un bureau le dossier que lui avait remis Möbius, le faire-part de Kleist, deux conserves de sardines norvégiennes, de la saucisse de

Friedland, un tube de bonbons vitaminés embrochés comme des cachets d'aspirine, un flacon du parfum français *Je reviens* – un cadeau pour Silke : c'était son préféré – et une bouteille de cognac Napoléon, le tout acheté avec des dollars au marché noir. Il avait quasiment dévoré les sardines, la saucisse et les bonbons avec cette étrange idée en tête : une existence où l'on accorde autant de valeur à la nourriture qu'au sexe est bien suspecte. Puis, s'envoyant des rasades du cognac qu'il s'était versé dans une tasse en fer émaillé, et qui semblaient se solidifier dans son estomac, il s'était plongé dans sa lecture, s'humectant de temps à autre les doigts pour passer les feuillets dactylographiés et assemblés par des trombones, d'où émergeait cette inévitable matérialité des données, des dates et des lieux qui donnait forme à des vies forcément confuses et désordonnées. Dans ces pages, le mot-clé n'était pas *Wunderwaffen*, mais *Urainverain*. « Cercle d'Uranium », ainsi qu'avait été nommé le projet développé par les nazis afin de donner jour à une force aussi puissante qu'ambiguë et qui dépasserait l'imagination. Tout avait commencé trois années plus tôt, en 1942. Lors d'une réunion entre Speer, le ministre de l'Armement, et Werner Heisenberg, y avait été évoquée la possibilité technique de réaliser une bombe atomique, et le groupe de Heisenberg – dont Otto Hahn, découvreur de la fission nucléaire et futur Prix Nobel, faisait aussi partie – s'était vu accorder un budget pour démarrer les recherches. Deux projets parallèles et simultanés à celui de Speer avaient également été abordés, le premier initié par la Wehrmacht sous la tutelle du ministre des Télécommunications, Ohnesorge, et dirigé par le baron Ardenne, et le second, ultrasecret, mené par la SS, où le nom du général Hans Kammler apparaissait déjà. À partir de là, la force des faits s'estompait pour se dissoudre au fil des pages dans les pénibles spectres de la contingence, confirmant ce que Krappe avait soutenu au sujet de la compartimentation hermétique du pouvoir dans le IIIe Reich. Cependant, entre deux rasades, Arturo était parvenu à remplir les cases laissées vides par les actions et réactions des différentes forces en jeu ; une subtile symétrie commençait à se dessiner, permettant de relier certains éléments à un tout, et apportant un début de sens à défaut d'une réponse : Otto Hahn, Manfred von Ardenne, Carl Friedrich von Weizsäcker... autant de personnes, impliquées dans différents programmes, qui se donnaient maintenant rendez-vous dans le bunker du Führer, protégées – ou plutôt surveillées – par la SS. Comme le *Kommissar* le lui avait rapporté, après l'échec de la conjuration de Stauffenberg et la chasse aux sorcières qui s'était ensuivie, la Wehrmacht avait été décapitée et il semblait plausible que la SS, qui avait acquis un pouvoir hégémonique, eût absorbé les autres programmes et pris le contrôle absolu du projet atomique sous le commandement de Kammler. Et à l'évidence, elle avait toujours l'intention de le garder sous clé, eu égard aux obstacles qui se dressaient constamment devant eux. Les questions qui, telles des boules de loterie, tournaient sans cesse dans l'énorme tambour de sa tête commençaient à fuser : de quelle teneur seraient les informations que serait prêt à leur fournir le général Kammler concernant l'état d'avancement du projet atomique ? Serait-il au moins disposé à s'entretenir avec eux ? Quel était le rôle, dans toute cette histoire, de cet homme inquiétant et sans sourcils, dont la seule mention avait mis Bauer et le capitaine Möbius sur la défensive ? Arturo avala une gorgée qui le fit frissonner et remplit à nouveau la tasse. Il étudia le faire-part de Kleist et la rune symbolisant la Société Thulé au milieu de toute cette calligraphie embrouillée de lettres et de chiffres. Le faire-part possédait un ascendant aussi puissant qu'insaisissable. Quel rôle jouait la Thulé, ou l'*Ahnenerbe*, dans cet imbroglio ? Pour quelle raison Kleist l'avait-il incluse dans ce qui ressemblait à un testament involontaire ? En était-il membre ? Arturo était sûr d'une chose : dans la vie, il n'y a pas de hasards, seulement des semblants de hasards, et suivant cette logique, y avait-il une raison pour que Kleist croisât le chemin d'un commando dans la chancellerie ? Qui d'autre aurait-il pu rencontrer dans la salle de Germania ? Pourquoi le corps avait-il été enlevé dans la précipitation ? Cela avait-il un sens, de traverser toute la maquette alors que cet homme était au bord de la mort ? Arturo, qui avait commencé à ressentir l'agréable vacuité provoquée par les effluves de l'alcool, avait retourné le carton d'invitation : et cet isthme quadrillé, couvert de chiffres et de cercles concentriques, comme si quelqu'un avait jeté une pierre dans une eau calme, que diable était-ce ? Après l'avoir étudié pendant quelques secondes, il avait avalé une nouvelle gorgée de cognac et considéré les autres pièces du puzzle : « Jonastal », ce mot subtilisé par Krappe au capitaine Möbius, et ces histoires de masse critique, de Pippermint, de loups au museau fuselé rôdant encore dans la ville...

– Il nous faut immédiatement la copie de ce faire-part de mariage.

À l'autre bout de la ligne, la voix de Maciá trahissait son inquiétude. Arturo observa un long silence, comme s'il ne s'attendait pas à cette phrase, ou comme s'il ne savait que répondre.

– Arturo ?

– Excusez-moi, monsieur le secrétaire. Bien sûr, je vais vous en faire une copie.

– Merci beaucoup.

Le ton de Maciá avait retrouvé une fermeté dénuée d'autoritarisme, une élégance dépourvue de solennité.

– Il est d'une extrême importance que nous disposions de ces données : le palais de Santa Cruz en tirera ses propres conclusions.

– À vos ordres, monsieur le secrétaire.

– Quels sont vos plans ?

Arturo eut un sourire en coin; il ne pouvait pas lui dire qu'il n'en avait aucun et qu'il naviguait à vue.

– La SS et la Gestapo sont en train de ratisser Berlin, et je suppose qu'ils ont placé leurs appâts pour attraper Pippermint. De son côté, le *Kommissar* Hans Krappe poursuit son enquête sur Kleist et sur la Thulé. Il faudra être patient. Quant à Kammler, eh bien, nous allons essayer d'avoir une entrevue avec ce général.

– Voilà ce que j'espérais entendre.

– Aujourd'hui, j'irai également jeter un œil à l'appartement du commando.

– Mais il a déjà été fouillé, non?

– On ne sait jamais, monsieur le secrétaire. Parfois, le criminel n'est pas à la hauteur de son méfait.

Arturo laissa le silence s'étirer afin de faire de la place à toutes les interprétations possibles.

– Cela me semble bien, trancha Maciá. Et sinon, que devient le Führer?

– Aux dernières nouvelles, il est toujours dans le bunker.

– On dit qu'il se prépare à être évacué au Berghof pour organiser la résistance en Bavière.

– Je n'en ai pas entendu parler.

– D'après les rumeurs, les nazis aménageraient depuis quelque temps une sorte de forteresse alpine d'où ils livreraient leur dernier combat.

– Aucune information à ce sujet. Je n'ai pas remarqué d'agitation particulière à la chancellerie.

– On approche du 20 avril, monsieur Andrade... susurra Maciá.

Arturo ne comprit pas s'il s'agissait d'une phrase piège, d'un simple rappel ou d'un propos inopiné.

– Oui, monsieur le secrétaire, affirma-t-il en dissimulant son trouble.

– Vous savez que c'est l'anniversaire du Führer.

— Évidemment, monsieur le secrétaire.

— La date idéale pour lancer une contre-attaque massive avec ses armes merveilleuses.

— Vous croyez qu'ils attendent l'anniversaire ?

— Je ne suis pas joueur, monsieur Andrade, je vous laisse ça. Si le bon Dieu nous a donné deux oreilles et une langue, il y a bien une raison.

Arturo sentit un élancement au front, à l'endroit de sa blessure.

— Je serai attentif, n'ayez crainte. Que sait-on des Russes ?

— Les dernières informations sont contradictoires. Apparemment, les Allemands tiennent bon dans les hauteurs de Seelow, mais les Russes ont ouvert un autre front dans le Sud, et ils avancent.

— Je n'ai rien entendu de tout cela.

— Nous l'avons appris ce matin.

— La BBC a annoncé quelque chose ?

— Nous avons demandé directement aux Russes.

Le silence perplexe d'Arturo réclamait davantage de précisions. Que Maciá lui offrit.

— De temps en temps, nous passons un coup de téléphone dans les environs de Berlin. Si c'est un Allemand qui répond, c'est que le lieu est encore sous notre contrôle. À Cottbus, c'est un Ivan qui a répondu.

— Cottbus ? s'alarma Arturo. Mais ce n'est qu'à une centaine de kilomètres d'ici !

— J'en ai bien peur.

Arturo comprit parfaitement la relation qui venait de s'établir entre lui et l'état actuel des choses : peu importait la vitesse à laquelle il avancerait, si la situation progressait plus vite que lui, il ne ferait somme toute que reculer. Si ce paradoxe n'avait affecté que lui, sa vieille carcasse de soldat ne s'en serait pas émue, mais il y avait désormais un autre élément à prendre en compte : Silke.

– Monsieur le secrétaire, se décida-t-il, d'après vous, combien de temps allez-vous pouvoir rester?

– À ce rythme-là, trois ou quatre jours tout au plus. Tout dépend du moment où débarqueront les Russes.

– Et cet avion…

– Il vous attend toujours à l'aéroport, monsieur Andrade, le devança Maciá.

– C'est que… j'aimerais vous demander un petit service…

– Dites-moi.

Arturo pesa ses mots, adoptant son ton le plus onctueux.

– Monsieur le secrétaire, je travaille dur pour participer à l'élévation de la patrie, et pour elle je donnerais mon sang sans hésitation, sans conditions, sans objections. Nous sommes ici pour mourir, un point c'est tout, mais il n'y a aucune raison pour que l'on impose ce sacrifice à tout le monde. Alors si Santa Cruz veut récompenser mon dévouement, sachez que je ne demande ni médailles, ni argent, ni reconnaissance, je voudrais juste… je voudrais juste une place dans cet avion…

– Vous l'avez déjà, monsieur Andrade, répéta Maciá avec un brin d'impatience.

– Ce n'est pas pour moi.

– Je vous en prie, cessez de tourner autour du pot.

– C'est pour quelqu'un qui compte beaucoup… une amie.

– Ah, je vois…

– Si ça se gâte, et selon vous, cela ne saurait tarder, j'aimerais qu'elle ait une chance.

Arturo tira nerveusement sur un bouton de sa vareuse, tentant de percevoir de l'autre côté du combiné un quelconque changement de fréquence dans la respiration de son interlocuteur, ou toute autre manifestation d'acquiescement ou de refus.

— Monsieur Andrade, commença Maciá, laconique, vous vous imaginez, si chacune de mes connaissances ayant des amis, de la famille ou des maîtresses à Berlin me demandait une place dans cet avion ?

— Je comprends, monsieur le secrétaire, je regrette de vous en avoir parlé.

— D'un autre côté... reprit-il d'une voix entrecoupée, rien n'interdit qu'il arrive parfois quelque chose de bien... et, si l'on tient compte de l'importance et du caractère exceptionnel de vos services, peut-être pourra-t-on faire un geste.

Arturo contracta les muscles de ses mâchoires.

— Je vous en serais éternellement reconnaissant, monsieur le secrétaire.

— Mais vous, monsieur Andrade ? Qu'allez-vous devenir ?

— Je me suis déjà fait une raison, ne vous inquiétez pas.

Il y eut un nouveau silence chargé de sous-entendus.

— Dans la vie, on peut être tout sauf prévisible, rétorqua Maciá, et je vous assure que vous avez de quoi être fier à ce sujet. Obtenez-moi cette information et on en reparlera.

— Vous me donnez votre parole, monsieur le secrétaire ?

Maciá se racla la gorge.

— Je veux bien que nous souffrions ensemble, monsieur Andrade, mais ne partageons pas la bêtise. Vous savez parfaitement que ma parole ne vaut rien, tout dépendra des circonstances.

— Je comprends. Pardonnez-moi. Quoi qu'il en soit, je vous remercie pour ce geste.

— Bien. N'oubliez pas la copie, j'enverrai quelqu'un la chercher. Et tâchez de faire vite avec notre petite affaire. Et surtout, méfiez-vous des légères claudications de la volonté. *Arriba España.*

Arturo lui rendit son salut et reposa le combiné. Les yeux fermés, il s'abandonna au souvenir de la nuit précédente, à cet instant doux et abstrait où ses démons avaient tenté de l'attirer dans l'obscurité, là où tout est aveugle et où il n'y a pas d'amour, quand lui s'était réfugié dans le havre tranquille du souvenir de Silke. Pour éviter le pourrissement qui guette derrière le confort et le luxe, cette dangereuse paresse qui génère la désespérance ou la mort, il faut se choisir une entreprise, une croisade, un dessein qui permette d'accéder à quelque chose de plus grand et qui, pour autant, rend invulnérable. Arturo l'avait trouvé et n'était aucunement disposé à se faire le reproche d'avoir échafaudé un nouvel espoir sans lendemain ; mais rien n'était gratuit, pas même le fait de savoir ce qu'il voulait. Il sortit son Tokarev, le démonta et le graissa avec soin, le même soin qu'il mettrait à exécuter les étapes suivantes. Il boucla le rapport destiné au commandant Eckhart Bauer puis, s'armant d'un papier-calque et de patience, il réalisa deux copies du faire-part d'Ewald von Kleist, l'une pour le *Kommissar* Krappe et l'autre pour Maciá. Après cela, il se rendrait à la planque de Stratton. Cela fait, il tâcherait de ne pas trop élargir le cercle, car il n'en avait ni l'envie, ni les moyens, ni le temps. Pour finir, il vérifia scrupuleusement son fusil-mitrailleur ; il inspecta le chargeur de son pistolet, qu'il empoigna à la hauteur de ses yeux pour tester la fermeté de sa prise avant de le glisser dans son étui. Il eut une seconde d'hésitation avant de se lever, mais ne s'en inquiéta pas outre mesure : on a toujours une seconde d'hésitation au moment d'acheter son billet pour un voyage sans retour.

Arturo huma la pluie avant même qu'elle commençât à tomber. C'était une pluie fine et glacée, qui mouillait sans hâte, et dont les gouttes faisaient bouillonner une flaque proche. Il se tenait avec Manolete devant un vénérable immeuble de la période wilhelminienne, boulevard Kurfürstendamm, près des ruines de l'église commémorative du Kaiser Guillaume et loin du triangle de la mort formé par les bâtiments officiels autour de la chancellerie. Arturo, bras croisés, et Manolete, tirant sur sa cigarette comme si sa vie en dépendait, étudiaient la façade couleur rouille et les immeubles alentour, mais aucun des deux n'en appréciait l'esthétisme, occupés qu'ils étaient à analyser les structures, volumes et matériaux, et à discerner les bâtiments qui s'effondreraient de ceux qui s'affaisseraient. Au même moment, une troupe du *Volkssturm*[1], bigarrée, passa sous leurs yeux : vieillards coiffés de casques grisâtres et vêtus d'uniformes de l'armée française – restes des prises de guerre des grandes victoires de 1940 et 1941 –, aux côtés de membres des Jeunesses hitlériennes, gamins au visage pâle et crispé, le casque enfoncé jusqu'aux oreilles. Tout cela ne disait rien d'autre que le profond désespoir d'un régime qui sacrifiait vieillards et enfants pour une cause perdue.

– Il n'y aura pas de potence assez haute pour celui qui est responsable de ça, commenta Manolete avec froideur.

– Tu t'attendais à quoi ? s'étonna Arturo. C'est la guerre.

– Mon lieutenant, ça, ça n'a plus rien à voir avec la guerre.

– Tout a à voir avec la guerre.

Manolete ne broncha pas. La pluie tombait un peu plus dru maintenant, le soldat cracha une ultime volute bleutée et jeta sa cigarette, l'écrasant de deux tours de botte.

– Bon, quand faut y aller, faut y aller.

Arturo en convint, décroisa les bras et tous deux s'engouffrèrent dans le hall. Ils montèrent l'escalier en laissant courir leurs doigts sur la douceur polie de la rambarde et s'arrêtèrent au troisième étage. Devant la porte de l'appartement était posté un SS qui ressemblait à Harold Lloyd – c'était une ressemblance plutôt imprécise et ténue, et elle en était

---

1. Milice populaire allemande levée en 1944 afin de seconder la Wehrmacht dans la défense du territoire du Reich.

d'autant plus troublante. Ils l'informèrent des raisons de leur présence et exhibèrent le mandat du commandant Bauer ; l'homme remonta ses lunettes sur son nez et lut silencieusement. Une fois vérifiés la signature et le cachet, il arracha le scellé orné de la croix gammée qui barrait la porte et sortit une clé. Arturo suivit très attentivement chacun de ses mouvements. Lorsque l'autre eut fini, il lui demanda de le laisser examiner la clé. Il en étudia la forme avec la concentration d'un collectionneur de timbres exotiques, puis fit de même avec la serrure. Arturo rendit ensuite la clé au SS.

– Êtes-vous entré dans l'appartement ? lui demanda-t-il.
– Pas depuis le jour où on l'a fouillé.
– Ah, vous faisiez partie du groupe qui s'en est chargé ?
– Oui. On m'a demandé de monter la garde.
– Tout seul ?
– Il y a une relève toutes les douze heures.
– Et vous êtes resté tout le temps ici ?

Le soldat se raidit.

– Je peux vous assurer que je n'ai pas bougé.

Arturo considéra que cette seule insistance permettait de mettre en doute sa parole. Il accéléra le rythme de ses questions : il est plus difficile, ainsi, de préparer les réponses ou de mentir.

– Hmm… Qui était le responsable de la perquisition ?
– Le capitaine Möbius.
– Ils ont fait un double de la clé ?
– Que je sache, il n'y en a pas d'autre.
– Et celle-là, d'où l'ont-ils sortie ?

Le soldat brandit la clé.

– Vous n'allez pas me croire : elle était sous le paillasson.
– Moi, je crois tout… Ils ont trouvé quelque chose, dans l'appartement ?
– Ce que vous allez voir, tout a été laissé tel quel.
– Et les voisins ?

– On les a interrogés, mais ils ne se souviennent pas d'avoir vu l'appartement occupé.
– Jamais ? Il me semble qu'à l'intérieur, il y a tout un arsenal, des uniformes... Quelqu'un a bien déposé ça ici...
– Celui qui l'a fait a été très prudent. De toute façon, je ne suis pas autorisé à parler avec vous, il faudra que vous demandiez cela au capitaine Möbius.
– Je le ferai. Donc, aucun voisin n'a rien vu ni rien entendu ? insista Arturo, incrédule.
– Non, quoique...

Arturo ressentit comme un coup de poignard dans le bas du dos. Il grimaça de douleur, ce que le soldat interpréta comme un mouvement d'humeur causé par sa propre hésitation. Il fut d'autant plus sur la défensive.
– Quoique ? l'encouragea Arturo.
– Dernièrement, il y a eu des plaintes pour des vols de nourriture et de vêtements... Mais avec ce genre de voisinage, en ce moment, c'est normal. Selon nous, il n'y a aucun rapport avec les commandos.
– Pourquoi en parlez-vous, alors, si c'est normal ?
– La fréquence des vols a augmenté.
– Hmm...

Arturo manipula cette information avec la même délicatesse que l'on emploierait à manier une fragile feuille d'or.
– Bon... reprit-il. Et vous êtes sûr qu'il n'y a eu qu'une seule perquisition ? Personne d'autre n'est entré ici ?

Sa question, teintée de scepticisme, laissait entendre qu'il était prêt à accepter n'importe quel type de réponse. Mais le soldat ferma la porte à toute autre interprétation :
– Sûr.
– Très bien, allons-y alors.

Ils entrèrent dans l'appartement, un espace aux lignes douces et aux murs tapissés de fleurs, avec de vagues prétentions Art déco. Si Arturo avait souhaité fouiller l'appartement de Stratton, c'était par pure inertie ; en général, on peut en apprendre beaucoup sur une personne d'après l'endroit où elle habite, mais dans ce cas, il ne s'agissait que d'un automatisme sans objectif précis. Arturo ne cherchait pas ce qui était, mais ce qui n'était pas. Le SS, lui, était resté sur le seuil, tandis que Manolete se bornait à mettre ses pas dans ceux d'Arturo ou de toucher un objet de-ci de-là. Des placards remplis d'uniformes de différentes unités et de vêtements civils, des armes, des médicaments, des papiers d'identité, et même du poison... cet ordre factice qui attendait un propriétaire ne renvoyait qu'à lui-même, et leurs recherches se révélèrent aussi inutiles qu'un panneau indicateur de sortie dans un labyrinthe. Arturo finit par se laisser tomber sur une chaise, ôta son casque et le posa sur une table ; il se débarrassa aussi du fusil-mitrailleur et du havresac. Dans cet angle mort des événements, ils ne disposaient que de la seule aide d'un saint aux couilles ficelées. Certes, il n'y avait pas de quoi sauter au plafond, mais on ne pouvait pas dire non plus qu'ils étaient tout seuls.

– Tu vois ça comment ? demanda-t-il en espagnol à Manolete afin d'écarter le SS.

– Ici, c'est pas les lampes qui manquent, mon lieutenant, mais j'ai pas l'impression qu'il y ait des génies à l'intérieur.

Arturo eut un faible sourire.

– Je crois bien qu'ils ont fouillé cet endroit une deuxième fois sans que ceux-là s'en rendent compte, dit-il en pointant discrètement du menton le SS.

– Et pourquoi croyez-vous ça ?

– J'ai décelé des restes de stéarine dans la serrure, ce qui signifie que quelqu'un a fait un double des clés.

– Mais si ce type a monté la garde tout le temps...

– Ça, c'est ce qu'il prétend...

– Et qui aurait pu faire ça ?

Arturo allait répondre mais son sang, soudain, se glaça.

La vibration se fit d'abord sentir dans sa cloison nasale. Tel un animal flairant le danger, il se leva et empoigna son arme. Manolete et le SS, saisis de la même inquiétude, réagirent à l'unisson, comme mus par un mécanisme parfaitement huilé. Le soldat résuma la situation avec laconisme :

– Ça y est, les emmerdes recommencent.

On entendit bientôt le hurlement des sirènes avertissant que les bombardiers alliés s'apprêtaient à survoler la ville, ainsi que le lourd ronronnement de leurs moteurs. Dans les appartements voisins, les portes se mirent à valser et les locataires à jouer une scène qui se répétait dans toute la ville, tel un rituel : descendre l'escalier, regagner les bunkers, trouver une place, discuter, s'assoupir, fumer, assimiler ce danger systématique. Le SS s'apprêtait à suivre le flot des voisins lorsque Arturo le retint par le bras.

– Vous allez où, vous ? Vous n'aviez pas dit que vous n'abandonniez jamais votre poste ?

Le soldat le dévisagea comme on dévisagerait un animal à deux têtes.

– Vous êtes fou ? Vous ne pensez pas rester sous les bombes !

Arturo jugea que l'argument était irréfutable. Il regarda Manolete avec l'air de celui qui s'installe dans une chaire de certitude, puis lâcha le SS.

– Il y a eu combien d'incursions dans ce secteur ?

– Quelques-unes, se hâta de répondre l'autre.

Avant qu'Arturo pût poser une autre question, Berlin devint la caisse de résonance de centaines de détonations, dont l'écho glissa le long de sa colonne vertébrale et fit vibrer murs et fenêtres au diapason. Le SS ne fit plus cas des interrogations et son langage corporel indiqua qu'il tiendrait pour une agression toute tentative de lui barrer le chemin. Impassible, Arturo baissa la tête dans un imperceptible salut militaire et autorisa l'autre à déguerpir ; après ce mouvement d'humeur, quelque chose s'enclencha dans son esprit, une subtile exhortation qui rendait concret ce qui était jusqu'à présent abstrait : le lien inattendu entre l'hypothèse d'une deuxième fouille et l'augmentation de la fréquence des vols. Au moment où Manolete s'apprêtait à emboîter le pas au SS qui dévalait l'escalier, Arturo lui barra le passage.

– Tu vas où ?

– Le plus loin possible, mon lieutenant.

– La prochaine fois, tu m'enverras une carte postale, mais aujourd'hui tu restes ici.

– Merde, mon lieutenant, si on se magne pas, ils vont nous faire un deuxième trou du cul.

– Laisse tomber, je te dis.

Arturo se rassit lourdement sur la chaise et s'appliqua à retirer lentement sa chaussure gauche comme pour souligner sa volonté de rester sur place.

– J'ai une ampoule, expliqua-t-il.

Il y avait ce tremblement révélateur dans la respiration de Manolete, qui indiquait qu'il était dangereusement proche de la crise de nerfs.

– Mais qu'est-ce qu'on va faire, là ? Il n'y a plus personne dans l'immeuble… insista-t-il.

Arturo enleva sa chaussette avec une certaine morosité. Maintenant, les explosions les encerclaient.

– Tu ne t'es jamais demandé ce qui se passe dans les musées la nuit, après la fermeture ? demanda-t-il avec un air mystérieux.

– Je sais rien des musées, mon lieutenant. Tout ce que je sais, c'est que je me chie dessus.

– Mais tu n'as pas bougé, parce que tu es courageux, Manolete, répondit-il pour le calmer.

– Comment je peux être courageux, si je suis mort de trouille ?

– On ne fait preuve de courage que lorsqu'on est mort de trouille.

Ne trouvant rien à redire à cela, le soldat préféra se taire plutôt que de laisser percer un manque de conviction dans sa voix. Son visage, blanc comme un linge et trempé de sueur, contrastait avec l'îlot d'élégante indifférence où semblait installé Arturo tandis qu'il arrachait une peau à son talon. Arturo savait qu'il se montrait impitoyable, mais c'était nécessaire; il tarda encore à enfiler chaussette et chaussure, puis il resta à pianoter sur la table. Il attendit que les explosions fussent encore plus violentes pour cacher sa peur derrière une attitude décidée et marcher vers la porte; Manolete, qui avait mis plusieurs secondes à se rendre compte qu'Arturo s'était levé, courut derrière lui. Ils descendaient l'escalier quand Arturo s'assit sur une marche; il semblait attendre quelque chose, la culasse de son arme posée au sol, le front collé au canon, les yeux fermés et les oreilles aux aguets. Au bout d'un certain temps, il ouvrit lentement les yeux et pinça les lèvres, la mine satisfaite.

– Les voilà, murmura-t-il dans un sourire.

Manolete ne sut comment interpréter ces mots, quand il entendit des pas ténus dans l'escalier. Il redressa son arme, tandis qu'Arturo se levait, mettait son fusil en bandoulière et, devant la stupeur croissante du soldat, sortait quelques dollars de sa poche. Les pas, hésitants, précautionneux, s'approchèrent, puis deux silhouettes surgirent sur le palier supérieur. Elles avaient l'aspect abîmé et indigent des personnages de Dickens; une vieille femme toute tordue dont les carences alimentaires avaient laissé sur le crâne de rares cheveux disposés d'une drôle de façon et, à ses côtés, une petite fille maigrichonne et pourtant jolie, brune, aux lèvres très rouges et au teint blanc, presque bleuté, qui observait Arturo en retenant son souffle. Toutes deux, tendues, angoissées, les dévisageaient avec une expression de panique contenue; rien ne permettait de dire dans leur physionomie qu'elles étaient juives, mais si, comme le pensait Arturo, elles étaient restées cachées tout ce temps-là, c'est qu'elles devaient l'être ou avoir une quelconque ascendance. Il se mit à leur place, tentant d'imaginer les mois d'enfermement, la destruction physique et morale qu'elles avaient subie jour après jour; mais ce qui réveilla sa colère, ce ne fut pas leur misère, ni la malchance qui rampait autour de leurs personnes, pas plus que la faim qui les avait poussées à prendre des risques et à multiplier les larcins, ou ce long moment où elles étaient restées enterrées vivantes pour ne pas être emmenées dans un lieu plus terrible encore que la mort, mais l'absence, chez cette petite fille, de cette estime de soi infinie que possèdent les enfants, cette croyance primitive que le monde leur appartient, et avec lui, tout l'amour qu'il contient : cette conviction qu'ils ont le droit d'être aimés sans contrepartie. Parce que c'était bien cela, le plus grand crime de cette guerre infiniment criminelle : l'extirpation de l'innocence et, pis encore, la découverte de la mort autrement que par les rêves et les intuitions. Quelques instants, il considéra sa fureur comme quelque chose qui ne lui appartenait pas, quelque chose de sordide et de honteux. Ensuite, et tout doucement afin que la peur de la vieille femme ne tourne pas à la panique, il tendit la liasse de billets et choisit une phrase quelconque parmi toutes celles qu'il aurait pu prononcer.

– C'est pour vous. N'ayez pas peur, on ne vous fera pas de mal.

Manolete, qui comprit tout de suite de quoi il retournait, souligna les paroles d'Arturo avec une expression à la fois cordiale et niaise, les encourageant avec des mimiques à prendre l'argent.

– On ne dira rien, madame, on ne vous a pas vues, poursuivit Arturo en agitant les billets. On veut juste vous poser deux ou trois questions.

La vieille femme s'accommoda de cette nouvelle situation,

ni plus ni moins dangereuse que celle qu'elles affrontaient depuis longtemps déjà. Elle tendit la main et attrapa l'argent qu'elle rangea dans un pli de ses haillons.

– Dites, répondit-elle en serrant contre elle la petite fille qui les surveillait toujours avec les yeux immenses et tristes d'une créature venant de naître.

– On veut seulement savoir si vous avez vu quelqu'un au troisième, à part le soldat qui monte la garde.

– Non, dit-elle sans hésiter.
– Vous êtes sûre ?
– On vous donnera à manger, avança Manolete.
– Je n'ai vu personne.
– Vous êtes sûre ? insista Arturo, soupçonnant que la prochaine réponse de la vieille femme ne serait que l'écho de la précédente.

– Je n'ai vu personne, confirma-t-elle en plissant un peu plus sa face d'iguane.

– Grand-mère, le démon, dit soudain l'enfant en tirant sur les jupes de son aïeule.

La petite voix avait jailli de façon tellement inattendue que la vieille femme en fut elle-même surprise. Elle lui jeta un regard glacial, mais l'enfant n'en tint pas compte, ou si elle le fit, elle estimait plus important de leur parler de cette empreinte que le feu avait laissée dans sa jeune mémoire que d'affronter la punition qui pourrait s'ensuivre. Arturo eut tôt fait de contrer la grand-mère et son désir irrationnel de protéger, de sauver.

– Comment tu t'appelles ? lui demanda-t-il.
– Loremarie.
– C'est un joli prénom. Ça vient d'Eleanore, non ?
– Eleanore Marie.
– C'est très beau. Dis-moi, tu as vu un démon ?

La petite acquiesça d'un hochement de tête. Arturo perçut en elle le témoin fiable, intelligent, précis.

– Tu l'as vu où, le démon ?
– Il sortait du troisième. C'était l'autre jour.
– Et tu étais où ?
– Par là, on venait de notre cachette, tout en haut – elle leva les yeux au plafond. On cherchait de la nourriture, on a dû se cacher.
– On vous a aperçues ?
– Non, on s'est cachées.
– Et il était comment ?

Loremarie regarda d'abord sa grand-mère et, dans une dernière valse-hésitation, serra ses petites lèvres, ce qui creusa des fossettes dans ses joues ; elle lut sur le visage de la vieille femme une certaine sérénité, une expression de calme, synonymes pour elle de sécurité et de protection. Elle se tourna pour fouiller dans sa poche gauche, finit par sortir des feuilles de papier pliées en trois et en choisit une qu'elle remit à Arturo d'un air craintif. Arturo prit la feuille et la déplia. Il lui suffit d'un seul coup d'œil : une ombre passa sur son visage. Manolete, curieux, s'approcha et regarda par-dessus son épaule ; c'était un dessin d'enfant aux traits grossiers qui représentait un géant dont les mains ressemblaient à des gants de boxe, colorié en noir jusqu'au col d'où surgissait une tête sans cou, pâle et informe, dotée de tous les attributs d'un visage sauf les sourcils.

– Celui-là, on l'a déjà vu, dit Manolete.
– J'en ai bien peur.
– Et vous en pensez quoi, mon lieutenant ?
– Rien de bon… que veux-tu que j'en pense ?

Arturo se tut et, ajustant son arme sur son épaule, considéra le duo tragique : la vieille femme et la petite fille lui démontraient, une fois de plus, que cela faisait trop longtemps qu'il luttait contre la tendresse. Il replia en trois le dessin et demanda l'autorisation de l'emporter, laquelle lui fut accordée.

– Bonne chance, leur souhaita-t-il avec un sourire où perçait un désir pressant de se rendre sympathique. Et ne vous inquiétez pas, personne ne saura que vous êtes ici.

Sans leur laisser le temps de répondre, Arturo fit un brusque demi-tour, immédiatement suivi par Manolete qui dut se contenter de lâcher un sourire vertigineux et un signe d'adieu. Dehors, la fine pluie continuait de marteler le pavé, rafraîchissant l'air embrasé par les bombes qui tombaient plus loin maintenant.

– Parfois, il pleut tellement que les cochons restent propres et que les hommes se crottent, commenta Manolete en croisant les bras avec la solennité d'un chef indien.

La sentence mit Arturo de meilleure humeur.

– D'où sors-tu des phrases pareilles, Manolete ?

– Je sais pas, elles ont toujours été là.

– Ah…

Arturo boutonna sa capote d'un geste ferme.

– Et maintenant, qu'est-ce qu'on fait, mon lieutenant ? demanda Manolete. On peut dire que c'est le foutoir. Sinon, comment vous expliquez qu'il y en a qui passent le balai et que d'autres viennent après pour le repasser sans que personne soit au courant ?

– Eh bien, comme je n'ai pas la moindre idée de ce qu'on va faire, on va attendre, répondit-il avec un brin d'ironie. Ce ne serait pas la première fois, non ?

– Ça, c'est sûr.

– Rends-moi un service : serre un peu plus les couilles à saint Cucufa, il va avoir du pain sur la planche. Et cela inclut qu'il n'arrive rien à la vieille ni à la petite.

– J'ai comme l'impression que saint Cucufa va râler.

Arturo se retourna ; son regard était inflexible.

– Tu as déjà entendu des saints se plaindre ?

Le cadavre de la ville s'étalait tout autour de la chancellerie. Les espaces laissés libres par les bâtiments soufflés gagnaient du terrain et effaçaient peu à peu la géographie connue des habitants de Berlin. Manolete et Arturo progressaient sur la Wilhelmstrasse, piétinant les innombrables morceaux de verre provenant des milliers de fenêtres brisées qui dépassaient des décombres. Ils laissèrent derrière eux le palais des anciens présidents de la République de Weimar, édenté par la mitraille, avant d'atteindre le L que formait la nouvelle chancellerie du Reich, avec sa façade d'un marron jaunâtre pleine de trous et de bosses, et ses aigles d'un doré tapageur dont les serres agrippaient des croix gammées entourées de guirlandes. Six ans après son inauguration, il ne restait plus grand-chose de l'édifice d'origine. Quand ils arrivèrent devant l'entrée principale, la pluie s'était calmée, laissant un paysage strié dans un air d'une intense pureté ; une aurore gris et violet, augurant une radieuse journée, pointait de mille et une minuscules manières. Sur le perron, ils croisèrent Ramiro, le fin et discret fonctionnaire de l'ambassade qui, aux yeux d'Arturo, paraissait une anomalie dans ce décor, pour la simple raison que son allure d'aristocrate contemplant d'un air stoïque l'effondrement d'un vieil empire ne générait aucune agressivité.

– Bonjour, Ramiro. Comment tu vois ça ? Tu crois que c'est la fin du monde ? demanda Arturo avec un arrière-goût de fumée dans la bouche.

Ramiro n'ébaucha pas le moindre sourire protocolaire.

– Tout a un début, répondit-il nonchalamment, il faut bien qu'il y ait une fin.

Arturo réprima un sourire.

– Qu'est-ce que tu fais là ?

– Je viens de l'ambassade. Je crois que tu as quelque chose pour M. Maciá.

Arturo l'observa ; il avait ce type de visage passe-partout, et il aurait pu exercer n'importe quel autre métier. Il ne se départait pas de son regard absent : aujourd'hui, il jouait son rôle de personnage officiel. Puis Arturo regarda Manolete qui venait d'allumer une cigarette d'une main ferme et commençait à fumer, les traits contractés. Il chercha la copie du faire-part de Kleist dans sa poche et la remit à Ramiro.

– C'est tout ? demanda ce dernier.
– Pour le moment, oui.
– Parfait. M. le secrétaire te renouvelle sa confiance et te souhaite bon courage : l'Espagne a eu des os plus durs à ronger. Ce sont ses mots.
– Transmets-lui mes remerciements. À propos, entre nous, combien de temps vous comptez rester à l'ambassade ?

Ramiro se détendit sans perdre son air d'inépuisable efficacité.

– Autant que les Russes le voudront bien.
– C'est-à-dire ?
– Pas longtemps.
– Je vois.
– Et comment vont les bleus ? intervint Manolete en faisant référence à Ninfo et Saladino.
– Comment voulez-vous qu'ils aillent, ces deux-là ? dit-il, moqueur mais néanmoins amical. Toujours à taper sur les nerfs des autres. L'autre jour, ils ont fait un bras de fer avec le bras gauche et le Maure a failli casser celui de Ninfo.

Manolete hocha la tête avec résignation.

– Toute sa vie à se branler avec cette main et même pas foutu de gagner un bras de fer.
– N'oublions pas que les tirailleurs sont des brutes.
– Oui, ils baisent aussi bien les chèvres que les putes...

Tous trois éclatèrent de rire. Ramiro le faisait d'une manière particulière, les commissures des lèvres vers le bas, une expression qui se figea pour laisser place à une autre : celle d'un chat qui aurait une énorme souris dans la gueule.

– Il faut que je vous parle d'une chose importante, dit-il sur le ton du secret. Mais ça ne devra pas sortir d'ici.

Arturo et Manolete se mirent de biais, comme pour écouter une confidence.

– J'ai eu, il n'y a pas longtemps, un échange avec un membre des services secrets de la Phalange.

– Il y a encore des Chemises bleues à Berlin? s'étonna Arturo.

– Une partie de leur service de renseignements, au moins, est encore en activité.

– Qu'est-ce qu'ils veulent?

– Certains d'eux préparent une opération et ils ont besoin de volontaires qui n'ont pas froid aux yeux.

– Quel genre d'opération?

– Du genre illégal.

Arturo étudia le visage de Ramiro, tâchant d'y lire une réponse plus précise.

– Illégal jusqu'où?

– Je répète que ça ne doit pas sortir d'ici.

– On est entre nous.

– Tellement illégal que ni l'ambassade ni l'Espagne ne sont au courant.

– Ça, c'est très illégal.

Arturo se gratta la nuque, conscient qu'il lui revenait de poser les limites de cette conversation, mais Manolete le devança.

– Il y a combien à se partager?

Ramiro allait reprendre la parole quand un agent de liaison à moto, vêtu d'un grand imperméable en caoutchouc vert, fit son apparition. Tous trois se turent jusqu'à ce que l'homme disparût, comme avalé par la chancellerie.

– Pour le moment, il est préférable que vous ne sachiez

que le strict minimum, répondit enfin Ramiro. C'est Alfredo Fanjul qui a tout organisé, c'est lui qui commande. Ce serait bien que tu le connaisses, dit-il en s'adressant à Arturo, tu pourrais avoir besoin de lui. Il sait beaucoup de choses.

– Très bien. Toute aide est bonne à prendre. Tu peux m'arranger un rendez-vous?

– Nous irons dès que j'aurai mis la main sur Saladino et Ninfo et je vous expliquerai tout.

– Ça me va.

– Ça me va aussi, reprit en écho Manolete.

– Parfait. Tout est en ordre, alors. Je dois retourner à l'ambassade.

– Bon, ben, si le lieutenant n'a plus besoin de moi, j'ai à faire moi aussi, s'excusa promptement Manolete en guettant l'opportunité d'accompagner Ramiro pour en savoir un peu plus.

Arturo, moqueur, lui donna sa bénédiction les deux doigts joints.

– Va en paix. Je viendrai te chercher.

Manolete fit un garde-à-vous on ne peut plus martial et s'apprêta à suivre le secrétaire, qui se contenta d'un petit geste d'au revoir; Arturo resta enveloppé dans une âpre odeur de tabac froid. À mesure que les deux autres s'éloignaient, leurs bottes faisaient crisser des milliers de bris de verre qu'un rai de soleil fit scintiller, illuminant la rue. Au milieu de cette flambée de lumière, Arturo ressentit un nouvel élancement le long de sa colonne vertébrale. Il gravit l'escalier de la chancellerie un peu plus voûté qu'il ne l'était en arrivant.

Arturo traversa la cour d'honneur, passant entre les statues qui flanquaient le grand portail et empoignaient l'une une torche, l'autre une épée – le Parti et l'Armée. Ensuite, il emprunta un escalier qui débouchait sur un vestibule couvert de mosaïques, et de là pénétra dans un salon circulaire attenant à la galerie de marbre: cent quarante-cinq mètres d'architecture clinquante où la lumière diamantine qui brûlait dehors le cherchait sans répit. À l'intérieur, un constant va-et-vient de soldats et d'officiers. Ne trouvant pas le capitaine Möbius, Arturo ajusta son uniforme, médita quelques instants et choisit de se réfugier dans un lieu tranquille qui pût adoucir les rebords tranchants de la vie. Il se dirigea vers la salle de la maquette. À sa grande surprise, quelqu'un avait eu la même idée que lui : le commandant Eckhart Bauer. Il se tenait très droit devant une Germania intensément éclairée par les projecteurs, les jambes légèrement écartées et la casquette sous le bras gauche. Arturo eut tout le loisir de l'épier quelques secondes : il discernait chez lui un esprit romantique, ambitieux, inadapté à la réalité, dont l'élévation ne parvenait pas à trouver un objet et n'en trouverait jamais ; ce même esprit qui avait conduit Werther au suicide et que les Allemands exorcisaient en détruisant le monde. Il fit du bruit afin que le commandant s'aperçût de sa présence. Bauer exécuta un parfait demi-tour.

– Ah, c'est vous…

Il reprit son examen de la maquette. Arturo ôta son casque et fit le salut de rigueur. Toutefois, il ne prononça pas un mot, supposant que Bauer désirait prolonger la pause. Arturo contempla lui aussi la maquette partiellement dévastée et maculée de sang. L'imposante échelle des bâtiments le laissait décidément songeur, lui rappelant un paragraphe de la *Politique* d'Aristote, dans lequel l'Athénien affirme que les plus grandes injustices sont commises par ceux qui recherchent la démesure.

– Approchez-vous.

Il avait parlé d'une voix éteinte. Arturo se plaça à ses côtés, si près qu'il s'étonna de lui découvrir quelques cheveux blancs prématurés veinant sa chevelure blonde.

– Vous avez remarqué ? demanda l'Allemand.

Arturo chercha à deviner le chemin mental emprunté par

le commandant, sans y parvenir. Il hocha négativement la tête.

– Le silence... précisa Bauer.

C'était vrai. Pour la première fois depuis plusieurs semaines, Arturo entendait un silence brut, presque cristallin, et qui, dans ce contexte, était aussi assourdissant qu'un bombardement. Ce que Bauer dit ensuite acheva de le déstabiliser :

– Parlez-moi de la Russie.

Ils se regardèrent fixement dans les yeux ; le visage de l'Allemand n'était que le reflet d'un conflit. Arturo ne parvenait pas à voir quelle association d'idées, entre le silence et la contemplation de la maquette, avait réveillé en lui ce désir, mais il lui parla d'elle. Ne sachant par où commencer, il déploya tout un éventail. Il évoqua un empire de onze fuseaux horaires où l'expression Mère Nature n'a pas de sens, parce que là-bas elle est implacable et ne laisse d'autre issue que la fuite ; les tempêtes de neige qui vous lacèrent la face et vous empêchent de garder les yeux ouverts ; la glace qui vous brûle ; les loups qui hurlent, étirant le museau ; les distances infinies ; la quantité désespérante d'hommes et de matériel ennemis devant lesquels les Allemands ne pouvaient que résister et reculer, résister et reculer... Néanmoins, Arturo se rappela aussi les trains échoués au milieu de champs en fleurs ; la gentillesse des paysannes en châle et les enfants déguenillés et souriants malgré leur misère résignée ; les oiseaux, gris, verts, jaunes ; la boucle interminable des forêts ; les ciels si chargés d'étoiles qu'ils ne laissent pratiquement pas de place au noir...

– Il suffit.

Bauer accompagna ces mots d'une moue de dédain. Peut-être quelque chose dans les paroles d'Arturo l'avait-il froissé, une vision de l'enfer trop directe ou trop édulcorée qui heurtait sa conception homérique de la guerre et la grandeur de celle-ci.

– Vous n'étiez pas en Russie ?

– Non.

Sa réponse fut aussi coupante que du sable jeté dans les yeux. Malgré cela, Arturo y décela une faille, une fissure : l'aplomb du commandant n'était pas le reflet de sa solidité physique, mais cachait un chaos intérieur : celui auquel est soumis quelqu'un qui, trop jeune et trop désireux de devenir un héros, n'a pas encore eu sa chance. Des fous, pensa-t-il, des fous embrasés par des feux prophétiques, avides de crucifier et d'être crucifiés. Ce qui ne laissait pas de susciter chez Arturo une certaine admiration, lui qui aimait les idéaux et les hommes à la hauteur de leurs idéaux. Et en même temps, il se demandait comment le commandant Eckhart Bauer, un individu ayant grandi à l'ombre du nazisme, à l'écart de toutes les valeurs culturelles traditionnelles – et qui, d'un certain point de vue, était bien plus dangereux que l'élite gouvernante puisqu'il s'était choisi le pire des alliés, l'excès de foi, qui l'incitait à prendre les choses au pied de la lettre, à tout exagérer *ad absurdum* –, comment, se demandait Arturo, réagirait-il lorsque, tôt ou tard, il découvrirait les contradictions de ce en quoi il croyait. Cela ferait-il de lui un hérétique ? un traître ? Mieux vaudrait pour lui qu'on lui colle une balle avant, conclut-il ultérieurement.

– Vous avez du nouveau ?

Pour toute réponse, Arturo sortit le rapport qu'il avait rédigé, dans lequel il avait cherché à tisser tout un réseau de causes et d'effets d'où se détachaient quelques faits déterminants tels que les démarches accomplies par Möbius et le *Kommissar* Krappe, et sa visite à l'appartement de Stratton. Bien entendu, il passait sous silence les points cruciaux de son raisonnement, notamment ce qui avait trait à la Société Thulé, ainsi que la double fouille et l'implication du démon sans sourcils évoqué par la gamine. Bauer le lut en diagonale et le glissa dans une poche de son manteau.

– Pour ce qui est de votre idée d'appâter Pippermint,

commença-t-il, nous avons déjà pris certaines mesures allant dans ce sens. Les officiers qui étaient, ou pouvaient être, au courant de la visite des scientifiques – ils ne sont que cinq – ont déjà été relâchés et sont sous étroite surveillance...

Il illustra ses doutes d'un mouvement tranchant de ses mains.

– Comment avez-vous dit à Möbius ? Ah oui, on les attire avec une vérité pour qu'ils avalent ensuite le mensonge. On leur a confié des dossiers sur les activités secondaires du programme atomique et sur les mouvements des collaborateurs. Des données suffisamment explicites pour ne pas éveiller leurs soupçons et facilement vérifiables, mais rien qui puisse mettre en danger nos activités. Ensuite, nous organiserons une petite mise en scène pour chacun d'entre eux, et selon le tableau dans lequel apparaîtront les loups, nous tiendrons notre Judas.

– Parfait, *mein Sturmbannführer*. Et *quid* des trois autres commandos ?

– La SS et la Gestapo font leur travail. Nous avons découvert que l'appartement de Stratton était loué depuis un an et qu'il est resté vide jusqu'à présent. Les autres locataires n'ont rien remarqué d'anormal. Les loyers étaient versés sur un compte bancaire établi sous une fausse identité, toutes les autres démarches étant effectuées par le biais d'un avocat. Nous avons enquêté sur lui, ce n'est qu'un homme de paille. Il ne s'occupait que de cet appartement, ce qui nous laisse croire qu'ils auront utilisé le même système pour les autres. Actuellement, il est impossible de vérifier tous les cas similaires, bien que nos hommes fassent de leur mieux. Quoi qu'il en soit, quelqu'un nous a soufflé récemment d'autres informations et j'attends que l'on me confirme la présence d'un autre commando dans le secteur.

– Et que sait-on des locataires de l'immeuble de Stratton ?

– Rien de spécial, on les a fichés. Un boulanger et sa femme, une veuve, une réfugiée de Silésie, un étudiant, un couple de libraires, une grossiste en rideaux, un fonctionnaire de la poste...

Arturo remarqua que son énumération devenait de plus en plus évasive.

– Autre chose ? dit-il, l'incitant à terminer.

– Rien d'important, un simple fait. Dans les combles, il y avait une famille juive. Ils n'ont pas été tout de suite embarqués parce que le mari est un ancien héros de la Grande Guerre, mais la Gestapo a fini par arrêter le couple et deux enfants. Seulement...

– Seulement ?

– Il y avait une autre petite fille, et la grand-mère. Quand ils ont emmené les premiers, ils ont cru que ces deux-là n'y étaient pas. Ils sont revenus à plusieurs reprises mais elles avaient disparu comme par enchantement. Disparues... Tout simplement.

– Elles ont dû quitter la ville, mentit Arturo d'un air impénétrable.

– Possible. Ou peut-être sont-elles toujours cachées dans l'immeuble, supposa Bauer. Ce ne serait pas étonnant, ces rats sont insaisissables. Il faudrait envoyer quelqu'un pour fouiller de fond en comble...

– Cela ne ferait que distraire les effectifs de notre mission.

– Détrompez-vous. Notre mission principale, bien plus que de retrouver ces commandos ou de lutter contre les Russes, est de faire en sorte que la patrie soit *Judenrein*, nettoyée des Juifs. Il ne doit pas rester un seul de ces obscurs éléments sous la lumière de la communauté aryenne.

Arturo songea à Abaddon, l'ange parfait qui marchait parmi les Hébreux avec son épée de flammes, laissant derrière lui des morceaux de chair sanguinolente. Et aux rumeurs hallucinantes et ténébreuses qui parcouraient l'Europe sur le destin des Juifs et la véritable signification de ce *Judenrein*. Il ne parvenait pas à croire à ces épouvantables histoires de trains insomniaques, faisant halte dans de petites gares où les horloges s'étaient arrêtées, à destination du néant, vers nulle part...

– Et que faites-vous d'eux ?

Arturo regretta aussitôt d'avoir pensé à voix haute, mais Bauer sembla n'y voir aucune indiscrétion, seulement la manifestation d'une curiosité légitime venant d'un camarade.

– Les Juifs n'ont jamais eu d'enfer. Grâce à nous, ils en ont un.

Ses paroles avaient une résonance prophétique, plus que tout ce qu'Arturo avait entendu auparavant. Néanmoins, il abandonna toute tentative de récolter davantage d'informations, comme s'il tenait son indiscrétion pour une position militaire indéfendable.

– Stratton en a-t-il dit plus ?

– M. Stratton est décédé ce matin, répondit Bauer avec une froideur notariale.

Arturo écarquilla les yeux.

– Que s'est-il passé ?

– Crise cardiaque. C'était un homme sain et robuste, et ceux qui étaient chargés de l'interroger étaient des gens compétents... C'est un coup de malchance.

Un sentiment diffus de solidarité crépita dans le sang d'Arturo à l'évocation du corps du commando américain roué de coups, couvert de plaies et électrocuté : ce n'était pas une mort pour un soldat.

– Toutefois, il nous a livré une dernière chose intéressante avant de nous quitter.

– Que vous a-t-il dit ?

Bauer ne répondit pas immédiatement, soit par distraction, soit parce qu'il faisait appel à sa mémoire.

– Pippermint détient des informations sur l'un des membres du programme scientifique qui voulait entrer en contact avec les Alliés. Il avait l'intention de se retirer.

– Il pourrait s'agir de Kleist ?

– Nous n'en sommes pas sûrs.

– Si c'était le cas, je ne vois pas pourquoi il aurait été assassiné par un commando. Cela n'aurait aucun sens de le tuer. Stratton n'a pas été plus précis ?

Le regard de Bauer aurait enflammé un bloc de glace. L'hypothèse de l'existence d'autres traîtres le rendait malade et, pour la première fois peut-être, la vision d'un cheval de Troie farci d'ennemis mettait en évidence l'effondrement inéluctable du seul univers qu'il eût connu : le IIIe Reich. À force de volonté, Bauer parvint à réduire le monde à la taille de sa main et afficha l'expression de celui qui sait que des têtes vont tomber et que la sienne n'en fera pas partie.

– Non, il n'a pas pu en dire davantage : chaque commando avait reçu des instructions personnelles et aucun ne connaissait les consignes données aux autres ni leurs adresses. Une précaution qui permettait d'éviter que se produisent des situations comme celle où vous avez vu Stratton. Quant au fait que Kleist et Pippermint aient quelque chose en commun, on verra…

Sa bouche se tordit dans une grimace.

– Vous m'avez dit que vous aviez des informations sur un autre commando… lui rappela Arturo.

– Oui, nous en attendons la confirmation.

– Le capturer nous permettrait de régler beaucoup de problèmes.

– On verra, répéta-t-il, prudent.

Arturo fouilla dans sa narine quelques instants, puis s'approcha de la maquette du même côté que la première fois, s'arrêtant juste à l'endroit où il avait enlevé ses bottes. La représentation de Germania était oppressante. À la lumière de ces informations, de nouvelles questions, suppositions, craintes, suspicions s'emparèrent de lui. Kleist était-il sorti fumer une cigarette parce qu'il avait eu une crise de claustrophobie, ou avait-il un autre motif? Pourquoi était-il monté sur Germania, pourquoi cet effort impossible? Pourquoi les gardes avaient-ils dégagé le cadavre de Kleist à la hâte? Ne sachant trop que faire, Arturo décida de tenter le tout pour le tout.

– Jonastal, ça vous dit quelque chose, *mein Sturmbannführer*?

Le commandant se braqua.

– Que savez-vous de Jonastal? cracha-t-il, intimidant.

– Ce que vous voudrez bien me raconter, *mein Sturmbannführer*, mais dites-vous bien que si je suis au courant, il est fort probable que les Alliés le soient également. J'ignore ce que vous gardez là-bas, mais c'est en danger. Et je crains que Jonastal ne soit pas qu'un simple entrepôt de vivres...

Bauer observa ses bottes brillantes. Il releva enfin son visage plein de superbe.

– Je ne sais comment vous l'avez appris, mais cela ne fait qu'accroître ma confiance dans votre efficacité, affirma-t-il. Vous souhaitez parler avec le général Kammler. Le problème, c'est que j'ignore si le général Kammler voudra bien parler avec vous.

Arturo ne voyait pas le lien entre Jonastal et Kammler, mais il enchaîna comme si de rien n'était:

– Dites au général de ma part qu'il faut toujours rencontrer ses ennemis: lorsqu'on s'isole dans un dialogue avec soi-même, ce qui est un dialogue trompeur, on perd de vue le champ de bataille.

– Soyez sans crainte, je le lui dirai.

Arturo reporta son attention sur Germania, sans voir que le commandant Eckhart Bauer l'observait avec un regard où se mêlaient l'empathie, la rivalité et la rancœur. Comme

toujours, il cherchait ce qui n'était pas. Le mécanisme automatique qui simulait les différentes heures du jour continuait de fonctionner, magique et surprenant, donnant à la ville un semblant de vie. Certaines zones d'ombre empêchaient Arturo d'affiner son jugement, alors il s'étira, les deux mains appuyées sur le rebord de la maquette.
– Écartez-les.
– Quoi?
– Fractionnez la maquette.
– Je ne vous suis pas.
– N'avez-vous pas remarqué qu'elle est installée sur des planches à roulettes?

Si Arturo ne s'en était pas rendu compte, c'est que l'assemblage des différentes parties était si parfait qu'il laissait à peine entrevoir les subtiles lignes d'emboîtement. Il se défit de son harnachement, retroussa les manches de son uniforme et tira avec force sur un bloc pour se frayer un passage au milieu de ce qui était l'expression cruelle et concrète de la tyrannie. Tel un géant, il progressa entre les bâtiments, écartant des pans entiers de la ville avant de se placer légèrement à droite de la grande coupole, à l'endroit précis où Ewald von Kleist s'était effondré. Alors qu'il procédait au déplacement de la dernière table, l'aigle qui, en haut de la halle du Peuple, prenait son envol, un globe terrestre entre les serres, s'inclina sur un côté et tomba pour venir se briser devant des atlantes qui flanquaient l'entrée principale, tout près d'Arturo. Ce dernier préféra ignorer les obscures significations dont pouvait être porteuse cette chute et imita Hitler, qui avait étudié durant de longues heures cette maquette, adoptant la même posture que lui, presque à genoux, les yeux à quelques millimètres au-dessus du niveau des rues pour mieux vérifier l'effet produit par les différentes perspectives. Dans son regard, il y avait de la rigueur, le souci du détail; fort heureusement, les bâtiments les plus représentatifs, tout comme les monuments, avaient été conçus pour que l'on puisse les voir sous tous les angles. Il se représenta la scène : l'énorme corps de Kleist mortellement blessé, chancelant sur la maquette et laissant derrière lui des traces de sang et de destruction avant de s'effondrer, un genou et puis l'autre, juste devant Arturo. Dans son imagination, le moribond approcha sa main et tenta de le toucher. La vision était si réelle qu'il en fut presque effrayé ; on eût dit que l'autre l'invitait à le rejoindre, si bien qu'Arturo, instinctivement, recula. Alors, Kleist écarta sa main et agrippa avec force un immeuble, lui jetant un regard suppliant. Son cerveau, qui pressentait la fin de la vie, libérait des flots d'adrénaline, le dotant d'une cruelle lucidité. Un mot tentait de franchir ses lèvres. Que cherchait-il à lui dire ? Puis son corps se tendit, ses yeux se fixèrent dans le vide ; le sang, sous lui, se divisait en filets qui couraient dans les rues. Arturo tentait de déchiffrer ce regard quand un soldat fit irruption dans la salle. Il marchait d'un pas pressé. Il se mit au garde-à-vous devant le profil de Bauer et attendit que ce dernier lui donne la permission de parler.

– Que se passe-t-il ?
– On le tient, *mein Sturmbannführer*.
– Où ça ?
– Dans le bunker d'un immeuble du district de Lichtenberg, il paraît qu'il est cerné.
– Combien y a-t-il de personnes à l'intérieur ?
– Une centaine.
– Et qu'a décidé le capitaine Möbius ?
– Il vous attend.
– Il m'attend…

Il y a certaines lignes que l'esprit met du temps à franchir, et Eckhart Bauer garda son calme, remettant sa casquette avec un geste cadencé.

– Lieutenant, désirez-vous m'accompagner ?
– Bien sûr, *mein Sturmbannführer*, répondit Arturo.

– Parfait. Vous allez apprécier le travail du capitaine Möbius. Il est très, très efficace. Par ailleurs, savez-vous pourquoi il est toujours bon de trouver un cafard ?

– Non, *mein Sturmbannführer*.

– Lorsque vous en trouvez un, vous pouvez être sûr qu'il y en a d'autres, beaucoup d'autres…

6

L'obscurité qui nous lie

.

Cela faisait presque une heure que Rutger Kleinfeld se tenait immobile, collé à son fusil à lunette, surveillant depuis une fenêtre l'entrée d'un bunker sur la Prenzlauer Allee, dans le district de Lichtenberg. Les ordres qu'il avait reçus étaient vagues ; la SS avait bloqué les rues alentour et s'apprêtait à faire une descente, et il devait couvrir son secteur pour parer à toute éventualité. On avait également déployé sur plusieurs balcons et terrasses des artisans supplémentaires, ainsi dénommés parce que tuer d'une seule balle relève toujours, d'une façon ou d'une autre, de l'artisanat, voire de l'art. À travers son œilleton, la rue s'était peu à peu emplie du bruit lourd des bottes cloutées, de coups de sifflet et d'ordres criés. Le moteur d'une Kübel se mêla soudain au vacarme ; après avoir tourné brutalement à l'angle de la rue, le véhicule s'arrêta avec une telle précision que la tête de l'un de ses occupants, coiffée d'un casque en acier, apparut juste dans le centre du réticule de la lunette. Rutger découvrit un visage maigre et anguleux, assombri par une barbe râpeuse, au regard incisif et profond bien qu'émergeant d'un vide singulier. Rutger connaissait ce regard, il l'avait vu chez de nombreux vétérans. L'homme semblait guetter la réaction de l'officier assis à ses côtés, lequel lâcha trois monosyllabes et n'attendit pas que le chauffeur lui ouvrît la portière. Le réticule suivit l'officier tandis qu'il descendait du véhicule avec une détermination imitée par l'autre, et les deux hommes se dirigèrent vers le capitaine Möbius. Ce dernier fit un énergique salut militaire.

– *Heil Hitler!* Comment ça se présente, capitaine ? demanda le commandant Bauer.

Möbius regarda alternativement Bauer et Arturo.

– Il se peut que notre homme se soit réfugié dans les sous-sols de ce bâtiment. C'est un tailleur, Gottfried Hassel, qui nous a alertés après le passage des patrouilles qui ont ratissé la zone et prévenu de la présence de l'ennemi. Il a l'air très observateur et dit avoir aperçu un étranger dans l'immeuble. Rien d'anormal quand on sait la quantité de réfugiés qu'il y a ici, s'il n'y avait ce détail...

– Lequel ?

– L'homme avait une trop bonne ouïe.

Bauer, l'air hautain, ne daigna pas poser de questions, mais Möbius s'expliqua aussitôt :

– Dans une conversation entre voisins, l'autre a prétendu avoir été artilleur dans l'Est et se remettre d'une blessure, qu'il a d'ailleurs montrée sous un pansement. Mais en pleine discussion, et avant que les sirènes retentissent, il a dit qu'il fallait regagner les abris parce qu'il entendait des moteurs au loin...

– Et les artilleurs sont toujours un peu durs d'oreille, ajouta Bauer. Et tout ce déploiement à cause du pressentiment d'un tailleur ?

– Ce n'est pas tout. L'appartement était inoccupé depuis un moment, et cet individu est apparu précisément le jour où nous avons capturé Stratton. Il avait les clés et ne semblait pas trop esquinté pour quelqu'un revenant du front de l'Est. Et puis, il y a l'histoire du manteau. Selon le tailleur, la coupe indiquait qu'il provenait d'une boutique de Berlin. Il a pu le vérifier sur l'étiquette après avoir demandé à l'autre de lui prêter le vêtement : la qualité lui paraissait remarquable, de celle que l'on voit peu par les temps qui courent. Mais il était comme neuf, trop neuf…

Bauer, qui jusqu'alors était resté distant, s'agita comme s'il y avait un feu à éteindre. Il semblait convaincu.

– Bon, et où est ce tailleur ?

Möbius leva la main et deux soldats se détachèrent d'un groupe pour escorter un individu jusqu'au capitaine. Il était de petite taille et avait un œil paresseux qui se baladait d'un côté à l'autre.

– Rumpelstilzchen, murmura ironiquement Bauer, faisant référence au nain des contes de Grimm, avant de le soumettre à un interrogatoire en règle. Pour commencer, le tailleur ne voulut rien dire ; la mine défaite, il tremblait et respirait avec peine. Il était tout simplement terrifié par la SS, comprit Bauer avec agacement, ce qui l'obligeait à instaurer un climat de confiance artificiel pour que le tailleur surmonte sa paralysie. Finalement, l'homme essuya son front en sueur, et sa peur et son manque d'imagination furent alors compensés par une crédibilité convaincante : il leur parla d'un homme blond et osseux, dégingandé, et dressa un inventaire précis de ses habits.

– Très bien, et qu'est-ce qu'on attend alors ? conclut Bauer.

– Il y a encore autre chose, l'arrêta Möbius.

– Quoi donc ?

– Le bunker n'est pas à proprement parler un bunker, mais un vaste entrepôt souterrain aménagé en abri. Le problème, c'est qu'il y a tout un réseau de caves : il y avait ici des brasseurs de bière, et le sous-sol est truffé d'entrepôts et de caves voûtées. En 1943, face au risque de bombardements et d'incendies, on a entrepris de les relier avec des galeries. Sous terre, tous ces immeubles communiquent entre eux, dit-il en accompagnant son propos d'un geste circulaire de la main.

– Comment cela ?

Möbius céda la parole au tailleur.

— On a ouvert des passages souterrains qui relient les immeubles entre eux, monsieur. Mais cela a été fait sans aucun plan et personne, en tout cas à ma connaissance, ne sait exactement leur disposition. Et ce n'est pas tout.

— Continuez.

— Pour que ces galeries ne soient pas utilisées par des voleurs, certaines entrées ont été grossièrement murées, mais il suffit de quelques coups de marteau pour abattre ces murs, qui sont peints en rouge. D'autres sont fermées par des portes battantes en fer, qui sont parfois verrouillées, et il y a aussi pas mal d'entrées qui sont murées pour de bon. Le reste des galeries ne débouche sur rien d'autre que des fondations, au bout du pâté d'immeubles. C'est un vrai labyrinthe. L'année dernière, je m'y suis aventuré avec une torche et je m'y suis perdu plusieurs heures. J'ai enfin réussi à en sortir, pas loin du parc de Friedrichshain, mais je vous assure que j'ai passé un sale moment, d'autant qu'on manque d'air là-dedans. Je n'ose pas imaginer ce qui pourrait arriver si plusieurs personnes devaient les utiliser. Ce serait l'enfer.

Bauer pinça les lèvres, leva le menton et distribua les cartes.

— Capitaine Möbius, je suppose que vous avez placé vos hommes de sorte qu'ils couvrent toutes les sorties de cette souricière.

— Nous avons fait de notre mieux, commandant, mais d'après ce que dit le tailleur, je ne peux pas vous garantir qu'elles sont toutes surveillées.

— Très bien. Je veux cet homme vivant. Et c'est vous-même qui entrerez dans cet entrepôt et l'arrêterez.

— À vos ordres, commandant.

— Quant à vous, lieutenant Andrade, accompagnez-le. Ça ne vous fera pas de mal de voir le capitaine Möbius à l'œuvre.

Möbius ne réagit pas à cette marque de reconnaissance, se bornant à sortir son Walther de son étui et à le vérifier avec des mouvements distraits et experts. Ensuite, ses ordres fusèrent comme autant de coups de fouet, transformant ses hommes en une rangée hérissée d'armes ; il les passa en revue et adressa quelques remarques à certains d'entre eux avant de se diriger à grandes enjambés vers l'entrée de l'immeuble. Arturo fulmina intérieurement contre Möbius au souvenir de son « gitan espagnol », mais déverrouilla son fusil-mitrailleur d'un coup sec, tandis que des crampes se faisaient sentir dans son estomac. Ce n'était pas la peur, mais ce raidissement, cette sensation de paralysie qui le tenaillait toujours au début. *Ce serait l'enfer* : il se rappela les derniers mots du tailleur, qui dessinaient dans sa tête le labyrinthe qui les attendait en bas, un dédale aussi tortueux que l'esprit d'un dément. Il inspira avec force l'air calciné par les bombes et leva les yeux ; son front se trouva en plein centre du réticule de la lunette de Rutger Kleinfeld, alias le Cercueil. Arturo soutint son regard. En réalité, il ne s'intéressait pas au tireur d'élite, mais à la forme obscure, massive et redoutable qui se dressait derrière lui. Parmi la foule de dieux confuse et arbitraire, provenant d'autres temps, d'autres mondes, d'autres besoins, se dressait une Kali avec une bouche aux crocs ensanglantés, qui agitait lentement ses milliers de bras dans une furieuse danse de création et de destruction qui eût foudroyé de terreur le tireur d'élite. Elle aussi le regardait droit dans les yeux. Et lui souriait.

Les soldats descendirent un par un l'escalier qui menait au souterrain et se placèrent en deux files parallèles entre lesquelles passa Möbius pour se poster devant la porte. Le plan consistait à pénétrer dans les lieux sous le prétexte d'une fouille de routine pour débusquer les Juifs et autres déserteurs, afin de ne pas éveiller tout de suite les soupçons du commando, si d'aventure il était là. Ils frappèrent à la porte, s'annoncèrent et le responsable de l'abri, vraisemblablement le président de la communauté, vint leur ouvrir. C'était un homme de grande taille, d'une cinquantaine d'années, affublé d'énormes pattes en forme de hache, qui, d'après les décorations accrochées au revers de sa veste – une croix de fer de seconde classe, la médaille du courage de Hesse et la distinction de blessé de guerre –, avait participé à la Grande Guerre. Sa jambe de bois ne faisait que le confirmer. Il leur céda le passage et les soldats s'engouffrèrent en rang dans le souterrain, où les conversations et les murmures s'interrompirent aussitôt. C'était une sorte de vaste crypte dotée d'un éclairage électrique, dans laquelle une centaine de personnes, habitants de l'immeuble et de ceux alentour, étaient installées sur de longs bancs de bois, ou à même le sol, là où elles avaient trouvé de la place, avec des bagages à main légers, des balluchons, des casques, des masques à gaz... Corps maigres, visages livides, yeux caves, vêtements râpés : tous étaient minés par l'empressement malsain que provoque une peur existentielle démesurée. Les soldats vérifièrent les papiers et fouillèrent quelques personnes, tandis que Möbius, l'arme au poing, scrutait chaque visage, tout en cherchant activement l'accès à la galerie pour que sa proie ne pût lui échapper. Selon Hassel, cet accès se situait dans le mur nord du souterrain, près d'une pompe à air manuelle. Le capitaine progressait dans cette direction comme au milieu de la houle, entraînant Arturo dans son sillage. Quand Möbius s'arrêta, Arturo l'entendit proférer un juron à voix basse, qui trouva sa justification lorsqu'il constata que le muret de brique peint en rouge avait été perforé à peine dix minutes plus tôt, aux dires d'un adolescent qui leur expliqua qu'un homme grand et blond avait enfoncé la cloison avec un lourd manche qu'il avait abandonné près des gravats. Möbius réclama une torche et la fixa au canon de son Walther. Il s'accroupit et examina l'intérieur de la galerie; pour ne pas perdre son chemin, il s'était prudemment muni d'une carte du secteur et d'une boussole. Il s'introduisit enfin dans le trou obscur ouvert dans la maçonnerie. Le passage était étroit et oppressant, c'est tout juste si un homme de taille moyenne plié en deux pouvait y évoluer. Möbius avançait avec précaution mais à bon pas, suivi de près par Arturo et trois autres hommes. Ils s'arrêtèrent bientôt: la torche éclairait un croisement. Sans attendre, le capitaine assigna l'une des deux galeries à deux soldats et reprit la poursuite, secondé par Arturo et le troisième soldat. Au bout de quelques instants, de forts coups métalliques résonnèrent devant eux, suivis d'une détonation qui leur glaça les sangs. Le capitaine pressa le pas et ils arrivèrent devant une porte battante dont le verrou, qu'une balle avait fait sauter, se balançait encore. Möbius, sans hésiter, l'enfonça d'un seul élan; avant qu'Arturo et le soldat eussent pu l'imiter, ils entendirent quatre décharges, puis une confusion de cris et d'imprécations. Lorsque Arturo passa de l'autre côté, la scène semblait figée, tel un photogramme. Les occupants de cet ersatz de bunker, une cave beaucoup plus exiguë que la précédente, s'étaient massés contre les murs ou couchés au sol pour se protéger; il y avait au centre de la pièce une femme étendue de tout son long, dont le pull commençait à se teindre de sang, et, dans un coin, Möbius en position de tir, son Walther encore fumant. Arturo ne posa aucune question; en temps de guerre, la pitié fragilise, elle mène à la défaite, et il était certain que – quel que fût le coupable – le commando et Möbius avaient l'un comme l'autre ce qu'il fallait de volonté pour faire ce que personne d'autre n'aurait osé faire afin de l'emporter.

– Il s'est enfui par là, dit Möbius en pointant avec son pistolet une autre porte battante. Allons-y, vite!

Ils reprirent leur poursuite, abandonnant les voisins pétrifiés, silencieux. Les galeries, luisant à la lumière des torches, s'entrecroisaient follement; ils s'arrêtaient parfois pour tendre l'oreille, le souffle coupé, sachant que devant eux, au cœur de l'obscurité, il y avait un homme qui n'hésiterait pas à utiliser leurs crânes comme cendriers. Durant la traque, Arturo ne perçut pas cette correspondance qui existe d'ordinaire entre les ténèbres et le silence; frottements, murmures, respirations, ce n'était que bruits. Ils parvinrent à un point mort, désorientés, accablés par l'obscurité oppressante et l'air vicié, quand soudain le labyrinthe vibra sous l'effet des salves de tirs qui se déchaînaient au-dehors. Möbius, plus déconcerté que furieux, amorça une phrase qu'il n'acheva pas, laissant s'accumuler les sous-entendus, même si tous savaient ce que cela signifiait: de chasseurs, ils étaient devenus proies. Le lendemain, les journaux évoqueraient l'épouvantable enfer, l'effroyable destin de Berlin, l'immense conflagration, mais pour lors, ces hommes se préoccupaient davantage de trouver un moyen de sortir de ce piège que de capturer le loup. Quand ils enfoncèrent un autre muret et pénétrèrent dans une nouvelle cave bondée de civils et éclairée par des lampes à pétrole, leurs craintes se confirmèrent: le commando leur avait échappé au dernier croisement et l'extérieur était devenu un enfer. À travers les lucarnes, Arturo constata qu'en quelques minutes à peine la rue avait été dévorée par les flammes; un énorme poumon lumineux respirait et soufflait, se contractait et se dilatait dans une splendeur hypnotique. Impossible de s'échapper par là. Cependant, ce qui l'inquiéta véritablement, c'est qu'en dépit de la fraîcheur qui, dans cette chambre souterraine, procurait une sensation de sécurité, le capitaine Möbius avait le regard vide.

– Nous pouvons attendre ici que ça passe, *mein Hauptsturmführer*.

Möbius secoua la tête.

– Vous voyez? murmura-t-il.

Avec son pistolet, il montra un coin avec un tas de

charbon à hauteur de deux mètres, qu'un simple regard eût enflammé.

– Et maintenant, touchez le mur.

Arturo posa la main sur une brique et dut aussitôt la retirer : elle était brûlante.

– Vous savez ce qui arrive ? déclara Möbius avec la franchise brutale de celui qui ôte le drap recouvrant un cadavre. Dans toutes les caves, chaque pierre est en train d'absorber de la chaleur quand leurs occupants pensent être hors de danger. D'ici une quarantaine de minutes, ce sera une véritable fournaise, et le feu va progressivement réchauffer l'air. Certains vont commencer à abattre les murets et à ouvrir les portes pour sortir d'ici, provoquant des courants d'air qui propageront la chaleur dans tout le labyrinthe... la chaleur, la fumée et les gaz toxiques, et pour finir, les flammes réclameront elles aussi leur dû... Ceux qui ne mourront pas brûlés sous terre, ou asphyxiés par le dioxyde, seront pris de panique et erreront dans ce monde souterrain, ils se battront pour se frayer un passage, ils se marcheront dessus, ils seront piétinés... Quant à ceux qui auront la chance de trouver une issue, ils devront affronter le cataclysme à l'extérieur...

Ce serait l'enfer : Arturo se rappela une fois encore les mots du tailleur et se représenta les scènes de cauchemar à venir. Il attendit que Möbius en dise davantage sur le cataclysme en question, mais celui-ci se borna à murmurer :

– J'étais à Dresde.

Puis le capitaine déboutonna son manteau de cuir, le retira d'un mouvement vif et ouvrit sa vareuse. Il détermina approximativement leur situation en s'aidant d'une question, de la carte et de la boussole, avant de sortir un mouchoir qu'il humecta avec l'eau d'une gourde. Il regarda les autres, il regarda les lucarnes éclairées par le feu, il regarda Arturo et, enfin, l'autre soldat qui était devenu pâle, quasiment jaune. Si difficile que cela pût paraître, Möbius avait maintenant l'air détendu. Arturo savait que c'était un fils de pute, un assassin ; malgré cela, il l'admira presque, bien qu'il fût conscient que ça ne durerait pas longtemps. Et il pria pour avoir la chance dont les fils de putes et les assassins jouissaient dans cette guerre. Möbius, avec son visage taillé à coups de burin, expliqua aux occupants de ces catacombes moisies que dans ce lieu leurs vies n'avaient plus aucune valeur, puis il leur enjoignit de le suivre. C'était bouleversant de voir à quel point la plupart gaspillaient leurs forces à se bercer de l'illusion qu'ils étaient à l'abri ; la voix dominante de Möbius ne se fit pas entendre deux fois et, se couvrant la bouche et le nez avec le mouchoir, il disparut par la porte métallique. Arturo se recommanda à saint Cucufa et à tous les autres saints délurés du calendrier, prit un bout de tissu qu'il mouilla lui aussi, et suivit Möbius, entraînant dans son sillage le soldat et quelques rares êtres lucides : pour la plupart des gens qui n'avaient ni parents ni amis sur place. Les cônes de lumière projetés par les lanternes éclairèrent des murs incandescents, qui semblaient respirer. Il faisait extrêmement chaud, et tous transpiraient ; la fumée, qui s'infiltrait maintenant par filets dans les interstices de la maçonnerie, leur piquait les yeux et les désorientait. Ils atteignirent bientôt la cave où ils avaient laissé le cadavre de la femme. Là, c'était encore pire : dans la rue, le cercle de feu se resserrait. Möbius demanda à quel numéro ils se trouvaient afin de déterminer leur position, puis, de sa voix claire et puissante, les avertit du danger imminent auquel ils étaient exposés. Le magma qui brûlait au-dessus d'eux, les explosions, leur instinct : tout leur indiquait qu'il valait mieux rester, mais le plus tragique, c'était la peur, qui s'était déjà glissée dans leurs esprits et qui, enfonçant une porte après l'autre, s'étendait, paralysante. Möbius humecta de nouveau son mouchoir à un petit robinet, se couvrit le nez et revint sur ses pas. La colonne grossit encore un peu, tout le monde se mit à prier. La fuite se transforma alors en retraite désespérée : les briques se détachaient à cause des tremblements provoqués par les explosions, menaçant d'un effondrement général ; la chaleur était en train de les rôtir ; la fumée, devenue aussi présente que l'oxygène, s'accrochait aux poumons, irritait les yeux, aveuglait ; les gaz toxiques faisaient leurs premières victimes qui s'écroulaient dans les étroites galeries, et qu'il fallait abandonner sur place. Lorsqu'ils tournèrent à un croisement, toussant, à moitié asphyxiés, sur le point de défaillir, ils rencontrèrent un autre muret rouge, défoncé celui-ci ; Möbius stoppa le groupe et s'adressa à Arturo, les yeux brillants :

– Couvrez-moi, je passerai le premier. Si dans une minute vous n'avez pas de mes nouvelles, foncez et finissez-en.

Il rangea son mouchoir, vérifia le chargeur de son Walther et se glissa avec agilité dans le trou. Il y eut un silence durant lequel Arturo ouvrit et referma ses mains sur la crosse de sa mitraillette de manière spasmodique. Ses muscles, tétanisés, étaient tout endoloris ; derrière lui, on entendait les gémissements des mourants, de légères empoignades, des questions sans réponse. Arturo se retourna et les braqua avec son arme. La colère lui fit détacher chacun de ses mots :

– Le prochain qui me casse les couilles, je lui tire dessus.

Personne ne douta qu'il tiendrait sa promesse. Arturo consulta sa montre aux chiffres phosphorescents. La minute s'était déjà écoulée. Il se sentait lourd, engourdi. C'était la peur. L'adrénaline lui vint alors en aide. Avec l'énergie du damné qui n'a plus rien à perdre, il bondit dans la cave. Le canon de son fusil-mitrailleur, qu'il pointa dans toutes les directions, se figea devant la scène grotesque autant qu'épouvantable dont il fut témoin. Il avait craint le pire, mais c'était bien au-delà. Möbius auscultait les éventuelles traces de vie que pouvaient héberger les corps des deux SS dont ils s'étaient séparés au premier croisement. Ils gisaient au sol tels des pantins désarticulés, et avaient reçu chacun un coup de poignard à hauteur du cœur, ce qui n'était pas sans rappeler la méthode utilisée avec Ewald von Kleist. Mais ce qui rendit physiquement malade Arturo, ce fut d'être confronté au nihilisme, à la mort comme unique vérité de la vie, au néant comme ultime condition du ressenti. Des corps affaissés, sans vie, des femmes, des enfants, des vieillards, certains installés sur des chaises ou sur des marches, d'autres le visage couvert d'un mouchoir ou d'un masque à gaz. Tous pris par ce piège sans odeur : une chambre à gaz alimentée par les émanations de monoxyde de carbone qui pénétraient par pression entre les pierres, et qui forçaient Möbius à se mouvoir à genoux, au ras du sol, où flottaient les derniers restes d'oxygène. Sans perdre de temps, Arturo s'agenouilla et colla son visage à terre ; les effets du gaz ne tarderaient pas à se faire sentir : des difficultés à respirer, une légère confusion spatiale, une fatigue de plomb ankylosant le corps.

– Il faut sortir d'ici, dit Möbius.

– Impossible, *mein Hauptsturmführer*, on ne peut ni reculer ni avancer. Et je n'ai pas l'impression qu'un passage ait été creusé par ici.

À travers les soupiraux, il aperçut les colonnes de feu qui rugissaient dehors : le bruit fossile de l'univers.

– Le commando n'est pas là. Il s'est forcément échappé quelque part.

– Peut-être qu'il ne s'est pas enfui.

– J'ai fouillé les corps, il n'a pas l'air d'être là. S'il avait fait marche arrière, nous serions tombés sur lui dans une des galeries. Il faut trouver quelque chose. Et vite.

Arturo s'essuya le front d'un revers de main et tenta de réfléchir. Il le faisait de toutes ses forces, mais sans lucidité. Dans cette situation désespérée, son courage venait de ce que tout, sauf la mort, a une raison. À mesure que d'autres soldats arrivaient, le capitaine leur ordonnait de se baisser. L'oxygène se raréfiait, ce qui, ajouté à la chaleur, engourdissait les esprits.

Le cœur s'affolait, ses battements résonnaient dans chacune des parties de son corps. Arturo, à genoux, les mains au sol, tâcha de faire la part des choses entre son entendement et sa déchéance organique, et d'ordonner le flux d'informations qui l'entourait. Chaises, secrétaires délabrés, murs, lits, couvertures, cadavres... Puis il contempla son reflet dans la glace d'une armoire ; c'est à peine s'il se reconnut. Un visage ravagé, trempé de sueur, aux idées inachevées. Il était sur le point de perdre conscience, et seule la rage, à laquelle venaient s'ajouter amertume, apitoiement sur soi, impuissance et désespoir, réussit à le maintenir éveillé. Le commando avait trouvé une issue, il devait partir de cette idée. Où ? Où était-elle ? Peut-être avaient-ils fait fausse route, peut-être voyaient-ils ce que l'on voulait qu'ils voient, et non pas les choses telles qu'elles étaient ? Ses traits se contorsionnaient, s'évanouissaient dans le miroir. La raison. La raison qui s'en allait et avec elle, instantanément, le passé et le présent, les échecs et la gloire, la splendeur et la misère. Arturo regarda autour de lui : Möbius et les autres soldats étaient près de succomber, eux aussi. Les premières hallucinations se manifestèrent. Silke dans le miroir. Une vision qui, au cœur de cet enfer, lui procurait un sentiment de sécurité absurde, fou. Silke. Silke dans le miroir. Silke à travers le miroir. Telle Alice. À travers le miroir et ce qu'Alice y trouva. Qu'avait trouvé Alice ? délirait Arturo, qu'avait-elle trouvé ? La réalité inversée, l'enfer à l'envers. Peut-être les miroirs offriraient-ils une issue : sa raison s'arrêta sur ce point pour céder la place à la foi. Dans un dernier sursaut de ses muscles, il leva son fusil-mitrailleur et brisa la glace de l'armoire tandis que les douilles de cuivre, projetées sur le côté, tintaient en s'entrechoquant. Lorsque le dernier morceau, qui était resté accroché quelques secondes à un angle, tomba, l'obscure bouche ouverte dans le meuble exhala un délicieux courant d'air chaud, mais rafraîchissant, et étrangement humide, qui provenait du passage caché. Arturo ne perdit pas son temps à se demander s'il s'agissait là d'une ruse du commando ou si ce dernier avait trouvé les choses disposées de la sorte, ou encore s'il avait éliminé les soldats avant ou après la mort des autres malheureux ; il passa la sangle de son fusil-mitrailleur autour de son cou et se mit à crier en direction de ceux qui n'avaient pas encore perdu connaissance. Sonné par les explosions qui retentissaient à l'extérieur, il glissa le bras de Möbius sur son épaule et, faisant levier, le traîna et passa littéralement de l'autre côté du miroir. L'air renouvelé, bien que lourd, stoppa net le manège d'hallucinations et permit à l'esprit d'Arturo de s'extirper de cet espace vide de toute compréhension intellectuelle. Ses bottes barbotaient dans une eau fangeuse, échappée des canalisations crevées, et produisaient un remous sombre, utérin. Arturo savait que cette obscurité le liait au commando ; il le ressentait par une sorte d'abstraction insensée, alors qu'il progressait dans les caves, éclairé par la faible lumière de la torche, suivi par une poignée de morts vivants. À chaque pas, Möbius recouvrait ses forces, puis il cessa de traîner les pieds et marmonna entre ses dents quelque chose qui laissait à penser qu'il n'épargnerait rien ni personne, mais il était encore trop désorienté pour lâcher Arturo. Ce dernier avait l'impression qu'on lui avait arraché la colonne vertébrale, une douleur qui se démultiplia quand ils rencontrèrent un nouveau croisement. Il eut encore la force de proférer quelques jurons, que le capitaine coupa brusquement d'une pression sur son bras : avec ce geste, il remettait entre les mains d'Arturo toute initiative et toute responsabilité. Il lui fallait choisir parmi les boules rouges et blanches qui tournaient dans sa tête, sans être certain qu'elles pussent les sortir de cet enfer noir et calciné. Il décida de continuer de se traîner tel un crabe dans la même galerie et d'espérer que l'unique dieu auquel il pouvait recourir, le hasard, et l'unique religion qu'il pouvait embrasser, la chance, fussent de son côté. Il ne sut à quel moment ils pénétrèrent enfin dans une autre cave, retirée et nauséabonde, encombrée de vivres et d'étagères. Tous étaient étourdis, secoués de spasmes, les os comme chargés d'électricité; certains pris de vomissements, d'autres surmontant un sommeil qui rappelait la douce berceuse précédant la mort. Toutefois, ils savaient qu'ils n'étaient pas tirés d'affaire; Arturo déposa Möbius au sol, arma son fusil et gravit les marches qui reliaient la cave à l'entrée de l'immeuble. Par chance, le bâtiment n'avait pas encore été pris d'assaut par les flammes, mais, à travers la porte éventrée, on pouvait se faire une idée de la géographie du feu qui parcourait les rues. Une bouffée de chaleur, émanant de toutes les nuances de rouge qui dévoraient le quartier, souffla sur son visage. Entre des éclats d'un jaune intense, il distingua le numéro de l'immeuble d'en face, qui lui apprit qu'ils se trouvaient aux confins du quartier, à deux pas du parc dont leur avait parlé le tailleur. Un espace ouvert, une échappatoire à ce four crématoire, un lieu où respirer de l'air frais. Il n'y avait qu'un seul obstacle: le couloir incandescent qui les en séparait. Une vision brutale de l'enfer, moins douloureuse toutefois que le ciel que l'on entrevoyait par intervalles derrière les flammes : des fragments d'un lieu dégagé, une frontière entre la vérité et la fiction, un délire, une illusion de vie. Arturo eut soudain l'expression de qui perçoit une musique lointaine, une mélodie que l'on vient tout juste de reconnaître; son ouïe avait été bien plus rapide que ses muscles, car au même instant, une main décidée l'empoigna avec violence par le cou tandis qu'un couteau décrivait un arc qui visait directement son cœur. Comment avait-il pu oublier le commando? Malgré cela, ses réflexes, désespérés, eurent une réponse fulgurante et Arturo éleva son fusil-mitrailleur à la hauteur de son torse, assez pour que l'acier morde sur l'arme avec un crissement hystérique. La surprise momentanée de son agresseur permit à Arturo de se retourner et de lui enfoncer le coude dans l'estomac; l'autre lâcha son couteau mais réagit en lui assenant une volée de coups furieux qui firent jaillir le sang du visage d'Arturo. L'homme l'attrapa de nouveau par le cou tout en lui tordant le bras droit en arrière dans une clé qui le fit se cabrer et l'immobilisa. Il entendait la respiration endiablée du ranger, cependant que ses propres muscles tentaient de résister à sa force; l'autre cherchait à lui briser le bras et à l'étouffer, des milliers d'étincelles fourmillant dans l'épaule d'Arturo, l'angoisse du sang qui ne circule plus. Arturo se contorsionna pour se dégager et, dans son effort pour résister, serra le poing, mais de vifs élancements dans le coude lui annoncèrent que l'os n'était pas loin de céder. Se rendre. Fermer les yeux. Il avait déjà éprouvé cela : lors de l'ultime seconde, la mort n'effraie pas, elle accompagne, et tous les morts, les anciens et les nouveaux, se tiennent là, dans une insupportable proximité.

– Lâchez-le.

La voix du capitaine Möbius résonna dans son dos ; la pression diminua d'un cran. D'un geste brusque, Arturo put se libérer et s'éloigner de son agresseur. Le recul lui permit de découvrir un individu blond, fin et sec comme un coup de trique, qui tremblait légèrement, de colère, de peur ou de surprise, il ne savait trop.

– À genoux, intima au commando un Möbius ressuscité, le tenant en joue avec son Walther.

L'homme ne bougea pas, les examinant avec la rigueur du guerrier qui étudie les points forts et les points faibles de deux ennemis à éliminer. Tous trois savaient qu'il n'y avait pas d'autre choix, et que le commando n'ignorait pas ce qui l'attendait. Arturo apprécia son silence, son acceptation instinctive de ce qui devait arriver. C'est alors que, derrière eux, comme si la vie avait décidé de doubler la mise, un puissant jet d'eau traversa les flammes, ouvrant une étroite porte dans le mur de feu. De l'autre côté, des pompiers luttaient pour percer une brèche dans un jeu fascinant de jaunes immaculés, de rouges ardents et d'oranges radieux ; ces couleurs étaient si pures qu'Arturo se dit que, s'il avait été peintre, il aurait consacré le restant de sa vie à les retrouver. Devant eux, à une centaine de mètres qu'une salamandre ignifuge ne se serait pas risquée à franchir, la fente apparaissait et disparaissait dans une ondulation cadencée, quand un énorme meuglement crescendo emplit leurs oreilles. Ni le commando ni Arturo ne comprirent ce qui allait se produire, mais l'expression de Möbius était on ne peut plus éloquente. Une force élémentaire, primitive, bestiale fondait en vrille sur eux ; au-dessus de la cathédrale de feu qu'était devenue la zone, l'oxygène, absorbé avec une violence inouïe, s'était mué en un ouragan qui grondait tel un orgue puissant dont tous les registres auraient été actionnés en même temps. Sa furie gagnait les rues, arrachait les façades, les toits, les arbres ; les vitres et les voitures se liquéfiaient, les gens se transformaient en torches humaines qui tournoyaient en d'étranges danses.

– Cours !

Ce fut la seule parole que prononça Möbius avant de partir en trombe sans même jeter un regard au commando. *Cataclysme* : le mot résonna dans le cerveau d'Arturo un centième de seconde, puis il courut derrière le capitaine, laissant le commando cloué sur place, stupéfait. Ce dernier tarda à réagir, un laps de temps que les deux autres employèrent à fuir en évitant les décombres et en esquivant les doigts ardents du feu.

– Ne regarde pas ! hurla Möbius, ne regarde pas !

Arturo ne regardait pas, il ne savait quoi regarder hormis l'infime fissure dans l'incendie, un autre miroir à traverser, en quelque sorte, qui scintillait en s'ouvrant et en se refermant à une fréquence de plus en plus longue. La course désespérée s'acheva lorsque Arturo, derrière Möbius, réussit à se faufiler par la brèche pour tomber de l'autre côté, enveloppé d'un nuage d'étincelles. Les pompiers le frappèrent avec une couverture : sa vareuse et la jambe droite de son pantalon étaient en feu. Ce n'est que lorsqu'ils eurent empêché qu'il ne se transforme en torche qu'Arturo, allongé au sol, à demi aveuglé par le sang et dégageant encore de la fumée, parvint à regarder de l'autre côté de ce miroir que les violents jets d'eau n'étaient plus capables de contenir. Le commando courait vers eux, comme au ralenti, et dans cette lumière éblouissante, il commit une erreur : regarder. L'homme fit volte-face avec la rapidité d'un derviche et vit alors quelque chose qui paralysa sa faculté de penser, de ressentir, son instinct de survie. Un instant parfait durant lequel le feu hallucinant lui apprit le lien secret entre éclat et tragédie, et lui parla de chairs torturées, de dents et de mâchoires broyées, de poumons calcinés, de cages thoraciques ouvertes, de crânes défoncés, de bébés brûlés, de membres tordus et écrasés, de bassins fracturés, d'êtres enterrés vivants…

Un rugissement.

L'univers en mutation.

La vie, une supposition.

Et le dernier geste du commando fut de lever la main, comme si elle seule pouvait arrêter l'avalanche qui lui fonçait dessus.

Ensuite, le feu.

Silke patientait d'un air las dans la longue file d'attente de la boulangerie, emmitouflée dans un manteau sombre et râpé, un fichu vert sur la tête, un filet à provisions dans les bras. À quelques mètres de là, Arturo l'observait, attendri par son acharnement à maintenir les habitudes qui donnaient à tous l'illusion de vivre éternellement. Elle avait aux pieds des chaussures à talons et il ne doutait pas que, malgré le manque de réserves, elle s'était légèrement maquillée et aspergée des dernières gouttes de son parfum. Elle tenait dans sa main sa carte de rationnement tout juste tamponnée alors qu'il lui restait assez de dollars pour acheter toute la rangée de petits pains alignés sur les rayons du magasin, comme si elle se refusait à dresser une quelconque barrière entre elle et le destin des autres habitants de la ville, comme si elle désirait faire partie de la masse, appartenir à sa nation, subir l'Histoire. Arturo s'avança vers elle, l'aimant d'un amour qui n'était pas que passion, mais aussi pitié, désir de soigner, de protéger, de choyer. Lorsqu'il ne fut plus qu'à deux pas, Silke, devinant sa présence, se tourna vers lui et montra un mélange de surprise et de plaisir. Son sourire se figea quand elle se rendit compte de l'état dans lequel il se trouvait. Ça faisait mal de le voir ainsi, des pans de son uniforme brûlés, les cheveux raidis par le sang séché, la mâchoire tendue, clignant des yeux pour conserver un contrôle qu'il était pourtant en train de perdre. Durant un temps qu'il n'aurait su déterminer, il avait feint le calme, érigé un mur d'assurance qui lui avait permis de garder la raison, et maintenant tout cela s'effilochait. Que lui arrivait-il ? Peut-être fallait-il chercher l'origine de son effondrement dans son passage à l'hôpital improvisé dans les souterrains de la chancellerie. Il se rappelait les blessés entassés sur les lits, sur les grabats ou à même le sol, le manque d'hygiène, la mauvaise nourriture, des centaines de regards tristes et souffrants... mais, surtout, dans l'une des pièces les plus reculées – près de l'endroit où opéraient les chirurgiens –, chichement éclairée par une lampe Hindenburg, une pile visqueuse de membres amputés, bleus et noirs, des bras, des jambes, des mains... Résidus grotesques, pathétiques et terrifiants de l'orgueilleuse armée qui avait dévasté l'Europe, la seule chose qui s'interposait entre son Führer et la haine des Russes. Si Silke ne pouvait lire cela dans l'esprit d'Arturo, elle comprit que tout son être sombrait, morceau par morceau, à une telle vitesse que rien ne pouvait l'en empêcher. Cet instant, elle l'attendait depuis le jour où elle l'avait rencontré. Elle s'approcha avec un nouveau sourire et, de la pointe de son doigt, arrêta la larme qui traçait déjà un sillon dans la suie qui recouvrait ses joues.

– Tu es sale. Tu es beau.

La délicatesse de son geste ramena Arturo dans le monde des vivants. Silke fit en sorte qu'il remît sa vie entre ses mains à elle. Elle apaisa sa douleur.

– Ne pleure pas, murmura-t-elle en lui prenant la main. Pas encore. On rentre à la maison.

7

Anniversaire avec le Führer

– Sais-tu quel jour nous sommes ?

Arturo, affalé sur le lit, leva les yeux vers Silke tout en plongeant le doigt dans un pot de miel, qu'il porta ensuite à la bouche. Il le suça, ébaucha un sourire qui cachait un moral brisé en miettes et hocha négativement la tête. Cela faisait deux jours qu'il dormait, comme si c'était le seul antidote contre les cendres qui recouvraient son âme.

– Nous sommes le 20 avril : c'est l'anniversaire du Führer.

Arturo ne comprenait pas la joie avec laquelle Silke, ouvrant le rideau, lui montrait la splendide matinée qui servait de décor au cinquante-sixième anniversaire d'Adolf Hitler, et passait sous silence l'étendue noir et gris, l'holocauste qu'avaient provoqué la haine et le délire utopique de cet homme. À l'égal de la plupart de ses compatriotes, elle demeurait sous l'envoûtement des paroles mortes d'une propagande qui leur avait procuré une icône, un masque grégaire sous lequel faire disparaître les faiblesses, les frustrations, les répressions, les peurs... Mais peut-être était-ce également lié au fait que, des années durant, les apparitions de leur leader, tout comme les célébrations de ses victoires, avaient été accompagnées de conditions atmosphériques favorables, le climat de Hitler, les faisant encore croire à des conjonctions surnaturelles – y compris aux armes merveilleuses – qui sauveraient le Reich.

– Eh bien, je crois qu'ils ne seront pas nombreux à le

lui fêter, dit Arturo un brin moqueur. Voilà ce qui reste de l'empire de ton Führer.

Avec le pot de miel slovaque, il montra la table où, telle une nature morte, étaient disposés du vin français, des olives grecques, des citrons italiens, de la confiture polonaise et une boîte de conserve ovale de poisson norvégien à côté d'un pain dur et lourd de provenance douteuse : pour l'heure, seul le marché noir fonctionnait correctement. Ils échangèrent un regard ; elle ne cilla pas, ne détourna pas les yeux, ne baissa pas la tête, elle ne semblait ni gênée ni mal à l'aise. Enfin, elle sourit et vint s'allonger auprès d'Arturo qui lui offrit un doigt d'où coulait un miel lent, solarisé. Elle s'en enduisit les lèvres, laissant quelques filets dégouliner sur son menton qu'Arturo s'empressa de lécher. Il se pelotonna contre sa poitrine et passa la main dans ses cheveux pour les sentir : une odeur de savon et de propre sous les nuances du parfum qu'il lui avait offert. Dans le désordre de la petite mansarde, la lumière n'était plus la même depuis que les immeubles voisins s'étaient effondrés ; les bougies ancrées dans des flaques de cire, les lampes à pétrole, la radio muette et le four électrique froid rappelaient qu'il n'y avait plus d'électricité ; la gazinière et le chauffage étaient eux aussi hors service ; les robinets étaient secs... L'ensemble évoquait les contours d'un monde sur le point de s'écrouler. Cependant, plus Berlin sombrait, plus Arturo s'y retrouvait. Car de Silke émanait une inépuisable source de plaisir et de sécurité ; de Silke et de ses lèvres charnues, de ses petits seins aux tétons minuscules, presque invisibles, avec lesquels il commença de jouer sous la blouse ; des lignes longues et pâles de son corps, qui invitaient à la caresse ; de sa chevelure blonde, épaisse, couleur de rhum de canne... Le sang d'Arturo s'apaisait grâce à cet autre courant qui enrayait ses instincts. Soudain, au milieu des échos des explosions et du grondement incessant de l'artillerie, une grenade explosa avec une telle violence qu'elle sortit brutalement Arturo de sa torpeur. Elle ne signifiait qu'une seule chose : les Russes avaient commencé à tirer sur Berlin. Pour ne pas alarmer Silke, il se leva et prétexta le besoin d'aller aux toilettes ; lorsqu'il revint dans la chambre, il ne regagna pas le lit.

– Que t'arrive-t-il ? lui demanda Silke.

– Rien, j'avais juste envie de bouger.

Il tripota les boutons d'une Volksempfänger VE-301 connectée à une petite batterie ; le « récepteur du peuple » n'émettait que des rafales de bruits parasites.

– Depuis quand n'y a-t-il plus d'émission ?

– Depuis hier.

– Si Goebbels n'a plus envie de nous casser les pieds, c'est que la situation est encore pire que je l'imaginais, plaisanta Arturo pour ne pas ajouter à son inquiétude. Et le journal d'aujourd'hui ?

– Il n'y a plus de journaux. Je n'ai eu que ça.

Elle lui montra quelques feuillets posés sur l'évier. Arturo consulta cette édition spéciale, à peine deux pages imprimées où il était question des ruptures de front et de sièges innombrables, Müncheberg, Seelow, Buchholz... Tout cela était diablement proche, sur la marche de Brandebourg, mais il était convaincu que ces nouvelles étaient déjà périmées.

– Il y a quelque chose, mon amour ?

Silke avait remarqué son froncement de sourcils.

– Non, non... C'est juste que...

... qu'Ivan se trouve à moins d'un kilomètre de ton sourire, pensa-t-il. Il se rappela le procédé utilisé par Maciá à l'ambassade et décrocha le téléphone, priant pour que celui-ci soit toujours en fonctionnement. Il composa un numéro au hasard dans la périphérie de Berlin et attendit ; chaque sonnerie le faisait frémir – cette étrange faculté qu'il avait de se muer en caresse ou en gifle. Il s'apprêtait à abandonner et à tenter un autre numéro quand on décrocha.

– Allô ?

C'était une voix faible et tremblotante, mais allemande.

– Dieu merci, lâcha un Arturo incrédule. Les Russes ne sont pas encore arrivés ?

À l'autre bout du fil, le début de réponse fut interrompu par un coup violent, comme si le combiné était tombé par terre ; il y eut ensuite des exclamations confuses et des bruits de heurts qui s'achevèrent aussi brusquement qu'ils avaient commencé. Arturo entendit que l'on reprenait le combiné.

– Vous êtes là ? demanda-t-il, inquiet.

– Nous vous tuerons tous, espèces de chiens, répondit une lourde voix en russe.

– Avant cela, j'aurai baisé ta mère ! hurla Arturo.

Il écrasa le combiné sur la fourche ; les battements de son cœur résonnaient comme des détonations.

– Que se passe-t-il ? demanda Silke sur un ton impérieux.

Sans plus attendre, Arturo commença de se préparer, alors que dans ses yeux s'installaient tout le cynisme, toute l'efficacité, la brutalité et l'obstination nécessaires pour en finir avec n'importe quel être humain.

– Ils sont là, c'est ça ? insista courageusement Silke.

Arturo ne répondit rien, mais Silke, devant son regard aussi perdu que s'il survolait un lieu dévasté, entreprit de se vêtir en silence. En cet instant, il essayait de mettre de l'ordre dans leurs vies, des vies déjà emportées par un flot tempétueux d'événements qu'ils ne pourraient maîtriser. Le préoccupait aussi l'avion de l'ambassade espagnole, qui devait être l'issue de secours pour Silke au cas où la lave de la guerre viendrait les ensevelir. Il vérifia ses armes, s'attarda sur le Tokarev qu'il posa sur une table ; il sortit ensuite de son sac un petit pistolet de réserve, un Little Tom, qu'il glissa dans une de ses poches, et alla chercher le transmetteur radio pour le placer près du pistolet. Il avait les pieds glacés, mais les idées claires.

– Écoute-moi, dit-il à Silke.

Arturo la retint avant qu'elle ait pu enfiler un pull et la fit asseoir sur une chaise. Il s'accroupit, appuya son menton sur les genoux de la jeune femme.

– Je dois partir, et je ne sais pas quand je reviendrai... mais je reviendrai, c'est la seule chose dont tu peux être sûre. Je sais que tu es capable de prendre soin de toi, mais il faut que tu me promettes deux choses.

Silke observa ses yeux enfiévrés par une névrose primitive et en fut troublée. Arturo prit conscience de sa rudesse et lâcha un sourire.

– D'accord ?
– Je ferai ce que tu me diras.

Silke lui rendit son sourire.

– Parfait. Écoute-moi bien. Il existe un moyen de te faire sortir de Berlin. Ça dépend de beaucoup de choses, mais c'est le seul que nous ayons. L'ambassade espagnole a un avion qui ne va pas tarder à quitter le pays et je peux obtenir une place pour toi. Mais il faudra que tu sois prête à me suivre au moment où je te préviendrai. Tu n'emporteras rien, tu laisseras tout ici, tu m'entends ? Tout.

– Et toi ?
– Je me débrouillerai, ne t'inquiète pas. Ils te prendront en charge et nous nous reverrons à Madrid.

Il s'approcha de la radio et, après avoir vérifié l'ampère-mètre, donna à Silke quelques explications sommaires sur les codes et son fonctionnement.

– Ne réponds à aucun message qui ne passe pas par ces codes, et fais en sorte que le poste soit toujours allumé. Si, pour une raison quelconque, la ligne téléphonique venait à être coupée, ou si je ne pouvais pas venir, ça nous permettra de rester en contact, tu as compris ? Je me procurerai un autre appareil pour te prévenir. Et surtout, garde ce pistolet près de toi.

Silke se leva de sa chaise et l'embrassa fougueusement. Arturo ferma les yeux en l'étreignant : elle avait la lenteur d'un rêve comparée au vertige qui l'entourait, quelque chose qui possédait du sens, à quoi il pouvait livrer son cœur et pouvait croire. Pourtant, il fut soudain submergé par la nostalgie d'un avenir sans elle, un avenir qu'il lui faudrait laisser inhabité, car l'un et l'autre savaient tacitement que, si la radio offrait un passeport pour une nouvelle vie, le Tokarev, lui, émettait comme de noires radiations : l'inquiétante et abominable éventualité que Silke eût à affronter les *frontoviki* soviétiques. De la même façon, le pistolet insinuait aussi le choix du suicide, puisque tous deux savaient que le pire n'était pas de mourir ; en vérité, c'était un moindre mal en de pareilles circonstances. Et même la conscience d'Arturo, tannée comme le cuir, ne pouvait exiger de Silke qu'elle restât en vie à tout prix. Aucun d'eux n'y fit allusion, mais en s'éloignant de lui, Silke avait un regard évasif, angoissé, qu'elle cacha en murmurant qu'elle allait lui faire quelques sandwichs pendant qu'il achèverait de se préparer. Entre-temps, des grenades explosèrent avec la même intensité que précédemment, et Arturo en conçut un profond sentiment d'irréalité, comme s'ils s'enfonçaient trop vite dans l'impossible pour pouvoir lui imposer des limites. Pendant les minutes qui suivirent, Arturo n'était plus dans la pièce, mais devant la conflagration qui avait dévoré le commando. Il se rappela son visage décomposé, éclairé par une lumière infernale, tandis qu'il s'efforçait de maintenir un semblant d'honneur et de virilité avant de se désintégrer. L'homme s'était volatilisé, et avec lui la possibilité d'arrêter la nature fluctuante des événements, l'incertitude. Il ne restait désormais que deux commandos, et il fallait déterminer – ainsi que l'avait révélé Stratton – lequel des deux était chargé d'entrer en contact avec le membre du programme scientifique. S'agissait-il de Kleist ? Le feu acheva d'engloutir l'Américain et estompa ses traits d'un coup de gomme, des traits qu'Arturo voyait fondre, comme l'avaient fait ceux d'Ernst, le mari de Silke, surpris à Koursk par la même dévastation ignée. C'est en proie à cette confusion que le trouva Silke ; son air absent, ses yeux rivés sur la photographie d'Ernst l'amenèrent à conclure de manière erronée que l'insécurité et la jalousie avaient égaré Arturo quelque part entre sa conscience la plus réflexive et le nihilisme sans scrupule dont elle le savait capable. Elle fourra les sandwichs dans le sac et attrapa le cadre pour le ranger dans un tiroir qu'elle ferma avec une clé qu'elle fit mine d'avaler. Arturo écarquilla les yeux ; il allait lui expliquer sa méprise quand Silke, d'un geste, le fit taire et lui remit la clé. Après cela, elle ébouriffa ses cheveux gras qui se figèrent dans une sombre vague.

– Si tu penses trop au passé, jamais nous ne serons libres, lui murmura-t-elle en lui décochant un sourire inoubliable. Je n'avais pas l'intention de te le dire, parce que je ne voulais pas t'inquiéter, mais maintenant... – elle hésita, jeta un regard en coin au pistolet – ... maintenant, je crois que c'est la seule manière pour que tu sois sûr de me trouver à ton retour, quoi qu'il arrive.

Arturo était déconcerté devant le contraste entre la jeunesse du visage de Silke et la maturité de son comportement.

– Pourquoi ?

– Parce que nous allons avoir un enfant. J'ai déjà un retard de deux mois.

Ce fut, pour Arturo, un instant singulier, vrai, mémorable. Un sentiment extrême de terreur le saisit, absolument indissociable de l'amour qu'il éprouvait. Désormais, il n'était plus responsable d'un seul être humain, mais de deux ; il cessa alors de rassembler une collection d'espoirs, de désirs désordonnés, de petites préoccupations et d'égoïsme pour devenir un autre homme, empli de lumière et de certitudes. Il enlaça Silke, se laissa glisser jusqu'à sa taille et s'agenouilla devant son ventre encore plat. Il souleva ses vêtements et l'embrassa juste au-dessus du nombril. Il y colla ensuite l'oreille et écouta attentivement.

– Je l'entends.

– Ne dis pas de bêtises, tu ne peux pas l'entendre, répondit-elle avec un rire innocent.

– Si, je l'entends. Je t'assure…

Arturo commença de lui parler tout bas, en espagnol ; il lui raconta une vieille histoire d'harmonie et de justice, qu'il voulait comme une onction car il savait que, après Silke et l'enfant, il n'aurait plus rien d'autre à accomplir dans la vie, plus d'histoires à raconter. Entre eux et la mort, il n'y avait que l'enfant ; entre lui et la mort, il n'y avait qu'eux. Quand il eut fini, il respira. Tremblant. Par à-coups. Pour une fois, il remercia son cœur de ne pas s'être changé en pierre : ressentir toute cette beauté, dont l'origine était la douleur qu'elle pourrait infliger. Puis il se redressa et murmura à Silke :

– Tout n'est que mensonge. Tout, sauf vous deux.

Il était prêt à affronter le programme complet de toutes les merveilles et de toutes les atrocités qu'il lui restait encore à voir à Berlin.

À deux heures près, Arturo aurait assisté à l'arrivée du *Reichsmarschall* Hermann Göring à la chancellerie. Le matin même, à Carinhall, dans sa maison de campagne au nord de Berlin, Göring avait été réveillé, et par les bombardiers alliés – qui, eux, n'avaient pas oublié de souhaiter un bon anniversaire au Führer –, et par le déclenchement de l'offensive de la 3e armée de choc de Joukov. Sans broncher, il s'était habillé, avait rapidement inspecté un convoi de camions prêt à le suivre et chargé du butin provenant de ses rapines à travers l'Europe, et avait prononcé quelques derniers mots devant les soldats. Accompagnant ensuite l'officier ingénieur jusqu'au détonateur de l'explosif qui ferait disparaître Carinhall, il avait converti sa propre demeure en nuages de poussière. Puis il avait fait demi-tour et pris place à bord de la limousine qui devait le conduire à Berlin, sous escorte d'un détachement de motards. Dans toute l'Allemagne, on assistait aux préparatifs des dignitaires du régime – Ribbentrop, Dönitz, Himmler, Kaltenbrunner, Speer, Keitel, Jodl, Krebs... –, pressés d'arriver à temps pour fêter l'anniversaire de Hitler. Un acte ultime de servitude et de respect envers une hiérarchie qui s'était écroulée au même rythme que les fronts. Sur ces derniers, les Anglais progressaient vers Hambourg, les Américains avançaient vers la Bavière, les Français étaient arrivés dans le haut Danube, les Russes cernaient Berlin et menaçaient Vienne, alors qu'en Italie les Alliés remontaient la vallée du Pô vers le nord. Ce mouvement centripète qui désintégrait le Reich offrait son visage le plus terrible dans le chaos des routes, bloquées par un flot gris de véhicules et de réfugiés faméliques, exténués et terrorisés par les cris de *Der Iwan kommt!* et qui, souvent, subissaient l'impitoyable feu rasant des Sturmovik. En sillonnant la ville, Arturo découvrait ses avant-gardes lépreuses, dont Berlin n'avait pas encore compris la vraie signification, comme elle ignorait celle des coups de marteau assenés par les obus. Les drapeaux du parti accrochés aux bâtiments, les pancartes proclamant *Die Kriegsstadt Berlin grüsst den Führer*[1]*!* dans une ville dont l'aspect lamentable dépassait toute description n'étaient rien d'autre qu'une sinistre plaisanterie. Tout comme les pendus qui s'étaient multipliés dans les arbres et aux réverbères depuis la battue frénétique et délirante de la SS et de la *Feldgendarmerie* pour débusquer les déserteurs, et qui, telles des feuilles, s'agitaient au vent. L'ordre signé et tamponné par le commandant Bauer faisait office de talisman contre pareille cruauté, une cruauté qui pouvait se mesurer à l'aune de la peur res-

---

1. «Berlin en guerre salue le Führer!»

sentie par ceux qui la pratiquaient. Mais ce qui perturbait véritablement Arturo, c'étaient ces autres êtres obscurs et innombrables, seulement visibles de lui, qui montraient une gueule aux dents pourries et des orbites où étincelaient des braises ; des divinités issues des cultes boréaux de l'Est, qui, peu à peu, recouvraient la ville d'une toile visqueuse dont les bords collaient à toutes les portes. Une fois à la chancellerie, il se rendit au poste de commandement et dans la salle des gardes, mais ni Bauer ni Möbius ne donnèrent signe de vie. Toutefois, il arriva à temps pour assister à une scène dont il fut certain, plus tard, que l'ange de l'Histoire avait été également témoin. Dans les jardins ravagés, un étrange cortège : une unité SS récemment évacuée de la Courlande et un groupe d'orgueilleux membres des Jeunesses hitlériennes s'apprêtaient à recevoir des décorations. C'est avec une grande émotion mâtinée d'incrédulité qu'Arturo découvrit qui se trouvait face à eux. Le dos voûté, se déplaçant lentement de soldat en soldat, le dieu d'une ancienne religion où l'on croyait, non pas qu'un individu dût se sacrifier pour sauver le monde, mais que le monde devait être immolé pour le salut d'un seul homme : Adolf Hitler. C'était la première fois qu'Arturo voyait le Führer, et il tenta, en toute objectivité, de faire la part des choses entre la vérité et la légende. Et vint à penser que cet homme qui avait cherché à étouffer l'Histoire luttait maintenant pour ne pas être étouffé par elle. Le Führer, qui paraissait bien plus âgé que ne le disait son anniversaire, se mouvait avec difficulté – son bras gauche tremblait si ostensiblement qu'il était obligé de le tenir dans son dos après chaque remise de décoration – et, guidé par Artur Axmann, le chef des Jeunesses hitlériennes, il peinait à épingler les médailles. De temps à autre, il réussissait à maîtriser ses tremblements, ce qui lui permettait de libérer son bras et de distribuer de petites tapes sur les joues des soldats nubiles ou de leur tirer l'oreille avec un improbable sourire. Sous l'œil du *Reichsführer* Himmler, il passa en revue les SS, serrant la main à chacun d'eux et prophétisant d'une voix ferme la défaite de l'ennemi avant que ce dernier pût atteindre Berlin. Étrangement, il évoqua à Arturo la figure du trapéziste : suspendu tout là-haut sous des feux resplendissants, il avait flambé telle une étoile, détruit le monde ; et maintenant, privé du rideau dont la chute l'eût caché en préservant la magie de sa prestation, à nouveau en bas, dans la pénombre mais toutefois visible, il n'était plus qu'un être grotesque, presque comique. Quiconque eût assisté, comme Arturo, à une telle scène eût trouvé incongru d'aller poser des questions sur d'éventuelles armes secrètes ou résurrections nazies. Et surtout, pensa Arturo, si Krappe avait été là, il lui aurait parlé de cette vérité en laquelle le *Kommissar* se refusait à croire, car il venait d'en trouver une définition : la vérité s'exprime toujours dans le dépassement du mythe.

– Finalement, notre Führer bien-aimé reste à Berlin.

Arturo sursauta et découvrit à ses côtés l'énorme moustache du *Kommissar* Hans Krappe, lequel contemplait la scène avec une curiosité toute solennelle, mains croisées derrière le dos, convoqué comme par enchantement.

– *Herr Kommissar*... Je m'apprêtais à aller vous chercher.

– Fort bien, *Herr* Andrade. Nous nous sommes trouvés.

– Qui vous a confirmé qu'il restait ? s'empressa de demander Arturo, qui ne perdait pas de vue les intérêts de Maciá.

– Personne, mais vous en avez douté ?

– Il est impossible de savoir ce qui passe par la tête du Führer. Et on parle beaucoup d'un bastion, une forteresse dans les Alpes depuis laquelle il pourrait organiser la défense finale.

– L'*Alpenfestung* ? En effet, des rumeurs me sont parvenues, surtout de la part de celui qui n'a pas son pareil pour les fomenter : le docteur Goebbels. N'y prêtez pas attention.

À l'Académie de police, on racontait une petite histoire : vous prenez une mouche, et chaque fois que vous lui avez arraché une patte, vous lui ordonnez de venir. La mouche vient. Maintenant que vous lui avez arraché toutes ses pattes, vous lui ordonnez à nouveau de venir, et là, elle ne vient pas. Conclusion ?

– Vous êtes en train de me dire que si la Werhmacht n'a pas été capable d'arrêter Ivan du temps où c'était une machine bien huilée, elle aura encore plus de mal à le faire aujourd'hui, quand elle est sur le point de partir à la casse ?

– Brr...

Krappe simula un frisson qui agita toute sa graisse.

– Je ne répéterais pas une chose pareille devant le commandant Bauer, *Herr* Andrade. J'en déduis seulement que si vous arrachez toutes ses pattes à une mouche, elle devient sourde.

Encore une fois, Arturo apprécia cette inexplicable pointe d'ironie dénuée de tout cynisme ou de toute amertume.

– Quand bien même ce bastion existerait, poursuivit Krappe, notre Führer a toujours eu besoin de son *Götterdämmerung* particulier.

Arturo s'essuya le nez avec la manche et regarda le *Kommissar* d'un air absolument interloqué.

– Vous n'écoutez pas Wagner ? lui demanda le *Kommissar*.

– Non, pas beaucoup... en fait, pas du tout.

– Vous ne perdez pas grand-chose – une fine brèche dans ses lèvres dévoila ses dents jaunâtres. Mais si vous prétendez connaître la psychologie de notre Führer, il est indispensable d'écouter Richard Wagner.

– Pouvez-vous m'en dire plus ?

Hans Krappe ne quittait pas des yeux Hitler qui s'éloignait des chérubins voués à la mort. Quelque chose, sur leur visage, avait disparu à jamais.

– Ils sont beaux, ne trouvez-vous pas ? déclara soudain le *Kommissar* dans une sorte de transe qui n'appelait aucune réponse.

Arturo ne sut que dire.

– Il paraît que c'est toujours ainsi, poursuivit Krappe. Dans un monde condamné à disparaître, les jeunes gens sont particulièrement beaux... – il sembla s'éloigner des territoires où errait sa conscience. Bref, je crois qu'Otto Dege vous expliquera tout cela bien mieux que moi.

– Qui ?

– La SS rechigne à m'accorder une entrevue avec le général Kammler, mais j'ai obtenu d'être reçu par une de ses connaissances de Munich : Otto Dege. Il est avocat, membre du parti, et a été l'homme de confiance du *Gauleiter*[1] de Bavière. Mais, plus important encore, il a appartenu à la Société Thulé, et je vous assure qu'il a des choses très intéressantes à nous raconter au sujet d'Ewald von Kleist.

– Ça tombe bien. Je suis sur le point d'obtenir du commandant Eckhart Bauer un rendez-vous avec le général. Nous allons devoir nous rendre à Munich, n'est-ce pas ?

– Vous voulez dire, ce qu'il en reste, car les Américains ont tout brûlé. Quoi qu'il en soit, nul besoin d'aller si loin pour trouver notre homme. Il s'est retiré dans une maison de Wannsee, dans les environs de Berlin. Nous pouvons y être en un rien de temps, ma voiture est dehors.

– Alors il va falloir se dépêcher. Rien ne dit qu'on pourra revenir.

Krappe ébaucha un bâillement.

– Il se peut même que l'on n'ait pas le temps de sortir.

Arturo acquiesça, à quoi Krappe répondit par un léger claquement de talons. Son visage congestionné ne promettait ni

---

1. Responsable régional politique du NSDAP et responsable administratif d'un *Gau*, subdivision territoriale de l'Allemagne nazie.

amitié ni soutien, uniquement de la sécurité. Compte tenu des circonstances, pour Arturo, c'était plus que suffisant.

Au même instant, le Führer regagnait le bunker – une défense massive et fortifiée : cet enfermement même auquel le IIIe Reich avait tout fait pour échapper – où il aurait pour seule compagnie le monde solipsiste de créatures, de cauchemars et d'armées fantômes qui peuplaient son imagination.

Avant de quitter Berlin à bord de la BMW camouflée, Arturo demanda au *Kommissar* de faire un détour par Lichtenberg. Hans Krappe ne fit aucun commentaire. Il circulait de manière froide et efficace à travers les rues effacées par des montagnes de ruines. La boîte de vitesses grinçait et, par intermittence, on pouvait apercevoir dans ce chaos la colonne de la Victoire, soixante mètres de bronze et de granite rouge épargnés avec, à son sommet, une figure dorée tenant dans une main une couronne de lauriers, et dans l'autre un étendard surmonté de la croix de fer. Arturo profita du trajet pour remettre à Krappe la copie du faire-part de Kleist et l'informer des résultats de ses recherches et des démarches en cours : les soupçons qu'il avait quant à une deuxième fouille de la SS dans la planque de Stratton, s'inventant au passage un témoin fictif pour ne pas avoir à montrer le dessin de Loremarie ; ses théories sur la meilleure façon de traquer Pippermint, que Bauer avait adoptées et converties en pièges ; le décès de Stratton après que ce dernier eut avoué que l'un des scientifiques avait cherché à entrer en contact avec les Alliés ; l'échec de la capture d'un premier loup ; les Russes qui s'insinuaient déjà dans les rues de Berlin... Hans Krappe tria minutieusement le grain de l'ivraie pour arriver à la conclusion que la convergence de tous ces éléments ne pouvait pas être un simple hasard, et que l'ordre noir semblait acquérir une certaine importance dans l'assassinat de Kleist. Il leur paraissait à tous deux évident que l'entretien avec Otto Dege leur permettrait de tirer au clair deux ou trois choses sur celui qui essayait de filer sans payer l'addition. Le *Kommissar* arrêta la voiture à deux pas d'une frontière au-delà de laquelle on pouvait découvrir le versant noir de la guerre, son horreur, son insuffisance morale. Quelques craquements produits par le refroidissement du véhicule accompagnèrent une vision en tout point similaire à celle que la femme de Lot avait eue de Gomorrhe : une étendue consumée, parsemée d'objets fondus, avec, en creux sur l'asphalte, telle une héliogravure, la trace d'autres objets enlevés par les brigades disciplinaires et les prisonniers de camps chargés de déblayer le terrain. Et partout, des cadavres atrocement déformés, tordus dans les flaques de leur propre graisse, réduits à un tiers de leur taille normale, et sur certains, de petites flammes de phosphore bleutées et tremblotantes. Ils ne descendirent même pas du véhicule ; c'est Krappe qui exprima de vive voix la question qu'Arturo, très certainement, s'était déjà posée :

– Qu'est-ce qu'on est venus faire ici ?

Arturo remua sur son siège, il ressentait des élancements douloureux à la base de sa colonne vertébrale.

– Pour l'instant, je n'en sais rien.

Krappe serra les lèvres et gratta de la pointe de son doigt une toile d'araignée que le ricochet d'un caillou avait laissée sur le pare-brise. Puis il passa la main dans son cou de dindon.

– Combien de mes compatriotes sont morts ici, *Herr* Andrade ? murmura-t-il. Cinq cents ? Six cents ? Mille ? Un chiffre considérable, peut-être, dans un autre genre de statistiques, mais pas au regard de l'arithmétique de cette guerre. Je ne parviens pas à savoir pourquoi, pour quelle obscure raison nous, les Allemands, ne méritons pas de vivre. Et pourtant...

Il tourna la clé de contact et fit redémarrer la voiture.

– ... pour être sincère, *Herr* Andrade... pour être sincère, quand je vois tout cela, je peux vous dire que, si j'avais la bombe qu'ils prétendent détenir, je la lancerais sur nos ennemis, une ville après l'autre, sans aucune considération d'ordre moral. Suis-je un monstre, pour autant ? Peut-être... Peut-être bien...

Devant le silence d'Arturo, il fit demi-tour et prit la direction du sud de Berlin, un trajet deux fois plus long que d'habitude en raison des multiples détours que les rues obstruées obligeaient à faire. Au moment où ils allaient s'engager sur la Reichstrasse 96, Krappe suggéra à Arturo de jeter un coup d'œil dans la boîte à gants où il y avait une bouteille de cognac Hennessy, et de ne pas lui demander d'où il la sortait. Arturo remercia l'offre et dévissa aussitôt le bouchon pour avaler une gorgée du breuvage. Dans la vie, pensa-t-il, les moyens d'oublier sont si rares qu'il ne faut en bouder aucun.

À la sortie de Berlin, la BMW fut prise au milieu d'un trafic aussi inhabituel qu'insolite : d'énormes camions chargés de classeurs, de caisses de documents, de matériel de bureau ; d'autres remplis de tableaux, de meubles, de statues emballées, de bronzes... alternant avec des limousines de toutes les marques, Horch, Wanderer, Mercedes... dont le médaillon orné de la croix gammée en argent indiquait que leurs propriétaires étaient des Faisans dorés, l'élite du parti, qui fuyaient Berlin avec leurs épouses, leurs enfants et leurs biens.

– Les rats quittent le navire, murmura le *Kommissar*.

Ils poursuivirent leur route, seulement perturbés par deux avions de chasse qui les survolèrent à très basse altitude, et sans leur tirer dessus, jusqu'à Wannsee, au sud de la Königstrasse, dans le district de Zehlendorf. Les deux tiers du ciel étaient déjà veinés de turquoise, signe que la nuit ne tarderait pas à cacheter de sa cire noire toute la zone. Cet endroit, qui regorgeait d'élégantes cliniques hors de prix, d'hôpitaux, de chalets entourés d'eau et de la forêt tutélaire si chère aux Germains, montrait bien que le plus important, dans la vie, était le compte en banque de chacun. Une légère brume flottait sur de petits lacs pareils à des plaques de mercure, elle se glissait entre les arbres opulents et touffus qui frissonnaient légèrement au gré des dissonances du vent. L'air apportait la musique d'un gramophone qui jouait la chanson en vogue cet hiver-là, *Ce printemps n'aura pas de fin*, disant la perte et la nostalgie, la provocation, la séduction, la sensualité, l'intime et le souterrain. Arturo baissa la vitre de la voiture et perçut le souffle frais, étrangement captivant, qu'exhalaient les bois, le calme inouï qui régnait sur les lieux et estompait les contours d'une réalité qui devenait rêverie, un sortilège aussi beau que pervers occultant le fait que, sous peu, tout cela changerait avec la violence d'une ère glaciale. Le *Kommissar* Krappe mit un certain temps avant de pouvoir s'orienter dans le dédale des rues, puis gara la BMW sur la rive d'un petit étang proche du lac principal, devant un embarcadère. Il éteignit les feux, désigna le Schmeisser d'Arturo, lui conseillant de le laisser dans la voiture, et sortit du véhicule pour marcher jusqu'au petit canot à moteur qui se balançait sur l'eau. Arturo suivit les indications de Krappe et abandonna son sac et son arme sur le siège arrière, près du casque, mais conserva le Little Tom. Ils montèrent avec précaution dans le petit bateau instable et, après plusieurs tentatives de démarrage, partirent à une vitesse soutenue, laissant derrière eux un paisible sillage. Leur destination était la petite île de Schwanenwerder, le lieu de villégiature préféré des élites du parti, parsemée de grandes demeures et de maisons de campagne. Un site symbolique, lui expliqua Krappe, l'emblème de la réussite des nazis. Avant leur ascension, ils avaient obligé les millionnaires juifs qui venaient s'y reposer à vendre leurs propriétés, faisant de l'endroit le premier territoire allemand totalement *Judenrein*, nettoyé des Juifs. Ils amarrèrent à un autre embarcadère pourvu d'un auvent de style gothique, attenant à une propriété. C'était une maison en stuc marron de deux étages, avec une véranda centrale au second, et entourée d'un jardin bien entretenu. Les fenêtres étaient éclairées en dépit des consignes, et cette douce lumière renforçait l'impression de paix, de tranquillité et d'ordre émanant de cet univers doré. Ils restèrent quelques secondes dans l'obscurité à contempler les rectangles orangés. Ils aperçurent bientôt des silhouettes lourdement armées qui, tout en restant à l'écart, confirmaient qu'Otto Dege était bien protégé.

– Avant d'entrer, l'avertit Krappe, je veux que vous sachiez que nous n'allons pas rendre visite à un ami, mais à quelqu'un qui me doit une faveur. Vous saisissez ?

– Parfaitement. Je peux vous poser une question ?

– Allez-y.

– Que fait Otto Dege si près de Berlin ?

– Je ne vous suis pas.

– Si c'est un membre du parti, il est certainement au courant de la situation. Cela n'a pas beaucoup de sens de quitter la Bavière, le seul endroit sûr à l'heure actuelle.

Hans Krappe remua, si grand et charnu que l'on eût dit une orchidée. Une lueur de curiosité s'alluma dans son regard. Ce n'était pas de la surprise, uniquement de la curiosité : ça faisait belle lurette qu'on ne le surprenait plus.

– Le nazisme a toujours été un étrange mélange de foi et d'opportunisme, siffla-t-il, dédaigneux. Le seul problème avec Otto Dege, c'est de savoir où commence l'un et où finit l'autre. Notre homme a mis sa famille en lieu sûr, il a préféré organiser la réalité avant que celle-ci ne le contraigne à s'organiser. Il est probable que les Américains occuperont cette zone, bien que, pour être sincère, si les Russes arrivent avant eux, ça ne changera pas grand-chose. Les deux camps ont inscrit Dege sur leurs listes, il détient des informations qui pourraient les intéresser. C'est une délicate attention de sa part de leur épargner les recherches.

Sa réponse avait été précise, impeccable, tout comme sa façon de s'adresser aux gardes. Arturo le suivit sans pouvoir détacher son regard de la sérénité du lac. La porte de la villa s'ouvrit avant même qu'ils posent la main sur le heurtoir ; sur le seuil apparut un homme de haute taille, vêtu d'un costume croisé, au menton solide et au nez proéminent. Il les reçut avec une affectation qui n'entamait pas son calme et sa distinction ; néanmoins, en dépit de la relative courtoisie qu'il affichait, Arturo eut l'impression d'être en présence de deux rivaux ayant conclu une trêve.

– J'ai entendu le bruit d'un moteur, et comme je n'attendais personne d'autre, j'ai supposé que c'était toi, Hans, dit-il en ignorant les silhouettes armées. Je ne pensais pas que vous arriveriez aussi tôt, mais vous êtes les bienvenus. Entrez, je vous en prie.

Dans la maison, on entendait à faible volume le programme en allemand de la BBC, pourtant interdit, qui évoquait la défaite imminente du Japon et qu'Otto Dege, avec la liberté de celui qui se sait condamné, écoutait sans se gêner. À vrai dire, il ne s'en excusa même pas lorsqu'il s'approcha du poste de radio pour l'éteindre. Il se contenta de prendre place dans un confortable fauteuil, dans la partie droite du vaste salon au sol recouvert d'un épais tapis marron et meublé sobrement mais avec goût, et les invita à s'installer dans les autres fauteuils tandis qu'il sortait un fume-cigarette en bois de palissandre dans lequel il inséra une cigarette à la verticale, comme s'il s'agissait d'une pipe.

– Désirez-vous une bière ?

– Ce n'est pas une mauvaise idée, déclara Krappe en se laissant lourdement tomber dans le fauteuil.

Dege leva un bras, dévoilant une grosse Rolex en or, puis

annonça qu'il avait une de ces Pilsner dont il fallait profiter car, bientôt, il faudrait peut-être se contenter de son souvenir. Un jeune homme poussant un chariot de boissons apparut au fond du salon.

– Il y a trois sortes d'Allemands, prôna Dege pendant qu'on leur servait une bière mousseuse dans d'immenses chopes en porcelaine au couvercle en étain, ornées du blason de Munich. Les buveurs de schnaps en Prusse, les buveurs de vin en Rhénanie, les buveurs de bière en Bavière. Seuls les Bavarois sont assez sages pour gouverner les autres.

Il lâcha ce commentaire avec cette facilité pour les clichés qui avait dû faire de lui un excellent orateur. Ensuite, il trinqua à la santé de tous, avala une gorgée qui surligna de mousse sa lèvre supérieure, s'essuya, croisa les jambes et, coinçant le fume-cigarette à la commissure des lèvres, alluma sa cigarette avec un briquet Dunhill.

– On peut se parler en privé ? demanda Krappe en essuyant lui aussi sa moustache en mousse et en pointant le jeune serveur du doigt.

Ils attendirent que celui-ci se retire avec le chariot de boissons.

– Je te présente *Herr* Arturo Andrade, poursuivit-il, je t'ai déjà parlé de lui. Je crois que tu connais les raisons de notre visite et ce qu'il veut, bien que j'aie encore d'autres choses à t'apprendre – il lui résuma ce qu'Arturo lui avait raconté durant le voyage. Eh bien, Otto ?

Dege posa sur Arturo un regard pénétrant. On pouvait lire à livre ouvert sur son visage. « Bien sûr que je peux t'aider, je te filerais un coup de main si tu t'abaissais un peu, juste ce qu'il faut – ce que tu aurais été obligé de faire si ton ami ne t'accompagnait pas. » Il soupira.

– Ewald von Kleist…

Il laissa s'endormir la fumée de la cigarette à hauteur de ses yeux.

— Il nous a beaucoup soutenus tout au début, mais il n'était pas comme nous ; en fait, il ne l'a jamais été. C'était un de ces aristocrates avec château, un fichu château que les bombardiers ont rasé il y a deux ans. Cela a dû être difficile pour quelqu'un comme lui, je suppose. Je me rappelle l'avoir vu dans les premières réunions de la Thulé, lui et son frère, Albert von Kleist, un avocat.

— Donc, Kleist faisait partie de la Société Thulé, souligna Arturo en échangeant un regard complice avec Krappe.

— Dans les premiers temps, tout au moins. C'était un type arrogant et conscient de son pedigree, mais très malin. Dans sa profession, il se distinguait. Il a même eu quelques désaccords avec Johannes Stark, le promoteur de la Deutsche Physik. Mais ça, c'est une autre histoire.

— Nous aimerions surtout savoir comment vous l'avez connu.

— Je ne m'en souviens pas précisément, mais cela a dû être en 1920. Hitler venait de prendre la tête du parti. Je n'ai jamais été présenté à Kleist – ni à son frère, d'ailleurs –, mais je l'ai vu dans des réunions, toujours silencieux, examinant l'assistance, contrairement à son frère qui était plutôt fort en gueule. Comme vous le savez, après le couteau que nous ont planté dans le dos tous ces démocrates, bolcheviques et Juifs pendant la guerre, l'Allemagne s'est retrouvée en banqueroute, tandis que ces maudits soviets de Weimar avaient l'intention de liquider la patrie. Tu te rappelles, Hans ?

Il regarda Krappe et exhala une bouffée dans sa direction.

— Tu te rappelles quand, avec des millions de marks, on ne pouvait même pas acheter un simple billet de tramway ? Tu te rappelles quand nos enfants mouraient de faim ?

À l'expression tendue du *Kommissar*, Arturo pouvait presque voir sa mémoire travailler et faire tourner, encore et encore, le sablier du temps.

– Mais le pire, ce n'était pas cela, poursuivit-il. La Rhénanie voulait être une république, la Saxe a eu un gouvernement communiste durant quelques semaines, les Français en ont profité pour envahir la Ruhr, les révoltes bolcheviques se succédaient à chaque coin de rue... Cette racaille de l'Est s'employait à faire couler notre patrie. Les foules de mendiants, les suicides, les grèves, la spoliation, les dévaluations, les vols, l'amoralité... Hans, tu le sais mieux que moi.

Cette fois, le *Kommissar* le regarda comme s'il contemplait un paysage à travers une fenêtre.

– Des temps difficiles, se contenta-t-il de dire d'une voix atone, distante.

– Nous étions faibles, Hans... L'Allemagne était faible, *Herr* Andrade, reprit Dege en soufflant vers lui un nuage de fumée, et c'est alors que Hitler a fait son apparition... et il nous a convaincus qu'avant d'être des hommes il fallait être des Allemands. Il nous a offert un ego collectif, un dessein, un idéal auquel nous dévouer pour nous transcender. La nuit qui recouvrait l'Allemagne ne pouvait que s'achever par d'immenses incendies, et le premier, nous l'avons allumé lors du soulèvement de Munich... 1923... Mais cela fait une éternité – on lisait de la nostalgie sur son visage, Dege se rappelait son moi d'antan. C'est là-bas que nous nous sommes connus, *Herr Kommissar* et votre serviteur.

Arturo se tourna vers Krappe.

– Comme je vous l'ai déjà dit, déclara ce dernier, j'ai fait partie de ceux qui ont dirigé la répression du putsch.

Otto Dege décroisa ses jambes et éclata de rire; un rire étrange, à contretemps.

– Une drôle de façon de nous réprimer, Hans. Un peu plus et le *Kommissar* se serait rangé de notre côté, mais comme il a toujours eu du discernement, il a compris à temps qu'il nous serait d'une meilleure aide en restant dans l'autre camp.

– Cela n'a pas été difficile, leur démocratie n'avait pas de sens.

Venant de Krappe, et compte tenu de son esprit prussien, prévisible et tatillon, cette réponse n'avait rien d'étonnant, mais elle n'en surprit pas moins Arturo. Intrigué par la personnalité du *Kommissar*, il chercha à savoir de quel genre de boussole il s'était servi pour en arriver là.

– Pourquoi, *Kommissar* Krappe ?
– Pourquoi ? – c'était au tour de Krappe d'être surpris. Parce qu'à force d'observation et de réflexion, j'ai compris que quatre-vingt-dix pour cent des personnes sont idiotes et que, par conséquent, elles voteront pour un idiot. Voilà pourquoi je pensais que la démocratie n'avait pas de sens.

– Et que penses-tu maintenant, Hans ? intervint Dege.
– La même chose, lâcha Krappe.

Seul le tic-tac d'une pendule de cheminée troubla le silence qui suivit ces mots. Dehors, l'obscurité était semblable à celle que l'on voyait les yeux fermés.

– Ewald von Kleist, rappela Arturo.
– Il ne croyait pas en Adolf Hitler, assena Dege, le regard inexpressif. Comme beaucoup d'autres, il pensait que Hitler était un illuminé de plus, un type ridicule aux idées farfelues qui hurlait et écumait, et dont ils pourraient se servir pour imposer une sorte d'ordre traditionnel, quelqu'un qu'ils manipuleraient à leur guise. Les industriels, les banquiers, l'aristocratie… surtout l'aristocratie, *feine Gesellschaft*… tous l'ont sous-estimé. Leurs esprits étroits ont été incapables de voir que ses obsessions et sa vision du monde étaient réelles, qu'il ne s'agissait pas seulement d'une renaissance nationale ou de détruire l'ennemi, mais d'atteindre l'impossible, de tout obtenir pour l'Allemagne. Et même si Hitler avait tort, même si cela était insuffisant, il y a quelque chose qu'on ne peut lui retirer : qu'un obscur peintre amateur ait conduit l'Allemagne à la tête de l'Europe est une réussite

incontestable. Selon moi, un tel succès justifiait qu'on lui obéisse.

– Donc, vous pensez que Kleist aurait pu vouloir passer du côté des Alliés ?

– Non, répondit-il sans hésiter.

– Non ? Vous venez de dire que sa fidélité était feinte.

– Certes, mais son patriotisme ne l'était pas. Quoi qu'on en pense, Ewald von Kleist était un patriote : il désirait la victoire de l'Allemagne, et jamais il n'aurait livré le moindre renseignement aux Alliés, ça j'en suis certain. Ce qui intéressait Kleist, et la majorité des Allemands, ce n'était pas de savoir qui a commencé la guerre ni pourquoi, mais d'éviter une nouvelle défaite. Vous saisissez ? Il est inconcevable d'imaginer qu'il ait pu envisager d'aider l'ennemi.

– Si j'ai bien compris, on l'a soupçonné d'avoir participé à la conjuration de Stauffenberg...

– Soupçonné ? Il était plus coupable que Barabbas. Vous pouvez me croire. De fait, son frère est toujours en prison, s'il n'a pas déjà été exécuté.

– Et éliminer le Führer, ce n'est pas faire le travail de l'ennemi ?

– Non, si l'on considère que le Führer est incapable de conduire correctement la guerre.

– Je vois... Mais je ne comprends pas pourquoi il n'a pas été arrêté si son implication était si évidente.

Otto Dege cracha une autre bouffée, le regard ailleurs, comme si la fumée d'une cigarette était la seule bonne chose que l'on pouvait désormais attendre dans ce bas monde.

– Thulé, résuma-t-il.

– Vous voulez dire que c'est la Société qui l'a libéré ? Elle est si puissante que cela ?

– C'est beaucoup, beaucoup plus complexe que vous ne l'imaginez. Tellement complexe que je ne peux qu'émettre des hypothèses sur ce qui s'est produit.

— Eh bien, vas-y, l'invita Krappe avant d'avaler une généreuse gorgée de bière et de reposer la chope sur sa bedaine.

Dege se pencha en avant, l'imita et se cala dans son fauteuil.

— Il est important que vous sachiez qu'Adolf Hitler n'a jamais été membre de la Société Thulé, il n'a fait que prendre le contrôle de ce qu'elle avait mis en place : un parti et un statu quo. Voilà pourquoi, à partir de 1933, quand les nazis sont arrivés au pouvoir en Allemagne, être membre de la Société n'était pas très bien vu au sein du NSDAP. J'avais moi-même cessé d'assister à leurs réunions deux années auparavant. En fait, son fondateur, Rudolf von Sebottendorf…

— Qui est cet homme ? l'interrompit Arturo qui saisit au vol l'information non sans jeter un regard de reproche à Krappe pour avoir omis de mentionner ce nom.

— Rudolf von Sebottendorf est un aventurier silésien qui a parcouru le monde, un spécialiste du mysticisme. À son retour en Allemagne, il s'est installé en Bavière et a intégré l'ordre des Germains, l'un des groupements nationalistes de l'époque, pour fonder ensuite la Société Thulé. Sebottendorf prônait l'ariosophie, une pensée qui considérait que les Aryens étaient les fondateurs de la civilisation et qui œuvrait pour la formation d'une élite pure, vouée à diriger un nouvel Empire germanique, le *Halgadom*, et tout le reste. J'allais ajouter que ce Sebottendorf est tombé en disgrâce et qu'il a été emprisonné la même année, avant d'être banni du Reich. Vous n'ignorez pas que le roi exécute toujours ceux qui l'ont vu pleurer quand il était prince.

— Et qu'est-il devenu ?

— Je n'en sais rien et je ne crois pas que quiconque le sache. De toute façon, il a toujours été un peu cinglé.

Arturo enregistra cette minuscule information.

— Là où je voulais en venir, poursuivit Dege, c'est que la plupart de ses membres avaient pris ses distances avec la

Société avant sa dissolution, ce qui ne veut pas dire qu'elle a disparu pour autant. Je crains même que la Thulé ne soit devenue plus puissante encore : quelque chose dont on n'a pas de souvenir précis, sans contours bien définis, une vérité collective qui, née d'une rumeur, devient une légende et finit en mythe. Et comme nous le savons, les Allemands aiment les mythes. C'est dans notre caractère : car nous avons toujours eu du mal à distinguer ce qui est possible de ce qui ne l'est pas. C'est le fondement de toutes nos victoires.

– Et de tous nos malheurs, remarqua Krappe.

– Et de tous nos malheurs, en effet. La Thulé a acquis d'autant plus de force qu'elle était invisible, et dans tous les événements qui ont suivi, je dis bien tous – l'autodafé, la nuit des longs couteaux, l'incendie du Reichstag, la nuit de cristal, la Rhénanie, les Sudètes, l'invasion de la Pologne, l'attaque contre l'Angleterre, l'expansion vers l'est… –, beaucoup ont vu la main invisible de la Thulé…

– Et vous, qu'en pensez-vous ? s'enquit Arturo.

– Si bien que la Société, enchaîna Dege sans faire cas d'Arturo, est devenue invisible et, même si je n'ai jamais accordé de crédit à tout ce qui se raconte, je reste convaincu qu'elle existe toujours et qu'elle est encore très active. Une faction réduite, mais plus déterminée, plus compacte et mieux organisée qu'à ses débuts, et qui devait déjà exister lorsque j'en faisais partie. Il y a des indices, des dires, des rumeurs…

– Kleist, le recadra Krappe.

– Kleist, répéta Dege. Je suis certain qu'Ewald von Kleist, comme son frère Albert, appartenait à ce noyau dur d'une façon ou d'une autre. C'était pour eux une assurance vie ; comme beaucoup d'autres ayant formé le premier cercle autour de Hitler, ils ont gardé en leur possession des informations qui les protégeraient dans le futur. À vrai dire, la SS était une adepte des enregistrements en tout genre et en tout lieu, surtout au Berghof, et la Thulé a toujours été intimement mêlée à la SS.

– Qu'est-ce que le Berghof exactement ? s'intéressa aussitôt Arturo.

Otto Dege se passa un doigt sur la joue et le dévisagea en plissant les yeux.

– La résidence de repos de Hitler, dans les Alpes bavaroises. C'est là qu'il retrouvait ses proches et invitait ceux avec qui il estimait devoir traiter ou discuter. Figurer sur la liste des invités était un honneur. À ce sujet, je vais vous montrer quelque chose que vous devez voir pour comprendre pourquoi je subodore qu'Ewald von Kleist a échappé au bûcher après l'*affaire**[1] Stauffenberg et ce qu'il voulait probablement remettre aux Alliés, si c'est bien à lui que faisait allusion ce commando.

Hans Krappe et Arturo ne purent réprimer une certaine euphorie ; parfois, vous posez une question ahurissante et votre interlocuteur se contente d'abonder dans votre sens, d'autres fois vous posez une question anodine et vous obtenez une réponse au-delà de vos attentes. Dege se leva et fouilla nerveusement dans ses poches. Il appela son assistant, lui donna quelques instructions qui le firent disparaître par l'escalier, puis il remplaça le mégot de son fume-cigarette par une autre cigarette qu'il alluma aussitôt. Il désigna l'escalier qui les mènerait à l'étage supérieur. Krappe et Arturo lui emboîtèrent le pas et découvrirent une pièce obscure où l'avocat, cherchant à tâtons des chaises, leur proposa un siège inconfortable. Lui-même s'installa, seulement visible par la braise de sa cigarette. Le silence fut rompu par un énergique «Allez-y», l'obscurité fendue par un puissant rayon de lumière qui dévoila quelques chaises, d'épais rideaux, des tables basses et un écran où, grâce

---

1. Les mots en italique suivis d'un astérisque sont en français dans le texte original.

à l'intervention de l'assistant converti en projectionniste, l'on vit s'esquisser des formes géométriques lumineuses et irrégulières qui, peu à peu, le remplirent d'une vie parallèle. Quelqu'un avait réalisé un montage à partir de plusieurs bobines qui montraient différentes périodes du Reich, et où l'image et le son n'étaient pas toujours synchronisés : le cortège des lourdes Mercedes du Führer fraîchement élu faisant son entrée dans Munich au milieu des hurlements de joie, des visages radieux et des bras nerveusement tendus de la marée humaine qui bordait la route ; son avancée à travers le vieux quartier de la ville et ses maisons aux pignons pointus et ornés de centaines de croix gammées ; la foule désespérée qui se pressait pour toucher son messie. Il y eut ensuite des extraits du spectaculaire film de Leni Riefenstahl sur le Congrès du parti à Nuremberg : l'avion de Hitler descendant au sol entre des montagnes de nuages ; la cérémonie d'hommage aux Allemands tombés au champ d'honneur, avec des milliers d'hommes en formation prêts à sacrifier leur vie pour le nouveau Reich ; les cathédrales de lumière de Speer, dont les réflecteurs projetaient des colonnes lumineuses de quinze kilomètres de haut... Puis vinrent les grands défilés de la Wehrmacht, le débarquement de Narvik, les déserts de Libye, la Cyrénaïque, Sébastopol... autant de brisants de l'Histoire où le mythe de l'invincibilité nazie avait progressivement fait de l'émotion une identité.

– Sans les mots pour le raconter, entendirent-ils dire un Dege pensif devant toute cette propagande, le Christ n'eût été qu'un charpentier cloué sur la croix.

Dans le faisceau du projecteur, la fumée de sa cigarette s'enroulait très lentement en douces volutes tandis que les scènes s'apaisaient pour devenir bucoliques : on découvrait le paysage merveilleux de la vallée de l'Obersalzberg traversée par une route au tracé audacieux qui débouchait sur l'ascenseur installé à même la roche et qui permettait d'accéder directement à la montagne privée du Führer. S'enchaînèrent ensuite des scènes domestiques au Berghof, quelque peu surprenantes et inattendues : repas réunissant Hitler et sa cour dans une salle à manger rustique aux murs lambrissés de bois de cèdre et aux fauteuils couverts de maroquin rouge ; promenades en compagnie de bergers allemands sur le sentier conduisant à la maison de thé ; Hitler et Speer penchés sur des plans, Hitler signant des documents ou étudiant des cartes d'état-major ; séances nocturnes de cinématographe autour d'une cheminée massive…

– Évidemment, il y a des scènes bien plus intéressantes, mais cela vous permet de vous faire une idée, fit remarquer Dege.

Sa phrase eut l'effet d'un interrupteur sur la séance, et le projecteur s'arrêta sur une scène banale : devant une grande fenêtre, installé autour d'une table ronde où étaient disposés gâteaux et pâtisseries, on buvait du thé ou du chocolat. Une scène du quotidien qui réunissait Hitler et son cercle d'affidés, des hommes et des femmes bavardant à l'heure du thé, sauf un, qui avait les yeux tournés vers la caméra, peut-être conscient qu'elle le visait : un individu au teint pâle, aux traits diffus, sans sourcils ; le même, dix ans plus tôt.

– Qui est cet homme ? s'écria Arturo.
– Qui cela ? interrogea Dege.
– À table, l'homme sans sourcils.
– Je ne le connais pas, beaucoup de monde venait au Berghof.

Arturo posa la même question à Krappe. Ce dernier n'en savait pas davantage. Le mystérieux individu sans sourcils soutint son regard depuis le passé, comme s'il le défiait de déchiffrer les arcanes de son identité, puis l'image s'évanouit et seul un filet de lumière perça encore l'obscurité. Otto Dege se leva ; son visage baignait dans une aura spectrale qui, l'espace de quelques secondes, métamorphosa son fin sourire en une horrible grimace de langouste, tout crâne et dents. Le filet de lumière fut avalé par le projecteur, ce qui les replongea dans le noir. Les objets sombrent dans l'oubli, pensa Arturo, leurs noms, leurs couleurs, le langage dépourvu de tout référent, et donc, de sa réalité.

– Klaus, allume, s'il te plaît, dit Dege.

L'ordre se réinstalla dans le monde. Abîmé dans ses réflexions, Dege les observait tout en continuant de téter son fume-cigarette.

– Ceci est bel et bien vrai, pontifia Krappe, narquois, mais ce n'est pas toute la vérité.

Dege eut à nouveau un sourire étrange, exagéré, qui n'était pas sans rappeler ces masques en terre cuite figurant la comédie.

– Je dispose de plus de matière, et elle n'attend que des regards avisés, suggéra-t-il. En réalité, ceci n'était qu'un amuse-bouche pour aborder le cas Ewald von Kleist. Comment a-t-il pu échapper à la boucherie déclenchée par la conjuration de Stauffenberg, alors même que son frère est peut-être en train de croupir dans une prison ou un camp de concentration, s'il n'est pas mort ? M'est avis que cela a un lien avec les raisons qui l'auraient conduit à contacter l'ennemi...

Si Dege savait parler, il savait aussi à quel moment le faire et, surtout, à quel moment se taire.

– Nous sommes sur des charbons ardents, le flatta Krappe.

– Il y avait une rumeur, enchaîna Dege, une sorte de bruit de fond qui a toujours accompagné le régime, mais auquel je n'ai jamais accordé beaucoup de crédit. Évidemment, peut-être que maintenant, je verrais les choses d'un autre œil. Il était question d'un film, d'un film très spécial également tourné au Berghof. On ne sait pas grand-chose de son contenu, mais on affirmait que sa diffusion publique aurait pu mettre en danger la survie du Reich. Si j'ai pu me procurer le matériel que je viens de vous montrer, on ne peut pas exclure qu'Ewald von Kleist en ait fait autant avec ce film, ou une copie… Des images qui l'auraient protégé après la conjuration, et qu'il aurait peut-être voulu remettre aux Alliés.

– C'est une éventualité, émit Arturo, qui n'aurait su dire si elle était d'une lucidité sans appel ou complètement absurde. Mais qu'aurait-on pu filmer qui, à ce stade de la guerre, soit encore important ou puisse l'être davantage que la bombe ?

– Aucune idée, mais si l'on a exécuté Ewald von Kleist de sang-froid, c'est que l'on considère que ça l'est encore. Et pas qu'un peu.

L'interrogation resta suspendue dans les airs, créant une atmosphère irréelle, comme si, dans la pièce, les lois de la gravité avaient cessé d'être et que l'eau pût désormais ruisseler vers le haut.

– Bien, *Herr* Andrade, finissons-en… proposa Krappe en s'agitant dans son fauteuil, gêné par ses bourrelets. Mais avant cela, montrons à *Herr* Dege le faire-part de mariage.

Arturo acquiesça et remit à l'avocat le document. Ce dernier le déplia et en étudia attentivement les deux faces. Entre les horaires du mariage, des bals et des banquets, les annotations, les équations, les schémas, la référence aux *Wunderwaffen*, la péninsule quadrillée couverte de chiffres, la rune symbolisant la Société Thulé…

– C'était dans une des poches d'Ewald von Kleist. Vois-tu quelque chose qui puisse nous intéresser, Otto ?

Dege resta silencieux quelques instants. Quand il répondit enfin par la négative, son regard contredisait sa parole. Cependant, Krappe et Arturo n'insistèrent pas et Dege se borna à rendre le faire-part.

– Deux petites choses encore, lança Arturo presque familièrement tandis qu'ils regagnaient le rez-de-chaussée. Où peut bien être Albert von Kleist aujourd'hui ?

– Il n'y a que deux endroits : en prison, peut-être Flossenbürg, ou dans une fosse. Ce qui revient au même.
– Je vois. Et le mot *Jonastal*, ça ne vous dit rien ?
– Non, rien.
– Et quelque chose en rapport avec une masse critique ?
– Non plus.
– Sûr ?
– Sûr.
– Et la bombe atomique ? Croyez-vous qu'ils la détiennent ?
– J'aimerais bien... dit-il, le regard distant, un peu lunaire.

Alors que Dege était sur le point de leur ouvrir la porte d'entrée, Arturo trouva une dernière question à poser entre deux civilités.

– Le *Kommissar* Krappe est convaincu que Hitler restera à Berlin, il m'a parlé de quelque chose du nom de *Götterdämmerung*.

Dege, une main sur la poignée et l'autre tenant le fume-cigarette, scruta la nuit avec un sourire extravagant.

– Je peux vous assurer qu'il restera à Berlin, parce que cette fameuse forteresse alpine n'existe pas. Avec tous les problèmes qu'il y a en Bavière, y compris avec la Résistance... Non, c'est un canular, un mensonge de plus parmi une flopée d'autres. Même si ce refuge existait, jamais Hitler ne l'occuperait. Pour la bonne et simple raison qu'Adolf Hitler croit en Wagner et que Wagner croyait au *Ragnarök*, cette prophétie mythologique selon laquelle, à la fin des temps, les dieux mourront à l'issue d'une bataille apocalyptique et le monde sera anéanti par le feu. Une scène qu'il a représentée dans le *Götterdämmerung*, *Le Crépuscule des dieux*, dernier opéra de *L'Anneau du Nibelung* : une confrontation finale sanglante et absurde entre héros et monstres au milieu des flammes, qui ne laissera aucun survivant et qui signera la fin des temps.

Tout a commencé dans une extrême violence au moment où l'Allemagne devait surmonter sa décadence, et tout s'achèvera dans une extrême violence, car Hitler, en bon Allemand, ne sait perdre qu'avec grandeur, ce qui veut dire de manière absolue et héroïque.

Arturo acquiesça. Tant que les Allemands ne pourraient pas transformer l'eau en vin, c'était la seule issue. Il fit ses adieux à Otto Dege et aux secrets qu'il tenait gardés dans les sombres palais de sa conscience. Puis il regagna le canot, le *Kommissar* se dandinant gracieusement sur ses pas. Ils embarquèrent et le bruit monotone du moteur les ramena sur l'autre rive. Lorsque les portières de la voiture se refermèrent en claquant, ils savourèrent cet instant où être éveillé quand les autres dorment donne un supplément de conscience sur la réalité, une perception singulière et différente ; cet instant de solitude, également, où l'on se rend compte de sa propre insignifiance, de sa vulnérabilité.

– Vous aviez raison, dit Arturo.

– De quoi parlez-vous ?

– Du fait qu'il me faudrait oublier la symétrie dès que la Thulé entrerait en jeu.

Un sourire étira légèrement la volumineuse moustache de Krappe. Arturo eut alors l'intuition que le fait de miser sur sa curiosité pourrait se révéler gagnant, tant il était évident que Krappe, dans le fond, était seul et qu'il saisirait la première occasion qui s'offrirait à lui pour se livrer un peu.

– Quand avez-vous cessé d'être comme eux, *Herr Kommissar* ? ne put-il s'empêcher de demander.

Si Krappe ne s'attendait pas à cette question, il ne se laissa pas impressionner pour autant.

– Parfois, vous me semblez un peu trop ingénu pour un soldat, *Herr* Andrade.

– C'est probablement ce qui me permet de ne pas sombrer dans la folie.

Krappe ne mit que quelques secondes à se décider.

– Nous, les Allemands, aimons les limites, *Herr* Andrade, il nous plaît d'avoir quelqu'un à qui obéir, un Kaiser, un Führer, peu importe. Ne pas recevoir d'ordres nous effraie. D'une certaine façon, ça nous évite d'avoir à prendre des décisions, ça soulage notre conscience et nous sert d'excuse. Rien ne vaut un ordre signé, je vous l'assure. Parfois, il nous a même semblé plus important d'obéir à la loi que de défendre le droit. Et je suis policier, *Herr* Andrade, mon devoir est de faire appliquer la loi. À l'époque où j'ai fait la connaissance d'Otto Dege, ce n'est pas que la loi ait été mauvaise, c'était bien pire que cela : elle était inutile. L'Allemagne n'était pas en mesure de se passer de la loi. Et si, pour se mettre à nouveau sous son empire et éviter ces stupides démocraties, il fallait se ranger derrière un individu coiffé comme un proxénète désirant déterrer le crâne de Kant pour le mesurer avec un compas et prouver qu'il est aryen, on le ferait.

Il marqua une pause.

– Le problème, c'est que la loi, il faut l'aimer autant que la craindre, *Herr* Andrade. C'est son essence, et mon outil de travail. On appelle cela la justice, et, bien que la vie et la justice soient des pièces de deux puzzles différents, ma tâche est de faire en sorte qu'elles s'emboîtent, dussent-elles s'abîmer. Les soucis arrivent lorsqu'on craint davantage que l'on aime, lorsque l'équilibre se rompt. Les nazis ont dissous le Reichstag, puis ils l'ont brûlé, mais ils n'ont pas songé qu'ils seraient eux aussi dévorés par les mêmes flammes. La Constitution, les libertés civiles… on peut parfois se passer de la liberté d'expression. C'est quand on ne peut plus avoir la liberté de se taire que tout bascule… Ils ont d'abord persécuté leur propre peuple, les Juifs comme les non-Juifs, et en ce qui concerne les premiers… enfin, je n'ai jamais trop aimé les Juifs, je dirais même que je ne les supporte pas, mais vous n'imaginez pas ce qu'ils leur ont fait. Même si c'est difficile à accepter, ces gens-là sont allemands autant que nous, et beaucoup sont morts pour la patrie durant la Grande Guerre. La racaille, les assassins, ceux-là mêmes que l'on aurait dû réprimer, ont intégré l'armée et la police, en vue d'exercer une terreur qui n'a rien d'honorable, celle que vous avez connue lors de votre révolution en Espagne, celle qu'ont connue les révolutions française et russe. Ils ne se sont pas contentés de supprimer la liberté, ils ont aussi supprimé la dignité... surtout avec leur programme d'euthanasie...

– À quel programme faites-vous allusion, *Herr Kommissar*?

– Au programme d'euthanasie mis en place au début de la guerre. Une loi de stérilisation visant les anormaux, les sourds-muets, les handicapés mentaux, les schizophrènes – tous ceux qu'ils tenaient pour inférieurs en termes de race – avait déjà été promulguée... Mais cela ne leur a pas suffi, il fallait aussi les éliminer physiquement. Alors ils ont sorti de leur chapeau le programme d'euthanasie qui leur permettait de fourrer dans le même sac handicapés, prostituées, contestataires, gitans, délinquants, Juifs... Et le peuple n'a rien fait, nous n'avons rien fait, nous avons capitulé au nom de la *moralische Sanierung*, qui ne proposait qu'un semblant de décence, de discipline, de moralité et d'ordre. Il y a une faute collective, *Herr* Andrade, parce que nous avons participé ou nous nous sommes bouché les oreilles et avons détourné le regard. Détrompez-vous, Hitler ne serait pas resté au pouvoir avec la seule aide de la Gestapo, de la SS, de la police, ou de la SA, il fallait aussi la connivence du peuple, et Hitler a employé beaucoup de son temps à gagner son soutien, surtout en remplissant ses poches. Mais...

Cette fois, il marqua une hésitation.

– Savez-vous ce qu'il y a de pire, *Herr* Andrade? Ce qu'Otto Dege n'a pas raconté?

Ses yeux semblèrent faire une mise au point sur un passé révolu et merveilleux, qui jamais ne reviendrait.

– Non, je ne sais pas.

– Il y a eu trois années, *Herr* Andrade, de 1926 à 1929, du temps de Stresemann, où le pays a connu la stabilité : l'inflation était contrôlée, les affaires marchaient bien, les salaires étaient corrects, nous n'avions pas besoin de sauveurs ni de révolutionnaires, seulement de fonctionnaires efficaces et d'une part raisonnable de calme et d'ordre, voire d'ennui. Tout le monde aurait pu être heureux, *Herr* Andrade, mais il s'est produit quelque chose d'étrange : nous n'avons pas su estimer les perspectives d'avenir, nous n'avons pas su apprécier ce cadeau d'une vie privée relativement libre, comme si les Allemands ne savaient pas à quoi l'employer et avaient besoin d'émotions fortes, d'intenses sensations d'amour et de haine, de joie et de tristesse, le tout assorti de pauvreté, de faim, de mort, de confusion, de danger... Alors ils sont restés là, tristes, désemparés, comme spoliés, et sont devenus farouches. Ils ont commencé à attendre le retour du désordre, avec une certaine anxiété, le premier revers, peu importe, quelque chose qui leur permette d'en finir avec cette période de paix et de pouvoir se lancer dans quelque aberration collective. Jusqu'au jour où est apparu ce dont ils avaient besoin : le krach économique et Hitler. Il en est résulté une nation unie et prête à tout, et elle est devenue le cauchemar du reste du monde. Comme si nous, les Allemands, portions, gravée quelque part dans notre âme, une sorte de marque du diable, cet inévitable *Götterdämmerung* ; comme si nous avions toujours été prédestinés à la tragédie.

Krappe accompagna la fin de son monologue d'une expression à la fois douce et triste, presque émouvante, tandis qu'Arturo tentait de mesurer les conséquences de cette conversation. Ensuite, le *Kommissar* s'étira pour se dégourdir et s'enfonça la moitié du pouce dans le ventre avec une moue désenchantée.

— La plus grande erreur de Dieu a été de nous donner un estomac, lâcha-t-il. Vous n'avez pas faim, *Herr* Andrade ?

— Un peu.

— J'ai ce qu'il faut dans la boîte à gants. Servez-vous, je vous en prie.

— Merci beaucoup.

Dehors, l'obscurité était aussi solide que du fer forgé. Des ombres inquiètes commencèrent à se mouvoir autour du véhicule.

— Il est temps d'y aller, dit le *Kommissar* en faisant démarrer la BMW.

Alors qu'il faisait marche arrière, Arturo abandonna ses élucubrations pour se concentrer sur la boîte à gants. D'une phrase, Hans Krappe stoppa net son exploration :

— Néanmoins, savez-vous pourquoi c'est une bonne chose que notre monde soit voué à s'arrêter d'un moment à l'autre ? dit-il en changeant de vitesse dans un grincement.

— Dites-moi.

— Nous pourrons toujours recommencer de zéro.

8

Hagen

Un troupeau de chevaux affolés dévalait le Kurfürstendamm au galop. Les crinières et les queues en feu laissaient de longues traînées de fumée et de cendres, les hennissements se mêlaient aux cris des passants qui, pareillement terrorisés, couraient de porte en porte, tâchant d'éviter la pluie de projectiles aussi soudaine que violente. Quelques minutes plus tôt, l'artillerie lourde soviétique avait touché des écuries près du Tiergarten et pilonné la porte de Brandebourg, le Reichstag, le quartier des ministères, l'avenue Unter den Linden et les grands magasins *Karstadt* de Hermannplatz, tuant et mutilant un grand nombre de civils.
Il était onze heures trente précises, le samedi 21 avril.
Le ciel était d'un bleu cruel.
Et Berlin était devenu la première ligne de front.

Manolete et Arturo réussirent enfin à s'arracher à la vision onirique des chevaux et, se laissant guider par leurs réflexes de soldats aguerris, cherchèrent refuge dans un passage. Ils étaient désormais habitués à ces sifflements aigus et effrayants qui frappaient les rues ou provoquaient la chute d'énormes pans de corniche; d'après leurs estimations, un obus touchait la ville toutes les cinq secondes. Manolete, taciturne, observait cela avec une expression de ptérodactyle.

– Au moins, les avions ne nous tirent plus dessus, remarqua-t-il, pragmatique.

– Pour en être sûr, serre donc un peu plus les couilles de saint Cucufa.

Manolete lui jeta un regard réprobateur.

– Mon lieutenant, le saint, il en bave déjà pas mal.

L'ombre d'un sourire, de ceux qui n'ont rien à voir avec la joie, traversa le visage d'Arturo en même temps qu'un morceau de mitraille frôla son cou, provoquant une entaille superficielle d'où perlèrent quelques larmes de sang.

– Merde, lieutenant, ça va ?

– J'ai encore la tête sur les épaules.

– Dieu vous a sauvé.

– Dieu ? lâcha Arturo avec aigreur. Dieu n'a fait que rater sa cible.

Manolete s'empressa de se signer devant un tel blasphème, mais n'en blâma pas Arturo pour autant et se borna à énoncer une lapalissade.

– Il faut qu'on se tire d'ici.

– Manolete, filer maintenant, c'est un peu comme vouloir changer de cabine en plein naufrage du *Titanic*. On attend que ça se calme.

Pour que Manolete comprît, il eût fallu lui expliquer ce qu'était le *Titanic* ; il n'en haussa pas moins les épaules et s'adossa à une affiche défraîchie et déchirée contre le tabagisme, sur laquelle on voyait une botte écrasant un cigare, et au second plan la rune de la vie. Il disposa ensuite du tabac sur une feuille, l'enroula, donna un coup de langue, y introduisit un filtre et coinça la cigarette entre ses lèvres. En attendant que le déluge cesse, Manolete fumait – Arturo, quant à lui, en était venu à espérer comme Krappe que les *Wunderwaffen* existent et soient utilisées contre les Russes –, et ce n'est qu'à la dernière bouffée de sa cigarette que les explosions daignèrent se calmer. Sur un regard d'Arturo, tous deux décampèrent.

De recoin en recoin, de cratère en cratère, ils traversèrent le Tiergarten et foncèrent vers l'hôtel *Adlon*, tout au bout de l'avenue Unter den Linden. Ils eurent aussitôt le sentiment que l'artillerie avait attendu qu'ils fussent à découvert pour reprendre la canonnade. Les grenades fleurissaient autour d'eux, au milieu de trombes de fumée et d'essaims d'étincelles. Dans ce paysage que l'on eût dit placé sous le regard de la Méduse, où des rues méconnaissables serpentaient entre d'instables montagnes de décombres, ils allaient au-devant de leur rendez-vous avec Ramiro, guidés par le seul bruit de leur respiration. Le fonctionnaire de l'ambassade avait contacté Manolete qui, à son tour, avait averti Arturo que Ramiro les attendrait devant l'hôtel *Adlon* : il avait pu arranger une entrevue avec Alfredo Fanjul, le chef des services secrets de la Phalange à Berlin. Dans l'esprit d'Arturo, les allusions relatives à cette opération illégale – au sujet de laquelle Manolete n'avait pu soutirer grand-chose – étaient aussi importantes que l'accès à une nouvelle source de renseignements, même si les heures à venir, fébriles et chargées d'angoisse, semblaient transformer en bagatelle une quelconque enquête ou, pire, lui enlever tout intérêt. Tandis qu'ils continuaient de courir, Arturo se rappela que, la veille, le *Kommissar* et lui s'étaient accordés à dire qu'ils suivaient une ligne erratique de plus en plus éloignée de leur but principal et, après avoir étudié les différentes options qui s'offraient encore à eux – Arturo avait même envisagé de rechercher Sebottendorf, le fondateur de la Société Thulé –, ils avaient conclu que, faute de mieux, ce serait déjà une bonne chose de retrouver Albert von Kleist, le frère d'Ewald, ce dont Krappe se chargerait. Pour sa part, Arturo, dont le seul objectif précis était de cacher l'existence de Loremarie et de sa grand-mère, continuait par ailleurs d'occulter celle de l'homme sans sourcils. Il y avait dans son regard quelque chose qui l'obsédait, comme s'il reconnaissait en lui la débâcle de l'humanité, voire la fin de la confiance en l'être humain.

– Le voilà.

Manolete lui montra la fine silhouette de Ramiro qui, dans ce secteur où la frontière entre la civilisation et la barbarie était continuellement redessinée, s'était retranché derrière un tramway renversé que l'on avait rempli de briques pour en faire une barricade. Ils coururent vers lui et, dos collé au wagon, parvinrent à l'atteindre.

– On s'est déjà fait tirer dessus deux cent quarante-trois fois, leur dit Ramiro en guise d'accueil.

Arturo le regarda d'un air dubitatif.

– Je n'ai pas pris le temps de compter.

– Moi si, lâcha-t-il, imperturbable. C'est juste en face.

Il montra le moignon d'un bâtiment marbré d'innombrables impacts de mitraille.

– Saladino et Ninfo nous attendent à l'intérieur.

Sans autre préambule, ils s'enfoncèrent dans un profond hall d'entrée, mais au lieu de monter l'escalier, ils s'engouffrèrent dans les entrailles de l'immeuble et descendirent jusqu'à l'entrée insoupçonnée d'un bunker ; il ne s'agissait pas d'un refuge improvisé ni même d'un simple sous-sol, mais bel et bien d'un bunker avec des murs en béton armé de plusieurs mètres d'épaisseur, un système de ventilation, des sas contre les gaz et une porte en métal – un ensemble pour le moins surprenant car l'immeuble en question ne semblait pas être d'une quelconque importance. Ramiro leur jeta un regard signifiant que, dans la vie, certaines choses relèvent des hommes et d'autres du Ciel, et qu'il vaut mieux ne pas les confondre ni se poser de questions. Il frappa plusieurs coups secs selon un code établi et un Allemand en civil vint leur ouvrir. Quelques mots prononcés à voix basse leur permirent de franchir le seuil. Une fois à l'intérieur, et après avoir déposé les armes, Arturo – qui se débrouilla pour cacher son minuscule Little Tom – eut la même expression que Robinson Crusoé lorsqu'il découvrit l'empreinte d'un pied sur la plage.

Une brume épaisse flottait au-dessus d'une réalité à laquelle on semblait avoir coupé les fils de la vraisemblance ; une vaste salle parée de tapis orientaux et de lourdes tentures, éclairée par une lumière spectrale provenant de groupes électrogènes de secours et, ici et là, d'énormes chandeliers disposés sur de longues tables, à côté de seaux à glace contenant des bouteilles de champagne et, comme un contrepoint aux tickets de rationnement, tout ce qui avait été détourné par le marché noir : du fromage en bloc, des saucisses, du beurre, du vin, du whisky, un pain blanc croquant et doré, jusqu'à des huîtres et une dinde qui paraissait n'attendre que des domestiques gantés de blanc pour être servie. Tout au fond, un gramophone équipé d'un haut-parleur semblable à un nénuphar géant égratignait à coups de craquements granuleux une version de *Todentänz*, un macabre fox-trot en vogue quelques années plus tôt ; des poêles en faïence blanche ornés d'armoiries entretenaient la chaleur. Installés dans des fauteuils et d'énormes canapés en cuir, officiers et civils exorcisaient au moyen d'alcool et de drogues le désespoir, la terreur, la frustration et la violence de la défaite à venir. Il y avait aussi des prostituées en déshabillé, dont le maquillage paraissait vouloir souligner leurs cernes profonds, qui se déplaçaient avec une indifférence lascive, et quelques travestis et des hommes qui, malgré leurs airs virils, étaient assis sur les genoux d'autres hommes. D'un regard, le moraliste qui était en Arturo coupa court à l'excitation de Manolete qui se frottait déjà les mains, puis il s'adressa à Ramiro :

– C'est quoi, ça ?

– Ça ? Les limbes, Arturo, les limbes…

Ils repérèrent Saladino et Ninfo assis dans un sofa, près d'un grand miroir vénitien et d'un lustre doré renversé par terre au lieu d'être suspendu au plafond, ce qui donnait à ce décor hybride des airs de magasin d'accessoires de théâtre. Le soldat Gonzalo Cremada, alias Ninfo, prodiguait de petites tapes sur les fesses à une fille ; quant à Hermógenes Guardiola, surnommé Saladino, il semblait être tombé au fin fond d'une bouteille. Pendant que Ramiro réglait ce qu'il avait à régler avec le civil qui les avait accueillis, les deux soldats espagnols s'aperçurent de l'arrivée de leurs compatriotes et se levèrent comme un seul homme, Saladino rencontrant quelques difficultés avec les lois de la gravité à cause de la cuite qu'il tenait. Ninfo et Saladino, les yeux vitreux, se postèrent devant Arturo, le second avec une bouteille de liqueur de menthe à la main.

– Arturo, lança Ninfo, t'as vu un peu la quantité de chattes qu'il y a par ici ? On dirait le paradis dont parlent ces chiens infidèles.

Il montra du doigt Saladino.

– Paradis ? Quel paradis, espèce d'âne, rétorqua un Saladino mal en point. Celui des Maures est peuplé de vierges. Ici, va savoir entre combien de mains elles sont passées.

– Oh, le casse-couilles... Là où passe un soldat passe une armée. En plus, on a des caoutchoucs.

Il lui montra quelques préservatifs distribués par l'intendance allemande.

– Allez, on partage : cinq pour moi et un pour toi.

– Bah, oublie tes trucs de tapette, c'est une invention des Italiens. Ils sont tous pédés comme des phoques, ceux-là.

Saladino expédia d'une gorgée ce qui restait dans la bouteille de liqueur.

– Fais comme tu veux... Quand tu auras chopé la chtouille et qu'on te fera une injection dans la bistouquette, tu te souviendras des Italiens.

Arturo mit fin à la discussion avec un geste exaspéré qui résonna dans la tête des deux autres, pourtant ivres, comme un coup de fouet dans une pièce vide. Sans raison précise, ou pour plusieurs raisons, une colère absolument disproportionnée gagna Arturo, comme souvent chez les êtres fragiles.

– Je vous veux droits comme des *i*, murmura-t-il d'un air lugubre. Vous ne savez pas où vous êtes, vous ne savez pas si l'on vous réserve une corde pour vous pendre ou une accolade, vous venez pour faire des affaires et, résultat, vous vous soûlez et vous baissez votre froc. Vous devriez avoir honte : nous sommes des soldats, nous sommes espagnols, et nous sommes entourés de bêtes sauvages.

Ramiro, tel le subalterne qui jette sa cape devant le torero tombé au sol, s'empressa de s'interposer et annonça à Arturo qu'Alfredo Fanjul les attendait. Arturo n'avait fait qu'exprimer l'explosion terrifiante et oppressante qui s'était produite dans les tréfonds de son esprit, hantés par les ombres de tous les amis et camarades tombés en Espagne et à Leningrad, acculés par le froid, la faim et la mort qui rôdait autour d'eux avec son sac de viscères et de sang, alors que dans cette arrière-garde on avait bien dormi, on avait bien mangé, on avait bien baisé, ce qui avait remué en lui un sentiment bestial, cruel et inéluctable. Il leur rendit un nouvel hommage après avoir honni ses compagnons et tous les quatre suivirent Ramiro jusqu'à une porte, au fond, qui donnait sur un labyrinthe de petites pièces abritant les sources du butin étalé de l'autre côté : des caisses de la Croix-Rouge suédoise, des sacs provenant du rationnement, et même des récepteurs de télévision... Sur le trajet, Ramiro put ainsi faire un relevé précis des réseaux qu'avaient tissés les services secrets phalangistes durant des années – autant de contacts et de transactions qui leur avaient fourni un solide support financier en Allemagne –, avant de pénétrer dans un bureau gardé par un cerbère armé jusqu'aux dents, où ils retrouvèrent le même tableau décadent et pornographique, sauf que la proportion était inversée : la plupart des officiants étaient espagnols, entourés des filles les plus époustouflantes, des travestis les plus sensuels qui fussent et de montagnes de bouteilles vides ; toute une assemblée drapée dans un suaire de fumée laiteuse et légèrement bleutée tournoyant sur elle-même. Arturo reconnut Alfredo Fanjul avant même qu'il lui fût présenté, non parce qu'il occupait la place principale dans ce Tartare, mais parce qu'il se tenait au second plan, assis sur une chaise dans un coin. L'homme était de petite taille, de cette maigreur qui n'exclut pas un léger embonpoint ; il avait les cheveux plus longs que la moyenne et un visage au teint olivâtre, strié de larges rides attestant de son état de dissipation du moment. Il était vaniteux, malin, et il aimait s'entourer d'émotions sans s'y mêler pour autant, mais surtout, c'était un soûlard : intensif, méthodique et pragmatique. Arturo pressentit que leurs relations n'auraient pas un bon début, ni une fin heureuse.

– Autrefois, c'était un bon Espagnol, lui souffla Ramiro à l'oreille avant de faire les présentations.

– Tu n'as pas besoin de te justifier auprès de moi.

– C'est auprès de moi que je le fais.

Ramiro toussota et les introduisit juste au moment où une formidable déflagration secoua le bunker.

– De vraies teignes, ces rouges – le ton de Fanjul était arrogant, sa voix éraillée par l'alcool. Ils n'y vont pas de main morte.

– J'ai comme l'impression qu'on est à l'abri, ici.

– Autant que des sardines en boîte, mais c'est encore mieux que le *Horcher*[1] de la grande époque.

Fanjul but une gorgée de la boisson qu'il tenait dans la main, inhalant avec force pour en augmenter les effets.

– Tu n'apprécies pas beaucoup le lieu de notre rendez-vous, hein ? lui dit-il sur le ton de la provocation.

Arturo fit l'effort de sourire aimablement.

– Au moins, ici, on ne va pas se faire trouer la peau.

---

1. Restaurant ouvert à Berlin en 1904, devenu par la suite l'un des plus réputés de la ville, et cela jusqu'à sa fermeture en 1944.

– Tu vivras vieux, lieutenant Arturo Andrade... augura-t-il en le dévisageant. Mais Ramiro m'a dit que tu étais malin. Trop, peut-être...

Une nouvelle déflagration interrompit son monologue, on entendit au loin un bruit de verre brisé.

– Alfredo, s'il te plaît, explique-leur la raison de notre présence ici, intervint Ramiro.

Alfredo fit craquer ses jointures et prit un air mi-malicieux mi-amusé. Il alluma deux Pall Mall qu'il fuma en même temps. Le bout de ses doigts était jauni par le tabac, la première bouffée déchaîna les chiens de sa bronchite.

– Pourquoi gagner avec de la sueur ce qu'on peut gagner avec le sang, mes amis? commença-t-il avec forfanterie. Berlin est prêt pour la sentence, aucun dieu ne saura arrêter les Russes qui arrivent pour tout rafler. Et j'ai besoin de types comme vous, aguerris, pour récupérer ce qui nous revient...

L'attention de Ninfo, Manolete, Saladino et Arturo se concentra comme la lumière se concentre sur une lentille. Alfredo aspira une bouffée qui brûla une grande quantité de papier.

– C'est quoi, ce qui nous revient? intervint Manolete.

– Ce qu'il y a dans la Reichsbank.

Le regard qu'ils échangèrent suggérait ce que personne ne se serait avisé d'énoncer.

– Nous ignorons combien d'argent et de bijoux il y a encore là-bas, poursuivit Alfredo, mais on peut supposer qu'il y a de quoi se mettre à l'abri pour le restant de nos jours. Une poignée nous suffira, et quand les Russes entreront dans la ville, il y aura un tel bazar que personne ne saura qui emporte quoi. Nous ne sommes qu'une goutte d'eau dans un océan agité, c'est une occasion à saisir. Tout est prêt, on a juste besoin de bras. Qu'est-ce que vous en dites?

Arturo ressentit un pincement à la base de sa colonne vertébrale: un mélange de gueule de bois et de mauvais pressentiment. En réalité, il était moins surpris que déconcerté ; même si l'habit ne fait pas le moine, il n'aurait jamais imaginé que Ramiro pût les impliquer dans ce qui n'était ni plus ni moins que du pillage. En outre, la récompense proposée était le résultat d'un fin raisonnement psychologique où l'on tenait autant compte de la valeur de l'argent que des éventuels scrupules et de l'orgueil. Ce qu'on leur offrait n'était pas excessif, juste ce qu'il fallait pour ne pas enfreindre le péché de cupidité, et l'on suggérait qu'il eût été stupide de refuser pareille opportunité. Évidemment, Ninfo et Saladino acceptèrent sans hésitation ; Arturo, lui, était d'abord curieux de connaître la réaction de Manolete, mais aussi de trouver réponse à deux ou trois questions, et que le fauve qui était en lui incitait à poser.

– J'aimerais bien savoir depuis quand la Phalange pratique le vol, lâcha-t-il.

Les traits d'Alfredo Fanjul se figèrent, ce qui provoqua un remous imperceptible dans l'un des fauteuils les plus reculés dans la brume.

– Ramiro m'a également dit que tu avais des couilles, assez pour dépasser les bornes, lui reprocha Alfredo avec un regard torve.

– Non, je pensais seulement à la Russie. Là-bas, on se battait pour quelque chose. Crois-tu que ceux qui y sont restés seraient d'accord avec tout cela ?

Le calme de Fanjul les étonna autant que l'insistance d'Arturo.

– Tu t'imagines meilleur que moi, Arturo Andrade, dit-il en détachant ses mots, mais je te connais. Des comme toi, j'en ai vu beaucoup, et il n'y a pas pire. Vous avez le cœur tendre, mais des mains de boucher, c'est pour cela que vous êtes capables de faire des choses terribles, parce que vous ne réfléchissez pas, sinon vous souffririez trop… Vous êtes une tragédie…

– C'est grâce à ces mains que vous êtes ici avec vos putes.

Il montra la pièce où régnaient la décrépitude et la déliquescence.

– À ces mains et à toutes celles qui sont restées en Russie, gelées par le froid.

Alfredo lui lança un regard vitreux.

– Que veux-tu que je te dise... ?

Sa réplique sonnait comme une charge, elle faisait comprendre à Arturo que les survivants de cette boucherie ne pourraient plus faire l'objet d'accusations ou de jugements, parce que c'étaient eux qui avaient gagné, alors que tous leurs camarades gisaient dans la neige de Russie. Arturo se troubla, reconnaissant ce sentiment de culpabilité – un tremblement ancestral, quelque chose d'aussi vieux que l'homme : être plus fort que l'autre, survivre – qu'il avait déjà éprouvé vis-à-vis de Philip Stratton. Il allait contre-attaquer lorsque Ramiro l'arrêta d'un geste, lui rappelant qu'ils avaient une mission. Il sentait aussi la crispation qui commençait à gagner les recoins les plus fantasmagoriques de la pièce. Alfredo Fanjul jeta un regard de somnambule au loin, mais ne fit aucun commentaire et alluma une autre cigarette avec un des mégots des précédentes.

– Et puis, ajouta-t-il en le pointant du doigt, qui a organisé l'arrière-garde pour vous ? Qui a fait en sorte que vous puissiez manger, vous habiller, recevoir du courrier ? Dans tout Berlin, c'est ce genre d'établissements, placés sous notre contrôle, qui vous ont permis de recueillir des informations vitales et de recevoir ce que l'armée ne vous envoyait pas. Mes putes t'ont sauvé la peau – il se racla la gorge et cracha. Tout ça, c'est une guerre économique, et les *Doïches* ont eu les yeux plus gros que le ventre, mais tant que nous avons cru la révolution rouge et noir possible, tant que nous avons pensé que les Allemands seraient capables de raccrocher la patrie à un avenir, à une Europe unie et débarrassée du bolchevisme, nous avons continué de travailler pour vous. Maintenant, tout sacrifice devient inutile, la Phalange s'est égarée dans des tractations, des simulations et des renoncements, le sens moral élevé de ses origines a disparu, les volontaires rapatriés en Espagne, des hommes qui ont donné leur sang pour la patrie, meurent de faim et sont haïs. L'Espagne va redevenir ce qu'elle a toujours été : une puissance sans autorité, une puissance infinie mais inconstante, et qui aura, comme toujours, un temps de retard – une quinte de toux l'interrompit. Personnellement, je ne considère pas ça comme du vol, mais comme une compensation pour services rendus. Nous allons remplir nos poches et nous porterons un toast à ce qui aurait pu être...

Ses explications furent coupées net par une nouvelle attaque d'asphyxie catarrhale suivie d'une épaisse expectoration. Arturo songea que tout cela était plus logique que véritablement méchant, ce qui était peut-être plus terrifiant encore. Il reconsidéra sa situation en pensant à Silke et à leur futur enfant ; la tentation que représentait cette somme d'argent, une somme suffisante pour leur offrir ce monde splendide et coupable sur un plateau. Mais il y réfléchit à deux fois : s'il était persuadé qu'Alfredo Fanjul ne mentait pas, ce dernier ne lui disait pas toute la vérité, et après tout, la prudence n'avait jamais tué personne.

– Pour l'instant, je préfère ne pas m'en mêler.

Alfredo Fanjul se composa un visage neutre qui cachait admirablement ses arrière-pensées et Ramiro, qui avait une envie folle de quitter les lieux, s'empressa d'exercer toute sa diplomatie non sans jeter des regards à l'endroit de la pièce où une violence sourde commençait à se détacher du vice auquel elle était liée.

– Bien, dit-il. De toute façon, tu pourras toujours changer d'avis. Et toi, Manolete ? Qu'est-ce que tu en dis ?

Manolete laissa la fumée voiler ses yeux quelques instants. Même si, à l'évidence, il mourait d'envie de participer à ce larcin, il regarda Arturo avec la tête d'un enfant qui s'apprête à gribouiller sur les murs et sait qu'il va être grondé. Arturo ne parvenait pas à le comprendre, et se dit que cette guerre qui avait apporté de nouvelles formes de dégradation avait fait naître également de nouvelles formes de prudence.

— Manolete, c'est toi que ça concerne, lui dit-il.

Le soldat donna alors son assentiment à Ramiro, sous condition qu'Arturo n'eût pas besoin de lui en urgence, mais sans se départir de son air d'enfant qui veut se faire pardonner.

— Eh bien, il me semble que nous en avons terminé, conclut Ramiro avec une onctueuse soumission.

— Ne m'avais-tu pas dit que ton ami cherchait aussi un autre type d'information ? rétorqua Alfredo, à nouveau distrait par ce qui se tramait dans le brouillard épais.

— Je crois que nous avons assez dérangé comme cela.

— Nous sommes entre Espagnols. Ton ami voulait trouver ces Américains, n'est-ce pas ? Je suis encore quelqu'un, dans cette ville.

— Penses-tu pouvoir nous aider ? demanda Arturo.

— Ce n'est pas impossible, mais c'est plus cher.

— J'ai des dollars.

Il lui montra la liasse que Maciá lui avait remise.

— Je n'ai pas besoin de ton argent. Mais si tu acceptes pour la banque, on pourra s'arranger…

— Je viens de te dire que…

Arturo s'aperçut que ça tournait au vinaigre avant même que Saladino vînt lui murmurer quelques mots à l'oreille ; il avait remarqué une certaine vacuité rhétorique dans le ton d'Alfredo Fanjul, comme s'il voulait gagner du temps, et les conversations et les rires alentour s'étaient mués en chuchotements. Autant de signes auxquels Arturo se maudit de n'avoir pas prêté davantage attention.

– Parler, parler... même chier, c'est plus utile...

La voix avait surgi sur sa gauche et provenait de l'ombre qui se précisait à mesure qu'elle se glissait hors de la brume.

– Tu te crois malin, toi. Tu viens ici, tu nous traites de mollassons, tu dis qu'on n'a pas de couilles...

C'était un soldat pas très grand, mais large et fort ; il avait les traits brouillés par la fumée, la voix altérée par l'alcool, et un pistolet dans la main gauche.

– ... tu t'es pas regardé, espèce de pédé, eh ben tu vois, tu sortiras pas d'ici sans avoir demandé des excuses...

Arturo ne voyait pas là un homme, mais une forme de vie plus primitive encore, animale.

– ... et à chacun de nous...

Et tous les animaux savent, mieux que les hommes, qu'il n'y a rien de plus difficile que de rétablir une autorité remise en question.

– ... et après, peut-être qu'on te laissera partir. J'ai bien dit peut-être... Tu dis rien, pédé ?

Arturo sut que personne n'interviendrait, car tout cela faisait partie d'un spectacle très ancien, d'une sublimation de la cruauté : la jouissance du Romain dans les jeux du cirque, de l'inquisiteur devant le bûcher, l'extase devant les guillotinés... Aussi ne se rembrunit-il pas et laissa-t-il couler dans son sang la douleur, la perte, la défaite, les cadavres déjà vus et ceux à venir...

– Tu sais comment on arrive à faire entrer des sardines dans une boîte de conserve ? demanda Arturo.

Le soldat parut ne pas comprendre la question. Pas plus qu'il ne vit venir le geste vif d'Arturo quand celui-ci sortit son Little Tom pour lui tirer dessus et lui arracher la moitié du visage, éclaboussant de sang tout le périmètre alentour, comme si l'on en avait laissé tomber au sol un flacon entier.

– En leur coupant la tête, ajouta Arturo en braquant son arme dans toutes les directions pour tenir à distance quiconque se serait avisé de le cribler de balles.

Aussitôt, Saladino et Ninfo désarmèrent les acolytes d'Alfredo pour couvrir les angles morts, Manolete bloqua la porte du bureau en prévision des visites indésirables. Ramiro, lui, ne cilla pas et resta là, à observer le soldat qui agonisa deux bonnes minutes, les jambes secouées de spasmes épileptiques. Personne ne fit le moindre geste. Arturo tenta de repérer Alfredo Fanjul dans cette étuve. Ce dernier demeurait imperturbable, mais avait le mauvais regard de l'adversaire qui, en raison des circonstances, se voit contraint de ne pas insister. C'est alors que des coups violents, des jurons et des appels se firent entendre de l'autre côté de la porte.

– Eh bien? demanda Arturo à Fanjul qui remplit son verre pour le vider d'un trait.

– Chacun sa merde, résuma Alfredo. De toute façon, c'était un imbécile, il ne s'est pas rendu compte que tu es un homme dangereux: tu ne supportes pas le ridicule. J'estime qu'on est à égalité.

Il éleva la voix et s'adressa à ses hommes:

– Vous avez entendu? Et fais-moi le plaisir de baisser ce truc, dit-il en désignant le pistolet. Tu pourrais éborgner quelqu'un.

Alfredo Fanjul avait beau être un voyou, Arturo savait qu'ils sortiraient de là sur leurs deux jambes – non parce que l'autre était un homme de parole, mais parce qu'il était pragmatique et qu'en pareil moment, ce qui ne convenait pas à la ruche ne convenait pas à l'abeille. En outre, ils sauraient où retrouver Arturo, tout comme lui savait où les retrouver. Lorsque l'épouvantable tremblement des jambes du mort cessa, Arturo n'éprouva aucune culpabilité, seulement un éphémère sentiment de gêne. Alfredo Fanjul se leva et donna quelques ordres qui rétablirent l'autorité dans la pièce et arrêtèrent le siège féroce de l'autre côté de la porte. Il les raccompagna lui-même à la sortie et les autorisa à reprendre leurs armes. D'après ce qu'ils entendaient, ce qui les guettait dehors n'était pas mieux que ce qu'ils quittaient. Avant de le laisser abandonner définitivement le bunker, Alfredo retint Arturo par le bras et se colla à quelques centimètres de son visage. Il sentait l'alcool, il sentait l'ail, il sentait les dents pourries.

– J'oublierai, Arturo, mais il vaudrait mieux que toi, tu t'en souviennes.

Le flot métallique des véhicules militaires coula le long de la Hermann-Göring-Strasse et s'engouffra dans les garages souterrains de la chancellerie, fuyant les coups de canon qui faisaient craquer Berlin par toutes ses coutures. Dans la lumière blafarde des sous-sols, le capitaine Möbius, Arturo et une escorte de SS faisaient le pied de grue, ignorant les trépidations provoquées par les obus. Le culte du secret, cette manie qu'avaient les nazis d'instituer plusieurs niveaux d'initiation afin de retenir l'information, laissait Arturo dans l'ignorance du destin qui les attendait. Quelques heures plus tôt, après avoir pris congé de ses camarades rappelés dans leurs unités respectives pour parer au siège imminent de la ville, Arturo avait été prestement conduit par des SS devant Möbius, déjà présent sur les lieux.

Se tenant aussi droit que le permettaient ses jambes arquées, d'une mise si soignée que seuls sa barbe naissante et son air d'automate révélaient le peu de sommeil qu'il avait à son actif, le capitaine donnait les ordres nécessaires pour faire approvisionner en combustible les véhicules avec les stocks de la chancellerie, les derniers, désormais, dans toute l'Allemagne.

– Nous partons pour Jonastal, annonça-t-il d'un ton sec à Arturo. Le général Kammler veut vous voir.

– Merci beaucoup, se borna à répondre Arturo.

L'opération achevée, Möbius et Arturo prirent place à bord d'une Kübel pendant que le reste de l'escorte se répartissait dans des camions et des side-cars. Entre nids-de-poule et explosions, ils parcoururent ce géant sonné qu'était devenu Berlin, filant vers le sud. Craignant à chaque tournant de voir apparaître les Russes, ils maintinrent l'allure, ignorant que les chars soviétiques, comme par miracle, empruntaient au même moment une route parallèle et montaient vers la capitale. Alors que les deux cortèges se croisaient, le soleil se couchait déjà et les premiers *frontoviki* soviétiques, aussi prudents qu'ébahis, pénétraient dans le colossal quartier général de Zossen, abandonné depuis peu, où avait siégé le haut commandement de l'armée, le *sancta sanctorum* d'où avaient été menées toutes les opérations du front, de la Volga aux Pyrénées. Les Russes n'en croyaient pas leurs yeux lorsqu'ils découvrirent que ces immeubles bas, peints en vert, marron et noir, camouflés par des filets, n'étaient que la partie émergée des immenses installations souterraines en béton abritant le plus grand central de télécommunications militaires d'Europe. À l'instant même où Arturo se retournait pour poser une question à Möbius, un immense Tchétchène tournait sur lui-même dans la salle principale, hypnotisé par les dizaines de tableaux de bord aux voyants clignotants, sous lesquels on lisait : *Prague, Vienne, Copenhague, Oslo...*

– D'après vous, qui arrivera le premier à Berlin, les Américains ou les Russes ? demanda Arturo.

Un Möbius distrait détacha son regard du paysage pour revenir à Arturo ; on lisait dans ses yeux la fatigue et la détermination. Il posa sur ses genoux une mallette qu'il avait tenue jusque-là serrée à ses côtés et en sortit un dossier rouge sur lequel on avait cousu une carte pliable ; il s'humecta le pouce et fit défiler les pages.

– Tenez, dit-il en le tendant à Arturo. Il a été pris aux

Anglais en janvier, lors des derniers jours de l'offensive des Ardennes. Actuellement, ce doit être le deuxième secret le mieux gardé d'Allemagne, mais cela n'a plus tellement d'importance.

Arturo feuilleta le rapport avec une surprise croissante. C'était l'un des documents les plus cruellement révélateurs de toute la guerre. Sous le titre inquiétant d'« Opération Éclipse », la répartition de l'Allemagne entre les Alliés était signalée par de gros traits de démarcation : au nord les Britanniques, au sud les Américains, au nord-est et à l'est les Soviétiques. Berlin, également divisé en trois secteurs, se trouvait au cœur de la zone russe.

– Si vous songez à vous installer à Berlin, je vous conseille d'apprendre le russe, poursuivit Möbius. Et si vos autres projets échouent, au cas où vous en auriez, prenez cela.

Il lui remit une capsule de cyanure.

– C'est une mort certaine, ajouta-t-il.

– Toute mort est certaine, *mein Hauptsturmführer*, fit remarquer Arturo. Toute mort...

Le convoi atteignit sans encombre la montagneuse région de Thuringe, entre l'Allemagne et l'Autriche. Les véhicules entamèrent la montée, une succession de virages serrés et aveugles, sous une voûte d'arbres baignée par une lumière vert bleuté que filtrait un épais feuillage. Il y avait des arbres majestueux dont les racines s'entrelaçaient tels des serpents et se tordaient, formant des pièges ; des cascades qui dégringolaient dans les précipices, se jetant dans des linceuls de brume. Un brouillard se leva qui effaça toute forme, ralentissant la progression du cortège, quand apparurent des points de contrôle, des casemates et des bunkers. Contre toute attente, une porte blindée surgit du néant, assez large pour permettre le passage d'un train, à en juger par la voie ferrée qu'elle engloutissait.

– Et voilà le premier secret de l'Allemagne, *Herr* Andrade : Jonastal. Vous avez de la chance, rares sont ceux à avoir connu les deux qui soient encore en vie pour le raconter.

La porte, camouflée de façon à être invisible depuis le ciel, s'ouvrit tandis qu'un gyrophare émettait un son strident. Lorsqu'elle se referma derrière les véhicules, la stupéfaction d'Arturo ne fit que croître. Dans son esprit, les explications de Maciá se mêlaient au rapport de Luigi Romersa évoquant des usines souterraines aussi vastes que des villes et pleines d'artefacts prodigieux. Désormais, les propos du Führer sur l'existence d'une bombe qui étonnerait le monde entier prenaient un tour réellement inquiétant. Jonastal III C, le véritable nom de ces installations, était un complexe industriel souterrain avec plus de vingt-cinq kilomètres de tunnels où travaillaient des milliers d'esclaves que l'on avait fait venir des quatre coins du Reich, tout comme les matières premières et les composants, pour donner forme aux rêves d'armement de Hitler. Leurs véhicules empruntèrent une allée centrale puissamment éclairée qui se perdait dans l'infini ; tout le long, des légions de travailleurs en combinaisons de différentes couleurs passaient silencieusement sur des wagonnets qui disparaissaient à gauche et à droite dans les tunnels. Möbius lui décrivait les différents secteurs au fur et à mesure qu'ils les traversaient : de vastes salles où l'on assemblait les pièces des nouveaux Messerschmitt à réaction, d'autres réservées aux moteurs, aux torpilles, aux bombes, aux radars... des bureaux en duplex équipés de baies vitrées inclinées vers l'avant pour permettre aux techniciens en blouses blanches d'avoir une vue panoramique sur les salles ; et au niveau inférieur, quelque chose qu'Arturo n'avait vu que dans les actualités cinématographiques : une colossale fusée V2, couchée, dont le fuselage arborait les caractéristiques carreaux noirs et blancs, entourée de grues et d'une fourmilière d'ouvriers.

– Ainsi donc, c'était vrai, dit Arturo, admiratif.

– Les Alliés ont encore du souci à se faire, ne croyez-vous pas ? murmura Möbius.

Les véhicules ne pouvant aller plus loin, des techniciens firent signe à leurs occupants de descendre. Ce secteur semblait différent, son accès plus restreint. Arturo songea alors à l'allocution de Mussolini où il affirmait que les Allemands raseraient des villes entières, et au dernier discours radiophonique du Führer qui demandait à Dieu de lui pardonner l'emploi d'une arme définitive, et eut la certitude que le verrou du mystère était sur le point de sauter. Ils pénétrèrent dans une vaste pièce, dont les murs étaient peints en vert foncé sur deux mètres de hauteur avant de laisser place au même gris que partout ailleurs ; au sol, des lignes jaunes délimitaient les zones de circulation. Les lieux étaient d'une propreté absolue. La première chose que vit Arturo fut une structure cylindrique, en verre, d'environ cent mètres carrés, qui occupait la partie centrale de la salle. À l'intérieur, une demi-douzaine d'individus entièrement couverts de vêtements de protection métallisés. Un bourdonnement de fond emplissait les lieux. Près de la porte d'accès à la pièce en verre, il y avait d'autres vêtements accrochés et une pancarte qui confirma la première impression d'Arturo : ACHTUNG. ATOMKRAFT ! Ils contournèrent la structure et constatèrent que l'on en sortait par un tube translucide qui débouchait sur une salle de douches qui, elle-même, conduisait à des vestiaires.

– Les techniciens doivent se décontaminer avant de sortir, lui expliqua Möbius.

L'un d'eux les accompagna jusqu'à une porte ; il actionna un interrupteur et celle-ci s'ouvrit sous une lumière clignotante. Ils découvrirent une pièce de taille plus modeste. Au milieu, posées sur trois lourds socles en bois, se trouvaient trois bombes atomiques, chacune à un stade différent de sa construction. D'autres ouvriers étaient là, absorbés par leur travail.

– Vous pouvez vous approcher, l'encouragea Möbius.

Arturo pinça les lèvres et acquiesça. *WuWa*, enfin… les armes secrètes, la force mythologique qui réduirait les efforts des Alliés à un tas de cendres. Arturo s'avança vers la plate-forme et observa d'abord à travers le prisme de son imagination : des êtres primitifs, antérieurs à toute nomenclature, s'étaient rassemblés sous ces voûtes et entouraient les bombes, les caressaient, tandis qu'autour la haine proliférait telle une monstrueuse végétation. Puis sa raison tamisa de nouveau la réalité et examina les bombes vert-de-gris, de différentes tailles, qui ressemblaient, par leurs ailerons stabilisateurs, aux bombes aériennes de la *Luftwaffe*. Plusieurs avertissements et flèches, ici ou là, expliquaient comment les manipuler. Malgré leur apparence trompeuse, Arturo savait ce qu'elles signifiaient : la fin de l'héroïsme sur le champ de bataille, la disparition de la morale guerrière, de la capacité de résistance, de l'intelligence et de la stratégie. Ces artefacts étaient tout simplement l'expression du rêve nihiliste du national-socialisme. La clé de son *Götterdämmerung*.

– Vous en avez trois… s'étonna Arturo.

– *Hagen*, *Wotan* et *Siegfried*, énuméra Möbius. Bientôt les noms les plus célèbres au monde.

Arturo ne savait que dire.

– Le général Kammler m'ordonne de vous conduire à lui, *Herr* Andrade.

Arturo balaya la pièce du regard, à sa recherche.

– Le général ?

– Là-haut, regardez là-haut.

Arturo leva les yeux et découvrit des bureaux encastrés dans la roche, protégés, eux aussi, par des baies vitrées. Derrière ces vitres, vêtu d'un lourd manteau de cuir noir, bras dans le dos et coiffé d'une casquette, le général SS Hans Kammler, le maître absolu du programme atomique du IIIe Reich, le surveillait.

– Soyez le bienvenu. J'espère que le voyage n'a pas été trop pénible, dit-il en guise d'accueil quand ils l'eurent rejoint.

– Merci beaucoup, mon général, répondit Arturo après le salut de rigueur. Nous avons eu de la chance.

Le général, un individu de près de deux mètres, au teint de dyspeptique et d'une extrême maigreur, venait visiblement de dispenser la courtoisie la plus sophistiquée dont il pouvait faire preuve.

– Bien. À la demande du commandant Bauer, j'ai souhaité vous faire venir à Jonastal afin que vous sachiez ce pour quoi vous luttez. Nous sommes fiers de disposer enfin de l'arme qui va mettre un terme à cette guerre. Maintenant que vous l'avez vue, il va falloir que vous redoubliez d'enthousiasme et que vous vous impliquiez davantage dans votre travail si vous aimez véritablement l'Allemagne.

– Je ne désire rien d'autre que la victoire du Reich, mon général.

– Je l'espère bien. Ce que vous voyez en bas, ce ne sont pas trois bombes, mais trois opportunités pour l'Allemagne d'être débarrassée de ses ennemis une bonne fois pour toutes. Dans l'ordre croissant de puissance, vous avez *Hagen*, 18 kilotonnes, *Wotan*, 20 kilotonnes, et *Siegfried*, la plus grande, qui, nous l'espérons, atteindra les 22 kilotonnes. La composante principale de *Siegfried* n'est pas l'uranium, mais le plutonium. Une différence non négligeable, croyez-moi. Néanmoins, nous commencerons par *Hagen*, et selon son effet, nous déciderons ou non de lâcher les autres.

– Quand cela aura-t-il lieu, mon général ? Et où ?

– Les objectifs sont tenus secrets, mais cela ne saurait tarder. Votre devoir est de nous faire gagner du temps, comme nous en font gagner les soldats qui meurent chaque jour au front.

Il marqua une pause pour réfléchir à la suite de son discours.

– Personne ne croit à l'existence des *Wunderwaffen* parce que nous ne les avons pas encore utilisées et que nous avons laissé les Alliés entrer en Allemagne, mais ce n'est dû qu'à un simple contretemps. Comme on vous l'aura exposé, le processus d'enrichissement de l'uranium qui s'effectue dans des lieux tels que la *Virus Haus* est essentiel pour que se produise une réaction en chaîne. Le Führer a toujours pensé qu'il était plus sûr de dissocier les différentes phases de construction de la bombe. Ici, nous préparons les charges explosives et les détonateurs, et il existe d'autres *Virus Haus*, dans d'autres villes, où l'on travaille à l'enrichissement. Le problème provient de la lenteur du processus, mais dans l'un de ces centres, nous sommes sur le point d'obtenir la quantité nécessaire d'uranium 235. Quand nous en aurons reçu confirmation, *Hagen* y sera transférée et nous achèverons l'opération. Un Heinkel modifié est prêt à accueillir la bombe, il attend depuis quelques mois dans un aérodrome secret – au regard que Kammler lança à Möbius, Arturo devina que le rôle du capitaine au sein de ce projet était plus important que ce qu'il avait supposé –, et ensuite... ensuite, la terre entière retiendra son souffle.

Cette licence poétique ne seyait pas au général, mais Arturo trouva que ses mots décrivaient parfaitement l'effet que produirait une telle bombe. L'écueil de la masse critique, à laquelle Kammler n'avait pas fait allusion, lui revint toutefois à l'esprit.

– Manfred von Ardenne, Otto Hahn et Carl Friedrich von Weizsäcker... Les membres du projet sont tous ici, n'est-ce pas, mon général ?

– En effet.

– Pourrais-je parler à l'un d'entre eux ?

– À quel sujet ? demanda-t-il, suspicieux.

– Au sujet de Kleist. Ils auront peut-être des choses à nous dire qui nous donneront des indications sur ce qu'il avait en tête.

— Hum... Les hommes dont vous parlez sont très occupés. En outre, ils échangeaient très peu avec Kleist en dehors des questions liées au projet. De toute façon, il n'a jamais beaucoup côtoyé le personnel. La seule personne avec qui il aurait pu parler, c'est l'un de ses assistants. Je peux le faire venir, si vous le désirez.

— Je vous en serais reconnaissant, mon général.

Arturo pensa au regard de l'homme sans sourcils, vissé dans sa mémoire, et décida de tâter le terrain.

— Je crois qu'il y avait un responsable de la sécurité des membres du projet. Peut-être pourrais-je également le rencontrer ?

L'un soutenant le regard et l'autre le détournant, Kammler et Möbius firent l'économie d'un échange verbal.

— Il y a plusieurs personnes à la sécurité, je ne vois pas en quoi...

— Il me semble que c'est un homme sans sourcils, osa l'interrompre Arturo.

— Ça ne me dit rien, mentit effrontément le général. Bon, abrégea-t-il, je vais faire appeler cet assistant et vous pourrez le voir. Le capitaine Möbius restera avec vous. Je vous souhaite bonne chance.

Arturo leva le bras, claqua des talons et jeta un sonore *Sieg Heil*. Sous ses yeux, Kammler eut ensuite un aparté avec Möbius, scène qui suscita chez lui un sentiment de *déjà-vu**. Il regretta de ne pas savoir lire sur les lèvres, comme le *Kommissar* Krappe, certain d'avoir devant lui ce qu'il cherchait, et songea soudain que les deux hommes étaient peut-être liés à la Thulé, ce qui constituerait un nouvel obstacle au moment d'endiguer les eaux de ce Styx. Il reporta son attention par-delà la vitre, vers les bombes. Son scepticisme naturel lui fit se demander si elles étaient aussi meurtrières qu'elles en avaient l'air, et si l'application avec laquelle on lui avait décrit l'avenir ne relevait pas davantage du fantasme que de la réalité. Là, en bas, les démons ne cessaient d'agiter la surface calme des certitudes.

– Bruno Wassermann, l'assistant du professeur Kleist, est là, annonça Möbius au bout de quelques instants.

Arturo se retourna et découvrit un individu de taille moyenne, aux joues de hamster, au menton enfoncé comme celui de Himmler, et aux cils très noirs et anguleux. Il était vêtu d'une blouse blanche et tenait dans sa main gauche une tablette avec des feuilles coincées par une pince métallique. Ils échangèrent un bref salut ; Arturo sut tout de suite que ses ruses habituelles – se rendre aimable, faire de la peine ou se montrer inflexible – ne seraient d'aucune utilité en présence d'un type aussi coriace que Möbius. Ce dernier avait mis l'assistant au fait des intentions d'Arturo, qui ne put éviter de se sentir un peu désemparé : ce n'était pas tant qu'il fût perdu, mais plutôt qu'il ne savait comment s'y prendre. Si cela n'avait tenu qu'à lui, il aurait enfoncé le canon du Little Tom dans la gorge de ce pauvre malheureux et l'aurait obligé à avouer jusqu'à la pointure d'Ewald von Kleist, mais il se borna à le sonder et à lui poser des questions inoffensives.

– Combien de temps avez-vous travaillé avec le professeur Kleist ? commença-t-il, cherchant à déterminer dans quelles proportions la haine, l'estime et la loyauté avaient régi leurs relations.

– Environ deux ans.

– Vous aviez de l'estime pour lui ?

– Il avait mon respect. Mon respect absolu.

– Ces derniers temps, aviez-vous remarqué quelque chose d'étrange dans le comportement du professeur ?

– Le professeur était très réservé, c'était un homme plutôt taiseux. Peut-être était-il un peu plus fatigué que d'habitude, mais il faut dire que le rythme de travail s'était accéléré.

– Bien... Vous souvenez-vous qu'il ait montré des signes de crainte ou d'inquiétude ?

– Il était peiné par la situation de son pays, comme tout bon Allemand.

– A-t-il tenu des propos inhabituels, fait une confession d'ordre privé ?

– Rien de tout cela, *Herr* Andrade. Notre relation n'allait pas au-delà du domaine professionnel...

Arturo déduisit des réponses et des réactions de l'assistant qu'Ewald von Kleist était un être extrêmement réservé – un digne membre de la Société Thulé –, qui travaillait avec acharnement tout en feignant une normalité à laquelle nul ne croyait plus, et qui entretenait avec Wassermann des relations purement superficielles, ce dernier n'étant que l'un de ses nombreux assistants, et pas le plus important. Arturo eut alors un étrange passage à vide ; Möbius s'aperçut de son égarement et, avec le ton discret mais sans appel de celui qui regrette de devoir interrompre une discussion parce qu'il n'y a pas de temps à perdre, il le pressa de clore son interrogatoire. Ayant perdu le contrôle de la situation, Arturo eut l'impression d'être un étranger, échoué au milieu de toutes ces organisations et hiérarchies pétries de tromperies, de jalousies, de rivalités et de tensions. Il était sur le point d'abandonner, d'autant que la faim le tenaillait, quand un bourdonnement persistant se transforma en puissante déflagration. La différence entre les militaires et les civils fut manifeste quand Möbius et Arturo s'abstinrent de se baisser bêtement, alors que Wassermann, lui, plongea sous une table. Le capitaine dégaina aussitôt son pistolet et se dirigea vers l'escalier, non sans avoir vérifié que l'explosion n'avait aucun rapport avec les bombes, restées intactes sur leurs socles. Des sirènes commencèrent à s'affoler alors que des SS armés jusqu'aux dents et vociférant des ordres se mirent à courir en tous sens et à assurer les sorties. La première chose qui vint à l'esprit d'Arturo fut que les Russes avaient trouvé Jonastal. La seconde, qu'un commando les avait suivis. Il songea également que son idée d'enfoncer son pistolet dans la gorge de ce type n'était pas si mauvaise que cela. Sans perdre une seconde, il força Wassermann à sortir de son refuge. Il le fouilla sans ménagement et dénicha son portefeuille. L'assistant, surpris, n'opposa pas la moindre résistance. Il ne saisissait toujours pas les intentions d'Arturo quand celui-ci brandit une photographie sur laquelle on voyait Wassermann en compagnie d'une femme et de deux petites filles.

– C'est votre famille ?
– Je ne comprends pas… balbutia-t-il.
– C'est votre famille ?! hurla Arturo.
– Oui…
– Bien…

Arturo lui jeta le portefeuille au visage et sortit le Little Tom, qu'il lui colla à l'oreille.

– Savez-vous de quelle façon est mort le professeur ?
– Non… non… répondit-il, flageolant.
– On l'a étripé comme un porc. Maintenant, je sais où vous habitez, *Herr* Wassermann, alors on va conclure un petit marché.

Arturo sortit le faire-part de Kleist et lui montra les deux faces sans lui laisser le temps de réfléchir.

– Si vous ne voulez pas que ces deux adorables petites filles et votre femme connaissent le même sort que le professeur, vous allez me dire ce que c'est. Et au retour du capitaine, pas un mot ; que cela reste entre nous. C'était dans l'une des poches de Kleist. Alors ? cria-t-il.

Wassermann, pris de panique, semblait ne pas comprendre.

– Vous reconnaissez quelque chose ? insista Arturo avec une rage froide, en accentuant la pression du pistolet sur la tempe.

– L'écriture de Kleist, lâcha-t-il, terrorisé.
– Rien d'autre ?
– Je ne peux pas parler en l'absence du capitaine, protesta-t-il au comble du désespoir.

Arturo continua de jouer son va-tout :
– Vos filles... Vous ne voulez pas que je trouve l'assassin du professeur ?
– Bien sûr que si.
– Eh bien, il n'y a que moi qui puisse le faire. Et je ne suis ni assez imbécile ni assez courageux pour enfreindre les règles, sauf si cela est absolument nécessaire.

Wassermann hésita. Soudain, les sirènes se turent, réduisant la marge de temps dont disposait Arturo.
– Vous savez ce qui peut m'arriver s'ils apprennent cela ?
– Vous savez ce qui peut arriver à votre famille ? Je me fous du programme atomique, je veux seulement savoir ce que vous voyez là.

L'assistant transpirait à grosses gouttes.
– D'où sortez-vous ça ?
– On n'a pas de temps à perdre, Bruno...

Arturo ne pensait pas seulement comme un loup : il agissait comme tel.
– Kleist a été lardé de coups de poignard, ils l'ont laissé dans une mare de sang, comme un animal. Pensez à vos filles...

Il n'en fallait pas davantage. L'assistant lui prit le faire-part des mains et étudia le sismographe de l'activité créative d'Ewald von Kleist. Il s'arrêta à peine sur les formules qui couvraient l'une des faces et sur le symbole de la Thulé, mais son regard se figea à la vue de la péninsule grillagée entourée de chiffres et de la série de cercles concentriques qui partaient de son centre.
– Vous savez ce que c'est ?

– Si je le savais, on ne serait pas ici, croyez-moi.

Les sourcils d'Arturo esquissèrent un point d'interrogation ; il écarta légèrement le pistolet.

– C'est une carte de distribution calorique.

– Une quoi ?

– Une carte qui indique la distribution de la chaleur dégagée par un bombardement, ou, si vous préférez, le niveau de destruction. Regardez.

Il pointa un doigt tremblant sur les chiffres.

– Le premier cercle recouvre 1,35 kilomètre, la zone de destruction maximale ; le second, 4,35 kilomètres, la zone de destruction secondaire. Vous voyez cela ? La chaleur à l'intérieur du premier cercle serait de 1,4 multiplié par 10^8 kilocalories par kilomètre carré, et dans le second, de 7 par 10^6 kilocalories par kilomètre carré.

Le visage d'Arturo, qui surveillait de temps à autre la porte, fut tout un poème.

– Et ça, ça veut dire quoi ?

– Ça veut dire qu'en un peu plus d'un kilomètre, l'explosion générerait cent quarante milliards de calories.

– Et alors ?

– Et alors, ça correspond à l'effet produit par un engin de 18 kilotonnes. Un engin de type *Hagen*...

– Et alors ?

– Dans cette zone, le taux de mortalité serait de cent pour cent, lâcha enfin Wassermann.

Arturo jeta un bref regard à l'engin effilé et vert-de-gris. Une vision qui glaça son cœur.

– Et la zone en question ? enchaîna-t-il de manière vertigineuse. Que savez-vous de l'objectif ?

Bruno Wassermann, le front trempé de sueur, examina de nouveau le profil péninsulaire qu'enserraient les funestes cercles.

– Je vous jure que je n'ai pas la moindre idée de l'endroit où cela peut être, mais là... là, il y a un chiffre qui ne correspond pas aux équations, je ne sais pas...

Il montra un R et un B suivis d'un 153. Arturo s'apprêtait à l'interroger sur la masse critique lorsqu'un bruit de bottes s'approcha du bureau. Il rangea le faire-part et le pistolet. Friedrich Möbius fit brutalement irruption dans la pièce. Le capitaine leur jeta un regard soupçonneux, dépourvu de son indolence habituelle. Bruno Wassermann resta imperturbable, mais son corps se raidit. La censure tacite du capitaine Möbius flottait, menaçante, sur Arturo.

— De quoi parliez-vous ? aboya-t-il.

— Je disais à *Herr* Wassermann de ne pas s'inquiéter, que vous saviez ce que vous avez à faire, improvisa Arturo.

La flatterie ne fut pas suffisante pour que Möbius morde à l'hameçon.

— Est-ce vrai, *Herr* Wassermann ?

L'incertitude se peignit sur son visage de rongeur durant quelques secondes.

— C'est vrai, capitaine, répondit-il enfin.

— Vous me semblez bien essoufflé.

— La peur...

Möbius mit quelques instants avant de prendre une décision. Il feignit de les croire.

— Il n'y a rien eu de grave. C'est une torpille qui a explosé, un des détonateurs était défectueux, dit-il en guise d'explication. Quelques morts, rien de plus.

— Aucun des nôtres, j'espère, s'inquiéta Arturo avec une pointe de haine dans la voix.

— Aucun. Quant à notre petit séjour ici, je vous informe qu'il ne se prolongera pas plus de deux heures. J'ai le regret de vous annoncer que vous ne pourrez pas visiter les installations et que vous serez isolé jusqu'à ce que l'on vous raccompagne aux véhicules. Néanmoins, vous pourrez manger et vous reposer si vous le désirez. J'ai encore deux ou trois choses à régler, ensuite nous filerons à Berlin.

– À vos ordres, mon capitaine.

Arturo prit congé de Bruno Wassermann :

– Merci beaucoup pour votre aide, monsieur, et…

Il montra le sol :

– … ramassez votre portefeuille, il est tombé. Vérifiez qu'il ne manque rien, sait-on jamais…

Arturo mit à profit ce laps de temps pour se restaurer et se laver. Puis il resta allongé sur un lit de camp à étudier le faire-part de Kleist et à ruminer sur la façon dont ces nouvelles pièces s'emboîtaient dans le puzzle, tout en se reprochant de n'avoir pas pu en apprendre davantage sur cette masse critique. On frappa à la porte, un soldat lui annonça qu'il était attendu à l'entrée du complexe. Arturo se prépara et le suivit ; près de la colossale porte blindée, un convoi de SS se tenait prêt. Dehors, un ciel ténébreux ouvrait sa gueule devant eux. Des éclairs griffaient les montagnes de leurs serres, des rafales de pluie tombaient comme autant de coups de fouet. Face à cet abîme de férocité, il n'y avait que deux options, se dit Arturo : sombrer dans la terreur ou devenir philosophe. Il n'avait pas encore tranché quand le capitaine se présenta.

– Changement de plan, *Herr* Andrade ! hurla-t-il pour couvrir le rugissement furieux d'un coup de tonnerre.

– Que se passe-t-il, mon capitaine ?

– Nous allons devoir rentrer en avion. Il y a une piste de décollage près d'ici, mais il faut attendre que ça se dégage. C'est moi qui piloterai.

– Il y a un problème ?

– Un problème ?

Les commissures de ses lèvres se tordirent en un sourire inversé.

– Les Russes sont sur le point d'encercler Berlin…

9

La plainte d'Orphée

Arturo regardait d'un air absent à travers la vitre du Fieseler Storch, piquetée de centaines de gouttes d'eau. Une alternance d'étendues planes ou abruptes, rougeâtres, châtaines ou vertes, traversées par les serpents bleutés des rivières, éclairées par la lumière rasante d'une aube apaisée qui leur avait permis de décoller. Malgré cela, de fortes bourrasques avaient secoué l'avion durant presque tout le trajet ; une structure glaciale qui vibrait, trépidait et dont le mouvement se répercutait sur le corps de manière déplaisante. Berlin apparut derrière de grands nuages cotonneux aux formes animales ; à cette altitude, la bataille paraissait inoffensive, on ne distinguait que de brèves lueurs dont l'éclat était à peine plus intense que celui produit par une allumette. Il pleuvait à verse, mais le temps agité qui les avait protégés de la chasse ennemie ne les mettait plus à l'abri des canons soviétiques qui, à mesure que l'appareil descendait, orientaient leurs gueules vers eux pour les entourer de violentes fleurs de poudre. Tremblant davantage sous le coup des explosions, l'avion s'inclina de quelques degrés à la recherche de l'axe est-ouest, au niveau du Tiergarten où, entre la porte de Brandebourg et la colonne de la Victoire, avait été aménagée une piste d'atterrissage. L'existence de cette piste qui leur permettrait de fouler à nouveau la capitale obsédait Arturo, car elle supposait que, si l'aérodrome de Tempelhof n'était pas déjà occupé par les

Russes, il le serait sans tarder, et par conséquent, les membres de l'ambassade espagnole décolleraient bientôt pour le Danemark, ce qui diminuait d'autant les chances qu'avait Silke de quitter Berlin.

– Accrochez-vous, on va atterrir ! cria Möbius.

Arturo échangea un regard de connivence avec le capitaine ; tous deux étaient conscients de voyager à bord d'un avion en papier. Le frêle appareil oscillait sous la violence des déflagrations tandis qu'il perdait de l'altitude et, après avoir décrit un demi-cercle, il parvint enfin à s'engager sur la piste improvisée. L'engin perdit de la vitesse et son train d'atterrissage frôla le sol irrégulier. L'avion rebondit puis toucha terre à nouveau et fit quelques cahots avant de s'arrêter près de grandes arcades. Möbius mit l'aéroplane à l'abri et sortit de la carlingue, suivi par Arturo. Tous deux, tête rentrée dans les épaules, coururent entre les cratères inondés et les boucles tordues des voies du S-Bahn et se réfugièrent dans un immeuble désencombré de ses gravats. Arturo, sachant qu'un véhicule viendrait les récupérer, s'interrogeait sur sa priorité : se rendre à l'ambassade ou partir à la recherche de Silke. Ce fut Möbius qui trancha pour lui :

– *Herr* Andrade, accompagnez-moi à la chancellerie. Le commandant Bauer va nous donner ses instructions.

Arturo accueillit l'ordre en se mettant au garde-à-vous. Pendant qu'ils patientaient, la pluie tombait si dru qu'elle dégoulinait du bord tranchant de son casque, assombrissait sa capote et son uniforme, se glissait dans son cou et dans ses bottes. Son cerveau mijotait des idées absurdes et désespérées, tourmenté par le règne ingouvernable du chaos, les innombrables configurations du désastre qui commençaient à tournoyer autour de Silke et de lui. Côte à côte, Möbius et Arturo tinrent bon jusqu'à l'arrivée d'un camion de moyen tonnage qui, défiant la pluie parallèle des obus, les cueillit et redémarra en trombe sous la surveillance constante de deux billes noires, les yeux d'une Furie posée sur la coupe à la verticale d'un immeuble.

Lorsque, assourdis par la dernière explosion, ils entrèrent dans la chancellerie, le capitaine se dirigea tout droit vers l'une des entrées du *Führerbunker*. Ils saluèrent les sentinelles, traversèrent l'*Antebunker* et, après avoir franchi les contrôles, descendirent par un escalier en colimaçon jusqu'au niveau le plus bas ; c'était la première fois qu'Arturo accédait au dernier sanctuaire du Reich. Le système de ventilation était opérationnel, mais les coups répétés de l'artillerie avaient fêlé les murs par lesquels filtrait une fine poussière qui flottait dans l'air. Le va-et-vient de toutes sortes de gradés d'armées différentes recevant et émettant des dépêches militaires, des instructions, des ordres politiques et administratifs, des messages de la plus haute importance, s'accompagnait d'une atmosphère de déliquescence où les réserves de la chancellerie, plus que fournies en alcool, jouaient un rôle non négligeable, dissipant peu à peu la discipline et créant à la place un climat d'ébriété et d'abattement. Tout indiquait que la prophétie à la beauté ténébreuse, la fin des temps wagnériens si désirée par les nazis, ne tarderait pas à s'accomplir. Möbius cherchait le commandant Bauer, mais celui-ci étant retenu par une réunion capitale de l'état-major, on les fit patienter dans une salle. Le commandant se présenta en milieu d'après-midi. Le changement qui s'était opéré en lui ces derniers jours était notable. Son beau visage était marqué par les cernes, son regard s'était terni, et sa nervosité trahissait la lutte tenace qu'il menait pour s'entêter dans son aveuglement.

– Le Führer reste à Berlin, annonça-t-il encore perplexe. Sa décision est irrévocable. Il défendra la capitale jusqu'à la victoire finale, ou il tombera avec elle.

– On a du nouveau sur la 9ᵉ armée américaine ? Et sur le général Heinrici ? demanda Möbius.

Bauer le foudroya du regard.

– Oublions ces traîtres. Ils détalent comme des lapins à l'est, et à l'ouest, ils brandissent le drapeau blanc devant l'ennemi. Le peuple allemand a échoué et a choisi son destin. Aujourd'hui, nous sommes les seuls à pouvoir sauver le Führer de l'opprobre et de la défaite.

Il s'efforça de reprendre son calme.

– Comment s'est déroulé votre rendez-vous avec le général Kammler ? Tout est prêt ?

Möbius lança un rapide coup d'œil en direction d'Arturo, ce qui n'échappa pas à ce dernier.

– On en parlera plus tard, se reprit Bauer. *Herr* Andrade, je crois que votre ruse de les attirer avec une petite vérité pour qu'ils avalent le mensonge semble avoir fonctionné. Dans quelques heures, je serai en mesure de vous confirmer si nous avons trouvé le traître qui a livré des renseignements à Pippermint. Quand vous le pourrez, allez à l'hôtel *Adlon*, chambre 105.

– Les commandos ont encore fait des leurs ?

– Les loups... Les loups viennent de commettre des dégâts, de gros dégâts, *Herr* Andrade, dit-il avec une expression sombre, énigmatique. Mais pas comme ils l'auraient voulu, ce qui ne leur épargnera pas d'être capturés, étripés et pendus aux balcons de la chancellerie aux côtés de tous les autres traîtres, comme nous l'avons fait pour les partisans de Stauffenberg.

Son intelligence froide et utopique était parvenue, encore une fois, à réduire le monde à sa taille et, grâce à ces petits actes moyenâgeux, quasi religieux, à redessiner la réalité selon sa volonté, la volonté du Führer. Arturo, sous l'emprise du magnétisme de cet ego collectif, claqua des talons et brandit le bras en lançant un fier *Heil Hitler!* Son cerveau hiérarchisa automatiquement faits et hypothèses, inscrivant une nouvelle variable : la place inattendue que prenait le capitaine

Friedrich Möbius au sein du programme atomique allemand. Cependant, la première chose à faire était de joindre Silke. Il demanda la permission de se retirer, traversa l'antichambre et zigzagua entre les uniformes à la recherche du central de télécommunications. Celui-ci se trouvait de l'autre côté du bureau vide du secrétaire du Führer, Bormann, et là, devant l'un des opérateurs, un dénommé Misch, il fit valoir l'autorisation signée de la main de Bauer, mais les tentatives répétées de communication ne donnèrent aucun résultat.

Comme un prolongement physique des sombres présages qui le gagnaient, Arturo ressentit un violent élancement dans le bas du dos. Sans perdre une minute, il demanda à l'opérateur de le laisser seul, mit les écouteurs et composa les clés qui lui permettraient de joindre l'ambassade espagnole. Cette fois-ci, il eut tout de suite Ramiro au bout de la ligne, lequel lui annonça qu'au moment même où il lui parlait, on procédait à l'évacuation de la légation, sur quoi Arturo lui intima de lui passer Francisco Maciá. La voix du secrétaire ne tarda pas à se faire entendre.

– Monsieur Andrade, je me réjouis de vous savoir encore en vie.

– Nous n'avons pas beaucoup de temps, monsieur le secrétaire, répondit Arturo, j'ai de nouvelles informations pour vous...

Il lui fit un résumé des derniers événements : la fouille de l'appartement par la SS ; le commando transformé en bûcher humain et la crise cardiaque de Stratton après avoir avoué que l'un des scientifiques avait cherché à contacter les Alliés ; les étranges théories et les films fantômes d'Otto Dege ; les chances de démasquer Pippermint. Il insista particulièrement sur le fait que Hitler allait rester à Berlin et, surtout, sur le prodige de Jonastal et ce qu'il contenait de terrifiant : *Hagen*. Maciá, soucieux, ne fit aucun cas des films et se concentra sur le point le plus positif.

– Eh bien, j'ai l'impression que ça ne va pas être simple de quitter Berlin. Les querelles domestiques de la SS et les conspirations plus ou moins fantasmées ne nous intéressent pas, en revanche cet engin, *Hagen*, est une priorité pour nous. Qu'en pensez-vous ? La menace est-elle réelle ?

– Sincèrement, je ne saurais que vous dire, monsieur le secrétaire. Ce général Kammler connaît son affaire, cela ne fait aucun doute, mais ce pourrait tout aussi bien être du bluff – il se rappela la mystérieuse masse critique. Peut-être n'y a-t-il même pas de fève dans la galette.

– Nous ne pouvons courir aucun risque. Si cette bombe venait à exploser et à provoquer les dégâts que vous avez décrits, et s'ils en possèdent d'autres, la guerre prendrait un tour différent. Il suffirait d'un choc de cette magnitude pour que la Wehrmacht reprenne le combat.

Il marqua une pause, signe qu'il examinait plusieurs possibilités.

– Monsieur Andrade, il va falloir que vous prouviez encore davantage votre foi en Dieu et dans le Caudillo...

– Je suis à vos ordres, monsieur le secrétaire.

– Je sais, tout comme je sais que vous aurez besoin d'aide. Vous ne serez pas le seul à vous sacrifier pour l'Espagne, Ramiro et Matías feront de même. J'ai décidé qu'ils resteraient à Berlin, dans le bunker de l'ambassade, en tant qu'aide logistique. Ramiro en avait déjà fait la demande. Vous avez de bons amis.

Arturo songea avec cynisme qu'en ce qui concernait Ramiro, la Reichsbank avait plus de poids que la solidarité ; ce qui ne collait pas, c'était la présence de Matías.

– Et pourquoi Matías ? demanda-t-il.

– Matías n'est pas qu'un simple dactylographe, monsieur Andrade. Il s'occupait aussi de la sécurité de l'ambassade. Vous pourrez avoir recours à eux à tout moment. Ils resteront en liaison avec le palais de Santa Cruz.

– Parfait... Hum... monsieur le secrétaire...
– Dites-moi, monsieur Andrade.
– Au sujet de votre avion, je ne voudrais pas être impertinent, mais je me demandais...
– Je n'ai pas oublié, monsieur Andrade... l'interrompit Maciá.

Le silence qui suivit accrut l'incertitude d'Arturo.

– Si vous pouvez faire en sorte que cette femme soit à l'aérodrome de Tempelhof dans moins d'une heure, je vous garantis qu'il y aura une place pour elle.

– Merci beaucoup, monsieur le secrétaire... respira Arturo. Merci infiniment.

– Il n'y a pas de quoi, monsieur Andrade, vous l'avez bien mérité. Ou plutôt, vous l'aurez bien mérité, conclut-il mystérieusement.

La communication fut interrompue par un crépitement. Arturo allait quitter le central quand il aperçut dans un tiroir entrouvert un exemplaire de la *Dienstalterliste*, le répertoire annuel où l'on consignait les noms et les carrières de tous les officiers SS, et que l'on s'attelait à détruire dans tout le Reich. Sans y réfléchir à deux fois, il remercia sa bonne étoile et le glissa dans sa vareuse. Qui savait quelles tractations cet objet favoriserait s'il venait à être arrêté par les Russes ? Sans une once de mauvaise conscience, il sortit de la pièce avec une seule idée en tête : retrouver Silke. Il se fraya un chemin dans la fourmilière du bunker avec l'intention de gagner les parkings et d'utiliser le sauf-conduit de Bauer pour réquisitionner un véhicule et un chauffeur. Mais à l'étage supérieur, un défilé inopiné interrompit son élan : Magda Goebbels, l'épouse du ministre de la Propagande, auréolée d'une élégance pour le moins incongrue en de tels lieux, passa devant lui, suivie de sa progéniture, six enfants au visage pâle et au manteau sombre. Arturo frémit ; ces gamins n'avaient rien à faire là. C'est alors qu'apparut Eva Braun, cette créature vaporeuse dont la présence à la chancellerie l'avait déjà étonné, qui accueillit Magda et sa famille avec une joie non feinte. Elle leur montra l'escalier qui descendait vers ses appartements privés et, se retournant, elle sembla chercher des yeux quelqu'un ou quelque chose. Des yeux qui finirent par croiser ceux d'Arturo ; c'était un regard vide, qui le traversa. Puis elle fit demi-tour avec un sourire et disparut dans l'escalier en fermant le cortège.

Silke. Silke. Autour d'Arturo, Berlin se désintégrait ; il ne restait que Silke. Installé dans le side-car de la motocyclette de liaison, il fonçait vers Schöneberg, se tenant fermement pour ne pas subir les embardées de l'engin, le visage éclaboussé par la boue et la pluie. Ce n'est pas derrière une femme qu'il courait, mais derrière un idéal, la part aimable du monde, une conception de la vie. Dans cet univers en état d'effondrement, c'était la seule conviction qui pût le sauver. Toutefois, une ombre hostile menaçait d'avaler sa certitude. Un présage. Après un ultime dérapage, la moto le laissa devant l'entrée de la maison. Arturo s'extirpa à la hâte du véhicule et grimpa les marches deux par deux. Toute l'énergie qu'il avait déployée pour arriver jusque-là se volatilisa aussitôt, et il affronta la porte comme on affronte l'échafaud. Il arma son fusil-mitrailleur, ouvrit tout doucement et pénétra dans le séjour exigu. Elle l'attendait. Silke. Et à côté d'elle, son mari, Ernst. Arturo, bouche bée, relâcha la pression sur son arme. Il vit que la radio était éteinte. Que la bouche de Silke tremblait nerveusement, qu'elle esquissait un sourire triste qui cachait sa culpabilité. Qu'une larme commençait à couler sur son visage. Puis l'angoisse, la rage, l'impuissance.

– Je le croyais mort. Je te le jure, Arturo, tenta-t-elle de se justifier.

– Pourquoi as-tu éteint la radio ? parvint-il à articuler.

– La honte. J'avais honte de parler avec toi.

Arturo dévisagea Ernst. Blessé à la jambe, il était assis sur une chaise. Soucieux mais sûr de lui. Il soutint son regard. C'était comme si la photographie avec laquelle il avait longtemps rivalisé venait de reprendre vie. Il portait toujours beau, bien que la captivité et la maladie eussent accentué son profil d'échassier. Arturo ressentit de la jalousie. Une jalousie inclémente.

– Silke m'a tout raconté, dit Ernst avec une certaine nervosité.

– La ferme...

– Il faut que tu comprennes, Arturo, s'interposa Silke. C'est encore mon mari, les Russes l'ont retenu prisonnier depuis la bataille de Koursk. Il a réussi à s'échapper il y a un mois. Il a réapparu hier, imagine ma surprise...

– Qu'est-ce que ça change...? Ça ne change rien... il était mort et il peut continuer de l'être... Tu m'aimais...

– Tout a changé, Arturo, il faut que tu le comprennes.

– Et l'Espagne ? On avait prévu d'y aller ensemble, on en avait parlé, tu te souviens ?

– Il faut que tu comprennes...

– Et notre enfant ?

– Ernst s'occupera de moi et de l'enfant. Je lui ai tout dit.

– Ne vous inquiétez pas, *Herr* Andrade, confirma Ernst, je me...

– La ferme ! La ferme, je te dis !

Arturo hurlait en serrant la crosse de son arme. Puis il surprit son propre visage dans un miroir accroché au mur ; un visage où transparaissaient l'irrationalité, l'absence de toute logique. Il se fit peur.

– Il faut que nous partions, s'acharnait-il. Il y a un avion qui t'attend, mon amour.

– Je ne peux aller nulle part, Arturo. Je dois prendre soin de mon mari.

– Il y a un avion qui t'attend, insista-t-il. Tu dois quitter Berlin sur-le-champ.

– Silke ne partira pas, *Herr* Andrade, intervint Ernst d'une voix plus ferme.

Arturo le dévisagea. Il ressentait de la haine à l'état pur, tranchante comme une épée. Qui le transperçait. Une nuit sans étoiles dans sa tête. Lentement, il leva son fusil-mitrailleur et visa le torse d'Ernst.

– Silke, tu vas prendre cet avion ou je fais ce qu'auraient dû faire les Russes, martela-t-il.

Silke se plaça dans la ligne de tir pour protéger son mari. Son attitude, craintive quelques secondes auparavant, était devenue froide, dure.

– C'est mon mari.

– Je vais le tuer. Si tu ne prends pas cet avion, je vais le tuer, tu le sais.

Le face-à-face fut âpre, inexorable. Mais Silke connaissait le langage du corps, bien plus ancien que celui des mots. Et elle connaissait Arturo quand il n'était pas Arturo ou, peut-être, quand il était le vrai Arturo. Elle savait qu'il tiendrait sa parole. Silke s'adressa à son mari :

– Reste ici. Je m'en occupe.

– Silke...

– Il te tuera, Ernst. Laisse-moi faire.

Elle le caressa du regard, le rasséréna. Et c'est ce regard qui anéantit Arturo, car il était empli d'amour, d'un amour que l'on ne pourrait jamais acheter, qui se détruirait si quelqu'un d'autre s'avisait d'en réclamer une part. Silke attrapa un manteau et sortit devant Arturo, qui n'avait cessé un seul instant de pointer le torse de l'Allemand. Devant l'immeuble, elle n'écouta pas les instructions d'Arturo et monta à bord du side-car sans même lui jeter un regard. Arturo s'installa à califourchon derrière le soldat et lui ordonna de filer jusqu'à Tempelhof. Durant tout le voyage, sa voix tenta de couvrir les pétarades du moteur et les détonations, mais Silke resta lointaine, telle une Eurydice morte, insensible à sa musique. De cahot en cahot, parmi les bombes et les flammes, ils traversèrent un Berlin à l'agonie, au large vers le désastre.

Le cortège de l'ambassade espagnole descendait des véhicules au moment où ils arrivèrent à Tempelhof, trempés et transis de froid ; l'air saturé de poudre, lourd comme du plomb, opprimait leurs poumons. Aux abords de l'aéroport, les fusillades des escarmouches se mêlaient aux coups répétés de l'artillerie et des roquettes Katioucha, qui tiraient sans relâche sur les immenses bâtiments de l'administration. C'était là, au milieu d'un océan d'avions de chasse détruits, que décollaient les derniers engins.

— Monsieur le secrétaire ! cria Arturo en courant vers lui. Je suis là !

Francisco Maciá le vit s'approcher avec une certaine incrédulité, comme s'il ne parvenait pas à croire à son obstination.

— Quel dommage de se quitter dans ces circonstances, monsieur Andrade, lui dit-il en guise de bienvenue. Je suis heureux que vous soyez arrivé à temps.

— Je n'ai jamais douté que vous tiendriez parole, monsieur le secrétaire, le remercia Arturo.

Il désigna Silke :

— C'est elle, monsieur.

Maciá acquiesça et ne perdit pas une minute ; il ordonna à ceux qui l'accompagnaient de rejoindre le Junker qui les attendait, hélices en action.

— Je crois que tout est dit, monsieur Andrade. Ramiro et Matías restent à l'ambassade. Allez les voir dès que possible. Et gardez toujours à l'esprit que vous êtes en première ligne du combat que livre l'Espagne contre cette racaille rouge qui a voulu entraver la grandeur de la patrie. Ayez foi dans la

Providence et dans le Caudillo, mais que ce soit une foi intelligente et tenace, ne prenez pas de risques inutiles. J'espère que l'on se reverra à Madrid.

Maciá lui tendit la main. La dernière phrase de son discours fut la seule à ne pas sonner faux. Tous deux ressentirent le contact dur et froid de leurs peaux. Arturo se retourna et chercha Silke, qui attendait dans le side-car. Elle visait le conducteur de la motocyclette avec un Tokarev.

– Tu m'avais dit de m'en servir pour me défendre, lui jeta-t-elle en pointant le canon vers lui.

– Quand...

– Depuis, je l'ai toujours avec moi, le coupa-t-elle.

Arturo tendit les mains, tel un mendiant.

– Il faut que tu prennes cet avion, Silke. Pour tout ce que tu aimes le plus au monde. Les Russes n'auront pitié de personne.

– Mon mari a besoin de moi.

– Je m'occuperai de ton mari, je te le promets.

– Non...

Silke hésita.

– Je ne peux pas, Arturo.

Arturo ôta son casque, se débarrassa de son fusil-mitrailleur, épuisé.

– Je ne sais pas ce que j'ai fait de mal. Mais je t'aime...

– N'insiste pas, Arturo, s'il te plaît. Moi aussi je t'aime, mais maintenant, ça ne dépend plus de nous.

– Comment peux-tu me demander d'accepter cela ?

Il haussa la voix, à cran :

– Tu sais que je ne peux pas, et encore moins avec notre enfant. Tu n'as pas le droit de décider pour vous deux.

– C'est déjà fait, Arturo.

– Arturo.

C'était la voix autoritaire de Maciá qui attendait au pied du Junker.

– J'ignore ce qui se passe avec cette femme, mais je n'emmènerai personne contre son gré...

– Je vous en prie, monsieur le secrétaire, attendez...

– Nous partons, monsieur Andrade, le coupa-t-il brusquement. Je vous souhaite bonne chance.

Francisco Maciá fit demi-tour, grimpa les marches et s'engouffra dans l'avion. Arturo comprit qu'il n'y avait rien à ajouter, car cela n'avait plus rien à voir avec la logique, mais avec les désirs de Silke. Il l'observa tandis qu'elle baissait lentement le pistolet; elle lui parut déjà lointaine, inaccessible. Sa colère se transforma en ressentiment, puis se mua en une sensation de perte, de dérive. L'avion s'éleva péniblement et la porte qui aurait permis de fuir ce cauchemar se referma définitivement.

– Ramenez-la chez elle, ordonna-t-il au motocycliste. Immédiatement.

– Merci, Arturo. C'est la seule chose que nous puissions faire, dit Silke.

– Non, attends! reprit Arturo dans un cri.

Il sortit de sa vareuse la *Dienstalterliste* et la lui remit, lui expliquant les tractations qu'elle pourrait faire avec les Russes en cas de besoin. Puis il resta au milieu de la piste pendant que la moto effectuait un demi-tour, les yeux rivés sur Silke jusqu'à ce que son dos ne fût plus qu'un minuscule point dans le lointain. Il attendit qu'elle disparût tout à fait et laissa s'écouler encore quelques instants, le temps qu'elle ne devînt plus qu'un souvenir. Peu importait, peu importaient l'âge ou l'expérience, l'apprentissage de la déception était interminable, impossible, parce qu'il y avait toujours un repli de l'âme à même d'être blessé. C'était à cet endroit, alors que tout autour la guerre suivait son cours et que de la plaque gris et noir du ciel tombait une bruine glacée, que son être était déchiré, gémissant, mais personne, ni Silke ni encore moins son mari, n'était coupable; personne n'est coupable des désillusions des autres ou de l'échec auquel est vouée toute illusion. Soudain, il ressentit une douleur aiguë ; plié en deux, pris de vomissements, il ne cracha que quelques filets de bave, car il avait l'estomac vide. Peu à peu, respirant par à-coups, il laissa l'air pénétrer dans ses poumons. Il prit une large inspiration et expira. Il parvint à se maîtriser au prix d'un violent effort. Il laissa son sang reprendre sa sombre chanson, un principe destructeur actif, magnifique, intense, imposant, en lien avec la souffrance de la ville, qui lui faisait désirer un désastre encore plus grand, plus saisissant, plus dévastateur. C'étaient les voix bien connues des démons, elles parlaient de meurtre et de dévoration, une chanson noire qui le remplissait, le nourrissait et le maintenait debout. Lui, l'Orphée déchiqueté.

Et la pluie, la saleté grise, qui tombait.

Et l'eau qui courait sur son visage.

Et sa silhouette, qui s'estompait.

Pour retourner à Berlin, Arturo prit l'un des blindés qui remorquaient un lance-roquettes Nebelwerfer. Autant de tanks qui avaient été acheminés à Tempelhof pour être approvisionnés en essence en prévision d'une contre-attaque qui serait déclenchée dans le sud-est de la capitale. Arrivé au centre-ville, Arturo réquisitionna un autre véhicule avec un chauffeur auquel il ordonna de le conduire à l'ambassade espagnole. Il franchit le portique de l'entrée et donna de violents coups contre la porte avec son arme. Le blond Matías, armé jusqu'aux dents, le fit entrer. La distribution d'électricité et d'eau avait été définitivement interrompue et, aux dires du dactylographe, la radio n'était plus qu'un souvenir. Arturo en conclut qu'ils venaient tous d'entrer dans un cercle vicieux où la mentalité primitive prenait le pas sur toute valeur ; dans l'ère de l'avilissement systématique de la civilisation qui entraînerait l'anéantissement de la vie telle qu'on la connaissait, l'ère d'une lutte sans merci pour l'eau, la nourriture et le feu.

— Je dois parler à Ramiro.

— Il vous attend. Suivez-moi, s'il vous plaît.

Ils gravirent l'escalier d'honneur jusqu'à l'étage des services administratifs. Dans le bureau de Francisco Maciá, la silhouette élancée de Ramiro les attendait.

— Heureux de te revoir, Arturo.

Arturo s'abstint de le saluer, ôta son casque qu'il jeta avec son arme sur la table, sans égard pour le meuble. Il se passa une main dans les cheveux; Ramiro s'étonna de son air implacable, du vide qui régnait autour de lui. Arturo parla précipitamment:

— Je viens de laisser Francisco Maciá à l'aérodrome. Je crois qu'il vous a déjà mis au fait et qu'il vous a donné pour consigne d'être à mes ordres, c'est bien cela?

— Oui, c'est bien cela.

— Dans ce cas, la première chose que tu vas faire, c'est te rendre à cette adresse à Schöneberg – il prit une plume et une feuille de papier sur laquelle il griffonna quelques mots – et mettre à l'abri une femme prénommée Silke et son mari. Tu piges? Dites-leur que vous venez de ma part et, s'il le faut, vous me les amenez au bout d'un pistolet. Vous les retiendrez ici jusqu'à ce que tout soit fini. Dans cet appartement, il y a la radio que m'avait donnée Maciá: elle reste là-bas pour l'instant, on pourra s'en servir en cas de problème. Ensuite, vous irez à cette autre adresse, boulevard Kurfürstendamm – il griffonna encore. Trouvez-moi une vieille femme et une enfant qui s'appelle Loremarie, elles sont certainement cachées dans les combles.

Il leur rapporta ses dangereuses promenades durant les bombardements.

— Elles aussi, vous les amènerez ici et vous les garderez jusqu'à nouvel ordre. Des objections?

– C'est toi qui commandes, répondit Ramiro, conscient qu'il n'obtiendrait pas davantage d'explications.

– Vous auriez un engin avec des roues ?

– Il reste une voiture officielle.

– En état ?

– Toujours, intervint Matías avec une pointe d'orgueil dans la voix.

– Parfait. Tout à l'heure, tu me conduiras où je te dirai. Vous avez quelque chose à boire ?

– Un excellent requinquant, proposa Ramiro, plein de sollicitude.

– Qu'est-ce que tu attends pour le sortir ? Noël ?

En réponse au ton vexatoire d'Arturo, il y eut dans le regard de Ramiro un subtil mélange de peur, de haine, de mépris, de respect et de loyauté. Il se dirigea lentement vers un meuble d'archives d'où il sortit une bouteille de Johnnie Walker, remplie jusqu'à l'étiquette, qu'il dévissa avec précaution et posa sur la table devant Arturo. Celui-ci la saisit par le goulot, mais Ramiro, dans une sorte de bras de fer, refusa de lâcher la bouteille.

– Je peux te donner un conseil, Arturo ?

– Un conseil ? Ils ont tellement peu de valeur qu'on les donne, hein ?

– Quoi qu'il en soit, je vais te le donner. Le déluge a déjà commencé, et je crains qu'on ne soit pas invités sur l'arche. Mais ce n'est pas parce qu'ils vont nous tuer qu'on va leur faciliter la tâche.

Arturo prit bonne note de la remarque, comme s'il s'agissait d'un de ces buts du camp adverse que l'on ne peut qu'admirer. À partir de cet instant, toute parole supplémentaire eût été une blessure. Alors ils se turent, se refilant la bouteille dans une cérémonie d'unification des esprits où chaque gorgée leur brûlait la bouche et resserrait leurs invisibles liens.

– Vous avez de quoi becqueter ? dit Arturo pour temporiser. J'ai l'estomac dans les talons.

– Bien sûr, Arturo, répondit Ramiro.

Les rires s'élevèrent tandis que les victuailles, dans leur fonction rituelle, renforçaient leur camaraderie, une alliance résolue à affronter le lot de peur et de violence que leur apporterait la journée à venir. Une fois rassasié, Arturo s'intéressa à Alfredo Fanjul et, plus largement, aux positions des Russes.

– Alfredo Fanjul a des informateurs dans toute la ville, mais je crois que les Russes n'ont pas encore franchi les canaux. C'est un véritable travail d'orfèvrerie : il faut que les Soviétiques soient suffisamment proches pour pouvoir attaquer la banque sans craindre une intervention de la SS ou de l'armée, mais suffisamment loin pour ne pas tomber sur elles.

– Et comment pense-t-il s'échapper ?

– Il a un plan.

– Ah.

– Tu es sûr que tu ne veux pas reconsidérer la chose, Arturo ? Il y aura de quoi se servir.

– Peut-être, mais c'est la mort qui se servira la première.

Ramiro et Matías se raidirent à l'énoncé d'une telle évidence. Arturo tenta de mettre de l'eau dans son vin.

– Mais tu peux prendre tous les risques que tu veux si tu te sens capable d'en affronter les conséquences.

Sur quoi, il souhaita bonne chance à Ramiro, non sans lui avoir rappelé de laisser la radio dans l'appartement de Silke, et demanda à Matías de le conduire au plus vite à l'hôtel *Adlon*, où Bauer lui avait donné rendez-vous. Un dernier coup d'œil par la fenêtre lui dévoila le profil édenté de Berlin ; le mauvais temps avait accouché d'un orage grave et majestueux, traversé par les rhizomes incandescents des éclairs qui répondaient par le fracas du tonnerre au fracas des canons russes. Une atmosphère qui reflétait l'état de son âme, dont la blessure, bien que lancinante, avait cessé de saigner : le coup avait été si brutal que sa propre violence l'avait cautérisée.

L'hôtel *Adlon*, sur Unter den Linden, avait été aménagé en hôpital. L'endroit, autrefois cosmopolite et grouillant d'un personnel officiant en plusieurs langues, était encombré de lits et de grabats entre lesquels les médecins circulaient d'un pas fatigué. Les élégants officiers de la Wehrmacht et les SS qui, par le passé, avaient été logés dans ses chambres gisaient maintenant au rez-de-chaussée, le corps meurtri ; Arturo flaira les odeurs de la guerre, le miasme amer et douceâtre de la chair blessée et moribonde mêlé à l'iode et au phénol. Sous l'effet des explosions, les lampes se balançaient comme à bord d'un bateau en haute mer et le plâtre des plafonds tombait en gros flocons. En traversant le vestibule, Arturo eut une autre vision de cauchemar. La mort, la mort elle-même, affublée tel un médecin de la peste d'une toile goudronnée, d'un chapeau à large bord et d'un masque semblable au bec d'un oiseau gigantesque, marchait entre les corps pris de tremblements, soulevant çà et là les couvertures à l'aide d'un bâton. Arturo crut pouvoir échapper à cette horreur en se rendant aux étages supérieurs, mais en vain, car dans la chambre 105 l'attendait le vif éclat de l'impiété, quelque chose de lâche, sale, diabolique et amer. Lorsqu'il franchit la porte, il était environ deux heures du matin ; la suite, spacieuse, se composait d'un séjour et d'une chambre, et à en juger par le nombre de mégots écrasés dans les cendriers, cela faisait environ deux paquets de cigarettes que ses occupants s'acharnaient sur le corps de cet homme. C'était un *Obersturmbannführer* de la SS que l'on avait déshabillé et attaché à une chaise ; son torse puissant et son crâne de vautour étaient couverts de sang. Mais ce qui faisait froid dans le dos, c'était le tire-bouchon qui sortait de sa rotule, à angle droit ; preuve, s'il en était, que les meilleures et les plus inhumaines des traditions de la Gestapo étaient bel et bien vivaces. Il avait été arrêté dans la chambre qu'il occupait à l'hôtel ; les mains carrées et fortes de deux soldats l'avaient sciemment martyrisé entre chaque question, comme si lui infliger la torture les intéressait davantage que la vérité. Un interrogatoire où ils avaient rabâché les mêmes questions, où ils avaient exigé d'entendre les mêmes détails sans tenir compte du fait que l'homme jurait ne connaître personne, n'avoir espionné personne, n'avoir conspiré avec personne. Le commandant Eckhart Bauer et le capitaine Friedrich Möbius avaient assisté au supplice, le premier abîmé dans de profondes méditations, le second avec un regard indifférent, opaque.

– Ils ont mordu à l'hameçon, *Herr* Andrade, lui annonça Bauer.

Arturo fit le salut nazi avec une belle ardeur.

– Quel hameçon, commandant ?

– Nous avons simulé un transfert de techniciens dans un camion bâché. En réalité, c'étaient les prisonniers d'un camp. Le véhicule a été garé devant la *Virus Haus*. Il n'y a pas eu besoin d'attendre, ça a marché tout de suite. Quelqu'un a tiré avec un *Panzerfaust* depuis l'une des rues adjacentes. Le sang a éclaboussé les murs sur deux mètres de haut, il leur a fallu une heure pour ramasser les morceaux de chair éparpillés dans la rue. Seul le lieutenant-colonel Egon Sperath était au courant du transfert, n'est-ce pas, *mein Obersturmbannführer* ?

La question arracha à l'homme une plainte sourde et gutturale.

– Mais nous avons un sérieux problème, *Herr* Andrade. Et nous allons avoir besoin de votre aide.

– À vos ordres, commandant.

Bauer s'approcha de la fenêtre. Son profil d'éphèbe se découpait sur un ciel auquel on semblait avoir mis le feu.

– Il a tout nié, or, personne ne peut supporter ce supplice sans rien avouer. Personne, insista-t-il sans détacher son regard de la vitre, miraculeusement intacte. Mais, même s'il n'a rien à voir avec tout cela, il est le seul à avoir été informé de l'opération. Comme le dit Churchill, nous sommes confrontés à un rébus enveloppé de mystère au sein d'une énigme. Vous avez une idée, *Herr* Andrade ?

— Puis-je en savoir un peu plus sur cet homme ?

— Vous trouverez sur la table un classeur avec de plus amples renseignements, dit-il en faisant un geste vers l'arrière sans décoller ses yeux de la nuit.

Arturo s'avança et prit un porte-documents d'où s'échappaient quelques feuilles, parmi lesquelles un diagramme détaillé permettant de visualiser les lieux, les dates et les emplois du temps des personnes concernées. Il se mordit avec force l'intérieur des joues et parcourut le dossier relatif au lieutenant-colonel Egon Sperath. La fatigue aidant, il se sentit submergé par la masse des données, mais il en tira tout de même quelques conclusions : l'homme avait une femme et deux enfants à Hambourg, et avait réalisé une honorable carrière à travers la France, la Yougoslavie et l'Italie de Karl Wolff. Tout juste y avait-il une note rédigée par un scribouillard quelconque, qui faisait état de son comportement licencieux et de son goût pour les lupanars, un moindre péché parmi les officiers de la SS. Arturo referma le porte-documents et le replaça avec soin sur la table avant de s'avancer vers l'officier. Il s'accroupit à la hauteur de son visage blessé et tuméfié, évitant de poser les yeux sur le tire-bouchon ; un filet de bave sanglante coulait de ses lèvres et de son nez, et son regard flou semblait à peine capable de se régler sur le monde. Le caractère prévisible des événements qui l'attendaient était terrifiant : cet homme était tout simplement mort. À l'évidence, ça sentait la trahison ; une odeur pénétrante, dont Arturo n'avait aucune référence précise, pas plus qu'il ne connaissait son origine exacte. Aussi laissa-t-il l'information assimilée s'écouler en lui. Bauer et Möbius étaient tous deux témoins de son extrême concentration, de la lutte qu'il menait pour atteindre une vérité qui le fuyait, qui l'esquivait ; comme dans un thème de jazz, de subtiles variations affrontaient, courtisaient, provoquaient ou défiguraient le thème principal de sa pensée, jusqu'à ce qu'enfin une lueur de connaissance vînt éclairer le visage d'Arturo. C'était cela. Ce pouvait bien être cela. La plus grande démonstration de pouvoir, c'est lorsque celui-ci s'exerce à l'insu de la victime – la domination sans sa manifestation ; tel était, justement, le procédé employé par Alfredo Fanjul, la toile d'araignée qu'il tissait de bordel en bordel, sans cesse attentif aux vibrations produites par les éléments qui en étaient prisonniers. Et l'insinuation qui figurait dans ce document, un jugement moral succinct mais éloquent sur les habitudes dépravées d'un officier, indiquait peut-être que Pippermint utilisait la même méthode, voire qu'il dirigeait un de ces lieux. C'était sa seule option.

– Lieutenant-colonel Egon Sperath, je suis le lieutenant Arturo Andrade, l'un des hommes chargés de cette enquête, lui dit-il d'une voix posée. Vous allez mourir, Egon, vous le savez. Je n'ai aucune raison de vous mentir, mais il ne tient qu'à vous de mourir au terme d'inutiles souffrances ou rapidement. Je sais que vous n'êtes pas un traître. Vous n'avez pas vendu votre patrie, sur ce point vous pouvez être tranquille. Mais il se peut que vous ayez commis une erreur, qu'à un moment donné vous ayez trop parlé, poussé par l'alcool, ou l'orgueil, l'excès de confiance, la solitude, que sais-je... Et vos actes ont eu des répercussions, des conséquences extrêmement graves pour la guerre. Alors, j'en appelle à votre honneur et je vous demande d'accomplir une dernière fois votre devoir envers l'Allemagne. Je vous promets que votre famille n'en saura jamais rien et qu'elle recevra la lettre lui annonçant que vous êtes tombé en combattant courageusement et en remplissant votre devoir, pour le Führer, pour le peuple et pour la patrie...

Arturo savait que tout cela n'était que mensonges, mais il n'avait guère le temps de laisser le sang sécher.

– Qu'est-ce que vous en dites ? ajouta-t-il.

– Je ne comprends pas ce que vous voulez, répondit l'autre avec difficulté – c'est tout juste si sa langue râpeuse lui obéissait encore.

– Réfléchissez, Egon, réfléchissez... Les jours précédant le transfert des techniciens, êtes-vous allé au bordel ?

Tous les visages affichèrent de l'étonnement. Bauer s'abstint d'intervenir, mais à l'évidence, il en brûlait d'envie.

– Êtes-vous allé voir les putes, Egon ? précisa Arturo.

– Oui...

– Où ça, Egon ?

– Je vais surtout à la maison Volkova.

– Et vous demandez toujours la même fille ?

– Il y en a une que je vois souvent.

– Comment s'appelle-t-elle ?

– Sonia.

– Et vous souvenez-vous si vous avez parlé de l'opération en sa présence ?

L'officier fouilla parmi les obscures ombres chinoises de sa mémoire abîmée. Il voulut parler mais l'effort fut si douloureux et mortifiant qu'il ne put que balbutier.

– Donnez-lui de l'eau, ordonna Arturo à l'un des soldats.

Bauer acquiesça et le lieutenant-colonel vida le verre qu'on lui tendit avec l'avidité d'un homme qui serait capable d'avaler sa propre urine.

– Non... Je ne me rappelle pas, articula-t-il. Chaque fois, je bois beaucoup, et j'avais pris des drogues...

– On ne peut pas exclure que vous ayez laissé échapper une information, l'encouragea Arturo.

– Je n'en suis vraiment pas sûr…

Egon Sperath essaya de retenir ses larmes avec tous les muscles de son visage, mais il finit par lâcher des sanglots que le supplice infligé par ses bourreaux n'avait pu lui arracher. Ses yeux étaient remplis de honte, d'effroi et de la compassion qu'il ressentait pour lui-même.

– Je suis désolé, je suis désolé… Je ne veux pas mourir, j'ai servi le Führer, j'ai toujours servi le Führer…

– Entre un incapable et un traître, je préférerai toujours le traître : il fait moins de dégâts, l'interrompit Bauer avec mépris et un éclat implacable dans le regard. Le capitaine Möbius et vous allez prendre quelques hommes et vous rendre à cette adresse. C'est tout ce que nous avons. Si Pippermint s'y trouve, attrapez-le et ramenez-le. S'il n'y est pas, cet officier sera encore là à votre retour.

– Puis-je faire une suggestion, commandant ? objecta Arturo.

– Dites, *Herr* Andrade.

– Nous sommes tous conscients que cela tient du pari, que ce n'est qu'une simple supposition. Il se peut que cette Sonia soit une informatrice, mais franchement, elle doit être bien peu de chose au regard de l'organisation qu'exige le parachutage de commandos sur la ville. Je suis plutôt enclin à penser que *Frau* Volkova trempe également dans l'affaire, car elle dispose d'un plus grand nombre d'informations, de plus d'éléments qui lui permettent de proposer des objectifs. N'oublions pas que nous avons peu de temps, et je doute que vos méthodes – il désigna le malheureux – soient aussi efficaces avec Pippermint. Si celui-ci a survécu, c'est qu'il a toujours su maîtriser les entrées de sa vie, et donc qu'il en contrôle aussi les sorties.

– Abrégez, *Herr* Andrade.

– Eh bien, si Pippermint se trouve dans la maison Volkova, et si c'est notre homme, la seule façon de le capturer vivant est de le prendre par surprise. Aussi, avant de nous présenter là-bas, j'aimerais que le capitaine Möbius s'intéresse de près à ceux qui fréquentent ce bordel, et particulièrement à cette *Frau* Volkova. Je suis sûr que vous disposez déjà de rapports, et de première main, ajouta-t-il ironiquement. On verra ensuite comment refermer le piège.

Bauer dilata ses narines et acquiesça enfin.

– Dépêchez-vous.

Après le salut de rigueur, Möbius et Arturo s'empressèrent de quitter la pièce et de rejoindre le vestibule ; dans l'entrée de l'hôtel, à la lisière de l'orage, ils observèrent les traits lumineux et énergiques des éclairs qu'encadraient les fenêtres vides des immeubles bombardés. Une fois qu'il eut remis un peu d'ordre dans toute cette dévastation, Arturo sentit qu'un certain abattement gagnait sa conscience, un émoi funeste et inhospitalier, ainsi qu'une fatigue qui enserrait son crâne dans un étau de fer. Il envisagea la possibilité d'aller se reposer à l'ambassade, mais la seule idée de devoir affronter Silke lui paraissait insupportable.

– Capitaine, avec votre permission, je crois que je vais aller dormir quelques heures à la chancellerie.

Möbius, impassible, jaugea la fatigue d'Arturo.

– En effet, vous semblez en avoir besoin. Dormez tout votre soûl, *Herr* Andrade. Dans les jours à venir, nous n'aurons pas le temps de le faire.

Un véhicule SS sortit de la nuit et se gara juste devant eux.

– Je vais donner l'ordre que l'on vous dépose, proposa Möbius. J'ai encore des choses à régler ici. Bonne nuit, *Herr* Andrade.

Le capitaine lança quelques instructions au chauffeur et regagna le vestibule avec le calme et le naturel d'un hôte qui eût commandé un taxi pour son invité. Arturo s'engouffra dans la voiture et s'enfonça dans le siège ; peu à peu, la fatigue cédait la place à un redoutable désespoir. Il renversa la tête en arrière et respira profondément. Il fallait absolument qu'il reste ainsi, sans bouger ; s'il parvenait à conserver cette position suffisamment longtemps, tout s'arrangerait. Et le lendemain matin, il serait de nouveau prêt à résister, prêt à survivre, seul et contre tout. Seul et contre tous.

10

Angles morts

– C'est l'heure du petit déjeuner, *Herr* Andrade.

Arturo sentit qu'on le secouait légèrement et ouvrit les yeux pour découvrir l'épaisse moustache du *Kommissar* Hans Krappe, avant de pouvoir contempler la rangée de dents jaunâtres d'un imperceptible sourire. Le gros *Kommissar* se redressa, ôta son chapeau et, en tirant doucement sur chaque doigt, ses gants, qu'il fourra dans la poche de son manteau élimé quoique brossé avec soin; puis il épousseta minutieusement ses épaules et sortit une flasque dont il dévissa lentement le bouchon.

– Vous ne pourrez pas vous plaindre du service des chambres, ajouta-t-il, goguenard, en avalant une gorgée.

La confusion, le désordre, l'incertitude des premières secondes furent balayés par la haine qui, telle une substance toxique, afflua dans le sang d'Arturo. Le souvenir obsédant de Silke, les démons qui jaillissaient en lui se mêlaient au désir coupable, aux rêves nocturnes hantés par ses hanches étroites, son ventre plat, ses petits seins. De fait, la sévère érection qu'il exhibait l'obligea à s'asseoir aussitôt sur le lit de camp qu'il avait déniché dans le bunker des chauffeurs, afin de recouvrer une position un peu plus digne. Le froid et l'humidité l'obligèrent à coincer ses mains sous ses aisselles, bien qu'il eût dormi avec son manteau.

– Bonjour, *Herr Kommissar*, vous me semblez de fort belle humeur, répondit-il.

– Tenez, prenez-en une gorgée.

Il lui tendit la flasque.

– Vous voyez cela ? demanda-t-il en montrant le revers de sa veste.

Arturo le regarda d'un air étonné : il avait glissé un lilas frais à sa boutonnière.

– Qu'est-ce donc ?

Krappe tira doucement sur la tige.

– Le printemps est là, *Herr* Andrade.

Il caressa les feuilles tendres.

– Voyez-vous comme c'est beau ?

Il le replaça avec délicatesse. Arturo but à son tour et reçut une décharge de courage dans le cerveau.

– Quelle heure est-il ? demanda-t-il.

– Environ sept heures.

– Et les Russes ?

– À l'instant même, ils pilonnent Teltow. Ils ne vont pas tarder à franchir le canal.

La lassitude s'empara d'Arturo.

– Autant manger de la soupe avec une fourchette... marmonna-t-il en espagnol.

– Vous dites ?

– Vous voulez vraiment continuer avec toute cette mascarade ? lui traduisit-il.

Hans Krappe esquissa un sourire, prouvant ainsi qu'il était un homme décidément plein de détours.

– Il y a longtemps, quand j'ai commencé dans la police, on m'a confié le cas d'un individu suspecté d'avoir tué sa femme. J'ai enquêté pendant des jours, *Herr* Andrade, à en devenir obsédé. Tout ça pour en arriver à la conclusion, même si je n'en avais aucune preuve, qu'il était bien le meurtrier. Il l'avait assassinée et avait fait disparaître le corps. Et comme vous le savez, sans corps, pas de crime. Malgré tout, j'ai réussi à le faire comparaître. Il a été déclaré innocent, mais j'ai pu prouver durant ce procès que j'avais raison.

Il marqua une pause pour vérifier s'il avait piqué la curiosité d'Arturo.

– Continuez, je vous en prie.

Krappe se racla la gorge.

– Très bien. Nous étions dans la salle d'audience, et j'avais de fortes raisons de penser que chacun pouvait douter que la femme ne soit pas morte, surtout les jurés car ils avaient le pouvoir de condamner un homme. Alors, j'ai proposé au procureur une ruse : je lui ai demandé d'appeler à la barre au milieu du procès la femme disparue, et cela de façon inattendue. Je lui ai expliqué mes raisons et il a donné son assentiment. Lorsqu'il l'a fait, un cri de stupéfaction a parcouru l'assistance : tous les regards se sont tournés vers la porte. Tous les regards car, comme je vous l'ai dit, il était tout à fait légitime de penser que la femme n'était peut-être pas morte. Tous les regards se sont tournés, sauf celui du prévenu, *Herr* Andrade. Et savez-vous pourquoi ?

– Pourquoi, *Herr* Krappe ?

– Parce qu'il était le seul à savoir qu'elle n'apparaîtrait pas.

Le silence qui suivit fut brisé par l'ébranlement que provoqua la chute d'un projectile. Krappe inclina son visage joufflu et se délecta de l'arôme du lilas.

– J'entends bien, mais il ne suffit pas d'avoir raison, encore faut-il avoir raison en temps et en heure, rétorqua Arturo.

– Non, ce n'est pas cela, *Herr* Andrade. C'est déjà une bonne chose de savoir que l'on a raison et que les autres ont tort. Plus jamais je ne tomberai dans le piège de la souffrance collective. Ici, il y a des victimes et des bourreaux, rien d'autre, et ce sont les bourreaux qui donnent la mort. Le fait est que Kleist a été assassiné et qu'un bâtard l'a tué, c'est la seule chose qui soit vraie. Et il y a aussi une motivation personnelle : le travail bien fait. Que ce soit pour la justice, la vérité, ou un autre but. Ce qui nous définit, c'est ce que nous choisissons et notre façon de le faire. Le plus confortable, c'est d'être un foutu nihiliste ; le plus facile, c'est de dire que rien n'a d'importance ; et au contraire, le plus difficile, c'est de distinguer ce qui est juste de ce qui ne l'est pas, *Herr* Andrade. Cette canaille était coupable, et moi j'en ai eu la certitude. Oui, c'est déjà une bonne chose.

La volonté, telle une épée, ressuscita en Arturo.

– Et puisque nous allons mourir, autant que ce soit au printemps, n'est-ce pas, *Herr Kommissar* ?

– Bien dit. Mais nous survivrons, *Herr* Andrade, nous devons survivre : il y a des gens qui nous attendent.

Arturo grimaça de douleur.

– Vous, peut-être, *Herr Kommissar*. Mais moi, je n'ai plus personne.

– Vous n'avez pas de fiancée ?

– Non.

– Pas de famille ? Pas d'amis ? insista-t-il, incrédule.

– Non.

– Alors vous feriez un bon Allemand. Comme eux, vous vous obstinez à recommencer de zéro, dit-il ironiquement.

Leurs sourires étaient dépourvus d'humour, mais réconfortants.

– Qu'en dites-vous, *Herr* Andrade ? Nous avons des loups à chasser et des réponses à trouver. Nous n'allons pas laisser les Russes gâcher la fin de la fête…

– Bien sûr que non, *Herr Kommissar*.

– Très bien. Alors mangeons un morceau, vous me semblez un peu maigre, et vous n'avez pas bonne mine. Et puis, je vous ai réservé une petite surprise…

– Quelle surprise ?

– Je vous dirai où est le frère d'Ewald von Kleist.

Le découragement d'Arturo allait accoucher d'un soupir d'impatience, mais il parvint à le retenir. Tandis que la journée s'acheminait vers cet instant métissé entre la nuit et le jour où chaque chose recouvre ses contours, avec le rugissement constant des batteries en bruit de fond, Hans Krappe et Arturo réglèrent son compte à un *Kommissbrot* de l'armée, un pain noir tout sec, qu'ils tartinèrent d'une margarine faite de charbon et d'un miel synthétique à base de résine de pin, accompagnant le tout d'un remontant, un cocktail composé de deux tiers de vodka et d'un tiers de succédané de café. Arturo, contrairement à Krappe, mangeait sans plaisir, comme une machine qui avait besoin d'être approvisionnée en carburant, alors que le *Kommissar*, lui, jacassait, évoquant des montagnes de viande hachée garnies de rondelles d'oignon, de poivre moulu, de gros sel et de câpres, servies avec des pains de seigle et de la bière brune. Après cela, Hans Krappe s'appliqua à poser un par un les jalons du chemin qu'ils se devaient de poursuivre.

– On a eu de la chance. Albert von Kleist était détenu à Plötzensee et il aurait dû être jugé en février, mais il se trouvait dans le tribunal précisément le jour où les Alliés ont bombardé Berlin et fait voler en éclats la tête de Roland Freisler, le juge en charge des tribunaux populaires. Une justice plutôt poétique, *Herr* Andrade, lâcha-t-il d'un air étrangement décidé, car personne d'autre n'a été blessé dans ce lieu. Depuis, ses comparutions ont été sans cesse ajournées et il est toujours incarcéré.

– Mais aujourd'hui, Plötzensee est dans la zone d'Ivan.

– C'est pour cela que j'ai dit qu'il *était détenu, mein Herr*, et c'est pour cette raison qu'il a été transféré à la prison de Lehrter Strasse.

– Avons-nous le droit de le rencontrer ?

– Nous l'avons.

– C'est du bon boulot, *Herr Kommissar*. Moi aussi, j'ai un peu travaillé...

Il détailla sa visite à Jonastal, la vision apocalyptique de *Hagen*, le rôle de Möbius dans le projet atomique, l'entrevue précipitée avec Bruno Wassermann et son interprétation alarmante du faire-part de Kleist, la confirmation que Hitler voulait s'immoler avec Berlin, la capture d'Egon Sperath et les chances d'attraper Pippermint. Il n'y eut aucun détail anodin ni élément insignifiant qu'Arturo ne soupesât devant Krappe, car c'était l'accumulation de ces faits et les relations entre ceux-ci qui devaient former la mosaïque que tous deux avaient à reconstituer. Le *Kommissar* assimila l'information et conclut qu'il n'y avait pas de temps à perdre ; ils se mirent en route, Krappe, avec son dandinement caractéristique, lui assurant que la BMW les attendait en lieu sûr. Lorsqu'ils arrivèrent à la chancellerie, le ciel était magnifique, serein, bleu, infini. Le printemps était un intrus ; il était venu accompagné d'un oiseau qui chantait à tue-tête, comme pour faire taire les coups de canon. Krappe montra le véhicule derrière un mur épais qui le protégeait, à proximité du ministère des Transports. Il avait encore le bras levé lorsqu'un obus tomba dans un sifflement interminable, faisant exploser la BMW en mille morceaux, la réduisant à un amas de ferraille d'où se dégagea une épaisse fumée noire. Krappe baissa calmement son bras mais son éducation prussienne ne l'empêcha pas de proférer une bordée de jurons et d'insultes entre deux phrases incohérentes. Puis il ajusta sa cravate en tricot peluchée et remit en place son costume de tweed sous son manteau.

– *Herr* Andrade, j'ai comme l'impression que l'ennemi manque d'un minimum d'éducation. Il va falloir faire un peu d'exercice.

– Ce n'est pas grave, *Herr Kommissar*, cela nous servira pour le jour où nous aurons à courir pour de bon.

À nouveau, la guerre leur prouvait que les mesures conventionnelles ne seraient d'aucune utilité tant que l'artillerie soviétique cracherait ses redoutables traits de feu sur Berlin. Sur le trajet de la prison de Lehrter Strasse, une minute équivalait à une année, et les dix mètres séparant une rue battue par le feu d'une barricade semblaient parfois interminables. Les Russes progressaient dans tous les secteurs, et il n'y avait ni nourriture, ni carburant, ni électricité, ni munitions ; partout l'on rencontrait des cadavres ambulants, insensibles, réduits au silence : tels des rubans gris, des colonnes de soldats et de civils, anéantis et épuisés, avançaient d'un pas las ; des détachements du *Volkssturm*, surnommé «le pot-au-feu» car il rassemblait des vieillards et des adolescents, mélange de viande boucanée et de jeunes pousses. Sur le chemin, le *Kommissar* informa Arturo du drame qui s'était déroulé dans ce théâtre de l'horreur qu'avait été la prison de Plötzensee durant la purge qu'avait entraînée l'opération Walkyrie. Ce bâtiment couvert de grandes croix gammées n'avait pas seulement été une geôle, mais aussi l'un des exemples les plus extrêmes et obscènes de la délirante et perverse *Weltanschauung* nazie. Suite à l'échec du plan de Stauffenberg visant à éliminer Hitler, c'est dans cette prison qu'avaient été exécutées les personnes impliquées dans le complot, après des semaines d'horribles tortures. Hans Krappe lui raconta que l'on faisait entrer les condamnés un par un dans une salle d'exécution où l'on avait installé un projecteur face à une potence. Un homme était chargé de filmer chacun des gestes précédant la montée sur l'échafaud sous le regard de quelques officiers, du bourreau, du directeur de la prison et d'une poignée de journalistes invités. Au lieu de cordes de chanvre, ils utilisaient des cordes de piano pour que la mort, par strangulation et non par fracture, soit plus lente. Une fois qu'on leur avait posé la corde autour du cou et les avait obligés à faire un pas dans le vide, la caméra enregistrait soigneusement chaque convulsion, chaque goutte de sang et de sueur, chaque seconde d'une agonie qui durait parfois vingt minutes, sous les quolibets et les plaisanteries salaces du bourreau. Des films d'une violence quasi pornographique que Hitler en personne savourait toutes les nuits dans la salle de projection de son bunker, vengeance d'un homme malade qui mémorisait chaque plan, chaque scène, chaque séquence. Suite à ces révélations, l'Histoire, pour Arturo, avait revêtu une épaisseur encore plus étrange et troublante, et laissé sur son visage une expression de stupeur qui ne l'avait pas quitté quand il se présenta devant les soldats aux longs manteaux de cuir couleur acier postés à l'entrée de la prison en forme d'étoile de Lehrter Strasse. Krappe et Arturo arrivèrent à leur destination à demi asphyxiés par la poussière de brique qui crissait sous leurs dents, la fumée et les papillons de suie qu'ils avaient avalés. Ils saluèrent, déclinèrent leur identité et pénétrèrent dans un lieu où le froid était comme un organisme vivant, qui se propageait et s'infiltrait partout. Albert von Kleist était détenu dans l'aile B, avec deux cents autres prisonniers – communistes, religieux, écrivains, hommes politiques, militaires... la plupart déjà jugés, condamnés et dans l'attente d'être exécutés. Ils le trouvèrent dans la cellule 244, assis sur un grabat sans matelas, le dos appuyé au mur, genoux ramassés sur la poitrine. Il était si squelettique qu'il flottait dans ses vêtements comme s'il s'agissait de ceux d'un frère aîné ou d'un père décédé. Malgré cela, il était beau, avec quelque chose qui rappelait les traits ciselés de son frère ; sa chevelure, noire et crépue, était abondante ; il avait des yeux gris et brillants, des yeux de husky sibérien ; et une ombre d'hystérie sur le visage qui leur fit craindre qu'il ne fût perturbé par le souvenir d'indicibles atrocités ou l'incertitude de son exécution. Dans la cellule flottait une odeur de saleté et de merde. Lorsqu'il parvint à les fixer de son regard, il resta ainsi, en silence, pendant un long moment.

– Pouvez-vous me donner une cigarette, avant ? demanda-t-il enfin.

Sa voix était éteinte, mais l'homme semblait lucide. Krappe lança un regard à Arturo.

– Avant quoi ?

– Avant de me fusiller.

La contrariété se dessina sur le visage d'Arturo qui, d'un geste las, enleva son casque et le posa avec son arme sur le grabat. Il demanda à Krappe s'il avait des cigarettes, et comme celui-ci répondit par la négative, il fouilla dans les poches de sa vareuse et trouva ce qu'il cherchait : du chocolat. Le regard de Kleist resta dans le vague, même lorsque Arturo lui proposa ce mets et qu'il le dévora ; un regard que la fatigue nerveuse et d'atroces conditions de vie avaient drainé de toute énergie. Krappe lui tendit la flasque, et c'est cette gorgée qui sembla le ressusciter, même s'il avala la liqueur de travers et s'étouffa dans une violente quinte de toux.

– Nous voulons juste vous poser quelques questions, *Herr* von Kleist.

Albert von Kleist resta cloîtré dans son mutisme.

– Je sais quel calvaire vous avez enduré, vous et votre famille, *Herr* von Kleist. Croyez-moi, je suis bien informé. Mais sachez que je ne fais pas partie de la SS ni de la Gestapo, je n'ai rien à voir avec tout cela, je ne suis qu'un simple soldat à qui l'on a confié une mission. Je m'appelle Arturo Andrade, et je vous présente le *Kommissar* Hans Krappe, de la *Kripo*, que je seconde. Sur le chemin, j'ai réfléchi à la manière dont j'allais vous exposer les faits, et j'avais préparé deux ou trois mensonges, mais j'en suis venu à penser que vous ne les méritiez pas. Je suis sûr que vous préférez entendre la vérité crue plutôt qu'un mensonge tendancieux. C'est pour cela que vous avez suivi Stauffenberg, et c'est pour cela que je vous respecterai. Si nous sommes ici, c'est parce qu'ils ont tué votre frère.

Albert von Kleist fit honneur à son rang et ne se départit pas de son attitude glaciale.

– Alors je suis le dernier de ma lignée, dit-il simplement.

Arturo admira ce qu'il y avait d'insensé dans le fait de conserver la raison, telle une flamme en pleine tempête, parfaite illustration de la volonté humaine de survivre et de perdurer. Puis, choisissant les mots les moins durs, il lui décrivit les circonstances du décès de son frère, et à l'issue d'un cheminement rigoureux autant que parfait, comme s'il s'agissait d'une démonstration mathématique, il évita d'en tirer toute conclusion hasardeuse.

– Voilà pourquoi, si vous voulez que justice soit rendue à votre frère, il faut vous rappeler, *Herr* von Kleist, il faut vous rappeler...

Albert se tenait sur son quant-à-soi, le visage fermé. Il décida de parler.

– Ça faisait des mois que je ne le voyais pas... des mois... ça faisait des mois que je ne le voyais pas... des mois...

Il répéta ce mantra avec cette insistance maniaque dont font preuve certains malades mentaux, jusqu'à ce que Krappe mît un terme à la ritournelle :

– *Herr* von Kleist, vous voulez peut-être une cigarette. Je vais en demander une tout de suite.

Une brusque quinte de toux interrompit son débit de disque rayé et il remercia Krappe d'une voix tremblante. Puis il eut un inexplicable sourire dédaigneux, et se retrancha dans ses absences pendant quelques minutes. Même s'il n'avait pas totalement perdu la raison, quelque chose ne tournait pas rond dans sa tête.

– *Herr* von Kleist... le pressa Arturo. En attendant le *Kommissar*, nous pouvons commencer à discuter...

Albert se passa la langue sur ses lèvres desséchées, fredonna mécaniquement une petite mélodie et se mit à parler ; tout d'abord, Arturo eut du mal à suivre la logique de son récit, fait de phrases collées les unes aux autres dans un ordre arbitraire, régies par une mystérieuse logique, puis peu à peu, elles trouvèrent un certain sens et finirent par confirmer que jamais son frère n'aurait trahi son pays.

– ... non, Ewald n'aurait jamais trahi l'Allemagne, assura-t-il, exprimant un avis concordant avec ceux d'Otto Dege et Bruno Wassermann. Jamais. Ewald voulait construire une Allemagne plus grande et plus puissante, comme nous tous, ce pour quoi a été constituée la Société Thulé. Sebottendorf...

Ce nom, déjà évoqué par Otto Dege, aiguisa l'attention d'Arturo.

– Qui dites-vous ?

– Adam Alfred Rudolf Glauer von Sebottendorf... Il a fondé la Société en sachant que les Allemands adoraient le fanatisme, la furie authentique ou feinte, la rage calculée, l'écume aux lèvres, le patriotisme. S'ils estiment que leurs dirigeants ont des doutes, ils y voient de la faiblesse, et être faible, c'est être une victime. Et l'Allemagne ne pouvait pas être une victime ; comme les Spartiates, l'Allemagne devait jeter les faibles dans le gouffre du Kaiadas. Mais pour y parvenir, l'élite allemande avait besoin de Hitler. Pour souder le peuple, elle avait besoin d'un homme issu du peuple, d'un pôle magnétique capable d'attirer une société divisée, car les masses ne suivent que celui qui se tient toujours prêt et qui n'hésite jamais. Tout se passait comme prévu, et puis ça a commencé à aller de travers. Quelque chose nous a échappé et on ne s'en est pas rendu compte. Un élément dans le nazisme que nous avons sous-estimé, une sorte de nihilisme, un absolu que nous n'avons pas su saisir. Cette exigence d'une réalité parfaite était vouée à l'échec dès le début, et avec elle, toute l'Allemagne, dit-il d'un ton affligé.

– *Götterdämmerung*, se rappela Arturo.

– *Götterdämmerung*, confirma Kleist, à la fois furieux et désemparé.

Au même instant, Krappe revint avec une cigarette qu'il

avait obtenue d'un officier. C'était une cigarette de luxe, au filtre doré, et Albert l'accueillit avec cette apathie qui engourdit un corps affamé et souffrant. Il inhala et exhala une odeur savoureuse et délicate.

– Mon frère en avait eu l'intuition, poursuivit-il. Bien avant que l'on prenne conscience que ces aspirations irréalisables nous conduiraient à un suicide collectif, bien avant que Stauffenberg décide de trancher dans le vif. Il se doutait qu'il y avait des aspects plus souterrains, quelque chose de beaucoup plus obscur, plus complexe que ce que nous imaginions, et qui dépassait même Hitler.

– Qui dépassait Hitler? l'interrompit le *Kommissar*, suspicieux.

– Oui, un projet différent de celui de Hitler, un projet plus consistant, plus clandestin, et le plus choquant, c'est qu'il émanait de la Thulé...

– Il n'a pas été plus précis?

– On se voyait très peu dernièrement, il était submergé par son travail scientifique. Et chaque fois, il était davantage protégé, davantage isolé, davantage... surveillé. Les rares occasions où nous avons pu nous rencontrer en tête à tête, il avait l'air plus inquiet, mais surtout plus hermétique, comme s'il craignait de m'en dire trop sur ce qui pourrait être une menace pour moi.

– Mais vous faisiez partie de la Thulé. Voire, si j'ai bien compris, de sa direction. Qu'y a-t-il que vous n'auriez pu connaître?

Pour la première fois, Kleist se montra sur le qui-vive, prudent.

– Je suppose que la réalité était bien plus complexe que ce que nous imaginions. Y compris pour nous, au sein de la Société, à certains... niveaux – il choisissait chaque terme avec une infinie précaution –, il se produisait ces phénomènes qu'étudiait Ewald...

– Quels phénomènes ?

Albert semblait avoir du mal à respirer, comme si ses mots, au lieu d'être un pont, constituaient un obstacle.

– Oui, dans la physique quantique, au niveau subatomique, le principe d'incertitude. Comme dans la physique, il y a eu dans la Thulé une période où les principes classiques ne fonctionnaient pas. Tout était élusif, vague, des ombres d'ombres. Des demi-vérités, des demi-mensonges. Toute tentative de prédiction, de calcul ou de mesure modifiait la réalité, l'ordre. Il y avait des vides, des vides inexplicables, des rumeurs fuyantes... La Thulé nous avait échappé des mains, même à nous, ses membres les plus anciens. De la même façon que le national-socialisme, comme si l'une et l'autre étaient construits sur un patron identique, un patron indicible. L'organisation était devenue une entreprise mystérieuse à laquelle personne n'avait accès, sinon par une petite porte, et celle-ci était trop étroite pour nous, et ceux qui étaient de l'autre côté ne pouvaient déjà plus être compris des autres...

Albert tenta de trouver des exemples et des contre-exemples afin de clarifier son discours, de le rendre plus tangible, et d'éviter qu'il ne fût qu'un amas de mots, mais en vain. Il tira une nouvelle bouffée de sa cigarette.

– Ewald se sentait si menacé qu'il m'a dit avoir pris des mesures pour se protéger, une assurance pour les temps difficiles, une sorte de parapluie qui pourrait également abriter toute la famille.

– Il pourrait s'agir d'un film ? intervint Arturo. Des images prises au Berghof ?

– Possible, mais je vous ai déjà dit qu'il n'était jamais très explicite. Il voulait me protéger de quelque chose, j'ignore de quoi. Il insistait : je ne devais faire confiance à personne dans la Société, pas même à lui, parce qu'on peut soutirer des informations à n'importe qui.

– Mais il n'a pas réussi à vous protéger, dit crûment Krappe.

– Non, il n'a pas réussi, lui répondit Kleist en se rembrunissant.

Arturo regarda Krappe d'un air indigné, lequel répondit par une moue d'excuse.

– Mais comment cela a-t-il pu être possible, *Herr* von Kleist? Votre frère aurait pu avoir la vie sauve, pourquoi donc son talisman n'a-t-il pas été efficace avec votre famille?

– Je n'en suis pas sûr, mais j'ai bien peur que tout ne soit allé trop vite, y compris pour Ewald. Il savait, pour le *coup d'État** de Stauffenberg, et il le soutenait. Dès qu'il le pouvait, il assistait aux réunions. Selon lui, si l'Allemagne voulait avoir une chance de survivre, il était vital de se débarrasser de Hitler.

– Expliquez-moi ce plan dans le détail, s'il vous plaît. Cela m'aidera peut-être à y voir plus clair.

– Le plan Walkyrie était une procédure mise en place par l'OKH[1], qui consistait à prendre les mesures militaires qui s'imposaient en cas de troubles dans le pays ou de sabotages, étant donné le grand nombre d'étrangers qui travaillaient dans le Reich. La responsabilité en incombait à l'*Ersatzheer*[2] et aux unités cantonnées dans les villes. Évidemment, si les conjurés parvenaient à occuper les postes adéquats à l'OKH, ces bataillons de réserve pourraient alors être utilisés pour renverser le régime, mais il fallait d'abord éliminer le Führer pour libérer les soldats du serment de loyauté. Or, trop d'erreurs ont été commises, et quand la bombe a manqué le Führer, nous n'avons pas su réagir assez vite. Le complot a été incapable de rattraper les minutes perdues, les communications à Rastenbourg n'ont pas été correctement contrôlées,

1. Oberkommando des Heeres.
2. Armée de réserve du IIIe Reich.

certains ordres ont été donnés trop tard... Lorsque, le lendemain, Hitler a fait un discours pour prouver à la nation qu'il était encore en vie, nous avons su que nous étions morts. La SS, en revanche, a tout de suite réagi et elle a été impitoyable. Elle a été si rapide qu'il ne lui a fallu que quelques heures pour se présenter chez moi, et ma chute a entraîné celle de toute la famille. Je suis persuadé qu'au moment où Ewald a voulu tirer son as de sa manche, ils avaient déjà envoyé les femmes et les hommes dans les camps de concentration, les enfants dans les orphelinats où leur identité a été changée, et tous les biens des Kleist avaient été saisis ou détruits...

Il tira une bouffée de sa cigarette et cracha la fumée par les narines en affichant une étrange variante de stoïcisme. Il marmonna une phrase incompréhensible.

– Pourtant, il s'est produit quelque chose qui... dit-il soudain à voix haute.

– Qui quoi ?

– Il s'est produit quelque chose qui a à voir avec l'évolution au sein de la Thulé. Les jours qui ont suivi mon arrestation, j'ai pu partager une cellule avec d'autres membres de la conspiration et parler avec eux. Tout le monde s'accordait à dire qu'il y avait eu un problème de coordination, que des erreurs fatales avaient été commises, et c'est là que j'ai découvert quelque chose que je n'ai pas su interpréter sur le coup. Dans le laps de temps où l'on ignorait si Hitler était toujours en vie, plusieurs officiers de haut rang ont reçu des appels anonymes les prévenant que le Führer était sorti indemne de l'attentat et que l'opération Walkyrie devait être immédiatement suspendue. Au début, je n'y ai pas prêté beaucoup d'attention, mais plus tard, dans la solitude de la cellule, j'y ai réfléchi. Entre quatre heures de l'après-midi environ, au moment où Stauffenberg a atterri à Berlin après avoir posé la bombe et s'être enfui de Rastenbourg, et six heures passées, lorsque la radio allemande a donné les premières informations sur l'attentat et son échec, personne, vous comprenez, personne n'a pu savoir ce qui était arrivé à Hitler, et encore moins quels numéros composer pour arrêter l'opération, sauf si...

Il s'interrompit et fouilla nerveusement dans ses vêtements pour en extraire un pou d'une taille invraisemblable qu'il écrasa entre ses doigts.

– ... sauf si c'est quelqu'un de l'intérieur qui a passé ces appels. Pas forcément au sein de la conspiration, mais qui gravitait autour. Alors je me suis souvenu de la mise en garde d'Ewald au sujet des membres de la Thulé, de sa peur et de cet autre projet caché sous ceux de Hitler...

Arturo et Krappe ne cachaient pas leur perplexité.

– Pour quelles raisons un ou plusieurs membres de la Thulé auraient-ils voulu sauver la peau de Hitler? réfléchit Krappe à haute voix. Si la conspiration a été fomentée par la Thulé dans l'idée de sauver l'Allemagne, pourquoi l'entraver?

Le *Kommissar* croisa ses mains sur son ventre.

– Et s'il y avait un traître dans la Thulé, continua-t-il, ça n'a pas de sens qu'il ait attendu que la bombe soit posée. Par la force des choses, il aurait dû dénoncer le complot plus tôt.

Aucun des trois ne posa d'autres questions; ils n'avaient pas non plus d'idées suffisamment précises pour formuler des réponses. Ils se contentèrent de considérer les fragments, le tourbillon de mobiles et d'éventualités, de pourquoi et de pourquoi pas, quand Arturo se décida à sortir le faire-part d'Ewald von Kleist.

– Votre frère avait cela dans sa poche le jour de sa mort. Regardez.

Albert tira une dernière fois sur sa cigarette, jeta le mégot et prit le faire-part. Il s'intéressa à la rune, mais les formules mathématiques et les cercles concentriques qui enserraient la péninsule le laissèrent de marbre, malgré les explications d'Arturo sur les conséquences terrifiantes qu'aurait *Hagen*.

– Non, répondit-il à une question d'Arturo. Je ne sais rien de son travail, il parlait très peu de ses recherches, mais ce dont je suis sûr, c'est que ça n'allait pas comme il l'aurait souhaité. Ils avaient un problème, mais il n'a jamais précisé lequel.

Arturo fit le rapprochement avec les signes de nervosité qu'avait montrés Möbius à la *Virus Haus*.

– Y aurait-il un quelconque rapport avec une masse critique ?

– Je vous assure que je ne sais rien.

– Bon. Faites-moi une faveur, Albert, regardez bien les lettres et le chiffre qui se trouvent dans le coin supérieur droit : RB 153. D'après ce que nous savons, ça n'a peut-être rien à voir avec les équations. Auriez-vous une idée ?

Albert von Kleist, les yeux rivés sur le faire-part, semblait ne pas avoir entendu Arturo.

– Albert, le chiffre dans le coin supérieur droit, vous m'écoutez ?

À cet instant, le visage d'Albert von Kleist se crispa, révélant comme une douleur, une blessure ouverte qui saignait en lui. Il ignora les interrogations d'Arturo et de Krappe, puis soudain, des larmes roulèrent sur ses joues. Il leur montra le faire-part. Dans sa voix percèrent de la colère, de l'affliction, mais aussi un étrange orgueil.

– Savez-vous ce que c'est ?

Krappe et Arturo échangèrent un regard perplexe.

– Ça, c'est ma mémoire...

De lourds sanglots l'empêchèrent de poursuivre. Arturo reprit le faire-part et l'examina de nouveau. Il ne comprenait pas le sens de sa phrase, ni ce qui pouvait déchaîner autant de tristesse chez cet homme fier au point de leur permettre d'en être les témoins. Il se rappela alors la fonction première du faire-part. Il lut chacun des mots imprimés en noir sous la mosaïque d'annotations.

Lundi 31 août 1941
Jour du mariage

8 h 15. Sainte Communion dans la chapelle du château.
8 h 30. Petit déjeuner au Salon des Ancêtres et dans la Salle du Roi.
10 heures. Les invités se retrouveront dans les Salons Vert et Noir.
10 h 15. Procession vers l'église de la ville.
10 h 30. Cérémonie de mariage et grand-messe en l'église de la ville.
    Après la cérémonie : FÉLICITATIONS AUX MARIÉS.
1. Personnel – Salle du Roi.
2. Fonctionnaires – Salon des Ancêtres.
3. Invités (sauf hôtes) – Salon Français.
4. Parents et hôtes – Salons Vert et Noir.
13 h 30. Banquet de noces dans la Galerie Portugaise.
Les invités se retrouveront dans les Salons Vert et Noir.
Tenue :
Messieurs : Nœud papillon blanc ou vêtement de gala avec décorations et galons.
Dames : Tailleur et chapeau avec décorations sans galons.
16 h 30. Thé au Salon du Vieil Allemand.
17 h 30. Départ des jeunes mariés en voiture.

Arturo comprit enfin. Dans son esprit commencèrent à défiler les images d'une beauté perdue à jamais ; le monde d'aisance, de sécurité et de confort d'où provenaient les Kleist, un univers *gemütlich*, chaleureux, fait de bélouga, de vins incroyables, de chapeaux à plumes, d'uniformes, d'héritiers, d'obligations dynastiques, d'oncles et de cousins prénommés Willy, Fritzi, Bobby… Un souvenir qui avait préservé Kleist, en quelque sorte. Seulement, les nazis avaient compris que ce genre d'hommes ne craignait pas la mort sinon l'oubli, qu'ils croyaient dur comme fer en la pérennité de leur renommée, que la remémoration obsessionnelle de leurs arbres généalogiques les aidait à surmonter la déchéance du corps. Et c'est pour cela que, outre le fait de les éliminer physiquement, les nazis avaient appliqué ce que les Romains appelaient la *damnatio memoriae*, une peine infligée aux patriciens qui consistait à briser leurs pierres tombales et leurs effigies, interdire à leurs descendants de porter leur nom, détruire leurs biens, effacer leur sens de la transcendance – la peine la plus terrible que l'on pût imaginer, le seul véritable enfer pour ces citoyens vertueux. Puis on les avait remplacés par des individus tels que le commandant Eckhart Bauer, qui représentaient l'homme nouveau, programmé pour obéir et dominer par la terreur, et pour qui la mémoire est superflue.

– C'est le numéro d'un coffre-fort de la Reichsbank, dit tout à coup Albert.

Ces mots prirent Arturo de court.

– Vous dites ?

– Ce numéro que vous m'avez montré, c'est un coffre de la Reichsbank. C'est ce RB qui l'indique. J'en ai un, et mon frère en a certainement un aussi.

– Hum... Si c'est vrai, peut-être y a-t-il quelque chose qui nous intéresse dans ce coffre, intervint Krappe. Mais l'accès ne va pas être simple : il faudra se justifier auprès de Möbius, et donc lui expliquer pourquoi nous lui avons caché l'existence du faire-part, sans compter que même la SS aura du mal à obtenir l'accord de la Reichsbank pour pouvoir forcer ces coffres. Sur ce point-là, nous sommes très allemands.

– Pour le moment, nous devons écarter cette option, *Herr Kommissar*, s'empressa de dire Arturo en pensant aux projets d'Alfredo Fanjul. Nous allons chercher un autre moyen.

Krappe pinça ses lèvres comme lorsqu'il y avait quelque chose qui ne lui plaisait pas, mais il haussa les épaules, se coiffa de son chapeau et rangea son ventre.

– Dans ce cas, je crois que nous n'avons plus rien à faire ici.

Arturo referma le faire-part et le glissa dans sa poche, frôlant au passage une autre feuille pliée : le dessin de Loremarie. Songeant que le plus rationnel n'est pas toujours ce qui est tenu pour tel et qu'il est parfois plus raisonnable de suivre son intuition, il prit une décision : il fit mine d'être d'accord avec Krappe et tous deux amorcèrent le rituel des adieux. Néanmoins, Arturo laissa volontairement son casque dans la cellule, une excuse comme une autre pour s'arrêter sur le seuil de la prison et, prétextant son oubli, revenir sur ses pas. Lorsque Albert le vit entrer, il ne cilla pas.

– Excusez-moi, *mein Herr*, j'ai oublié mon casque, lui dit-il en le montrant du doigt. J'ai aussi une dernière question à vous poser.

– Et vous ne voulez pas que le *Kommissar* l'entende, devina Albert.

Sa perspicacité dérouta un instant Arturo qui, sans mot dire, sortit le dessin de Loremarie et le lui remit. Albert libéra ses jambes et les étira, étudia le géant au visage pâle et sans sourcils, colorié en noir.

– Je suis désolé, c'est le seul portrait que j'aie de l'homme que je recherche, commença Arturo. Il est grand, la cinquantaine, il semble avoir été brûlé au visage et a un signe particulier : il n'a pas de sourcils. Il s'occupait de la sécurité du groupe de scientifiques. Sincèrement, je ne saurais vous dire pourquoi je vous interroge à son sujet, rien ne prouve qu'il a un lien avec cette affaire. Je sais seulement qu'il évolue dans un monde parallèle au mien, mais dans des zones beaucoup plus sombres. Tout ce que je peux vous assurer, c'est que, si je découvrais qui il est, cela m'éclairerait. En quoi, je l'ignore, mais cela m'éclairerait.

L'expression d'Albert von Kleist se durcit.

– Bach, répondit-il.

– Bach ? Il s'appelle Bach ?

– Non, je parle de Johann Sebastian Bach. Chaque nuit, j'écoutais Bach avant de me coucher. Dans Bach, il n'y a pas d'obscurité, *Herr* Andrade, tout est transparent.

– Très bien, mais qu'est-ce que Bach vient faire ici ?

– Quand tout cela sera fini, écoutez Bach. Écoutez-le, *Herr* Andrade.

On voyait, à son regard, que son esprit errait de nouveau sur la ligne séparant la réalité du délire. Arturo chercha en Albert l'homme qu'il avait été, mais c'était comme chercher de la chair sur un squelette. Il reprit le dessin, le rangea et remit son casque. Il lâcha une formule convenue en guise d'adieu et ouvrit la porte de la cellule.

– … il y a longtemps…

Ces mots inattendus stoppèrent le geste d'Arturo, qui resta néanmoins le dos tourné à Albert.

– … il y a longtemps, lors des premières réunions de la Thulé, Sebottendorf venait accompagné d'un individu qui correspondait à cette description. Nous n'avons jamais su qui il était, on aurait dit l'ombre de Sebottendorf. Je me souviens que son visage était en partie brûlé, à cause d'une bombe je crois, dans une algarade à Munich. Je ne l'ai plus jamais revu ensuite. Il a disparu, comme Sebottendorf.

Arturo ferma les yeux quelques secondes et les rouvrit.

– Merci pour votre collaboration, *mein Herr*, dit-il sans se retourner.

– Écoutez Bach, répéta Albert, il vous sauvera la vie.

Arturo acquiesça et quitta la cellule. Lorsqu'il eut rejoint Krappe, il inspira et expira avec force un air saturé de particules en suspension, qui n'en était pas moins une gorgée d'eau fraîche comparé à l'enfer confiné, sale et puant où était enfermé Albert von Kleist. Tout était encore désordonné, ambigu, confus, équivoque, mais Arturo éprouva comme une sensation de réconfort, apaisé d'avoir accompli sa tâche, de voir qu'un certain ordre commençait à se dessiner.

— Avez-vous trouvé ce que vous cherchiez? demanda le *Kommissar* avec une ironie imperceptible qui obligea Arturo à se demander s'il se moquait de lui.

— J'ai trouvé ce que je ne cherchais pas, répondit-il. Et je crois bien que nous devrions nous concentrer un peu plus sur les angles morts de l'enquête.

— À quoi faites-vous référence, exactement?

— Exactement? À Adam Alfred Rudolf Glauer von Sebottendorf.

Ne sachant que répondre, Krappe cligna des yeux, l'air incrédule. Il se gratta la nuque et fit sonner quelques pièces de monnaie dans sa poche.

— Cette piste-là, ça fait belle lurette qu'elle est froide, fit-il remarquer. On n'entend plus parler de lui depuis des années.

— Certainement parce que personne ne l'a cherché.

— Et peut-on savoir comment vous en êtes arrivé là?

— En suivant mon intuition, je dirai.

— Je doute que cela nous aide beaucoup.

— Comme vous le disiez, ça nous aidera à ne pas baisser les bras trop tôt, *Herr Kommissar*.

Sur le chemin de la Prinz-Albrecht-Strasse, Arturo songeait aux canards métalliques des fêtes foraines et à leur démarche hasardeuse, qui allaient clopin-clopant, entraînant chacun dans son sillage un point d'interrogation. Von Kleist avait-il réussi à contacter les Alliés et, plus tard, un commando? Qu'y avait-il de vrai dans les films tournés au Berghof et pourquoi auraient-ils pu protéger Ewald von Kleist? La Thulé avait-elle d'autres projets que ceux de Hitler? Si tel était le cas, quel était le lien avec les coups de téléphone qui avaient suspendu l'opération Walkyrie, et quel était le rôle de l'homme sans sourcils et, au-delà, de ce spectre de Sebottendorf? Le programme atomique rencontrait-il des difficultés? Et celles-ci auraient-elles à voir avec la masse critique?

Arturo laissa le manège tourner une deuxième, une troisième, une quatrième fois, dans l'espoir de découvrir ce qui lui aurait échappé au premier tour. Le seul moyen de résoudre le mystère de la mort d'Ewald von Kleist serait de découvrir qui était son assassin, qu'il fût commando ou membre de la Thulé, et peut-être également le contenu du coffre-fort de la Reichsbank. Pour ce qui était du premier, étant donné l'impossibilité d'accéder à l'homme sans sourcils, il ne restait à Arturo qu'à espérer que son beau travail de réflexion théorique pour localiser Pippermint serait fructueux, si tant était que saint Cucufa voulût lui donner un coup de main, ou que Hans Krappe résoudrait enfin l'énigme Sebottendorf; quant au second, on ne pouvait rien attendre du saint: il faudrait s'arranger avec Alfredo Fanjul. Toutefois, les pièces du puzzle trouvaient chacune sa place, peu à peu, d'une manière inquiétante et silencieuse, laissant entendre que toutes les théories, une fois confrontées à la réalité, seraient lettre morte.

La journée, fraîche mais dégagée, était déjà bien entamée lorsque Arturo parvint au siège de la RSHA. Il n'y avait quasiment plus aucun garde dans les guérites rouge et blanc, si bien qu'il put entrer directement dans l'élégant et charmant *palazzo* que l'action impitoyable de l'artillerie soviétique avait transformé en une coquille vide et dépourvu de son toit. Seuls quelques rares officiers y travaillaient encore, la plupart de leurs fonctions ayant été transférées à la Kurfürstenstrasse, et il ne restait qu'une poignée de Mohicans pour effacer les dernières traces compromettantes ainsi que quelques prisonniers enchaînés que l'on avait enfermés dans un bunker antiaérien dressé dans le jardin. Là, parmi les bris de pots en grès, les

parterres retournés, les arbres fendus et les étangs asséchés, il tomba sur l'impressionnant capitaine Möbius, toujours aussi nonchalant. Il se présenta à lui avec le salut de rigueur. Le capitaine parla d'une voix atone et alla droit au but :
— Vous avez de la chance de me trouver là, lieutenant Andrade. J'ai tout ce qu'il vous faut sur la maison Volkova dans une mallette que j'ai laissée dans ma voiture. Il y a des dossiers de la *Staatspolizei*, vous pourrez les consulter. Prenez votre temps, il m'a été extrêmement difficile de les obtenir : la Gestapo m'a mis des bâtons dans les roues et j'ai dû demander une autorisation spéciale à Kaltenbrunner. Ça n'a pas grand sens quand on pense qu'il s'agit d'une pute...

Durant quelques secondes, il se remémora les empoignades qui avaient opposé les organisations.

— Enfin, reprit-il, le mieux serait que vous m'accompagniez. Nous allons vous dégoter un endroit tranquille pour que vous les examiniez. Cette nuit, nous avons rendez-vous avec *Frau* Volkova. Nous avons demandé des services un peu spéciaux pour être reçus par elle en personne. L'immeuble sera cerné, et Pippermint ou pas, décision a été prise d'en éliminer les occupants. Le commandant Bauer a l'intention de faire un grand ménage, et si j'étais vous, je ne m'aviserais pas d'émettre la moindre objection. On y va?

Arturo ne pipa mot, mais ça le tourmentait de savoir que ses propres raisonnements pussent être à l'origine de la mort d'un nombre indéterminé, mais certainement très élevé, de personnes. Il suivit Möbius jusqu'au véhicule officiel abrité par la gigantesque structure de béton du ministère de l'Armée de l'air. La voiture fila vers la Potsdamer Platz puis longea des pans de murs effondrés, des carcasses de voitures brûlées, passa à côté de *Speerkommandos* qui s'adonnaient à leurs jugements sommaires, ses amortisseurs supportant les terribles à-coups dus aux trous ouverts par les projectiles russes. De temps à autre, telle une lame de couteau, un Sturmovik coupait le ciel. Ils atteignirent la Kurfürstenstrasse, où se trouvait l'un des rares bureaux de la RSHA encore debout. Il y régnait un chaos indescriptible ; la SS, le SD et la Gestapo se disputaient les étroits couloirs, cependant Arturo constata que ce n'était plus le chaos organisé d'une ruche, mais cet autre chaos, erratique et sans but, d'hommes effrayés qui essaient de feindre la normalité. On avait même aménagé un bureau où l'on établissait des faux papiers de la Wehrmacht pour les membres de la SS et de la Gestapo en situation délicate. Möbius avait vu juste en proposant à Arturo un endroit tranquille, car il avait besoin d'un peu de solitude pour retrouver le recul qu'exige la vérité. Quand le capitaine l'abandonna, Arturo ressentit le secret soulagement de celui qui enfile des vêtements neufs. Un caporal lui apporta un succédané de café, et là, dans une pièce, entouré de classeurs d'archives, de milliers de dossiers et de feuillets empilés en tours instables, il commença de s'imprégner de ces rapports. La maison Volkova avait ouvert en 1934 dans le quartier de Schöneberg, plus précisément au 65, Leberstrasse, et, selon Arturo, elle pouvait bien avoir été une sorte de *Salon Kitty*, le célèbre bordel pour fonctionnaires, diplomates étrangers et entrepreneurs dont la SS avait fait un centre d'espionnage en le truffant de micros et en formant son personnel féminin. Si ce n'est que, dans ce cas, il n'y avait probablement pas de micros, et que l'information était passée par les mauvais tuyaux. L'établissement était dirigé par Ioulia Olegovna Volkova, une Lettonne d'origine russe qui avait fui Riga à l'arrivée des communistes. S'il transparaissait que *Frau* Volkova n'avait jamais adhéré au parti, elle s'était toujours montrée disposée à collaborer avec les organismes de sécurité du Reich, peut-être en raison de son anticommunisme acharné. Arturo éplucha son dossier, ceux de quelques-unes de ses prostituées, parmi lesquelles la favorite d'Egon Sperath, et de plusieurs clients, à la recherche de la croix marquant la cachette du trésor. Au bout de quelques heures, il conclut, comme Hindenburg, que dans la guerre seules les choses simples conduisent au succès, et le plus simple, ici, était de considérer que l'unique collecteur où allait se déverser le torrent de paroles des prostituées, c'est-à-dire *Frau* Volkova, fût Pippermint. En suivant ce raisonnement, ce n'était pas le mode de captation ou d'instruction, certainement coordonné avec le MI6, ni ses motivations qui l'intéressaient – il n'en avait pas le temps, il laissait cela aux bourreaux de Bauer. Par ailleurs, il ne parvenait pas à imaginer Pippermint en manipulateur de marionnettes tout-puissant à l'origine d'un *master plan* infaillible, mais comme quelqu'un qui procédait par tâtonnements, si bien qu'il devait forcément rester des traces des codes et des boîtes postales servant à communiquer avec ses chefs à Londres et avec les commandos, voire, avec un peu de chance, une liste comportant les coordonnées des maisons utilisées comme planques. Mais pour accéder à ces secrets – si tout cela n'était pas le fruit d'un raisonnement logique infondé –, il allait falloir l'interroger intelligemment tout en se montrant inflexible, la contraindre sans avoir à recourir à la violence. Il avait besoin de davantage d'éléments, et pour cela il devait continuer d'explorer le dossier de Ioulia Olegovna Volkova. Arturo l'ignorait encore, mais la réponse figurait dans les quelques notes qu'il avait négligées et qu'un trombone reliait au dossier principal. Ioulia Olegovna Volkova avait un fils qui vivait en Allemagne, soit un premier point d'appui pour faire pression sur elle, songea-t-il. Cependant, ce qui au début semblait n'être qu'un simple moyen de pression se révéla revêtir, au fil de la lecture, plusieurs significations plus subtiles les unes que les autres. Sasha était un adolescent spécial, un garçon atteint du syndrome de Down qui avait été interné dans la section de psychiatrie et maladies mentales de la Charité, puis dans une clinique de Grunewald. Jusque-là, les pièces s'emboîtaient parfaitement, mais Arturo se rappela quelques propos échangés avec le *Kommissar* Hans Krappe, à Wannsee, et tout commença de prendre du sens. Il n'eut besoin que d'un coup de téléphone et d'un renseignement. Le coup de téléphone, il le passa à la clinique Bewilogua de Grunewald, et le renseignement, il l'obtint d'un avocat SS par l'intermédiaire de Friedrich Möbius. Même s'il était troublé par ce qu'il venait d'apprendre, il ne put s'empêcher d'imaginer *Frau* Volkova comme un cétacé harponné : Tu peux encore nager, pensa-t-il, mais tu ne peux plus t'échapper.

L'atmosphère, dans l'élégant appartement qui abritait la maison Volkova, était si différente de celle qu'Arturo avait connue dans les catacombes lubriques d'Alfredo Fanjul qu'elle paraissait tout simplement appartenir à un autre monde. C'était là que résidait l'essence du Berlin de l'entre-deux-guerres, la ville que Stefan Zweig avait surnommée la Nouvelle Babylone, un mélange d'élégance, d'intelligence et de dépravation. Des membres du corps diplomatique et des officiers de toutes les armées, des nantis et des aristocrates se soûlaient en compagnie de jolies filles qui aspiraient à entrer à l'UFA et de prostituées au rire cristallin triées sur le volet, rappelant davantage une réception du *Bristol* qu'un bordel ; la musique que l'on entendait était le swing, pourtant interdit ; et l'humour noir permettait d'huiler en continu les conversations et de masquer parfaitement l'angoisse. Arturo observait la scène avec l'attitude sceptique de l'acheteur qui n'arrive pas à trouver la marchandise à son goût, quand tout à coup il fut pris d'une attaque de panique qui lui fit perdre ses moyens. C'était une scène de cauchemar à la manière du *Triomphe de la mort* qui se déroulait sous ses yeux, un bal de squelettes couverts de lambeaux de peau purulente ou ulcérée, en train de converser, de boire et de rire et d'explorer les sept péchés capitaux sans être conscients de leur état.

Des morts baisant avec des morts, pensa-t-il, surtout si l'on tenait compte des camions qui, quelques minutes plus tôt, avaient vomi des uniformes gris, des casques avec l'insigne de la SS et des casquettes ornées d'une tête de mort qui encerclaient la zone en attendant un ordre de Möbius. Sa peau devint extrêmement sensible, ses poils se hérissaient, il se mit à transpirer; le capitaine, ayant remarqué avec étonnement l'angoisse qui avait noyé le regard d'Arturo, le prit par le coude et l'entraîna en aparté.

– Il y a quelque chose qui ne va pas, *Herr* Andrade ? N'oubliez pas pourquoi nous sommes ici...

– Oui, mon capitaine, réagit-il aussitôt. Excusez-moi, ce n'est qu'un malaise passager.

– Peut-être avez-vous besoin de manger quelque chose.

– Non, en revanche, un verre ne me fera pas de mal.

D'un geste impérieux, le capitaine Möbius attira l'attention d'un serveur et lui commanda deux verres de vin. On leur servit un bordeaux velouté qui suscita un commentaire admiratif de Möbius. Arturo, qui était du même avis, vida son verre en priant pour qu'on le lui remplît à nouveau. Le second verre sembla remettre les choses en place. Il se passa la langue sur les lèvres et tous deux s'intéressèrent d'un peu plus près à la devanture, mais sans trop coller le nez à la vitrine. Tandis qu'ils attendaient d'être reçus par *Frau* Volkova, ils s'approchèrent d'une table, autour de laquelle un groupe était absorbé par un jeu typiquement allemand. Il s'agissait de placer un morceau de plomb dans une petite poêle posée sur un réchaud, et lorsque le plomb fondait en dessinant une toile grise, l'un des joueurs en prélevait un échantillon avec une cuillère d'étain qu'il versait dans un broc d'eau. Selon la tradition, la forme qu'adoptait le plomb en refroidissant dans un crissement aigu permettait de prédire l'avenir de celui qui l'avait plongé dans l'eau. Au milieu des petits cris des dames et des remarques des invités, on avait déjà sorti du broc trois figures baroques qui avaient déclenché les applaudissements et les félicitations du groupe. Möbius et Arturo observaient un autre petit amas de plomb qui faisait des bulles sur la surface en fer noire et avaient déjà deviné les formes qui allaient en sortir quand la tenancière de l'établissement les rejoignit.

– Eh bien, on dirait que mes invités sont déjà installés.

En entendant cette voix aiguë à l'accent hanséatique, Möbius et Arturo exécutèrent un garde-à-vous assorti d'un discret claquement de talons et d'un lever de bras, lui tendirent la main et, reculant d'un pas, firent un second salut nazi.

– *Herr* Andrade, commença Möbius, je vous présente *Frau* Volkova.

Tandis qu'il lui serrait la main, Arturo examina *Frau* Volkova. C'était une femme petite et forte, au visage joyeux qui vieillissait doucement, et dont les manières sournoises et extraverties étaient celles d'une personne qui avait passé la moitié de sa vie à cacher la saleté morale sous les tapis. Malgré la confiance qu'elle inspirait, Arturo put entrevoir la cruauté abstraite autant qu'innée dont est pourvue toute personne intelligente.

– Enchanté de faire votre connaissance, *Frau* Volkova.

– Pareillement, *Herr* Andrade. D'après ce que je vois, vous êtes espagnol…

– En effet.

– Quelques Espagnols sont venus chez moi, ils sont tous fort sympathiques et très croyants, même s'ils ont un sens de la culpabilité très… particulier. Ils avaient toujours cette phrase… comment c'était?… ah, oui: «Celui qui pèche et qui prie a tout compris.»

Arturo eut un sourire sincère.

– Très espagnol, *Frau* Volkova.

– Et vous, êtes-vous croyant? demanda-t-elle, une lueur d'ironie dans le regard.

– Parfois, quand je suis en danger de mort.

Frau Volkova lui rendit son sourire.

– Aujourd'hui nous sommes tous en danger de mort, et si nous nous retrouvons ici, c'est pour l'oublier.

Elle s'adressa à Möbius :

– Pour qui est notre petit jeu ?

– Nous deux.

– Parfait, mademoiselle sera disponible dans quelques minutes. À propos, qui vous l'a conseillée ?

– Un ami. Il m'a assuré que c'est l'une des meilleures.

– C'est la meilleure, capitaine, la meilleure. Parfait, si vous voulez bien me suivre.

Frau Volkova se déplaça avec l'assurance de celle qui sait qu'elle sera toujours suivie et les fit entrer dans une pièce qui n'avait rien à envier à une suite de luxe, n'étaient le cheval d'arçons et les instruments en métal et en cuir noir rutilant disposés au milieu. Tout autour, des miroirs ovales dont les cadres ornés de chérubins dorés reproduisaient à l'infini leurs abominables connotations. Arturo, qui observait Möbius du coin de l'œil, cacha son étonnement de ne pas avoir reçu du capitaine la liste exhaustive des péchés d'Egon Sperath. Tout comme il dissimula une curiosité toute perverse : à qui étaient destinés ce métal et ce cuir ? À Möbius ? à lui-même ? à la fille ? à un usage collectif ? Il souhaita ne pas avoir à le vérifier.

– Quand ils ont de nouveaux jouets, tous les enfants se font de nouveaux amis, remarqua Arturo.

Frau Volkova goûta la plaisanterie alors que le capitaine regarda Arturo avec une expression que ce dernier ne sut déchiffrer. Elle leur indiqua d'énormes canapés en cuir.

– Prenez place, s'il vous plaît. Que désirez-vous boire ?

– Pour moi, ce sera un scotch, s'anima Möbius.

– Je prendrai la même chose, le suivit Arturo.

Ioulia Olegovna Volkova s'approcha d'un grand plateau chargé de bouteilles et prépara les boissons. Après les avoir servies, elle se remplit un verre, s'installa dans un petit sofa en croisant ses jambes dans un crissement de bas, et arrangea sa coiffure. Elle sortit une Gitane qu'elle alluma pour accompagner sa boisson, crachant la fumée dans un staccato rapide. N'étant convenu de rien avec le capitaine quant à leur petite *Aktion*, Arturo décida qu'il terminerait chaque phrase et geste par des points de suspension, avec l'espoir qu'on lui indiquerait la direction à suivre.

— C'est curieux, nos vaillants SS ont un certain penchant pour ces… jeux, dit *Frau* Volkova en jetant un regard aux instruments — un regard empreint de curiosité ou simplement salace, ils n'auraient su le dire. Pour moi, c'est un honneur de faire en sorte qu'ils oublient leur terrible lutte contre ces sauvages de Russes.

— Il y a un poste de combat pour chacun d'entre nous, fit remarquer Möbius.

— Je n'en doute pas, capitaine. Nous, les bons Allemands, serons toujours loyaux envers notre Führer.

— J'en suis sûr. Tout comme je suis sûr que vous êtes de ceux qui savent que, pour le Führer, les Allemands loyaux sont ceux qui envisagent le suicide.

Tout à coup, il y eut contradiction entre le regard de *Frau* Volkova, soudain fixé sur l'horizon des événements, et ses gestes enjoués. La stratégie tordue de Möbius, supposa Arturo, était celle de l'araignée embusquée qui, une fois sa victime prise dans ses fils collants, se contente de la piquer jusqu'à ce que toutes ses défenses soient tombées.

— Le suicide ?

Elle feignit l'effarement, les yeux écarquillés.

— Si nous perdions la guerre, peut-être. Mais cela n'arrivera pas.

— Certes, certes…

Un Möbius presque mélancolique tourna son verre entre ses mains.

– J'ai cru comprendre que votre établissement a beaucoup de succès.

– Il en a toujours eu, capitaine. Et savez-vous pourquoi ?

– Non.

– Parce que nous avons la même devise que l'armée : être, ne pas paraître. Et ça, nos clients le savent. Chez moi, ils peuvent être ce qu'ils sont réellement. Voilà la raison de notre… popularité.

– Alors on ne peut pas vous cacher grand-chose, *Frau* Volkova.

– Nous avons tous quelque chose à cacher, ne croyez-vous pas, capitaine ?

– Y compris vous, *Frau* Volkova ?

– Y compris moi, capitaine.

Frau Volkova conservait un calme admirable mais, qu'elle fût coupable ou non, Arturo savait que la secrète mécanique de l'inquiétude s'était déclenchée en elle.

– Moi aussi j'ai quelque chose à cacher, lâcha Arturo pour détendre l'atmosphère.

Les regards de *Frau* Volkova et de Möbius convergèrent vers lui.

– Quand j'étais petit, je voulais être un saint, avoua-t-il.

Le bruyant éclat de rire de *Frau* Volkova sonna mal et la vieillit soudain.

– Vous êtes sur la bonne voie, *Herr* Andrade : le péché est le chemin le plus court vers la sainteté.

Arturo allait répliquer lorsque entra dans la pièce une jeune femme nue, de haute taille, aux pommettes saillantes et dont les traits harmonieux étaient si conformes au nouvel idéal germanique qu'elle semblait tout droit sortie des théories raciales de Rosenberg et Sorel. Toutefois, sa beauté s'accompagnait d'un air nonchalant, comme si la jeune femme ne dormait pas assez ou prenait des drogues. Elle se posta au milieu de la pièce, ses longues jambes légèrement écartées, avec la tranquille indifférence d'une femme habituée aux regards lascifs et insolents de la gent masculine. *Frau* Volkova lui demanda de pivoter sur elle-même afin de leur faire admirer la fine ossature de son dos et son postérieur parfait, puis la jeune fille attrapa une chaise et, la plaçant juste devant Arturo, s'assit à califourchon, offrant une vue parfaite de son con.

– Je vous présente Sonia, annonça *Frau* Volkova, satisfaite de l'effet produit par cette apparition. Vous pouvez la toucher si vous le désirez. Elle ne mord pas... enfin, pas encore...

– Eh bien... – Möbius se racla la gorge – ... le lieutenant-colonel Sperath n'a pas exagéré lorsqu'il nous l'a recommandée.

– Egon Sperath? C'est lui qui vous l'a conseillée?
– Tout à fait.
– Le lieutenant-colonel est un vieil ami de la maison.
– Alors il n'aura pas pu vous cacher grand-chose, n'est-ce pas? avança Möbius en regardant alternativement Sonia et *Frau* Volkova avant de déposer son verre au sol.

– N'oubliez pas que l'on vient aussi ici pour se cacher de soi-même, capitaine, répondit-elle d'une manière évasive.

– Fort bien. Donc, nous n'allons pas perdre davantage de temps à chercher ce que chacun a à cacher, intervint Arturo avant que le capitaine montre ses crocs. Je crois qu'au point où nous en sommes, *Frau* Volkova, vous aurez deviné que nous souhaitons autre chose que passer une heure avec la belle Sonia.

Il guetta sur son visage une réaction, mais *Frau* Volkova prenait étonnamment bien l'annonce; elle avait l'habitude de découvrir qu'elle ne savait que la moitié de la vérité. Elle sourit, tira une lente bouffée de sa Gitane, et d'un geste intima à Sonia de se retirer, comme s'il s'agissait de sa mascotte préférée. Alors que celle-ci, obéissante, se levait, Arturo la retint.

– Non, qu'elle reste, s'il vous plaît. Nous aurons besoin d'elle.

– Dans ce cas, laissez-la s'habiller.

Arturo acquiesça, vida son verre et savoura la douce brûlure du whisky tandis qu'ils attendaient la jeune fille, qui réapparut quelques secondes plus tard vêtue d'un peignoir. Sonia retourna la chaise et s'assit face à eux. Elle semblait plus nerveuse que lorsqu'elle était nue. Arturo utilisa son ton le plus ferme, ces décibels supplémentaires sur lesquels reposent l'autorité et la hiérarchie.

– Nous devons trouver deux hommes. Deux ennemis, annonça-t-il à *Frau* Volkova.

– Comment puis-je vous aider ?

– Vous allez voir, nous avons une théorie…

Il lui exposa l'entrelacs de faits et d'événements concernant Pippermint emmagasinés dans sa mémoire.

– Comme vous le comprendrez, le lieutenant-colonel Egon Sperath a commis une erreur et il faudra qu'il en assume les conséquences, bien que cela soit secondaire. Celui qui nous intéresse vraiment, Pippermint, se trouve probablement dans cette maison.

– Il vous sera difficile de le prouver.

– Le prouver ? Vous parlez de culpabilité ?

Arturo adopta un ton léger, presque joueur.

– Non, non, détrompez-vous, *Frau* Volkova, la situation est bien plus délicate que vous ne le croyez. En réalité, il s'agit du contraire, c'est vous qui devrez prouver que vous n'êtes pas coupable. Trop d'éléments se concentrent ici pour être le simple fait du hasard, et au final, on en arrive nécessairement à cette jeune demoiselle.

Möbius et Arturo regardèrent Sonia. Il y avait, entre *Frau* Volkova et elle, une chaîne de secrets qui les reliait comme les racines des arbres sont reliées à la terre, mais dans toute chaîne il existe un maillon faible, et c'est ce maillon qu'Arturo devait trouver. Il adressa une prière mentale à saint Cucufa et choisit Sonia. Il profita de leur léger avantage pour sortir un carnet emprunté au bureau de Möbius et faire mine de prendre des notes ; cela intimide toujours, garder une trace de ce qui est dit, enregistrer, exploiter cette peur ancestrale d'être coupable. Pendant ce temps-là, Möbius, dont le comportement était celui d'un loup qui chasse en meute, se leva et se plaça juste derrière Sonia ; il appuya ses mains sur le dossier de la chaise pour faire sentir la violence obscure et souterraine que cachait son laconisme. Le regard fuyant de Sonia indiqua que la peur commençait à l'envahir inexorablement. Arturo leva les yeux de son carnet.

– Depuis quand transmettez-vous des informations à l'ennemi, *Fräulein* ? commença-t-il.

– Je ne suis qu'une pute, *mein Herr*.

Arturo plissa le nez.

– Voyons, reprenons... Comment vous ont-ils contactée ?

– Personne ne m'a contactée.

– Vous êtes la favorite d'Egon Sperath. Je vous assure que notre officier est un national-socialiste dévoué, il aura donc fallu des circonstances exceptionnelles pour que cette information qui nous a servi d'appât ait été révélée. En l'occurrence, une soûlerie ou quelque chose du même acabit. C'est bien compréhensible, nous sommes tous prisonniers de nos vices.

– Le lieutenant-colonel Sperath voyait aussi d'autres filles.

– Mais vous étiez sa favorite, et lorsqu'on regarde les dates, vous êtes la dernière qu'il ait vue. Pouvez-vous me raconter ce qui s'est passé, cette nuit-là ?

– Pour cela, nous sommes comme des avocats : soumises au secret professionnel, invoqua *Frau* Volkova pour la défendre.

– *Frau* Volkova, intervint Möbius en serrant légèrement le cou de Sonia, tout national-socialiste qui se respecte doit sacrifier à l'Allemagne ses doutes comme ses secrets. Qui plus est dans l'état actuel des choses.

Frau Volkova observa les deux hommes, sortes de Charybde et Scylla, puis, grimaçant à cause d'un peu de fumée entrée dans son œil, haussa les épaules et acquiesça.

— Le lieutenant-colonel Sperath venait un jour par semaine et restait deux à trois heures, en général avec moi, expliqua Sonia. On avait une séance – elle montra le cheval d'arçons et les instruments –, et il commandait du champagne et de la cocaïne.

— Vous parliez, parfois ? Je veux dire, en dehors de la séance.

— Parfois.

— Que vous racontait-il ?

— La même chose que les autres.

— Et que racontent les autres ?

— Il parlait de sa famille, de sa vie, de ses problèmes...

— Et de son travail, n'est-ce pas ? Que disait-il ?

— Sur son travail ? Rien, *mein Herr*. Tout ce que je connaissais, c'était son grade.

Arturo leva la main, non pour la faire taire, mais comme chagriné par ce qu'il venait d'entendre.

— Sonia, Sonia, Sonia...

Il la regarda d'un air attristé.

— Ne nous racontez pas d'histoires, s'il vous plaît. Que vous a-t-il dit quand il était soûl ? Il ne vous a jamais parlé d'armes secrètes ?

Les yeux de Sonia s'illuminèrent, elle semblait avoir trouvé un alibi.

— Oui, *mein Herr*, le lieutenant-colonel prétendait que le Führer avait une surprise pour Ivan, une *Wunderwaffe* qui prendrait les Russes dans un immense piège et leur ferait subir la défaite la plus sanglante de leur histoire.

— Mais ça, le ministre Goebbels l'a déjà annoncé à qui voulait l'entendre, Sonia. Non, dites-moi la vérité, dites-moi ce que vous a raconté Egon Sperath.

– Il ne m'a rien dit de plus, je vous le jure.

– *Herr* Andrade, à n'en pas douter, Egon Sperath est un bon national-socialiste, la défendit *Frau* Volkova, mais il buvait beaucoup et abusait des drogues. Il a pu parler n'importe où.

– S'il n'avait été que soûl ou drogué, il se serait sûrement rappelé son écart, mais soûl et drogué… Ça, il ne le faisait qu'ici.

– Je crois que vous vous avancez un peu trop.

Arturo lui jeta un regard neutre. Il fit semblant de prendre des notes et décida de changer son angle d'attaque, visant *Frau* Volkova cette fois-ci.

– Elle vous transmettait l'information, ou c'est elle qui se chargeait de contacter directement les Alliés?

– J'ignore de quoi vous me parlez.

– Qui vous a prévenues de la venue d'Ewald von Kleist à la chancellerie?

– Je n'en ai aucune idée, *mein Herr*.

– Qui était le commando en charge de le liquider?

– Vous savez bien que je l'ignore.

– Et les planques? Où se cachent-ils? Comment communiquez-vous avec eux? Quels sont leurs objectifs? Depuis quand trahissez-vous l'Allemagne?

Arturo fit pression sur les deux femmes en accélérant sciemment le rythme de son interrogatoire, et plus de questions il leur assenait, plus il était convaincu de leur culpabilité. Fermes dans leur innocence, elles répondaient vite, semblaient avoir préparé leurs réponses, mais ce qui l'avait persuadé ce n'était pas tant cela, mais la certitude que, si elles avaient été innocentes, elles seraient sorties de leurs gonds, auraient montré une certaine agitation. Plus significatif encore, leurs alibis ne variaient pas : or, un innocent ne se défend jamais de la même manière. C'était la première leçon qu'il avait tirée de cette guerre : si les mensonges sont stables, les vérités, elles, sont contradictoires. Néanmoins, il se rendait également compte que la peur avait ouvert davantage de portes chez Sonia que chez *Frau* Volkova – celle-ci conservait un admirable sang-froid –, et la clé avait peut-être été le léger massage que le capitaine Möbius avait commencé à exercer sur son cou avec des doigts pareils à des tenailles. Il décida alors de concentrer toute son artillerie dialectique sur Sonia, lui décrivant par le menu les châtiments que Möbius lui réservait si elle ne passait pas à l'aveu, ceux-là mêmes que venait de subir Sperath, car le châtiment le plus terrible est toujours celui qui est l'œuvre de l'imagination humaine : un martyre masochiste qui emplit l'esprit de scènes encore plus effrayantes que celles que l'on pourrait supporter dans la réalité.

– Ça ira comme ça, *Herr* Andrade, le coupa Möbius en mettant fin à son massage, Sonia viendra avec moi et répondra à deux ou trois questions. Ne nous jugez pas trop sévèrement, *Frau* Volkova, ajouta-t-il avec une courtoisie inattendue. Nous vivons des temps difficiles, nous manquons de tout. Si nous avions du pentothal sodium, nous lui en administrerions, mais malheureusement c'est impossible. Levez-vous, Sonia.

Sonia, telle une cariatide, resta immobile ; son visage était un cri muet. Il y eut quelques secondes de tension durant lesquelles elle parut suffoquer, et qu'Arturo mit à profit pour analyser d'un œil clinique la relation que *Frau* Volkova entretenait avec les scrupules et la honte, et jusqu'où pouvait aller sa capacité à sacrifier ses acolytes. Définitivement, Pippermint – si c'était elle – ne le décevait pas. *Frau* Volkova était calme, circonspecte, concentrée sur sa cigarette, tandis que Sonia donnait l'impression qu'on lui avait ôté tout oxygène, au point qu'Arturo craignit d'avoir utilisé une fausse clé dans une mauvaise porte. Le visage défait par la peur et la voix perçante, la jeune fille se mit à balbutier. Des sanglots ne tarderaient pas à annoncer sa reddition.

– Madame, dites-lui s'il vous plaît, dites-lui que nous ne sommes pas des traîtresses… Dites-le-lui…

Devant l'attitude impassible de *Frau* Volkova, elle s'adressa à Arturo :

– *Mein Herr*, elle m'a dit que c'était pour le bien de l'Allemagne, elle m'a obligée à…

– C'est bon, Sonia, l'interrompit *Frau* Volkova d'une voix posée. Lâchez-la, capitaine, elle n'a rien à voir avec tout cela. Je vous dirai ce que vous voulez savoir.

En entendant ces mots, Arturo aurait dû éprouver un sentiment de triomphe, mais il ne se l'accorda pas : ça l'aurait amené à penser au pourcentage de chances qui avait joué en sa faveur. Il rangea le carnet et lança un regard entendu à Möbius. Celui-ci relâcha Sonia, qui s'enfuit avec l'empressement qui avait dû être celui de Lazare au sortir de sa tombe.

– Parfait, *Frau* Volkova, commença Arturo, vous avez envie de répondre, voilà qui est bien. Récapitulons : quel est le rôle de Sonia dans toute cette histoire ?

– Sonia est une fille comme les autres dans cette maison, *Herr* Andrade. Mis à part le fait qu'elle voyait Sperath. Toutes ont pour ordre de me rapporter les propos des clients. Je n'ai pas à vous rappeler que, dans tout métier, l'information c'est le pouvoir.

– Et que lui a raconté Egon Sperath ?

– Cette nuit-là, le lieutenant-colonel Sperath était particulièrement soûl, et dans son délire patriotique il a parlé de vos armes secrètes, de leur existence. Il était très fier de s'être vu confier la responsabilité d'un transfert de techniciens à la *Virus Haus*. La vanité a toujours été l'un de mes meilleurs informateurs.

– Vous a-t-il parlé de la réunion qui s'est tenue dans le bunker entre le Führer et les responsables du projet scientifique ?

– En effet, ce jour-là, il a aussi révélé qu'une délégation irait l'informer de son travail.

– Quoi d'autre ?

Frau Volkova tira sur sa Gitane et cracha des arabesques de fumée.

– Rien, il a juste évoqué la date.

– Il n'a pas donné de noms ? Il n'a rien dit à propos d'Ewald von Kleist ?

– Non, je ne me souviens absolument pas de ce nom.

– Pourtant, vous possédiez toutes ces informations. Et comme par hasard, dans l'un et l'autre cas, il y a eu attentat. Étrange, non ?

– À y regarder de plus près, non.

– Réalisez-vous les conséquences que peuvent avoir vos paroles ?

– Parfaitement.

– Je vous trouve très calme, surtout quand on pense qu'il y a de fortes chances pour que vous soyez Pippermint, ou que vous travailliez pour lui.

– Je suis calme, *Herr* Andrade.

Ils jouaient aux échecs. Arturo était conscient qu'ils livraient une bataille où, pour une quelconque raison, il n'était pas le seul à disposer de deux reines.

– Très bien, alors dites-moi pour qui vous travaillez, à qui vous racontez tout cela.

Frau Volkova le regarda avec une ironie non dénuée de respect.

– Savez-vous monter à bicyclette, *Herr* Andrade ?

Entre l'impatience et la curiosité d'Arturo se glissa la perplexité.

– Pardon ?

– Êtes-vous déjà monté à bicyclette ?

– Je ne crois pas que vous soyez en position de plaisanter, *Frau* Volkova.

– Certes, mais je vous assure que je parle sérieusement. Répondez-moi.

– Oui, je sais monter.

– Alors, rappelez-vous comment on repère les crevaisons de pneus.

– Avec un peu de salive...

– Effectivement, et les bulles nous indiquent où se trouve l'infime perforation. Mais je crains que vous ne manquiez de salive pour tout ce que vous aurez à faire quand je vous aurai dit ce que vous souhaitez entendre.

– Je ne comprends rien, *Frau* Volkova.

– Discutez-en avec le général Müller.

– Heinrich Müller ? Que vient-il faire ici ?

– Je travaille pour la Gestapo.

Arturo s'attendait à quelque chose de ce genre, mais le violent sursaut de Friedrich Möbius lui fit immédiatement comprendre pourquoi tant d'obstacles s'étaient dressés sur leur chemin lorsqu'ils avaient voulu obtenir le dossier de *Frau* Volkova. Voilà donc sa seconde reine, pensa-t-il. Le *Gruppenführer* Heinrich Müller, alias Gestapo-Müller, étant le chef de la police de l'État, il n'y avait pas besoin d'être très futé pour en déduire que, dans le climat malsain qui présidait aux relations entre les différentes organisations, la Gestapo de Müller et la SS de Himmler et de Kaltenbrunner avaient entre leurs mains des jouets qu'ils ne voulaient pas partager. L'information, c'est le pouvoir. En suivant le raisonnement que *Frau* Volkova formulait explicitement devant eux, si les propos d'Egon Sperath avaient parcouru tous les échelons de la hiérarchie, il y avait un nombre infini de crevaisons par lesquelles ceux-ci avaient pu filtrer. D'où son calme, sa minutieuse mise en scène. Arturo, pour la seconde fois, eut des doutes, mais son émotion avertissait constamment sa raison que Pippermint s'en sortait car, depuis longtemps, il pensait comme eux le faisaient, et pour capturer un loup, il faut être un loup. Il admira sa rivale : dans la vie, il y a deux manières de se cacher, ou l'on se dissimule, ou l'on agit à découvert, et elle avait choisi la solution la plus risquée, se plaçant tellement près de son ennemi que l'ombre de celui-ci la rendait invisible. C'était le moment de bouger sa seconde reine.

— En effet, il n'y aura pas assez de salive, *Frau* Volkova. Mais quelque chose m'intrigue... Pourquoi la Gestapo et pas la SS ?

— Et pourquoi pas ? Ils ont été les premiers à me contacter, et je ne pouvais pas refuser d'apporter mon concours au pays qui m'avait accueillie. Tout ce que j'avais à faire, c'était parler le moins possible, être attentive et, surtout, écouter.

— En réalité, ils n'ont pas été les premiers à vous contacter, mais les premiers à découvrir votre talon d'Achille, n'est-ce pas ?

— À mon tour de ne pas vous comprendre, *mein Herr*.

— C'est pourtant simple, tout se résume à un prénom : Sasha.

La mention de son fils provoqua un silence que vinrent remplir une musique enlevée, les rires et les éclats de voix des noceurs.

— Comment savez-vous cela ? dit-elle d'une voix tendue.

— Vous voulez dire, comment la Gestapo a-t-elle permis que je le sache, n'est-ce pas, *Frau* Volkova ?

Elle ne répondit pas immédiatement. Rien n'est plus éloigné que ce que nous plaçons au-delà de notre peur, songea Arturo.

— Il nous a paru étrange, aussi, que la Gestapo nous mette autant de bâtons dans les roues quand nous voulions accéder à votre dossier, *Frau* Volkova, poursuivit-il. Mais, plus intéressant encore, nous avons découvert dans ces quelques feuillets que votre fils, Sasha, est un garçon un peu spécial qui a fait un passage à la Charité et qui est maintenant interné à la clinique Bewilogua, à Grunewald. Et le plus incroyable, c'est qu'il soit encore...

Il se pencha en avant et appuya son menton dans sa main.

– ... vivant.

Ioulia Olegovna Volkova finit nerveusement sa Gitane.

– Où voulez-vous en venir, *mein Herr* ?

Arturo sourit.

– Vous rappelez-vous la loi de stérilisation, *Frau* Volkova ? Bien sûr que vous vous en souvenez. Et le programme d'euthanasie, *Aktion* T4, je crois que c'est comme ça qu'on l'appelait... Je ne savais rien de tout cela, c'est un ami de la *Kripo* qui m'en a parlé au détour d'une conversation, puis un SS a achevé de m'éclairer. C'est un peu sanguinaire, je vous l'accorde, mais nécessaire autant qu'inéluctable pour transformer l'Allemagne en une nation saine. Il est donc pour le moins étrange que votre fils, qui remplit toutes les conditions pour être, disons, désinfecté, soit encore en vie alors qu'il est interné à la clinique Bewilogua, un établissement spécialisé justement dans ce type de traitement. J'ai passé quelques coups de téléphone pour en avoir confirmation et j'ai pu m'entretenir avec un médecin, un certain Max Bewilogua, psychiatre de renom et neurologue. Le connaissez-vous, *Frau* Volkova ?

Comprenant qu'il était inutile de nier l'évidence, elle acquiesça.

– Il a fallu que je fasse un peu pression sur lui, reprit-il, mais il a fini par me raconter deux ou trois choses intéressantes. Il se trouve que votre fils, Sasha, a un statut particulier. Pour le moment il est intouchable, mais quand j'ai rappelé au médecin l'existence de cette loi, celui-ci m'a renvoyé vers un officier de la Gestapo, un acolyte de Müller, j'imagine. Qu'avez-vous à répondre, *Frau* Volkova ?

– Que voulez-vous que je vous dise, *Herr* Andrade ?

Visiblement, vous savez tout. Il y a quelques années, la Gestapo m'a rendu visite et m'a mise au fait de ma situation. Nous avons conclu le marché suivant : je les informerais de tout ce qui me semblerait présenter un intérêt pour l'État et, en échange, mon fils bénéficierait d'un sursis. Vous croyez que je n'ai pas fait ce qu'il fallait ? De quoi allez-vous m'accuser maintenant, d'être une mère qui a protégé son fils ?

Arturo ne la regarda pas, il la scruta. Il n'ignorait pas qui se trouvait devant lui, il l'avait lu dans le dossier : une femme qui avait échappé de justesse aux bolcheviques et qui avait survécu avec son fils en exerçant toutes sortes de métiers, dont certains honnêtes. Ioulia Olegovna était la mère, ancestrale et souveraine, qui pouvait allaiter des enfants comme tuer des hommes. Et c'est là que les sbires de la Gestapo avaient commis une erreur : ils n'avaient pas vu qu'elle n'était pas seulement une pute, mais aussi une mère. Il devina qu'il avait atteint les derniers remparts de sa défense, c'était le moment de la mettre échec et mat.

– Sursis, oui, je crois que c'est le mot-clé, celui qui résume tout. Il me semble que c'est ce qui m'a permis de comprendre pourquoi vous vous êtes donnée à l'ennemi, pourquoi vous vous êtes laissé détourner par lui : sursis. Tout le monde sait que ces lois ont été dictées par le Führer, en tout cas c'est ce que m'a expliqué cet avocat. Elles sont fondées sur le *Führerprinzip* : travailler dans la même direction que le Führer, en suivant sa ligne et ses desseins, en devançant même sa volonté, car jamais on ne reprochera à quiconque un excès de zèle, voire des erreurs. Ce qui implique que ces lois doivent être observées, qu'aucune dérogation n'est admise, seulement... des sursis. Et cela, vous le saviez, *Frau* Volkova. Les hommes qui sont au service de ces lois sont de véritables bulldogs, et vous disposiez simplement d'un délai supplémentaire. Évidemment, vous aimez votre fils et ça ne vous a pas particulièrement réjouie, je me trompe ?

Frau Volkova conservait son calme, un semblant de calme surtout, mais son silence était on ne peut plus éloquent.

– Tout ce qui existe est à la fois juste et injuste, poursuivit Arturo devant son mutisme, il faut s'arranger avec le pire, c'est compréhensible. Et comme vous n'étiez pas disposée à laisser mourir votre fils, la seule façon que vous aviez de parer à ce sursis était de pactiser avec les Alliés dans l'espoir qu'ils écraseraient ces monstres de l'*Aktion* T4. Oui, saint Augustin parlait beaucoup de cela, l'espérance. Selon lui, cette dernière, tout comme vous, *Frau* Volkova, a des enfants merveilleux, deux pour être précis : la colère et le courage. La première s'oppose aux choses telles qu'elles sont, et le second les change. L'espérance que votre trahison accélérerait la défaite pendant que Sasha passait entre les mailles de la loi, et que les Alliés se porteraient à sa rescousse en profitant du désordre final. Un Reich en échange de votre fils, ce n'est pas un mauvais marché. Pouvez-vous m'expliquer comment tout cela s'est déroulé ?

Ioulia Olegovna Volkova sourit sans joie et se leva doucement, bien qu'avec une certaine raideur. Arturo admirait son courage, une qualité plus profonde que la vaillance, car cette dernière est aveugle tandis que le courage affronte la peur les yeux ouverts.

– Vous ne manquez pas d'imagination, *Herr* Andrade, mais la Gestapo n'en manque pas non plus quand il s'agit de défendre ce qui lui appartient, car je n'ai jamais cessé d'être leur propriété. Je suis loyale envers le parti et envers l'Allemagne, je n'ai pas à avoir honte. Faites donc ce que vous avez à faire avec moi, *mein Herr*, mais vous aurez à payer l'addition. Le temps s'est écoulé, et mon temps c'est de l'argent.

Möbius, dans un élan explosif et longtemps réprimé, bondit pour gifler *Frau* Volkova, qui s'effondra au sol. Arturo réagit prestement en s'interposant entre les deux : Möbius, lui aussi, commettait l'erreur de ne pas voir la mère.

– Non, capitaine, nous n'allons rien résoudre comme cela. Laissez-moi faire.

Ils s'affrontèrent du regard. Möbius parla d'une voix grinçante, lui crachant quelques postillons au visage :

– Vous avez cinq minutes, pas une de plus.

Arturo le remercia d'un hochement de tête martial et d'un claquement de talons. Il s'adressa à *Frau* Volkova, sincèrement accablé :

– Vous voyez bien que je ne peux rien faire de plus, *Frau* Volkova. Quand je franchirai cette porte, personne ne sera là pour s'interposer entre la SS et vous, vous me comprenez ? Il serait regrettable de vous enferrer dans votre attitude, vous ne réussirez pas à me convaincre que vous n'avez rien à voir avec Pippermint, et si c'était le cas, peu importe, parce que *eux* – il désigna Möbius du menton –, ils ne font pas preuve d'autant de prudence et de patience que moi. Savez-vous ce qu'ils ont fait, *Frau* Volkova ? Lorsqu'ils se sont rendu compte de l'erreur qu'ils avaient commise avec Sasha, ils ont envoyé un de leurs hommes dans cette clinique. Il doit y être, à l'heure actuelle. Et cet homme a reçu l'ordre de rester avec votre fils et d'attendre un appel téléphonique que… – il consulta sa montre – … le capitaine Möbius passera d'ici une heure. Sinon, Sasha ne pourra plus jouir de ce sursis. Bien évidemment, la Gestapo va protester – il étira les dernières syllabes pour insister sur l'aspect inévitable de la chose. Mais personne n'ignore le caractère exceptionnel de la situation ni les rivalités entre les différentes organisations. Et dans la confusion, on peut commettre des erreurs irréparables, des actes sans retour. Tout compte fait, que peut-on reprocher à la SS ? D'accomplir la volonté du Führer ?

– Ce n'est rien d'autre que du bluff.

– C'est vous qui savez…

Arturo cessa de danser sur le fil de son hypothèse pour assister à la bataille que *Frau* Volkova livrait contre elle-même.

Dans cette lutte sanglante, son visage ressemblait à celui d'une marionnette aux traits grossièrement dessinés. Finalement, elle décida de parler.

– Je vous raconterai tout, mais il ne doit rien arriver à Sasha.

Sa voix s'était voulue implorante, mais elle l'avait trahie, *Frau* Volkova n'ayant pas pour habitude de supplier. Arturo échangea un regard de triomphe avec Möbius, qui se borna à hocher la tête.

– Allez-y, l'encouragea-t-il.

– Mais avant, je veux une garantie.

– Une garantie ? Nous ne sommes pas en Suisse, madame.

– Je veux votre parole.

– La parole du capitaine ?

– Non, la vôtre.

Arturo avait la confirmation que, pour rester en vie, il fallait conserver un fond de naïveté qui permettait de rêver d'une fin heureuse.

– Vous avez ma parole, mentit-il. Dites-moi.

– D'abord, je veux que le capitaine passe ce coup de téléphone.

Arturo consulta sa montre.

– Il vous reste environ quarante minutes, madame, la prévint-il en ignorant sa demande.

– Je ne parlerai que lorsqu'il aura appelé.

Arturo regardait encore le cadran, sans mot dire, attendant que la peur dompte une fois pour toutes ses espoirs.

– Trente-neuf minutes… Une seconde, deux secondes, trois secondes en moins…

Frau Volkova se hâta de placer un téléphone à la portée du capitaine Möbius, puis enserra son propre torse dans ses bras, comme pour se protéger du rayonnement inclément de son échec.

— Savez-vous ce que ce psychiatre et neurologue de renom, ce Maximilian Bewilogua, fait à ses patients, *Herr* Andrade ? Des femmes, des vieillards, des enfants...

Elle inspira profondément.

— ... des enfants étaient mis dans des camions étanches dont l'intérieur était relié au pot d'échappement, reprit-elle. On les fourrait là-dedans sous le prétexte de les promener et, au bout d'une heure, on les déchargeait, asphyxiés, dans une fosse creusée dans un bois des environs. Avez-vous déjà vu des corps qui ont été gazés, *Herr* Andrade ? Ces visages grimaçants, à l'agonie ?

Arturo secoua la tête.

— Jamais je n'aurais permis que mon Sasha termine ainsi, alors j'ai contacté un diplomate de l'ambassade britannique et je l'ai informé de mon plan. Ils ont immédiatement compris l'importance de ce que j'avais à leur offrir, et le MI6 m'a entraînée et m'a fourni les moyens nécessaires pour communiquer avec eux.

— Comment faisiez-vous ? s'empressa de demander Möbius.

— Au début, je voyais directement les membres de l'ambassade, mais lorsque la légation de Grande-Bretagne a été fermée, ils ont changé de mode opératoire. Ils m'ont confié une radio et m'ont donné les fréquences et les codes qui me maintiendraient en contact avec Londres. Et depuis cette année jusqu'à aujourd'hui, Pippermint c'est moi.

— Comment se fait-il que votre radio n'ait pas été repérée par les véhicules goniométriques ?

— Elle était dans une voiture, et chaque fois que j'avais à m'en servir, je sortais faire un tour. Je restais en mouvement pour ne pas être découverte.

— Quand vous ont-ils communiqué le lancement de l'opération ?

— Début 1944. Soudainement, ils ont tout changé, les fréquences, les codes; je crois qu'ils soupçonnaient l'*Abwehr* et le SD de les avoir interceptés. Ce qui est certain, c'est qu'ils ne voulaient prendre aucun risque. Ils m'ont informée de l'arrivée des quatre commandos et de leurs objectifs, et ils m'ont indiqué plusieurs boîtes aux lettres où déposer toute information en rapport avec le personnel scientifique. Il y en avait quatre dans tout Berlin, plus quatre autres au cas où il arriverait quelque chose aux quatre premières. Elles étaient réparties par secteurs et je devais les utiliser en fonction de la zone où se trouvait l'objectif. Lorsque je déposais mes notes, je devais prévenir Londres, et je suppose qu'ils faisaient de même avec leurs hommes.

– Ils vous ont donné des informations particulières sur Ewald von Kleist?

– Ils m'ont donné quelques noms, entre autres celui-là, effectivement.

Ainsi donc, le scientifique avait voulu se rapprocher des Alliés, ce qui signifiait que la Thulé était certainement impliquée dans sa mort.

– Pour autant, insista Arturo, j'en déduis qu'ils naviguaient à vue, sans objectifs concrets.

– Ils avançaient à tâtons.

– Et quels étaient ces secteurs? demanda Möbius.

– Wilmersdorf, Lichtenberg, Prenzlauer Berg et Dahlem.

– Donc, vous ne savez pas où sont ces maisons.

– En principe, je ne devrais pas.

– Vous ne devriez pas?

– Le MI6 m'a simplement indiqué l'emplacement des boîtes aux lettres, pour compartimenter le plus possible l'opération, je suppose, et pour éliminer le risque que mon éventuelle chute entraîne celle des commandos.

– Mais vous avez dit «en principe»... souligna Arturo.

– Je prenais des personnes de confiance pour déposer les enveloppes. En réalité, je les payais pour qu'elles essaient de découvrir qui récupérait les enveloppes et où elles étaient emportées.

– Pourquoi ?

– Pour pouvoir négocier le jour où vous me trouveriez, répondit-elle avec l'autorité naturelle de celle qui a tout vu.

Arturo admira son fatalisme pragmatique.

– Et vous avez découvert quelque chose ?

– Évidemment, ces hommes étaient bien entraînés : soit ils ne sont pas venus au rendez-vous pour des raisons que j'ignore, soit ils utilisaient eux aussi un tiers pour récupérer l'information, ou d'autres techniques de contre-filature. Parfois, je donnais à certains de fausses informations pour pouvoir les localiser, comme ça a été le cas avec le commando de Lichtenberg, mais je n'ai pas pu le retrouver, ni lui ni celui de la *Virus Haus*.

– Le commando de Lichtenberg, c'est certainement celui qui a été emporté par les flammes, suggéra Möbius. Et le loup de la *Virus Haus*, celui de Dahlem, rôde encore dans les parages.

– Mais il reste deux loups, intervint Arturo, encourageant *Frau* Volkova à poursuivre.

– Oui, j'ai aussi donné de fausses informations à celui de Wilmersdorf, et lui non plus ne s'est pas présenté...

– C'était le sergent Stratton, il avait une planque boulevard Kurfürstendamm, nous l'avons capturé avant qu'il puisse intervenir, expliqua Arturo.

– ... toutefois, celui de Prenzlauer Berg, qui aurait dû se trouver théoriquement à la chancellerie, a eu la mauvaise idée de se rendre lui-même à la boîte aux lettres, ne me demandez pas pourquoi.

– Alors vous avez pu repérer sa planque.

– Oui, mais il y a un problème.

– Lequel ?

– Elle se situe sur la Brunnenstrasse.

– En zone russe, comprit tout de suite Möbius. Pour le moment, il va falloir se contenter de chercher le loup de la *Virus Haus*. Où est sa boîte aux lettres ?

Frau Volkova lança un bref regard à la montre d'Arturo.

– Je vous en prie, passez ce coup de téléphone, capitaine. Les lignes sont peut-être coupées, on ne sait jamais...

– Où est la boîte aux lettres, *Frau* Volkova ? insista le capitaine, impitoyable.

– La première était près de la *Virus Haus*, mais elle a été détruite. La seconde, dans le zoo du Tiergarten, à la porte des Éléphants. Maintenant appelez, je vous en prie.

– Bon, voici ce que nous allons faire, ordonna-t-il sans se soucier de sa requête. Nous allons simuler un transfert de personnel et de matériel scientifiques à la chancellerie et vous en informerez Londres. Le reste, c'est notre affaire.

– Tout ce que vous voulez, capitaine, mais appelez...

S'il n'y avait toujours pas la moindre pointe de soumission dans l'obéissance de *Frau* Volkova, Möbius remarqua une nouvelle nuance dans sa voix : la peur. Il regarda simplement Arturo ; ce dernier éprouva un sentiment de tristesse mâtiné de mauvaise conscience, mais ce fut de courte durée.

– Je vous ai menti. Nous n'avons pas besoin de téléphone.

Sur le visage de *Frau* Volkova se mêlèrent l'espoir, la joie et la haine.

– C'était du bluff...

– Non, ce n'était pas du bluff, mais nous avons une radio dans la voiture. Ne vous inquiétez pas, *Frau* Volkova, je vous ai donné ma parole : nous allons le joindre sans tarder.

– Vous le ferez ? demanda-t-elle avec une mine de chien battu.

– Je vous le promets.

La foi, cette foi qui remue des montagnes et permet de

trouver de l'eau dans le désert, l'unique pont au-dessus de la désespérance. Möbius quitta la pièce sans un mot ; Arturo resta encore quelques instants, le temps nécessaire pour faire ses adieux sans émotion. *Frau* Volkova l'arrêta d'un geste de la main.

– *Herr* Andrade...

Ils se dévisagèrent.

– Oui, madame.

– Vous ne savez pas tout ce que j'ai fait pour mon fils.

– Non, je ne le sais pas, madame.

Frau Volkova hocha la tête, visiblement satisfaite de cette simple remarque. Elle désigna d'un geste de la main le manteau d'Arturo.

– Couvrez-vous, *mein Herr*, dehors il fait froid.

À l'extérieur, la musique sonnait comme avait dû sonner celle du *Titanic* la nuit où le paquebot croisa son destin. Le ciel était une vitre noire ; Berlin, une ville incandescente. Çà et là, les flammes atteignaient des hauteurs colossales. Möbius et Arturo contemplèrent la dentition ébréchée des immeubles qui se découpaient dans la lumière, ils entendirent le rugissement sourd et profond des canons.

– Je vous félicite, *Herr* Andrade, vos mensonges nous ont grandement facilité la tâche. Mais vous n'êtes pas sans savoir que personne n'a été envoyé dans cette clinique. Que va-t-il se passer quand *Frau* Volkova appellera ?

– J'ai expliqué la situation à ce fameux Maximilien et nous nous sommes mis d'accord. Il nous couvrira, il n'a pas tellement le choix, mon capitaine. Et puis, je n'ai pas menti, c'était juste une vérité ajournée.

Möbius haussa les sourcils.

– Vous aimez bien les jeux de mots.

Il chercha des yeux les officiers chargés de faire démarrer l'opération de nettoyage.

– C'est le moment d'en finir avec ce nid à rats.
– Mon capitaine, je voulais justement vous en parler.
– Je ne crois pas qu'il y ait grand-chose à dire. C'est un ordre du commandant Bauer, il est sans appel.
– Écoutez, mon capitaine, si nous obéissons à cet ordre, tous nos efforts auront été vains. À l'évidence, les Alliés ont plus d'un informateur à Berlin. Que va-t-il advenir de notre opération s'ils apprennent que nous avons réduit en cendres cette maison ? Ils vont penser que *Frau* Volkova est tombée, ses messages ne serviront plus à rien, et le commando ne se présentera pas.

Möbius réfléchit à cette remarque chargée de bon sens. Un détachement de la *Waffen*-SS attendait un signal pour mettre en branle ses faux argentées.

– Pourquoi vous acharnez-vous à vouloir que tout se termine bien, *Herr* Andrade ? demanda Möbius avec réticence.
– J'ai toujours aimé les contes de fées, mon capitaine, plaisanta-t-il en esquivant la délicate question.
– Peut-être même que vous pensez que ce gamin va survivre, que les gentils arriveront avant que les autres le liquident, déclara-t-il d'un ton sérieux mais lourd de sous-entendus.
– Je vous assure que cela n'entre pas dans mes priorités, capitaine.
– Hum, je vois. Enfin… J'en discuterai avec le commandant, mais ce que vous dites n'est pas idiot. On va en rester là pour aujourd'hui.

Il fit signe à ses hommes de se retirer.

– Quant à notre loup, nous lui laisserons un message dans cette boîte aux lettres et, avec un peu de chance, il suffira que *Frau* Volkova lance la piste, et nous n'aurons plus qu'à la suivre.

Il scruta Berlin, qui aimantait toute la violence et la folie du monde, et rayonnait de douleur.

– Vous savez quoi ? demanda-t-il, énigmatique. Vous n'allez peut-être pas me croire, mais d'une certaine façon, nous avons de la chance de pouvoir contempler tout cela. Beaucoup, beaucoup de chance…

11

La chute avec l'ange

– Vous savez comment on fait pour mettre six cents Asturiens dans un dé à coudre, mon lieutenant ?
– Aucune idée, Manolete.
– Eh ben, en leur disant deux choses : la première, qu'ils tiendront pas, et la deuxième, qu'ils ont pas les couilles de le faire, ha, ha, ha !

Manolete se gondola de rire sous le regard perplexe du détachement de la SS qui surveillait le piège à loups, et plus précisément du farouche SS-*Unterscharführer* que Möbius avait envoyé à sa place pour diriger l'*Aktion*. Pour l'heure, que pouvait-il y avoir de plus important que la capture de ce commando, se demandait Arturo en contemplant le rire déchaîné de Manolete, si ce n'était quelque chose en rapport avec *Hagen* ?

– Et vous savez ce que c'est, cette phrase : « Le gros poisson mange toujours le petit » ? continua Manolete.
– Non, mais je suis sûr que tu vas me le dire, répondit Arturo sans se démonter.
– La première blague qu'on raconte aux piranhas à leur naissance, ha, ha, ha !

Arturo leva les yeux au ciel, mais le quota de faveurs que l'on pouvait demander à saint Cucufa était déjà atteint, et pour que Manolete arrêtât avec ses plaisanteries épouvantables, il eût fallu lui couper les bras. C'était sa façon à lui de conjurer la peur.

– Manolete, tu es en train de te faire remarquer...

Le soldat jeta un regard indifférent aux SS.

– Il vaut mieux, mon capitaine, s'ils soupçonnent qu'on a la trouille, on est foutus...

C'était incontestable. Arturo dévisagea le soldat Francisco Ramírez, alias Manolete. Il avait encore maigri, si tant est qu'un clou puisse maigrir, et il était toujours aussi laid, mais étrangement, Arturo se sentait en sécurité avec lui : outre le fait que Manolete se battait comme un lion et était loyal, ses yeux savaient encore se remplir de tristesse, à cause non pas de ce qu'ils avaient vu mais de ce qu'ils allaient voir. C'est pour cette raison qu'il l'avait réclamé malgré son affectation aux bataillons ministériels : cela faisait à peine une heure que l'autorisation avait été signée.

– En plus, ajouta Manolete en bombant le torse en direction du sergent SS, je peux pas blairer ce type...

– Si tu savais comme je te comprends...

Le râle agonisant d'un fauve leur rappela où ils étaient et quelle était leur mission. Il n'y avait plus de visiteurs déambulant parmi les installations dévastées du zoo ; la veille, ils avaient passé l'endroit au peigne fin, et pour lors, ils faisaient une nouvelle ronde. La plupart des cages et le petit abri en briques rouges recouvert de lierre qui se trouvait dans la volière étaient éventrés, alors que les cerfs, les singes, les zèbres, les oiseaux avaient recouvré la liberté, quand ils n'avaient pas été carbonisés ou asphyxiés derrière les barreaux. Le bâtiment ornemental de trois étages qui hébergeait l'aquarium et sa jungle artificielle était là, effondré au milieu de blocs de ciment, de bris de verre, de palmiers fendus et de reproductions à taille réelle d'animaux antédiluviens, cependant que les crocodiles rampaient dans les derniers centimètres d'eau. Les cadavres des éléphants gisaient dans leur enclos, énormes montagnes de viande partiellement dépecées par les habitants de la ville ; de temps à autre, on apercevait encore un Berlinois à l'intérieur d'une cage thoracique, fouillant dans les entrailles de la bête. Les rugissements provenaient de l'enceinte des lions qui, sous-alimentés, bougeaient à peine et étaient si décharnés que la peau plissait sur leurs os. L'endroit avait été idéal pour les échanges et les rencontres subreptices à l'époque où les visiteurs venaient en nombre, mais désormais, la moindre présence au milieu d'une telle désolation ne pouvait qu'éveiller les soupçons. C'était, entre autres, ce qui préoccupait Arturo : le fait que le zoo soit autant exposé pouvait dissuader le loup de sortir de sa tanière. Par ailleurs, cette ouverture à tous les vents compliquait la délimitation des entrées et des sorties et favorisait les fuites. Aussi avaient-ils disposé deux détachements discrets de part et d'autre de la porte des Éléphants, un énorme arc flanqué des statues massives de deux pachydermes allongés. Dans celui de droite, il y avait une fissure imperceptible d'où dépassait le coin d'une feuille avec les vraies fausses informations de Pippermint. Ils arrivèrent devant la cage du gorille ; les rugissements du géant n'effraieraient plus Manolete, son cadavre reposait sur le flanc, et une étrange grimace mélancolique sur sa gueule en avait estompé toute animalité.

– Merde, je savais pas, regretta Manolete.

– Je l'ai trouvé comme ça hier après-midi, lui apprit Arturo.

– C'est pas une bonne chose que Chita ait cassé sa pipe...

Il se signa et fit une courte prière.

– Vous ne priez pas avec moi, lieutenant ?

– Tu pries assez pour nous tous, Manolete.

– Il faut le faire, un minimum au moins, pour que Chita monte au paradis des singes, mon lieutenant, dit-il avec une sincère naïveté. Et aussi pour que le bon Dieu nous file un coup de main contre les Russkofs : c'est la seule protection qu'il nous reste.

– S'il n'y a plus que le Ciel pour nous aider, alors on est dans la merde…

Manolete eut l'air contrarié, mais il n'émit aucun reproche.

Ils poursuivirent leur route.

– Quoi de neuf, pour la Reichsbank ? s'enquit Arturo.

– Humm… D'après Ramiro, la date n'est pas encore fixée. Tant qu'on ne voit pas la barbe des Russes, on ne pourra rien faire. Mais ils ne devraient pas tarder, deux ou trois jours tout au plus.

– J'ai demandé à Ramiro de prévenir Fanjul que je me joindrai à la petite fête.

Les lèvres de Manolete dessinèrent un *o* de surprise.

– Ça alors ! Et quand est-ce que vous avez changé d'avis ?

– Tout récemment. J'ai reconsidéré la chose.

– Je suis bien content que vous soyez des nôtres, parce que j'ai comme l'impression qu'il y en a plus d'un qui va se dégonfler comme une baudruche.

– Ouais. Écoute, au sujet de l'attaque, il y a une question qui me tracasse… Peut-être peux-tu me renseigner…

– Allez-y, crachez le morceau.

– S'ils parviennent à prendre quelque chose à la banque, comment vont-ils s'enfuir avec le magot ?

– Alfredo Fanjul a un plan, mais il le lâche au compte-gouttes. Il n'a pas envie qu'un petit malin le devance. Je voulais aussi vous prévenir…

– Oui ?

– Eh ben, vous savez, ce Fanjul, c'est pas vraiment un enfant de chœur…

– Hmm…

– Alors je vous conseille de marcher sur des œufs, parce qu'il paraît qu'il veut votre peau.

Manolete agrippa son propre cou et mima l'étranglement pour illustrer sa mise en garde.

– Je m'en doute bien, voilà pourquoi la seule personne qui sera derrière moi durant l'attaque, ce sera toi.

– Avec vous, à la vie à la mort, mon lieutenant! beugla-t-il en se mettant au garde-à-vous. Et avant que j'oublie, Ramiro m'a dit de vous dire de ne pas vous inquiéter, cette Silke et son ami sont déjà en lieu sûr à l'ambassade. Ils ont aussi rapatrié la vieille et la petite.

– Formidable. Et Ninfo et Saladino?

– Oh, vous les connaissez, comme des chiens: dès qu'ils voient un truc, ils veulent le baiser, sinon ils veulent le bouffer, et s'ils ne peuvent faire ni l'un ni l'autre, ils pissent dessus.

Arturo lâcha un rire sonore qui attira de nouveau l'attention du détachement posté à l'intérieur. Soudain, le sourire de Manolete se crispa. Arturo, en alerte, plaça son fusil-mitrailleur à la hauteur de sa hanche, mais son compatriote le rassura d'un geste et passa un moment à fouiller dans sa vareuse. L'air triomphant, il lui montra ce qu'il avait capturé.

– Vous avez vu? dit-il en exhibant un énorme pou. On dirait des éléphants, des putains d'éléphants. En Russie, au moins, on pouvait organiser des courses avec eux et en tirer un peu d'argent, mais ici, ils sont si bien nourris qu'ils ne bougent pas.

– Arrête tes jérémiades, Manolete.

Arturo fouilla dans son pantalon et extirpa à son tour un pou, qu'il compara à celui de Manolete.

– Regarde un peu les miens.

– Ils sont plus petits.

– Mon sang doit être d'un moins bon millésime – il haussa les épaules. Ils sont devenus exigeants.

Il l'écrasa entre ses ongles en produisant un claquement désagréable; Manolete l'imita et entreprit de gratter toutes les parties accessibles de son corps, faisant éclater les poux ramassés au cours de sa battue. Lorsqu'il se fut lassé de l'épouillage, ils rejoignirent le détachement. Une Kübelwagen et deux side-cars avec trois soldats et le sergent, ainsi que quatre autres hommes à l'extérieur du zoo. Le sergent les attendait en fumant une cigarette ; c'était un homme mince, aux cheveux clairsemés et au visage chevalin, portant des lunettes qui miroitaient à la lumière.

– Sûr qu'il est pédé, glissa Manolete à Arturo.
– Pourquoi ?
– Il fume des blondes, déclara-t-il, sûr de lui.
– Vous avez l'air de bien vous amuser, leur reprocha le sergent avec le regard fulgurant des fanatiques.
– On ne sait jamais, c'est peut-être la dernière fois, sergent, rétorqua Arturo.

L'autre allait répondre lorsqu'on entendit tout à coup le vrombissement d'une moto en provenance de l'ouest. Aussitôt, les deux détachements se hérissèrent d'armes et prirent position. Une Zündapp militaire s'approchait en effectuant de larges *s* pour éviter les obstacles, son conducteur faisant de petits bonds sur la selle. Le sergent adressa quelques signes à ses hommes et s'accroupit derrière un tas de gravats, main sur la cartouchière. Tandis qu'ils surveillaient sa progression, Arturo trouva plutôt incongru qu'un motard, tout homme de liaison qu'il était, s'éloignât autant du centre d'une ville où l'essence avait plus de valeur que le sang. L'homme stoppa son engin à mi-chemin entre eux et la porte des Éléphants, et laissa tourner le moteur qui continua de pétarader par à-coups. Il portait l'un de ces fameux manteaux en caoutchouc vert et, se dressant sur son guidon, il fit pivoter son torse de quelques degrés à gauche puis à droite pour inspecter le secteur. Il était coiffé d'un casque et son visage, protégé par des lunettes, était recouvert de suie. Lorsqu'il eut vérifié ce qu'il avait à vérifier, il tira sur l'élastique de ses lunettes qu'il cala sur son casque, laissant apparaître une bande de peau très pâle en forme de huit, où deux yeux sombres restaient aux aguets. Il sortit une carte de la poche de sa vareuse et la déplia sur le guidon, comparant l'ordre idéal de celle-ci avec la réalité chaotique et fossilisée qui l'entourait. Arturo, à l'instar du détachement, ne perdait pas un seul de ses mouvements, mais à aucun moment l'homme ne fit mine de se diriger vers la porte des Éléphants. Lorsque le moteur de la Zündapp se mit à trembler et se tut, on déverrouilla lentement les armes et l'adrénaline commença de vider les esprits de toute émotion. Il y eut quelques secondes d'incertitude, puis une demi-douzaine de coups de pédale parvinrent à relancer la machine, indiquant que le moteur avait simplement calé. Le motard donna deux ou trois coups d'accélérateur, remit ses lunettes, partit à pleins gaz en tenant fermement le guidon. Avec quelques ordres brefs, le sergent confirma qu'il s'agissait d'une fausse alerte. Il s'apprêtait à reprendre sa querelle avec Arturo quand un sifflement et une explosion déclenchèrent sur eux une pluie d'obus de mortier. Les soldats se jetèrent au sol au milieu de gerbes de terre, les tympans déchirés par la brutalité des explosions. Des courses, des cris, des collisions ; la sueur, la peur, mais par-dessus tout, l'étonnement de savoir les Russes si proches. Ils réalisèrent que ces derniers balayaient la zone de manière aléatoire et qu'ils ne les prenaient pas pour cible ; il fallait simplement tenir bon et attendre une accalmie. Deux projectiles tombèrent si près d'Arturo qu'il entendit un chuintement pendant plusieurs minutes.

– Ils y vont pas avec le dos de la cuillère ! hurla Manolete, une main plaquée sur le casque.

– Même les pierres ne pourraient pas supporter ça, répondit Arturo.

– Non, il n'y a que nous, dit le troufion en souriant.

Les mortiers étaient en train de réduire la zone en miettes ; c'était la même atrocité de tous les jours, sanglante certes, mais routinière, rien qui pût justifier les cris épouvantables qui se firent entendre derrière eux. Manolete et Arturo, alarmés, renoncèrent à leur relative sécurité afin d'en découvrir l'origine. Dos courbé, le doigt sur la détente, ils avançaient tandis que les hurlements se transformaient en râles étouffés. À l'angle d'une cage, le vertige de l'inimaginable les saisit. Une lionne efflanquée enfonçait sa gueule rouge de sang dans l'estomac d'un SS qu'une autre immobilisait par la gorge ; de petits jets de sang dessinaient des paraboles entre les crocs de cette dernière, pendant que sa compagne de chasse arrachait des morceaux de chair à une victime qui avait déjà perdu conscience. Glacés par cette vision, ils virent l'animal accrocher l'intestin du SS et tirer sur celui-ci, étrange serpent, glissant et fumant, sorti du corps de son propriétaire pour s'en éloigner de quelques mètres. Manolete et Arturo réagirent prestement et mirent fin à cette atrocité en tirant quelques rafales. Les jambes du malheureux continuaient de trembler violemment, si bien que Manolete dut envoyer une autre bordée en visant la tête. Seulement, à en juger par les cris et les tirs qui se mêlaient aux explosions des mortiers, d'autres animaux s'étaient échappés. Un projectile avait dû atteindre les cages ou tomber non loin d'elles, et leurs portes avaient cédé. Rugissements, détonations, hurlements, sifflements des projectiles, ordres brefs, explosions... un véritable tintamarre emplissait la tête d'Arturo, auquel vint s'ajouter un nouveau bruit, faible au début, indécis, qui se précisa peu à peu : le vrombissement d'une moto. Une autre image lui vint aussitôt à l'esprit : la porte des Éléphants.

– Laisse tomber les bestiaux et suis-moi ! cria-t-il à Manolete.

Ils se ruèrent vers l'entrée, Arturo craignant le pire. La porte s'offrit à leur vue à la seconde même où le motard rangeait la note de *Frau* Volkova ; apparemment, ils avaient eu de la chance, l'homme n'avait pas aperçu le détachement de garde, et sa petite mise en scène était une simple ruse pour repérer la zone. Or, les cruches ne peuvent aller deux fois à la même eau, et la subite apparition d'un SS tirant à hue et à dia sur quelque animal à ses trousses lui fit dégainer le pistolet qu'il portait par-dessus son manteau, tout en donnant des coups d'accélérateur à la Zündapp. Arturo hurla quelques mots inaudibles dans le vacarme, ce qui déclencha une réponse automatique : une volée de tirs. Ils tentèrent de lui rendre la pareille avant de voir l'engin s'éloigner en trombe. Arturo, faisant fi de la chaîne de commandement, ordonna à Manolete de prendre le volant de la Kübel. Tous deux s'engouffrèrent dans la voiture et Arturo demanda au soldat de rouler pied au plancher. Tel l'éclair, ils traversèrent un Tiergarten ravagé sans perdre de vue la silhouette du commando qui, à vive allure, cherchait la protection de Berlin.

– Ne le laisse pas s'échapper, Manolete ! vociféra Arturo.
– Soyez tranquille, chef, il va pas me la faire…

Tandis que derrière eux le détachement se partageait les véhicules restants, leur course-poursuite les conduisit par la porte de Brandebourg au cœur de la ville. Immédiatement, ils se virent entourés d'immeubles éventrés et incendiés, et durent ralentir pour slalomer entre les nids-de-poule, les amas de ferraille et les arbres tombés au sol, dont certains avaient été écartés à la va-vite pour permettre le passage des véhicules. Dans ce dédale, la moto avait l'avantage, mais grâce à la dextérité de Manolete, les fesses du motard ne disparurent jamais plus de quelques secondes de leur champ de vision. Lorsque les secousses le lui permettaient, Arturo visait et tirait quelques balles. Les rues, déformées, dessinaient une géographie inconnue, jumelle perverse des labyrinthes souterrains à travers lesquels Arturo avait poursuivi l'autre commando, et qui avait pour lui un angoissant goût de *déjà-vu**. Au rythme soutenu des parties de chasse ancestrales, le centre de gravité de la course-poursuite se déplaça vers le sud de la ville et les amena à dépasser, devant les yeux éberlués des hommes qui la défendaient, une des dernières positions du *Volkssturm* dans le quartier de Hasenheide, une barricade de voitures renversées et de sacs de sable. À peine avaient-ils parcouru quelques centaines de mètres que la moto disparut dans un virage pour revenir presque aussitôt vers eux sans réduire son allure. Durant quelques secondes, la collision sembla inévitable, mais le brusque coup de frein que donna Manolete et le léger écart du motard permirent d'éviter l'accident. Manolete faisait demi-tour quand ses bras se paralysèrent sur le volant ; sa bouche et ses yeux se remplirent d'étonnement. Le rugissement furieux d'un puissant moteur précéda l'apparition d'un tank Sherman qui se planta devant eux avec la puissance d'un animal préhistorique, expliquant ainsi la volte-face du motard.

– Les Américains ?! hurla Manolete.

– Ce sont des Russes, couillon, avec des tanks prêtés. Accélère, merde !

Manolete reprit sa manœuvre ; les chenilles du blindé crissèrent alors que, crachant la fumée noire d'une respiration ardente, il se mettait en position, et que la tourelle, où l'on avait fixé des matelas destinés à la protéger des *Panzerfäuste*, pivotait à gauche et à droite en reniflant la rue. Des *frontoviki* ne tardèrent pas à apparaître à une vingtaine de mètres derrière et sur ses flancs. Au même instant, les deux side-cars du détachement surgirent à l'autre bout de la rue, le sergent en tête, et coupèrent la route au commando qui dut freiner brusquement, la roue arrière de sa moto dessinant un arc au sol. La scène se figea durant une nébuleuse fraction de temps pendant laquelle, dans une sorte de partie d'échecs physique et létale, chacun des joueurs anticipait intuitivement les mouvements de l'adversaire, prévoyait les éventuelles ripostes et pronostiquait leur succès ou échec. Puis tout s'enchaîna avec la rapidité d'un tourbillon liquide s'écoulant dans une grille d'égout.

La mitrailleuse du tank étincela, accompagnée par les tirs de couverture des fantassins cependant que le canon pointait sa cible.

Manolete accéléra et Arturo lâcha des rafales de tirs qui finirent par atteindre un Russe, lequel, sous l'effet des impacts répétés, trembla et s'effondra.

Dans une manœuvre désespérée, les SS disposèrent leurs motos en travers de la rue et se mirent à riposter.

Le motard abandonna son engin et chercha refuge dans l'entrée d'un immeuble proche.

La fusillade s'intensifia.

L'air empestait l'essence brûlée.

Le ululement fauve des Russes.

L'explosion d'une grenade.

Le bruit âpre et intense des moteurs.

Le tintement des chenilles.

La guerre.

Qui détruit.

Salit.

Mutile.

Démembre.

Broie.

Lorsque de la bouche du canon jaillit une flamme longue de un mètre, et qu'une des motos du détachement vola dans les airs dans un crépitement de chair brûlée, la panique gagna les Allemands qui s'égaillèrent dans la nature. Arturo, qui avait eu le réflexe de tirer d'un œil et de surveiller de l'autre l'entrée par laquelle s'était faufilé le commando, demanda à Manolete de s'engager dans le trou ouvert par la grenade russe. Lorsque la voiture passa à travers cette issue providentielle, glissant sur une pâte gris et rouge de restes humains, Arturo sauta du véhicule et, sans cesser de canarder les Russes, fila sur les traces du motard, fermant et bloquant la porte de l'immeuble où il s'était retranché juste avant que les culasses des *frontoviki* commencent à la frapper sans pitié. Si Manolete put appuyer sur l'accélérateur, il en paya le prix : une morsure suivie d'un engourdissement qui paralysa son bras gauche. Alors qu'ils s'éloignaient sous une pluie de balles, une tache sombre s'élargissait sur la manche de sa capote.

Sur le seuil, les Ivan criblèrent d'impacts la solide porte, la transformant en un amas de bois cassé qu'ils achevèrent de démolir à coups de pied.

L'imposante masse noire du Sherman reprit sa marche avec la torpeur d'un mastodonte, écrasant les restes de la moto. Le son rauque de ses carburateurs ne tarda pas à se faire entendre des hommes du *Volkssturm* préposés à la défense de la barricade, lesquels, blêmes, avaient vu Manolete les dépasser en trombe quelques secondes plus tôt, comme poursuivi par Belzébuth en personne.

Le tank faillit écraser une fleur, seule sur le pavé, suicidaire, point bleu au milieu de toute cette grisaille.

Arturo s'arrêta un instant dans l'escalier pour reprendre son souffle ; il entendit la formidable concentration de tirs auxquels les Russes soumettaient la porte d'entrée. Il avait la bouche sèche et ses jambes tremblaient légèrement sous l'effet de l'adrénaline, mais il était trop tard pour avoir peur. Peu de temps après, les Russes commençaient à gravir l'escalier, amorçant leur singulière *Rattenkrieg*, leur guerre des rats, qui s'était déroulée de maison en maison à Stalingrad et qu'ils exportaient maintenant à Berlin. Dans quelle direction était parti le commando ? L'énorme bâtiment où celui-ci évoluait était un champ de ruines à l'abandon, soumis aux impacts sporadiques des projectiles d'artillerie qui faisaient vibrer sa structure. Arturo se remit en branle et traversa des appartements aux plafonds perforés, où les rideaux n'étaient plus que des lambeaux de tissus brûlés. Les papiers peints s'enroulaient au sol tels des parchemins, au milieu de squelettes métalliques de lits, de canapés éventrés, de meubles au bois gauchi, de livres éparpillés par terre, gonflés par l'humidité. Parfois, il apercevait à travers les énormes trous des murs le crépuscule d'un ciel d'étain, ou la *Siegessäule*, la statue de femme au sommet de la colonne de la Victoire, quand il ne heurtait pas un cadavre en état de décomposition qui entravait le passage d'une pièce à l'autre. Il avançait ramassé sur lui-même, l'arme au poing et les sens en éveil. Il se déplaça de haut en bas, de gauche à droite, et perdit peu à peu la notion du temps et de l'espace. Au bout d'un moment, il entendit les bottes russes à la distance d'un souffle, à sa recherche dans ce hasard de ruines ; ils progressaient comme des hommes-loups, aux aguets, avec des mouvements précis, prudents, silencieux, dans un jeu qui exclurait sans tarder les plus faibles. Soudain, dans l'un des couloirs, il y eut un bruit de respiration étouffée et de pas traînants, comme si l'on portait un poids lourd ; Arturo risqua un regard, et au fond d'un immense couloir boisé qui s'offrait à lui dans un jeu de clair-obscur, il constata avec effroi qu'ils n'étaient pas seuls. Un roi d'épouvante, autre divinité orientale visqueuse, en haillons, s'était joint à leurs jeux d'hécatombe et les traquait pour se vêtir de leurs peaux. Renversé par cette présence inexplicable, Arturo choisit de se tapir comme une araignée dans une chambre. Il posa son arme et dégaina son couteau de combat dans l'attente d'une victime, plein de la sensation hallucinogène générée par les torrents d'adrénaline qui circulaient dans son sang. Il ignorait combien de Russes s'étaient lancés à sa poursuite. Entre deux et quatre, pensait-il, sans compter le commando. La sueur collait son uniforme à sa peau, et son cœur battait si fort qu'il craignait qu'il ne le trahît. C'est alors qu'il le perçut. Il sentit sa présence furtive, mais aussi son odeur, un mélange de transpiration, de crottin de cheval, d'urine et d'alcool qui l'annonça quelques secondes avant qu'il le vît. C'était un Ouzbek hirsute et crasseux, petit mais trapu, coiffé d'un bonnet en peau de mouton, qui se frayait un chemin avec un Mosin-Nagant à la main. Il passa si près de lui qu'Arturo put observer le détail d'une oreille sans lobe. Arturo l'initia alors à l'horreur de l'arme blanche : jaillissant de sa cachette avec une rapidité mortifère, il lui trancha la gorge et le sang coula à flots de ses veines coupées. L'Ouzbek s'effondra doucement, soutenu par Arturo ; lorsqu'il l'abandonna au sol, l'homme parvint encore à pousser un cri bref qu'Arturo étouffa en lui écrasant la tête avec sa botte cloutée. L'odeur. L'odeur du sang chaud. Il réitéra l'opération dans une autre pièce ; cette fois, il enfonça son couteau dans l'aine d'un Sibérien et fit glisser la lame vers le haut jusqu'à ce que ses intestins s'éparpillent au sol. Dans son errance féroce, il rencontra un autre Russe ; il se trouvait dans un salon, étendu au milieu d'un fouillis de viscères, une expression de terreur dans les yeux, ce qui signifiait que le commando n'avait pas perdu son temps non plus. Tout cela, ce n'était rien d'autre que la lutte pour la survie, une loi épuisante et permanente qui n'établissait pas d'autre jugement de valeur que la force et l'adaptation au milieu. Soudain, une détonation emplit son sang d'électricité et le guida vers la zone orientale du bâtiment, un entrepôt de magasin, au deuxième étage, peuplé de mannequins sans bras. Dans ce décor angoissant, il fut accueilli par une forte odeur de poudre et un autre Ivan, au sol, dont le cerveau, telle une vomissure, dégoulinait de son crâne brisé. Arturo rangea son couteau et empoigna son fusil-mitrailleur, clignant des yeux avec force. Il attendait, il attendait la mort noire et légère que distribuait sa Némésis. Et elle arriva. Du coin de l'œil, il la vit venir : un mannequin avait tout à coup repris vie dans le coin le plus sombre de la pièce. Il braqua son fusil-mitrailleur vers lui, mais un coup de pied retourné fit voler son arme, suivi d'un autre, violent et frontal, qui le frappa à l'abdomen et le fit chanceler sur quelques mètres avant de s'écrouler au sol dans un fracas de mannequins. Arturo se releva prestement malgré la douleur intense qui lui avait coupé le souffle, se débarrassa de son casque et sortit son couteau. Il n'était plus disposé à payer un quelconque tribut de sang. Le commando tenait lui aussi un couteau à la main et, durant un moment infinitésimal, il s'instaura entre eux un calme terrible tandis qu'ils se dévisageaient, les épaules rentrées, en position de combat. L'acier, qui connaissait sa leçon, commença de tisser un écheveau d'intentions tendues vers la chair de l'adversaire. Des grognements, des soufflements, des imprécations, des mannequins renversés par le choc, les étincelles des lames qui se croisaient de manière sporadique. C'était une lutte asphyxiante, acharnée, sans honneur ; si l'un des deux avait pu enfoncer ses pouces dans les yeux de son adversaire, il l'aurait fait sans hésiter. L'impassibilité de son rival déroutait Arturo, car il ne parvenait pas à provoquer chez lui cette réaction irréfléchie suite à laquelle il pourrait le tromper, mais il n'était pas disposé à subir le sort de sa rencontre avec le premier commando, si formidables que fussent ces ennemis. La partie resta indécise, puis la fatigue commença de miner ses forces, un vide musculaire qu'Arturo remplit avec une agressivité irrationnelle tout droit issue du puits contenant les âmes de ses démons. Il tenta une attaque sauvage, un tourbillon de coups de couteau dont l'un s'enfonça dans le bras du commando et le fit tituber. Aveuglé par le sang, Arturo redoubla ses assauts, le blessant à deux reprises et l'obligeant à chercher refuge dans les zones les plus sombres de la pièce. Autour d'eux, des mannequins pâles et chavirés, des troncs, des jambes, des têtes dont les yeux de verre reflétaient leur combat. Il n'y en avait plus pour longtemps. Le commando, le bras en sang, avait le regard rivé sur Arturo ; on eût dit un loup au bord de l'épuisement donnant des coups de dents désespérés cependant que son adversaire préparait le coup de grâce. Arturo se recroquevilla davantage, changea son couteau de main à plusieurs reprises pour dérouter son rival. Il avait déjà décidé qu'il mènerait son dernier assaut avec la main gauche lorsqu'une cloison proche explosa, les jetant au sol et déclenchant une averse de plâtre et de morceaux de bois qui finit par les ensevelir. Tous deux étaient assourdis. Par la béance qui s'était ouverte, ils purent voir deux T-34 qui s'étaient joints au Sherman pour prendre l'avenue, escortés par des groupes d'assaut soviétiques qui avançaient précautionneusement, collés aux immeubles. La tourelle du blindé qui venait de souffler le mur bougea et ajusta son angle de tir ; un soldat, accroché à l'écoutille, pointait du doigt vers le haut tout en criant quelque chose aux occupants du char. Arturo grinça des dents, il imagina qu'il pouvait s'agir de l'un de ses poursuivants. Il lui fallait quitter les lieux sans traîner. Le commando pensa de même ; il s'était déjà relevé et s'enfonçait dans le couloir. Arturo récupéra son fusil-mitrailleur et reprit sa poursuite ; dans son dos, une autre explosion acheva de détruire l'entrepôt. Ils entamèrent une partie d'échecs physique dans une topographie sans cesse renouvelée, croisant de petits foyers d'incendie, environnés de fumée et de poussière. Les deux hommes lâchaient de courtes rafales d'appartement en appartement, de pièce en pièce, de recoin en recoin. La vie ne tenait qu'à un pas en avant ou en arrière, à un geste une seconde plus tôt ou plus tard. Au bout de cette poursuite frénétique, le commando était acculé dans un appartement au cinquième étage. Cependant, Arturo ne s'en était pas sorti indemne. Lors d'un dernier échange de tirs, les balles avaient eu raison de la porte d'une armoire, faisant voler une nuée d'échardes dont une partie s'étaient enfoncées dans son épaule gauche. Arturo inspira avec force et, dos collé au mur, les extirpa une à une. Dehors, on entendait le rugissement du carburateur, le crissement et le tintement des chenilles des tanks mêlés aux trépidations des grenades et aux tirs des armes à feu. Il avait coincé le commando, et les Russes, eux, les avaient coincés, pensa-t-il ironiquement. Il devait tenter un pacte entre loups pour qu'ils aient au moins une chance de se tirer de là. Il se plaqua contre le mur du coin qui le protégeait ; de l'autre côté il y avait un couloir et, plus loin, une autre pièce où le commando se tenait dans la même position. Arturo lui hurla une proposition : il lui intimait de se rendre et, en échange, il ne le remettrait pas à la Gestapo ni à la SS. Il s'engageait à le protéger dans la légation espagnole s'il lui donnait des informations sur Ewald von Kleist. Durant quelques minutes, il n'entendit plus que le vacarme des combats ; ensuite, un bruit de bottes qui s'éloignait dans le couloir. Arturo risqua un coup d'œil ; son mouvement fut suivi d'une brusque rafale qui cribla tout un mur et qu'il esquiva de justesse grâce à ses réflexes. Il y eut encore deux, trois décharges de mitraillette, puis le bruit de quelqu'un qui se débat et de coups de pied. Arturo passa de nouveau la tête et aperçut le commando qui tentait de forcer une porte bouclée, l'arme muette. Songeant que celle-ci s'était peut-être enrayée, il s'engagea dans le couloir et braqua l'homme.

– C'est fini, jette ton arme.

Le commando ignora la menace d'Arturo et continua de lutter avec la porte ; les tirs d'Arturo en direction de ses pieds et à hauteur de son visage ne parvinrent même pas à le dissuader. Arturo avança à pas lents dans le couloir, l'arme appuyée sur la hanche, menaçant un commando sourd et obstiné de lui faucher les jambes s'il refusait d'obtempérer. Trois mètres à peine le séparaient de l'homme lorsque celui-ci réussit à ouvrir la porte et à la franchir. Des années après, quand Arturo se rappellerait cette scène, il éprouverait chaque fois une sensation d'irréalité. De l'autre côté, il n'y avait rien, un vide, l'abîme d'un immeuble tranché net par les bombes. Le commando était resté dans un équilibre précaire, seulement maintenu par le bout de ses doigts au chambranle de la porte, à contre-jour dans la lumière lisse et grisâtre du ciel et la vaste perspective de l'avenue. Arturo se précipita pour le retenir, mais alors qu'il arrivait à quelques centimètres de l'homme, dont les pieds touchaient encore le rebord du couloir, le cadre de la porte céda, entraînant l'homme dans le vide. Arturo assista à cette chute interminable et désespérante qui terrifie les hommes et que les enfants redoutent, cette chute des rêves, où les mains cherchent en vain un point d'accroche, qui dure une seconde infinie et où apparaissent dans toute leur cruauté la fragilité, la vulnérabilité, la mortalité, la soumission du corps humain à des lois qui lui sont absolument étrangères. Cet implacable mécanisme s'acheva dans un bruit sourd qui disait toute l'hostilité de la matière. Arturo resta le regard rivé sur ce corps dont les membres s'articulaient dans des angles improbables, avant que son instinct scintille tel un diamant au centre de son esprit. Levant les yeux vers l'avenue, il vit le canon d'un T-34 pointé vers lui. Ses muscles réagirent avant son cerveau et lui intimèrent de courir au même moment qu'il entendait le coup de canon et comptait mentalement un, deux, trois... L'explosion le fit voler dans les airs et atterrir de tout son poids à plat ventre, éclaboussé par une pluie de fragments de brique, de bois et de plâtre. Sonné mais vivant, il se releva, les oreilles bourdonnant, et grimpa l'escalier quatre à quatre avec l'idée de fuir par les toits. Les impacts suivants secouèrent plafonds et murs, réduisant tout l'étage en poussière. Sur le toit-terrasse, il tomba nez à nez avec des soldats qui ratissaient les lieux en parallèle avec leurs camarades restés au sol. Plusieurs rafales et une position insoutenable le convainquirent de faire demi-tour et de dévaler l'escalier. Tenter de s'échapper par la porte d'entrée était suicidaire ; les Russes passaient la rue au peigne fin et jouer au chat et à la souris avec trois tanks était risqué mais faisable, en revanche, tenter le coup avec tous les Ivan que ces engins traînaient derrière eux... Il était foutu, pensa-t-il, mais tant qu'il le serait, cela signifiait qu'il était encore en vie. Il s'approcha de la porte et regarda à travers une brèche. Deux des tanks s'étaient avancés, mais un T-34 restait en position, ce qui laissait Arturo au milieu avec les *frontoviki* qui, fourmillant de toutes parts, achevaient tout ce qui bougeait. Des tirs et des explosions isolés. Des cris, des ordres, des injures. Soudain, il entendit des pas pressés, c'étaient les Ivan qui redescendaient des toits. Il ne pouvait pas rester embusqué plus longtemps. S'il courait, et si la chance était de son côté, peut-être pouvait-il atteindre l'une des rues transversales et disparaître dans les ruines. C'était sa seule chance, et il ne pouvait faillir à la promesse faite à Silke. Il resserra son harnachement, remplaça le chargeur de son fusil-mitrailleur, arma celui-ci et se lança dans une course désespérée ; à peine avait-il fait quelques enjambées que le crépitement des mitrailleuses soviétiques cherchait déjà son âme. Un faisceau infernal de balles sifflant de tous côtés et rebondissant sur les pavés et les façades des immeubles. Il les esquiva comme il put en s'abritant de porte en porte, ripostant avec des tirs à la volée. À bout de souffle, couvert de sueur, il fut bientôt acculé contre la carcasse d'un camion incendié. Ses chances s'amenuisaient à mesure que les soldats russes se donnaient le mot. Arturo avait déjà vidé son chargeur et le remplaça : ses dernières balles. Son visage livide indiquait qu'il connaissait son destin. Pour lui, le monde allait s'éteindre d'un moment à l'autre, et ses sensations étaient chaque fois plus intenses, les contours se précisaient. Il entendait les Russes qui l'encerclaient avec leur stratégie de grands félins. Une balle, une grenade, un coup de canon, il n'avait pas tellement le choix ; mourir ou ne pas mourir, cela n'avait pas vraiment d'importance, l'essentiel était de ne pas le faire à genoux. Ce qui le faisait le plus souffrir était de ne pas pouvoir tenir sa promesse. Silke, Silke, se rappeler ses yeux au moment où le monde s'éteindrait. Il s'apprêtait à affronter son destin lorsque, contre toute attente, au milieu de la fumée et de la poussière, surgit une lance lumineuse qui, parcourant toute la rue, toucha l'un des T-34 qui prit feu. Les occupants qui purent en sortir à temps furent instantanément fauchés par les rafales d'une mitrailleuse lourde. Sa surprise fut décuplée quand Arturo entendit des voix et des ordres en… français. Inexplicablement, la rue fut prise par des SS en uniforme de camouflage, équipés de nouveaux fusils d'assaut Sturmgewehr avec leurs chargeurs courbes si caractéristiques, et qui se battaient comme des soldats aguerris, la plupart coiffés d'un bonnet de montagne et le casque à la ceinture. Certains portaient en bandoulière des cartouchières remplies de projectiles et tous avaient des grenades à manche accrochées au ceinturon. Arturo se demanda si les renforts mille fois promis par la propagande nazie n'étaient finalement pas plus réels que ceux qu'avait fantasmés Goebbels. Mais des secours français ? Les SS mirent en déroute les Russes, lesquels n'en revenaient pas. Deux éclairs provoqués par les *Panzerfäuste*, la redoutable arme antichar allemande, pulvérisèrent le dépôt de munitions des deux autres tanks, les transformant en carcasses enflammées. Le lourd crépitement de la MG, mêlé aux tirs croisés des Sturmgewehr et des grenades, dégagèrent momentanément la rue des Ivan. Arturo profita de ce répit et, sortant de sa cachette, se hâta de rejoindre les SS. Il demanda à être amené auprès de l'officier le plus gradé. On l'accompagna jusqu'à une boulangerie vide d'où l'*Aktion* était coordonnée. Le sergent qui était à la tête de cette patrouille, Jean-Marie Gracq, alias Fifi, était un Bordelais, ancien membre de la Ligue des volontaires français contre le bolchevisme ; un géant avec une balafre qui lui barrait la joue, une énorme fossette au menton, un foulard blanc coquettement noué autour du cou et une attitude insolente. Il portait un manteau de cuir couvert d'éraflures dont la couleur hésitait entre le vert et le gris. Arturo lui montra le sauf-conduit signé par Eckhart Bauer et lui donna quelques explications tordues pour justifier sa présence dans les lieux.

– De justesse, hein, torero ? lui jeta-t-il avec un petit sourire.

– Sans vous, j'étais cuit.

Il se baissa pour lacer sa botte et se releva.

– Alors comme ça, Berlin a peut-être une chance de s'en sortir ?

Il désigna les Français qui semblaient autant à l'aise au combat que certaines bactéries dans le feu.

– Et qui va le sauver ? demanda l'autre avec ironie.

– Vous n'êtes pas venus avec des renforts ? Et ces uniformes, ces armes ?

Arturo les compara avec sa propre vareuse délavée et son vieux Schmeisser. Gracq eut un sourire méchant.

– Ce sont les derniers uniformes et les dernières armes, torero. Nous sommes des volontaires français, on faisait partie de la division Charlemagne, et on nous a ordonné de filer sur Berlin depuis le *Reichssportfeld*. Mais nous ne formons même plus un bataillon. Il n'y a que nous, ce qui reste de la Nordland, et les vieux et les gamins du *Volkssturm*, qui n'ont même pas de fusils.

Le visage d'Arturo en dit long.

– Qui commande la défense de Berlin, désormais ? demanda-t-il.

– Le général Weidling.

– Et votre poste de commandement ?

– Près d'ici. Nous sommes sous les ordres du général Krukenberg.

– Et où se trouve la ligne de front ?

Gracq partit d'un rire de dément, ouvrant ses énormes bras pour englober toute cette scène sanglante. Ses yeux brillaient comme s'il était sous l'emprise de drogues.

– Partout, *torerito*, partout. On ne peut plus sortir de Berlin. Les Popofs ont complètement encerclé la ville. Berlin, c'est déjà Stalingrad, un *Kessel*, un chaudron gigantesque, ha, ha, ha...

Arturo secoua la tête en signe d'incompréhension.

– Vous avez foutu votre bite sur une enclume et vous vous contentez d'attendre... Pourquoi êtes-vous là?

Gracq amorça un mouvement de colère, mais choisit de lui donner une pointe de vertu offensée. Il montra la boucle de son ceinturon.

– Qu'est-ce qui est écrit là-dessus?

– *Meine Ehre heisst Treue*, «mon honneur s'appelle fidélité», la devise de la SS.

– C'est exactement ça, *torerito*, quand tout s'effondre, la SS doit être la dernière à tomber. Et puis si l'on se dégonfle, on va récolter le mépris des Popofs en plus de leur haine, et ça, on ne peut pas l'accepter. Le diable chevauche avec nous, pas vrai, *mes amis**?! hurla-t-il à ses hommes.

Un rugissement de triomphe répondit à sa férocité. Comme s'ils avaient eux aussi leur mot à dire, les avions russes emplirent le ciel et déversèrent des nuées de bombes sur le secteur. Les Russes chargèrent à nouveau, intensifiant le feu avec leurs mitrailleuses Maxim sur affûts à roues et leurs mortiers. Le choc fut d'une extrême violence. On évacua un SS avec les intestins à l'air sur un brancard improvisé avec une porte; un autre, la jambe à moitié arrachée par un éclat de mitraille, obligea ses camarades à achever l'amputation au couteau. Un caporal se mit précipitamment au garde-à-vous devant Gracq.

– On va pas tenir, mon sergent. Il faut qu'on se retire.

Gracq étudia les avancées et reculs incessants de l'escarmouche. D'un geste, il indiqua un point vague dans le vaste futur.

– On s'en va. Ici, on ne peut rien faire de plus. Qu'on

soigne mes hommes et qu'ils se replient en ordre. Tu viens avec nous ? demanda-t-il à Arturo.

– Bien sûr.

Le retrait s'effectua de façon échelonnée, avec une discipline acquise au cours des nombreux combats livrés contre les unités soviétiques et les partisans. Certains commencèrent même à chanter à tue-tête, crânement :

> *Monica, ma chère compagne.*
> *Nous partirons bientôt.*
> *Le pays est en campagne*
> *Pour faire les temps nouveaux.*
> *Nous repousserons les Rouges*
> *Au-delà de l'Oural**.

Tandis qu'ils se repliaient à travers une ville en état de coma, Arturo regardait d'un air ahuri cette poignée de soldats prêts à un dernier combat suicidaire autant qu'insensé. Broyés et saignés en Russie, le visage blême et vieilli, ils désiraient une mort qui, pour une simple question d'orgueil personnel, n'envisageait même plus de résurrection. De maison en maison, depuis le rez-de-chaussée jusqu'au toit, dans les cours, à travers le moindre trou ouvert dans les murs, ces Français égarés, mêlés à quelques autres fous scandinaves, belges, slaves, hollandais, italiens, espagnols… étaient l'ultime rempart du Reich, un paradoxe dont le superbe éclat de rire traverserait les pages de l'Histoire. Si la bombe du général Kammler n'était rien d'autre qu'un feu de paille, c'était la fin de tout, songea Arturo tandis qu'il avançait d'un bon pas avec ces vaillants. Mais il décida de ne plus penser et de se concentrer sur l'énergie, la force, la course, l'air qui vibrait de toute cette mitraille incandescente, les explosions, les tirs, les chants, ce dernier revers athlétique et glorieux avant le massacre.

C'était beau.
C'était irréel.
Son visage se fendit d'un sourire.
Franc.
Large.
Dénué de culpabilité.

À l'instar des familles heureuses, toutes les armées en déroute se ressemblent. Telle fut la conclusion d'Arturo ce soir-là lorsqu'ils regagnèrent le cantonnement des Français au nord de Hasenheide, entre la Hermannplatz et l'église de la Gardepionier Platz. Tous ces Fifi et ces Coco, le pendant exact des grognards de Napoléon en Russie – ceux dont on disait : « ils grognaient, et le suivaient toujours » –, étaient les derniers défenseurs du Reich. Installés dans des cafés, dans des restaurants, dans des locaux abandonnés, ils dormaient ou mangeaient, les armes accrochées aux bancs ou aux patères, dans un air qui empestait la sueur, attendant leur transfert au point du jour dans le secteur de Neukölln, où ils affronteraient les troupes russes avancées. Le commandant du bataillon avait envoyé des patrouilles de reconnaissance dans toute la zone – c'était l'une d'elles qui avait sauvé la vie d'Arturo – pour dresser sommairement la carte d'un front émietté comme autant d'infimes particules de mercure. La confusion était permanente, indescriptible ; Arturo furetait çà et là, tel un limier, à la recherche de renseignements qui lui confirmèrent l'étendue du marécage dans lequel ils s'enfonçaient chaque fois davantage. Il fit soigner son épaule et parvint à dégoter de quoi manger ; un dénommé Benavides, un SS issu d'un endroit aussi improbable que l'Uruguay, lui offrit quelques asperges en boîte et une barre de nougat provenant du saccage d'un entrepôt proche, auxquelles il fit un sort avec l'application de celui qui sait qu'il pourrait s'agir de sa dernière cène. Il accompagna son repas de quelques gorgées d'un excellent cognac dont il circulait plusieurs bouteilles. Il récupéra également une gourde de Chocolate Dopping, une boisson à base de cacao et d'amphétamines exclusivement réservée aux aviateurs, mais qui, désormais, arrosait généreusement les *Aktionen* des Français ; il savait que les journées à venir seraient agitées et qu'il aurait besoin de toute son énergie. Il réussit aussi à se procurer l'un des nouveaux fusils d'assaut Sturgewehr, des munitions, et quelques grenades.

Il décida alors de se rendre à la chancellerie pour trouver Bauer et Möbius et leur faire le récit des derniers événements. Marchant dans des rues quasi désertes, accompagné du bruit mat des bris de verre qui tapissaient le sol, parmi les immeubles effondrés et les obstacles de fortune – sacs de sable, amoncellements de pavés ou tramways renversés – défendus par de rares soldats aux uniformes crasseux, des vieillards et des enfants en haillons qui portaient les rubans jaunes du *Volkssturm*, il ne vit pas la moindre unité opérationnelle ou de défense stable en mesure de faire front à Ivan. Il ne savait pas s'il valait mieux en rire, en pleurer ou se chier dessus. La seule chose qui paraissait fonctionner normalement, avec la méticulosité propre aux Allemands, était les contrôles de la *Feldgendarmerie*, qui continuait d'accomplir son travail comme si le front se trouvait à plusieurs centaines de kilomètres. Ce fut l'une de ces patrouilles qui lui causa quelques ennuis quand, raides et silencieux, avec leurs gants de laine verts et leurs plaques de métal sur le torse, les hommes l'arrêtèrent et lui demandèrent de justifier sa déambulation solitaire. Un contretemps agaçant qui prit fin avec un grognement d'approbation et un salut sec.

La chancellerie s'éleva enfin devant lui, confuse et imposante, alors que la lumière changeait et que le ciel s'assombrissait sur l'ouest. Arturo parcourut en vain le bâtiment à la recherche de Bauer et Möbius. En dernier recours, il gagna le *Führerbunker*. Là, il put une nouvelle fois vérifier que le pouvoir se mesure à l'aune de la capacité que l'on a à s'isoler. Ils disposaient encore d'eau et d'électricité, et les cuisines continuaient de fonctionner, bien que la garde se fût scandaleusement relâchée : dans une ambiance irréelle, les occupants des lieux passaient leur temps à boire et à deviser sur la meilleure façon de se suicider. Il s'adressa à quelques soldats et officiers et demanda après le commandant et le capitaine – leurs regards de somnambules ne parvenaient pas à se détacher de son uniforme couvert de sang –, sans résultat ; pas plus de nouvelles du *Kommissar* Krappe. Finalement, un officier de liaison lui annonça que Bauer et Möbius avaient eu un entretien urgent avec le Führer à la mi-journée et qu'ils avaient quitté le bunker avec une mission secrète, *geheim*, précisa-t-il, et que, non, ils n'avaient laissé aucune instruction pour le dénommé Arturo Andrade. Cette information déclencha chez Arturo une avalanche de questions : était-ce le signe que la *Wunderwaffe* allait être enfin employée ? Et si tel était le cas, ne ferait-il pas mieux de déguerpir de Berlin ? Ne sachant trop si sa mission était toujours d'actualité, il choisit de se rendre à l'ambassade espagnole pour y dormir quelques heures et avoir ainsi les idées plus claires. Il quittait le *Führerbunker* et dévalait l'escalier de la chancellerie, plongé dans ses pensées, lorsqu'il entendit une voix crier son nom. Il ne vit pas tout de suite de qui il s'agissait, puis il reconnut le *Kommissar* Krappe qui sortait de la station U-Bahn de Kaiserhof. Enfin un visage ami au milieu de toute cette brutalité, une trace de symétrie dans ce chaos. Arturo leva la main pour le saluer ; Krappe l'imita, sa silhouette en forme d'amphore se dandinant gracieusement vers lui. Qu'il eût appris ou non quelque chose sur Sebottendorf, cela n'avait peut-être plus d'importance, pensa Arturo en s'avançant vers le *Kommissar* ; après tout, peut-être valait-il mieux laisser tomber toute cette folie et survivre. Qu'est-ce que ça pouvait faire au bon Dieu, que deux pécheurs fussent sauvés ? son livre en était plein, et leurs cœurs à eux avaient déjà été purifiés par le feu. Après cela, la foi, la loyauté, l'amour, tous ces vieux mots qui les maintenaient en vie, devraient être lavés avant d'être réutilisés, et tout un chacun devrait oublier pour pouvoir recommencer. Ils n'étaient que des hommes, des hommes qui avaient fait de leur mieux dans ce bas monde. Et même si Arturo n'était pas né pour avoir des amis intimes, ça ne le dérangerait pas de tenter l'expérience avec ce fameux Hans Krappe. Il était même capable de l'imaginer en Estrémadure. Ensemble, ils iraient pêcher ; oui, ils passeraient des après-midi entiers entourés des coassements des grenouilles, de libellules au ras de l'eau, leurs cannes à pêche plantées dans le sol avec un grelot à leur bout, et se partageraient une bouteille de vin. L'endroit idéal pour s'écarter de l'Histoire et tenter de se la réapproprier. Il réitéra son salut. Krappe leva lui aussi la main. Il sourit. Tout à coup, un sifflement fendit l'air et l'obus explosa quelques mètres seulement à la gauche du *Kommissar*. Ce dernier ne se baissa pas, même lorsque le son net, terrifiant, de la mitraille perfora l'air et trancha proprement sa tête, laissant debout un corps décapité qui, quelques secondes plus tard, s'effondra.

– Le bien. Le bien nous semble logique. Mais, chose absurde, on ne trouve aucune justification au mal.

Les paroles de Ramiro flottèrent un instant dans les airs, aussi nébuleuses que les volutes de la fumée de sa cigarette. Matías suivait des yeux leurs méandres, assis devant une table encombrée des reliefs du dîner et de bouteilles de liqueur. Arturo se tenait debout, devant l'une des fenêtres de l'ambassade qui donnait sur les installations du zoo, désormais détruites. Berlin ressemblait à un énorme damier dont certaines cases étaient illuminées par le feu et d'autres se trouvaient dans le noir. Le ciel nocturne était dégagé, empli d'étoiles. La température était fraîche, presque froide en dépit du printemps. Un calme mystérieux régnait sur la ville. L'instant qui précède le lever du rideau, la dernière veille avant d'engager la bataille de Berlin.

– Il ne faut pas en chercher, répondit Arturo. Il n'y en a tout simplement pas.

– Ce qui est arrivé à ce *Kommissar* se produit chaque seconde, Arturo, ça ne sert à rien de ruminer ça. C'est dommage, parce qu'il aurait encore pu nous être d'une grande aide, mais c'est comme ça.

Il posa sa main sur la copie du faire-part de Kleist.

– D'après tout ce que tu m'as raconté, le plus important, à l'heure actuelle, c'est *Hagen*. Et tu dis que le commandant Bauer et le capitaine Möbius ont disparu ?

– Sans laisser la moindre trace.

– Et qu'ils ont une mission... Qu'est-ce que ça peut bien signifier, Arturo ?

– Je n'en ai aucune idée. Au point où on en est, tout peut arriver, qu'il y ait une bombe ou pas, qu'ils s'en servent ou pas...

– Peu importe, il faut que l'on continue d'être le canari dans cette mine et que l'on trouve d'où provient la fuite de grisou. Mais même s'ils avaient la bombe et s'ils la faisaient exploser, cela ne changera pas grand-chose. Les Alliés ne perdront pas cette guerre, quelle que soit la quantité de bombes qu'on leur balance.

– Il y en avait trois.

– Même s'il y en avait vingt, sincèrement, je n'y crois pas...

– Et puis, ils ont un avion quelque part, ce qui veut dire que plusieurs villes pourraient tirer le gros lot...

– Tant qu'ils ne l'envoient pas sur Madrid, tout va bien.

– Et s'ils la faisaient exploser sur Berlin ? Ce serait un beau *Götterdämmerung*.

– Tu le sais, les bienheureux iront au Ciel. C'est ce que l'on dit, non ?

– Je me contente de ne pas perdre de vue la Terre, répondit Arturo.

Ramiro fit une moue de circonstance.

– Résumons, conclut-il en jouant avec un morceau de pain. Voici ce que nous savons : Ewald von Kleist, officiellement, a été assassiné par un commando, mais ce serait étrange qu'il s'agisse des Américains car, comme l'ont confirmé le ranger, son frère Albert et *Frau* Volkova, il était en contact avec les Alliés ; ce Pippermint, au final, n'a rien permis d'éclairer ; les derniers commandos ne peuvent pas nous aider, car l'un a fait le saut de l'ange et l'autre, celui de Prenzlauer Berg, a disparu ; il existe peut-être un film compromettant pour le Reich, bien que je ne voie pas ce qu'il peut y avoir de plus compromettant que ces milliers de Russes qui sont là dehors ; et c'était peut-être cela, et non les secrets nucléaires, que voulait livrer Kleist ; et, pour finir, Hitler sera là pour assister au dernier acte…

Arturo s'abstint d'évoquer la part sombre de cet immense iceberg, la nébuleuse Niflheim, le monde des ténèbres des mythologies nordiques où évoluait la Société Thulé, le plan caché sous le plan, et le fait que, paradoxalement, la réponse pouvait bien se trouver dans un simple coffre-fort loué à la Reichsbank.

– Ainsi donc, tout est réglé. On en informera Santa Cruz et, après, ça ne dépendra plus de nous.

Arturo s'éloigna de la fenêtre et s'attabla avec eux. Matías, qui restait silencieux, lui approcha un verre et le remplit d'une liqueur. Arturo en avala une gorgée.

– Alors, il ne nous reste que l'affaire de la banque, dit-il. Qu'a décidé Alfredo Fanjul ?

– Ah oui, c'est vrai, Fanjul nous a convoqués demain à l'aube dans un entrepôt près de la Reichsbank.

– Alors c'est demain le grand jour.

– Les Russes sont déjà aux portes. Si on attend plus longtemps, on risque de les croiser dans la cuisine.

– Ce que je ne comprends pas très bien, c'est comment il compte entrer dans la banque et s'échapper ensuite de ce chaudron, et avec le butin par-dessus le marché.

– Fanjul a tout prévu. Il a des hommes à l'intérieur de la banque, ils lui ont soufflé qu'un transfert d'or se préparait vers un lieu caché dans Berlin même. Ils profiteront de l'ouverture des coffres, comme ça ils n'auront pas à les faire sauter. Ce sont ces mêmes hommes qui lui faciliteront l'entrée. Nous, on aura juste à nettoyer les lieux. Ils ont aussi étudié le tracé des tunnels du métro et des égouts : le plan consiste à trouver un chemin jusqu'à l'île de Pfauen, sur la rivière Havel, en évitant les patrouilles. Là-bas, deux avions à destination de la Suisse nous récupéreront.

– Plutôt risqué.

– Il n'y a pas de gloire sans sang.

– Je suppose que vous en savez plus sur l'intérieur de la banque ?

Ils sortirent des plans du bâtiment et les étudièrent pendant un moment. Une fois qu'ils estimèrent que les choses étaient claires, Arturo vida son verre d'un trait et observa Matías. À la lumière des paroles de Maciá, il lui vit le regard glacial des types qui savent se battre.

– Que sait-on de Manolete ? demanda-t-il.

– On l'a localisé au Thomaskeller Lazarett. Rien de grave, une simple plaie en séton.

– Formidable. Autre chose, ajouta-t-il. Je peux vous demander un service ? En particulier à toi, Matías.

L'incertitude se lut sur le visage de ce dernier.

– Dites-moi, *señor* Andrade.

– Ramiro a dû te dire que je ne suis pas en odeur de sainteté avec Alfredo Fanjul – Matías et Ramiro échangèrent un regard de connivence. Pour l'opération de la Reichsbank, Manolete était censé me couvrir au cas où, mais maintenant qu'il est en cale sèche, je n'aimerais pas qu'on me vide un chargeur dans le dos par inadvertance, alors je vais te demander de le tenir à l'œil. C'est clair ?

– Comme de l'eau de roche, ne vous inquiétez pas.

– Merci beaucoup, Matías.

Il se tourna vers Ramiro.

– Comment vont Loremarie et sa grand-mère ?

Ramiro se renfrogna.

– J'imagine que, depuis qu'on est allés les chercher, elles ont encore la peur chevillée au corps. Mais maintenant, ça va. Elles ont mangé et elles doivent être en train de dormir. Elles ne nous ont pas dit grand-chose, mais comme elles sont restées cachées sous les combles pendant deux ans, imaginez un peu ce qu'elles ont pu vivre. C'était une bonne chose de les sortir de là-bas.

– Il me semble.

Arturo hésita.

– Et Silke ?

Ramiro et Matías échangèrent un nouveau regard, leur silence devenant un efficace moyen de communication. Les paroles de Ramiro recouvrirent avec diplomatie toute émotion.

– *Frau* Silke nous a en partie raconté ce qui s'est passé. Cela en dit long sur toi, Arturo, c'est louable de t'être ainsi occupé... d'eux.

Un furieux torrent d'émotions, d'amour, de déception, de jalousie, d'espérance et de culpabilité l'empêcha de répondre aussitôt. Malgré la noirceur et l'intensité de ses sentiments, il ne voyait pas comment il pourrait profiter des voies d'échappement de Fanjul pour sortir Silke de la ville.

– C'est comme ça, lâcha-t-il. Ils ont dîné ?

– Ils ont dévoré, oui. Maintenant, je suppose qu'ils dorment dans le bunker.

– Elle…

Une hésitation.

– … elle a demandé après moi ?

– Je ne m'en souviens pas… mais j'ai mauvaise mémoire, ajouta-t-il pour adoucir son propos.

La mélancolie d'Arturo ne fit que croître, elle devint nostalgie. Il se leva et étira ses bras. Le ton de sa voix était froid, monocorde :

– Demain, ça va être une rude journée. Je vais dormir. Merci pour tout. Ramiro, Matías…

Il fit un bref salut et prit congé. Il quitta le bureau pour gagner la minuscule chambre qu'on lui avait préparée dans le bunker. Alors qu'il descendait l'escalier, le souvenir de la décapitation de Krappe lui revint brutalement. Il avait participé à de nombreuses batailles, expérimenté tout type de terreur et avait vu mourir tellement d'hommes qu'il ne s'était jamais fait d'illusions sur l'invulnérabilité de la chair, et encore moins de la sienne. Aussi s'était-il forgé une cuirasse contre cette certitude. Il acceptait la mort pour ce qu'elle était, une atrocité, un non-sens insondable, et il l'affrontait avec une certaine lassitude et une froide résignation. Mais la disparition de Krappe avait réveillé en lui des peurs secrètes, une idée de la mort inédite et terrifiante. Il était conscient d'être au bord de l'épuisement nerveux. Pour survivre, il lui fallait redéfinir en sa faveur toute cette absurdité. Il décida d'affronter cette violence millénariste en recourant au royaume de l'intime et du familier, et il se dirigea vers la chambre de Loremarie et de sa grand-mère. La porte était entrebâillée ; dans le lit de camp, la fillette, enroulée dans les bras sarmenteux de la vieille, dormait du sommeil profond et calme des nourrissons. Une tendresse douce et primordiale au milieu de toute cette tristesse collective. Arturo goûta le plaisir d'avoir quelqu'un sous sa protection ; c'étaient les rituels païens de son âme, sa manière à lui de se purifier. Dans cette ville peuplée de dieux,

Hitler était un nouveau Moloch, la déité cananéenne qui exigeait le sacrifice d'enfants, mais Arturo ne le laisserait pas les emporter. Il referma doucement la porte et s'enfonça dans le bunker, faiblement éclairé par des ampoules grillagées. Il passa devant une porte fermée ; il y colla l'oreille et entendit des rumeurs, la voix étouffée d'une femme et les réponses d'un homme, entrecoupées de petits rires. Derrière cette porte, c'était Silke, se dit-il, et ses démons lui murmurèrent qu'il s'agissait des échos d'un orgasme encore chaud. Ses yeux lui brûlèrent. C'était pire que triste, c'était irrémédiable, car cela signait la fin de quelque chose et la douleur ne faisait que commencer. Il posa sa main sur la porte. Il entama un dialogue mental où il tentait encore une fois de convaincre Silke et où elle le suppliait de la laisser partir.

– Tout va bien ?

Matías surgit des ombres. Il avait été si silencieux qu'Arturo ne s'était pas rendu compte de sa présence avant qu'il fût à un pas de lui.

– Tu m'as fait peur.

– Il vous arrive d'avoir peur, *señor* Andrade ? demanda-t-il, sincèrement surpris.

– À qui cela n'arrive-t-il pas, Matías ?

Il se racla la gorge.

– C'est Ramiro qui t'envoie ? Il craint que je fasse une connerie ?

– Vous m'avez demandé de surveiller vos arrières…

– Dis à Ramiro de ne pas s'inquiéter, je ne ferai rien que tu ne ferais pas.

– C'est bien pour ça que je suis ici, *señor* Andrade…

Arturo esquissa un sourire. Il écarta sa main, toujours appuyée contre la porte.

– C'est dur, ces choses-là, tu sais ? avoua-t-il.

– Je sais, *señor* Andrade, mais il faut apprendre à abandonner.

– Abandonner, recommencer, sinon on ne pourrait pas grandir. Souffrir pour grandir, pour perdre l'innocence et devenir des êtres raisonnablement pervers, des hommes. Ça vaut la peine, toute cette douleur ?

– Je ne sais pas, mais il faut le faire.

– Tu as raison, il faut le faire.

– De toute façon, *señor*...

Il hésita une seconde, mais se décida à parler :

– ... l'amour, même quand on est seul à le ressentir, doit bien servir à quelque chose...

Arturo ne sut que répondre. Ils restèrent ainsi un moment.

Le corps ressentant le passage du temps.

Filtrant, tel du sable, à travers toute chose.

Se ruant vers l'aube.

12

Des douilles et des crânes

L'aube de ce jeudi 26 avril se trouvait dans ce bref intervalle où la lumière est à la fois lueur du crépuscule et clarté zénithale. Au point du jour, un orage avait éclaté pour s'éteindre aussi brusquement qu'il avait commencé, mais la pluie, au lieu de l'estomper, n'avait fait qu'accroître l'odeur de roussi. Berlin était un fruit noir et fripé que le feu russe balayait lentement. De grandes colonnes de fumée s'élevaient à la frontière orientale de la ville. Tel que l'avait envisagé un général allemand, on pouvait se rendre désormais du front de l'Est à celui de l'Ouest en S-Bahn. Arturo, Ramiro et Matías s'acheminaient vers un petit entrepôt à proximité de la Reichsbank, au bout de la Mohrenstrasse. Tous trois avaient la désagréable sensation que quelque chose d'ignominieux s'était produit cette dernière nuit, conscients des milliers de viols qui avaient été commis sur les femmes allemandes, et que les hommes n'étaient plus en mesure d'empêcher. Toutefois, peut-être pour se purifier de toute cette immonde morale, ils s'étaient méticuleusement lavés avant de quitter l'ambassade, rasés avec soin, peignés et vêtus comme s'ils se rendaient à leur propre mariage. Ramiro avait prévenu Loremarie et sa grand-mère, ainsi que Silke et son mari, qu'ils s'absenteraient dans la matinée et avait remis à ce dernier une arme et des munitions pour parer à tout imprévu fâcheux. Arturo avait souhaité parler à Silke, mais avait finalement renoncé, convaincu par Ramiro qui lui avait fait part du refus de la jeune femme de s'entretenir avec lui. Au cours de cette conversation interposée, Arturo s'était scandalisé de ce qu'elle eût pu oublier la *Dienstalterliste* chez elle alors que cet objet pouvait constituer l'ultime rempart contre une Armée rouge dont l'obsession était de la convertir en butin sexuel. Il se proposa d'aller lui-même récupérer le volume dès qu'ils auraient expédié cette affaire.

Ninfo et Saladino, à qui ils avaient donné rendez-vous à un angle de la Fiedrichstrasse, les attendaient à l'abri, armés comme des oursins; l'un, le sourire toujours prêt pour conquérir les donzelles, et l'autre, le visage tanné. Saladino souffrait d'une infection à une dent et en avait récolté un abcès qu'il apaisait de temps à autre à l'aide d'une flasque d'essence. Ils se saluèrent avec entrain.

– C'est fini pour toi, les sèches, Saladino, lui lança Arturo. Ce que tes poumons n'ont pas réussi à te faire faire, c'est une dent qui va y arriver.

Les éclats de rire – douloureux pour le susdit – emplirent la rue déserte et dévastée.

– Rien n'est moins sûr, avança Ninfo. Celui-là, il adore jouer la comédie, il ferait n'importe quoi pour échapper aux tirs...

– Tu peux parler, chiffe molle, rétorqua Saladino en grimaçant de douleur. Tiens, à propos de se débiner, il en a eu de la chance, ce couillon de Manolete : il prend une balle en séton, et le voilà en train de batifoler entre les nichons d'une *Froïlan*.

– J'ai bien peur que ce ne soit plus compliqué que ça, ajouta Arturo.

– Bon, trancha Ramiro, il faut pas traîner, on est juste dans les temps.

– C'est loin ? demanda Ninfo.

– Y a qu'à suivre les vers, plaisanta Ramiro.

De nouveau les rires, défiants, esbroufes volées à tout un arsenal de façons de se cacher de la mort, alors qu'en eux quelque chose se tendait comme un arc. Ils reprirent le chemin et échangèrent les dernières nouvelles, un rosaire de désastres et de tragédies où les femmes étaient les plus mal loties et où tous les quartiers périphériques, dans un rayon de deux kilomètres, étaient déjà devenus territoire russe. Ni Busse, ni Wenck, ni aucun autre général du Reich n'était en mesure, désormais, d'endosser le rôle du chevalier à la blanche armure qui sauverait Berlin. Peu de temps après, ils aperçurent l'entrepôt. Un soldat était posté à l'entrée, seul pour ne pas attirer l'attention. C'est dans ce lieu délabré autant que spectral qu'Alfredo Fanjul les attendait, escorté par deux prétoriens. Il se tenait les mains dans le dos et son visage jaunâtre de dépravé arborait un sourire tombant. Il les salua, regarda Arturo d'un air impassible et laissa Ramiro mener la danse, sans montrer à aucun moment qu'il se rappelait la sanglante altercation survenue quelques jours plus tôt. Après les premiers échanges, il prit les choses en main ; on aurait pu identifier sa mauvaise haleine à plusieurs mètres de distance.

– La machine à fabriquer des saucisses est déjà en route, messieurs. Les Russes sont entrés dans la ville et il faut se faire la Reichsbank avant eux. La SS est trop occupée à rater la victoire finale, mais on disposera de peu de temps. À l'heure convenue, les hommes nous ouvriront les portes, on gazera l'intérieur du bâtiment et on entrera par groupes pour supprimer la garde.

– À ton avis, il peut y avoir combien ? demanda Ramiro.

– La SS a fait quelques transferts et en a emporté pas mal, mais d'après moi, il peut facilement y avoir deux mille kilos d'or.

Ninfo et Saladino sifflèrent à l'unisson. Ramiro ne se laissa pas impressionner et avança une objection raisonnable :

– Il n'y aura que nous ? demanda-t-il, soupçonneux.

Alfredo Fanjul n'eut pas besoin de répondre. Un rai en or massif, le premier de l'aube, éclaira dans son dos deux douzaines d'hommes qui se tenaient debout dans un silence absolu, l'arme à l'épaule et le regard perdu. Fanjul poursuivit, l'air de rien :

– Une fois à l'intérieur de la chambre forte, chacun emportera uniquement ce qu'il pourra mettre dans son sac. Pas de caisses, rien qui soit trop volumineux et qui gêne nos déplacements. Ensuite, on filera par les égouts jusqu'aux hydravions de la Havel. Pour le moment, on va distribuer les masques à gaz. Il faut se dépêcher… – il s'assombrit. Quand les Russes seront là, ils vont vouloir boire de la bière dans nos crânes.

Fanjul ne put s'empêcher de jeter à Arturo un regard qui le frôla comme un tentacule visqueux. Confirmant que ce vieux roublard attendait simplement l'occasion propice. La présence de ces dangereux mercenaires, mus par un mélange de courage, d'ambition, de désespoir et de sauvagerie, ne l'avait pas vraiment rassuré : l'un d'entre eux aurait son dos à portée de tir. Les hommes firent leurs préparatifs avec des gestes vigilants et décidés, et l'on constitua les groupes d'assaut. Arturo consulta sa montre, il était presque sept heures du matin. Il pria durant quelques secondes fébriles et angoissantes pour que la personnification d'une entité supérieure lui apparût dépouillée de toute sa majesté, une Athénée qui descendrait dans cette ville peuplée de dieux, comme cela arrivait sur les champs de bataille de Troie, pour guider ses favoris dans le combat. Il forma un cercle avec Ninfo, Saladino, Ramiro et Matías, qui adoptèrent chacun une posture différente, qui la fatigue, qui l'ennui, qui la résignation.

– Comment vous le voyez ? demanda-t-il.

– Ben écoute, commença Ninfo en glissant la main dans son pantalon pour remettre en place ses parties génitales, on peut demander une trêve aux Russes ou se rendre en espérant qu'ils nous traiteront correctement. Si ça se trouve, c'est eux qui vont se rendre, mais ça m'étonnerait. Enfin, il ne faut jamais perdre espoir...

– Qu'est-ce que tu peux être couillon, Ninfito... dit Saladino en secouant la tête.

– Quoi qu'il arrive, on reste ensemble, dit Arturo.

– Oui, renchérit Ramiro, il faut surveiller le dos de tout le monde, et celui d'Arturo en particulier.

– Merci. Moi, je ne perdrai pas de vue celui de Fanjul.

– N'oublie pas de vérifier le masque à gaz qu'on va te donner, le prévint Matías. Qu'on ne te fasse pas un sale coup.

– Je n'y manquerai pas.

– Bon, et que le bon Dieu soit avec nous, parce que s'il s'avise d'être avec eux... plaisanta Saladino.

Tout à coup, Ninfo sortit une pièce de monnaie de sa vareuse.

– Allez, si c'est face, on s'en tire tous sans éraflures...

Il l'envoya en l'air avec sa main droite et la rattrapa avec adresse, la plaquant d'un coup sec sur le dos de sa main gauche. Il ménagea le suspense quelques secondes avant de retirer sa main. Tous affichèrent un air à la fois effrayé et menaçant.

– Allez, recommence... lui conseilla Saladino à contre-cœur.

Le coup suivant, la pièce retomba côté face et ils retrouvèrent le sourire. Par cet acte, le «je» laissait place au «nous», une identité indéterminée mais reconnaissable, qui leur permettrait d'affronter le danger. Arturo les observa avec un regard affectueux qui incluait l'éventualité que ça tourne mal. Un mercenaire remit à chacun un masque qu'ils vérifièrent scrupuleusement. Ils étaient prêts : à l'intérieur de la Reichsbank, une épée fichée dans une enclume attendait que l'on vînt la retirer. Fanjul en tête, ils se dirigèrent vers leur objectif en longeant les murs. Des blocs de béton perforés, des terrains vagues semblables à des étendues lunaires, des braseros... La Reichsbank, le cœur économique du Reich, se dressait au centre d'une place ravagée, bâtiment monumental qui, au plus fort de son activité, avait accueilli plus de cinq mille employés. Les différents groupes d'assaut s'organisèrent rapidement et prirent position. Une fois en place, ils adressèrent un signe silencieux à Alfredo Fanjul qui, au bout d'une demi-heure, confirma qu'ils pouvaient commencer à s'approcher de la banque. Une lueur ambrée gagnait la place tandis qu'ils se mettaient en marche en évitant les cratères et autres obstacles qui gênaient leur progression. À quelques mètres de l'entrée, Fanjul consulta sa montre et ordonna d'enfiler les masques à gaz : il fallait attendre un signal de l'intérieur. Un soldat apparut bientôt, qui leur laissa la voie libre pour passer à l'attaque. À partir de cet instant, toute organisation devint illusion. La fumée, l'angoisse, les explosions, les tirs, la solitude, les cris de rage et de terreur. Leur capacité de perception était réduite à deux cercles dans un masque et au son étouffé de leur propre respiration ; l'ampleur de la tragédie se décomposait en images latérales, en corps entraperçus, en hurlements atroces, fragments déconnectés de l'horreur en cours. Ce qui était sûr, c'est que la résistance se révélait plus coriace que prévu et que la fusillade redoublait d'intensité. Arturo ne tarda pas à perdre le contact avec ses camarades et avança dans l'odeur âcre de la poudre, soumis aux caprices de la fumée à travers laquelle il entrevoyait des images aussi sanglantes qu'hypnotiques et fugaces. Tout point de repère avait disparu, les flammes éclairaient la fumée et transformaient celle-ci en une haleine étrange et terrible à la fois. Arturo humait le sang, percevait le vide. Il tira des rafales à la volée sur tout ce qui bougeait, constamment à la recherche de ce nord qui le guiderait jusqu'à la chambre forte. Parfois, il avait le sentiment d'être relié à ce qui l'entourait, comme si sa force ne faisait qu'une avec celle de ses camarades, et il en éprouvait presque de la joie; et l'instant d'après, il connaissait la faiblesse, l'angoisse, la solitude. Dès lors que cette atmosphère impénétrable commença de s'éclaircir, il réalisa qu'il avait mal calculé sa position et s'était éloigné de ses compatriotes en s'engageant dans un mauvais couloir. En revenant vers le hall principal, il constata que la fréquence des détonations allait en diminuant, il n'y avait plus que des tirs isolés ici et là que vinrent couvrir des vivats primitifs, les cris de triomphe du chasseur devant sa proie tombée à terre, une simple exigence de la nature. Jamais personne ne reconnaîtrait le fait que nombre de ces soldats tués, quel que fût leur camp, l'avaient été par des tirs amis. La plupart des hommes portaient encore leur masque. Arturo chercha tout d'abord Alfredo Fanjul, puis ses amis. Des visages surgirent au fur et à mesure que la fumée se dégageait et qu'il retrouvait une respiration normale; Alfredo Fanjul apparut, son fusil-mitrailleur pointé vers le sol, s'épongeant le front avec la main qui tenait le masque. Certains de ses hommes, en cercle autour de lui, avaient les traits encore déformés par la haine, les babines retroussées comme s'ils voulaient arracher aux cadavres des lambeaux de chair. D'autres vomissaient, le sang empoisonné ou l'estomac retourné par toute cette violence. Un soldat, assis sur une marche et atteint du vertige du front, tremblait et tenait des propos incohérents, ce qui obligea les autres à lui donner des coups de pied et de poing pour lui faire retrouver ses esprits. Ils étaient tous terrifiés et pleins de ressentiment. Arturo songea que cette victoire était la sienne, et que c'était juste, mais qu'elle était aussi ambiguë et pleine d'ombres. Momentanément apaisé, il rejoignit ses amis qui pansaient leurs plaies à côté d'un guichet de dépôts.

– Comment ça s'est passé? demanda-t-il quand il les eut rejoints.

– L'endroit va avoir besoin d'un bon coup de peinture, ironisa un Ninfo en nage.

– Pour des gens qui ne nous attendaient pas, ils ne nous ont pas ratés, lâcha Saladino en se massant la joue.

– *Krieg ist Krieg...*

C'était Matías qui venait de mettre une dernière couche à cette fine analyse en se palpant une dent cassée et en jetant un regard vers Alfredo Fanjul, ce qui réveilla une certaine rancune au sein de leur petit groupe. Fanjul, à qui cela n'avait pas échappé, les observait d'un air vigilant et hostile.

– Et Ramiro ?

Cette brusque question d'Arturo rompit le sort, et ils se mirent frénétiquement à la recherche de leur camarade. Ils le trouvèrent enfin, assis au pied d'un escalier, le regard perdu. Arturo fronça le nez mais n'osa pas dénoncer ce qui était une évidence.

– Ramiro...

Ce dernier articula lentement quelques mots, comme s'il parlait une langue étrangère.

– Je suis désolé... Tout ça, c'est pas pour moi...

Ce n'est pas tant le crime qui est difficile à avouer, mais le ridicule. Tous les quatre étaient conscients que la moindre parole prononcée le toucherait de plein fouet et causerait des dégâts irrémédiables. Car toute la prestance de Ramiro s'était échappée le long de sa jambe en un jet chaud et humide qui lui avait fait croire qu'il était blessé, avant de réaliser, entre dégoût et humiliation, qu'il s'était chié dessus.

– Tu as une sale gueule, Ramiro, on dirait Frankenstein, blagua Ninfo. Enfin, merde qui ne noie pas rend plus fort, on est tous passés par là... Il faut que tu trouves un autre pantalon, avant que ces pédés te voient comme ça.

– Matías, fais-moi le plaisir de récupérer le pantalon de l'un de ces macchabées et emmène Ramiro se changer, ordonna Arturo.

Matías acquiesça et Ramiro, faisant contre mauvaise fortune bon cœur, l'accompagna. Arturo demanda aux autres de le suivre et ils se joignirent au groupe d'Alfredo Fanjul. L'endroit était envahi par la mort et l'imminence de la fatalité. Au sol, les blessés se tordaient et gémissaient; parmi eux, des hommes allaient et venaient, qui donnaient le coup de grâce ici et là sans tenir compte du camp auquel appartenaient ceux à qui ils l'administraient. Dehors, personne ne semblait s'être aperçu de rien, tant on était occupé à contenir les vagues successives d'embuscades et d'escarmouches qui déferlaient sur la ville. Un rapide décompte leur permit de constater qu'ils avaient perdu un tiers des effectifs, mais aucun des survivants ne demanda d'explications à Fanjul, tout simplement parce que le temps était compté. Il ne leur restait qu'à obéir sans broncher à ses ordres. Fanjul envoya quelques hommes surveiller l'entrée principale, en affecta d'autres au nettoyage des dernières poches de résistance dans les bureaux, et lança le reste dans les souterrains de la Reichsbank. Arturo se maudit de son manque d'attention en voyant qu'Alfredo Fanjul l'avait proprement isolé de ses camarades en assignant ceux-ci au détachement préposé à la surveillance de l'entrée. Il encaissa le coup et, chargé d'une partie des sacs à dos qu'il faudrait remplir, suivit les autres jusqu'au sous-sol. Comme ils s'y attendaient, les armoires d'acier avaient été ouvertes en prévision du transfert, ce qui leur épargnerait bon nombre de difficultés. Ils pénétrèrent dans le cœur économique du Reich : là, pendant six ans, avaient été entreposés le butin du pillage des onze banques centrales européennes ainsi que tous les autres biens provenant des pays conquis par la Wehrmacht. Sans le commerce, l'échange de marchandises, les flux de capitaux qui avaient pris leur source dans ce lieu, la folie qui s'était déchaînée tout autour n'eût pas été possible – une guerre économique parallèle qui achetait le pétrole roumain pour les panzers, le manganèse espagnol pour l'acier des fusils ou le chrome turc pour les obus, et qui avait été plus décisive que la guerre aérienne menée contre l'Angleterre, la bataille de Stalingrad ou le débarquement de Normandie. Dans un claquement, les lampes alimentées par un générateur Diesel éclairèrent les couloirs de la nef centrale. Arturo pénétra dans ce sanctuaire avec un saisissement qui céda la place à l'émerveillement dès qu'il découvrit, bouche bée comme les autres membres de l'expédition, les pyramides de métal doré qui s'y entassaient. Les lingots, comptés, classés, enregistrés, resplendissaient de cette lumière qui baigne les rêves ou la folie. Arturo comprit alors la démence qui s'était emparée de ses ancêtres espagnols, ces conquistadors qui rêvaient de villes d'or et de contrées aux trésors inépuisables, un envoûtement qui fit d'eux des hommes cruels et pervers, les poussa à des sacrifices inutiles et gomma la réalité. Aucun fait ne peut contredire ce monde de mythes, pensa Arturo. Comme autant de projections des anciens soldats de Cortés ou Pizarro, les mercenaires commencèrent aussitôt à remplir leurs sacs à dos en poussant des exclamations de plaisir et d'étonnement.

– Uniquement le poids qui vous permettra de combattre, les prévint Alfredo Fanjul en ouvrant sa besace.

Comme les autres, Arturo plongea les mains jusqu'aux coudes dans ce trésor des *Nibelungen*, caressant les lingots sur lesquels étaient gravés un aigle perché sur une croix gammée auréolée de feuilles de laurier, l'inscription DEUTSCHE REICHSBANK, I KILO, FEINGOLD, 999,9, et le numéro de série. Cependant, il ne se laissa pas emporter par cette fièvre et ne remplit qu'à moitié les sacs qu'on lui avait confiés pour se concentrer sur la recherche du coffre numéro 153. En dépit des limites qu'il avait imposées à sa cupidité, le poids ralentissait sa marche, et il se demandait comment ses compagnons, qui avaient rempli leurs sacs à ras bord, parviendraient à se déplacer. Sur ses gardes, il inspecta les couloirs parallèles à la salle centrale avec un regard étonné ; c'était une véritable caverne d'Ali Baba, avec des caisses pleines d'or, de bijoux et de différentes monnaies, lires, marks, livres… provenant du pillage de l'Europe, et quelques spécimens de cet art dégénéré que les nazis avaient tant méprisé mais dont ils avaient tiré un bénéfice considérable. Au mur, des centaines de rectangles métalliques comportant chacun une serrure et un numéro abritaient les dépôts des particuliers. Au fur et à mesure qu'il progressait dans les travées, Arturo se rapprochait de la centaine et des réponses qu'il attendait. L'avant-dernière travée s'ouvrait avec la série des cent cinquante, mais son émotion fut soudainement emportée par l'eau fangeuse qui submergea son esprit. Des caisses contenant des couronnes dentaires en or étaient empilées ici et là ; il y en avait des milliers, dont certaines portaient encore des traces de sang séché et d'autres des bouts de dents. Ces caisses le précipitèrent dans un labyrinthe de vaines spéculations autour de cette phrase de Bauer : *Les Juifs n'ont jamais eu d'enfer. Grâce à nous, ils en ont un.*

Néanmoins, il serra les lèvres et reprit ses recherches. Lorsqu'il arriva au numéro 153, une intense émotion s'empara de lui : ce coffre renfermait peut-être cette symétrie qu'il avait tant recherchée, une petite lueur de raison au milieu de ce déchaînement de violence. Il posa sa mitraillette au sol, dégaina son couteau de combat et en introduisit la pointe dans la jointure pour faire levier. La serrure céda facilement ; Arturo sortit le pavé métallique emboîté dans le coffre et s'accroupit pour le poser devant lui. Il l'ouvrit d'un coup sec. Ses yeux sortirent quasiment de leurs orbites. Il se sentit écrasé d'épuisement, abattu, presque blasé : à l'intérieur, il n'y avait rien. Non pas que le coffre fût vide à proprement parler, mais il ne contenait que ce qu'il devait contenir, des contrats, des titres, de l'argent… mais pas la moindre trace d'un quelconque film. Il chercha, vérifia, fouilla encore et encore. À quoi s'attendait-il ? À trouver un parcours fléché ? Une mise en garde ? Il s'apprêtait à abandonner quand, sous une liasse de billets, il entrevit quelque chose qui brillait. Il écarta l'argent et découvrit les bords dentelés d'une clé. Il l'examina de plus près. C'était une clé ordinaire, qui eût pu servir à ouvrir n'importe quelle serrure dans Berlin, si ce n'est dans le monde entier. Il avait beau se creuser les méninges, il ne savait qu'en faire, mais si elle se trouvait là, il devait bien y avoir une raison. Il la glissa dans une poche, comme on garde certaines choses qui ne servent à rien mais dont on ne parvient pas à se débarrasser. Il reprit son arme et se redressa. À l'instant où il se retournait, un des mercenaires apparut au fond du couloir. C'était un individu corpulent, au visage grave, les cheveux couleur carotte et le nez crochu. Arturo se tendit et rassembla ses esprits, mais son regard se fit davantage curieux et interrogateur que défiant. Son rival serrait les mâchoires et son front était perlé de sueur ; à l'évidence, c'était l'homme envoyé par Alfredo Fanjul pour le tuer. Ils se surveillèrent en silence, prenant garde à ne pas faire de faux mouvement. Tous deux savaient que, les choses étant ce qu'elles étaient, ils avaient peu de probabilités de s'en sortir vivants.

– Au moins, tu auras tenté ta chance.

Arturo avait résumé en une phrase la situation, espérant trouver un arrangement, mais la virulence qui affleurait sous cette phrase laissait transparaître qu'il était prêt à poursuivre l'affrontement. Le soldat n'eut besoin que de quelques secondes ambivalentes pour accepter que la partie était nulle et acquiesça avant de rebrousser chemin sans quitter Arturo des yeux. Entre-temps, on entendit des ordres, des cris et, reconnaissable entre tous, le rugissement de la guerre. Arturo se hâta de revenir au cœur de la chambre forte. Fanjul le reçut avec le même air ahuri par lequel il avait accueilli l'expression désemparée du mercenaire qu'il avait envoyé pour l'assassiner. Néanmoins, il ne laissa pas ce contretemps fragiliser sa condition de leader ; d'une voix énergique et impersonnelle, il leur fit comprendre que l'un des défenseurs était parvenu à donner l'alerte et qu'une section de la *Feldgendarmerie*, épaulée par des SS, s'était emparée de la place et les encerclait. Il leur ordonna de redistribuer les sacs et de le suivre ; Arturo, toujours sur ses gardes, fit en sorte de se placer avec les derniers du groupe, songeant que ces bosses d'or qui leur avaient poussé sur le dos allaient devenir extrêmement dangereuses quand le combat ferait rage. À l'étage supérieur, une fumée âcre et dense avait envahi les lieux, rendant l'air irrespirable. Le couloir central de la Reichsbank était impraticable, balayé par une MG-42 qui, avec sa cadence infernale de mille deux cents balles par minute, ne leur permettait pas de bouger d'un millimètre. Les rafales brèves et saccadées qu'envoyait le tireur étaient si efficaces que la moindre tentative d'aller au-delà se serait soldée par des morts ou des blessés. Chaque fenêtre de la Reichsbank vomissait du feu, et c'était un tel enfer qu'il était impossible de distinguer si les balles entraient ou sortaient. Arturo chercha un contact visuel avec ses amis, mais ne localisa que Ninfo et Saladino. S'il avait repéré Alfredo Fanjul, pour l'heure, c'était le cadet de ses soucis. Il était peut-être possible de tenir ainsi jusqu'à ce que la faim ou les balles, ou même les Russes, leur donnent le coup de grâce, mais en tout état de cause, ils seraient exterminés les uns après les autres : la seule façon de redresser la situation était d'essayer de briser l'encerclement. Et il fallait le faire avant que le bâtiment fût définitivement cerné – si ce n'était pas déjà le cas –, ou avant que quelqu'un s'avisât de positionner un canon d'assaut. La voix autoritaire de Fanjul, qui avait eu la même pensée, s'attela à coordonner une stratégie de verrouillage et de carnage. Primo, il fallait éliminer la mitrailleuse. Un *Panzerfaust* fit son apparition, ils attendraient que le canon de la MG soit en surchauffe et qu'il faille le changer pour la liquider. Deuzio, quelques hommes feraient diversion tandis que d'autres exécuteraient l'un des plans alternatifs : filer par l'une des rues adjacentes où ils pourraient se glisser dans une bouche d'égout qui communiquait avec le métro. Pour accélérer le mouvement, Fanjul opta pour des mesures inhumaines : il ordonna qu'on lui amène les prisonniers, des fonctionnaires pour la plupart et quelques soldats, et s'en servit comme cibles en les obligeant à traverser à tour de rôle le couloir pour que la mitrailleuse continue de délester sa bande de munitions. Sitôt dit, sitôt fait, le gros du groupe s'enfonça dans le bâtiment, rejoint par Ramiro et Matías qui avaient donné la riposte depuis l'un des étages supérieurs. Fanjul, qui semblait maîtriser le plan de la Reichsbank, les conduisit sans hésiter à un bureau encombré de classeurs qui régurgitaient des feuilles en tous sens. Les fenêtres donnaient directement sur la bouche d'égout. Ils resserrèrent les sangles de leurs sacs à dos et vérifièrent les armes. Entre-temps, Arturo conseilla à ses amis d'alléger leur chargement s'ils tenaient à leur peau. Seul le refus obstiné de Saladino, persuadé d'être en mesure de porter la part de paradis qui lui revenait, refroidit quelques instants leur entente fraternelle, mais Arturo finit par ravaler son irritation, haussa les épaules et maugréa un «c'est toi qui vois». Tous restaient attentifs au son angoissant et discordant de la MG, tandis qu'ils scrutaient le no man's land qui les séparait de la bouche d'égout. La zone était complètement à découvert, mais ils comptaient sur l'effet de surprise pour gagner quelques mètres. Les ceintures de munitions continuaient de serpenter, happées par la machine, transformant les mouvements désespérés et diffus à l'intérieur de la Reichsbank en chair sanguinolente quand, enfin, l'effroyable claquement se tut. L'un des mercenaires, de ses doigts ensanglantés, fit le signe de croix sur son front, prépara le *Panzerfaust* à la hâte et tira. L'impact fit cible au-dessus de la tête des servants de la MG, mais ce fut assez pour que la détonation violente les fît voler dans les airs. Fanjul, d'un geste bref, donna le signal de départ. Ployant sous le poids des lingots, ils bondirent dans la rue et s'empressèrent de rejoindre leur objectif, mais les rafales inattendues qui les accueillirent coupèrent leur élan. Les assiégeants n'avaient rien laissé au hasard et les balles sifflaient de toutes parts pour aller se loger dans les corps ; c'étaient des faits incontestables, d'une férocité intrinsèque, et les hommes, tels des pantins, tombaient, se contorsionnaient parfois avec la beauté d'une frise antique au milieu des éventails de lingots d'or qui se répandaient hors des sacs. Parmi ces terribles visions, Arturo retint celle où Ninfo s'effondrait avec un ultime sourire désespéré et vaillant, et celle où Ramiro était secoué de spasmes sous l'impact de plusieurs balles dont la dernière lui dépeça le visage. Arturo fut l'un des premiers à atteindre la bouche d'égout ; le mercenaire qui avait fait sauter le couvercle à l'aide d'une pelle s'y introduisit à la hâte en abandonnant son trésor. Arturo se défendit bec et ongles, mais quand son chargeur fut épuisé, il dut l'imiter. Traqués, les survivants se servaient de leur sac à dos comme bouclier et commencèrent à disparaître dans le trou. Lorsqu'ils ne tombaient pas sous les balles, c'était leur cupidité qui avait raison d'eux : refusant de se défaire d'une charge trop volumineuse pour l'étroitesse du passage, leurs corps restaient là, exsangues, obstruant la voie de secours ; d'autres, qui s'acharnaient à faire passer le sac coûte que coûte dans cet impossible chas d'aiguille, étaient abattus sans pitié. Pendant ce temps, au pied de la petite échelle, on récoltait cette pluie d'or et de cadavres et, parfois, un homme gracié par le jugement arbitraire de la mort. Saladino fut l'un d'eux ; haletant et à bout de forces, il dut s'agenouiller pour reprendre son souffle. Cette boucherie humaine avait également épargné Matías, bien qu'il eût une rotule brisée. Il souffrait le martyre et on lui fit un bandage qui fut aussitôt trempé de sang. Malheureusement, Alfredo Fanjul et son sbire n'avaient pas la moindre égratignure. Le groupe avait subi de lourdes pertes, et ceux qui restaient n'en crurent pas leurs yeux lorsque, au pied de l'échelle, ils furent reçus par le canon du Sturmgewehr d'Arturo. Ce dernier ordonna à Saladino de saisir toutes les armes; bien qu'il n'en comprît pas les raisons, Saladino braqua les mercenaires sans poser de questions.

– Qu'on fasse sauter cette entrée! ordonna Arturo à Fanjul quand il jugea que plus aucun camarade ne descendrait. Tu connais les lieux, la première chose à faire, c'est de filer. Je t'en dirai davantage plus tard.

Il regarda Matías d'un air préoccupé et s'adressa à l'un des phalangistes:

– Toi, donne un coup de main à Matías.

Les survivants, qui n'avaient pas oublié la flaque de sang où avait baigné leur compagnon dans le bordel, s'abstinrent de répliquer. Arturo répartit autant de sacs que possible, prenant un soin particulier à ce que Fanjul et son sicaire fussent les plus chargés, et désigna ceux-ci comme éclaireurs du groupe. Ils allumèrent leurs lanternes et s'éloignèrent du périmètre de l'explosion pendant qu'un des mercenaires se chargeait de placer le plastic. Saladino et Arturo échangèrent des regards inquiets en entendant les gémissements de Matías qui, un bras glissé autour du cou du phalangiste, avançait en proie à d'atroces souffrances. L'explosion les surprit accroupis quelques centaines de mètres plus loin, une déflagration assourdissante qui répandit autour d'eux une poussière de brique sèche et aveuglante qui pénétra dans leurs gorges. Lorsque l'air se fut un peu dégagé, Arturo accéléra le rythme, redoutant d'entendre d'un moment à l'autre les bruits des bottes et les ordres cinglants de leurs poursuivants. Le plan était de se diriger vers le Tiergarten, un objectif qu'il communiqua à Fanjul sans autre explication, en le prévenant qu'il ferait mieux de ne pas égarer la boussole car il ne le redirait pas deux fois. Les faisceaux des lanternes, telles des lames, jetaient une lumière tranchée et froide sur les visages farouches et contractés des hommes en marche. Ils avançaient en file indienne, les vêtements trempés de sueur, en se mettant par moments à quatre pattes, quand ils ne rampaient pas. Parfois, ils glissaient sous le poids des lingots, chutaient, juraient, et se relevaient la peau écorchée par les sangles. Dans certains tronçons, les conduites éventrées déversaient des eaux fangeuses et nauséabondes dans les galeries ; barbotant dans ce Styx, ils trouvèrent des cadavres gonflés qui flottaient et tournoyaient lorsqu'on les écartait. Dehors, on entendait le sourd retentissement des canons. Une douleur intense et concentrée voilait les yeux de Matías, qui ne disait mot en dépit de la traînée de sang qu'il laissait dans les soussols de Berlin. Cela effrayait Arturo, qui aurait voulu rendre ce sang à ce corps blessé. Le temps s'écoulait péniblement, se déformait, perdait son homogénéité, s'amenuisait, se contractait, se dilatait, s'écrasait. Ils atteignirent un vaste souterrain en béton armé, nervé de longs tubes par où passaient des lignes électriques, une sorte de carrefour où ils firent halte pour se reposer. Alfredo Fanjul, d'un ton catégorique, leur annonça qu'ils avaient réussi à échapper à l'encerclement et qu'ils étaient à proximité du Tiergarten. Les lumières ictériques des lanternes tordaient les volumes pour dessiner des visages émaciés, expectants. Arturo ne fit aucun commentaire et se borna à identifier les rumeurs de combat provenant de l'extérieur. Il avait l'impression d'avoir marché pendant des heures dans ce royaume des ténèbres comme s'il était à la recherche de son Eurydice berlinoise. Et c'était précisément ce qu'il s'apprêtait à faire : s'opposer au diktat d'Eckhart Bauer et de Maciá, renoncer à sa mission pour rejoindre Silke. Cette décision, il l'avait prise à l'instant où il avait vu tomber Ninfo et Ramiro, car il avait alors compris quelque chose que la disparition de Krappe avait déjà suggéré à son esprit : la bénédiction d'exister indépendamment du drame de la vie. Cela faisait trop longtemps qu'il courtisait la mort, sa vie avait déjà acquis suffisamment de consistance, elle avait du poids, il se trouvait dans un état de triste compréhension où il pensa avoir tout appréhendé. Il emporterait son or, il sauverait Silke, Loremarie et sa grand-mère, voire ce maudit Ernst, et obligerait Alfredo à les guider à travers l'enfer. Les autres pouvaient aller au diable. Il ressentit un mélange de joie et de stupeur, incapable de déterminer si cette décision était réjouissante ou tragique. Il dévisagea chacun des survivants. S'il était cohérent, il les tuerait tous, mais il savait qu'il allait se servir d'eux pour faire table rase; tout comme il comprenait que, à l'instar de toutes les solutions intermédiaires, celle qu'il venait d'adopter serait interprétée comme un aveu de faiblesse et non comme un signe de prudence. Toutefois, c'était le risque à prendre si, suivant cette nouvelle résolution, plutôt que de lutter pour occuper les points stratégiques de la carte de sa vie, il décidait de changer de carte. Il affronta tous ces regards qui reflétaient uniquement de la fatigue, de la suspicion et de la mauvaise humeur.

– Terminus, tout le monde descend. On n'a plus rien à faire ensemble. Prenez ce qui vous revient et partez. J'imagine que Fanjul n'est pas le seul à savoir comment on sort de Berlin. Lui, il reste avec moi, j'ai encore deux ou trois choses à régler et j'ai besoin de lui pour me sortir d'ici. Je vous donne ma parole que je l'épargnerai, moi aussi je veux quitter Berlin sur mes deux jambes.

Il se tut et jeta un regard à Fanjul. Celui-ci, hargneux, méprisant et le visage hâve, avait le dernier mot sur la vie et la mort de tous. Il se décida enfin.

– D'accord, emmène-les à la Havel, dit-il sèchement à son sicaire. Tu m'attendras à l'endroit convenu.

Personne ne comprenait vraiment à quoi tout cela rimait, mais ils étaient trop épuisés pour protester, et ils se sentaient obligés de respecter ce quelque chose de sacré qu'il y avait dans la confiance d'Arturo en sa propre force, cette profondeur qui se manifeste dans certains cas de démence. Ils répartirent l'or de manière équitable et s'éloignèrent, entourés des ombres que faisaient fuir les lanternes. Arturo demanda alors à Saladino de se débarrasser des armes dans un canal. Puis il eut un instant d'hésitation.

– Saladino, ce n'est pas la peine que tu viennes avec moi. C'est trop dangereux et tu en as déjà assez fait comme ça.

Saladino s'indigna.

– Sans vouloir t'offenser, Arturo... Ou on baise tous, ou on jette la pute au fleuve.

C'était cela l'amitié, quelque chose qui allait de soi, au-delà d'une quelconque rétribution ou d'un quelconque droit, un cadeau qui se reçoit sans être mérité, à l'instar de la couleur des yeux. Arturo acquiesça d'un air reconnaissant. Il s'approcha de Matías qui s'enfonçait chaque fois plus dans la souffrance comme dans une eau trouble, froide et sans pitié.

– Tu vas pouvoir tenir jusqu'à un poste de secours ?

– Je ferai tout mon possible, répondit Matías fébrilement.

Arturo hocha la tête, demanda à Saladino de le porter et alourdit un peu plus la charge de Fanjul, suffisamment pour lui casser le dos. Il vérifia le chargeur de son arme et décida qu'ils iraient plus vite par les rues.

Ils grimpèrent par la première échelle qu'ils trouvèrent, débouchant tout près de la Potsdamer Platz. Comparé à la puanteur des égouts, l'air charriant l'odeur de poudre, de fer et de corps en décomposition leur parut pur, diaphane. Les fortes déflagrations, les sifflements perçants et le claquement continu des mitrailleuses du côté de Neukölln témoignaient de la formidable résistance opposée par les volontaires de la SS, à qui, ayant perdu leur pays et leur cause, il ne restait plus que la vie à perdre.

– Quel asile de fous... commenta Saladino.

Arturo leur révéla qu'ils se rendraient tout d'abord à l'appartement de Silke pour récupérer quelque chose, sans préciser qu'il s'agissait de la *Dienstalterliste*. Ils iraient ensuite à la rescousse des occupants de l'ambassade espagnole pour prendre ensuite la poudre d'escampette. Après avoir avalé une gorgée de leurs gourdes, ils marchèrent au milieu d'amas de ruines à peine identifiables, se repérant à l'aide de ce qui restait de plaques de noms de rues ou de tout autre élément reconnaissable sur les façades noircies. Sur une place, ils parvinrent à faire peur à un civil à bicyclette, qu'ils obligèrent à installer Matías sur le cadre pour le transporter jusqu'au poste de secours le plus proche. Leur séparation fut teintée d'une mélancolie étrange et distante, ce qui ne les empêcha pas, entre deux éclats de rire, de lui assurer qu'ils lui garderaient sa part. Sans perdre plus de temps, ils avancèrent avec des gestes nerveux et furtifs dans cette vaste étendue lunaire ; la fumée, la poussière et la suie asséchaient leur bouche, nouaient leur gorge. Sur certains murs, on lisait des phrases comme : PROFITEZ DE LA GUERRE, LA PAIX SERA TERRIBLE, ou GRÖFAZ NOUS SAUVERA, allusion au surnom dont on avait affublé Hitler, *Grösster Feldherr aller Zeiten*, le plus grand général de tous les temps. Une image délirante frappa l'esprit d'Arturo à la vue d'un immeuble coupé à la verticale : une pièce entièrement meublée, intacte, qui surplombait le vide au milieu des cases dévastées de cet échiquier debout, une sorte de refuge pour mélomanes avec un piano, des bustes de musiciens célèbres, les murs couverts de disques, et un énorme gramophone sur un guéridon. Au bout d'un moment, Arturo s'arrêta et fronça les sourcils devant une pyramide de décombres. Afredo Fanjul, moulu par le poids des lingots, se laissa tomber au sol ; Saladino s'envoya une nouvelle rasade d'essence pour soulager sa douleur puis, considérant qu'ils faisaient une halte, il alluma une cigarette suicidaire qu'il coinça à la commissure de ses lèvres, un œil fermé pour empêcher la fumée d'y entrer. Avec un coup sec du poignet, il fit apparaître un filtre qu'il proposa à Fanjul. Celui-ci tendit la main et prit la cigarette. Ils fumèrent sans échanger un mot. Arturo remarqua les larmes silencieuses qui barbouillaient de crasse les joues de Saladino, des larmes de douleur mais aussi d'orgueil, pour Ninfo, pour Ramiro, pour Matías, pour toutes les pertes subies au cours de cette guerre. Arturo le laissa s'épancher sans faire de commentaire.

– Il est encore loin, cet immeuble ? demanda Saladino une fois qu'il se fut ressaisi.

– L'immeuble, c'était ça.

Arturo montra l'énorme pile de gravats en parfait mimétisme avec ce paysage fossile. Son odorat lui suggérait qu'il y avait bien plus que la *Dienstalterliste* enfoui là-dessous.

– J'espère que ce qu'on est venu chercher n'avait pas une trop grande valeur sentimentale, fit remarquer Saladino en taillant la braise de sa cigarette sur la bouche de son fusil-mitrailleur.

Arturo, à sa grande surprise, ne pensait pas tant au répertoire qu'à l'appartement autour duquel avait gravité sa vie, un lieu qui désormais n'existerait que dans son souvenir. Il sentit alors les démons s'agiter en lui, autant d'espoirs et d'échecs, tout ce ressentiment. Il braqua son regard sur Alfredo Fanjul, un regard dur, dépourvu de toute considération, qui mit Saladino sur ses gardes comme s'il avait été lui-même sous l'emprise des souvenirs obsédants d'Arturo.

– Debout ! ordonna Arturo au phalangiste.

L'autre lui opposa son visage bilieux et craquelé.

– Tu sais combien ça pèse, ça ? J'ai besoin de faire une pause.

– Debout ! hurla-t-il.

– Je ne me lèverai que lorsque j'aurai récupéré.

Les mâchoires serrées en prélude à l'affrontement, deux loups dont les crocs s'entrechoquent, la colère et la haine vissées au corps. Arturo l'aurait peut-être tué et Alfredo se serait laissé faire si une attaque soudaine de Katioucha n'avait pas commencé à balayer le secteur. Quelques minutes plus tôt, un assaut mené par des chars de combat avait échoué et un officier russe avait décidé de se venger en employant les gros moyens. Les salves de projectiles étaient dévastatrices. Ils se mirent à courir pour quitter la zone le plus vite possible, Saladino, dans la précipitation, délestant même Alfredo Fanjul d'un sac. Les tours et détours que les ruines les obligeaient à faire transformèrent en une heure et demie les quarante minutes qui, en temps normal, leur auraient suffi pour atteindre l'ambassade. Dans le quartier diplomatique du Tiergarten, la situation était encore plus difficile qu'ailleurs. Les explosions des obus retournaient les anciens terrains de chasse des rois de Prusse, au point qu'il était difficile d'imaginer le parc comme le lieu de repos qu'il avait été. Ils s'approchaient du bâtiment quand Arturo se figea d'étonnement et d'angoisse : deux Russes portant des manteaux de fourrure de femme par-dessus leur uniforme et avec leur PPSh aux chargeurs ronds sur les genoux étaient assis à l'entrée d'un immeuble et se refilaient une bouteille d'alcool. Ils avaient l'air complètement ivres ; ils riaient, s'envoyaient des lampées et comparaient les rangées de montres volées qui leur couvraient la moitié de l'avant-bras. Qu'est-ce que les Ivan fabriquaient là ? C'est la première question qui lui vint à l'esprit.

Saladino formula à voix haute les pensées d'Arturo, aussi étonné que lui :

– C'est impossible. Les Russkofs ne peuvent pas être déjà à Charlottenburg. Qu'est-ce qu'ils foutent ici, merde ?

Éclaireurs, sections égarées, groupes spéciaux de l'armée... Arturo s'empressa d'évaluer la situation mais, en réalité, cela ne servait à rien : ils étaient là. Il n'arrivait pas à s'ôter de la tête les humiliations que l'on faisait subir aux Berlinoises. Il jeta un regard à Saladino, qui comprit ses pensées ; il posa alors son sac, vérifia son Sturmgewehr, introduisit plusieurs chargeurs dans sa cartouchière et déboutonna l'étui de son couteau. Saladino imita chacun de ses gestes, à la différence qu'il avait délaissé son couteau de combat pour une énorme machette sibérienne à double tranchant. Ils retirèrent leurs casques. Il ne restait qu'un détail à régler : Alfredo Fanjul. Celui-ci attendait, entouré de sacs à dos, et tous trois savaient pertinemment qu'il ne pourrait les accompagner dans leur attaque. Ils n'allaient pas non plus l'abandonner avec les lingots. Il n'y avait que deux options : le laisser partir et, avec lui, leur boussole, ou... Alfredo Fanjul ne bougeait pas d'un pouce, les yeux rivés dans le lointain.

– Ouvre la bouche, dit soudain Arturo.

Comme Fanjul ne bronchait pas, le canon du fusil-mitrailleur d'Arturo s'éleva à la hauteur de son ventre.

– Tu sais combien de temps tu mettrais à crever si je te foutais une balle dans les reins ? lâcha-t-il, acerbe. C'est du sang noir qui en sortirait...

– Tu avais dit que tu ne le tuerais pas, s'interposa Saladino. On va nous entendre jusqu'à Moscou...

– Ouvre la bouche, répéta Arturo d'un ton méprisant.

Alfredo Fanjul desserra lentement les lèvres.

– Tu me fais perdre du temps. Ouvre plus, insista-t-il.

Au moment où le phalangiste ouvrit entièrement la bouche, Arturo y glissa le canon de son arme.

Saladino observait la scène avec un silence réprobateur.

– Suce, dit Arturo.

Alfredo Fanjul écarquilla les yeux.

– Suce, je te dis. Taille une pipe à cette arme.

– Arturo, intervint Saladino, étripe-le si tu veux, mais ne fais pas ça...

– Suce, putain...

Fanjul marqua une hésitation, mais finit par entamer un

lent mouvement le long du canon, en avant et en arrière, en avant et en arrière, savourant le goût huileux et amer du métal. Lorsque le canon atteignit le point le plus profond de sa bouche, Arturo tira violemment sur le Sturmgewehr, lui brisant les dents et laissant le sol couvert de morceaux jaunâtres. Fanjul se recroquevilla, les yeux fermés, en gémissant, et porta les mains à une bouche d'où s'écoulait une bave teintée de rouge.

– Putain, Arturo, à quoi ça rime ? s'indigna Saladino.

– Quoi qu'il en soit, il me détestera... expliqua-t-il d'un ton laconique. Et maintenant, fous le camp avant que je m'énerve... murmura-t-il à Fanjul.

Effrayé et furieux, ce dernier le regarda en grimaçant de douleur. De sa main ensanglantée, il cachait une bouche tuméfiée.

– Toi et moi, on se retrouvera à Madrid, parvint-il à articuler.

– Très bien, alors à bientôt.

Alfredo Fanjul fit demi-tour et se glissa dans la fente qu'était devenu Berlin.

– Bon, maintenant il faut cacher tout ça, décida Arturo.

Ils reprirent les lourds sacs à dos et les enfouirent sous les dalles brisées d'une ruine proche. Ensuite, l'arme en bandoulière, ils élaborèrent un rapide plan d'action. Puis ils dégainèrent leurs couteaux ; ils étaient tendus, mais ce n'était pas une sensation désagréable.

– Allez, souffla Arturo, il est temps d'aller souhaiter la bienvenue aux *Tovaritch*...

Au début de la campagne de l'Est, les Russes avaient eu le dessus dans les combats au corps à corps, car les Allemands avaient passé toute la guerre à bord des blindés, mais au fur et à mesure de sa débandade, la Wehrmacht avait fini par faire jeu égal. Saladino et Arturo avançaient en zigzag pour se défiler des Russes trop occupés de toute façon à se soûler. Ils les égorgèrent avec virtuosité, d'une façon instinctive, et seuls les regards épouvantés de leurs victimes à l'instant où elles sentirent leurs gorges s'ouvrir exprimèrent la conscience muette qu'elles avaient eue de leur mort. Après avoir essuyé leurs armes sur la fourrure des manteaux, ils s'engouffrèrent dans la légation. Ils parcoururent les pièces, se laissant guider par les sons gutturaux de la langue russe ; Arturo bouillonnait, et c'était la combustion lente des mauvais présages. Dans un salon, trois soldats jouaient avec Loremarie, que son jeune âge avait sauvée du viol ; les soldats, qui riaient et lui offraient de la nourriture, n'eurent pas le temps de reconnaître la mort subite qui fondait sur eux. Le choc fut violent et confus, au point qu'Arturo se trouva au sol avec un cadavre encore agrippé à lui. Saladino se chargea de liquider le troisième Ivan qui, pris de panique, implorant, avait levé les mains et jeté son arme, non sans s'être fait extorquer le nombre de *Tovaritch* présents dans l'ambassade : cinq.

Sans plus attendre, ils intimèrent à la petite fille de ne pas dire un mot et de se cacher jusqu'à leur retour.

– Maintenant, on va jouer un peu de guitare, persifla Arturo.

Ils rengainèrent leurs couteaux et aperçurent les fusils-mitrailleurs. Ils fouillèrent chaque pièce ; ils trouvèrent la vieille étendue au sol dans un bureau, les jambes écartées, les dessous arrachés, les jupes retroussées jusqu'à la ceinture et lui cachant le visage, flottant presque dans une flaque sombre et visqueuse. Ernst gisait en travers d'un couloir, une énorme plaie barrait son front. Arturo se réjouit de constater qu'il était à moitié mort. Il l'aurait achevé s'il n'avait entendu des éclats de rire et l'accent de quelque république soviétique mêlés aux cris et aux sanglots de Silke. Saladino et Arturo s'apprêtèrent à donner la charge avec une froide détermination ; une haine indicible s'était emparée d'Arturo au point de lui faire perdre toute lucidité. À peine avaient-ils fait deux pas qu'un soldat russe sortit de la pièce en reboutonnant son pantalon avant de se figer à leur vue. Sans y réfléchir à deux fois, Arturo déchargea le Sturmgewehr sur son visage, le transformant en un tas de viande hachée, et avec Saladino, ils s'adonnèrent à une folie meurtrière dont il résulta un feu nourri. Immergés dans cette fureur rugissante, la première chose dont ils se rendirent compte fut que le Russe leur avait menti : il y avait plus de cinq soldats dans cette pièce, et leurs tirs les avaient dénoncés, fournissant à l'ennemi quelques précieuses secondes d'avance ; la deuxième chose, qu'ils avaient pris leur temps avec Silke. Un nombre indéterminé de soldats l'avaient violée et elle était là, au sol, les vêtements en lambeaux, en proie à une violente crise de nerfs. Sous son ire, Arturo reconnut la nausée et la peur, alors que le feu bleuté de son arme dessinait des demi-cercles et qu'il changeait sans cesse de position, tandis que le Schmeisser de Saladino, avec son canon court et son long chargeur, semblait donner autant de coups de faux. Quelques Russes, dont certains à moitié nus, s'effondraient, pris de convulsions ; d'autres ripostaient et les éclats de porcelaine, les bris de verre et les morceaux de bois volaient de partout. Arturo voulait tuer, il était heureux de tuer, il le faisait avec générosité, voire avec amour ; son corps s'était plié à l'anatomie de la mort, il en avait assumé les règles et, de ce fait, chaque projectile était guidé par sa volonté, et chaque Russe tombé l'était en raison d'une simple loi géométrique, comme quelque chose que son arme décidait de son propre chef. Or, il est toujours dangereux de se croire intouchable. La seconde suivante, le fusil-mitrailleur de Saladino s'enraya et, pendant que celui-ci tentait de dégager la douille, un lourd Nagant de onze millimètres lui ouvrit une horrible brèche dans le torse. Arturo, tout de suite après, entendit le percuteur de son arme sonner creux lorsqu'il appuya sur la détente ; il courait vers la porte pour se donner le temps d'enclencher un nouveau chargeur, quand un énorme Kazakh avec un œil bandé lui assena un coup brutal avec une pelle de campagne ; bien qu'Arturo eût l'heur de le recevoir à plat, il s'écroula, la tête noyée dans un nuage rougeâtre, l'oreille à demi arrachée. Sur le point de perdre conscience, il eut le réflexe de se relever avant que le cerveau du borgne eût le temps de s'en rendre compte et lui donna plusieurs coups de couteau au milieu d'horribles râles, s'éclaboussant de sang chaud en même temps qu'il enfonçait son pouce dans l'œil jusqu'à la jointure, laissant à sa place une masse blanchâtre et sanguinolente. Il extirpa la lame et se tourna aussitôt à la recherche d'un autre corps, quand un coup de crosse lui écrasa le visage, le faisant tomber à terre. Ils ne tuèrent pas tout de suite Arturo. Fous de rage, ils déversèrent sur lui une avalanche de coups de pied, d'insultes et de crachats, qui l'obligea à se recroqueviller en se protégeant la tête avec les mains, et lui mit la bouche en sang. Un ordre arrêta le tourbillon. L'officier dont il émanait s'approcha de lui, déboutonna son pantalon et lui pissa dessus, dessinant une parabole qui dégageait de la vapeur, un jet qui assombrit son uniforme, puis le Russe reboutonna sa braguette et, d'une main carrée et puissante, le saisit par la vareuse en lui enfonçant le canon d'un pistolet automatique dans l'oreille. Le visage slave qui l'observait exprima avec un large sourire toute sa haine, toute son indignation.

– *Hitler kaputt*, grogna-t-il. *Berlin kaputt. Du kaputt.*

Arturo n'eut pas peur, la mort n'avait rien d'épouvantable, elle l'accompagnait, c'était une vieille connaissance. Tout ce qu'il ressentait, c'était un arrière-goût de culpabilité ; de la culpabilité de n'être pas parvenu à sauver Silke, de la culpabilité pour toute cette beauté et tout cet amour qui, désormais, lui seraient pour toujours étrangers et inaccessibles. Il perçut quelque chose de chaud et de collant sous sa vareuse. Une fièvre désagrégeait sa volonté, le vertige provoqué par cet atroce passage à tabac emportait inexorablement sa conscience. En arrière-plan, chaque fois plus éloignés, il entendait les gémissements diffus de Silke, Eurydice restée en arrière sur ce sentier abrupt qui aurait dû les conduire hors de ce royaume des ombres. Dans les dernières lueurs de sa conscience, il entrevit la ceinture en toile imperméabilisée qui fermait la vareuse de son assassin, et sur elle, quelque chose qui la distinguait du reste et qu'il n'avait pas vu jusqu'alors : le vert caractéristique du *Narodnyï Komissariat Vnoutrennykh Diel*, le NKVD, la police secrète soviétique. Une étincelle dans son cerveau, aussi ténue qu'une goutte de pluie, un ultime espoir insensé. Cette meute n'était pas composée de banals *frontoviki*, mais de fusiliers du NKVD, et il se pouvait que l'un de ces officiers sût à quoi Arturo allait se référer. Il fit un geste mou, imprécis, et leva la main juste assez pour ne pas paraître les supplier.

– *Wunderwaffen*, parvint-il à articuler.

Le doigt du Russe relâcha imperceptiblement la détente de son Nagant.

– Qu'est-ce que tu dis, espèce de chien ?

– *Wunderwaffen*, je sais où sont les bombes atomiques, je sais où sont les scientifiques.

Il s'étouffa et toussa, crachant du sang et des morceaux de dents.

– Regarde dans mes poches...

L'instant d'après la lumière frémit, la pièce et les Russes s'évanouirent.

Il se vit enfant, en Estrémadure, auprès de sa mère qui cousait avec application, attentive à la fine précision de l'aiguille à chaque point.

Il vit son père qui laissait dans le panier quelques morceaux du repas que lui préparait sa mère pour qu'Arturo le fouille à son retour et les trouve, ému.

Il vit la rivière, avec ses grenouilles qui coassaient, ses libellules qui la frôlaient, les arbres qui l'ourlaient, bruissant sous le vent, et Hans Krappe assis sur la rive, tenant fermement une canne à pêche.

Il vit Saladino et Ninfo à deux pas, bruyants et remuants, lancés dans un bras de fer, las de surveiller la ligne, et Ramiro, Matías et Manolete qui les encourageaient à tour de rôle.

Il vit Silke, assise à son côté par une nuit extraordinairement claire, sous une kyrielle d'étoiles et de constellations, tandis que du doigt il déchiffrait pour elle le spectacle colossal de tous ces feux que la main de l'homme n'avait pas allumés.

Il vit son fils, nouveau-né baigné par la lumière de l'éternité, encore intemporel, sacré. Et il eut l'impression qu'il lui ferait comprendre quelque chose sur lui-même, une perspective insondable.

Ensuite, ce fut l'obscurité.

Originelle.

Ancestrale.

Qui annihilait la pensée.

La parole.

Les sentiments.

Le désir.

La vie.

13

Les rois pantins

Deux soldats russes, l'un le portant par les pieds et l'autre le tenant par les aisselles, sortirent Arturo d'un véhicule à chenilles et le transportèrent encore inconscient jusqu'au canal de Landwehr. Ses membres exsangues, sa tête dodelinante, ensanglantée et tuméfiée, faisaient de lui le paradigme même de la mortalité des corps. Ils atteignirent un talus qu'ils descendirent avec précaution pour arriver au bord de l'eau ; à cet endroit, elle était recouverte d'une couche de glace, n'eût été un large trou certainement ouvert par un obus. Là, on pouvait voir l'eau courir ; lui imprimant un léger balancement, ils y jetèrent Arturo, qui coula dans une gerbe d'écume. Le froid soudain le réveilla brusquement. Il avait les yeux ronds comme des soucoupes et de l'eau plein la bouche. Les tourbillons l'emportaient sous cette plaque lumineuse qui l'empêchait de prendre de l'air. Il avançait collé à elle, à l'horizontale, tentant de la briser à coups de poing hystériques, alors que le peu d'oxygène que contenaient encore ses poumons se consumait et qu'une angoisse indicible montait en lui. Avec, dans son dos, un abîme de noirceur, Arturo était de plus en plus enivré, sonné par cette deuxième mort à quelques centimètres à peine de l'air frais, pur, libérateur…

– Réveille-toi, camarade Andrade.

Une violente gifle d'eau le ramena à une lumière pulsatile, un mince filament incandescent qui s'enfonça dans ses yeux jusqu'à la nuque et lui embrasa le cerveau. Puis la sensation d'éloignement de son corps, l'apesanteur de ses membres et l'engourdissement de ses extrémités s'estompèrent ; il distingua des formes floues qui s'assemblaient pour devenir des fenêtres, des ampoules, des portes... une pièce où se détachait une table sur laquelle était disposé un service à thé en porcelaine légèrement bleutée, presque transparente, avec une théière, un sucrier en argent, un samovar et, à côté, plusieurs grandes cartes dépliées. Arturo était assis juste en face, légèrement affaissé, les mains menottées ; il avait mal jusqu'aux cheveux, une tonne de pierres écrasait sa poitrine, mais peu à peu, au prix d'un effort de concentration, son corps fut en mesure d'obéir à des ordres, en rechignant au début, puis avec plus de docilité, pour enfin se redresser et recouvrer la sensibilité de ses extrémités. Arturo ne portait plus sa tenue militaire crasseuse mais un uniforme de l'Armée rouge d'une impeccable propreté, bien que d'une taille au-dessous de la sienne. Il se sentait propre, et pour cause, non seulement on s'était chargé de l'habiller, mais on l'avait frotté avec une éponge et on lui avait même recousu l'oreille. Il cligna des yeux et balbutia quelques mots inintelligibles.

– Réveille-toi, camarade Andrade.

À nouveau, cette voix un peu éteinte qui lui parlait en allemand avec un accent marqué. Il ressentit un léger étourdissement et ses yeux découvrirent Staline derrière le délicat service à thé. Ce dernier était debout sur un promontoire avec, en arrière-plan, des blindés sous un ciel empli d'avions ; à sa droite, se découpant sur un gros nuage rose, une usine métallurgique se dressait au milieu d'un amas de grues, de ponts d'acier et de hauts-fourneaux. Sur la partie inférieure, on lisait une légende imprimée en grands caractères cyrilliques : L'INDUSTRIE LOURDE DE L'URSS FABRIQUE DES ARMES POUR L'ARMÉE ROUGE. Mais ce n'était pas le Staline de cette affiche de propagande qui s'était adressé à lui, sinon la silhouette imposante qui se tenait à sa gauche, un individu massif à l'air vaguement mélancolique. Il s'agissait d'un colonel soviétique d'une cinquantaine d'années, arborant cet embonpoint propre aux personnes qui ont eu une carrure athlétique, portant des lunettes cerclées de métal sous d'épais sourcils, et dont les cheveux frisés commençaient à se clairsemer, qui l'observait les mains croisées dans le dos. La rangée de médailles étincelantes accrochée sur son torse en disait long sur sa carrière militaire. À ses côtés, il y avait un sous-officier qui semblait être son assistant. Arturo devina qu'il lui reviendrait de l'interroger, que ce serait cet homme qui déciderait de sa vie ou de sa mort, et il ne put s'empêcher de se demander quelles seraient ses méthodes : jouer au « bon flic mauvais flic », feindre de connaître la vérité, enchaîner les questions pour faire apparaître des contradictions, caresser son ego dans le sens du poil, attiser son appréhension de la punition, la crainte ancestrale d'être accusé...

— Réveille-toi, camarade, répéta-t-il.

— Excusez-moi, parvint à articuler Arturo d'une voix pâteuse.

En entendant ces mots prononcés en russe, le visage du colonel refléta davantage d'incrédulité que de surprise.

— Alors, comme ça, il est vrai que tu parles notre langue. Tant mieux, tant mieux. Heureusement, ils ne t'ont rien cassé, camarade. Je me suis permis d'ordonner qu'on te débarbouille un peu, qu'on te soigne et qu'on te donne de nouveaux vêtements. D'après ce qu'on m'a raconté, tu as du cran, bien que cela nous ait coûté quelques hommes. Il n'a pas été facile d'éviter ton exécution, tu peux me croire. Le lieutenant qui a failli te faire un trou d'aération dans la tête ce matin savait ce qu'on cherchait : il n'a pas hésité à te ramener ici au prix de sa propre vie. Tu ne t'es pas fait beaucoup d'amis parmi le peuple soviétique, camarade Andrade.

Arturo eut une grimace de douleur et de mépris mélangés.

Il palpa son visage meurtri ; il pouvait y sentir les pulsations de son cœur. On entendait au loin le sourd grondement de l'artillerie, comme à travers un panneau de liège.

– Où sommes-nous ?

– Dans la banlieue de Berlin. Et aujourd'hui nous sommes le 26 avril, dans l'après-midi, au cas où tu serais encore déphasé. Je me présente, colonel Mikhail Lelyoushenko. C'est depuis cette base que le général Avraami Zavenyagin commande une section spéciale du NKVD. Je suis son assistant, notre mission est de réquisitionner au nom du peuple soviétique tous les laboratoires et le matériel liés au projet atomique allemand. Par ailleurs, il nous intéresserait de mettre la main sur le personnel scientifique qui a travaillé sur ce programme et qui saurait manipuler ce matériel.

Arturo pensa aux commandos et à l'inévitable symétrie qui régissait la dialectique du pouvoir ; le colonel s'approcha de la table et ses petits yeux espiègles se posèrent à nouveau sur quelques feuilles froissées.

– D'après ce que tu dis et ces notes que nous avons retrouvées dans tes vêtements, il semblerait que tu aies quelque chose à voir avec cette affaire.

Il attrapa le document de Kleist et le sauf-conduit signé par Eckhart Bauer, posés à côté du dessin de Loremarie et de l'*Ausweis* d'Arturo.

– Nous allons parler de tout cela et...

– Où sont la jeune femme et la gamine qui étaient à l'ambassade espagnole ? le coupa Arturo.

Les fentes étroites des yeux du colonel le regardèrent sans aucune compassion, comme pour lui faire comprendre que sa violence pouvait être aussi implacable que ses bonnes manières étaient impeccables.

– Sais-tu à qui tu parles ?

– Je ne dirai rien tant que je n'aurai pas de nouvelles de cette jeune femme et de l'enfant, s'obstina-t-il.

Lelyoushenko se montra plus surpris qu'agressif, et choisit parmi les différentes couches de réalisme, cynisme et pragmatisme qui l'enveloppaient. Il sourit avec circonspection et lui parla d'une voix neutre :

— Cette ville est pleine de fous... – il pinça les lèvres. S'agirait-il de ta famille ?

— En quelque sorte.

— Eh bien, je crois que cette femme a rejoint toutes celles qu'on amènera à Tempelhof demain pour remettre l'aéroport en état. Logiquement, la petite doit être avec elle.

— L'aéroport a déjà été pris ? demanda Arturo dans un sursaut.

— Oui, ça ne fait pas longtemps.

Arturo estima que tout ça ne tenait pas à grand-chose, et même s'il ne pouvait faire confiance à ce Russkof, il devait trouver le moyen de gagner du temps. Il décida de mettre le colonel devant le fait accompli et de lui dicter sa ligne de conduite.

— Je pourrais vous aider à localiser certains des hommes qui ont travaillé sur le projet atomique, ainsi que les bombes, bluffa-t-il. Je vous donnerai tout ça si, en échange, vous libérez la femme et l'enfant et que vous nous mettiez dans un train pour l'Espagne. Ce n'est pas négociable, mais imaginez ce que cela représenterait pour votre carrière, d'arriver devant votre *Verjovny*[1] avec un trésor pareil, surtout sachant que les Américains et les Anglais cherchent la même chose... Et il ne reste plus beaucoup de temps...

L'officier le regarda sereinement, réfléchissant à la meilleure manière de l'assassiner. Cependant, il avait percé à jour ce petit impertinent : il était aussi joueur que lui.

— D'accord. Parle.

— Une dernière chose. Qu'est devenu l'Allemand qui était par terre, dans les couloirs de l'ambassade ? Est-il mort ?

---

1. Commandant suprême.

Lelyoushenko se remémora le rapport qu'il avait lu sur l'incident à l'ambassade espagnole.

– Il n'était que blessé.

Le colonel, qui était un homme fin, saisit le trouble d'Arturo.

– Où peut-il être à l'heure qu'il est ?

– Dans un camp de prisonniers quelconque.

– Et le soldat qui m'accompagnait ? poursuivit-il sans se faire d'illusions.

– Mort, comme la vieille.

– Ah.

Arturo décida alors d'enfouir douleur et conscience dans le coin le plus reculé de son cerveau.

– Cet Allemand s'appelle Ernst, reprit-il. C'est un conducteur de panzers, il a participé à l'invasion de votre pays et a certainement causé beaucoup de souffrance et de morts. C'est donc un ennemi du peuple. Il mérite d'être jeté dans un trou perdu en Sibérie, ne croyez-vous pas ?

Le colonel ventru eut un sourire sarcastique et regarda son assistant en se passant la langue sur les dents. Il estima qu'il n'était pas nécessaire d'en savoir davantage.

– Ça, ce ne sera pas difficile.

Il s'assit et ordonna à son assistant d'apporter une bouteille de Stolichnaya et deux verres en cristal bleu. Il déboucha la bouteille, servit la boisson avec ses grosses mains, puis il fit signe qu'on enlevât ses menottes à Arturo. Tête renversée, il vida son verre d'un trait.

– Vas-y, parle.

Arturo se massa les poignets durant quelques douloureuses secondes et avala sa vodka avec moins de véhémence pour s'accorder le temps de récapituler les dernières journées. Bauer et Möbius, l'énigme Kleist et les devinettes de son faire-part de mariage, Pippermint, les commandos américains, la *Virus Haus*, Jonastal et le général Kammler... il égrena le tout en passant sous silence les incroyables hypothèses au sujet de la Société Thulé, avec ses clés, ses films mystérieux et autres Sebottendorf, l'inconnue de la masse critique, et l'attaque de la Reichsbank, brodant l'ensemble avec un fouillis d'informations non vérifiées qui dressait dans les airs un matériau aussi ténu que le brouillard, susceptible de s'effondrer au moindre souffle. Le colonel Mikhail Lelyoushenko se montra imperturbable presque tout au long de l'exposé, manifestant seulement le souhait d'avoir une entrevue avec Pippermint, un signe dont Arturo se demanda s'il était de bon ou de mauvais augure. Dès lors qu'Arturo fit allusion aux trois engins explosifs, *Hagen*, *Wotan* et *Siegfried*, l'affolement et la préoccupation strièrent d'étranges rides le visage de son interlocuteur.

– Il y avait trois bombes ? lui demanda-t-il, déconcerté.
– Trois.
– Tu en es sûr ?
– Sûr.
– Hum… On n'en a trouvé que deux.
– Vous avez aussi pris Jonastal ?

Ce fut au tour d'Arturo d'être étonné. Il comprit qu'il disposait de moins en moins d'atouts dans son jeu.

– Oui, mais la plus grande partie des équipements avait déjà été transférée. Un sous-marin a quitté la base de Kristiansund, en Norvège, pour Kiel, et de là pour le Japon, avec des avions en pièces détachées, des composantes de fusées, du matériel électronique et je ne sais combien de documents relatifs à la dernière technologie de guerre allemande, d'après ce que nous a dit le général Kammler.

– Vous avez arrêté le général ? l'interrompit Arturo dont la stupéfaction allait croissant.

– Disons qu'il s'est laissé arrêter. Le général est un homme intelligent, et je suis persuadé qu'il embrassera l'idéal communiste avec autant de ferveur que naguère le national-socialisme. Je vous assure qu'il se fera un grand plaisir de travailler avec nous…

Il allait ajouter quelque chose mais se ravisa.

– Seulement, ce qu'il ne nous a pas dit, reprit-il, c'est qu'il y avait trois bombes. Et nous n'avons trouvé que *Siegfried* et *Wotan*.

– Il manque *Hagen*.

– Bon, on va devoir reparler sérieusement avec le général, constata-t-il, sincèrement consterné. J'ai comme l'impression qu'il a conservé certains tics de la SS qui ne s'effaceront pas du jour au lendemain et que la rééducation va prendre un peu de temps. Selon Kammler, aucune de ces bombes n'était opérationnelle. Ce serait long à expliquer, mais ils avaient plusieurs fronts ouverts. En dehors des difficultés à se procurer de l'uranium 235, les scientifiques n'arrivaient pas à obtenir une masse critique susceptible de produire une réaction en chaîne – Arturo songea au regard préoccupé de Möbius et aux réticences d'Albert. Hier, nous avons également pris Dahlem et l'Institut Kaiser Wilhelm, et bien qu'ils aient déjà fait pas mal de ménage, nous sommes parvenus aux mêmes conclusions. Tu ne saurais pas quelque chose sur cette *Hagen*, par hasard ?

Arturo haussa les épaules.

– Après tout ce que vous m'avez dit, j'ai peut-être une théorie.

– Je t'écoute.

– Lorsque je suis parti à la recherche du commandant Bauer et du capitaine Möbius, ils avaient disparu sans laisser la moindre trace avec un ordre spécial de Hitler. D'après ce que j'ai pu voir, et ce n'est qu'une supposition, ils semblaient avoir un rôle considérable au sein du programme nazi, qu'il s'agisse du transfert des scientifiques ou d'autres points secondaires. Comme je vous l'ai dit, ce ne sont que des hypothèses…

– Continue...

– Ils ont peut-être eu l'autorisation d'emporter *Hagen* dans un lieu tenu secret.

– Pour quoi faire ?

– Kammler a parlé d'un aérodrome où un avion se tenait prêt pour être équipé de la bombe...

– Mais elle n'était pas opérationnelle.

– Peut-être ont-ils réglé le problème de la masse critique dans une autre *Virus Haus*... mais...

Mikhail Lelyoushenko appuya ses poings sur la table.

– Ne garde rien pour toi, camarade.

– Mais si l'on considère l'obsession de *Götterdämmerung* du Führer – c'est-à-dire, ériger son propre bûcher pour mourir avec superbe –, il serait logique, connaissant le personnage, qu'une *Hagen* supposée opérationnelle ne s'éloigne pas trop de Berlin.

– Mais Hitler n'a pas quitté la ville ?

– Pas du tout, et il ne le fera pas. Il s'est enterré vivant dans le bunker de la chancellerie.

– Un bunker ? Nous ignorions qu'il y avait un bunker là-bas.

Cette dernière révélation laissa le colonel sans voix. Il attrapa aussitôt un téléphone et passa un appel qui provoqua des étincelles dans le vieil alphabet de saint Cyrille. Il posa le doigt sur la fourche de l'appareil, réajusta sa vareuse et observa Arturo d'un air de conspirateur. Il prit ensuite le faire-part de Kleist et lui en montra le verso.

– Nous sommes inquiets, camarade, très inquiets, lui avoua-t-il.

– Vous n'avez pas qu'un seul problème... Auquel faites-vous allusion ?

– Tu sais ce que c'est, n'est-ce pas ?

Il montra la péninsule couverte par les cercles concentriques.

— Je vous l'ai déjà expliqué, colonel. C'est une carte de distribution calorique d'une bombe atomique et, plus précisément, des effets que pourraient provoquer les dix-huit kilotonnes de *Hagen*.

— Parfait, et selon nos experts, les chiffres sont exacts, mais ce que tu ne sais pas, c'est à quoi correspond le dessin sous les chiffres.

Son ongle dessina les contours de la péninsule.

— Ça, non.

Lelyoushenko demanda à son assistant de lui apporter une carte qu'il désigna au moyen d'un numéro. Ils attendirent son retour pendant quelques minutes. L'homme la remit au colonel qui la déplia et la posa sur la table, tournée vers Arturo. Ce dernier découvrit avec étonnement le titre qui figurait sur la carte et fit tout à coup le rapprochement avec le dessin de la péninsule.

— Comment n'ai-je pas…?

— Parce que, parfois, le plus difficile à voir, c'est ce qu'on a constamment sous les yeux : comme on est trop près, on manque de perspective, le coupa le colonel. Dans cette guerre, on a commis beaucoup d'erreurs de ce genre. Le calcul a été fait sur Manhattan, camarade Andrade, New York, États-Unis. Les nazis veulent larguer leur bombe sur Manhattan. Que les nazis aient eu l'idée de bombarder Manhattan, peut-être pour obliger les Américains à négocier la paix, ce n'est pas ça qui nous inquiète le plus. Ce qui nous inquiète, c'est que, si les Fritz peuvent atteindre New York, ils peuvent aussi atteindre Moscou. Et qui nous dit que Hitler n'a pas l'intention de faire cramer le camarade Staline pour rigoler un bon coup avant de quitter ce monde?

— Ce qui est sûr, c'est qu'il va falloir que vous reparliez avec le général Kammler.

Lelyoushenko marmonna dans sa barbe, plongé dans ses réflexions.

— En toute logique, cet avion doit se trouver sur une base en Norvège ou en Tchécoslovaquie, une zone restée entre leurs mains et la plus éloignée possible de la ligne de front...

D'un seul coup, il se rappela qu'Arturo était face à lui et que la roulette continuait de tourner.

— Enfin, camarade, Jonastal et l'Institut de Dahlem sont à nous. Qu'as-tu d'autre à nous offrir ?

Arturo comprit qu'on lui signalait qu'il ne lui restait plus que quelques balles dans le chargeur ; cependant, il soutint le regard du colonel et éprouva un certain plaisir quand celui-ci détourna les yeux. C'était le moment de tenter un autre coup de bluff.

— Je peux vous proposer les têtes de Bauer et Möbius avec tout ce qu'il y a dedans. Je suis le seul à pouvoir les trouver.

— Et comment allez-vous vous y prendre ?

— Je vais retourner à Berlin, je sais où ils sont. J'ai seulement besoin d'un uniforme allemand, d'une arme, d'informations sur le déroulement du siège et d'un papier signé par vous au cas où je croiserais vos hommes. Et vous seriez bien aimable de me rendre mes affaires personnelles, ajouta-t-il l'air de rien, en pensant à la clé. En échange, je ne demande que ce qui a été convenu. Vous ne risquez rien... pensez à ce que vous pouvez gagner.

Cette fois, Mikhail Lelyoushenko ne flancha pas et son regard brutal força Arturo à baisser les yeux. À travers ses lunettes, il le sondait froidement, comme s'il évaluait les qualités et les défauts d'un cheval. Au bout d'un moment, il lâcha un soupir et prit un air espiègle, servant deux autres vodkas pour illustrer la débordante hospitalité russe.

— Je crois que tu me dis la vérité, du moins celle que tu es disposé à partager et selon ton point de vue...

Il but sa vodka d'un coup sec et attendit qu'Arturo terminât la sienne, ce qu'il fit au prix d'une remontée acide dans la gorge après toutes ces heures passées sans rien avaler. Puis

Lelyoushenko replia le faire-part de Kleist et le fourra dans une poche; il prit également le sauf-conduit de Bauer, mais ce fut pour le rendre à Arturo. Il hésita à la vue du dessin de Loremarie, posé sur les cartes, mais finit par le lui remettre sans faire de commentaires. Il ouvrit ensuite un tiroir et en sortit un petit sac de toile dont il défit le nœud avant de le vider sur la table. Arturo eut devant lui tout le contenu de ses poches, excepté les dollars, qu'on lui avait subtilisés; l'essentiel – la clé – était bien là.

– J'espère que tout y est, dit Lelyoushenko simplement.

Il laissa Arturo – qui avait du mal à cacher son trouble – reprendre ses effets, entrelaça ses doigts, les désentrelaça, se leva et, se penchant sur la carte, parla d'une voix claire, précise :

– *Das schöne Berlin*, ironisa-t-il. Je connais bien ton Berlin, camarade. Moi aussi, j'ai entraîné les Hans et les Fritz en 1929, quand ils venaient essayer leurs nouveaux joujoux en Russie. Comme j'avais appris la langue dans un camp de prisonniers pendant la Grande Guerre, je leur ai rendu régulièrement visite par la suite en tant qu'officier de liaison. Qui eût cru que nous les entraînions pour qu'ils nous envahissent ?...

Il se racla la gorge et se concentra sur une carte où ce n'étaient qu'explosions, fumée et mort.

– En ce moment même – de sa main, il balaya les quatre points cardinaux –, la 2e armée blindée et la 3e armée de choc ont pris le nord, tout près déjà du Tiergarten; la 5e armée de choc a pénétré dans les districts orientaux, la 8e armée de la garde et la 1re armée blindée ont ouvert une brèche au Landwehr et foncent sur le Reichstag, et au sud, la 3e armée blindée de la garde est sur le point d'entrer à Charlottenburg.

Il rota, fit claquer sa langue et continua :

– Selon les informations obtenues des prisonniers capturés, la ville est seulement défendue par ce qu'il reste du corps de l'armée de Weidling, et des détachements isolés de la SS auxquels se sont joints des membres des *Hitlerjugend*, des policiers, le *Volkssturm*, et des permissionnaires de la *Kriegsmarine* et de la *Luftwaffe*. D'après ce que tu m'as dit, ton Führer est au centre de cette toile d'araignée à attendre je ne sais quoi. Et le camarade Staline ne veut pas que Hitler se retire dans son Walhalla sans lui avoir mis son *Drang nacht Osten*[1] dans le cul. Tu vois un peu le tableau ?

– Oui.

– Alors il n'y a pas grand-chose à ajouter...

Il hésita, tout en se caressant le menton.

– Cependant, même si tu réussis à dégoter ce commandant et son capitaine, je te conseille de réfléchir à cette histoire de train pour Madrid, camarade. Dans la Rodina, nous savons apprécier le talent des gens comme toi, et bientôt, être à l'Ouest, ce sera être du côté des perdants. Berlin, ce n'est que le début, nous ne nous arrêterons plus dans notre marche vers l'ouest. On va en finir avec tous ces bourgeois pourris, les Français, les Anglais, les Américains...

– Avec les autres, peut-être, le coupa Arturo. Mais vous croyez réellement que les Américains vont vous laisser faire ?

Il y avait de la protestation, de l'exigence, de la prémonition dans le ton employé par Arturo.

– Les Américains... c'est juste qu'ils n'ont pas l'habitude d'être vaincus, ils n'aiment pas qu'on leur pose des limites, ils refusent de baisser la tête. Pour l'instant, personne n'a réussi à leur faire courber l'échine, mais c'est une question de temps... Nous les libérerons de leur malheureuse démocratie, eux et les autres, et nous leur apprendrons à être de bons communistes et à apporter le bonheur universel à un monde sans classes.

---

1. « Marche vers l'est ».

– Et violer les femmes, c'est inclus dans ce programme éducatif ? répliqua Arturo avec animosité.

Le colonel nia énergiquement, englobant la pièce de ses deux bras.

– Hmm… Ça, c'est juste une phase de la guerre, camarade. Les femmes ont toujours fait partie du butin de guerre, et après tout ce temps passé au front, il faut bien que nos soldats satisfassent leurs besoins. En outre, il faut inculquer un peu de discipline à ces Allemands, qu'ils sachent qui est le chef désormais. Ce n'est qu'un simple orage d'été…

Arturo, pris d'une forte quinte de toux, eut l'impression de recevoir des coups d'aiguillon dans le dos.

– J'y penserai, répondit-il désabusé.

– J'aime mieux cela.

– Puis-je disposer ?

– Oui, mais avant tu vas goûter à la bonne nourriture soviétique. Pour bien se battre, il faut bien s'alimenter. Nikolaï ! cria-t-il à son assistant, qu'il mange à sa faim. Après, donnez à notre nouveau camarade des armes et un uniforme, il va retourner à Berlin et nous rapporter *Hagen*.

Mikhail Lelyoushenko s'extirpa de derrière la table, l'air détendu, presque euphorique, comme s'il venait de conclure une bonne affaire. Il se plaça à côté d'Arturo et s'inclina lentement en même temps qu'il lui pinçait le lobe de l'oreille raccommodée comme le ferait un maître d'école avec un élève turbulent. Quelques points de suture s'ouvrirent et la peau se perla de sang.

– Et j'espère que toi non plus tu n'oublieras pas qui est le chef, camarade, lui dit-il en traînant sur les mots.

Arturo ne répondit rien, mais se sentit faible. Constatant qu'il avait fait mouche, le colonel afficha de nouveau une expression satisfaite et autorisa Arturo à reprendre ses effets, retournant derrière la table pour rédiger un sauf-conduit qu'il fit dactylographier et qu'il signa d'un geste ample. Après une accolade énergique qui écrasa Arturo contre sa bedaine, il l'accompagna jusqu'à la porte et prit congé de lui avec une légère révérence. Nikolaï le conduisit à la cantine du bâtiment, où on lui servit un pain à la croûte croquante et dorée, chaude et savoureuse, aussi inattendu qu'irréel, ainsi qu'un peu de vodka, du chocolat et des tranches de bœuf cru, ce qui lui procura un plaisir dépourvu de rhétorique et d'idéologie. Après cela, le sous-officier lui remit l'uniforme d'un grenadier de la Wehrmacht dont le pantalon exhibait deux trous ensanglantés, une paire de bottes, un PPSh au chargeur circulaire, des munitions et un havresac rempli de provisions. Dehors, devant ce qui se révéla être une immense maison de campagne, une vision fantastique attendait Arturo : une profusion de jardins et de potagers en fleurs, des tulipes, des lilas, des pommiers, des cerisiers qui imprégnaient la brise d'un délicieux parfum. Quand l'artillerie se taisait, les oiseaux chantaient à qui mieux mieux ; la lumière donnait de l'éclat aux fleurs et aux feuilles, quelques touches de saphir et de lavande coloraient un horizon où flottaient des ballots de nuages brunâtres. Étendus ici et là dans ce décor tonal, semblables à des taches de pétrole, des centaines de soldats fumaient des *mayorkas* en petits groupes ou allongés sur l'herbe, mangeaient dans des écuelles en fer-blanc, jouaient aux cartes, écrivaient des lettres, buvaient, vêtus d'uniformes marron, kaki, vert-de-gris, coiffés de casques en cuir ou en métal, d'*ushankas*, de casquettes ornées de petites étoiles vertes, annonçant les futures calamités à s'abattre sur la ville. Arturo fut incapable de les considérer individuellement, tant ils avaient déjà perdu leur singularité à la faveur d'une catégorie plus abstraite. Sans lui donner de répit, Nikolaï, avec un air impénétrable, le fit monter dans un véhicule Tempo où l'attendaient un chauffeur et un membre du NKVD qui le guideraient à travers les lignes russes ; ils s'introduisirent dans le puissant torrent de la guerre qui les emporterait jusqu'à Berlin. La nuit tombait déjà lorsqu'ils atteignirent l'un des secteurs russes de la ville, s'arrêtant à la lisière de ce que les nazis appelaient le secteur Z ou Zitadelle, un périmètre de deux kilomètres autour de la chancellerie où avaient été massées les dernières défenses allemandes. Arturo avait les sens énervés ; son visage le brûlait, ce qui aiguillonnait sa perception. Durant le voyage, comme l'écureuil le fait avec les noix, il avait mis quelques idées de côté, qu'il grignotait maintenant avec parcimonie, tâchant d'établir un plan d'action. Tous les fils étendus sur Berlin partaient du bunker de la chancellerie, si bien que la dernière onde de la moindre vibration s'y ferait sentir. Ce serait là sa première étape ; si au bunker il n'avait aucune nouvelle de Bauer et Möbius, il se rendrait à d'autres endroits du périmètre gouvernemental, Prinz-Albrecht-Strasse, le ministère de l'Air, le ministère de l'Intérieur, l'*Auswärtiges Amt*, Promi, le *Bendlerblock*, c'est-à-dire tous les points stratégiques où il pourrait récolter des informations. Et si, après cela, il n'avait toujours pas obtenu de résultats, il prendrait ses quartiers au *Führerbunker* et attendrait que l'un des fils de soie vibre. Quant à l'or, sa cachette en valait bien une autre : il le laisserait là où il était pour le moment. Il vérifia son équipement, prit congé de ses guides et entra dans Berlin.

Il découvrit un paysage anéanti, illuminé par les brasiers des blindés qui, brûlant comme d'énormes torches, explosaient les uns après les autres. Il fut pris d'un saisissement quasi religieux tandis qu'il parcourait cette ville couverte de sueur et de sang, assiégée, morte de peur et sourde au tumulte, qui s'acharnait à survivre. Arturo considéra les Furies, parfaitement découpées dans la lumière crue de la lune, il songea au festin d'émotions qu'elles s'offraient, se délectant du dégoût d'un peuple habitué à l'hygiène et de l'orgueil pervers que celui-ci tirait d'être le premier dans l'Histoire à subir une telle destruction. Le pays des instincts épurés et de l'ordre utile, de l'administration, de la planification et de l'efficacité, était envahi par de gros nuages de mouches aux reflets verts et bleutés, de rats de la taille d'un chat, de légions de parasites, de vers gros comme le doigt, et autres êtres innommables qui se repaissaient parmi les décombres. Après s'être trompé deux fois de direction, Arturo déboucha enfin sur la Vosstrasse. Les canalisations éventrées avaient inondé la zone, et par endroits Arturo avançait avec de l'eau jusqu'aux genoux alors que çà et là flottaient des cadavres. Il franchit enfin les murs roussis de la chancellerie ; à l'intérieur, on pouvait lire des graffitis obscènes écrits par les SS eux-mêmes, le mobilier était renversé, et au sol des journaux éparpillés, des lambeaux de tapis, des verres, des mégots, des assiettes sales... Il alla tout droit vers les lourdes portes blindées du *Führerbunker*. Il n'y avait presque plus de contrôles et Arturo y pénétra comme il l'aurait fait dans un sous-marin au fond d'une mer de bâtiments ; l'air était humide, lourd, malodorant, rempli par le vrombissement incessant des générateurs Diesel. Les lugubres couloirs, comme les pièces minuscules, débordaient d'officiers de toutes les armées et de dirigeants du parti, ces derniers reconnaissables à leur uniforme brun, même si l'on commençait à ressentir le vide laissé par ceux qui fuyaient ce tombeau. Tous avaient les yeux rougis et le teint cireux à cause du manque de sommeil. La structure vibrait par intermittence et l'on entendait l'écho étouffé des explosions. Arturo parcourut l'*Antebunker*, le sauf-conduit de Bauer à la main. Personne n'avait de nouvelles du commandant ni du capitaine Möbius. Pas même un *Obergruppenführer* arrogant, aux cheveux gominés, nommé Fegelein, qui était l'officier de liaison de la SS à la chancellerie. En revanche, Arturo apprit les luttes intestines entre les *Prominenten* qui, tels les diadoques d'Alexandre, se disputaient la succession de l'empereur : Göring lui-même était désormais détenu au Berghof pour un télégramme envoyé au mauvais moment. Arturo apprit également que l'on avait tenté de convaincre

Hitler de fuir Berlin et de partir vers l'ouest, ce qu'il avait refusé ; qu'il circulait d'incroyables rumeurs de négociations avec les Alliés ; que l'on était toujours sans nouvelles des généraux censés les sauver du désastre ; qu'une aviatrice de renom avait opéré un atterrissage spectaculaire au péril de sa vie en amenant au bunker un général que Hitler réclamait. Arturo conclut qu'il n'y avait plus grand-chose à attendre de ce lieu et décida de continuer d'ausculter d'autres parties du système nerveux du Reich. Une fois à l'air libre, il huma avec un réel plaisir l'odeur de cordite, de poudre et de fumée, un parfum délicieux comparé à l'atmosphère corrompue du bunker. Il passa les heures suivantes à s'abriter des orgues de Staline ululants, de la mitraille incandescente, des obus, des bâtiments qui s'effondraient... tout en cherchant des pistes dans tout le secteur Z, mais personne, nulle part, ne savait rien. En revanche, sa quête n'avait fait que semer dans son esprit des visions de vésanie et de souffrance. Avait été particulièrement choquante la découverte, sous un porche, des cadavres empilés et démembrés de cinq femmes violées ; il ne parvenait pas à se débarrasser de l'odeur de sang, d'excréments et de vomi qui s'en dégageait, du spectacle de leurs corps tordus dans des postures épouvantables et grotesques. Ce n'était pas horrible, pas même obscène : c'était une terreur sans nom, une violence extrême qui eût exigé de nouveaux mots pour la décrire. Pourtant, un plaisir obscur, à la fois réconfortant et terrifiant, venait s'enrouler autour de sa panique et de sa répulsion : la conscience, brutale et inexplicable, que dans le futur, il aurait peut-être la nostalgie de ces journées.

Aux abords de la Hermannplatz, il croisa de nouveau les Français ; à l'est de cette place, tout était déjà tombé dans les mains des Russes. Le harcèlement de ces derniers les avait obligés à se replier et à transférer leur PC du *Rathaus* de Neukölln aux sous-sols de l'Opéra, mais leur fanatisme et leur esprit de groupe semblaient démultiplier leur nombre et rendaient leur effort encore plus visible et formidable. Ils se battaient sauvagement de maison en maison, défendaient chaque tas de ruines, chaque recoin, chaque carrefour, transformant les rues en énormes cimetières de tanks démantibulés, de Russes et de SS. Arturo fut tenté de les rejoindre, mais la volonté de sauver Silke le retint. Il but une gorgée de schnaps dans une gourde qu'on lui tendit et retourna à la chancellerie. Avant de prendre un peu de repos dans la promiscuité crasseuse du bunker, il décida de se rendre dans le bureau du Führer. Il parcourut une succession de salles revêtues de toutes sortes de matériaux et de couleurs et pénétra enfin dans l'énorme bureau, déambulant ensuite dans ses quatre cents mètres carrés. Les minces fils de soie de la lune éclairaient ce vaste espace recouvert de marbre jusqu'au plafond ; il étudia son reflet avec étonnement dans un miroir miraculeusement intact. Il s'abîma dans la contemplation de sa personne, en considérant non pas l'ensemble, mais les fragments qui le constituaient, ici un bout de joue, là une mâchoire. Ça, c'était Arturo Andrade, tel que les gens pouvaient le voir ; c'est-à-dire, ce qu'ils savaient ou croyaient savoir de lui. Il ne se reconnut même pas. Les hématomes et les contusions l'empêchaient de relier ce qu'il voyait à son visage d'autrefois : on eût dit un boxeur au huitième assaut. Il esquissa une grimace de dépit, débarrassa un sofa des débris de bois et de plâtre qui le recouvraient et s'effondra ; il était au bord de l'épuisement, fébrile, et n'en pouvait plus de la réalité, bien qu'il se trouvât à quelques mètres de son enveloppe la plus crue. Pour l'heure, le bunker était l'endroit le plus sûr et irréel du Reich ; pour l'heure, c'était le lieu où il devait rester, plus tard il chercherait un coin où faire un somme et attendre la suite des événements. Il fouilla dans son sac et sortit un morceau de lard qu'il mordilla. Dans le lointain, le vacarme de l'artillerie, le hurlement torturé du métal qui explose. Bien qu'il se fût un peu restauré, il se sentait vidé de toute énergie et se contenta d'admirer avec une certaine fascination les centaines de filaments d'argent avec lesquels la lune travaillait l'espace. Sa volonté, sa capacité de décision sombraient…

Il se réveilla quelques heures plus tard avec un arrière-goût acide dans la bouche dû à la fatigue. Son corps souffrait d'une sorte de gueule de bois musculaire. Il s'étonna d'avoir pu dormir. La peur, la prudence s'effaçaient devant l'impératif monotone et épuisant de la guerre. Il faisait encore nuit ; Berlin brûlait comme un bûcher. En se levant, il fut pris de spasmes de douleur. Palpant ses côtes endolories, il sentit quelque chose dans la poche de sa vareuse. C'était la clé. Il la sortit. Il étudia le métal comme si son dessin cachait, ou pouvait cacher, le lien – si toutefois il y en avait un – existant entre cette clé et le prétendu film de Kleist. Il décida de se rendre dans la salle qui abritait Germania : sa présence à l'endroit même où Ewald von Kleist avait souffert les ultimes et intenses émotions de l'agonie allait peut-être apporter à ses raisonnements un supplément de sensibilité qui lui permettrait d'établir de nouvelles relations. Il reprit son barda, mit son arme en bandoulière et descendit à la salle de la maquette. Quelqu'un avait rassemblé les panneaux, les générateurs continuaient d'alimenter un soleil qui accomplissait ses cycles avec précision. Les secousses subies par le bâtiment avaient recouvert la maquette d'un mélange de plâtre et d'écailles de peinture provenant du plafond ; les rues, maculées de sang, avaient beau avoir été dévastées par les bottes des SS, les racines de la *Welthauptstadt* Germania continuaient de s'enfoncer au-delà de ses fondations virtuelles, bien au-delà, plus loin encore, dans les souterrains de la raison, dans un désordre esthétique, immatériel, car Germania était comme l'embrasement final d'un empire vaincu qui faisait ses adieux à sa grandeur et à la folie que toute grandeur implique. Il étudia l'arc de triomphe, la longue avenue de la Victoire flanquée des armes prises à l'ennemi, le cube gigantesque de la *Soldierhalle*, la *Volkshalle*, bordée d'eau sur trois de ses côtés et si follement grande que la condensation formerait des nuages dans sa coupole, le palais de Hitler qui allait doubler en taille la *Domus aurea* de Néron... Toutes ces aspirations n'étaient désormais qu'une accumulation de décombres, de rues sans nom et de monuments démolis. Cet élan faustien fit frémir Arturo : Hitler avait misé gros, à vrai dire il avait été à la fois le joueur et la mise, c'était lui qui s'était placé sur le tapis, mettant en jeu non pas son existence mais, bien plus grave encore, l'idée qu'il s'en était faite, et voilà pourquoi son imagination avait été plus vraie que la réalité même. *Il est avéré que les plus grandes injustices sont le fait de ceux qui cherchent la démesure, et non de ceux qui sont poussés par le besoin.* Il se concentra sur la *Volkshalle*, la cathédrale des Teutons devant laquelle il avait trouvé le cadavre d'Ewald von Kleist. Il passa soigneusement en revue toutes les interrogations et tous les faits, il scruta les formes visibles du passé. Kleist était-il sorti fumer une cigarette à cause d'une crise de claustrophobie ou avait-il essayé de contacter un commando ? Quel autre fantôme aurait pu être présent dans la salle de Germania ? Peut-être un spectre de la Société Thulé, surgi des ténèbres qui entouraient ce plan caché sous le plan ? Pourquoi le cadavre avait-il été retiré à la hâte ? La bombe atomique était-elle vraiment opérationnelle ? Quel rôle tenait le dénommé Sebottendorf dans toute cette mascarade ? Mais surtout, que faisait cette foutue clé au milieu de ce tissu de mensonges, de trahisons, d'hypocrisie et de tromperies ? Il n'avait aucune réponse à ces interrogations, alors il suivit les traces de sang jusqu'à l'endroit où s'était effondré Ewald von Kleist. La tête du scientifique était restée à la hauteur de l'entrée principale de la *Volkshalle*, entre les gigantesques sculptures d'Atlas et d'Antée qui l'encadraient. Le visage déformé à cause du fer planté dans son cœur, le bras étiré, la main crispée sur l'un des bâtiments voisins, comme s'il avait voulu s'accrocher à quelque chose avant de sombrer à jamais dans le précipice de la mort. Pourquoi avait-il fourni cet effort surhumain? Cette question ne cessait de vriller son cerveau.

Un obus explosa non loin de là, qui fit trembler la pièce et déposa une couche de poussière blanche sur Germania.

Arturo s'épousseta et écarta les panneaux de la maquette. Il se fraya un passage sur l'avenue de la Victoire jusqu'au portail de la *Volkshalle*. L'aigle qui s'était décroché de la coupole était toujours là, gisant aux pieds d'Atlas, au milieu des taches sombres de sang séché. Il s'abaissa pour avoir une vue à ras du sol; il lui fallait délaisser les simples faits pour appréhender un matériau plus sensible: la nature humaine, ses habitudes, ses impulsions, ses besoins, ses désirs. Il se revit devant le visage d'Ewald von Kleist à l'agonie; c'était un homme qui ne craignait pas la mort, mais seulement son aspect physique, les ultimes secondes de conscience et de souffrance. Mais il n'y avait pas que cela: il y avait autre chose qui n'était pas une simple demande de pitié; non, ce que Kleist réclamait, c'était de la compréhension. En proie à cette douleur oppressante, intense, Ewald balbutiait, il essayait de faire passer un message, ses mots trébuchaient entre la vérité et le mensonge, l'apparence, le désir et la mort. Seulement, Arturo était incapable de les interpréter, et Kleist allongea le bras, agrippant l'un des bâtiments en plâtre. Son regard déstabilisa Arturo... Que tentait-il de lui dire? Kleist s'arrêta, la seconde d'après il ne restait plus de lui qu'un déchet organique, une armature résiduelle du temps, sans peur ni honte. C'était cela, la mort. Rien d'autre que cela. Outre des élancements au bas du dos, Arturo eut des crampes d'être resté si longtemps dans la même position, mais son cerveau brûlait à petit feu. La remarque de Mikhail Lelyoushenko lui revint en mémoire: le plus ardu, c'est de comprendre ce qui est élémentaire, ce qui est simple, ce qui se trouve là, ce qui est évident et qui se passe de démonstration ou d'analyse. C'est alors que les yeux d'Arturo se posèrent une nouvelle fois sur le bâtiment que la main du scientifique avait enserré. Il fut assailli par une image mentale qui agit sur lui comme un détonateur nerveux. C'était cela. Ce ne pouvait être que cela. Ewald von Kleist avait fait l'effort surhumain de traverser Germania pour accomplir un surprenant et ultime geste de vie et laisser un signe qui ne serait visible que pour ceux qui voudraient bien le voir, qui auraient ce besoin. Il se redressa et sortit la clé. Et si cette clé ouvrait précisément une des portes de ce bâtiment-là ? Il lui fallait une carte de Berlin, immédiatement. Il quitta aussitôt la salle et chercha avec fébrilité dans les bureaux de la chancellerie ; il retourna près de la maquette avec une grande carte de la capitale dénichée dans les services administratifs. Il la déplia, étudiant l'axe nord-sud impérial qu'avait projeté Speer. La précision remarquable et le détail avec lesquels le plâtre reproduisait la ville lui permit de repérer l'immeuble au croisement de la Mittelstrasse et de la Friedrichstrasse. Il fallait seulement espérer que les bombes l'eussent épargné et que son pressentiment fût davantage qu'un désir. De toute façon, le plus grand risque, en pareil moment, était de ne pas en prendre du tout.

Une clarté laiteuse illuminait la ville, et avec elle l'Histoire en train de se faire, lourde, sanglante. C'était toujours le même linceul de poussière, de suie et de cendres en suspension ; la même odeur de pourriture et de briques surchauffées ; la même ténacité de l'artillerie et des mortiers soviétiques, redoublant maintenant contre l'Opéra et le château impérial ; les mêmes vagues de soldats russes, pareils à la septième plaie d'Égypte ; et toujours, des centaines d'escarmouches sans gloire et sans pitié qui ne faisaient qu'ajourner la fin. Les bâtiments à terre, les essaims de cendres, les habitants sous le choc, sales, affamés et qui, malgré tout, continuaient de faire tourner la machinerie sociale avec un sang-froid incompréhensible. Arturo ne sut comment interpréter sa chance lorsqu'il fut devant l'immeuble que Kleist avait tenu dans sa main. Du côté de la rue où il se dressait, les bâtiments étaient restés à peu près intacts, alors que juste en face ils avaient été rasés. Il s'empressa d'entrer : ce décor provisoire et changeant pouvait disparaître à tout moment. Il passa en revue les boîtes aux lettres, sachant pertinemment que le nom de Kleist n'y figurerait pas, et une fois qu'il eut accompli cette grossière démarche, il ne trouva d'autre solution que d'aller essayer toutes les serrures. Il parcourut méthodiquement les étages ; certains appartements vides avaient les portes défoncées, ailleurs c'étaient les propriétaires eux-mêmes qui ouvraient en entendant le cliquetis du métal, et les explications qu'Arturo était obligé de débiter lui faisaient perdre du temps, surtout au troisième étage, quand un homme, le prenant pour un voleur, brandit un pistolet à quelques centimètres de son torse. Arrivé au dernier étage, aucune serrure ne s'était ouverte. Il éprouva une sensation d'échec, mais aussi l'apaisement d'avoir rencontré une limite à ses aspirations. Désormais, sa seule tâche serait de récolter des informations au *Führerbunker*.

Il redescendit au rez-de-chaussée ; il s'apprêtait à quitter les lieux lorsqu'il entendit un entrechoc métallique et un gémissement de gonds mal huilés. D'un recoin caché sous l'escalier sortit d'un pas traînant une robuste matrone, à la respiration entrecoupée, qui portait une bougie éteinte dont la mèche dégageait encore un mince filet de fumée. À la vue d'Arturo, elle le salua, balançant entre la peur et la curiosité ; ne partageant avec elle que la deuxième émotion, Arturo l'interrogea presque rudement. Au début, elle ne fit que bredouiller un laïus décousu digne de la chenille d'Alice, mais finit par lui décrire les sous-sols du bâtiment, une succession de débarras et de caves à charbon. Cela réveilla Arturo comme s'il avait plongé la tête dans une eau glacée. Il sortit une torche électrique de son havresac et écarta la vieille femme de son passage. En descendant l'escalier, il commença de transpirer à grosses gouttes ; l'obscurité était pareille à de l'eau stagnante, une eau qui pouvait à tout moment se remplir de créatures horribles. Le faible faisceau de lumière éclaira un couloir long de quelques mètres et glissa sur des briques et des portes en métal rouillé, écaillées, comportant de petits panneaux ajourés pour la ventilation. Il avança d'un pas de félin, sûr et silencieux, introduisant la clé dans chacune des serrures jusqu'à ce que soudain l'une d'entre elles, bien lubrifiée malgré l'apparence de la porte, s'ouvrît facilement. Il trembla d'émotion, la tension lui comprimait le torse et il commença de ressentir des coups d'aiguillon : il avait retenu sa respiration sans même s'en rendre compte. Il pénétra dans la pièce ; l'humidité, l'odeur de moisi, la poussière envahirent ses narines, le faisant éternuer. Il déchira avec sa torche une grande toile d'araignée, un scellé naturel prouvant que ce lieu n'avait pas été violé depuis longtemps, et éclaira un empilement d'objets hétérogènes bien que disposés dans un ordre strict. Des cartons alignés sur des étagères en bois en bon état, des meubles, des tableaux, des tapis enroulés... Il y avait un désir manifeste d'entretenir un passé bien rangé, et pour l'heure, il appartenait à Arturo de déchiffrer ce passé comme on le fait avec un palimpseste. Toutefois, l'examen n'en fut pas long : Ewald von Kleist avait voulu faciliter la tâche à celui qui aurait été capable de surmonter les épreuves initiatiques et serait arrivé jusque-là. Ce qu'il était venu chercher était placé sur une plate-forme en bois posée sur une structure modern style en fer forgé, qui supportait une Singer noire et nickelée. Le film était placé juste sous l'aiguille, qui faisait office d'ultime malédiction protectrice, de dernière idole vigilante. Autour d'Arturo, la solitude et les ombres semblèrent s'animer. Il entendit des craquements mystérieux et crut voir des silhouettes se faufiler parmi les formes indistinctes. Il n'ignorait pas que c'était son imagination qui lui jouait des tours, mais son estomac ne s'en contracta pas moins. Peut-être que sa découverte ne le conduirait pas seulement aux égouts, mais aussi en enfer. Animé du désir de soumettre tout ce chaos à sa volonté, il regarda fixement le film et le rangea dans son sac. Il quitta les lieux et, lorsqu'il retrouva la lumière du matin, il ne remarqua même pas à quel point la bataille faisait rage, en proie à cette forme d'allégresse qu'un homme ressent parfois alors qu'il sait que le désastre le plus total est imminent.

Il ne trouva aucun projecteur dans la nouvelle chancellerie du Reich. À plusieurs reprises, il songea à l'appareil qu'ils avaient utilisé chez Otto Dege, mais à l'évidence, pour le moment – et hormis les longues séances de cinématographe dont le Führer avait profité là-bas –, les projecteurs n'entraient pas dans la catégorie des *kriegswichtig*, importants pour la guerre. En milieu d'après-midi, un caporal dénicha pour lui du matériel de projection dans l'un des bunkers où l'on mettait en lieu sûr les tapisseries, tableaux, tapis et meubles de valeur de la chancellerie. Arturo s'enferma avec le projecteur, un écran et une petite batterie portative dans un bureau aux fenêtres bouchées par des panneaux en contreplaqué. Il posa le matériel sur une table, en face de l'écran déroulé, suspendit la torche électrique et se mit à l'œuvre, manipulant sans ménagement la pellicule avant de pouvoir enfin actionner la manivelle et lancer le mécanisme. La version moderne du feu de Prométhée redonna vie au passé, et cette lumière qui éclairait la pièce révélait simplement à Arturo qu'il se trouvait au cœur des ténèbres. La pellicule 16 mm relia différents niveaux d'existence et l'on vit apparaître le Berghof ; c'étaient des images en couleurs dont certaines ressemblaient à celles qu'Arturo avait visionnées chez Otto Dege, des prises de vues intimes, familières, réalisées par des amis ou des secrétaires, ou probablement par cette énigmatique Eva Braun. En réalité, la plupart du temps, elle en était la protagoniste, prenant le soleil dans un transat sur l'énorme terrasse de la demeure, cueillant des fleurs, patinant sur la glace, jouant avec des enfants blonds comme les blés, se promenant avec des chiens, devisant avec ses invités ou avec Hitler.

Parfois s'intercalaient des séquences bucoliques, des couchers de soleil, des champs de fleurs, le merveilleux paysage de la vallée de l'Obersalzberg, ou une grande fenêtre qui donnait sur l'horizon asymétrique du magnifique Unterberg. L'une des séquences montrait Adolf Hitler en personne s'essayant à d'invraisemblables pas de danse. Chacune de ces images, pensa Arturo, était une gifle pour les futurs historiens, ceux qui, en ce moment même, échafaudaient des théories complexes sur ce qui était en train de se produire, des enchaînements de causes et d'effets trop clairs et trop précis pour être vrais. Une fois surmonté son désappointement initial, Arturo finit par s'ennuyer de cette intimité petite-bourgeoise, qu'il ne supportait que par l'incandescence du mystère, par l'espoir d'une révélation sur ce qui avait coûté la vie à Kleist. Était-ce un crime suffisant que d'avoir volé des images du Führer exécutant quelques pas de danse? pensa-t-il, sarcastique. Le ronronnement appuyé du projecteur indiquait que le film touchait à sa fin. Arturo s'apprêtait à abandonner définitivement, ballotté par la résignation, la mauvaise humeur, l'impuissance et l'amertume pour les amis disparus et tout ce temps perdu, quand des images apparurent sur l'écran qui le figèrent sur place. Il les regarda bouche bée, le souffle coupé. Le film terminé, devant l'écran redevenu blanc, Arturo étouffa une exclamation et rembobina la pellicule, on ne peut plus déconcerté. L'écran lui montra une nouvelle fois une dimension insaisissable qui, peu à peu, du fait de la répétition, lui dévoila un ordre certainement trop vaste, une logique qui lui échappait encore, mais qui alimentait une ambition plus profonde d'en savoir davantage. Là se trouvait, sans aucun doute, la logique de la Société Thulé, où tout n'était qu'élusif, vague, ombre d'ombre, demi-vérité et demi-mensonge, mais où, à n'en pas douter, tous, rois comme vassaux, n'étaient que de simples pantins.

14

Führerdämmerung

Arturo avait l'impression d'être un joueur d'échecs à qui l'on aurait bandé les yeux au beau milieu de la partie ; s'il pouvait deviner le prochain coup de son adversaire et y répondre, prévoir le coup suivant eût été plus difficile, et celui d'après encore plus, alors ses déplacements se seraient révélés inutiles, et au bout du compte fatals. Aussi se borna-t-il à attendre. Il demeura trois jours dans le *Führerbunker* ; il se chercha un endroit où il passerait inaperçu et attendit que les choses se calment, attentif aux vibrations de la toile d'araignée. Or, à douze mètres sous la terre et le béton armé, le lieu le plus sûr de Berlin était aussi le plus isolé. Seules les secousses que transmettait de temps à autre le sol sableux de la ville leur rappelaient qu'un Armageddon s'était déchaîné au-dessus de leurs têtes. Peu à peu, Arturo fut gagné par cette atmosphère de corruption, s'abandonnant à l'alcool dans ce monde irréel dont les occupants, déjà donnés pour morts, ne faisaient que contempler les ombres de la vie extérieure depuis leur singulière caverne. On eût dit le bunker tapissé de miroirs qui démultipliaient les illusions, éloignant ces hommes chaque fois davantage de la réalité pour les emmener vers une île de bienheureux, un monde chimérique sans moqueries, sans critiques, sans regards en coin, qui ne reflétait que l'uniformité de cent visages toujours semblables et qui chaque fois étaient le sien.

Et le temps.

Dont les rouages, les engrenages et les pignons paraissaient s'arrêter, se déformer, se liquéfier dans la chaleur moite du bunker, dans les couloirs à l'éclairage sinistre où le jour et la nuit n'existaient pas. Des êtres pâles, déprimés, rôdaient dans les profondeurs, qui s'assoupissaient, se soûlaient, disertaient de la meilleure façon de mettre fin à leur vie, comparant les poisons, ou l'index appuyé sur la tempe ou sur le menton pour mimer le suicide. Pendant ce temps, les journées de Hitler se déroulaient selon des horaires extravagants, névrotiques. Il dormait à peine, jouait avec des armées fantômes sur des cartes usées par la sueur des mains, décidait des attaques, des tactiques et des stratégies, et abominait la trahison sans nom des militaires et des civils, leurs mensonges, leur lâcheté et leur corruption, qui œuvraient à sa défaite. À un moment, les vociférations épouvantables du Führer contre Heinrich Himmler résonnèrent entre les murs de béton armé, faisant sursauter ses habitants. Plus tard, les rumeurs rapportèrent que le *Gruppenführer* qui assurait la liaison dans le bunker avait été fusillé.

À mesure que l'hymne de la destruction totale prenait de l'ampleur dans un Berlin lui-même isolé du monde par une voûte resplendissante de bronze rose, violet et verdâtre, et que la résistance dans les rues venait à être brisée, cernée, capturée, repoussée ou anéantie, se multipliaient parmi les satrapes de Hitler les gestes tribunitiens, les menaces de vengeance tous azimuts, les promesses, l'exaltation et les suspicions des uns envers les autres. Hitler devenait de plus en plus anxieux, il s'énervait ; les yeux exorbités, il exigeait que se répande le sang de prisonniers, de militaires, d'otages, de serviteurs... Rien ne pouvait le calmer, si ce n'était d'imaginer ces flots de sang humain, comme s'il réalisait que tuer équivalait à prolonger sa propre vie, comme s'il voulait mettre la mort en échec en apportant la mort au monde. Et ainsi, les murs qui les protégeaient devenaient de plus en plus épais. Arturo, ivre et drogué, errait dans les couloirs tel un Lotophage, oublieux de l'or, du colonel Lelyoushenko, et même de Silke, se laissant la plupart du temps guider par les lignes phosphorescentes qui se détachaient sur les murs lors des coupures de courant. Il perdait le fil conducteur de toute cette histoire, son argument, sa trame, dont il ne restait que des séquences fragmentées, pour la plupart inintelligibles, qui se déroulaient à l'intérieur de ses yeux.

Le mariage de Hitler.

Arturo se remémore des bribes d'images du tyran dans la salle des cartes, entouré de sa cour de maniaques, épousant une Eva Braun vêtue de taffetas noir, devant un fonctionnaire insignifiant.

Arturo se rappelle les enfants courant dans le bunker, des gamins blonds et joyeux qui passent entre ses jambes et lui demandent de jouer à cache-cache avec eux.

Arturo se rappelle une orgie à l'étage supérieur de la chancellerie, le marbre et le porphyre qui, semblables aux tombes des cathédrales, recouvrent la pourriture ; les hommes et les femmes nus à la lumière des flammes allongées et immobiles des bougies, le champagne, la musique et la cocaïne ; les fesses, les coudes, les seins, les cons humides, chauds et accueillants, aux poils frisés, les sexes en érection, agressifs. Des bêtes qui s'accouplent comme des bêtes, et parmi les visages des célébrants, celui de Silke, inaccessible, emporté par une houle de chair et de cheveux. Des démons se mêlent à eux, des aberrations visqueuses qui lèchent hommes et femmes et forniquent avec eux, se nourrissant de leur chair avide, impudique, désespérée.

Arturo se rappelle l'un de ces démons l'attrapant par la main et l'emmenant nu à l'hôpital de la chancellerie pour le promener avec une impitoyable arrogance parmi les corps blessés, mutilés, enflés et gémissants, dont se dégagent des effluves repoussants... qui tournent impitoyablement en dérision le concept de dignité humaine. Le démon l'oblige à s'approcher d'un soldat estropié, au teint jaunâtre, un corps anguleux sous le drap, l'abdomen enfoncé, pour lui montrer ce qui l'attend après la luxure. Il voudrait partager avec lui le grand labeur de la mort, il voudrait qu'il y participe sans honte aucune. Puis il le mène jusqu'au jardin ravagé pour lui faire admirer avec révérence les cathédrales de feu, la grande fissure par laquelle s'écoulent des milliers de vies. Cette guerre qui, isolée d'une cause, d'un idéal ou d'un principe moral quelconque, trouble l'ordre naturel de la mort, cette quintessence de la rage et de la douleur. C'est alors qu'Arturo connut l'un de ces épisodes de lucidité infinie que peut procurer l'ivresse et crut comprendre ce que le démon souhaitait lui faire voir; c'est alors qu'au milieu d'une inexplicable odeur de prune ce dernier lui parla dans un latin rêche en désignant ce monde torturé : *quod erat demonstrandum*, ce qu'il fallait démontrer.

Durant une nuit, ou peut-être était-ce le matin, le globe qui portait l'antenne radiotéléphonique fut abattu et il n'y eut plus de télétypes. Cela n'avait pas empêché l'arrivée d'un dernier message : Mussolini et sa maîtresse venaient d'être fusillés et leurs cadavres avaient été pendus par les pieds à la balustrade d'un distributeur d'essence. L'isolement était désormais absolu. L'intensité des grenades russes redoubla, les nouvelles apportées par les rares officiers qui rendaient visite au bunker, arborant une barbe de plusieurs jours, couverts d'une croûte de poussière et de sang coagulé, informaient que les Russes avaient pris le Tiergarten et le Reichstag, mais, plus grave encore, que les chenilles des tanks soviétiques cliquetaient à cinq cents mètres à peine de la chancellerie. Hitler crachait encore quelques phrases enragées empreintes d'un mépris universel, tel un volcan encore fumant, mais il comprit que la débâcle était consommée. *Weltmacht oder Niedergang*, la domination du monde ou son anéantissement. C'en était fini de lui, il ne lui serait plus permis de séduire, terroriser, convertir ou détruire, c'en était fini, et le temps du *Führerdämmerung* était venu. Arturo vit la Cour se resserrer autour du Moloch pour partager son sacrifice. Ce Hitler-là n'avait plus rien à voir avec l'autre, visionnaire et déterminé, dont les photographies ornaient chaque salon du pays, son allure ne s'accordait plus avec la fonction mythique. Non, il était une tout autre chose, un être miné par la haine, le surmenage, l'effondrement de tous ses espoirs, le ressentiment et les drogues. Le dieu aryen, celui qui avait fait ployer l'Europe sous sa volonté, était devenu un vieillard aux yeux cernés, un homme sénile, engourdi, enroué, secoué de tremblements et de tics. Il y eut un premier adieu ; Hitler convoqua les femmes dans la salle à manger de l'*Antebunker* : Magda, l'épouse de Goebbels, des infirmières, des secrétaires, des cuisinières... Et, en proie à un épuisement extrême, escorté de son secrétaire, il leur serra les mains en silence, prononça quelques phrases inintelligibles. L'une d'elles eut une crise d'hystérie et se lança dans un discours sans queue ni tête où elle annonçait la victoire à venir. Lorsque Hitler parvint à la hauteur de Magda Goebbels, il s'arrêta et décrocha de sa veste l'insigne en or du parti, distinction que seul le Führer pouvait porter, pour la lui offrir en reconnaissance de toutes ses années de loyauté, ce qui déclencha de fervents remerciements.

Arturo se souvient du bunker, qui redevint la caisse de résonance d'une terreur partagée ; il se rappela la violence, la prostitution, la corruption, l'opulence, les soûleries, les rires et la musique des orgies qui ont lieu aux étages supérieurs de la chancellerie, la curiosité et l'indifférence générale envers ce qui pourrait advenir ; il se souvient des extases et des peurs, de son propre reflet le faisant sursauter, des nouvelles des rues infestées de Russes et des ultimes combats acharnés, et enfin d'une seconde et définitive cérémonie d'adieux entre les intimes de Hitler, des femmes et des hommes, dans les profondeurs du bunker. Les lumières jaunâtres éclairaient les murs en stuc beige du couloir où se tenaient les réunions ; un tapis oriental provenant d'une autre salle plus grande recouvrait le sol, les bords repliés ; quelques meubles et, au mur, des paysages peints à l'huile. Eva Braun était vêtue d'une élégante robe bleue à pois blancs, mais cette fois-ci, son regard ne croisa pas celui d'Arturo qui, en revanche, trouva celui de Hitler. L'espace d'un instant, le dictateur soutint son regard ; sur ce visage grossier, les fascinants yeux gris-bleu qui avaient ensorcelé et asservi les foules n'avaient rien perdu de leur pouvoir hypnotique, et Arturo chercha à démasquer le monstre, à avoir une révélation sur l'essence du mal, un pourquoi transcendantal qui viendrait expliquer ses actes horripilants, mais, à sa grande confusion, il put seulement vérifier que c'était un homme comme les autres, en tout point semblable à lui, un être humain renfermant ce néant, ce désespoir que chacun abrite et contre lequel il n'existe qu'une seule parade : l'illusion. Le couple se cloîtra dans le bureau ; on verrait encore apparaître une Magda Goebbels bouleversée, le suppliant de ne pas se suicider, prières qui restèrent sans effet. Lorsqu'il referma définitivement la porte, un abîme sans transition s'ouvrit, avec d'un côté la vie, et de l'autre son contraire inconcevable. Arturo entendit une déflagration ; peu de temps après, les deux cadavres, celui de Hitler enveloppé dans une couverture, furent sortis de la pièce et emportés par l'escalier jusqu'au jardin. Arturo put accéder au bureau et constater les restes du naufrage : un canapé taché de sang, deux pistolets, un Walther 7,65 au sol à côté d'une flaque rouge, et un autre, de calibre 6,63, non utilisé, posé sur un petit guéridon, près d'un vase garni de fleurs artificielles. Il ne put s'empêcher de s'arrêter sur l'horrible tapisserie du canapé, si vulgaire en comparaison des autres meubles, peu nombreux mais de belle facture. Au bout d'un moment, il monta au jardin et vit les corps dans le cratère d'une bombe, brûlant, déjà noirs. Il chercha une phrase mémorable, un raisonnement épique qui pût définir cette fin d'empire triste et humiliante, une oraison funèbre digne de l'ampleur du désastre, mais ce fut en vain. Pourtant, le pire était à venir. Davantage que les murmures, les silences parlaient de l'infamie, de l'absurde, de l'abominable péché qui allait être commis. Les enfants.

Les enfants de Goebbels, qui, durant toutes ces journées, avaient joué à cache-cache et chanté partout dans le bunker, les enfants qui sautaient de joie et accueillaient comme un jeu chaque vibration causée par les obus, allaient être sacrifiés eux aussi sur l'autel de Moloch. Helda, Hilde, Helmut, Holde, Hedda, Heide, tous baptisés avec un prénom commençant par H en l'honneur de l'oncle Adolf. Même les esclaves les plus méprisables du Führer grinçaient des dents, se frottaient nerveusement les mains et imploraient Goebbels d'épargner ses enfants. Mais le couple était fermement décidé à ne pas laisser les Russes s'emparer de la moindre trace de beauté, à faire des habitants de ce bunker des êtres maudits jusqu'à la dixième génération. Magda entra dans la chambre des enfants accompagnée d'un médecin. Ils étaient déjà au lit, avec leurs chemises de nuit à fleurs, mais ne dormaient pas encore ; elle leur expliqua qu'ils prendraient bientôt un avion pour quitter Berlin et que le docteur leur administrerait une injection contre le mal de l'air. Arturo en eut froid dans le dos, dans les mains, songer à l'assassinat des enfants lui était insupportable, mais il ne fit rien pour l'éviter. Il sut que ses forces ne seraient pas à la hauteur de sa colère, car c'était comme si cette partie de l'histoire avait déjà été accomplie et qu'il fût seulement le spectateur d'un film que l'on verrait et reverrait dans un éternel retour. Magda sortit de la pièce et se mit en quête de son mari pour lui annoncer que tout était réglé. Ils s'enfermèrent dans leur chambre, jouèrent aux cartes, puis décidèrent que leur tour était venu. Ils ressortirent. Goebbels apparaissait nerveux, tourmenté, alors que sa femme, bien que pâle et la mine défaite, restait entière, déterminée. Elle retourna un moment dans sa chambre et revint en tenant quelque chose dans son poing fermé, puis avec son mari et un assistant ils se rendirent aux jardins de la chancellerie. Arturo, qui les suivit, assista à la scène depuis le cube en béton de l'issue de secours. Magda et Joseph Goebbels firent quelques pas entre les cratères des bombes et les statues mutilées pour s'arrêter, côte à côte, à quelques mètres à peine de l'endroit où avaient été brûlés les cadavres d'Eva Braun et de Hitler. Magda ouvrit son poing et regarda ce qu'il enserrait avant de le refermer. Ils sortirent chacun un Walther et placèrent des capsules de cyanure entre leurs dents, qu'ils firent craquer en même temps qu'ils appuyaient sur la détente, à l'unisson. Leur assistant les acheva promptement au sol. Ensuite, il les arrosa d'essence et mit le feu aux deux corps. C'était le dernier bûcher funèbre du Reich. Lorsqu'il se retrouva seul dans le jardin, Arturo s'avança vers le feu, indifférent à l'odeur obscène de chair brûlée, ensorcelé par la danse ancestrale des flammes. Il regarda les corps noircir, se craqueler, calciner peu à peu. Alors qu'il s'apprêtait à partir, il aperçut un objet brillant à côté de ses bottes. Il se baissa ; c'était la croix gammée en or que Hitler avait offerte à Magda. Voilà ce qu'elle avait tenu dans son poing, l'ultime vision qu'elle eut de ce monde. Il la ramassa, l'examina et la mit dans sa poche. Maintenant que la réalité l'avait emporté sur le délire, il fallait quitter les lieux avant l'arrivée des Russes. Il choisit de se mêler aux malades et aux blessés dans l'hôpital souterrain de la chancellerie, mais tout d'abord il devait se procurer des vêtements civils. Il regagna le bunker ; après la mort du sorcier de la tribu et l'effondrement de la volonté qui pétrifiait ce règne souterrain, les scènes de chaos s'enchaînaient frénétiquement entre suicides, soûleries et préparatifs de ceux qui voulaient abandonner la chancellerie. Dans tout ce désordre, Arturo se procura un sac à dos dans lequel il glissa le film, une gourde, des provisions et, se débarrassant du fusil-mitrailleur, garda le Little Tom. Il enleva aussi sa montre pour ne pas attirer l'attention des Russes. Ensuite, il fouilla plusieurs pièces et finit par dénicher un placard rempli de vêtements civils ; un pantalon, une veste et un pardessus suffirent à remplacer l'uniforme. Il sortit du bunker en empruntant les couloirs couverts de faïence et se mit en quête d'un lieu à l'écart, dans l'infirmerie, où il pourrait attendre les Russes. De nouveau, la culpabilité que procure le fait de ne pas avoir affaire à la mort : être en vie et en bonne santé était une richesse en soi. Les nouvelles et les rumeurs de la journée et de la nuit précédentes parlaient toujours d'une résistance féroce qui prolongeait une agonie sans lendemain, mais dans la matinée du 2 mai eut lieu un événement comparable à l'irruption de l'arc-en-ciel : l'artillerie russe se tut ; une accalmie soudaine et inexplicable qui provoqua recueillement et extase. Dans tout Berlin, il y eut un silence absolu et total, sans aucune variation de ton ou d'intensité, comme la ville n'en avait pas connu depuis une semaine. Le temps d'un souffle, personne n'osa bouger, craignant que le moindre geste ou la moindre parole ne déclenchât une reprise. Puis la canonnade reprit, mais cette fois-ci elle était discontinue, lointaine, ce n'étaient que les ultimes convulsions de la résistance nazie. Les Russes arrivèrent peu après à l'hôpital, cherchant avant tout des membres de la SS ; ils parcouraient les allées entre les lits des blessés, l'arme dressée et menaçante, en demandant : « *Du SS ?* » Ils mettraient encore quelques semaines à découvrir le tatouage qui les identifiait.

Feignant d'être un prisonnier espagnol, Arturo passa le premier filtre et sortit de la chancellerie au niveau de la Vosstrasse – ce fut une aubaine car un détachement du SMERSH qui avait l'ordre de retrouver Hitler, et quiconque eût été en contact avec lui les jours précédant le siège, prit peu de temps après la chancellerie pour soumettre ses occupants à un interrogatoire en règle. Dans la rue, Arturo découvrit avec plaisir un jour pluvieux, gris, venteux ; le général Weidling avait signé la capitulation de Berlin à six heures du matin, et ce n'était plus que feu, fumée et ruines imprégnées d'une puanteur tranchante et amère. Ce qui l'entourait persistait à vivre avec cet entêtement maladroit des choses qui ont été témoins de grands événements et qui, peu à peu, recouvrent l'insignifiance du quotidien. En traversant la ville, il vit des Berlinois quitter les abris, les sous-sols, sortir des bouches de métro... tels des hommes du néolithique décidés à survivre une journée de plus ; quelques femmes avaient commencé à balayer les rues comme elles auraient balayé leur foyer, ces mêmes rues prises par des soldats déguenillés et crasseux, des Russes, des Biélorusses, des Ukrainiens, des Caréliens, des Kazakhs, des Moldaves, des Bachkirs, des cosaques... bivouaquant à chaque croisement au milieu de carrioles attelées à des chevaux et des vaches efflanqués, jouant de l'accordéon ou sacrifiant des volailles pour la pitance. Leur joie contrastait avec les files de *Landser* prisonniers qui empestaient la terreur et la sueur, les victoires et les défaites, la peur, l'épuisement, le dépit...

Arturo savait que Berlin connaîtrait d'autres journées de pillages et de viols, car l'Histoire ne s'était pas tout à fait apaisée et il y avait un prix indéfectible à payer pour tous ces péchés, mais le chaudron qu'était devenue la ville se refroidirait lentement. Ces mêmes Russes qui volaient les montres et violaient les femmes donnaient maintenant à manger à la population dans leurs cuisines de campagne et essayaient d'assurer les services essentiels, ce qui réveillait chez les Berlinois des sentiments ambivalents de reconnaissance et de haine viscérale. Les seuls projets qu'Arturo avait en tête étaient de récupérer les lingots et de tenter un marché avec

Lelyoushenko. Il n'imaginait pas le colonel refuser toutes ces barres d'or en échange d'une insignifiante Hildegarde. Si ce stratagème ne donnait aucun résultat, le film servirait peut-être à quelque chose. Mais celui-ci avait un rapport si étroit avec l'indétermination, il s'enracinait si profondément dans cette incertitude qui creusait des trous et des vides inexplicables dans une vie en apparence solide et tangible, éveillant ce qui restait de superstition chez Arturo, qu'il préférait le garder comme joker, sans utilité précise et immédiate. Il se dirigeait vers l'ambassade espagnole pour récupérer son trésor, lorsqu'un vieillard au visage creusé par la faim, portant un uniforme miteux de la Grande Guerre et un mousqueton rouillé, lui demanda avec empressement où se trouvaient les lignes allemandes. Arturo remarqua son égarement, son regard brouillé par la tension, et la fatigue qui martelait ses tempes.

– La guerre est finie, *mein Herr*, lui annonça-t-il. Vous feriez mieux de balancer votre pétoire avant que les Russes pensent que vous pouvez tirer. Rentrez chez vous.

Les lèvres du vieillard dessinèrent un O. Il débita ensuite un discours sur sa volonté de ne pas se rendre, mais ni lui ni Arturo ne crurent en ses paroles. Arturo eut pitié de cet homme dont le visage refléta une profonde amertume comme s'il avait honte d'être encore vivant, teintée d'humiliation, de tristesse, de confusion, d'étonnement, mais surtout de peur. Pour le vieillard, exhiber des sentiments si intimes fut à la fois terrible et étouffant. Pour finir, il regarda Arturo avec des yeux de chien battu et jeta le mousqueton. Il sembla encore plus émacié, plus usé, plus rabougri.

– Alors je peux rentrer à Prenzlauer Berg, grogna-t-il.

Arturo ne réagit pas tout de suite, puis il frémit, piqué par des milliers d'épingles, comme si la phrase du vieillard avait déclenché une décharge électrique.

– Prenzlauer Berg, répéta-t-il.

– Ma maison est en zone russe, *mein Herr*, maintenant je peux rentrer.

Dans l'esprit d'Arturo, une vague idée prenait forme, une dernière bouée. D'abord perplexe et effaré d'être passé à côté de ce fait si essentiel, il l'accueillit avec un sourire de gratitude et de soulagement. Si ce pauvre homme n'avait pas pu pénétrer dans le district de Prenzlauer Berg, cela signifiait que personne n'avait pu en sortir, que le quartier était devenu une sorte de tombe pharaonique scellée et inviolée, à l'égal de l'appartement du dernier commando, celui qui, aux dires de la Volkova, avait mordu à l'hameçon, celui-là même qui avait peut-être éliminé Kleist dans la salle de Germania, et qui continuait de se promener en toute liberté dans Berlin. Si l'incertitude était toujours de mise, il restait l'éventualité que l'homme sans sourcils n'eût pas encore fouillé ce sanctuaire et, d'après ce que le film contenait, Arturo conclut que, même si l'aimant était cassé, ses fragments n'avaient rien perdu de leurs propriétés. Et l'une des rares personnes qui sussent peut-être où se trouvaient Bauer et son petit jouet merveilleux, c'était précisément lui. Au milieu de cet effondrement, face à cette volonté des héros germaniques de tout anéantir, Arturo savoura le désir de réalisation et de victoire qui détermine les actes des héros méditerranéens. Le vieillard lui-même remarqua qu'Arturo venait de concentrer toutes ses énergies vers un seul dessein, une certitude, une décision qui lui redonnait le contrôle sur la situation, l'illusion que rien n'arriverait hors du temps qui lui était imparti.

À Berlin, partout où il allait, c'était la même routine de fin du monde. *Vae victis*, pensa Arturo, considérant que tout cela n'avait rien d'extraordinaire puisque c'était ce que les Allemands avaient semé et qu'ils s'étaient obstinés à prêcher : la loi du plus fort, la guerre éternelle de tous contre tous, dont sont bannies la justice, la loi, la morale, l'éthique, et où celui qui succombe est traité comme de la vermine. Il faudrait du temps aux Fritz avant de pouvoir briser le cercle vicieux des perdants où la nourriture, l'eau et le feu les enfermaient dans un mouvement atroce ; ces cieux qui étaient autrefois ceux de Goethe appartiendraient à Pouchkine pendant des lustres ; cependant, Arturo put vérifier la proverbiale faculté de survie des Berlinois non pas dans les chaînes humaines qui s'étaient déjà organisées pour déblayer les rues, ni dans le bruit des marteaux-piqueurs sur les ruines, mais dans les blagues qui circulaient, faisant fi de ce destin calamiteux, des mots d'esprit tels que ce nom donné au district de Steglitz, *steht nichts*, « il ne reste plus rien debout ». À deux pas de son objectif, il fut arrêté par une soldate soviétique parée d'une casquette et d'une mitrailleuse, qui contrôlait la circulation et qui, après avoir vérifié son identité, le laissa partir à son grand soulagement. À l'adresse livrée par *Frau* Volkova, il y avait un immeuble prussien qui avait échappé de peu à la destruction, à en juger par les nombreux impacts de balles qui marbraient sa façade et par son intérieur dévasté, noirci par les flammes. L'appartement du commando avait été saccagé et n'avait plus rien à voir avec les autres planques. Armes, uniformes, vêtements, médicaments, même les documents : tout avait été emporté pour alimenter ces colis de cinq kilos, fruits du pillage que tout soldat soviétique avait le droit de faire parvenir à sa famille. Il ne restait plus une fenêtre intacte et un vent glacial traversait le bâtiment de part en part, si bien qu'Arturo dut utiliser des planches provenant des meubles éventrés pour fabriquer un semblant de volet afin d'adoucir la température. Il posa son sac et le Little Tom sur une table, sortit de quoi distraire sa faim, ouvrit la gourde, s'installa sur une chaise et s'arma de la patience dont on a besoin pour cuisiner une pierre. Dès lors, toutes les heures se ressemblèrent, leur seul relief venant des banals détails tels que des chansons sifflées, des odeurs, des pensées, des sons.

Un étrange goût de chocolat dans la bouche, souvenir de celui qu'il avait mangé à la cantine russe.

Une brûlure dans le cou, qui l'obligeait à se gratter de temps en temps.

Un demi-sommeil gélatineux au cours duquel il rêva d'un paysage où il n'y avait qu'un seul arbre, et l'étrange conscience que si ce paysage existait, alors Dieu existait.

Des fourmis dans les jambes pendant cinq minutes.

Une prière improvisée, adressée à saint Cucufa.

Le souvenir des magnifiques reflets des barres d'or.

Le bonheur affiché de Manolete, un bonheur qui connaissait ses propres limites.

Sur un cadavre, une vertèbre visible à travers la chair déchirée.

Une seconde d'une incommensurable beauté : une certaine expression sur le visage de Silke.

Des arcs de lumière du côté du district de Moabit, les ultimes combats des irréductibles de la SS.

L'homme sans sourcils arriva vers midi.

Les petites irrégularités, les mystérieux crissements qui emplissaient l'air, les formes, les structures sonores prirent soudain sens. Sa présence, une démarche animale et silencieuse alertèrent Arturo, en proie à une peur utile, dénuée de terreur, qui affûta ses sens et sa perception tandis qu'en lui se mêlaient le soulagement et l'angoisse, le froid et le chaud. Arturo sut qu'il ne s'agissait pas du ranger lorsqu'il entendit que l'on ouvrait les tiroirs, que l'on prenait des objets et qu'on les remettait à leur place, que l'on tâtonnait, que l'on glissait un pied sous les meubles... Il empoigna paresseusement le pistolet, vérifia qu'il était chargé, l'arma en l'appuyant contre le haut de sa cuisse, la bouche du canon pointée vers son genou, et attendit. Lorsque l'homme sans sourcils apparut dans l'encadrement de la porte, il fut pétrifié de stupeur. L'homme prit garde à ne pas faire de mouvement compromettant, puis son énorme tête, comme si elle s'entrouvrait, s'inclina légèrement, laissant voir une conscience aiguisée. Il avait conservé sa tenue civile, mais ses vêtements étaient nettement plus usés, presque fripés, témoignant d'une souffrance qu'il n'avait pas endurée mais perpétrée. Il examina Arturo avec une impartialité inattendue, le laissant étudier à son tour son visage laiteux où apparaissaient des taches rosacées laissées par les brûlures, et d'autres zones où la peau semblait avoir fondu, sa calvitie avec de rares cheveux gris sur la nuque et au-dessus des oreilles, le tout dominé par deux yeux noirs, aussi joyeux qu'un enterrement. Le silence était si épais qu'Arturo songea que l'on aurait pu entendre des scarabées baiser. L'image le fit sourire.

– Qu'est-ce qu'il y a de drôle ? s'enquit l'homme.
– Ça n'a rien à voir, *mein Herr*.

Il laissa son sourire s'évanouir et alla droit au but.

– J'ai ce film qui vous intéresse tant, mais je crois que ni vous ni moi ne voulons perdre de temps en explications.

L'homme ne réagit pas : la présence d'Arturo avait déjà provoqué chez lui tout l'étonnement dont il était capable.

– Vous imaginez bien, répondit-il. Vous l'avez regardé ?
– Oui.

L'homme se contenta de hocher la tête.

– Si vous me disiez votre nom, cela favoriserait nos négociations, suggéra Arturo.
– Kurt.
– Kurt comment ?
– Seulement Kurt.
– Bien, Kurt, je m'appelle Arturo. Peut-être que ça vous parle, ou peut-être pas. J'étais avec le commandant Bauer et le capitaine Möbius.
– Je sais.

– Parfait, ce sera plus simple ainsi. Le fait est que je possède ce film et que je désire quelque chose en échange. Je ne veux pas de complications.

– Nous n'en voulons pas non plus, *Herr* Arturo.

Ce pluriel confirma tacitement ce qu'Arturo supputait : Kurt, l'homme sans sourcils, n'était qu'un pantin de plus dans ce théâtre. Dès lors, le silence lui inspira la même méfiance et le même respect qu'un bistouri.

– Parfait, on se comprend... on se comprend, Kurt. Je ne vais même pas vous demander de déposer votre arme.

Arturo désamorça son propre pistolet et relâcha la pression de sa main.

– Voyez comme je vous facilite la tâche. En échange, je veux juste savoir où se trouvent le commandant Bauer et le capitaine Möbius, rien d'autre. Et ne me demandez pas pourquoi.

– Je vous confirme que nous savons où ils sont. Et ne me demandez pas pourquoi, répéta-t-il.

Arturo se détendit sur sa chaise et prit une profonde inspiration pour cacher combien cette affirmation était lénitive. Mais ce n'était pas le moment de s'arrêter, pas encore, car désormais, Arturo connaissait sa force, il avait pu la mesurer à l'aune de la maîtrise de soi dont faisait preuve cette brute épaisse.

– Génial, Kurt, fantastique... Quoique, ce n'est pas tout, il y a autre chose, quelque chose que vous pouvez considérer comme un pourboire pour le service...

Kurt se rétracta, sur ses gardes, et fixa un point derrière Arturo, comme si ce dernier lui demandait davantage que ce qu'il pouvait offrir. Arturo observa ses larges mains, il les imaginait parfaitement en train de tendre un fil en acier avant de le serrer autour d'un cou. Il empoigna la crosse de son arme.

– Donner des pourboires, voilà une saine habitude, *Herr*

Arturo, jugea Kurt calmement. Et nous sommes généreux. Combien voulez-vous ?

Arturo relâcha de nouveau la pression sur son pistolet et se composa un air de relative franchise.

– Non, non, Kurt, nous ne sommes pas venus jusqu'ici pour une poignée de marks, répliqua-t-il avec une affabilité indiciblement feinte. Ça a à voir avec le poids des choses, avec leur esprit. Ça a à voir avec la vérité, avec la mort de Kleist, et avec la volonté de savoir, avec l'établissement d'un… certain ordre.

– Parfois, on voudrait savoir ce que l'on ne peut pas savoir, expliquer l'inexplicable.

Arturo sursauta. Il avait eu l'impression que, tandis que cet homme sans sourcils dévoilait son mystère, deux profondes rides étaient apparues de part et d'autre de son menton : le menton d'une marionnette, qui bougeait indépendamment de sa grosse tête. Cela ne dura qu'une seconde.

– Je veux rencontrer votre chef, ordonna Arturo d'un ton péremptoire. Sinon, le film risque de s'égarer une fois de plus, et allez savoir entre quelles mains il pourrait tomber.

Kurt hocha la tête, négativement puis affirmativement, et dit quelque chose qu'Arturo ne comprit pas. Ensuite, l'autre attendit le temps suffisant pour que ses paroles, quelles qu'elles fussent, suscitent deux fois plus d'attention et trois fois plus de curiosité.

– Attendez-moi là, je reviens dans une heure.

Kurt ne le laissa pas répondre et tourna les talons. Arturo, étonné par ce déploiement d'énergie, n'eut d'autre choix que se lever et faire quelques pas dans la pièce. Indéniablement, les derniers *dramatis personae* venaient de faire leur entrée en scène, et la fin de l'histoire serait inévitablement tissée à partir de l'écheveau que ceux-ci voudraient bien lui donner à démêler. Il était toutefois prêt à courir le risque de les rencontrer sans aucun filet de sécurité, à se fier à son seul instinct, intimement convaincu qu'un sort les protégerait, lui et sa curiosité, en raison de sa petitesse même, lui qui n'était qu'une fourmi parmi les colosses. Il s'approcha d'une fenêtre non protégée, colla son menton à son torse. Il occupa cette heure d'attente, qui enfermait plus de minutes qu'une heure banale, à penser aux variations que subissait Berlin. Et tous ces Russes... Les *frontoviki* sauvages, mélancoliques et enfantins qui grouillaient dans la ville dévastée, pillant, violant à volonté et se croyant vainqueurs, réveillaient chez Arturo une certaine tendresse à rebrousse-poil, parce qu'il savait que la défaite et la mort œuvraient déjà en eux. Le knout avec lequel leur maître Staline avait fouetté leur dos lors des purges antérieures à l'invasion allemande ne s'était calmé que provisoirement, transfiguré par la *Pravda* dans une grande guerre patriotique, dans le nationalisme et dans les hourras à Koutouzov, mais cela n'allait durer que le temps de prendre Berlin car, ensuite, on remettrait des galons dorés sur les épaules des officiers, mais avec des clous, comme au temps de la révolution de Petrograd.

Kurt tint parole et fut de retour quelques minutes avant l'heure convenue.

Avec une familiarité qui n'excluait pas l'autorité, il invita Arturo à l'accompagner. Ils descendirent jusqu'à l'entrée de l'immeuble, où Kurt récupéra derrière une porte miraculeusement intacte deux bicyclettes qu'il avait cachées là.
– J'espère que vous savez monter à vélo.
Bien sûr qu'Arturo savait. Il le suivit sans poser de questions sur une route capricieuse en direction du nord-ouest qui longeait un Tiergarten pelé, bordée de bâtiments noircis, muets, façades effondrées, véhicules calcinés, morceaux de métal tordus, nuages de fumée noire, décombres, avenues désertes, cadavres d'hommes et d'animaux ; grimpant,

descendant, zigzaguant, dans un diorama qui l'obligeait à puiser dans ses dernières forces et qui, peu après, devint une piste forestière sous la voûte d'un de ces bois touffus des abords de Berlin. L'atmosphère était à la fois dense et tranquille, l'air fleurait la mousse et la terre mouillée. Un brouillard bas se faufilait parmi la végétation, et l'acuité visuelle se perdait dans le vert profond et impénétrable qui s'enfonçait de chaque côté du chemin. Kurt pédalait, muré dans son silence ; Arturo l'imitait au rythme d'une ritournelle obsédante qui s'était installée dans sa tête :

> *Nous allons voir le magicien,*
> *Le merveilleux magicien d'Oz.*
> *On dit que le magicien est un as*
> *Et que comme lui il n'y en a pas deux.*

Le contraste entre l'étonnante sérénité de la futaie et la guerre putride qu'ils avaient laissée derrière eux le plongeait presque dans un état de transe. Puis le sentier déboucha sur une clairière, un espace dégagé où se dressait une grange laitière aux formes massives. Il y avait un long bâtiment central recouvert d'un toit de chaume, collé à des étables qui pouvaient facilement accueillir une cinquantaine de vaches, mais qui, à en juger par l'absence de meuglements et de tintements de cloches, étaient vides. L'unique forme de vie était deux hommes habillés en civil, qui fumaient près d'un abri pour le bois, en compagnie de deux teckels à poil roux qui se précipitèrent joyeusement vers les arrivants en aboyant. Ils paraissaient connaître Kurt, mais n'oublièrent pas de remuer la queue devant Arturo. Arturo et Kurt laissèrent leurs bicyclettes contre l'entrée en pierre et Kurt s'approcha des hommes pour leur parler ; leurs gestes nerveux, des gestes de professionnels, indiquaient que leur tâche, dans ce lieu, consistait à tout sauf traire des vaches. Kurt revint et fit part à Arturo que l'on exigeait qu'il fût fouillé avant d'entrer, ce que ce dernier refusa avec fermeté. C'était sa condition pour être venu sans avoir pris la moindre précaution. Kurt comprit, et fit demi-tour pour apporter la réponse aux gardes ; l'un d'eux le scruta d'un air menaçant et secoua négativement la tête, finit par entrer dans la bâtisse pour revenir au bout de quelques minutes avec une expression perplexe qui détonnait sur le visage d'un préposé à la sécurité. Une réponse affirmative et un dernier ultimatum lancé par son regard leur laissèrent la voie libre. Les chiens, nerveux, presque malheureux du départ des visiteurs, aboyèrent énergiquement et caracolèrent en tremblotant.

Un corbeau prit lourdement son envol et surgit d'entre les arbres en croassant.

Arturo suivit l'interminable dos de Kurt, parcouru d'un inexplicable frisson, comme si l'on avait ouvert une porte dans les sous-sols de son âme. L'Allemand le guida à travers une maison agencée avec simplicité. Leurs respirations laissaient des filets de vapeur dans l'air ; Arturo s'étonna que le froid, à l'intérieur, fût plus intense que dehors. Il resserra autour de lui son pardessus et s'appliqua à ne pas devenir otage de sa logique, à ne pas enfermer en elle les contradictions et les compromis auxquels, il le savait, il serait confronté. Ils entrèrent dans une cuisine vaste et lumineuse, équipée de grands fourneaux en fonte, dont le sol était couvert d'ardoise et les murs tapissés de casseroles et d'ustensiles de cuisine métalliques d'une grande variété de formes et de tailles. Au bout d'une immense table en bois sombre et constellée de toutes sortes de taches, un homme était assis devant un bol fumant, qu'il tenait entre ses mains pour les réchauffer. Il avait les cheveux noirs et hirsutes, piqués de touches cendrées sur les tempes, et sa barbe était bien taillée ; il était pâle et dégageait de la délicatesse, semblait inoffensif malgré son impressionnante carrure. Il portait un épais manteau dont le col était relevé et près du bol reposait un chapeau Homburg. On eût dit qu'il était de passage. Il souffla sur son breuvage puis leva les yeux. Son regard n'était pas particulièrement expressif, il avait même quelque chose d'aqueux. Arturo songea qu'il avait l'air d'un type venu voir son banquier pour lui demander un crédit.

— Alors comme ça, vous voulez savoir, le reçut-il avec une voix singulière, parlant bas pour attirer son attention.

— C'est pour cette raison que je suis là.

Arturo n'ignorait pas qu'il eût été de bon ton d'ajouter une marque de déférence, mais il ne le fit pas. Bien au contraire, il s'avança jusqu'à l'angle arrondi de la table pour y poser son havresac.

— Pourquoi ? Pourquoi voulez-vous savoir ? demanda l'homme en soufflant à nouveau sur son bol.

— L'habitude, *mein Herr*.

Cette fois-ci, il y mit un peu plus les manières. L'homme sourit et consulta Kurt du regard, comme pour s'assurer qu'il avait bien entendu.

— L'habitude... elle s'accroche comme le tartre... Là dehors, il y a des soldats qui continuent de lutter par la force de l'habitude, qui meurent par la force de l'habitude...

Il eut un sourire, une expression presque joyeuse, qui dévoila des dents chevalines. Arturo n'acquiesça et n'infirma pas ces propos.

— Cependant, ce que l'on offre en cadeau à sa propre curiosité coûte parfois très cher, et ce prix peut se révéler fatal, assena l'homme. *Qui addit scientiam, addit laborem*... Mais je vois que vous êtes prêt à payer, quel que soit le prix.

— Quel qu'il soit, *mein Herr*, rétorqua-t-il avec une pointe de vanité.

— Fort bien, et vous pensez que vous sauverez votre peau, y compris si vous mettez la tête dans la gueule de la bête, comme le prouve votre présence ici. Parce que vous escomptez que la bête se montrera curieuse devant cet exemple de courage ou d'indifférence, ou tout simplement qu'elle ne vous verra même pas.

Arturo s'étonna d'entendre ses propres raisonnements formulés aussi clairement. Le respect qu'il ressentit pour cet homme était aussi grand que sa crainte.

– Oui, c'est l'idée en effet, *mein Herr*.

– Bien, permettez-moi de vous féliciter. Je vous informe que, si tout se passe comme convenu, vous sortirez d'ici vivant.

Il prit une longue gorgée de son bol et le reposa.

– Savez-vous qui je suis, *Herr* Arturo ?

Il ne cherchait pas à l'instruire, il posait la question sur un ton pédagogue, tel un maître d'école qui guette l'effort de son élève.

– Je crois que vous êtes *Herr* Sebottendorf.

– Adam Alfred Rudolf Glauer von Sebottendorf, dit-il en appuyant sur chaque voyelle avec délectation. Mais c'est juste un nom. Savez-vous qui je suis ? répéta-t-il.

– Le fondateur de la Société Thulé.

– Ça, ce n'est que gratter en surface. Savez-vous réellement qui je suis ?

– Non.

– Je suis celui qui apporte la lumière.

Sebottendorf soutint le regard d'Arturo avec une euphorie irrationnelle, comme s'il était vraiment en mesure d'accéder au cœur de la vérité, de toute vérité. Cela n'avait rien à voir avec le fanatisme naïf d'Eckhart Bauer, c'était quelque chose de beaucoup plus ancien, de plus déshonorant et criminel, qui força Arturo à redoubler d'attention et à trouver les réponses adéquates, celles qui ne détruiraient pas le véritable trésor : les questions.

– Alors éclairez-moi, *mein Herr*.

– Puis-je voir le film, tout d'abord ? demanda-t-il.

Arturo acquiesça et, ouvrant son sac, sortit la pellicule 16 mm et la posa sur la table. Sebottendorf l'observa avec une discrète répugnance, comme quelqu'un qui aurait trouvé un cheveu dans son assiette. Ensuite, il se leva d'un air décidé, et d'un geste ampoulé, faisant montre d'un surprenant sens de la propriété sur le cadeau, fit signe à Kurt de s'en emparer. Il croisa les mains dans son dos et, légèrement voûté, sortit de la cuisine. Kurt prit le film, demanda à Arturo de les suivre, lequel emboîta le pas à Sebottendorf jusqu'à une pièce aux meubles massifs où avaient été installés un projecteur et un écran. Kurt entreprit de préparer la séance et de fermer les volets ; quelques rayons de lumière se glissèrent à travers les rainures du bois, dont l'un se posa sur le torse d'Arturo, comme si son cœur brillait. Le faisceau lumineux surgit tout à coup, et les photogrammes arrivèrent par saccades, avec cette succession initiale de plans si caractéristique, puis la vie s'écoula dans une boucle qui était comme un éternel retour d'images aux couleurs douces, agréables et familiales. Ils avaient visionné presque la totalité du film lorsque la caméra d'Eva Braun se déplaça à travers les appartements privés du Berghof ; elle évoluait nerveusement, furtivement, avec toute la tension de celui qui cherche sa proie, sa main poussait des portes, l'objectif furetait dans les pièces, quand enfin apparut l'arcane, le secret, ce qui avait causé la mort de Kleist. Arturo ressentit la présence glaciale de cette ombre que chacun porte en soi, qui n'a aucune explication et que nous craignons au point d'en avoir la respiration bloquée. Tous trois savaient ce qu'ils allaient voir. Ils le savaient. Et ils le virent, aussi inévitable que l'était leur propre attente. Hitler. Le Führer de l'Allemagne, le fondateur d'un empire de mille ans, le dieu aryen, était en train de chier. Assis sur la cuvette des toilettes, vêtu d'une chemise blanche tendue par son ventre, le pantalon baissé et tire-bouchonnant sur ses chaussures, les coudes appuyés sur ses cuisses blanches et potelées. Ainsi s'achevait le film, sur une ultime scène qui détruisait le mythe, empêchait toute sublimation, annihilait toute infaillibilité et souillait toute grandeur olympienne. Arturo parvenait à comprendre combien ce film pouvait être dangereux pour un Reich qui s'était appliqué à déifier Hitler, à faire de lui la représentation vivante de la nouvelle Allemagne. Ce qu'il ne parvenait pas à comprendre, c'était cet acharnement à protéger une telle conception religieuse alors que Hitler s'était suicidé et que le IIIe Reich n'était plus désormais qu'un cauchemar de plus à jeter dans les poubelles de l'Histoire.

– Kurt, range tout cela, ordonna Sebottendorf. *Herr* Andrade et moi allons faire une petite promenade.

Il sortit de la pièce d'un pas assuré ; Arturo, désormais, avait perdu son libre arbitre, forcé de jouer les accords et de suivre les tonalités que Sebottendorf lui indiquerait sans pouvoir prendre d'initiative, contraint d'accepter ses ordres ou ses désordres. Ils traversèrent la cour et se rendirent aux étables, sous les regards traqueurs et méfiants des deux sbires, et aussitôt accompagnés par le bal élémentaire et l'anxieuse innocence des teckels. Sebottendorf joua quelques instants avec les animaux mais il ne les laissa pas entrer dans les étables, fermant le battant inférieur de la porte. Ils s'enfoncèrent dans une odeur entêtante et chaude de fumier, de pisse, de lait et de paille pourrie. Les mangeoires étaient vides, mais Arturo pouvait imaginer les lourds corps des bêtes cornues qui les utilisaient habituellement, leurs doux mugissements, rauques et étouffés. Au lieu de cela, les râteliers et les auges, le moindre espace libre était rempli de caisses en carton et en bois débordant de papiers et de dossiers, fruit de cet univers bureaucratique national-socialiste où la méticulosité frisait la maniaquerie.

– Savez-vous ce que c'est ? demanda Sebottendorf avec emphase, sans se départir de son ton pédagogue et en lui tournant le dos.

– Non, *mein Herr*.

– Ceci, c'est la conscience de l'Allemagne. Ce que vous voyez là, c'est une partie des archives de l'*Adjudantur* de la chancellerie. Jetez-y un coup d'œil.

Arturo s'approcha d'une caisse : il y avait là nombre d'invitations, de faire-part, de listes d'invités, de brochures de tenues vestimentaires et de cérémonies, de lettres accompagnant des cadeaux ou des dons, de justificatifs de paiement, de factures...

– Les Allemands sont un peuple étrange, *mein Herr*, poursuivit-il, et l'une de leurs obsessions les plus étranges, c'est de laisser une trace de tout, de leurs qualités comme de leurs péchés. Tout cela a été évacué de la chancellerie il y a quelques mois devant le risque de destruction, et chaque document a été au minimum dupliqué, quand il n'y a pas eu quarante copies de faites. Si l'on doit juger les Allemands pour quelque chose, ce n'est pas pour leurs crimes de guerre, pour la spoliation et l'extermination des gitans, des Juifs, des Polonais, des Russes ou des Tchèques, ni pour la stérilisation des handicapés, pas plus que pour l'emprisonnement des opposants politiques et des homosexuels, ni pour la SS ou la Gestapo, mais pour autre chose, *mein Herr* : pour toutes les fois où ils ont accepté de revêtir le frac et de se rendre à un dîner de gala, à un concert, à une représentation théâtrale, pour toutes les fois où ils ont accepté des avantages fiscaux, un service à thé comme cadeau de Noël, une donation ou une affaire truquée, c'est-à-dire pour leur connivence, pour leur complicité, pour leur scandaleux consentement, pour leur népotisme, pour avoir intériorisé la couleur brune et la croix gammée afin de pouvoir récolter les miettes tombées de la table des puissants.

Sebottendorf se tourna vers lui ; Arturo trouva dans ses paroles un écho de celles du défunt Krappe à Wannsee.

– En effet – il éclata d'un rire qui sonna comme un hennissement –, tout cela, c'est la mémoire de l'Allemagne, consignée et inventoriée avec un froid éclat, un système pyramidal d'allégeance qui gagne en densité lorsqu'on le considère de près, *mein Herr*. Ainsi, plus les gens acceptaient de cadeaux et plus leurs noms apparaissaient dans ces invitations, plus ils appartenaient à la communauté qui acceptait l'antisémitisme, le racisme, le crime, le vol et la Grande Allemagne. Plus l'étau se resserrait et plus ils se rendaient coupables, plus ils se tendaient pour être projetés dans toute direction, que ce soit vers le ciel ou, dans notre cas, vers l'enfer.

Arturo ramassa une enveloppe dans une des caisses et en sortit une lettre : c'était une déclaration d'amour envoyée à Hitler par une femme qui menaçait de se tailler les veines dans un bain d'eau tiède si on lui refusait de se marier avec son Führer. Le contenu de la missive n'échappa pas à Sebottendorf.

– Dans ces archives, il y a six mille lettres d'amour comme celle-ci, *mein Herr*, et des milliers de dessins d'enfants envoyés à l'occasion des anniversaires du Führer, des milliers de courriers de personnes lui faisant part de leur adhésion, leur respect, leur soutien ou leur allégeance. Ce n'est pas Dieu qui est amour, mais Hitler...

Arturo, gêné, remit l'enveloppe sur la pile.

– Un amour qui les a tués, rétorqua Arturo.

– Mais quel amour ne tue pas, *mein Herr* ? dit-il d'un air goguenard en lui jetant un regard. L'amour n'est pas lumineux et pur, il est violent, obsessionnel, il veut annexer l'autre personne, c'est pour cela qu'il la hait autant qu'il l'aime. Il veut l'embrasser autant que la punir, la dévorer, l'engloutir...

Arturo pensa à Silke et ne sut que répondre. Du tranchant de sa main droite, Sebottendorf frappa la paume de sa main gauche.

– Ainsi donc, continua-t-il, étant donné que tous devaient s'impliquer et assumer la responsabilité du national-socialisme, il fallait conserver des traces de tout, tout était enregistré en trois exemplaires, on faisait des statistiques, des évaluations, on filmait...

— Y compris au Berghof, fit remarquer Arturo.

— Surtout au Berghof, dans la sphère privée. Dans un univers de prédateurs où les uns luttaient contre les autres pour se faire une place au soleil, il était indispensable de couvrir ses arrières.

— Ce que fit Ewald von Kleist. Mais cela n'a pas semblé lui servir à grand-chose, quand bien même il faisait partie de la Thulé...

— Ewald...

Dans l'expression de Sebottendorf il y avait de la nostalgie, mais aussi de la cruauté.

— C'était l'un des meilleurs, il avait compris les rouages, les attributs du pouvoir, l'ensemble du processus de création de notre pensée. Il était compliqué de prétendre connaître parfaitement cet ordre, car il fallait résister à de nombreuses tensions et savoir donner une forme au hasard, or, lui, il y est parvenu. Et pour tout dire, j'ai pensé qu'il accepterait la portée de nos desseins, mais le jour où il a réalisé quel était le véritable objectif, il a pris peur, il a été effrayé parce qu'il n'a pas compris la mission qui était la nôtre.

Un instant, Sebottendorf sembla ensorcelé par son propre discours avant de retrouver une certaine sobriété de ton.

— Il a voulu nous abandonner, et cela n'aurait posé aucun problème s'il n'avait mis la main sur ce film et s'il ne s'était obstiné à nous contrer.

— Alors, ce n'est pas un commando qui l'a assassiné à la chancellerie.

— Tout d'abord, Kleist a cherché à se protéger en nous faisant savoir qu'il était en possession du film, alors que nous l'avions déjà mis sous étroite surveillance. Il a fait des copies qu'il a laissées à un avocat et à un autre membre de la Thulé, que nous avons neutralisés. Il a prétendu qu'il y avait d'autres copies, et nous n'avions aucune certitude du contraire, si bien que nous sommes restés sur nos gardes, dans l'attente, mais s'il ne pouvait bouger, nous ne pouvions pas non plus éliminer le problème. Il s'est arrangé pour évoluer à l'intérieur du piège que nous lui avons tendu, avec un certain succès même, puisqu'il a réussi à se mettre en contact avec l'ambassade suédoise. Nous supposons que ce sont eux qui ont transmis l'information aux Alliés, qui eux-mêmes ont renseigné Pippermint et ce commando…

– Stratton, Philip Stratton.

– Oui, ce Stratton était au courant. En revanche, ce que nous ignorions, c'est combien de commandos l'étaient aussi. Voilà pourquoi nous avons resserré le filet.

– Mais les mailles étaient trouées, car lorsqu'il était dans la salle de Germania, il était tout seul.

Sebottendorf le regarda d'un air implacable.

– Et trop longtemps… On est tous tributaires d'une erreur stupide, d'une étourderie – *du hasard*, compléta mentalement Arturo. Les responsables ont déjà été sanctionnés. De toute façon, le mal était fait, et on avait couru le risque qu'Ewald von Kleist révèle à l'un des commandos où était caché le film. Et puis, avec tous ces loups qui rôdaient dans les parages, on a décidé de ne plus rien laisser au hasard.

– Vous avez liquidé Kleist.

– C'est Kurt qui s'en est chargé. Ensuite, il a fait en sorte que les membres de la garde procèdent immédiatement à l'enlèvement du corps pour éviter de laisser des indices en cas d'enquête.

– Dois-je en déduire que le commandant Bauer et le capitaine Möbius sont sous l'influence de la Thulé? avança Arturo.

– Non, ils ne le sont pas, mais Kurt a un certain pouvoir. Après cela, il n'y a eu qu'à attendre que les commandos et

Pippermint tombent et à fouiller leurs planques pour ne rien laisser au hasard. Tout cela grâce à vous, soit dit en passant. Mais je crois qu'il y en a un qui vous a échappé...

Arturo songea non sans ironie qu'après ce jeu mortel qui avait duré des années, au bout du compte, Ewald von Kleist était mort parce qu'il était sorti prendre un peu l'air ou fumer une cigarette. Définitivement, tout n'était que coïncidences et confusion. Arturo était aux aguets ; jusqu'alors, Sebottendorf et lui avaient été synchronisés comme deux planètes qui auraient eu une conscience gravitationnelle muette et réciproque. Les raisonnements étaient encore clairs, cohérents, et il fallait s'attendre à d'autres du même genre avant la question principale, avant d'en venir au plan auquel Albert von Kleist avait fait allusion.

– Bien, mais vous avez encore quelques réponses à me donner en échange du film, *mein Herr*. D'après mes informations, Kleist a été mêlé au complot de Stauffenberg qui, à son tour, a été instigué par la Thulé. Mais je n'arrive pas à comprendre que vous, cette Thulé sous la Thulé, ce noyau dur, cette rumeur secrète, peu importe le nom que vous lui donnez, n'ayez pas éliminé Kleist au moment où la conspiration se mettait en place et où son film n'avait plus aucune valeur. Quelle importance pouvait avoir alors l'image d'un futur cadavre en train de chier ? Mais le plus étrange, c'est qu'au cours de la discussion que j'ai eue avec Albert, celui-ci m'a dit que, dans l'enchaînement des erreurs qui ont été commises et pendant l'intervalle où personne ne savait si Hitler avait survécu à l'attentat, beaucoup d'officiers avaient reçu des appels anonymes les prévenant que Hitler était indemne et qu'il fallait suspendre l'opération Walkyrie. Il me semble évident que ces appels ne pouvaient venir que de vous, ce qui me fait supposer qu'au cours des événements vous avez vite changé d'avis, et c'est alors que vous avez épargné Ewald. À quoi était dû ce changement ?

Arturo leva la main pour interrompre un début de réponse.

– Mais...

Il affecta l'indifférence en dépit de sa nervosité.

– ... mais, *Herr* Sebottendorf, tout cela n'est que le préambule au véritable objet de ma curiosité, à la question-clé : pourquoi le film d'un Hitler scatologique a-t-il plus d'importance pour le Reich qu'une bombe atomique ?

Le silence. Le silence ne s'instaura pas naturellement, mais semblait le fruit d'un effort physique de Sebottendorf. Un léger rictus apparut sur son visage, l'excitation affleurait sous ses traits, il avait le regard de quelqu'un qui, envoyé par des puissances supérieures, avait à s'expliquer sur ce qui est évident. Adam Alfred Rudolf Glauer von Sebottendorf joignit ses paumes comme pour prier.

– *Qui addit scientiam, addit laborem,* c'est de l'Ecclésiaste. Celui qui augmente sa science augmente sa douleur... le prévint-il à nouveau.

– Peu m'importe.

– La tradition, c'est la démocratie des morts, enchaîna-t-il. Le national-socialisme est venu pour en finir avec un monde fait de traditions, *mein Herr,* le national-socialisme est venu pour réveiller les consciences, pour ouvrir des portes qui ne seront plus jamais fermées. Ce qui se produit actuellement à Berlin, ce n'est rien d'autre que la crise qui survient quand ce qui est vieux ne parvient pas à mourir et quand ce qui est nouveau peine à naître.

Arturo manifesta une attention accrue.

– Mais détrompez-vous, continua Sebottendorf, le national-socialisme, ce n'est ni le Reich ni Hitler. C'est quelque chose de beaucoup plus ancien et ça fait des années que nous préparons son avènement. La Thulé a longuement cherché un catalyseur et a trouvé ce pauvre diable, cet Adolf Hitler. Quand nous l'avons repéré dans cette brasserie de

Munich, nous ne croyions pas à notre chance. C'était le type de personnalité que l'on pouvait utiliser à un moment précis et au milieu de certains événements pour précipiter l'Histoire, la produire. La chance inouïe d'être tombés sur ce clown, *mein Herr*, avec ses théories de darwinisme social mal digérées ; un pauvre bougre borné et suffisant, incapable de faire la lumière dans son esprit dérangé – il manifesta son mépris d'un revers de main. Pureté de sang, narcissisme ethnique, société de castes, sublimation de la volonté... Les paroles d'un idiot... d'un idiot qui avait besoin de s'évader de son monde de petits-bourgeois, d'asiles d'indigents et de latrines militaires, mais cet idiot croyait en son propre discours, et c'est exactement en cela que le peuple allemand avait besoin de croire pour réveiller sa furie et venger ses humiliations. Et pourtant...

Sebottendorf réfléchit aux mots qui allaient suivre, comme s'il les visualisait.

– Pourtant, cette même nature dogmatique et arbitraire le rendait instable et imprévisible. Il fallait endiguer ce flot d'énergie aussi extraordinaire que renversant. Et c'était notre rôle. Je me suis effacé de la scène pour laisser la place à un seul acteur, et nous l'avons éduqué pendant des années, nous nous sommes attelés à créer un messie auquel la nation pourrait s'identifier. Dietrich Eckart s'est chargé de développer son assurance, sa rhétorique, son langage corporel et sa capacité de persuasion ; Haushofer l'a nourri idéologiquement et, se servant de la SS, d'autres membres de la Thulé ont poli et parachevé ce que nous avions entrepris plusieurs années auparavant. Et il a grandi avec une force impressionnante, *mein Herr*, pour ne pas dire inespérée, comblant nos attentes les plus ambitieuses. Il est devenu un dieu que l'on priait, un être sacré, intouchable, acclamé par le peuple et qui nous a permis de manipuler la faiblesse de chaque Allemand pour le pousser à l'orgueil collectif, afin de former un groupe au-delà de la vérité ou de la justice, et à cette fin nous nous sommes servis de l'amour. Au début nous nous sommes servis du besoin et de la terreur, mais seulement au début. Après, nous avons utilisé l'amour, la camaraderie, la confiance, la loyauté, le soutien, toute la joie que procure l'appartenance au groupe et qui, utilisée d'une façon appropriée, est l'instrument de déshumanisation le plus terrible. Armée, SS, SA, *Lebensborn*, KdF, le Front du travail, BDM, Jeunesses hitlériennes, NSDAP, des colonies, des fédérations, des associations... des groupes, des groupes et encore des groupes qui empêchent de réfléchir ou d'être «je», seulement «nous», des groupes pour lesquels se sacrifier, des groupes qui donnent du plaisir, étourdissent et annulent toute responsabilité individuelle, rachètent le péché, permettent d'être absolu et de ne pas affronter la mort seul, *mein Herr*. Une masse qui ne réfléchit pas, désinhibée, dissoute en Adolf Hitler, le nom d'un dieu qui recouvre ce que recouvrent tous les dieux : le besoin de sens, car tous étaient lui et il était tous les autres.

Sa voix se fit impérieuse :

– À ce sujet, Goebbels a été un élément essentiel : la magie de ses paroles, l'encens brumeux qu'il a réparti autour de lui... On a eu un succès tout particulier avec les jeunes, *mein Herr*, une génération entière qui, durant son enfance ou son adolescence, avait vécu la Grande Guerre comme un jeu lointain, amusant, excitant, déployé sur un échiquier où l'on pouvait déplacer des armées et conquérir sans verser de sang. Sans qu'ils le sachent, ce jeu vicieux, narcotique, les préparait à la recommencer, cette guerre, mais dans sa version mortelle. L'âme collective et l'âme infantile sont similaires, elles réagissent de la même façon, et les concepts avec lesquels on les mobilise si l'on veut faire d'elles des forces historiques doivent être simples pour pouvoir être gravés au fer dans les esprits. Et si nous y ajoutons l'obsession si allemande de bien faire, la disposition de ce peuple à recevoir des ordres, son incapacité à profiter de la liberté et la facilité qu'a ce pays à tomber dans la psychose collective, tout cela nous conduit à l'autosatisfaction nationale, à la fierté de voir s'agrandir le pays sur les cartes, à savourer la crainte que l'on inspire, à l'idée de germanisme... à une lettre d'amour...

Bauer. Arturo pensa immédiatement à Bauer, la première victime innocente de cette folie sans nom. Il se dit que Sebottendorf était fou à lier, mais qu'il avait une méthode, raison pour laquelle il était réellement dangereux.

– Pourquoi ?

Arturo le ramena au sujet qui l'intéressait.

– Pourquoi créer un monstre pareil, *Herr* Sebottendorf ? Et pourquoi, aujourd'hui encore, continue-t-il d'être plus important qu'une bombe atomique ? répéta-t-il.

– Patience, *Herr* Arturo, il faut que vous compreniez tout le processus. Une fois que furent créés les grands principes qui éclairèrent l'Allemagne, il fallait les utiliser pour mettre le monde à feu et à sang. Hitler s'est lancé dans une course pour propager le national-socialisme avec le résultat que vous connaissez. Les dents d'acier de la Wehrmacht ont déchiqueté l'Europe, une force d'une puissance écrasante, un agent dynamique et corrosif d'une capacité de destruction inouïe. En une année, Hitler a obtenu presque tout ce qu'il aurait pu désirer, depuis la Volga jusqu'à l'immense Atlantique, mais il était nécessaire de transformer ces fronts en échafauds, ces héros de la terre, de la mer et des airs en cadavres. Et nous lui avons murmuré à l'oreille combien il était grand, combien il était infaillible ; peu à peu nous l'avons éloigné de la réalité pour faire croître encore la grandeur terrifiante de son désir et multiplier les fronts pour qu'il s'adonne à son avidité, à ce nihilisme wagnérien, pour qu'il gaspille les muscles et le sang, qu'il concentre tous ses efforts à éliminer des millions de Juifs, des efforts qui auraient dû être dirigés contre les Alliés, pour qu'il soumette les considérations stratégiques aux considérations idéologiques, pour qu'il privilégie les visions messianiques au détriment des décisions rationnelles, *mein Herr*. Nous l'avons incité à parier toujours plus, à prendre de plus en plus de risques, à déclarer la guerre aux États-Unis, à faire travailler les camps de la mort à plein régime, à recruter des enfants et des vieux, à étendre sans scrupule la barbarie et l'impiété, à la guerre totale, à la vésanie absolue, et si Hitler s'enfonçait en elle, le peuple allemand s'enfonçait tout autant, jusqu'à devenir une locomotive incontrôlable, une force motrice impossible à arrêter. Oui...

Il reprit sa respiration.

– ... les Alliés ont pu le vérifier lors de leur avancée ; leurs bombardements, leurs armées et leur propagande destinée à saper le moral des Allemands en pointant la folie de Hitler et la futilité de résister à une défaite assurée n'impressionnaient pas les troupes. En dépit de la multiplication des désastres militaires sur tous les fronts, la volonté de combat restait intacte, car les Alliés ne se rendaient pas compte que les Allemands ne combattaient déjà plus pour le nazisme ou pour le Führer, mais par patriotisme, par camaraderie, par loyauté, par les pactes de sang, par ce tissu serré de symboles et d'émotions à l'intérieur duquel ils avaient grandi. Par amour, *Herr* Andrade, par amour.

Arturo s'assombrit. Peu à peu, sur le visage banal de Sebottendorf s'était dessiné quelque chose d'ancien, de très ancien.

– Pourquoi ? demanda-t-il simplement.

– *Pourquoi ? Pourquoi ?* singea l'Allemand d'un ton moqueur. Pour perdre la guerre, *Herr* Andrade, pour que le Führer se consume sur le bûcher, *Vernichtung*, l'anéantissement, et avec lui, toute l'Allemagne jusqu'au dernier homme, jusqu'à la dernière femme et au dernier enfant. Nous avons combattu pour être anéantis.

Durant quelques secondes, Arturo perdit toute capacité

d'énonciation devant des faits qui dépassaient son entendement. La lumière de la raison n'était plus qu'une flammèche tremblotante, la justice ne servait plus qu'à cacher le sombre bouillonnement de l'incertitude.

– *Götterdämmerung*... Mais ça, c'est seulement un mot, *mein Herr*, un mythe absurde...

– Pourquoi souhaitiez-vous la défaite ?

Sebottendorf serra les poings et les leva à la hauteur de son torse.

– Précisément pour créer le mythe, *mein Herr*, pour que le national-socialisme vive mille ans. Ce n'était pas en gagnant la guerre que le Reich pouvait perdurer, cela nous aurait seulement conduits à un empire matériel, à un gouvernement qui, avec la routine, serait allé en s'apprivoisant. Mais en perdant... en essuyant une défaite, nous créons un mythe d'invincibilité, de grandeur, de démesure, d'absolu, un mythe qui a réclamé l'union de tous les pays pour en finir avec nous et qui enserrera l'Europe, s'enracinera dans le monde, dans chacun de ses actes, devenant une conscience latente et éternelle, telle une graine toujours prête à pousser dans les nations qui nous ont mis à genoux. Parce que les patriciens ont toujours rêvé des barbares, *Herr* Andrade, parce que la civilisation ne peut triompher qu'à travers eux. Le national-socialisme, le Reich, est un élan spirituel, une révolution, un germe, un élan destructeur qui féconde l'Histoire, et de la même façon que du sillon de la pourriture surgissent les plantes qui y ont été semées, la vie sort renforcée de la mort. Le Reich sera une épidémie cyclique, immortelle, et Hitler un martyr, un saint...

L'instant, l'instant terrible et saisissant de la découverte, l'insupportable lucidité, la lumière crue. Arturo ressentit un vide amer dans sa poitrine.

– C'est pour cette raison que le film était si important pour vous, saisit-il. C'est pour cette raison qu'Ewald von Kleist voulait le faire connaître, c'est pour cette raison qu'il préférait que Hitler meure avant la déroute finale.

— Je vois que vous saisissez, *mein Herr*... Si le monde avait eu connaissance de ce film, comment aurions-nous pu entretenir le mythe d'un dieu, d'une incarnation du parti et de la nation, la liturgie indispensable pour que l'Allemagne ait la foi nécessaire pour être une et faire ce qu'elle a fait ?

Quelque chose nous a échappé et on ne s'en est pas rendu compte. Un élément dans le nazisme que nous avons sous-estimé, une sorte de nihilisme, un absolu que nous n'avons pas su saisir : les paroles d'Albert von Kleist résonnèrent à nouveau dans la tête d'un Arturo incrédule, qui étudia Sebottendorf, son sérieux, son objectivité, l'assurance quasi surnaturelle dont il faisait preuve, son absence de sentiment de culpabilité.

— Et pourquoi avez-vous laissé Stauffenberg mener à terme son attentat ? Comment a-t-il pu mettre en péril tout votre plan ? Et pourquoi ces coups de téléphone ultérieurs ?

— À nouveau le hasard, *mein Herr*, l'incertitude. Il est impossible de tout contrôler, et même si nous étions au courant des plans de Stauffenberg, il faut dire qu'ils ont été menés avec beaucoup de discrétion, en plus du fait que les conspirateurs les plus importants étaient des militaires et des aristocrates, qui échappaient au contrôle total de la SS. Je regrette de vous dire que l'attentat nous a pris par surprise, mais le même hasard paradoxal qui avait permis aux conspirateurs de placer les bombes a sauvé la vie à Hitler. Nous n'allions pas tolérer deux erreurs d'affilée, et donc, nous avons passé les coups de téléphone nécessaires pour couper l'opération Walkyrie à la racine. Et les mois suivants, nous avons tout fait pour aider la SS.

Des milliers de morts, se rappela Arturo. L'étau se resserrait autour de cette étrange tumeur qui palpitait au sein de la symétrie. Malgré l'aversion qu'il éprouvait, Arturo ne pouvait nier que tout ce délire suscitait chez lui une certaine fascination, mais il se força à la contrer au moyen d'un enchaînement de raisonnements qui l'empêcherait de sombrer dans l'intimité qui s'instaurait entre eux.

– Je crois, *Herr* Sebottendorf, que vous vous trompez. Vous n'avez pas impliqué toute l'Allemagne car l'Allemagne, ce n'est pas seulement Hitler. Vous n'avez pas réussi parce qu'il existe une autre Allemagne, qui lui a résisté et qui a résisté à ses acolytes, une Allemagne libérale, qui a créé de la musique et de la poésie, une Allemagne qui n'a rien à voir avec le mensonge, le crime ou le pillage et que Stauffenberg et des milliers d'autres hommes comme lui ont revendiquée. En outre, sans Hitler, le nazisme ne survivra pas. Les dictatures ne survivent jamais. Les Russes, et encore moins les Américains, ne se laisseront pas contaminer par ce contre quoi ils ont lutté.

La lumière changea, elle se fit indécise, sale, et les pupilles de Sebottendorf se dilatèrent. Puis la lumière retrouva son intensité et les pupilles se rétractèrent pour devenir aussi petites que des pointes de crayon.

– Pauvre, pauvre Arturo Andrade, il ne comprend toujours pas...

Il resta abstrait, impénétrable, puis se décida à poursuivre :

– Tous ces Allemands si loyaux se trompent sur eux-mêmes et sur leurs objectifs. Ils veulent que les nazis perdent et que l'Allemagne gagne la guerre, ils manquent d'assurance, ils se torturent l'esprit. Mais nous, nous serons toujours supérieurs. Nous gagnerons toujours, parce que nous savons ce que nous voulons, nous l'avons toujours su. Et les Russes, les Américains... – il lâcha un autre hennissement, le plus proche de ce qu'il tenait pour un rire – ... c'est déjà trop tard pour eux, surtout pour les Américains. Croyez-vous qu'ils soient meilleurs que nous ? Eux aussi, ils ont volé et violé. Le jeudi et le vendredi, ils pendent des nazis, et le samedi, ils en relâchent d'autres, dont ils trafiquent les curriculum vitae pour les emmener aux États-Unis afin qu'ils collaborent avec eux dans la guerre à venir contre leurs actuels alliés. En outre, personne ne nous ressemble autant qu'eux, leur idéalisme infantile est très proche de notre idéalisme romantique ; le manichéisme, la quête d'absolu sont les mêmes, et ils finissent toujours par détruire ceux qui les poursuivent. Les Allemands et les Américains sont les deux peuples les plus importants, les plus forts dans l'art de la guerre, alors que les Anglais ont été contraints de la faire. Les Russes, eux, ont les effectifs, les Français, je ne sais toujours pas ce qu'ils avaient, et les Espagnols ont eu l'or, mais les Américains... les braves, honnêtes et courageux Américains, qui se croient oints par l'infini, possèdent leur merveilleux capitalisme, la seule idéologie qui prend racine dans l'égoïsme, dans la rapacité, dans ce principe de destruction présent dans tout cœur humain, cet élan latent qui peut se réveiller à tout moment. Savez-vous quel est le livre qui a le plus influencé les *Prominenten* nationaux-socialistes ?

Arturo hésita.

– Un écrit de Nietzsche... *Mein Kampf*... ?

– L'autobiographie de Henry Ford.

Arturo regarda Sebottendorf comme s'il venait d'une autre planète.

– Je me fiche de ce que vous me racontez, les Américains sont déjà en train de surmonter votre chaos, ils vous jugeront, ils vous puniront, et même s'ils doivent faire quelques inévitables concessions, ils imposeront un nouvel ordre, plus humain, moins drastique.

Sebottendorf donna des signes d'apaisement, ou de déception, comme s'il avait espéré un rival plus à la hauteur de son défi.

– Je suis sûr que vous êtes capable d'aller plus loin dans votre réflexion, *Herr* Andrade. Nous avons réveillé les

États-Unis, nous les avons obligés à être comme nous à partir du moment où nous les avons forcés à nous vaincre. Et pour cela, ils n'avaient d'autre choix que d'être plus violents que nous, plus nazis. À mesure que la guerre avançait et qu'ils se voyaient contraints d'appliquer des méthodes plus primitives, de brûler les ailes de leur innocence, des portes se sont ouvertes, révélant des choses qui étaient déjà en eux. Le grand triomphe du Reich a été de manipuler, d'anesthésier, d'endormir les consciences et de créer une méfiance entre les hommes. Tout d'abord, nous avons extirpé aux Allemands l'organe émotionnel qui donne la stabilité, l'équilibre, la gravité, la conscience, la raison, la loyauté, la morale, et nous leur avons montré l'absolu, *Entgrenzung*, où plus rien n'a d'importance et où, pour autant, tout est permis. Nous avons fait disparaître la solidarité originelle entre les hommes dans leur lutte contre la nature, nous avons dressé leurs instincts de prédation contre leur propre espèce et nous avons excité soixante-dix millions d'Allemands contre le reste du monde. C'est ainsi qu'en Lituanie ils ont été en mesure d'arracher des enfants à leurs mères, de les jeter dans des fosses où elles les ont rejoints et de les massacrer. Dix mille personnes – il claqua des doigts et souffla –, disparues comme ça, *mein Herr*. Et pour arrêter cette force, il fallait que les Américains fassent appel à leur pouvoir latent, à leurs ressources, à toute leur énergie potentielle, à leur effort, à leur coordination : à tout leur nazisme. Une force qui, libérée, ne peut plus être arrêtée, un élan cinétique qui réduit des villes en cendres même si celles-ci ont hissé le drapeau blanc, parce que derrière tout cela, il y a le capitalisme et son postulat selon lequel les bombes sont une marchandise coûteuse et qu'il faut les amortir, ne pas les lâcher sur les champs ou les montagnes, mais sur les êtres humains. Une véritable coercition – tout ce capital, toute cette intelligence et cette force au service de la planification de la destruction –, une énorme pression qui ne peut que conduire à l'horreur, à l'irréversibilité des faits.

Arturo garda le silence, estimant qu'opposer des arguments à ce discours n'avait aucun sens.

– Et je vous assure, *Herr* Andrade, je vous assure, continua Sebottendorf, que la graine a été semée dans le bon sillon, car les États-Unis sont incapables de supporter l'idée d'un problème sans solutions, de cohabiter avec l'insoluble, avec l'échec qui nous hante tous. L'irrémédiable n'entre pas dans leurs plans, et leur course à l'argent, aux records stupides, au contrôle coûte que coûte est une course désespérée. Car les États-Unis, *mein Herr*, ont plus de moyens et de capacités que nous de développer pleinement le national-socialisme, ils seront plus crus, moins hypocrites, utiliseront leur pouvoir de façon beaucoup plus disproportionnée et, avec le temps, ils tomberont sous l'emprise terrifiante de la technique, celle-là même qui nous a permis de donner des ordres, de surveiller, de mécaniser les actes des gens... Et savez-vous le meilleur de tout cela, *Herr* Andrade ?

– Non, je ne sais pas, *Herr* Sebottendorf.

– À partir de maintenant, il n'y aura plus besoin d'hommes de qualité pour mener à terme cette cruauté, cette détermination aveugle, imparable et sans aucune considération. Il n'y aura même pas besoin de monstres. Il suffira d'hommes banals. En fait, de quiconque se contentera d'obéir aux ordres reçus par téléphone sans les remettre en question. Souvenez-vous, souvenez-vous que Himmler lui-même était un éleveur de poules. Voilà les futurs acteurs de l'Histoire. Le pouvoir reposera alors sur des hommes paisibles et bourgeois habités par une rancœur et une cruauté infinies, *mein Herr*, un futur où il n'y aura pas de solistes, uniquement des chœurs, et ils n'auront pas besoin de télétypes ou de radios, seulement de boutons... Des boutons qui activeront des fusées, lesquelles transporteront des armes chimiques ou des engins atomiques qui détruiront un million d'êtres humains en une seconde. Les rails sont déjà posés, et le parcours de chaque train dépend d'eux...

Arturo ne pouvait s'empêcher de regarder Sebottendorf avec la fascination ineffable que suscitent les catastrophes. Il essayait d'isoler les traits de sa personnalité, de découvrir les stigmates du mal dans la furie de ce tourbillon qui tournait comme un derviche, mais cet homme ne donnait pas l'impression d'avoir perdu la tête; sa seule noirceur apparente était la barbe sur son visage. Une réponse effleura son esprit, telle une bouée trop longtemps immergée. Il se rappela que Sebottendorf s'était présenté comme celui qui apporte la lumière, et qu'il avait ensuite utilisé le latin pour s'adresser à lui, comme le démon rencontré dans la chancellerie. Celui qui apporte la lumière, Luxfero, celui qui connaît la vérité, Lucifer. C'était le nom que portait, avant sa chute, l'ange rebelle dont la lucidité fut à la fois un don et une punition. Et quel meilleur endroit que Berlin, un territoire de dieux et de démons, pour en faire apparaître un provenant d'une tradition si ancienne? Sans aucun doute, cette guerre avait été la plus grande œuvre d'art du diable, qui ne se contenterait plus d'exercer sa tyrannie sur nos âmes, mais voulait l'étendre à nos corps, à notre énergie, à notre potentiel. Un Méphisto soumis à son tour au libre arbitre des hommes, qui n'était que l'autre nom du hasard et de l'incertitude. Pourtant, à mesure qu'Arturo se noyait dans le regard perdu de Sebottendorf, ce qui l'inquiéta ne fut pas la foi de ce dernier, car elle n'était pas plus absurde que la raison, mais le doute, l'absence de doute dans ses yeux. Peut-être ce démon était-il plus vieux encore, plus abject, une figure qui ne faisait même pas partie d'une quelconque mythologie, mais qui était beaucoup plus ancienne, un étrange fils du chaos qui ne parvenait pas à prendre conscience de ce qu'était le mal car cette horreur, pour lui, n'avait rien d'extraordinaire, elle était naturelle, raisonnable, évidente. Peut-être l'Armageddon ne traitait-il de rien d'autre que de la disparition de l'ambiguïté, de l'effacement des doutes ? Arturo se mit à saigner du nez, une goutte ruissela vers ses lèvres. Il en savoura le goût de fer. Une sensation de vide lui colla à la peau, il flancha : il s'était préparé à tout sauf à affronter un ennemi imperméable à la raison. Il sut que seul le métal de son pistolet pourrait remplir ce vide. Il songea à sortir le Little Tom, sans idée précise, comme une oraison en quête d'abri, d'angles droits, d'une charpente sous laquelle protéger le sens. Mais il abandonna vite cette idée, conscient qu'une balle ne pourrait changer l'ordre des événements ni faire dévier les astres pour ressusciter les morts. Adam Alfred Rudolf Glauer von Sebottendorf était un homme, rien de plus, préférait-il croire, un pont entre le bien et le mal, entre l'amour et la haine ; un être en proie à une sorte de folie moyenâgeuse, une victime des épidémies de l'esprit qui, comme les épidémies biologiques, déciment périodiquement le monde en provoquant les pires régressions de l'honnêteté et de l'intelligence. Et c'est cela, précisément, qui le terrifia : Sebottendorf n'était pas différent de lui, ni lui différent de Hitler, n'importe qui pouvait succomber à la maladie. Si Arturo ignorait de quoi était faite la conscience d'un criminel, il savait de quoi était faite la sienne, et c'est cela qui l'effraya : il suffisait de se regarder dans un miroir. Oui, ce fou avait touché juste : il suffisait d'un homme banal.

– Où sont le commandant Eckhart Bauer et le capitaine Möbius, *mein Herr* ? demanda-t-il après s'être ressaisi.

Sebottendorf ne prolongea pas l'entrevue.

– Les Américains ont mis la main sur du matériel et des équipements dans une église de Haigerloch, dans une grotte souterraine, mais ce n'était qu'un appât. En vérité, la vraie proie se trouve dans un village appelé Baruth. Là-bas, il y a des grottes aménagées pour accueillir le matériel nécessaire à l'assemblage de la bombe. Bauer et Möbius s'y sont réfugiés avec un nombre important de scientifiques pour la... scène finale.

Il regarda au-delà d'Arturo.

— Kurt vous donnera toutes les indications.

Arturo se retourna et découvrit Kurt juste derrière lui. Il ignorait depuis combien de temps il était là ; suffisamment, supposa-t-il, pour lui faire exploser la tête s'il avait sorti le Little Tom.

— Ici s'achève notre marché, conclut Sebottendorf. J'ignore ce que vous avez à vous prouver, mais j'espère que vous ne vous décevrez pas vous-même.

Le silence était si épais que l'on aurait pu trébucher dessus.

— *Hagen* est-elle vraiment opérationnelle ? risqua une dernière fois Arturo.

Le visage de Sebottendorf devint un masque : s'il était parfaitement reconnaissable, il était impossible de deviner ce qu'il cachait.

— *Herr* Andrade, je n'ai plus qu'une chose à vous dire : souvenez-vous... souvenez-vous que la résolution de toute énigme est toujours moins intéressante que l'énigme en elle-même.

15

En attendant les barbares

– Ils sont là, confirma le colonel Mikhail Lelyoushenko.
– Eux aussi, ils savent que nous sommes là, répondit Arturo.

Le colonel acquiesça d'un air satisfait tout en gardant un œil attentif sur les portes camouflées d'une grotte située au bout d'une piste forestière. Les pins hauts et droits étaient distribués de façon régulière et aérée, et la lumière rasante de l'après-midi conférait à l'endroit une apparence blafarde. Une heure à peine après son entretien avec Sebottendorf et son retour à Berlin, Arturo avait trouvé un véhicule pour l'emmener auprès du colonel, et ce dernier, faisant montre d'efficacité, avait coordonné la mise sur pied d'un détachement qui s'ébranla pour lancer une opération prévue depuis longtemps. Ils avaient emprunté la route du Sud et vu défiler des champs ondulés, des forêts et des fermes isolées avant d'atteindre Baruth. C'était un petit village de briques rouges et de toits gris installé sur une pente prononcée, avec son austère église luthérienne, qui semblait étonnamment tranquille malgré le récent passage du rouleau compresseur russe, comme l'indiquaient les squelettes de quelques maisons. Les voisins, interrogés, avaient confirmé l'existence de ces installations et les allées et venues, quelques jours plus tôt, de camions et de blindés camouflés. On leur avait indiqué un chemin qui épousait un passage étroit et abrupt entre les arbres, menant à une paroi formée de gros blocs de pierre inégaux, au milieu d'un petit bois. Les effectifs du NKVD s'étaient déployés avec célérité et discrétion, et quelques véhicules à chenilles ainsi qu'un T-34 s'étaient postés face à la grotte. Tous attendaient la fermeture du piège sur cet ultime bastion de l'hallucinante *Weltanschauung* nazie.

— Est-il vraiment possible que les Boches possèdent cette bombe ? lui demanda un Lelyoushenko nerveux.

— Il n'y a rien d'impossible, répondit Arturo. Surprenant, absurde, inexplicable, peut-être, mais pas impossible.

La réponse ne sembla pas du goût de l'officier qui retourna vaquer à ses occupations. Quand tout fut prêt, Lelyoushenko ordonna à l'un de ses sous-officiers, un rouquin connaissant l'allemand, de s'approcher de l'entrée avec un mégaphone pour parlementer. Les conditions posées par le colonel étaient claires : *Woina kaputt*, la guerre est finie, l'Armée rouge a pris Berlin, continuer de résister ne conduira qu'à de nouvelles pertes inutiles. Les SS devaient déposer les armes, se rendre sans délai et sans condition, et livrer le personnel scientifique comme le matériel. Si tel était le cas, il n'y aurait pas de représailles et l'on fournirait nourriture et soins à ceux qui en feraient la demande. En cas de refus, on donnerait l'assaut et il n'y aurait plus aucune garantie. Ordre fut donné, et l'homme désigné s'approcha à quelques mètres seulement de l'entrée que recouvrait un filet de camouflage, se cachant derrière une roche sans pouvoir réprimer un léger tremblement dû à la nervosité. Cette porte les mettait tous à cran. Il n'avait pas récité la moitié de l'ultimatum qu'une balle toucha net son front et le mit à terre. Ce qui déclencha un chœur de jurons, d'anathèmes et de fulminations, ainsi qu'un feu nourri qui cribla les portes métalliques. Il fallut une intervention vigoureuse du colonel Lelyoushenko pour que la fusillade s'apaisât, n'étaient quelques tirs isolés de-ci de-là. Le silence se chargea d'une odeur de poudre suffocante et piquante qui les pénétra jusqu'à la moelle. Ces héros hystériques accomplissaient avec une impitoyable discipline les ordres de Hitler : la mort plutôt que la reddition. Mikhail Lelyoushenko consulta d'un air contrarié sa montre et en remonta le mécanisme ; c'était sa façon à lui de dompter le hasard, de lui mettre des chaînes, de le soumettre à la norme.

– Des cinglés... C'est très clair, ce qu'ils veulent.

Il avait murmuré cela d'une voix traînante, en portant son regard sur le T-34 et le conducteur à la veste matelassée qui dépassait de la tourelle. Il se raidit, son visage s'assombrit.

– Seulement, on ne peut pas les laisser tuer le personnel scientifique et détruire le matériel, se reprit-il. On va tenter autre chose.

Il lança un regard en coin à Arturo.

– Camarade, tu vas parler avec eux.

Arturo eut soudain la gorge sèche.

– J'ai déjà rempli mon contrat, colonel.

– Ton contrat ne sera pas rempli tant que tu ne nous auras pas remis ces Fritz.

– Permettez-moi de ne pas être d'accord, colonel...

– Il se peut qu'ils te tuent, je dis bien il se peut, le coupat-il d'un ton irascible, sinon ce sera moi et ça, tu peux en être certain. Qu'est-ce que tu préfères ?

Arturo éprouva un sentiment mêlé de rage et de peur ; il se ressaisit.

– Très bien. Donnez-moi un mégaphone.

Lelyoushenko ordonna qu'on lui en remît un. Arturo boutonna son pardessus jusqu'au col, tel l'officier qui ajuste sa vareuse avant d'être fusillé, et porta le mégaphone à ses lèvres.

– Commandant Eckhart Bauer, cria-t-il, c'est le lieutenant Arturo Andrade. Vous vous rendez compte de la situation... Je veux parler avec vous.

Le silence fut rempli par le chant lointain des oiseaux. Le colonel leva le nez, comme s'il flairait une autre possibilité.
– Recommence.
Arturo assuma une deuxième fois le rôle d'intermédiaire, en y incluant le suicide du Führer et en laissant entendre que tout héroïsme était désormais ridicule, et les grandes causes, parodie. Le silence se rendit à nouveau maître du paysage, seulement perturbé par quelques oiseaux et l'écho d'une toux qui, à plusieurs reprises, essaya d'arracher quelque chose dont les racines étaient trop profondes.

Arturo eut la sensation d'être analysé, objet à la fois du jugement et de la compassion du colonel. L'officier se demandait s'il ne valait pas mieux laisser le bistouri pour la hache quand, à la plus grande surprise, à l'étonnement et au bonheur des Russes, la porte métallique s'ouvrit dans un craquement. D'un regard, Mikhail Lelyoushenko lui rappela la sobre réciprocité du devoir. Arturo posa le mégaphone et franchit mentalement la ligne qui sépare le sacrifice tactique du suicide. Il s'avança vers la grotte avec l'impression que sa chemise, trempée de sueur, alourdissait sa démarche, et paniqué à l'idée qu'il pouvait s'agir d'un piège, ou tout bonnement de l'antichambre de sa propre mort, car Bauer et Möbius savaient parfaitement que, si les Russes les avaient trouvés, ce ne pouvait être le fruit du hasard. À chaque pas, il s'imaginait recevoir une balle en pleine figure ou en plein cœur, et sa pâleur conférait à son visage un aspect cireux. Il détestait avoir peur. Mais le seul chemin qui conduit à l'impavidité est aussi celui qui mène à la terreur. Il arriva indemne devant la porte et passa de l'autre côté. Là, un groupe de *Waffen*-SS émaciés, sales et mal rasés l'attendait ; ils le tenaient en joue – le fusil de mire télescopique de l'un d'eux était encore chaud –, pendant que l'un d'entre eux le fouilla consciencieusement et lui confisqua son Little Tom. Puis ils le menèrent à travers une étroite galerie creusée dans la pierre, sous la pâle lumière d'un alignement d'ampoules grillagées, jusqu'à une grande pièce. Dans un coin se dressait un autel en bois semblable à celui de Jonastal, sur lequel reposait la silhouette vert-de-gris de *Hagen*, comme si l'endroit était l'ermitage d'un étrange culte voué à un dieu hermétique. Il fut pris d'un saisissement presque religieux, celui qu'éprouve tout être devant une force obstinée, élémentaire, et qui échappe à son contrôle. Le personnel scientifique était enfermé dans des bureaux vitrés, sous la garde d'autres SS. Au centre de cette pièce, Möbius l'attendait, jambes arquées. Ses traits épais exprimaient combien vivre ou mourir n'étaient pour lui que deux facettes d'un même embarras. Eckhart Bauer se tenait à son côté. Arturo constata que le surmenage et l'isolement l'avaient encore endurci, quasi pétrifié, et que l'angoisse du doute et l'irritabilité permanente lui ôtaient toute clarté de jugement. Arturo lut dans ses yeux qu'il ne pourrait compter sur la protection que l'aura sacrée procurait aux ambassadeurs de jadis – et qui, dans son cas, était le reflet de ses chefs russes.

– Vous êtes un traître, lui lança Bauer.

– Parler de trahison n'a plus de sens lorsque la guerre est finie, commandant. En tant qu'officier, votre devoir est accompli.

– Et un menteur.

– Un menteur? Le général Weidling a signé la capitulation hier à six heures du matin. La guerre est terminée, Hitler s'est suicidé. Il n'y a plus de serment de fidélité qui vaille.

Bauer tourna la tête comme s'il avait reçu une gifle.

– Vous mentez. Le Führer ne peut mourir, et tant que le Führer sera vivant, la guerre continuera. La SS a signé un pacte avec la mort et, par là même, avec la victoire.

Arturo chercha le visage de Möbius, tout aussi fatigué mais plus raisonnable.

– Vous n'avez pas entendu la radio?

– Ça fait deux jours que les communications sont coupées, la radio est en panne, répondit le capitaine.

C'était le même isolement qu'avait connu le *Führerbunker*, la même absence de repères, les mêmes miroirs se réfléchissant les uns dans les autres et dont les ventres creux reflétaient une infinité de copies. Il leur relata les dernières heures du bunker.

– ... il faut me croire, la guerre est finie et le Führer est mort. Toutes vos missions sont désormais annulées.

Bauer lui jeta un regard de mépris. Enfermé dans son fanatisme, on ne pouvait imaginer figure plus romantique et plus belle.

– Le Führer a donné ordre de transférer *Hagen* ici et d'attendre ses consignes. Le Führer nous a assuré qu'une autre équipe apporterait l'uranium traité et qu'une fois que *Hagen* serait assemblée, on la lâcherait sur Berlin. Le Führer a promis que les Russes seraient arrêtés et renvoyés dans leurs steppes...

Les ordres d'un cinglé à un autre cinglé, pensa Arturo. Il se rappela le regard de Möbius à Jonastal, les doutes d'Albert von Kleist quant au programme atomique... Sebottendorf lui-même n'avait-il pas émis des réserves sur les *Wunderwaffen*? Il s'adressa à Möbius :

– Personne ne va venir, n'est-ce pas ?

Sa question avait des accents féroces, incléments. Les vapeurs amnésiques de l'isolement n'avaient pas encore entamé la raison de Möbius.

– Il n'y a jamais eu de bombe, *Herr* Andrade. Qui sait, si nous avions eu une année de plus... Les difficultés n'étaient pas seulement liées au traitement de l'uranium, nous n'avons pas réussi à obtenir une masse critique susceptible de provoquer une réaction en chaîne. Plusieurs expérimentations ont été tentées, et nous n'en étions pas loin, mais la *Virus Haus* de Brême a été détruite lors d'un bombardement, et c'est là-bas que nous avions fait le plus de progrès. Il fallait tout recommencer. Nous avons manqué de temps…

La résolution de toute énigme est toujours moins intéressante que l'énigme en elle-même, songea Arturo. Celle-ci n'avait été qu'une mise en scène de plus, de celles que le IIIe Reich affectionnait tant.

– Alors il faut en finir avec cette folie, capitaine. Vous devez vous rendre.

– Impossible, *Herr* Andrade.

– Pourquoi ?

– Ce sont les ordres du Führer : si le plan tourne mal pour quelque raison que ce soit, il faut éviter à tout prix que le personnel et l'équipement tombent entre les mains des Russes.

– Comment… ?

– En détruisant le matériel et en liquidant les scientifiques, le coupa-t-il. Ce sont les ordres.

Arturo comprit. Il observa Eckhart Bauer. Son cerveau exténué n'était presque plus en mesure de prendre la moindre initiative. Il était égaré dans un univers de tueries enjolivé par la beauté paradoxale de combats athlétiques aux éclats sanglants et aux héros déchus. Il lui était impossible de ne pas se détester, lui dont la soif d'absolu allait à l'encontre de la vie même et des limites que lui imposait sa condition d'être humain. Ce jeune officier était la véritable réussite de Sebottendorf, un pur produit de la dialectique, le fruit monstrueux né de la suppression du doute, de la divergence et du conflit dans la nature humaine. Seulement, Arturo ne pouvait accepter que le trajet des trains fût déterminé par les rails ; on pouvait avoir le choix de la destination, parfois, modifier la trajectoire d'un train au prix de l'effort négligeable d'un changement de voies. Et il lui restait une dernière cartouche.

– Mais Hitler est mort, il s'est suicidé, j'ai vu de mes

propres yeux le sang, son cadavre qui brûlait dans la chancellerie. C'est lui qui vous a trahis, il s'est comporté comme un hystérique, comme un lâche; il a failli à sa responsabilité en tant que commandant suprême est s'est tiré une balle dans la tête. Plus rien ne vous lie à votre serment. Vous pouvez sortir d'ici et vous rendre honorablement.

– Le Führer est vivant, insista Bauer, catégorique.

– Et s'il était mort? Plus rien ne vous lierait à votre serment.

Eckhart Bauer ne sut que répondre.

– Si le Führer est mort, argua de son côté Möbius en adoptant le ton de celui qui s'applique à résoudre une devinette, comment pouvez-vous le prouver?

Arturo regarda les mines effrayées des scientifiques, celles tantôt déconfites, tantôt déterminées des SS éparpillés entre la lumière et les ombres, la silhouette obscure de *Hagen*, l'air défiant de Bauer, l'attente anxieuse sur le visage de Möbius. Son cœur se mit à battre plus vite. Alors, tout doucement, il glissa la main dans une poche et en sortit l'insigne d'or du parti nazi offert par le Führer à Magda Goebbels, et que seul Adolf Hitler avait le droit de porter. Il le remit à Bauer, qui le reçut avec vénération, mais aussi avec crainte. Cela signifiait que lui, qui œuvrait selon le *Führerprinzip*, c'est-à-dire dans la direction déterminée par le Führer; lui qui portait l'idéologie et la volonté du Führer, qui le servait avec abnégation sans émettre d'objection, qui n'avait d'autres goûts, d'autres inclinations, d'autres pensées que ceux du Führer, voyait disparaître la source d'où émanaient toutes les raisons de son existence. Arturo avait vu juste. Eckhart Bauer sembla s'incliner, comme si la marée de l'Histoire, le cours fatidique des événements inondait ses cales. Le commandant, qui ouvrait enfin les yeux, se heurtait de front à la réalité. Il se produisait le même phénomène que dans le bunker: le totem, l'amulette, le sorcier disparaissait et les croyants n'avaient d'autre issue que la fuite ou le suicide. Et les questions qu'Arturo s'était posées à de nombreuses reprises – comment va-t-il réagir devant la mise à nu de ses illusions, l'effondrement de son monde? En se laissant porter par ce courant nihiliste, dans une inertie qui le conduirait à tous les tuer, y compris lui-même? En se trahissant et se livrant aux Russes? – trouvèrent une réponse inattendue. Bauer, épuisé, réagit comme l'eût fait un orphelin: il se mit à pleurer. C'étaient les sanglots inconsolables et puérils de l'enfant perdu, du gamin à qui la Terre n'appartient plus, et qui l'obligèrent à se mettre à l'écart. Un silence aussi épais que l'air qui les entourait les enveloppa; personne ne sut comment réagir. Möbius et Arturo s'affrontèrent du regard. Un lien secret se tissa entre leurs intelligences en désaccord, mais Arturo ressentit une sorte de gêne au moment d'obliger le capitaine à franchir la ligne mince qui sépare la flexibilité et l'absence de principes. À l'évidence, Möbius n'avait pas la même soif de gloire, la force motrice du nazisme n'exerçait pas la même attraction sur lui, et les deux hommes savaient pertinemment que leurs vies à tous dépendaient de la réaction du capitaine. Sur son visage on lisait un mélange confus d'idéalisme et de pragmatisme, de sentimentalisme et de cruauté. Il se contempla dans le miroir noir de ses bottes, observa les pleurs convulsifs de Bauer et sembla vaciller. Puis il retrouva une attitude pragmatique, l'attitude de celui qui sait où est sa place sur cette terre.

– Nous sommes cernés par les Russes, commença Möbius, le Führer est mort et le général Weidling a fait capituler Berlin. Continuer le combat n'a aucun sens. Vous vous êtes battus avec courage, vous avez servi la patrie et le Führer, vous n'avez rien à vous reprocher. Ici, c'est moi qui commande et j'ordonne qu'aucune résistance ne soit opposée. Tout le monde sortira, y compris le personnel scientifique, et nous remettrons nos armes aux Russes. C'est clair?

Il y a des questions auxquelles seule la vie peut répondre.

– Jamais je ne faillirai à mon serment, répondit un jeune caporal en dégainant son Walther.

Möbius le crucifia des yeux.

– Vous avez l'intention de continuer la guerre tout seul? demanda-t-il.

– Mon honneur s'appelle fidélité. Nous allons rester ici et lutter contre les Russes jusqu'à ce que les munitions soient épuisées, et ensuite nous nous tirerons une balle. Nous faisons partie de la SS. Nous ne pouvons survivre au Führer.

Möbius balaya la salle du regard.

– Qui est d'accord avec lui?

Plusieurs hommes se regroupèrent autour du caporal. Le fanatisme donnait à leur corps l'aspect de filaments.

– Je ne peux pas m'opposer à votre décision, mais les autres sortiront. Vous resterez tout seuls.

Le caporal accepta son verdict et commença de coordonner la défense. De son côté, Möbius s'attela à organiser la reddition, répartissant en files les scientifiques et les SS, auxquels on enleva les armes pour les remettre à ceux qui s'obstinaient à résister. Quand tout fut prêt, Möbius s'adressa à Arturo :

– Allez-y le premier, prévenez-les que tout est fini. J'espère qu'ils respecteront leurs conditions.

– Ils les respecteront. Une dernière chose : quand vous passerez entre les Russes, ne les regardez pas dans les yeux.

Möbius acquiesça, observa une dernière fois le commandant Eckhart Bauer et fit ses adieux à ces ultimes défenseurs. Puis il prononça une harangue où il était question du difficile voyage qu'ils avaient fait ensemble, et en dépit de cette amère défaite, tous crièrent un sonore *Sieg Heil* accompagné du salut de rigueur, qui résonna comme la chute du rideau.

Le colonel Mikhail Lelyoushenko et Arturo observèrent les files de prisonniers qui, les yeux baissés, avançaient entre les soldats russes, certains les mains en l'air. Les Russes firent preuve de magnanimité, les faisant monter ensuite dans des camions. On sépara les officiers et les scientifiques du gros de la *Waffen*-SS et les interrogatoires commencèrent aussitôt. Le Russe affichait une grande satisfaction.

– Mon colonel, j'ai rempli mon contrat, dit Arturo en sautant sur l'occasion.

Lelyoushenko claqua des mains, accompagnant son geste d'un large sourire qui étira davantage ses yeux. Il ôta ses lunettes rondes, les examina et les chaussa de nouveau.

– Je voulais justement t'en parler, camarade Andrade.

Le ton de sa voix provoqua chez Arturo un serrement de gorge, quelque chose à mi-chemin entre l'assèchement et l'anxiété.

– Nous avons conclu un accord, n'est-ce pas? dit-il pour parer à toute éventualité.

– Effectivement, et tu as fait ta part. Mais j'ai aussi respecté mon engagement.

– Où sont Silke et l'enfant, alors?

– Nous n'avons pas trouvé la gamine, elle a disparu.

Arturo ne répondit pas mais ressentit une souffrance abstraite.

– Et cette Silke… eh bien, elle s'est révélée être une personne… intéressante.

– Intéressante?

– Elle m'a parlé de votre relation, camarade. Et elle a conclu un marché avec moi.

– Quel marché?

– Deux billets pour Vienne. Un pour elle et l'autre pour son ami.

Arturo se sentit défaillir.

– Elle est partie avec Ernst ? demanda-t-il, stupéfait.
– Tu l'as libérée, camarade, mais je ne pouvais pas l'obliger à rester avec toi.
– Mais en échange de quoi ? Qu'avait-elle à vous proposer ?

À la seconde où il formula sa question, celle-ci lui sembla purement rhétorique. Un sourd désespoir submergea Arturo lorsqu'il comprit ce que le colonel, le laissant tout seul avec sa blessure, était allé chercher dans la jeep. Plongé dans une sorte de pensée magique d'après laquelle le hasard lui donnerait le droit d'être avec Silke car il l'avait gagné par la démesure de son désir et de sa volonté, il ne pouvait accepter que tout lui échappe ainsi. Mikhail Lelyoushenko revint avec un livre dans la main et le lui montra.

– Je crois qu'il n'y a rien à expliquer, lui dit-il. Le NKVD est extrêmement désireux de s'entretenir avec les salopards qui figurent là-dedans, et ça, ça va nous faciliter la tâche.

C'était bien la *Dienstalterliste*, le document secret qui contenait l'organigramme complet des officiers de la SS, celui-là même qu'Arturo croyait enfoui sous les ruines de son ancien appartement. Le colonel ajouta quelque chose, mais Arturo voyait ses lèvres bouger sans entendre les mots qu'il prononçait. Silke lui avait menti. Silke l'avait abandonné. Il sentit que sa logique absurde et aveugle assimilait enfin l'échec avec cette clarté et cette profondeur auxquelles seuls les enfants et les philosophes peuvent prétendre ; par un effort de sa volonté, il parvint à saisir les réponses que la nature lui opposait. Le plus difficile, dans la vie, c'est de savoir quand se retirer, accepter qu'il n'y ait plus aucun espoir de retrouver le bonheur, affronter la tristesse de ce qui ne sera plus. Il fallait aimer. Ensuite, il fallait abandonner. D'une certaine façon, il se sentit libre, un tantinet ridicule mais libre : il ne serait plus assujetti aux craintes et aux terreurs de l'espoir. Et, bien qu'il éprouvât un besoin fugace de rendre la pareille à ce colonel qui n'avait pas respecté les règles du jeu, une envie d'être cruel – une cruauté qui lui permettrait de se soulager un peu en faisant allusion, par exemple, à cette logique de Staline selon laquelle chaque militaire est assis sur sa propre tombe –, il choisit de reporter toute sa concentration sur l'or qui l'attendait.

– Très bien. Je prendrai un des camions qui vont à Berlin, colonel, l'informa-t-il.

Dans les yeux de Lelyoushenko brilla une fausse lueur d'intérêt.

– Rien à objecter, camarade Andrade. Cependant, réfléchissez à la possibilité de rester avec nous. L'avenir sera communiste.

– Souhaitons-le, mon colonel, souhaitons-le, répondit-il sans raison, peut-être par lassitude, ou par indifférence.

Arturo le salua, s'emmitoufla dans son pardessus et, après avoir pris une large inspiration, marcha vers l'un des camions Studebaker livrés par les Américains. Juste avant le départ, tandis que le véhicule vibrait, il assista aux préparatifs du groupe qui allait donner l'assaut à la grotte, et moins de dix minutes plus tard, on entendit comme le coup de poing d'un géant sur une plaque de zinc, une explosion qui balaya l'air et le satura d'une épaisse fumée. Le nuage se dissipa et dévoila des portes dégondées et noires de suie. Le T-34 s'apprêtait à tirer une seconde fois. À la surprise générale, un éclair bleu-vert jaillit de l'entrée, suivi d'un claquement aigu et persistant. C'était le dernier sursaut en défense de la quintessence du national-socialisme, de cette pureté qui menait au vide absolu, de l'excès faustien de son envol. L'heure de l'inévitable effondrement, de la chute sans fin, avait sonné, mais cela ne concernait plus Arturo.

Parce qu'ils s'étaient immolés.
Parce qu'ils étaient enterrés.
Ils étaient déjà cendres.

Le rugissement des Studebaker déposa Arturo près de l'hôtel *Adlon*, puis les camions continuèrent leur route vers un camp de concentration du NKVD. Il s'achemina vers l'ambassade espagnole, marchant sur des milliers de bris de verre et de morceaux de briques qui le faisaient trébucher; à certains endroits, ses bottes restaient collées au goudron encore chaud. Cet après-midi-là, le ciel ressemblait à un écran de cinéma abandonné et le calme était tombé sur Berlin comme un voile de tulle; ordre avait été donné aux Anatole, Petka, Grischa et autres Vania de refermer les plaies et d'éviter d'en ouvrir de nouvelles. Les viols et les exactions allaient en diminuant, cependant que les Berlinois – tels ces Romains résignés et élégants qui voyaient leur ville piétinée par les sandales poussiéreuses des barbares – intégraient une peur qui leur garantirait la survie. Une attitude compréhensible malgré le lot de perversions, de cynisme et de lâcheté qu'elle allait entraîner. Ici ou là, des signes que les Furies étaient les sœurs d'Aphrodite, ire et beauté jaillissant d'une même source, preuve que les situations extrêmes sont toujours réversibles et qu'avec le temps chacun recommencerait à parler, à manger, à faire l'amour... suivant cette loi immuable et éternelle de l'oubli qui veut que les hommes n'apprennent jamais rien du passé, leur faculté d'adaptation et de changement les faisant toujours revenir au même point de départ.

Arrivé sur la Lichtensteinallee, il découvrit un ballet de policiers militaires et de soldats qui occupaient la zone et l'empêchèrent d'aller plus loin. Sans vraiment savoir pourquoi, Arturo y vit une nouvelle pirouette du hasard : la loi du monde reprenait ses droits. Il interrogea l'un des badauds placés en lisière du périmètre de sécurité et ce dernier lui rapporta que des patrouilles avaient découvert quelques jours plus tôt, cachés sous les décombres, des sacs à dos remplis de lingots d'or provenant d'une attaque de la Reichsbank.

On avait bouclé le secteur pour procéder à des recherches plus poussées. Arturo reçut la nouvelle sans s'émouvoir, avec un détachement naturel proche de l'indifférence, comme s'il l'avait pressentie. Il étouffa même un petit rire, le rire de celui qui constate que tout se termine mal. C'était à nouveau la fatalité qui contrait la volonté, le hasard déguisé sous les traits d'un Kazakh soulevant une dalle brisée ou d'un prisonnier – cela pouvait même être Fanjul – passant aux aveux. Cela n'avait aucune importance. Le Reich, l'humanisme, l'or, Silke, Loremarie, Saladino, Ramiro, Matías : tout était foutu. Il erra dans les rues désertes, dans les dédales et les étroits couloirs dessinés par les amas de gravats. Puanteur, pierres cassées, saleté, sueur. Dans une ruelle, il tomba sur des enfants maigres et crasseux ; pour une raison inconnue, ils avaient tendance à proliférer là où le danger et les difficultés s'accumulaient. Ils jouaient aux soldats avec des bâtons et des étuis d'armes, criant, sautant, se poignardant les uns les autres dans cette macabre ritournelle dont la condition humaine ne serait jamais affranchie. Nulle paix ne serait jamais possible entre les hommes, ni dans la nature, seule la mort apporte la paix. Arturo eut la certitude que tout était absurde, qu'il n'y avait plus ni desseins ni projets, que la vie et la mort n'étaient pas consécutives mais simultanées, inséparables. Il éprouva de la compassion pour lui-même, des remords.

Et la sensation nue et écrasante que rien n'a d'importance. Même s'il abattait un bébé d'une balle dans le crâne, les fleurs, les montagnes, les voitures, les avions, tout, absolument tout, continuerait de la même façon, cela ne changerait rien. C'était cela, le nihilisme que prônait Sebottendorf, l'inertie de sa logique extrême, qui brûlait dans le feu qu'il avait allumé lui-même. Arturo était lui aussi sous l'emprise de cette déroute ambiguë, calice amer que les vaincus boiraient jusqu'à la lie pour sublimer un état d'offense justifié qui leur donnerait le pouvoir pendant des siècles, alors que les vainqueurs, eux, douteraient, remettraient en question leurs actes, s'affaibliraient. Il se rappela que dans sa poche se trouvait encore la capsule de cyanure offerte par Möbius. Il la chercha, la sortit et contempla cette ampoule qui renfermait l'unique vérité absolue, l'unique point de l'univers susceptible de neutraliser l'incertitude. C'était là que se trouvait la seule justice réparatrice, refondatrice. Ce serait une simple cérémonie solitaire, un dernier coup de pelle pour effacer le monde. Les yeux noirs et cruels des Furies, perchées sur les bâtiments cariés, le harponnaient. Intempéries. Son âme était en proie aux intempéries. Pourtant, quelque chose lui fit renoncer et s'accrocher avec force. Il jeta un dernier regard à la capsule et la laissa tomber au sol, avant de l'écraser de sa botte. Il se mit en route d'un pas décidé pour le district de Schöneberg, refaisant le trajet qu'il avait déjà fait avec Saladino et Alfredo Fanjul lorsqu'ils étaient partis à la recherche de la *Dienstalterliste* dans l'appartement de Silke. À peine une heure plus tard, il se tenait devant l'immeuble sectionné en deux, à la verticale, qui avait marqué son esprit. La pièce avec les meubles, le piano, les bustes de musiciens, les murs couverts de disques et l'énorme gramophone sur le guéridon était toujours là, intact. Il franchit l'entrée, monta l'escalier jusqu'au quatrième étage et trouva la porte de l'appartement, à moitié arrachée par une explosion. Il poussa avec force au plus près des gonds jusqu'à ce que le bois fendu cède et que la porte tombe avec fracas. Il entra dans le logement miraculeusement indemne, bien que le mobilier fût sens dessus dessous et couvert des débris tombés du plafond, et pénétra dans ce sanctuaire de mélomanes. Le panorama sur un Berlin dévasté était ample, parfait ; l'après-midi se défaisait dans une mélancolie de roses, de gris et de bleus. Il s'approcha des murs où s'alignaient les disques et examina les pochettes l'une après l'autre. *Quand tout cela sera fini, écoutez Bach. Écoutez-le,* Herr *Andrade*. Les paroles d'Albert von Kleist enfermé dans sa cellule sordide résonnèrent dans sa tête. *Il vous sauvera la vie*. Il trouva enfin un enregistrement du *Concerto en* ré *mineur* BWV 1043 pour deux violons. Il sortit doucement le disque et souffla dessus. Il alla le poser sur le plateau du gramophone. Après quelques vigoureux coups de manivelle, le disque commença de tourner et Arturo souleva avec délicatesse l'aiguille pour la reposer sur le sillon correspondant au *largo ma non tanto*. L'aiguille se mit à gratter le silence avec un son granuleux et Arturo s'installa dans le fauteuil à côté du guéridon. Berlin s'étendait devant lui jusqu'au Tiergarten. *Chaque nuit, j'écoutais Bach,* lui répéta Albert. La musique s'éleva sans préambule, sans avertissement, sans aucune justification. Les notes s'opposaient et se réconciliaient, élargissant la pièce. *Dans Bach, il n'y a pas d'obscurité,* Herr *Andrade, tout est transparent.* Face au *Götterdämmerung* wagnérien, face à sa musique sans pitié, Bach se déployait, diaphane, logique, sans contradictions. Il se souvenait, comme Hans Krappe le lui avait dit, combien il est facile d'être un foutu nihiliste, combien il est facile de conclure que rien n'a d'importance, *le plus difficile, c'est de distinguer ce qui est juste de ce qui ne l'est pas,* Herr *Andrade*. Là, submergé par cette musique, il prit conscience qu'il avait exagéré ses problèmes, que l'on pouvait adoucir le destin, changer la direction des trains. Il lui restait les gestes, *Frau* Volkova protégeant son fils, le courage de Saladino, la dévotion de Manolete, une caresse de Silke... Sa main commença de marquer la mesure au milieu de ce palpitant océan de musique. Il sentait la terre qui germait à nouveau, la machine de la vie faisant preuve de sa force, l'air doux, apaisant, intime. Peu à peu, il retrouvait en lui toute la beauté perdue ; l'infini devenait maîtrisable, et pendant ce temps-là, Berlin était progressivement envahi par des êtres lumineux, créatures idéales qui repoussaient les démons et qui, curieuses, infantiles, pures, se glissaient parmi la puanteur et les charniers, recueillant des âmes qui flottaient sans but, élastiques, comme de grosses bulles de savon.

Alors, Arturo eut le sentiment d'être pardonné, libéré, ému, embrassé.

Et Bach fut le seul mystère.

Équivalences des grades de la SS

Gruppenführer: général de division
Hauptsturmführer: capitaine
Obergruppenführer: général de corps d'armée
Obersturmbannführer: lieutenant-colonel
Reichsführer: le plus haut grade des officiers généraux dans la SS. Il pourrait être l'équivalent de celui de maréchal dans l'armée française, mais son caractère essentiellement politique rend problématique une telle assimilation.
Reichsmarschall: le plus haut rang dans les forces armées de l'Allemagne nazie, équivalant à celui de maréchal dans l'armée française.
Rottenführer: caporal-chef
Scharführer: sergent-chef
Sturmbannführer: commandant
Sturmscharführer: adjudant-chef
Unterscharführer: sergent
Untersturmführer: sous-lieutenant

TABLE

1. Le premier démon	*13*
2. Trois millions d'âmes	*22*
3. Utopie	*51*
4. Cercles vertueux	*77*
5. Ce qui n'est pas	*93*
6. L'obscurité qui nous lie	*128*
7. Anniversaire avec le Führer	*148*
8. *Hagen*	*185*
9. La plainte d'Orphée	*216*
10. Angles morts	*241*
11. La chute avec l'ange	*295*
12. Des douilles et des crânes	*329*
13. Les rois pantins	*358*
14. *Führerdämmerung*	*386*
15. En attendant les barbares	*429*
Équivalences des grades de la SS	*447*

DU MÊME AUTEUR

Aux Éditions Phébus
  En littérature étrangère
Les Démons de Berlin, 2012 ; Libretto n° 412, 2013.
Empereurs des ténèbres, 2010 ; Libretto n° 373, 2012.

*l*ibretto

Dernières parutions

410.	DONALD RAY POLLOCK	*Knockemstiff*
409.	CÉDRIC GRAS	*Vladivostok*
408.	DAVID DONACHIE	*Trafic au plus bas*
407.	RAX RINNEKANGAS	*La lune s'enfuit*
406.	RON HANSEN	*L'Extase de Mariette*
405.	SYLVIE WEIL	*Chez les Weil*
404.	BERNARD OLLIVIER	*Nouvelles d'en bas*
403.	NICHOLAS JUBBER	*Sur les traces du Prêtre Jean*
402.	BALTHUS	*Correspondance amoureuse*
401.	DAVID EBERSHOFF	*Danish Girl*
400.	WILLIAM SAROYAN	*Folie dans la famille*
399.	CONSTANCE DE SALM	*Vingt-Quatre Heures d'une femme sensible*
398.	JENNIFER LESIEUR	*Jack London*
397.	GILES MILTON	*Samouraï William*
396.	DMITRI BORTNIKOV	*Le Syndrome de Fritz*
395.	ROLAND TOPOR	*La Princesse Angine*
394.	BERNARD OLLIVIER	*La vie commence à 60 ans*
393.	ALEXANDER KENT	*Deux officiers du roi*
392.	JOSEPH CZAPSKI	*Proust contre la déchéance*
391.	MAURICE SACHS	*Chronique joyeuse et scandaleuse*
390.	SUAT DERWISH	*Les Ombres du Yali*

389.	JEANNE CORDELIER	*La Dérobade*
388.	GIAMBATTISTA BASILE	*Le Conte des Contes*
387.	JAMES WADDINGTON	*Un Tour en enfer*
386.	ALEXANDER KENT	*Flamme au vent*
385.	LOUIS BROMFIELD	*Précoce automne*
384.	BERNARD OLLIVIER	*Aventures en Loire*
383.	JACK SCHAEFFER	*L'Homme des vallées perdues*
382.	RON HANSEN	*Soleil de cendre*
381.	TCHINGUIZ AÏTMATOV	*Il fut un blanc navire*
380.	ALBERT T'SERSTEVENS	*L'homme que fut Blaise Cendrars*
379.	EDWARD CAREY	*L'Observatoire*
378.	WILLIAM SAROYAN	*Une comédie humaine*
377.	THEODOR KRÖGER	*Le Village oublié*
376.	DOROTHY SCARBOROUGH	*Le Vent*
375.	HANS HABE	*La Tarnowska*
374.	W. WILKIE COLLINS	*Une belle canaille*
373.	IGNACIO DEL VALLE	*Empereurs des ténèbres*
372.	MARCELLE SAUVAGEOT	*Laissez-moi*
371.	LAWRENCE DURRELL	*Citrons acides*
370.	DAVID DONACHIE	*Une chance du diable*
369.	R. L. STEVENSON	*Le Trafiquant d'épaves*
368.	GILES MILTON	*La Guerre de la noix muscade*
367.	RON HANSEN	*La Nièce d'Hitler*
366.	HERMAN BANG	*Les Quatre Diables*
365.	PETER BALAKIAN	*Le Tigre en flammes*
364.	ROGER DE BEAUVOIR	*Les Mystères de l'île Saint-Louis*
363.	ALBERT T'SERSTEVENS	*Les Corsaires du roi*
362.	MARCELO FIGUERAS	*La Griffe du passé*

361.	RODERICK CONWAY MORRIS	*Djem*
360.	ALEXANDER KENT	*Honneur aux braves*
359.	CARLOS BAUVERD	*Post Mortem*
358.	W. WILKIE COLLINS	*Mari et Femme*
357.	JACK LONDON	*La Fille de la nuit – Courage à la hollandaise*
356.	FRANÇOISE CLOAREC	*Séraphine*
355.	ROLAND TOPOR	*Le Locataire chimérique*
354.	MARGARET DRABBLE	*La Sorcière d'Exmoor*
353.	EMMANUEL DARLEY	*Un des malheurs*
352.	RAFAEL SABATINI	*Le Faucon des mers*
351.	ROY PARVIN	*La Petite-Fille de Menno*
350.	MORIS FARHI	*Jeunes Turcs*
349.	DAVID STOREY	*Ma vie sportive*
348.	SLAVOMIR RAWICZ	*À marche forcée*
347.	ROLAND PIDOUX	*Les Clochards d'Asmodée*
346.	ALEXANDER KENT	*Victoire oblige*
345.	SERGIO ATZENI	*Le Fils de Bakounine*
344.	ILIJA TROJANOW	*Le Collectionneur de mondes*
343.	JOSEF MARTIN BAUER	*Aussi loin que mes pas me portent*
342.	WILLIAM DALRYMPLE	*Dans l'ombre de Byzance. Sur les traces des chrétiens d'Orient*
341.	DAVID MADSEN	*Le Nain de l'ombre*
340.	CLAUDE FARRÈRE	*Thomas l'Agnelet*
339.	GEORGES BERNANOS	*Un crime*
338.	MIKLÓS BÁNFFY	*Que le vent vous emporte. Chronique transylvaine*, t. 3
337.	KENNETH GRAHAME	*Le Vent dans les saules*

336.	CARLO GÉBLER	*Comment tuer un homme*
335.	KLAUS MANN	*Speed*
334.	ANA MARÍA MATUTE	*La Tour de guet*
333.	MÉLANI LE BRIS	*La Cuisine des flibustiers*
332.	JANE DIEULAFOY	*L'Orient sous le voile. De Chiraz à Bagdad, 1881-1882*
331.	J. SHERIDAN LE FANU	*Les Mystères de Morley Court*
330.	DOROTHY PARKER	*Hymnes à la haine*
329.	ALEXANDER KENT	*Cap sur la Baltique*
328.	MIKLÓS BÁNFFY	*Vous étiez trop légers. Chronique transylvaine*, t. 2
327.	PIERRE LOTI	*Fantôme d'Orient et autres textes sur la Turquie*
326.	JACK LONDON	*Face de Lune*
325.	VICTOR BARRUCAND	*Avec le feu*
324.	IVY COMPTON-BURNETT	*Une famille et une fortune*
323.	ALEXANDRE DUMAS	*Le Chevalier d'Harmental*
322.	W. WILKIE COLLINS	*Secret absolu*
321.	ERNEST SHACKLETON	*Au cœur de l'Antarctique*
320.	ROSAMOND LEHMANN	*Le Jour enseveli*
319.	JANE DIEULAFOY	*Une amazone en Orient*
318.	JACK LONDON	*La Croisière du « Dazzler »*
317.	R. L. STEVENSON	*Dr Jekyll et Mr Hyde*
316.	CECIL SCOTT FORESTER	*Lieutenant de marine. Capitaine Hornblower*, t. 2
315.	CECIL SCOTT FORESTER	*Aspirant de marine. Capitaine Hornblower*, t. 1
314.	BERYL MARKHAM	*Vers l'Ouest avec la nuit*

313.	ARNOLD HENRY SAVAGE LANDOR	*La Route de Lhassa. À travers le Tibet interdit, 1897-1898*
312.	SYLVAIN TESSON	*Vérification de la porte opposée*
311.	LOUIS BROMFIELD	*Mrs Parkington*
310.	JOSEPH O'CONNOR	*Les Bons Chrétiens*
309.	JACK LONDON	*Les Tortues de Tasmanie*
308.	TOM REISS	*L'Orientaliste. Une vie étrange et dangereuse*
307.	ADOLPHUS WASHINGTON GREELY	*Les Naufragés du pôle. Trois années d'errance dans l'enfer blanc, 1881-1884*
306.	MIKLÓS BÁNFFY	*Vos jours sont comptés. Chronique transylvaine*, t. 1
305.	ALEXANDER KENT	*Combat rapproché*
304.	GUY BOOTHBY	*Docteur Nikola*
303.	ROGER VAILLAND	*Drôle de jeu*
302.	JACK LONDON	*La Force des forts*
301.	JEAN MALAQUAIS	*Planète sans visa*
300.	J. SHERIDAN LE FANU	*La Maison près du cimetière*
299.	FERDYNAND OSSENDOWSKI	*De la présidence à la prison*
298.	ALEXANDRE DUMAS	*Ali Pacha*
297.	BADÎ' AL-ZAMÂNE AL-HAMADHANI	*Le Livre des vagabonds. Séances d'un beau parleur impénitent*
296.	W. WILKIE COLLINS	*Seule contre la loi*
295.	ROSAMOND LEHMANN	*Poussière*
294.	ELIZABETH BOWEN	*Les Cœurs détruits*
293.	ARMÍN VÁMBERY	*Voyage d'un faux derviche en Asie centrale, 1862-1864*

292.	GEORGES WALTER	*Enquête sur Edgar Allan Poe*
291.	JACK LONDON	*Jerry, chien des îles*
290.	ELIZABETH GOUDGE	*L'Arche dans la tempête*
289.	ANNA BLUNT	*Anna d'Arabie. La Cavalière du désert, 1878-1879*
288.	THOMAS HARDY	*Les Forestiers*
287.	PHILIP MEADOWS TAYLOR	*Confessions d'un Thug*
286.	DAVID HERBERT LAWRENCE	*La Belle Dame*
285.	LAURIE LEE	*Instants de guerre, 1937-1938*
284.	PAUL FÉVAL	*Les Compagnons du silence*
283.	JACK LONDON	*Le Dieu de ses pères*
282.	FÉLIX VALLOTTON	*La Vie meurtrière*
281.	ALEXANDER KENT	*Capitaine de pavillon*
280.	RICHARD DODDRIDGE BLACKMORE	*Lorna Doone*
279.	JACK LONDON	*Révolution – Guerre des classes*
278.	PIERRE LOTI	*L'Inde (sans les Anglais)*
277.	ABOU-MOUTAHHAR AL-AZDÎ	*Vingt-Quatre Heures de la vie d'une canaille*
276.	BORIS SAVINKOV	*Le Cheval blême. Journal d'un terroriste*
275.	ALEXANDRE DUMAS	*Le Trou de l'enfer – Dieu dispose*
274.	VICKI BAUM	*Lac-aux-dames*
273.	THÉODORE CANOT	*Confessions d'un négrier. Les Aventures du capitaine Poudre-à-canon, trafiquant en or et en esclaves, 1820-1840*
272.	ELIZABETH BOWEN	*Emmeline*

271.	JACK LONDON	*L'Aventureuse*
270.	MICHEL ZEVACO	*Le Chevalier de la Barre*
269.	CATHERINE DE BOURBOULON	*L'Asie cavalière. De Shang-haï à Moscou, 1860-1862*
268.	W. WILKIE COLLINS	*Profondeurs glacées*
267.	ODETTE DU PUIGAUDEAU	*Tagant. Au cœur du pays maure, 1936-1938*
266.	ELIZABETH GOUDGE	*La Colline aux Gentianes*
265.	ROBERT ERSKINE CHILDERS	*L'Énigme des sables*
264.	CHARLOTTE PERKINS GILMAN	*La Séquestrée*
263.	WALTER SCOTT	*Le Talisman*
262.	ZILA RENNERT	*Trois wagons à bestiaux. D'une guerre à l'autre à travers l'Europe centrale*
261.	FERDYNAND OSSENDOWSKI	*Asie fantôme. À travers la Sibérie sauvage, 1898-1905*
260.	JACK LONDON ET ANNA STRUNSKY	*L'Amour et rien d'autre*
259.	KIM LEFÈVRE	*Métisse blanche – Retour à la saison des pluies*
258.	GERTRUDE STEIN	*Henry James*
257.	GERTRUDE STEIN	*Flirter au Bon Marché*
256.	DAPHNÉ DU MAURIER	*Le Monde infernal de Branwell Brontë*
255.	ALEXANDER KENT	*Armé pour la guerre*
254.	CATHERINE SAYN-WITTGENSTEIN	*La Fin de ma Russie*
253.	JACK LONDON	*Construire un feu*

252.	ABD EL-KADER	*Lettre aux Français*
251.	ALEXANDRE DUMAS	*La Guerre des femmes*
250.	VICKI BAUM	*Grand Hôtel*
249.	KIM LEFÈVRE	*Moi, Marina la malinche*
248.	JACK LONDON	*Histoires des îles*
247.	ELIZABETH GOUDGE	*Le Pays du Dauphin-Vert*
246.	ELIZABETH BOWEN	*Les Petites Filles*
245.	HERMAN MELVILLE	*Moby Dick*
244.	TERESKA TORRÈS	*Une Française libre*
243.	RUTH PRAWER JHABVALA	*Chaleur et poussière*
242.	JACK LONDON	*Une fille des neiges*
241.	EDUARDO GALLARZA	*Le Soviet des fainéants*
240.	DAVID HERBERT LAWRENCE	*L'Étalon*
239.	MISSIE VASSILTCHIKOV	*Journal d'une jeune fille russe à Berlin*
238.	ALEXANDER KENT	*En vaillant équipage*
237.	E. T. A. HOFFMANN	*Le Petit Zachée*
236.	FRANÇOIS SOLESMES	*Éloge de la caresse*
235.	JACK LONDON	*La Peste écarlate*
234.	JEAN FOLLAIN	*Paris*
233.	MARC TRILLARD	*Campagne dernière*
232.	DANIEL ARSAND	*En silence*
231.	GUILLERMO ARRIAGA	*L'Escadron guillotine*
230.	MARY JAYNE GOLD	*Marseille, année 40*
229.	MERVYN PEAKE	*Titus errant*
228.	PAUL FÉVAL	*Les Mystères de Londres*
227.	R. L. STEVENSON	*Notre aventure aux Samoa*

226.	JEAN SOUBLIN	*Lascaris d'Arabie*
225.	JACK LONDON	*La Croisière du « Snark »*
224.	MARGA BERCK	*Un été à Lesmona*
223.	MERVYN PEAKE	*Gormenghast*
222.	ANDRÉ DHÔTEL	*Le Mont Damion*
221.	PANAÏT ISTRATI	*Œuvres*, t. 3
220.	PANAÏT ISTRATI	*Œuvres*, t. 2
219.	E. T. A. HOFFMANN	*Maître Puce*
218.	JACK LONDON	*Smoke Bellew (Belliou la fumée)*
217.	JEAN BACON	*Les Saigneurs de la guerre*
216.	MERVYN PEAKE	*Titus d'Enfer*
215.	PANAÏT ISTRATI	*Œuvres*, t. 1
214.	ALEXANDER KENT	*Le Feu de l'action*
213.	HENRY HOWARTH BASHFORD	*Augustus Carp*
212.	ALEXANDRE DROUJININE	*Pauline Sachs*
211.	JACK LONDON	*Quand Dieu ricane*
210.	ANDRÉ DHÔTEL	*Les Disparus*
209.	ODETTE DU PUIGAUDEAU	*Le Sel du désert*
208.	GUILLERMO ARRIAGA	*Un doux parfum de mort*
207.	E. T. A. HOFFMANN	*Princesse Brambilla*
206.	W. WILKIE COLLINS	*Basil*
205.	JAN YOORS	*La Croisée des chemins. La Guerre secrète des Tsiganes, 1940-1944*
204.	THOR HEYERDAHL	*Aku-Aku. Le Secret de l'île de Pâques*
203.	KATHLEEN WINSOR	*D'or et d'argent*
202.	ALEXANDER KENT	*À rude école*

201.	PAUL BRANCION	*Le Château des étoiles*
200.	NORMAN LEWIS	*Comme à la guerre*
199.	DOMINIQUE TORRÈS	*Esclaves. Deux cent millions d'esclaves aujourd'hui*
198.	JACK LONDON	*Fils du soleil*
197.	GEORGES WALTER	*Les Enfants d'Attila*
196.	ROBERT MARGERIT	*Les Hommes perdus. La Révolution*, t. 4
195.	FRANCISCO COLOANE	*Cap Horn*
194.	BERNARD OLLIVIER	*Le Vent des steppes. Longue marche*, t. 3
193.	BERNARD OLLIVIER	*Vers Samarcande. Longue marche*, t. 2
192.	BERNARD OLLIVIER	*Traverser l'Anatolie. Longue marche*, t. 1
191.	JACK LONDON	*Radieuse Aurore*
190.	ANDRÉ DHÔTEL	*Le Soleil du désert*
189.	ROBERT MARGERIT	*Un vent d'acier. La Révolution*, t. 3
188.	MEYER LEVIN	*Frankie et Johnnie*
187.	KEITH RIDGWAY	*Mauvaise Pente*
186.	ROBERT MARGERIT	*Les Autels de la peur. La Révolution*, t. 2
185.	ROBERT MARGERIT	*L'Amour et le temps. La Révolution*, t. 1
184.	E. T. A. HOFFMANN	*Les Élixirs du diable*
183.	CATHERINE POZZI	*Journal, 1913-1914*
182.	MIKA WALTARI	*Jean le Pérégrin*
181.	HUGO HAMILTON	*Berlin sous la Baltique*
180.	JACK LONDON	*Michaël, chien de cirque*

179.	ALEXANDER KENT	*Ennemi en vue*
178.	JAN YOORS	*Tsiganes. Sur la route avec les Rom Lovara*
177.	ARMEL GUERNE	*Les Romantiques allemands* anthologie
176.	WANG WEI	*Les Saisons bleues*
175.	FREDERIC MANNING	*Nous étions des hommes*
174.	JOSEPH VON EICHENDORFF	*Scènes de la vie d'un propre à rien*
173.	ANDRÉ DHÔTEL	*Ce Jour-là*
172.	MATHIEU TERENCE	*Les Filles de l'ombre*
171.	PAUL DEL PERUGIA	*Les Derniers Rois mages*
170.	NICHOLAS MONSARRAT	*La Mer cruelle*
169.	WASHINGTON IRVING	*Contes de l'Alhambra*
168.	LAURIE LEE	*Un beau matin d'été. Sur les chemins d'Espagne, 1935-1936*
167.	MICHEL VIEUCHANGE	*Smara. Carnets de route d'un fou du désert*
166.	JACK LONDON	*Les Mutinés de l'« Elseneur »*
165.	E. T. A. HOFFMANN	*Contes nocturnes*
164.	FLANN O'BRIEN	*L'Archiviste de Dublin*
163.	WILLIAM TREVOR	*Lucy*
162.	JACK LONDON	*La Petite Dame dans la Grande Maison*
161.	ANDRÉ DHÔTEL	*Les Premiers temps*
160.	JACQUES YONNET	*Rue des Maléfices. Chronique secrète d'une ville*
159.	SYBILLE BEDFORD	*Visite à Don Otavio*
158.	MARGARET DRABBLE	*La Voie radieuse*

Cet ouvrage
a été reproduit et achevé d'imprimer
en février 2013
dans les ateliers de Normandie Roto Impression s.a.s.
61250 Lonrai
N° d'imprimeur : 13-0633

Imprimé en France

Dépôt légal : mars 2013